# A Espada de Oleandro

# TASHA SURI

# A ESPADA DE OLEANDRO

Tradução
Laura Pohl

1ª edição

Galera
RIO DE JANEIRO
2025

PREPARAÇÃO
Lara Freitas

REVISÃO
Thais Entriel
Júlia Moreira

ILUSTRAÇÃO DE CAPA
Caroline Bogo

TÍTULO ORIGINAL
*The Oleander Sword*

CIP-BRASIL. CATALOGAÇÃO NA PUBLICAÇÃO
SINDICATO NACIONAL DOS EDITORES DE LIVROS, RJ

S959e

Suri, Tasha
  A espada de oleandro / Tasha Suri ; tradução Laura Pohl. – 1. ed. – Rio de Janeiro : Galera Record, 2025.   (Os reinos em chamas ; 2)

  Tradução de: The Oleander Sword
  ISBN 978-65-5981-513-5

  1. Ficção inglesa. I. Pohl, Laura. II. Título. III. Série.

24-88919

CDD: 823
CDU: 82-3(410)

Gabriela Faray Ferreira Lopes – Bibliotecária – CRB-7/6643

Publicado mediante acordo com Orbit, que faz parte de Hachette Book Group, Inc., New York, New York, USA. Todos os direitos reservados.

Copyright de trecho de City of Dusk © 2022 by T. S. Sim

Proibida a reprodução, no todo ou em parte, através de quaisquer meios.
Os direitos morais da autora foram assegurados.

Texto revisado segundo o Acordo Ortográfico da Língua Portuguesa de 1990.

Direitos exclusivos de publicação em língua portuguesa somente para o Brasil adquiridos pela
EDITORA GALERA RECORD LTDA.
Rua Argentina, 120 – Rio de Janeiro, RJ - 20921-380 - Tel.: (21) 2585-2000,
que se reserva a propriedade literária desta tradução.

Impresso no Brasil

ISBN 978-65-5981-513-5

Seja um leitor preferencial Record.
Cadastre-se e receba informações sobre nossos
lançamentos e nossas promoções.

Atendimento e venda direta ao leitor:
sac@record.com.br

*Para minha família*

# Prólogo

# KARTIK

— Já viu alguma menina de maior pureza, meu príncipe?

A pergunta não foi direcionada a Kartik, mas ele a ouviu mesmo assim. O alto-sacerdote Hemanth estava de pé, com a cabeça inclinada na direção do jovem príncipe. Seu tom era baixo, mas as palavras ecoavam. Não havia como ser evitado. A voz do alto-sacerdote era esplêndida e inconfundível — vasta, nem alta nem baixa, mas *abrangente*. Era uma voz feita para mantras, canções e ensinamentos. Para servir a fé, como vinho, nas taças de corações em expectativa.

O sacerdote e o príncipe estavam parados nos jardins do templo imperial, os pássaros cantavam nas árvores e o vento balançava os galhos. Todos aqueles ruídos tinham o volume exato para disfarçar a presença de Kartik: sua respiração baixa e surpresa, o movimento da vassoura, levantando uma nuvem de poeira do caminho de mármore.

Segurando a vassoura com firmeza, ele deu um passo para trás, se escondendo nas sombras das paredes do templo. Ele mal ousava respirar.

O alto-sacerdote falou outra vez. Gentil. Persuasivo. Com a mão no ombro do jovem príncipe. As palavras chegaram aos ouvidos de Kartik como folhas que caíam em águas imóveis: uma queda suave, seguida por uma onda que o atravessava por inteiro.

— Vai protegê-la? Vai guiá-la, para que mantenha sua nobreza?

Kartik aprendera que muitas vezes era assim que os sacerdotes faziam perguntas. Questionamentos feitos de uma maneira que exigiam respostas arrancadas com unhas e dentes das profundezas dos ossos de um homem, do sangue mais espesso de seu coração. E dito e feito, o jovem príncipe assentiu lentamente, dizendo:

— Sim. Com certeza. Que tipo de irmão eu seria se não a salvasse de ser maculada?

Kartik esperou até que fossem embora. Terminou suas tarefas imerso em uma névoa entorpecida e estática. Suas mãos eram firmes, mas sua visão era um borrão de luzes e cores. Ele atravessou o templo, observando tudo sob uma nova ótica: o arenito das paredes, entalhado com flores; as cortinas de renda que preenchiam cada porta e alcova, ondulando ao vento. Em todas as superfícies, ele via as palavras do alto-sacerdote ecoando, reescritas, refeitas, chamando-o.

*Já viu alguma menina de maior pureza?*

Kartik nunca deveria ter escutado aquelas palavras; não deveria tê-las levado consigo depois, gravadas, indeléveis, em seu próprio crânio, tão brilhantes e constantes quanto uma canção de preces. Porém, ele tinha uma mente voltada para o conhecimento, ou era o que sempre tinham dito a ele. Quando era apenas um menino, discípulo em um pequeno templo saketano para a mãe sem-rosto, sua habilidade de recitar centenas de mantras e preces de cabeça — e o Livro das Mães inteiro — havia chamado a atenção do alto-sacerdote Hemanth, que fez com que ele removesse Kartik de sua antiga vida. Sua mente o levara até ali: a Harsinghar, e ao palácio coberto de jasmim, e ao templo imperial onde servia naquele instante.

Ao jardim do templo onde um garoto treinando a fé poderia tropeçar, sem intenção, no segundo príncipe que caminhava lado a lado com o alto-sacerdote, falando sobre a princesa imperial, e sentir reverberar através dele uma verdade que ainda não compreendia por inteiro.

Ela estava ali, naquele exato momento. No pavilhão do templo, a jovem princesa se ajoelhava em frente à estátua de Divyanshi. Todas as cinco mães das chamas — cada uma das nobres mulheres que haviam se prostrado na fogueira, dando sua vida para romper o poder dos yaksha e pôr um fim à Era das Flores — estavam retratadas no salão de preces. Quatro delas estavam dispostas em uma formação de meia-lua, as estátuas entalhadas em ouro: Ahamara, com seus longos cabelos soltos, curvando-se como chamas; Nanvishi, com uma estrela de fogo florescendo do meio de sua testa, a palma das mãos estendidas; Suhana, com um arco quebrado em mãos e o rosto erguido; e Meenakshi, com o rosto inclinado em prece e as mãos unidas.

Divyanshi ficava ao centro, sua estátua mais alta do que as outras, forjada de forma grandiosa, com flores prateadas ao longo dos braços. Seu rosto dourado e sereno encarava o horizonte com um olhar orgulhoso e belo. A princesa, ajoelhada aos seus pés, estava inteiramente encoberta por sua sombra.

Ela então ofereceu uma guirlanda de flores na direção das estátuas das mães. Fora feita com esmero, cada flor costurada pelo seu centro com um fio branco imaculado, repuxadas para que ficassem próximas. Jasmins, amarelas e brancas, em meio a rosas pesadas e rosadas. Ele via aquelas rosas sendo deixadas como oferendas com tanta frequência que as reconheceu como sendo as que a esposa do imperador cultivava no jardim particular dela.

Mesmo nos arredores do templo, as pessoas cochichavam. Como se não soubessem que suas vozes entravam pelas janelas. *De uma beleza única*, diziam sobre ela. *Um dia, ela vai partir corações. O imperador vai precisar ficar de olho nela.*

Mas ele não escutava as fofocas. Ele escutava verdades e segredos. Ele os guardava, e aprendia com eles.

Ele escutava naquele instante, enquanto a princesa inclinava sua cabeça e sussurrava para as mães. Ela não conseguia vê-lo, onde ele se escondia nas sombras, ainda com a vassoura em mãos, mas ele a via. Ele a ouvia, e saberia de tudo.

Foi naquele momento — quando ainda era apenas um garoto — que ele começou a ver o futuro de tal maneira que nem mesmo o alto-sacerdote seria capaz. E, apesar da pergunta do alto-sacerdote não ter sido direcionada a ele, em seu coração, ele a respondeu.

Não. Ele nunca vira uma menina de maior pureza. Nunca em toda a sua vida.

# MALINI

Um mensageiro voltou de Ahiranya no dia em que Malini viu o mar pela primeira vez.

Um exército em marcha tinha um odor particular e desagradável: pelo de cavalo e estrume de elefante, suor de homens e o cheiro metálico de ferro sob o sol quente. Depois de semanas de viagem, Malini tinha esperança de se acostumar, mas isso não aconteceu. Cada vez que o vento soprava e as cortinas finas que rodeavam sua carruagem se agitavam, Malini sentia todo aquele miasma como se fosse a primeira vez.

A brisa que vinha do oceano cortou o fedor como uma faca brilhante. Era um cheiro pungente, amargado pelo sal. Ela se endireitou na carruagem quando o sentiu tocar o rosto, esticou a mão para afastar a cortina e permitir que o vento chegasse a ela sem o impedimento do tecido.

Sem as cortinas bloqueando sua visão, ela viu o exército que a rodeava: guerreiros de Srugna, levando maças por cima dos ombros; súditos saketanos com brasões nas suas faixas e chicotes amarrados na cintura; aloranos com chakrams nos pulsos acompanhados de arqueiros dwarali em seus alazões brancos com selas vermelhas como sangue; e suas próprias forças parijati, ao redor dela, vestidos em branco e dourado imperial com os sabres expostos, o aço cintilando sob o sol. Aquele era seu exército, as forças combinadas das cidades-Estados do império, que a ajudariam a tirar seu irmão do poder e recuperar o trono. O trono *dela*, pelo direito de sangue e pela profecia.

E acima daquelas cabeças, ela via um fino traço azul à distância.

O mar.

Ela sabia que algum dia o veria. Antes de Aditya ter rejeitado o próprio direito de nascença mais uma vez — antes de Malini ser nomeada imperatriz —, os lordes que optaram por apoiar Aditya planejaram que suas forças se encontrassem e seguissem o caminho até Dwarali, mantendo uma rota junto à costa sempre que possível, uma região que estava sob o domínio daqueles que eram menos leais a Chandra. A intenção era seguir até Lal Qila: um forte na fronteira do império, construído para resistir aos ataques dos Babure e Jagatay nômades que viviam além das fronteiras. A esperança era de que o forte também fosse resistente o bastante para se defenderem de Chandra.

Malini não viu motivos para alterar os planos que haviam sido feitos tanto tempo antes; planos nos quais *ela* contribuíra, com sugestões cuidadosamente propostas e cartas elogiosas, da época em que era princesa de Parijatdvipa sob o comando de Chandra. Ainda assim, observar o seu exército crescer lhe trouxera uma satisfação visceral, cada vez mais soldados e cavalaria de elefantes se juntavam a eles durante a jornada, e novos lordes ofereciam suas boas-vindas assim que ela chegava em suas terras, jurando lealdade e abrindo seus vilarejos e havelis para os homens de Malini, alimentando-os e armando-os, e então enviando seus próprios herdeiros e guerreiros para se juntar à comitiva crescente que seguia em direção ao distante Lal Qila.

Até mesmo encontrar os lordes que estavam relutantes em se aliar a ela trouxera uma espécie de prazer único. Observá-los desafiarem-na com orgulho, e então desmoronarem ao ver seu exército, seus aliados e a força inabalável do seu sorriso? Era mais do que qualquer elogio ou veneração podia fazer para abrandar a ânsia constante dentro dela: aquele desejo inquietante e ardente que seria saciado apenas com a morte de Chandra.

Tantos planos antigos finalmente se desabrochavam diante de seus olhos — e não a serviço de Aditya, mas sim a seu. Depois do trabalho árduo e infindável que ela fizera para dar forma a eles, seus planos agora se desenrolavam como uma força da natureza, como ondas que se avolumavam e cresciam, cada uma alimentando sua ascensão ao poder. Era *animador*.

Ao encarar o mar, julgou que, se fosse uma mulher de mais fé, teria considerado aquela visão um sinal de que seu exército era como um oceano irrefreável. Que nada poderia ficar no seu caminho. Entretanto, Malini possuía uma essência mais pragmática.

Em vez disso, ela interpretou aquela visão de forma mais prática. Quando olhara para os mapas do império e traçara a rota com olhos e dedos, ela soubera que o exército chegaria à costa quando estivessem apenas a uma semana das fronteiras de Dwarali. Naquele momento eles estavam ali, inspirando em meio a uma extensão verde salgada, com uma brisa fria que passava pelo exército e fazia os homens pararem, erguendo o rosto molhado de suor para capturar um pouco daquela sensação na pele. Chegariam logo em Dwarali, e em Lal Qila depois. O próximo passo em sua ascensão ao trono estava quase começando.

Ao lado dela, Lata emitiu um ruído baixo, maravilhado.

— Você já viu o mar antes? — perguntou Malini. Ela conseguia ver Lata esticando o pescoço para ter um vislumbre por cima do ombro de Malini. Prestativa, Malini se inclinou para trás para permitir que ela visse o que desejasse.

— Só nas escrituras — disse Lata. — Ilustrações em livros e arte. Nunca pessoalmente. E... e você, milady?

— Você sabe que não — respondeu Malini. Ela esperou mais um instante, e então voltou as cortinas para o lugar. — Tem muitos rios e lagos em Parijat, mas o mahal imperial fica o mais distante da costa possível.

— É uma pena — comentou Lata — que não podemos parar um pouco e admirar a vista.

— Os homens vão precisar descansar em algum momento — disse Malini. — Sem dúvida vamos ter uma chance quando isso acontecer. Podemos até nadar, talvez. — Ela conseguia *sentir* o olhar de Lata quando falou. — Tenho certeza de que vão todos virar as costas respeitosamente se eu pedir.

— Só pode ser uma piada — retrucou Lata, em descrença.

— Nitidamente não uma das boas — respondeu Malini. — É óbvio que não vamos fazer isso.

Porém, ela teria gostado de nadar. Ela pensou em Alori e Narina com um luto saudoso. Suas irmãs de coração amariam o mar. Narina entraria na água só até o tornozelo, erguendo as saias com ambas as mãos. Ela sempre fora cuidadosa demais com suas roupas para fazer qualquer outra coisa. Alori mergulharia até o fundo, nadando como se fosse um peixe.

Em Alor existiam tantos rios quanto em Parijat, e seus irmãos a haviam ensinado a nadar da melhor maneira que podiam.

*Eu sinto saudades*, ela pensou, falando com ninguém no fundo do seu coração. *Sempre vou sentir saudades*.

Inesperadamente, ela se lembrou de Priya, como acontecia com frequência. O que Priya acharia do mar? Ela não conseguia imaginá-la ali. Em sua mente, só conseguia ver Priya em meio à floresta, com água até a altura da cintura, os cabelos lisos soltos e macios sob o toque de Malini. A sensação da boca de Priya contra a dela.

Cuidadosamente, guardou aquele pensamento, como se fosse um tesouro.

Naquela noite, quando ergueram a tenda de Malini, não houve tempo para admirar a costa. Na verdade, Malini não havia esperado que fosse possível. Ficou quase aliviada por isso. Não teria sido a mesma coisa sem suas irmãs de coração. Era melhor assim, como se fosse apenas um sonho.

O nobre mais velho e mais leal entre as forças de Parijatdvipa a acompanhou na refeição noturna. O vinho foi trazido em jarras de latão, e chá para os abstêmios: xícaras pequenas com leite, açúcar e cardamomo. A comida era simples, mas muito mais suntuosa do que aquela que era oferecida ao restante dos homens: parathas recém-preparadas, dal enriquecido com ghi e arroz com cebolas fritas até ficarem douradas.

Ocasionalmente, também havia pratos especiais, para agradar o paladar de nobres diferentes: sabzi apimentado para os lordes de Srugna foram feitos naquele dia. Era o prato favorito do lorde Prakash, que era um dos mais velhos presentes, e não escondia seus gostos e suas preferências.

Malini escutou com atenção enquanto lorde Mahesh, o homem que ela havia nomeado como general do seu exército, a informou sobre o progresso da jornada. Ela manteve a compostura, a expressão tranquila, e mal tocou nas coisas; nem mesmo o vinho, apesar de o golinho que ela levara aos lábios ter aquecido seu sangue. Lata estava sentada no canto da tenda, observando. Era a única companhia feminina de Malini; os homens todos toleravam sua presença para manter o decoro da situação.

Era curiosamente difícil manter a imagem de decoro e profecia como a imperatriz escolhida pelas deusas. *Principalmente* quando estava comendo. Ela presenciara seu pai bebendo muito, manchando as roupas — mas até aí, o pai dela sempre fora imperador, e Malini, não. Então, ela comia muito pouco, sabendo que teria uma refeição adequada depois, na calada da noite, quando Lata e ela poderiam compartilhar a comida feita para os soldados comuns: mangas em conserva ou cebolas praticamente encharcadas de óleo para sobreviverem a uma longa jornada, e uma paratha seca, sem a maciez causada pelo brilho dourado de ghi; um gole rápido de chá morno, com tanto tempero que causava uma ardência quase desagradável ao descer pela garganta.

— Vejo que o príncipe Rao está ausente mais uma vez — disse lorde Mahesh.

Ele não falou alto o bastante para os outros nobres ouvirem.

— Ele tem suas responsabilidades — respondeu Malini.

— Assim como todos nós — completou Mahesh. — Uma delas, de importância vital, é estar aqui, em um momento de conciliação e discussão. Devemos estar unidos, imperatriz. Momentos como este são os que nos tornam uma aliança.

Ele gesticulou para os homens que os cercavam, iluminados pela luz suave das lamparinas.

Era engraçado ouvir Mahesh falar de conciliação e união, quando Malini sabia muito bem o quanto ela era diferente dos homens ali presentes. O quanto ela precisava se manter cuidadosamente distante, e o quanto se sentia alheia por isso. Eles eram úteis para ela, e ela gostava deles por isso, é óbvio. Porém, eles não eram Alori, Narina ou Lata. Ou Priya. Ela não sabia como amá-los, amá-los de verdade, e não tinha desejo nenhum de aprender.

— Lorde Mahesh — disse Malini. — Você sabe tão bem quanto eu para onde o príncipe Rao vai.

Eles trocaram um olhar. Sem quebrar o contato visual, Mahesh encheu sua taça de vinho outra vez.

— Não me entenda mal, imperatriz. Fico feliz que ele possa aconselhar e reconfortar o príncipe Aditya. Ficaria feliz se o príncipe permitisse que outros fizessem o mesmo.

Mahesh era uma figura poderosa em Parijat, com muitos nobres parijati como aliados devido à posição antiga de sua família, seu ancestral estivera presente quando Divyanshi e as outras mães das chamas que a seguiram arderam na fogueira.

Desde então, a família era conhecida por seu poderio militar e sua religiosidade.

Mahesh sempre fora leal a Aditya, e não a Chandra; tinha apoiado incondicionalmente a ideia de Aditya retomar o trono que ele abandonara. A recusa dele em concordar com a fé que Chandra professava havia conseguido muitos seguidores para Malini que ela não teria obtido de outro jeito.

Ela o escolhera como general por todos esses motivos. A presença dele ao seu lado era uma vantagem.

Entretanto, a afeição que ele tinha pelo irmão de Malini era...

Bem... Não era exatamente irritante, mas um problema em potencial, por mais que ele fosse extremamente respeitoso com ela. Respeito servia de muito pouco se ela não conseguisse controlar sua lealdade e assegurá-la de forma permanente.

— O senhor foi atrás dele outra vez? — perguntou Malini.

— Ele recusou a minha companhia. Como ele recusa a de todos.

*Todos menos Rao* era o que estava implícito. E Malini, é claro.

— Meu irmão se sente perdido — disse ela. — Ele deseja se concentrar em sua relação com o anônimo e encontrar um novo caminho para si. Quando encontrar seu caminho, certamente vai acolher o conforto de velhos amigos e aliados.

— Talvez possa falar com ele, imperatriz.

— Eu falo — disse Malini. — E continuarei falando.

*Se ele se recusar a ouvir, então vai ser problema dele*, ela pensou, sombria.

Houve um farfalhar de pano. Um guarda ergueu a entrada da tenda.

Yogesh, um dos administradores militares que supervisionavam os suprimentos do exército, entrou e se curvou. Ele vestia um traje simples, um turbante e uma túnica presa com uma faixa, mas, mesmo que não o conhecesse de vista, o chakram no pulso e a adaga presa no turbante o teriam denunciado como um administrador de Alor, e assim, leal a Rao, e, consequentemente, e por meio de Rao, a ela.

— Minhas sinceras desculpas pela interrupção, imperatriz. Milordes. — A luz das lamparinas bruxuleou sobre seu rosto quando ele se inclinou na direção de Malini. — Mas uma mensagem urgente chegou para a imperatriz.

Ela sentiu o coração bater mais rápido.

Havia muitos, muitos mensageiros a seu serviço. Uma imperatriz precisava de ainda mais olhos e ouvidos do que uma princesa, e Malini se certificara de ter espiões e mensageiros por toda a extensão do império.

Nenhum dia decorria sem que ela tivesse notícias de seus aliados chegando ou partindo dali, e missivas levadas por homens a cavalos.

Porém, entre todos esses mensageiros, ela usara apenas um dos homens leais a Rao. E esse homem recebera uma tarefa específica.

Uma mensagem urgente poderia significar qualquer coisa, absolutamente qualquer coisa; porém, a presença de Yogesh e mais nenhum administrador, além do olhar significativo que ele direcionou a Malini, fez com que ela sentisse um arroubo de esperança.

— Pois bem — replicou ela, se erguendo.

Mahesh lançou a ela um olhar grave, preparando-se para levantar. Ela acenou com a mão.

— Aproveite a refeição. Não há necessidade de interrompê-la por minha causa.

— Imperatriz — disse Yogesh, abaixando a cabeça em sinal de respeito. — O mensageiro está na companhia do príncipe Rao. Posso pedir que seja mandado até a senhorita imediatamente...

— Não há necessidade — respondeu Malini. — Me leve até lá.

Era melhor ter aquela conversa na presença de Rao; ela aprendera que os mensageiros não respondiam bem ao serem abordados diretamente pela imperatriz abençoada por profecias, e ela não poderia ver Rao sozinha em sua tenda, mesmo que Lata e seus guardas estivessem presentes.

A tenda que os administradores militares compartilhavam estava cheia de livros e registros que eram levados de acampamento em acampamento, embrulhados habilmente em tecidos aromatizados que impediam que o papel apodrecesse no calor ou na chuva, e repeliam os diversos insetos que encontravam. Quando Malini entrou, houve uma série de mesuras e papéis sendo derrubados. Ela ignorou a comoção, procurando o mensageiro.

Primeiro, viu Rao, vestido em trajes de príncipe, com sua cinta de adagas e chakrams, falando com um homem alorano de ombros largos que parecia nervoso.

Ao avistá-la, Rao fez uma mesura; o mensageiro se apressou para pressionar o rosto contra o chão.

— Levantem-se — disse Malini, e eles se levantaram, apesar de o mensageiro manter o rosto abaixado. — Quais são as notícias? — perguntou a Rao.

— Ahiranya tem novos governantes — informou Rao. — O regente morreu.

*Lady Bhumika?*, pensou ela. *Priya?* Ela tinha essa esperança. Uma esperança...

— Me diga o que houve — pediu ela.

O homem parecia abalado demais para falar, então Rao disse, com um tom gentil e firme:

— Conte à imperatriz.

Ele disse que agora eram sacerdotes que governavam em Ahiranya. Não, não eram sacerdotes, ou seja, anciões do templo, como antigamente. Ou pessoas que diziam ser anciões do templo. Havia duas mulheres entre esse grupo.

— Estão dizendo que a Anciã Superior é a antiga esposa do regente — relatou o mensageiro.

— Quem disse isso? — perguntou Rao.

— As pessoas fofocam — respondeu ele. — Mercadores e... o povo da cidade. Pessoas na estrada.

— Você não os viu pessoalmente?

— Não. — Ele hesitou. — Mas...

— Continue — pediu Rao.

Ele relatou que todos sabiam que os anciões do templo eram o que diziam ser, porque, desde que ascenderam ao poder, a floresta ao redor de Ahiranya havia se tornado mais estranha. Ele ouvira histórias de árvores se contorcendo como se estivessem vivas, *observando* pessoas passarem por elas. O imperador Chandra aparentemente enviara um pequeno grupo de soldados para avaliar a situação, e depois mais outro, para testar as fronteiras de Ahiranya. Um vendedor de frutas que regularmente entrava e saía de lá havia encontrado uma dúzia de soldados imperiais mortos, empalados em espinhos tão grossos quanto os braços de um homem. O restante nunca foi encontrado.

O mensageiro não vira violência alguma pessoalmente. Apenas a população de Ahiranya vivendo como sempre vivera. Os mercadores que ele vira — um punhado relutante, que ia até lá mais por desespero e necessidade do que por vontade — viajaram por Ahiranya e saíram ilesos. E o mensageiro em si não sofrera mal algum, obviamente. Entretanto, ele notara novos soldados nas ruas, não eram os homens do regente vestindo o branco e dourado de Parijat, mas grupos de homens e mulheres usando armaduras simples que não combinavam, carregando foices e arcos em vez dos sabres parijati tradicionais.

Malini percebia que Rao a observava. Ele sabia algo do seu relacionamento com Ahiranya, se é que já não sabia de tudo. A ninguém, nem mesmo a Rao, era dado o direito de saber de tudo, mas ele estava ciente de que ela fora salva pelos ahiranyi, e sabia que ela tinha alguma ligação com eles.

— Obrigada — disse ela ao mensageiro. — Vá com Yogesh, e você será recompensado.

Dinheiro, comida e uma cama aconchegante para passar a noite; e ela se certificaria de que fosse vigiado, para ver se aquela informação seria repassada para mais alguém.

Quando voltou à sua tenda, ela chamou Lata.

— Vou precisar que você escreva para mim — disse ela.

Enquanto Lata buscava tinta e papel e acendia uma vela, Malini começou a procurar pelas palavras certas; as palavras mais politicamente eficientes, algo que reafirmasse seu apoio a Ahiranya, algo que diria a lady Bhumika e Priya e qualquer um com quem se aliassem que ela não se esquecera da promessa que fizera, assim que ela ascendesse ao trono.

A melhor ênfase que poderia dar às suas palavras, claro, era agir de acordo. Assim que terminasse a carta, mandaria outras para seus aliados em Srugna e às propriedades na fronteira de Ahiranya, encorajando-os a manter elos mercantis com os novos anciões do templo. A floresta poderia estar mais estranha, mais do que quando ela a conhecera, no entanto o mensageiro não sugerira que fosse perigosa para ninguém a não ser os homens de Chandra. Certamente, a floresta e toda sua força estavam sob o controle de lady Bhumika e Priya. E pelo menos em Priya ela confiava. Malini não conseguia evitar.

Ela queria dizer a Priya que não tinha se esquecido dela.

Porém, esquecer ou não esquecer Priya não era uma preocupação política. Era algo em seu coração: a casca da flor que usava no cordão em seu pescoço. Uma memória preservada verdejante e brilhante em sua mente: as duas deitadas perto da cachoeira, olhando uma para a outra, a água reluzindo nos cabelos escuros de Priya e em sua boca sorridente.

Ela deveria ter banido aquele pensamento, mas não o fez. Em vez disso, decidiu que pediria a Rao que mandasse o mensageiro outra vez. Enviaria uma mensagem discreta.

Uma para os anciões de Ahiranya. E outra... não.

Disse a Lata o que escrever, e Lata obedeceu. Aquela carta, extraordinariamente formal e escrita na caligrafia cuidadosa e elegante de Lata, passaria pelos olhos do administrador militar e dos lordes que a serviam.

Porém, a carta para Priya, não. E ela queria escrever de próprio punho.

— Eu também posso escrever essa mensagem, milady — disse Lata, quando Malini pegou o papel e a tinta.

— Esta aqui não será vista pelos lordes amanhã — respondeu Malini.

Lata ficou em silêncio, mas era um silêncio pungente. Aquilo fez Malini rir de leve, erguendo a cabeça.

— Eu sei que não existem segredos de verdade — disse ela. — Mas nada aqui vai incomodá-los, caso acabe caindo nas mãos deles. Até mesmo uma imperatriz pode mandar uma carta gentil de vez em quando para uma antiga aliada.

Ao ouvir isso, Lata ficou ainda mais séria. Passara muito tempo com Malini naquela jornada. E conhecia o coração dela melhor do que qualquer outra pessoa, apesar de Malini nunca tocar no assunto.

— Existe um dito, entre os artesãos e as artesãs de Parijat que transformam o bronze e o ouro nas efígies das mães — disse Lata. — Ele diz que quando uma estátua é forjada, brilha com tanta intensidade que qualquer pessoa pode contemplá-la e ver uma divina Mãe. Entretanto, todas as coisas são maculadas quando a chuva cai sobre elas.

— Que poético — murmurou Malini.

— Imperatriz — chamou Lata, em um tom de voz mais baixo. — Você tem uma história de ouro ao seu redor. Não permita que ela seja manchada tão rapidamente.

Malini pensou mais uma vez nos homens ajoelhados diante dela. O sol ardente acima de si. As vozes que entoavam *imperatriz Malini, Mãe Malini*.

— Vai ser manchada de um jeito ou de outro — disse Malini. — E eu preciso começar a contar novas histórias para substituí-la. Certifique-se de que esta carta seja entregue ao mensageiro de Rao quando eu acabar. E o dê dinheiro o bastante para encorajá-lo a manter a discrição.

Lata não argumentou mais.

Malini sabia que não deveria escrever.

Mas ela queria.

*Eu vi o oceano*, escreveu. *E ele me fez lembrar da história de um rio. E de um peixe, procurando um novo mundo em sua margem.*

*E me lembrei da história de guirlandas, e de estrelas agourentas. E de duas pessoas que encontraram seu caminho juntas.*

*Me diga, você também se lembra?*

# PRIYA

Cada raiz e cada centímetro de verde no solo de Ahiranya cantava para ela. Ouvia a canção o tempo todo, estivesse dormindo ou acordada. Sentia o peso como se fosse as mãos e os braços de uma fera muito maior, um gigante adormecido nas árvores e na terra de Ahiranya.

Ela fechou os olhos, sentindo o toque quente do sol através da copa espessa das árvores. Trechos de sombra fresca interrompiam o calor em fragmentos. Não era necessário abrir os olhos para encontrar o caminho. A canção a guiava. O solo cedia sob seus pés, ondulando como água. *Por aqui*, cantarolava. *É aqui que vai encontrar o que você procura.*

— Se não olhar por onde anda, vai dar de cara em uma árvore — disse Sima.

Priya abriu os olhos e se virou para lançar um olhar indignado para Sima.

— *Não* vou — respondeu ela. — Nunca vai acontecer.

— Ah, talvez não, mas seria bem engraçado se acontecesse — respondeu a amiga. — Não é para você estar irradiando uma aura sagrada e autoridade? Vai ser bem difícil continuar fazendo isso se for pega de surpresa por um galho.

— *Sima*.

Sima abriu um sorriso enorme.

— Melhor abrir os olhos, só para garantir.

Era verdade que Priya deveria manter certa imagem. Mesmo sabendo que o trabalho daquele dia seria difícil, ela colocaria as vestes brancas de um ancião do templo. Em nome da praticidade, ela trajava um salwar kameez em vez da túnica comprida tradicional, mas o tecido largo fora alvejado até ficar branco como um osso, e o cabelo estava preso em um coque alto trançado com contas de madeira sagrada perpassando o comprimento aqui e ali, no mesmo estilo que os anciões do templo usaram outrora.

Foi Kritika, para sua surpresa, que a encorajou a adotar aquele estilo. Logo depois que os peregrinos começaram a chegar em grandes grupos na base do Hirana, implorando por orientações de seus novos anciões, Kritika puxara Priya de lado e a aconselhara a se vestir como os anciões dos velhos tempos. *Alguns fiéis vão se lembrar dos anciões, como eu me lembro*, dissera ela. *E quanto ao resto... você deve servir como símbolo, anciã Priya. E deve guiá-los.*

Priya não se sentia nada confortável com a ideia de ser um símbolo. Também não se sentia confortável com Kritika e todos os ex-rebeldes que outrora serviram ao seu irmão, mas ela escolhera este caminho: escolhera os rebeldes que se denominavam guardiões das máscaras, e o título de anciã. Ela era teimosa demais para fazer qualquer coisa além de abraçar essa vida plenamente. E se as roupas certas faziam os fiéis se debulharem em lágrimas de reverência e sentirem *esperança* novamente, confiando que Priya e Bhumika os guiariam com sabedoria? Bem, então Priya se vestiria de branco. E ela daria o seu melhor para agir como a pessoa que deveria ser.

Priya ofereceu a Sima a coleção mais sutil e digna de gestos grosseiros que ela conhecia — o que fez a outra rir baixinho —, e então se endireitou e enrijeceu os ombros, mantendo os olhos abertos enquanto caminhava adiante com o que ela torcia que fosse um tipo de graciosidade confiante.

Ao redor de Priya e Sima, outras figuras caminhavam por entre as árvores: alguns ex-rebeldes nascidos-uma-vez, com traços de magia correndo nas veias e foices nas mãos; um punhado de soldados que carregavam sabres; e seis homens e mulheres que outrora foram serventes no mahal do regente, mas que naquele momento serviam às duas anciãs do templo de Ahiranya de uma nova forma. Durante meses, tinham treinado com Jeevan no campo de treino do mahal, carregando maças e batendo em soldados falsos feitos de palha e madeira com foices nas mãos. Sima até mesmo tinha treinado com arco e flecha, e agora levava um arco e uma aljava consigo. Ela só parecia levemente nervosa, mas outros criados estavam pálidos de medo. Era compreensível.

Afinal, estavam caçando soldados imperiais.

Ganam, um dos ex-rebeldes, caminhou até Priya. Ele usava a mesma máscara de quando lutava contra o governo parijatdvipano: uma máscara oval de madeira, grande o bastante para ocultar todo seu rosto, com buracos toscos para os olhos e a boca. Ela não deveria ser capaz de ver o olhar inquisitivo que ele lançava, mas conseguia ver a inclinação da sua cabeça.

Priya balançou a cabeça. Aqui, não. Ainda não.

Então, ela voltou sua atenção para o solo. Ela sentiu por meio dele: os soldados imperiais logo à frente.

Alguns já tinham sido empalados em espinhos. Bhumika fizera aquela armadilha. Ela possuía uma afinidade com coisas lentas e estranhas.

E quanto a Priya...

Ela tinha uma fonte útil de raiva.

— Agora — falou ela.

Eles cruzaram a última parede de árvores, e encontraram os soldados diante deles.

A luta foi rápida e sangrenta.

Priya tentou usar magia para subjugar a maioria, mas um homem, sem a espada, conseguiu se esgueirar para longe de suas trepadeiras e tentou agarrá-la. Ela teve o prazer de dar um soco na cara dele.

Ele tentou pegar a faca no cinto, tentou esfaqueá-la.

*É por isso*, ela pensou, com o sangue fervendo e a pulsação martelando nos ouvidos. *É por isso que você está matando todos eles. Quebrando-os. Por isso.*

O solo puxou os pés dele para baixo. Ele afundou ainda mais. As mãos ainda estavam livres. O que não era um problema. Priya ainda poderia atacá-lo com as trepadeiras; ainda poderia vê-lo sufocar ao ser puxado para baixo.

Priya ouviu um assobio e um baque. Uma flecha havia atravessado o pescoço do soldado. Ela olhou para trás e viu Sima, com o rosto incruento, segurando o arco.

— Que bagunça — comentou Ganam. — Mas ao menos terminamos o trabalho. — Ele se endireitou, enrijecendo os ombros. — Anciã Priya, o que vamos fazer agora?

Eles voltaram para casa.

Priya puxou um xale escuro para esconder sua roupa, e então mergulhou com seus companheiros nas profundezas da cidade que os rodeava. Invisível em uma multidão de soldados e guardiões das máscaras, ela estava livre para admirar a vista sem a preocupação de que seria reconhecida e as pessoas se curvariam diante dela, de que seria venerada ou temida de uma forma que fazia seus dentes rangerem em desconforto.

As ruas de Hiranaprastha estavam agitadas, barulhentas e lotadas de gente. Havia barracas de comida e grupos de crianças brincando, e pessoas agachadas na sombra, observando a multidão passar. Sob um céu azul, a cidade era uma mistura de lama, barracas coloridas e lojas. Lamparinas vazias penduradas nas varandas oscilavam sob o vento fraco. À noite, velas eram colocadas nas lamparinas e a cidade brilhava como uma constelação.

Por meses, Hiranaprastha fora uma sombra de si — devastada pela violência e pelo fogo —, mas então os prédios foram lentamente consertados ou simplesmente voltaram a funcionar por necessidade. Priya teve um vislumbre de uma casa com uma parede parcialmente desmoronada enquanto andavam pelas ruas. Alguém pendurara uma cortina de contas e vidro colorido para tapar o buraco. A luz atravessava o vidro em tons de verde, azul e rosa.

Priya se virou para Sima, roçando no seu ombro para chamar a atenção da amiga. Em troca, Sima ofereceu um sorriso leve. Seu rosto ainda tinha um aspecto cinzento, mas ela estava voltando a si agora que estavam mais perto do mahal.

— Como você está? — perguntou Priya.

— Ah, eu estou bem — respondeu Sima. Era uma mentira tão descarada que Priya quase riu.

Quase. Não queria magoar os sentimentos de Sima. Queria reconfortá-la.

— Tudo bem se você tiver... sentimentos conflitantes — disse Priya. — Sobre matar alguém. Ou se ainda estiver com medo. *Foi* assustador.

Sima olhou para as próprias mãos e deu um sorriso constrangido.

— Acho que eu estava, sim, com medo — confessou. — E estava me esforçando muito para ser corajosa.

Priya roçou o ombro de Sima mais uma vez, o mais próximo que poderia chegar de um abraço sem envergonhá-la na frente dos companheiros.

— Você foi ótima — reforçou Priya. — Confie em mim.

— Fica mais fácil lidar com o medo? — perguntou Sima. — Você começa a entrar nas lutas e só ignora todo aquele, sabe...? — Ela gesticulou vagamente com as mãos. — Ou ser poderosa igual a você impede que tenha medo?

Priya não sabia como explicar que seu relacionamento com o medo ficara complicado muito antes de se tornar uma nascida-três-vezes.

— Ajuda um pouco — confessou ela. — Mas não precisa ter medo, Sima. Você está comigo.

Na frente delas, Ganam estava usando seu corpo para atravessar a multidão, abrindo um caminho para o grupo na direção do mahal. Priya conseguia vê-lo a distância, acima das construções baixas de Hiranaprastha. Somente o Hirana ficava mais alto que o mahal — uma montanha antiga com o templo no pico.

As pessoas não prestaram muita atenção neles enquanto andavam, apesar de alguns assentirem em respeito. Em Hiranaprastha, as patrulhas que trabalhavam para os anciões do templo se tornaram uma visão tão banal quanto os soldados do regente haviam sido no passado. Eram simplesmente parte da vida da cidade, com seus ritmos, rotinas e perigos.

— Eu não quero ficar me escondendo atrás de você para sempre, Pri — disse Sima, pesarosa. — Talvez eu queira poder cuidar de você também. Já pensou nisso?

— Sima, você literalmente atirou no pescoço de um homem por mim — rebateu Priya. — Sabe como isso é impressionante? Eu não acho que você seja fraca nem nada do tipo! Só estou falando...

— Eu sei do que você está falando — interrompeu Sima.

— Que nós protegemos uma à outra.

— Eu sei — repetiu Sima, o sorriso se suavizando e se transformando em algo real. As bochechas estavam quase voltando à sua cor natural. — Estou mesmo ficando melhor com o arco. Jeevan vai ficar feliz.

— Com certeza — concordou Priya. — Logo você vai poder começar a ensinar às crianças.

Sima visivelmente estremeceu.

— Não me ameace com isso.

O grupo chegou na entrada principal do mahal.

— Vocês foram muito bem hoje — elogiou Priya depois que entraram. Ela tirou o xale e limpou os restos de suor e sangue secos da batalha do rosto e do pescoço. — Alguém sabe quem é que está na próxima patrulha? Eles devem checar se não há mais nenhum soldado imperial se escondendo por aí.

— Vou perguntar a Kritika quem se voluntariou — disse Ganam. — Eu disse que iria vê-la no Hirana de qualquer forma.

— Então eu pergunto ao Jeevan — disse Priya.

Os guardiões das máscaras eram o povo de Kritika, assim como os ex-soldados pertenciam a Jeevan, e o equilíbrio de poder era sempre... *interessante*, no melhor dos dias. Priya se sentia incrivelmente contente que Bhumika era tão boa em aliviar as tensões entre todos os grupos fragmentados que compunham o novo governo desorganizado de Ahiranya. Ela não tinha cabeça para aquele tipo de trabalho emocional e cansativo.

— *Eu* falo com Jeevan — concluiu Sima. — Você precisa ir se lavar e trocar de roupa. Não é para você receber gente no Hirana hoje à noite? Você não pode ir assim. Vai acabar assustando as pessoas.

Era verdade que Priya deveria ir ao Hirana mais tarde. Ela deveria receber os fiéis e ajudar os decompostos. Colocar as mãos sobre eles e congelar a decomposição dentro deles para que não progredisse mais. Para que pudessem viver.

E então, no dia seguinte, ela sairia de novo com as patrulhas.

— Obrigada — agradeceu Priya. Ela sorriu para Sima e se virou, com intenção de voltar para o próprio quarto, onde poderia se trocar. Em vez disso, ela se viu indo na direção do pomar.

Ter um tempo sozinha era coisa rara naqueles dias. E, apesar de não poder reclamar, ela não conseguiu resistir ao impulso de aproveitar aquele momento para si. Era só um instante, para caminhar entre as árvores e colher frutas maduras de um galho baixo, deixando de lado a memória dos soldados e do aço imperial com o conforto de ficar sozinha em um lugar familiar.

Ela mal pisou no pomar quando ouviu uma voz chamar seu nome.

— Priya!

Ela ergueu os olhos.

— Rukh — cumprimentou ela, semicerrando os olhos devido à luz do sol. Ele estava sentado em um galho alto, inclinado para poder vê-la, acenando com o braço para chamar sua atenção. — O que está fazendo aí em cima?

— Nada — respondeu ele. — Quer que eu jogue um figo para você?

— Sim.

Ele jogou um, e ela o pegou com uma mão só, mordendo-o imediatamente. Entre mordidas, ela perguntou:

— Você está se escondendo, né?

— "Esconder" é uma palavra muito forte — replicou Rukh. — Eu disse oi, não disse? Se eu estivesse me escondendo, teria ficado quietinho.

— Eu sei que não está se escondendo de *mim*. Era para você estar treinando.

— Quer mais alguma coisa? — perguntou Rukh, prestativo. — Posso subir em outra árvore se quiser. Qualquer árvore.

— Jeevan vai te esfolar vivo.

— Ele nunca faria isso. Ele é bonzinho demais. Vai só me mandar correr em volta do campo de treino.

*Bonzinho* não era a palavra que Priya teria usado para descrever Jeevan, um homem solene, de feições severas, que jamais sorria e que parecia passar todo o seu tempo perto de Bhumika, ou pastoreando seus novos recrutas como gatinhos. Mas ela não discutiu.

— Ganam voltou.

A expressão de Rukh se animou visivelmente.

— Onde ele está?

— Vai subir no Hirana.

— Eu vou lá vê-lo — declarou Rukh, decisivo. — Talvez ele possa me treinar depois. Aí Jeevan não vai reclamar.

Rukh e Ganam haviam sido rebeldes juntos no passado. Rukh jurara que serviria a Bhumika e foi salvo da morte por Priya — um tipo de elo firme, mas Ganam e ele criaram algo especial no tempo em que estiveram no mahal, e Priya ficava feliz por isso. Muitas vezes, ela os encontrava juntos, Ganam demonstrando, paciente, como usar uma foice para Rukh, que o copiava com a testa franzida, completamente concentrado.

— Jeevan vai ficar decepcionado de qualquer forma, mas faça o que achar melhor — disse Priya, suspirando.

Rukh pulou da árvore e depois se endireitou. Antes, ele era magrinho e pequeno, mas mesmo o pouco tempo que passou no Hirana havia avolumado a carne dos seus ossos e suavizado seu rosto. Agora ele estava mais alto, mais forte, e o cabelo era espesso o bastante para quase esconder as folhas que cresciam no seu couro cabeludo.

— Quer vir comigo?

Ela balançou a cabeça.

— Eu tive uma manhã atarefada.

— Vai ver a anciã Bhumika? — perguntou Rukh.

— Não estava nos meus planos. Você sabe como está nossa vovozinha?

— Padma não está mais parecendo uma velha — falou Rukh, com um tom de reprovação na voz. — Bom, na maior parte do tempo. Nem está mais chorando tanto, acho. Khalida disse que Jeevan trouxe uma pulseira de madeira para que ela morda e as gengivas doam menos.

— Que fofo — comentou Priya. — Tem algum motivo para eu ir ver Bhumika?

Rukh, que tinha adquirido um interesse perturbador em saber de tudo, respondeu:

— Ela recebeu uma carta para você, está no escritório dela. Veio da imperatriz.

Um momento se passou. Priya engoliu em seco, o coração acelerado. Por fim, ela disse:

— Eu nem vou perguntar como é que você sabe disso.

— Eu estava ajudando Khalida a cuidar de Padma. Levamos ela até lady Bhumika, e foi aí que eu vi — respondeu ele mesmo assim. — Você sabe o motivo da carta?

— Vai lá encontrar Ganam, seu monstrinho — falou Priya. — Não vou dizer a Jeevan que te vi a não ser que ele pergunte.

Ela se virou, andando com passos firmes até que Rukh, que havia gritado um agradecimento com uma risada, houvesse desaparecido atrás dela.

Ela não correu, mas foi por muito pouco.

Ela leu a carta oficial da imperatriz para as anciãs de Ahiranya primeiro. Estava ali, aberta, na escrivaninha de Bhumika. O escritório de Bhumika ficava trancado para estranhos, mas é claro que Priya tinha uma chave. Talvez Bhumika soubesse que Priya entraria em algum momento para vasculhar seus papéis, e decidira facilitar as coisas. Ela fazia esse tipo de gesto discreto e caridoso com frequência. Às vezes Priya voltava para o seu quarto e encontrava sachês de ervas para perfumar suas roupas, ou uma refeição coberta por um pano, e sabia que era porque Bhumika estava tentando cuidar dela, mesmo quando suas responsabilidades as mantinham afastadas, como dois fantasmas que assombravam o mesmo lugar, mas cujos caminhos nunca se cruzavam.

Ao lado da carta oficial, apoiada em uma pilha de livros, estava uma carta endereçada diretamente a Priya. Não continha o selo oficial da imperatriz — ou qualquer sinal de que fora enviada por Malini. Mas Priya sabia.

Malini tinha dado esse passo além e *escrito* uma carta para ela, colocado algo que as unia permanentemente em tinta, era... bem... Aquilo aqueceu o coração de Priya, e a fez ficar completamente embasbacada pela tolice de Malini.

Priya abriu a carta, alisando-a até ficar reta. Aquela caligrafia tinha que pertencer a Malini. Era graciosa demais para pertencer a outra pessoa.

Ela escrevera sobre guirlandas, Mani Ara e seu rio. E outras histórias dos yaksha e dos mortais.

— Não fui eu que contei essas para ela — sussurrou Priya.

O que significava que, em algum momento, Malini havia lido os Mantras das Cascas de Bétulas. Ela lera aquelas histórias por causa de Priya?

Priya não podia responder à carta. Estava ciente. Fosse lá qual meio sutil Malini usara para enviar essa carta para ela — e, espíritos, ela torcia muito para que tivesse sido sutil, pelo bem de Malini —, Priya não deveria responder de jeito algum.

Porém, de alguma forma, ela se viu ocupando a escrivaninha de Bhumika. Pegando uma folha de papel em branco. Colocando palavras para fora.

*Estou com saudades*, começou ela.

# MALINI

O quarto designado a Malini em Lal Qila era aconchegante — uma câmara circular com janelas estreitas que se abriam para o céu, e uma lareira para a manter aquecida. O chão era de um mármore familiar, mas coberto por um enorme tapete que teria apodrecido no clima mais quente de Parijat: uma peça tecida à mão com lã de cabra, exibindo a lua e as estrelas e animais de caça correndo em cima da neve. Ela ficou observando por um bom tempo, traçando a padronagem com os olhos, se afundando em uma calmaria meditativa, enquanto esperava o lorde Mahesh levar a filha dele até ela.

Malini ouviu a porta se abrir.

Lorde Mahesh entrou e fez uma mesura. Uma menina entrou atrás dele. Era uma coisinha de nada, com um rosto não muito marcante e cabelos compridos. Ela usava um xale sobre os ombros para afastar o frio de Dwarali, e sombras de exaustão marcavam seus olhos. Sua jornada até ali devia ter sido árdua. Malini se perguntou se Mahesh sequer permitira à menina um momento de descanso antes de arrastá-la até Malini.

— Minha filha, Deepa — disse lorde Mahesh, direcionando a menina a se adiantar com a mão nas costas dela. Deepa tropeçou e fez uma mesura às pressas. — Como disse, é uma menina obediente, e apenas alguns anos mais nova que a senhorita. Tenho certeza de que será uma adição competente à sua corte.

Era risível mencionar a corte de Malini quando ela na verdade não tinha uma. Ah, ela tinha os nobres e príncipes, e Lata. Entretanto, não tinha uma corte de *mulheres*; não tinha irmãs do coração com quem dividir seus segredos. Nenhuma mulher mais velha ou avó para aconselhá-la, e nenhuma filha de aliados com quem fazer amizade. Isso precisava mudar.

— Obrigada, lorde Mahesh — disse Malini. — Pode deixá-la conosco. Vou me certificar de que ela se sinta bem-vinda. — Ela exibiu um sorriso. — Eu soube que o príncipe Rao estava à sua procura.

— Imperatriz — respondeu Mahesh, inclinando a cabeça. Então, ele se virou e foi embora.

Deepa ainda encarava os próprios pés. Os estalidos do fogo preenchiam o silêncio. Lata estava ao lado da lareira e encontrou os olhos de Malini por um breve momento, inquisitiva. *O que vai fazer com ela?*, questionavam seus olhos. *Que utilidade essa menina tem para você?*

— Quais são suas habilidades, lady Deepa? — perguntou Malini.

Deepa ergueu a cabeça.

— Habilidades, imperatriz?

— Sim — confirmou Malini. — O que tem a oferecer em meu serviço?

Deepa abaixou os olhos outra vez, visivelmente envergonhada. *Olhe para mim*, Malini queria dizer. *Me mostre sua força. Não fique tímida por minha causa.*

— Eu gosto de ler — confessou Deepa baixinho depois de um instante. — E estudar. Eu não sou boa em música e... não conto boas piadas. Mas posso trabalhar. E gosto de números. Se... se precisar de alguém para esse tipo de trabalho.

Números e estudos. Não eram habilidades ensinadas a uma filha cujo objetivo era o matrimônio.

— Ótimo — disse Malini, como se já não tivesse uma dúzia de oficiais militares por ali, e outros chegando diariamente, para fazer aquele tipo de trabalho. — Você pode ajudar Lata.

— Eu sou a sábia a serviço da imperatriz Malini — informou Lata, acenando com a cabeça em reconhecimento. — Ficarei feliz de ter sua ajuda, lady Deepa.

Deepa gaguejou seu agradecimento:

— Qualquer coisa que você... ou a imperatriz precisar que eu faça, será uma honra.

— Fico feliz em ouvir isso, lady Deepa — disse Malini, e então abriu um sorriso para a menina. Deepa corou, repuxando o xale com mais força.

— Tenho certeza de que vai ser feliz aqui.

Ela dispensou a presença de Deepa. A porta se fechou com um baque leve atrás dela, deixando Lata e Malini sozinhas no quarto aquecido.

— Ele trouxe a filha para espionar a senhorita, milady — disse Lata, depois de um instante.

— Claro que sim — respondeu Malini tranquilamente. — E logo todos os nobres e príncipes que juraram lealdade a mim vão tentar fazer o mesmo. Se não, como conseguiriam minha aprovação? — Ela deu de ombros. — Eu não tenho nada a temer dos espiões. Ao menos não dos espiões que me são conhecidos. E já compreendi quem é lady Deepa.

Uma garota mediana. Ou, mais especificamente, uma garota que crescera ouvindo que era mediana. Não era a filha mais velha ou aquela que teria o melhor casamento, mas a que o pai pensava ser astuta o bastante para não ofender uma imperatriz.

— Ela está nervosa e assustada, mas, se falou a verdade, então tem uma cabeça boa e vai fazer tudo que você pedir sem reclamar. Não me diga que não seria útil ter uma assistente, Lata.

— Como queira — respondeu Lata. Esse era seu jeito educado de discordar quando acreditava que não valia a pena discutir o assunto.

Malini olhou para a lareira e pensou em Alori e Narina outra vez. O luto a invadiu, erguendo-se como uma onda do seu coração e passando por seus braços e suas pernas, e então se esvaindo outra vez.

*Seria tão mais fácil se vocês estivessem aqui*, pensou ela, com uma pontada de dor. *Eu sempre soube que podia confiar em vocês.*

Porém, elas se foram. Suas irmãs de coração jamais voltariam. Ela nunca teria uma corte cheia de mulheres que cresceram juntas, que estavam gravadas em sua alma, assim como ela estava na delas. Precisaria se contentar com mulheres que eram ambiciosas o bastante para enxergarem os benefícios de se aliar a Malini, e astutas o bastante para perceberem que traí-la seria o ápice da tolice.

Ela precisava admitir que ainda não tinha isso. É óbvio que ela poderia confiar em Lata, mas lady Deepa ainda não provara seu valor.

Se ela quisesse aliadas melhores — aliadas fortes e astutas —, teria que buscá-las.

— Vou falar com quem nos recebe — avisou Malini, levantando-se.

— Lorde Khalil está patrulhando com seus homens — informou Lata imediatamente.

Malini balançou a cabeça.

— Ele, não — disse ela. — Me passe o xale, Lata. Não precisa vir comigo. Logo eu vou ter acompanhantes o bastante para me proteger.

Do forte Lal Qila, o mundo além do subcontinente ficava visível como uma memória quase apagada: montanhas altas, tão enormes cujos picos pareciam sumir no horizonte; neve, mais branca do que ossos, cobrindo montanhas verdejantes. O próprio Lal Qila era feito de pedras de um tom vermelho-escuro, alto e imponente, um edifício que parecia possuir uma vida antiga e grandiosidade próprias.

Lady Raziya estava na beirada dos muros, enrolada em um xale azul grosso. Ao redor dela, mulheres armadas com arcos se organizaram em um semicírculo: arqueiras dwarali que a acompanhavam por todos os lugares. Malini não mentira quando informara a Lata que logo teria acompanhantes até de sobra.

Quando o exército de Malini chegara, lady Raziya — esposa de lorde Khalil e senhora de Lal Qila — o recebera diante dos portões montada a cavalo. Ela lembrava uma general experiente aguardando uma batalha, o rosto voltado para as forças de Malini de forma irredutível, o sabre brilhando no quadril. Mesmo agora, trajando um salwar kameez com bordados delicados e com uma dupatta cobrindo os cabelos de forma modesta, ela ainda tinha um ar de soldado. Quando Malini se aproximou, ela se virou, e todas as mulheres se viraram com ela, os rostos alertas e as colunas eretas.

— Imperatriz — cumprimentou Raziya. Ela sorriu, os olhos formando rugas. A expressão das mulheres que a acompanhavam não mudou.

— Lady Raziya — respondeu Malini. — Tinha esperança de encontrá-la aqui. Posso acompanhá-la?

— Mas é claro. — As guardas deram um passo para o lado, permitindo que Malini ficasse ao lado de Raziya. — Como sabia onde me encontrar, imperatriz? Eu teria ido até a senhorita se tivesse me chamado.

— As pessoas comentam. — Bem, *criadas* comentam, se forem encorajadas da maneira correta, com um sorriso da imperatriz, ou uma moeda de uma sábia em troca de detalhes da rotina diária da senhora de Lal

Qila. — Sei que você teria vindo, lady Raziya. Mas eu mesma queria ver a vista. — Enquanto ela falava, a respiração se condensava. — É linda.

Raziya a olhou de soslaio, a avaliando, entretida.

— Afastem-se — falou ela, firme, e as guardas sumiram como fantasmas, se movendo para ficar a certa distância, de costas para elas. Só então Raziya se virou para olhar diretamente para Malini. — Embora eu até fosse apreciar falar com a senhorita sobre a beleza de Dwarali até podermos entrar em uma discussão de favores, vejo que preciso aproveitar a vantagem da nossa privacidade para ser honesta: meu marido deixou claro que a seguirá em batalha, e em tudo que vier depois. Que irá seguir a senhorita até Chandra ser derrotado.

— Ele me disse o mesmo — afirmou Malini.

— Eu não tenho desejo de permanecer onde ele não está — disse Raziya. — Se me permitir que a acompanhe, eu ficaria grata. Meus filhos e filhas são crescidos o bastante para cuidarem de Lal Qila na nossa ausência.

Malini olhou para o horizonte por um longo momento, observando as nuvens lentamente se arrastarem pelo céu. O pedido de Raziya certamente facilitava as coisas. Malini havia se correspondido com Raziya com frequência o bastante para acreditar que conhecia a mulher: incisiva e ponderada, Raziya tinha grande influência sobre as escolhas políticas do marido.

E Malini já queria Raziya ao seu lado, em sua corte. Mas também estava ciente de que Raziya não seria o tipo de mulher que agiria apenas por adoração ao marido — e certamente não acharia que Malini pensaria isso dela.

— É somente o amor que a rege nesse assunto? — perguntou Malini.

Raziya riu.

— Um pouco de sentimentalismo, sim — respondeu. — Mas não apenas o amor. Eu sou ambiciosa em nome da minha família, imperatriz. Não tenho vergonha disso. E me ocorre que na corte de uma imperatriz, uma mulher pode ser elevada a um cargo alto. Eu sou uma líder experiente, imperatriz. Conheço a política e não tenho medo da guerra. Me leve com a senhorita e não se arrependerá. Eu garanto.

— Me parece que tenho muito a ganhar ao tê-la a meu lado — declarou Malini. — Me diga, lady Raziya. O que uma mulher com seu poder e sua posição almeja em meu serviço? O que uma imperatriz pode oferecer para garantir a sua lealdade?

— Seria uma coisa terrível — respondeu lady Raziya calmamente — se meu marido contemplasse se virar contra o sultão. O sultão é seu aliado, e governa Dwarali com competência. O lorde de Lal Qila é apenas seu servo obediente. Como esposa do lorde de Lal Qila, não posso pedir à imperatriz um trono para meu marido. Sei que algumas coisas não podem nem sequer ser sonhadas sem um custo.

*E ainda assim sonha com elas,* Malini pensou. *Você já tem muito, mas ainda quer mais.*

Ela conseguia entender aquele anseio. Até mesmo admirá-lo.

— Tenho certeza de que lorde Khalil não rejeitaria um presente dado espontaneamente — disse Malini, em um tom neutro. — Quando eu tiver o império em minhas mãos, lady Raziya, mostrarei a ele minha gratidão. — Como ela conseguiria tirar o trono do sultão, ainda não sabia, mas poderia ser feito. E seria feito. Malini sempre cumpria suas promessas. — Mas eu me pergunto: por que sonhar com poder para ele, e não para si?

— Imperatriz — replicou lady Raziya. — Eu amo meu marido. Existe amor maior do que querer colocar o mundo nas mãos do seu amado?

Já era tarde da noite quando um mensageiro alorano chegou com uma mensagem de Ahiranya. O papel estava gasto da viagem, coberto de poeira, e perceptivelmente passara por muitas mãos. Não mostrava o nome de Malini, mas ela sabia só de olhar que continha as palavras de Priya. A voz de Priya.

*Eu estou com saudades,* dizia a carta. Palavras sem artifício. Ela podia sentir Priya ali, e isso fazia seu coração florescer com um carinho inevitável.

*Você sabe de tantas histórias grandiosas agora! Onde foi que as descobriu? Foi à procura delas?*

*Eu não sei se algum dia vou ter uma resposta. Talvez fantasiar seja o suficiente. Talvez seja o que você queira, que eu fique pensando em você.*

*Tem tanta coisa que eu gostaria de poder te contar, mas eu nunca tive cabeça para poesia, apesar de ter me deparado com ela algumas vezes.*

*Só o que posso dizer é isto.*

*Fiz uma promessa uma vez. Diga meu nome, e, apesar de isso fazer de mim uma tola — eu sei que é o caso —, vou encontrar um caminho. Eu irei até você.*

# CHANDRA

A primeira flor havia desabrochado no jardim de sua mãe. Depois que as primeiras árvores foram derrubadas — depois que o fogo continuou queimando por dias, tingindo o céu de preto com a fumaça —, ele havia procurado entre as cinzas e a encontrado: uma flor de fogo. A prova da justiça do seu reinado. Uma garantia de que a certeza imensa que o levara até ali estava completamente correta.

Ele era o governante por direito de Parijatdvipa. E sua causa era justa.

Porém, o jardim de sua mãe não fora o suficiente. Enquanto a irmã derrotava seu exército em Dwarali, Chandra cuidava de suas flores. Os campos foram limpos, e as fogueiras foram erguidas com mulheres amarradas a elas, e então acesas.

Sua irmã havia assassinado seus homens na fronteira de Alor.

Ele construiu mais fogueiras, e observou suas flores desabrocharem.

Ele enviou homens a Ahiranya. Os dois soldados que voltaram exibiam expressões vazias e aterrorizadas quando chegaram no mahal imperial. Falaram de espinhos tão grandes quanto espadas capazes de perfurar um corpo, e trepadeiras que enforcavam os homens. Falaram que anciões do templo agora governavam Ahiranya. *Monstros*, disseram. *Monstros com rosto de mulheres.*

Chandra recolhera as cinzas dos seus campos. As flores precisavam de terra, e as *suas* flores de chamas precisavam das cinzas e da poeira de ossos que as fizeram.

Ele estava em uma sala cheia de fogos cuidadosamente armazenados, cada um preservado em seu próprio baú de pedra sobre uma cama de cinzas, e disse a si mesmo, soturno: *Minha irmã precisa morrer primeiro.*

*Quando ela estiver morta, eu colocarei os ahiranyi no seu devido lugar.*

Agora, ele estava no coração do templo imperial. Sentia o cheiro das fogueiras mesmo dali; a fumaça entrava pelas janelas, depositando uma camada de cinzas nas flores que estavam aos pés das mães banhadas a ouro.

Em uma alcova, escondidas por uma cortina divisória, havia duas novas estátuas. As mães Alori e Narina, que queimaram diante dos olhos de Chandra. Ele as visitara naquele dia, depositando flores aos seus pés. Jasmim, por causa de sua irmã, que costumava usar as flores no cabelo. Sua irmã, que deveria ter sido queimada com elas.

Estar ali era reconfortante. Sempre o acalmava. Ele frequentara o templo imperial assiduamente quando criança, caminhara pelos jardins, sentindo o coração e os ossos doerem com fúria ao se deparar com a injustiça do mundo. Era perturbador nascer príncipe de um império imperfeito, segundo filho, sem nunca poder mudá-lo para melhor.

Seu irmão, Aditya, era o amado príncipe herdeiro. Primogênito e perfeito: uma criatura sorridente e amigável, bom em fazer aliados e lutar com sabres, jogar dados e beber até vomitar. Eram qualidades valiosas para o herdeiro de Parijatdvipa. O charme frívolo e a bebedeira. Não era surpreendente Chandra não ter sido admirado como seu irmão.

*Mal-humorado.* Assim se referiam a ele na corte do pai. *Arrogante. Inflexível.*

Por um tempo, acreditara naquilo, ele se *odiava* por ser indigno de seu sangue, sua posição e seu poder. Sempre que o pai elogiava Aditya ou se sentava entre seus conselheiros, dispensando Chandra sem pensar duas vezes, ele ardia em ódio. Ainda assim, fizera o possível para melhorar o mundo, e não recebeu nada em troca. Quando puniu sua irmã por um comportamento incivilizado, ela fugira dele, amargamente desobediente. Quando ele lembrara aos amigos do irmão do seu lugar, usando palavras e punhos, Aditya o empurrara com tanta força que ele o derrubara no chão. Chandra fora punido pelos sábios que o educavam depois disso. *Não é assim que um príncipe trata seus aliados*, disseram eles, enquanto acertavam a palma de suas mãos com um bastão.

*Não são meus aliados*, Chandra pensara, lembrando-se da forma como aqueles garotos, com seu sangue saketano e alorano parco, riam e conversavam com Aditya como se fossem seus iguais. Havia um abismo insuperável entre as ações deles e a realidade de que eram inferiores, por sangue e posição, a um príncipe imperial de Parijatdvipa, abençoado pelas mães.

Quando seu irmão aparecera mais tarde, trazendo um bálsamo para suas mãos, e tentou falar com ele, Chandra o dispensara. Aditya tampouco era seu aliado. Ele permitira que os outros o humilhassem.

O único conforto de Chandra era o alto-sacerdote.

*O senhor tem uma força que seu irmão não possui. Fé, um coração justo e obediência à vontade das mães — essas qualidades são mais valiosas que todas as outras coisas.* Ele ainda se lembrava daquelas palavras. Lembrava-se de andar pelo templo com a mão do sacerdote guiando suas costas. Um peso reconfortante.

*Será um grande homem um dia, príncipe Chandra. Espere e verá. Eu vejo a luz abençoada das mães no senhor.*

E Chandra aprendera a reconhecer seu próprio valor.

Aditya — perfeito e sorridente — não tinha espaço em sua natureza para o peso feroz e inflexível da verdadeira devoção às mães das chamas. Aditya era frívolo e superficial. Ele nunca sentira a mesma raiva ardente que Chandra sentia constantemente em seu próprio coração. Era a raiva que o tornava forte. O suposto gênio difícil e a arrogância de Chandra eram fogo e orgulho, honra e visão. Seu irmão era patético e fraco, e via apenas a bondade em um mundo que estava apodrecendo. Mas Chandra... Chandra tinha a coragem de ser impiedoso.

Ele era melhor do que Aditya de todas as maneiras que importavam. Sempre fora.

— Imperador. — A voz surgiu de trás dele. Ele se virou, e viu que o alto-sacerdote se aproximava. Hemanth era uma figura magra de cabelos brancos, com olhos gentis sob as sobrancelhas marcadas pelas cinzas, e emanava serenidade. Seu poço de calma nunca falhava em acalmar Chandra.

— Sacerdote — respondeu Chandra. — Pediu para se reunir comigo.

— Seu casamento está chegando. — O tom do sacerdote era neutro. — Considerou apagar os fogos antes da chegada de sua noiva?

— Minha noiva vai compreender — falou Chandra. — Afinal, meus fogos queimam para salvar o pai dela. Meus sacerdotes, treinados para a guerra, carregam o fogo como um presente até a sua porta. Ela não ficará feliz em saber que há mais por vir? Que o reino do pai está seguro?

— Acredito que nem todas as mulheres consideram as praticidades no dia de seu casamento — disse o alto-sacerdote, com um leve sorriso. — Ao menos foi o que me informaram.

— Algumas mulheres — afirmou Chandra — não compreendem o preço do poder. Ela vai aprender.

Uma brisa passou pelo templo outra vez, espalhando as pétalas das guirlandas aos pés das mães e fazendo as lamparinas bruxulearem. Chandra fechou os olhos e tentou afastar os pensamentos da guerra. Sua irmã, conquistando o apoio de Alor e Srugna. Sua irmã, derrubando as forças dos aliados de Chandra. Sua irmã em Saketa, voltando aqueles olhos avarentos em direção ao alto-príncipe, o único aliado que permanecera fiel a Chandra durante todos os meses desde que sua irmã adquirira um título falso e se arruinara ainda mais.

— Imperador — chamou o alto-sacerdote. — Precisamos discutir algo mais.

Chandra abriu os olhos. A expressão do sacerdote estava séria.

— O senhor lutou corajosamente para salvar Parijatdvipa de si própria — disse ele. — Para salvá-la de tolos governados pela cobiça e pelo orgulho. Do seu irmão, que se virou contra a sua fé de sangue. Do colapso e da decadência que acompanham as nações que esquecem seus votos e sua pureza. Porém, temo que sua missão exija um preço que não vai gostar de pagar.

— Fale.

— A princesa Malini — prosseguiu Hemanth. — Ela precisa queimar.

— Eu prometo que ela vai morrer — respondeu Chandra, sentindo aquela mesma pontada de fúria, aquela avidez desesperada de ver sua irmã morta.

*Se há alguma parte de vocês que me ouve, mães,* ele rezou com amor e fúria, *então permitam que ela morra. Permitam que ela morra com dor e sofrendo, sabendo que manchou o próprio nome. Permita que ela morra por minhas mãos. Eu mesmo a empurrarei ao fogo. Assistirei à sua pele ser corroída até os ossos e dedicarei a flor que desabrochar dessa morte a vocês.*

— Ela deve *queimar* — disse Hemanth, com uma ênfase cuidadosa que pressionou a raiva de Chandra como um dedo cutucando uma ferida. — E deve fazer como as mães das chamas fizeram: pelo nosso bem, de forma altruísta e por vontade própria.

— Nem todas as minhas mulheres queimam por vontade própria — disse Chandra. E, mesmo aquelas que haviam se elevado às fogueiras de coração aberto, certas de sua fé, felizes de seguir os passos das mães, se arrependeram quando o fogo começou a consumir sua carne. — Ainda assim, a morte delas nos abençoam.

— Uma morte voluntária de uma filha da linhagem de Divyanshi seria uma magia diferente — pronunciou Hemanth. — Sei que reconhece isso, imperador.

Aquele tom de bronca na voz do sacerdote o deixou pasmo. Se mais alguém ousasse falar com Chandra daquela maneira — como se ele fosse apenas uma criança —, teriam tido seu fim sob o fio da espada dele.

Entretanto, Hemanth era diferente. Sempre fora.

— O senhor acreditava que queimá-la a purificaria — continuou Hemanth. — A libertaria. Que de certa forma, daria a você a força para mudar Parijatdvipa para melhor. Essa crença foi alterada?

Ele pensou no pescoço de Malini, manchado de sangue embaixo de suas mãos. A irmã arreganhando os dentes como se fosse um animal. Arruinada além da conta por vontade própria, por escolha própria, mesmo quando ele oferecera a ela um caminho para a imortalidade, uma morte que significasse algo.

A irmã fizera uma promessa: *Eu nunca vou queimar por você.*

— Tenho minhas armas — disse Chandra. — Tenho minha aliança matrimonial. Tenho fogueiras que me concederão presentes, presentes abençoados pelas *mães,* não importa o quanto as mulheres que morrem nelas gritem e me recusem. Tenho meus soldados, guerreiros sacerdotes, e tenho você. — Ele olhou para Hemanth, subitamente apossado por um medo desesperado. — Eu não vou implorar para ela queimar — disse ele, com a voz rouca. — Não posso. Ela não pode... sequer consigo *pensar* nela sem querer que o mundo se esvaia em pó, compreende? Não darei a ela a satisfação de me ver implorando, quando eu sei que ela vai se recusar a fazer o que é certo. Eu salvarei Parijatdvipa com meus próprios métodos. Com minha glória e força. — Suas unhas fincavam na palma das mãos, causando-lhe ardor. Ele as abriu. — Você mesmo disse, anos atrás, que as mães destinaram a grandeza a *mim.* Que a coroa acabou nas *minhas* mãos, porque Parijatdvipa é minha por direito. Para ser governada e salva. Ficará ao meu lado? Vai me guiar, sacerdote, como sempre fez?

O olhar do alto-sacerdote se suavizou. Ele tocou a bochecha de Chandra, e a tensão nos ombros do imperador finalmente se atenuou. Ele relaxou, suspirando de alívio.

O alto-sacerdote sempre fora como um pai para ele, mais do que o que ele teve. Sempre. Ao menos era algo com que podia contar.

— Chandra — disse Hemanth baixinho. — Imperador. O senhor é mais do que um filho para mim. Se esse é o caminho que deseja trilhar, eu o seguirei. E ficarei feliz de estar ao seu lado, e até orgulhoso, quando mudar o mundo para melhor. Quando salvar todos nós.

# MALINI

*Priya,*
*É evidente que fui atrás de suas histórias grandiosas.*
*Não gosto da minha própria ignorância. E essas lendas foram as histórias que te criaram. Certamente você as aprendeu na infância. Certamente foram elas que te moldaram assim como o leite, assim como as histórias das mães me moldaram.*
*Não percebe que eu quero saber tudo que há para saber de você? Que mesmo agora, quando eu deveria ter te esquecido, tudo que eu mais quero é conhecer seu coração melhor do que conheço o meu?*

O exército de Malini chegou até a fronteira de Saketa antes das chuvas das monções bloquearem seu caminho. Ninguém com o mínimo de bom senso batalhava quando os dilúvios caíam sobre o império e reviravam o solo, transformando-o em um mar de lama, então o exército armou seu acampamento e esperou os céus ficarem limpos.

Na trégua da batalha, Malini escutava o som da chuva batendo nas paredes da tenda e escrevia cartas para Priya que ela nunca enviaria.

Se fosse sábia, ela queimaria as próprias palavras. Se fosse ainda mais sábia, ela não as teria escrito para início de conversa.

Porém, era a única indulgência a que ela se permitia. Ela escrevia, e escrevia, e guardava as cartas cuidadosamente dentro do forro da caixa de joias, abrindo o tecido durante a noite para que pudesse lê-las de novo.

E certamente havia indulgências piores do que querer amar alguém. Querer ser *compreendido*.

*Às vezes eu penso em meu exército como uma onda. Eu não coloquei os pés no mar quando tive a chance, mas agora penso no exército como as águas que me carregam. E meu trono... meu trono é a costa inevitável.*

*Lutamos contra Chandra em todo o império. Em Dwarali. Em Alor. Ele não tem o dom de preservar aliados. Ele quer que as pessoas se curvem, e implorem, e mendiguem pelas migalhas que ele tem a dar, mas por que fariam isso, quando eu ofereci muito mais? Assim, os exércitos dele fracassam, e eu sigo em frente, e forjo uma aliança com meus aliados com base em votos, barganhas e promessas.*

*Tenho tantas dívidas, Priya. Dívidas com meus homens. Dívidas com você.*

*Nunca me esqueço da dívida que tenho com você.*

Os homens se aconchegavam nas tendas, bebendo vinho e jogando carteado sob a luz das lamparinas. As mulheres de Malini se reuniam ao redor dela e jogavam os próprios jogos. Uma das mulheres de Dwarali — Sahar, uma arqueira de ombros largos com um senso de humor indecente — sugeriu uma brincadeira de cantoria, exibindo um brilho malicioso nos olhos.

— Uma canção devassa começa, e então a próxima se inicia com a sílaba que a última terminou, e assim por diante, até acabarem as músicas, ou as jogadoras estarem bêbadas demais para lembrar a letra — disse ela, e então abriu um sorriso ao ver a expressão de Malini. — Imperatriz, de que adianta um jogo se não permitir que a jogadora fale alguma obscenidade?

— Eu prefiro jogos de estratégia — comentou Deepa baixinho, parecendo levemente horrorizada. Raziya a serviu de uma grande taça de licor e a entregou, com empatia.

— Prometo que todos os jovens lordes e soldados estão fazendo o mesmo jogo em suas tendas — disse Raziya, compartilhando um olhar entretido e breve com Sahar. — E as músicas deles são muito menos refinadas do que as nossas.

— Desde que eu não precise me juntar a eles, podem fazer o que bem entender — pronunciou Malini, seca.

— Mas vai jogar com a gente, não? — perguntou Raziya, erguendo a sobrancelha.

Malini não conseguiu recusar.

Era difícil me lembrar das músicas embalada pelo vinho — era ainda mais difícil encontrar similaridades entre as canções de Dwarali e as cantigas devassas de Parijat. No fim, Lata foi a que se saiu melhor entre elas. Quando Malini acordou na manhã seguinte, ela se viu rindo em momentos estranhos, relembrando de Lata recitando com empolgação uma série completa de versos grosseiros sobre sogras que vinham de todas as partes do império.

À luz do dia, enquanto a chuva continuava, Malini tentou aliviar a dor de cabeça e se concentrar em escrever cartas que a traziam pouca alegria, mas que, todavia, eram necessárias para que alcançasse seus objetivos.

A experiência a ensinara que as batalhas de maior sucesso eram aquelas ganhas com palavras. As frases, quando cuidadosamente escolhidas, eram como facas: ameaçadoras, promissoras ou ferinas. Ela soubera de lorde Narayan, um dos nobres saketanos leais que a acompanhara de Srugna, que a decomposição se espalhara por toda a Saketa.

— A decomposição — dissera ele com cuidado —, não é simplesmente um problema ahiranyi, como foi no passado. O alto-príncipe é um homem guiado pelo medo, imperatriz. Medo de perder o trono. Medo de que seu povo passe fome. Porém, seus medos... não são infundados.

Então, ela direcionou cuidadosamente a lâmina de suas palavras para os medos do alto-príncipe. Ela escreveu a ele oferecendo colheitas de Alor e Srugna para alimentar seu povo. Ofereceu restaurar a lealdade dos baixos-príncipes que o abandonaram para servir Malini. Comércio com Dwarali. Comida, prosperidade e também um futuro.

*Eu não posso trair o imperador legítimo*, respondera o escriba. *A única esperança de Saketa e do meu povo é seguir um caminho justo. Um caminho proscrito a todos nós pelas mães. Eu não me desviarei dele.*

Semanas se passaram, e os mensageiros de Malini foram e voltaram do forte do alto-príncipe debaixo daquela chuva torrencial; enquanto a pilha de cartas não enviadas para Priya só crescia, sua linguagem florescendo mais selvagem e mais estranha devido à honestidade.

*Eu sinto saudades*, escrevera para Priya, e para si mesma. *Mas não da mesma maneira que você sente de mim, eu acho. Eu sinto saudades porque eu me permiti me importar com você. Durante um breve instante, deixei você entrar no meu coração. E agora vejo que, como imperatriz, agora que o mundo está aos meus pés, meu coração está fechado. Eu devo ser alguém acima dos sentimentos mortais — alguém moldada pelo fogo e pela profecia, mais do que apenas carne, ossos e desejo.*

*O que eu fui com você, nunca mais posso voltar a ser.*

Para o alto-príncipe, ela respondeu: *eu sou a escolhida das mães, profetizada pelo deus anônimo. Me seguir é uma escolha abençoada tanto pelas mães quanto pelo deus anônimo.*

*Confie em mim e tudo ficará bem.*

No dia em que as chuvas cessaram, Malini enfim recebeu a resposta que estivera esperando:

Ele se renderia a ela. Ele devolveria as terras aos baixos-príncipes que se voltaram contra ele.

Ele confiaria na vontade das mães e em Malini.

Malini acordava exausta na maioria dos dias, os sonhos ainda emaranhados no seu crânio, as vozes de Narina e Alori se dissipando em seus ouvidos como ventos distantes de tempestade. Porém, naquele dia ela abriu os olhos muito antes do coro de pássaros ao amanhecer, e teve a estranha sensação de sentir a esperança florescendo em seu peito.

Naquele dia — se ela tivesse sorte, fosse astuta e toda a sua politicagem funcionasse como planejado — ela tomaria Saketa do controle do irmão. O seu último aliado estaria nas mãos dela.

Malini começou o dia tomando um banho de um balde frio. Ela se ajoelhou para que passassem óleo, penteassem e trançassem seus cabelos, rodeada pelo som familiar do exército se levantando: panelas batendo e os resmungos baixos de homens. Jarros estalando em cima do fogo à medida que os cozinheiros do acampamento preparavam a refeição matinal. Enquanto sua criada Swati trançava flores cor de marfim em forma de coroa em sua cabeça, ela ajeitou as dobras do próprio sári até ficarem retas como uma faca, aguardando o baque ritmado familiar de dezenas de pés marchando no solo. Quando ela finalmente ouviu os soldados que guardavam sua tenda durante a noite fazerem a última patrulha, ela lentamente soltou a respiração e disse:

— Prepare o chá e traga o mapa, Swati.

As mulheres começaram a chegar, e o guarda na porta de Malini anunciava cada uma que entrava: Raziya e suas acompanhantes; depois Deepa, trazendo desculpas por Lata.

— Ela logo vai chegar, imperatriz — disse a menina. — Ficou trabalhando até tarde da noite, preparando sua reunião com o alto-príncipe. Eu... a vi com o príncipe de Alor mais cedo...

— Obrigada, lady Deepa — interrompeu Malini, antes que a menina continuasse.

Havia uma mesa grande em sua tenda — grande o bastante para que o mapa de Parijatdvipa pudesse ser estendido por completo. O mapa era feito de um tecido grosso, e as fronteiras de cada cidade-Estado, fazenda e vilarejo que as rodeavam foram bordadas com um fio espesso de seda. Era um mapa antigo, presente dado a Malini pelo Sultão de Dwarali em pessoa. O forte labiríntico de Saketa — a residência ancestral do alto-príncipe — era projetado em espirais como uma flor de muitas pétalas, com espinhos entre os floreios. Malini o examinou, e analisou o quanto estava perto de seu objetivo.

Assim que recebesse a rendição do alto-príncipe, ela poderia mandar seu exército marchar na direção de Parijat sem se preocupar com um inimigo às suas costas. Os baixos-príncipes e lordes saketanos que escolheram servi-la receberiam novas riquezas por sua lealdade e as terras que haviam perdido quando se recusaram a aceitar Chandra como imperador. O exército de Malini sentiria o gosto da vitória e do ouro saketano, além da promessa de um caminho direto e resplandecente em direção a Chandra e seu exército — e ao trono.

Assim que lidasse com o alto-príncipe, ela finalmente poderia destruir o irmão.

A entrada da tenda farfalhou outra vez.

— Milady — disse um dos guardas, um pedaço do rosto visível entre a cortina e a tenda. — O príncipe Rao e sua sábia.

— Deixe que entrem — ordenou Malini.

Lata entrou primeiro. O cabelo estava preso em seu costumeiro coque apertado de tranças, como uma coroa ao redor de sua cabeça, mas ela trajava um sári de seda fina, o tecido escuro bordado com flores de lótus de um azul profundo.

Ela protestara quando recebera aquele presente de Malini.

— Não é costume dos sábios — dissera ela.

— Você é um reflexo de mim — insistira Malini. — Considere isso como uma responsabilidade do seu novo papel.

— Eu ainda sou apenas uma sábia — replicara Lata, tranquila.

— Como minha conselheira, você sabe que isso não é verdade — respondera Malini, e foi o fim daquela discussão.

Um instante depois de Lata, Rao entrou e fez um cumprimento cortês e breve. Seu turbante estava arrumado, a faixa adequadamente amarrada, e sua cinta estava brilhando com diversas facas afiadas. Entretanto, Malini tinha a sensação de que ele não havia dormido direito. Percebeu pelo modo como ele se comportava: os ombros tensos, olhos apertados e com olheiras, a cabeça pendendo para a frente como se não aguentasse o peso.

— Tome um pouco de chá — disse ela, e ele deu um sorriso. — Você também, Lata. Sei que não descansou.

— Precisava considerar todos os aspectos do pacto que tem intenção de firmar com o alto-príncipe, imperatriz — disse Lata, enquanto obedientemente pegava uma xícara. — Vou dormir quando acabar o trabalho. — Ela olhou de soslaio para Rao. — Nós dois iremos.

— Temos más notícias — anunciou Rao. — Mas nada inesperado. — Ele aceitou o chá, bebendo rapidamente, como se nem sentisse o gosto. — Nossos suprimentos de comida estão se esgotando depressa.

Malini conteve um xingamento. Rao estava certo. Ela sabia que essa era uma possibilidade. O exército era imenso e precisava ser alimentado, e os suprimentos das cidades-Estados leais não chegavam com frequência, na melhor das hipóteses. Seus homens começaram a tirar comida dos vilarejos e campos saketanos por necessidade. Porém, muitas vezes, os vilarejos pelos quais passavam já estavam morrendo de fome, e os campos estavam... estranhos.

— Temos comida o bastante para chegar em Parijat?

Foi Lata quem respondeu:

— É possível. Mas teremos que ser... cautelosos. E vamos precisar seguir para Parijat o mais rápido possível.

Malini saiu de sua tenda para se juntar ao conselho de guerra matinal com suas mulheres ao seu redor. O sabre, uma lâmina cintilante, era leve o bastante para ser carregada confortavelmente no quadril. Lady Raziya e duas das suas guardas favoritas, Manvi e Sahar, levavam arcos mais pesados nas costas, com posturas orgulhosas. Juntas, as mulheres caminharam debaixo de guarda-sóis enfeitados com borlas, estendidos por guardas parijati atenciosos. Os soldados ficavam em silêncio ou abaixavam a cabeça quando elas passavam.

Malini vira o pai andar do mesmo modo como ela fazia agora, diversas vezes, atravessando os corredores do mahal imperial com sua espada e os conselheiros ao seu redor, os criados e soldados ficando imóveis em veneração ao avistá-lo. Havia certa satisfação em seguir os passos do pai, ao menos em se tratando disso.

O poder de um imperador estava na sabedoria, na lealdade e no apoio de seus confidentes mais próximos — em manter laços com nobres de todo o império. O poder de uma princesa era demonstrado em suas ornamentações: o peso e o brilho de suas joias, as flores que usava no cabelo, e a beleza de suas acompanhantes.

Agora, o poder de uma imperatriz? Bem... Nunca houve imperatriz alguma antes de Malini. Assim, ela mesma escrevera as regras e requisições de como ser uma, e torcia para que combinar a autoridade de um papel e a aparência do outro fosse o bastante.

O conselho de guerra acontecia em uma tenda vasta e circular. Perto de seu assento estava lorde Mahesh, com a expressão severa. Não havia sinal de Rao. Ele a deixara, como fazia com frequência, muito antes do conselho, para resolver seus próprios assuntos.

Quando Malini entrou, os homens se curvaram. Ela se aprumou na plataforma de almofadas de brocados dourados que servia como trono, endireitou as costas e ergueu a cabeça.

Antes que o lorde Mahesh pudesse se levantar e começar a destrinchar as minúcias da negociação que fariam com o alto-príncipe de Saketa, outro lorde se levantou abruptamente. Ele era de Srugna, mas Malini tinha apenas uma vaga noção de seu rosto, que não era jovem, mas não tinha muitas rugas, e estava contorcido de raiva.

— Eu falo por Srugna — anunciou ele.

Malini deixou que seu olhar se demorasse um pouco nos lordes mais velhos familiares atrás dele. A julgar pelos olhares inquietos, mas não surpresos, em cada rosto, ele *não* falava por Srugna. Porém, ele também não estava agindo de forma inapropriada. Lorde Prakash, sentado atrás dele, observava tudo com um olhar astuto e sério. Esperando para ver o que ela faria diante de um desafio direto ao seu poder, sem dúvidas.

Malini nada disse. Deixou que seu olhar se voltasse para o lorde mais uma vez, enquanto ele abria e fechava as mãos, aguardando sua resposta. Como se tivesse o direito de fazer-se ouvir. Ele já errara por se levantar antes da hora, exigindo ser ouvido, demonstrando desrespeito tanto a ela quanto ao conselho. Que ele continuasse empilhando lenha na própria fogueira, se assim desejasse.

Tudo nele era limpo e polido, desde o tecido da túnica nova, cortada de acordo com a última tendência da corte do rei de Srugna, com uma faixa estreita e peças angulosas de tecido claro nos ombros. A pele dele era marrom-clara. Ela olhou para o colarinho e os punhos, mas não viu faixa alguma mais clara de pele.

Ele era novo. Novo naquela guerra em nome de Parijatdvipa, e cheio de si. Até mesmo os nobres que protegiam sua pele de forma zelosa haviam ficado com a pele das mãos e do rosto mais escura depois de tanto tempo viajando sob o sol.

Os srugani tinham enviado suprimentos havia menos de um mês. Esse homem devia ter vindo junto. Quem sabia que tipo de veneno tinha sido jorrado em seus ouvidos na corte srugani antes que pudesse se juntar a Malini, comandando dinheiro e soldados novos?

Seria interessante descobrir.

— Não podemos ser generosos com o alto-príncipe — disse o lorde srugani, quando Malini apenas continuou o encarando. — Se insistir em perdoar um traidor, Imperatriz, Srugna pode insistir em se retirar de uma guerra tola.

Os lordes srugani se remexeram, inquietos. Lorde Prakash foi o único que nada fez. Continuou observando atentamente, imóvel, mas com a testa franzida.

Então, essa ameaça não fora esperada, ao menos não por ele. Ela ficava feliz de ele não ter apoiado aquilo, mesmo que também não tivesse feito o favor de silenciar seu colega.

À sua esquerda, lorde Mahesh pigarreou, exigindo atenção.

— Você não tem familiaridade com a guerra, creio eu, lorde Rohit. Quando eu falo de estratégia, pode expressar suas... preocupações. Porém, não deve nos ameaçar. — O tom dele era cortês, mas havia um aviso em seus olhos que o lorde srugani seria tolo em não notar.

— Não deveríamos estar aqui — explodiu o lorde. Um tolo, de fato. — Deveríamos estar em Parijat, arrastando aquele cachorro do trono. Não viemos aqui para sacrificar nossos homens e dinheiro nas mesquinharias entre o alto-príncipe e seus parentes de posições inferiores.

Todos os príncipes saketanos se levantaram de repente, um oceano de energia raivosa.

— O alto-príncipe é um traidor — disse um deles, em tom afiado. — E se aliou com aquele cachorro. Nós lutamos pela imperatriz em Dwarali. Lutamos em Alor. E em troca, ele tomou nossas terras, nossos vilarejos ancestrais e nossos tributos. Mas preferimos vencer a encarar uma discórdia desnecessária. Você pensa que *Srugna* tem algum direito de exigir o sangue de um nobre saketano?

— Rohit — murmurou um dos lordes srugani, tentando acalmá-lo. Era tarde demais, na opinião de Malini.

— Vocês estariam passando fome sem Srugna — retrucou lorde Rohit. — Vocês precisavam da comida de minhas províncias. Uma porção significativa da minha colheita foi levada... e o que Srugna ganhou em troca? O quê? Nós merecemos...

— Seu tolo orgulhoso, você não merece coisa alguma!

— *Basta* — interrompeu Malini.

Os homens ficaram em silêncio. Ótimo. Ao menos ela ainda tinha poder o bastante para isso.

— Não podemos entrar em Parijat com a ameaça de Saketa na retaguarda — disse ela calmamente. Que a verdade falasse por ela. Era implacável, inescapável, e ali eram todos, ou quase todos, guerreiros experientes. Que eles mesmos reconhecessem tal fato. — Não podemos deixar nossos aliados sem paz em suas próprias terras.

O que ela não disse foi: *nós barganhamos pela lealdade desses baixos-príncipes quando lutamos contra as forças de Chandra em Dwarali, enquanto ele atirou torrentes e mais torrentes de soldados contra as muralhas de Lal Qila, quebrando-as como ondas em cima das pedras.* Ela não disse: *se eu voltar atrás com minha palavra, minha promessa, nossos esforços para depor Chandra vão ser nulos.*

Esse lorde Rohit não merecia explicação alguma. Então, em vez disso, ela falou:

— Talvez os lordes srugani queiram informar a esse lorde o seu erro.

— Eu... — começou lorde Rohit.

Suas palavras cessaram quando Prakash colocou uma mão pesada em seu ombro, pedindo que voltasse a se sentar. Todo o contingente de forças srugani estava pálido, com a mandíbula tensa de vergonha e raiva. O que quer que tenham pensado em obter ao mandar lorde Rohit falar com seu tom de indignação, eles não haviam conseguido.

— Imperatriz — disse lorde Prakash, inclinando a cabeça. — Lorde Rohit não quis fazer mal. Se demonstrar sua misericórdia...

O discurso do lorde srugani foi interrompido quando Aditya entrou.

O irmão mais velho de Malini estava vestido, como sempre, como um sacerdote do deus anônimo, usando um dhote azul-claro, os cabelos longos descobertos e presos para trás. Porém, em vez do tradicional xale em cima do torso nu, ele vestia uma túnica apertada, forrada de tecido e placas de metal. Roupas para a batalha.

Essa foi a única concessão que fez para o mundo para o qual ele voltara arrastado. Ele não iria tomar o lugar de Chandra no trono; não seria o príncipe herdeiro imperial que fora outrora, antes que uma visão do deus anônimo o guiasse para uma vida no sacerdócio. Entretanto, ele não podia mais ser simplesmente um sacerdote. O sabre que carregava no cinto, estranho contra aquele azul sagrado das calças, tilintou quando ele se curvou diante de Malini e então se ajoelhou à sua direita.

Malini manteve os olhos fixos nos srugani. Esperou, com uma paciência pétrea, até lorde Prakash lembrar o que estava dizendo.

— Nossas mais sinceras desculpas. — Fosse lá qual discurso ele pretendia fazer, foi reduzido a uma única frase. Ele fez outra mesura, e ao receber um chute nada sutil no joelho, lorde Rohit voltou a ficar de pé e também se curvou antes de sentar-se outra vez.

Se estivesse no lugar dela, Chandra teria arrancado a língua de lorde Rohit, ou providenciado uma execução lenta e brutal. O irmão nunca havia aceitado bem quando feriam seu orgulho.

Porém, Malini não podia se dar ao luxo de uma crueldade tão casual, e a sua raiva queimava mais fria e mais lenta do que a de Chandra. Em vez disso ela assentiu, consentindo, e pensou, *quando isso acabar, e Parijatdvipa for minha, vou me lembrar de você.*

— Lorde Mahesh — pediu Malini. — Por favor, continue.

Depois de um instante, Mahesh começou a falar e descreveu a tarefa que teriam adiante.

Enquanto Malini se aproximava de sua carruagem, o exército abria caminho para ela. Metade de suas forças, vestida com armadura, mantinha os olhos em sua figura. Ela manteve o olhar no horizonte, a cabeça erguida. Ela não podia aparentar medo.

Aquilo não era para ser uma batalha, mas parecia uma. Ela sentia a guerra martelando no seu coração enquanto subia na carruagem; na forma como seus sentidos ficaram mais afiados, como a lâmina de uma arma. Ela ouviu o ranger do metal sob os pés, o estremecer silencioso do dossel da carruagem sob o vento. O ressoar dos cascos enquanto seus cavaleiros armados a rodeavam: um mar de cavalaria, levando os estandartes de Parijatdvipa, extremamente brancos sob o céu ardente.

Lady Raziya se ergueu para acompanhá-la na carruagem, levando um arco. Suas guardas, montadas a cavalo, fizeram uma formação de foice ao redor do veículo.

À direita, o general de Malini se ergueu na própria carruagem. Lorde Mahesh encontrou os olhos dela, e assentiu com a cabeça, sério.

Ela segurou o anteparo da carruagem. O cocheiro prestava atenção nela, aguardando.

— Avise aos homens — disse ela a lorde Mahesh.

A carruagem foi impelida para a frente. O som de armaduras e cascos batendo preencheu o espaço enquanto o exército de Malini atravessava o terreno plano e empoeirado sob um céu azul límpido, em direção ao forte do alto-príncipe.

A construção assomava diante deles. Pequena a princípio, no horizonte, e então cada vez maior enquanto se aproximavam das muralhas.

Ninguém os aguardava. Um punhado de soldados saketanos, e só.

— O alto-príncipe sabia que viríamos — murmurou Malini para Raziya. — Por que ele não mandou uma comitiva de boas-vindas adequada?

O alto-príncipe não era o primeiro governante nobre que se recusara a se curvar diante de Malini, mas, quando haviam negociado os termos de rendição, todos a reconheceram com grande cerimônia. Uma comitiva apropriada de guerreiros em seus melhores cavalos. Cortesãos. Presentes.

Diante dela, havia... quase nada.

Ela ficou inquieta.

— Não sei, imperatriz — disse Raziya, parecendo igualmente receosa. Ela olhou para suas mulheres, e ergueu a mão para fazer um sinal. Uma delas se aproximou. — Avise às outras para ficarem atentas — ordenou.

Malini se virou para lorde Mahesh.

— A negligência do alto-príncipe me preocupa. Há algo de errado — disse Malini, levantando a voz para se fazer ouvir acima das rodas e dos cascos. Ele virou a cabeça, encontrando seu olhar.

— Seria sábio ter prudência — disse Mahesh, mas não soou a concha que levava ao cinto para pedir a atenção de seus comandantes. Sua carruagem continuou seguindo, a poeira erguendo-se em nuvens abaixo das rodas. — Porém, o alto-príncipe sempre foi um homem estranho. Eu o conheci durante nossa juventude e posso garantir que ele nunca se preocupou com pompa e circunstância. Ele vai se render. Apenas precisamos esperar.

*Mas ele ainda não se rendeu.*

Se ela ordenasse a Mahesh para segurar o exército, ele faria? Conseguiria? Ela sabia que um exército tinha seu próprio ritmo e não podia ser facilmente impedido. Ela voltou a cabeça para a frente, observando a extensão de homens adiante. Abaixo de si, a carruagem sacolejou até parar quando se aproximaram da fronteira da cidade. Ela pensou em todas as mensagens do alto-príncipe — o medo que percebeu nelas, a ansiedade que as perpassava. Ela desejou ter se encontrado com ele ao menos uma vez durante seus anos no mahal imperial, para ser capaz avaliá-lo. A tinta não era o bastante para julgar o coração de um homem.

Eles aguardaram. O silêncio crescia, o vento chicoteava as bandeiras de Parijatdvipa estendidas nas carruagens.

Lentamente, os portões do forte se abriram.

Nenhum exército saiu de lá. Apenas um homem. Aquela visão era tão estranha que os homens de Malini congelaram, imóveis, enquanto os portões se fecharam outra vez, impedindo-os de entrar na cidade.

Era indubitavelmente um sacerdote. Marcado pelas cinzas, com a expressão tranquila, ele atravessou o chão poeirento diante dos portões de Saketa. Enquanto andava, uma nuvem da mesma poeira dourada se erguia ao seu redor, cercando-o de luz.

Os guardas de Malini não se mexeram.

Por fim, um único comandante a cavalo caminhou até o sacerdote para cumprimentá-lo. Tudo permaneceu em silêncio por um longo momento.

O comandante cavalgou de volta até Malini e disse:

— Imperatriz, ele deseja falar com a senhorita. Em nome do alto-príncipe.

— Traga-o até aqui — ordenou Malini.

Um sussurro percorreu por entre os homens, repentino como uma brisa ondulante, enquanto o sacerdote era levado até a carruagem.

Ele fez uma mesura graciosa e depois ergueu a cabeça. Era um homem idoso, esquelético e marcado pelo sol, mas com olhos ferozes.

— Não será permitida a entrada na cidade, princesa Malini — disse o sacerdote como cumprimento. Ele abriu um sorriso. — E o alto-príncipe não deixará seu trono para vir cumprimentá-la aqui.

Ah. Então era uma armadilha.

Porém, que tipo de armadilha? O alto-príncipe tinha boas defesas em sua cidade. O forte de Saketa tinha fama de ser complexo; com diversas muralhas que se voltavam e rodopiavam entre si, cobertas de torres de vigilância. Diziam que, se alguém conseguisse ver o forte dos céus, a estrutura lembraria uma flor de lótus desabrochada, com centenas de pétalas. Malini examinara seu desenho no mapa apenas horas atrás. Fazer um cerco à cidade seria praticamente impossível. Sitiar a cidade até não sobrar comida custaria a Malini muito mais do que ela podia dar.

Se o alto-príncipe a tivesse convidado para ir ao palácio — se a tivesse cercado com seus conselheiros lá dentro —, então talvez ela compreendesse a natureza da armadilha na qual fora pega. Agora, isso... Isso era incompreensível.

— Se o alto-príncipe não vai negociar comigo, tenho apenas a guerra a oferecer — respondeu Malini.

O sacerdote inclinou a cabeça.

— Eu sou um sacerdote, mas também um guerreiro — disse ele, os olhos faiscando. — O imperador Chandra não aguardou a traição de seus irmãos de sangue sem se preparar, princesa Malini. A irmandade dos sacerdotes cresceu. Existem aqueles que fazem suas preces ao fogo e de joelhos, com flores e ritos funerários. E existem homens como eu, que aprenderam um tipo de prece diferente.

— Vai erguer sua espada contra mim, sacerdote? — questionou Malini.

Ela não se permitiu sentir medo ou raiva. Já enfrentara coisas piores. E, se Chandra tivesse dado sabres a seus homens sagrados, e os enviado para guerrear contra ela — bem, de que importava? Ou seriam ruins de fé e política, ou ruins de guerra, e qualquer uma das opções a servia bem.

— Estou aqui para servir ao alto-príncipe a pedido do imperador Chandra — disse o sacerdote. — Eu vim até aqui, como meus irmãos, pelo bem de Parijatdvipa. Porque eu compreendo o sacrífico. Mas a senhorita, não, princesa Malini.

Havia uma urgência estranha e súbita na voz dele. A distância, ela ouviu o lamento baixo de uma concha. Um dos comandantes vira alguma coisa.

Outro lamento.

Algo estava brilhando nas paredes da fortaleza. Arqueiros.

Aviso. Perigo. *Perigo*.

A voz do sacerdote se ergueu acima dos nobres que murmuravam e viravam as cabeças, lentos para notar o perigo; enquanto soldados erguiam seus escudos e Malini se endireitava na carruagem, tensa, sem querer demonstrar fraqueza, se forçando a confiar nas defesas que a cercavam. Ao lado dela, Raziya calmamente pegou seu arco, ajeitando uma flecha como se estivesse contemplando atirá-la diretamente na testa do sacerdote.

— As mães das chamas abençoaram seus filhos — disse o sacerdote, tropeçando nas palavras. — Quando as mães escolheram morrer pelo fogo, sua morte e seu sacrifício foram uma benção, um ato que invocou a chama mágica para as espadas de seus seguidores.

— Todos lemos os Livros das Mães — retrucou Mahesh, impaciente. Estava apertando o sabre com força. — Homens, prendam o sacerdote. Com *cuidado*.

— Se entendesse a natureza do sacrifício, princesa Malini — disse o sacerdote rapidamente, enquanto soldados o rodeavam —, faria sua parte, como tantas outras mulheres fizeram. Por vontade própria. Para o bem do seu irmão imperador.

— Outras mulheres — repetiu Malini, e seu coração se apertou quando ela enfim compreendeu, ficando nauseada.

O sacerdote a encarou. A luz fervorosa do seu sorriso havia desaparecido, seus olhos arregalados brilhavam, fixos nela.

— As armas que serão voltadas contra seu exército e todos os inimigos do imperador foram banhadas pelas cinzas — anunciou ele, orgulhoso. — Elas queimaram para salvar o mundo, como as mães queimaram. A princesa não pode fazer menos do que isso. Reconheça seu lugar, princesa Malini. E veja o que mulheres mais corajosas do que a senhorita fizeram.

Ele ergueu a mão.

Malini levantou o olhar e viu os portões do forte serem abertos outra vez — escancarados para abrir caminho para cavaleiros que seguravam espadas brilhantes, com fiapos de fumaça erguendo-se ao redor deles.

Ela olhou para cima e viu que começava a chover fogo do céu.

O exército dela enfrentara flechas de fogo antes. Eram armas de guerra, e o comandante de cada divisão do exército presente no campo — a cavalaria, os elefantes e a infantaria — sabia como combater essa tática. Até mesmo cetros e espadas cobertas de chamas poderiam ser enfrentados.

Mas esse fogo era... errado.

Ele florescia. Levantava voo como pássaros alados. Pulava de um corpo para o próximo, gracioso e com uma consciência própria. Enquanto um corpo caía, ele saltava para o próximo, procurando combustível.

Vivo. O fogo estava *vivo*.

O ar se encheu com o cheiro de fumaça de corpos queimando.

Ela conseguia ver apenas um vislumbre de Mahesh, ainda sentado na carruagem, segurando-se com força enquanto seu cavalo trotava em frente, atropelando os soldados que encontrava pelo caminho. Ao seu redor e adiante, os homens corriam de um lado para o outro sem rumo, alguns em chamas, o ar foi preenchido por calor e gritos. Malini pensou em uma frase do Livro das Mães, que falava sobre o fogo sagrado, que tinha consciência, rodopiava e inquietava-se: *suas labaredas bifurcadas, suas asas de chama, voltaram-se contra os yaksha e os reduziram a cinzas, e não descansaram até tudo estar morto em seu caminho...*

Malini olhou de volta para o acampamento. Ela ouviu gritos distantes. Metade do exército ficara para trás. *Alguém* no acampamento notaria o que tinha acontecido. Mandariam mais homens rapidamente.

Ela não podia permitir aquilo, não contra o que estavam lutando. Precisavam bater em retirada. Precisavam *pensar*.

A carruagem sacolejou. O cavalo entrara em pânico, recuando não importava o quanto o cocheiro, cujas mãos tremiam, tentasse tranquilizá-lo. Sacolejou outra vez e mais uma. Malini foi jogada ao chão pela lateral da carruagem. Ela olhou para Raziya e viu a mulher de joelhos, segurando a própria cabeça. A mão ensanguentada.

— *Raziya* — gritou Malini, assustada.

A mulher ergueu a cabeça, os olhos aguçados.

— Foi só um corte — respondeu ela. — Levante-se.

Ela segurou Raziya pelo braço.

— Abaixe — ordenou ela, o mais alto e forte que conseguia. — Estaremos mais seguras a pé.

Raziya enganchou o arco nas costas e assentiu, sombria, segurando Malini. As duas pularam dali.

Acima, o fogo se lançava pelo céu. O cavalo de uma mulher dwarali foi atingido — Malini ouviu o som terrível do animal morrendo, e o baque quando outra carruagem capotou. Raziya cambaleou para trás, arrastada por uma de suas mulheres, praguejando enquanto um soldado corria além delas, fugindo da batalha em pânico. Então, Malini viu o cavalo de sua carruagem cair, o cocheiro inerte, uma flecha rompendo sua garganta. Viu a própria carruagem virar na direção dela, cheia de madeira e metal e as grandes rodas aramadas. Um peso imenso. Raziya estava fora de alcance, Malini tinha quase certeza. Só que Malini não estava.

A carruagem a esmagaria.

Uma pressão contra seu corpo, os pés cedendo. Ela sequer teve tempo de sentir medo, quando um soldado a empurrou para a frente, lançando-a para longe da carruagem.

Ela ouviu um barulho terrível. Ossos sendo esmagados. Ouviu a respiração sair do pulmão do soldado com um som discreto, mais surpreso do que agonizante. E então ele ficou imóvel.

O corpo do soldado estava preso embaixo da carruagem. Só a cabeça e um braço estavam visíveis. Estava vestido no branco e dourado de parijati. Era um dos seus próprios homens. Entorpecida, mesmo enquanto os sons dos gritos e do fogo enchiam seus ouvidos, ela retirou o elmo dele. Os olhos estavam arregalados e a boca aberta. O cabelo estava preso em um coque alto, longe do rosto, e trançado.

O cabelo de um sacerdote. O rosto de um sacerdote.

Outro sacerdote, ela pensou com um tipo de surpresa descontrolada. Pelo amor das mães, *todos* os sacerdotes das mães agora carregavam armaduras e espadas? Por que um deles tinha decidido tentar matá-la, e outro escolhido morrer por ela?

— Imperatriz — chamou Raziya. A voz estava rouca, desgastada de uma forma que Malini nunca ouvira antes. — Imperatriz Malini. Precisamos ir. Venha, agora.

Ela iria, mas ainda não. Ainda não.

Ela se viu chegando mais perto do sacerdote. Virando seu braço esticado. Estava parcialmente descoberto, a manga da túnica rasgada. Viu marcas no seu braço — caligrafia saketana, tinta borrada na pele...

Uma mão a segurou pelo ombro, erguendo-a. As guardas a haviam rodeado, e mais dois soldados tinham se unido ao grupo, as espadas desembainhadas para protegê-la. Os cavalos se foram. Ela tentou não pensar no que acontecera àquelas pobres criaturas. Raziya olhou para Malini, seu rosto pálido e ensanguentado, seu olhar vidrado, tão feroz que Malini foi forçada a encarar de volta.

— Imperatriz, precisamos ir — disse Raziya. — Agora mesmo.

— Volte ao acampamento, lady Raziya. — Malini se ouviu dizer. Ela mal reconhecia a própria voz. Estava rouca, como se estivesse gritando. — Eu preciso ressoar a retirada.

Por que Mahesh não tinha feito isso? Por que os homens ainda estavam tentando *lutar*?

— Uma concha — declarou Malini. — Preciso de uma concha.

— Imperatriz — disse um dos soldados. — Se... se a senhorita for...

— Imperatriz, o que pode ser feito aqui? — exigiu saber uma mulher dwarali. — Esse é... é o *fogo das mães*...

Ela ignorou aquelas vozes. Com certa dificuldade, ergueu os olhos, avaliando os perigos imediatos que a cercavam: os cavalos que morriam, o cadáver ao seu lado, os soldados e os guardas a observando com olhos arregalados. O fogo que saltava de corpo em corpo, como algo com vontade própria, faminto, tão cruel quanto um mortal. Ela observou, entorpecida, quando um homem foi engolido inteiro pelas chamas. Quando caiu de joelhos, e o que sobrou dele foi ao chão, o fogo o deixou tão rapidamente quanto aparecera.

Raziya estava segurando o ombro dela. Chamando seu nome, cada vez mais alto.

— Se não me derem uma concha — disse Malini deliberadamente para as pessoas ao seu redor —, então eu mesma vou atrás de uma.

Ela precisaria se mover entre cavalos em pânico e homens de armadura também em pânico, mas ali adiante ela via um cocheiro com uma concha no quadril, paralisado em sua carruagem de guerra, encarando o fogo que continuava a descer dos céus. O comandante que estava na carruagem provavelmente se fora, perdido na batalha.

— Cuidem da minha segurança — disse para as mulheres de Raziya. Ela se levantou, e o aperto de Raziya em seu ombro aumentou antes de soltar.

— Imperatriz — chamou Raziya.

Porém, Malini não queria ser convencida ou impedida. Ela andou para a frente, rápido, e depois mais rápido ainda. Até que começou a correr, os cabelos esvoaçando ao redor dela, o sabre batendo contra o quadril, um peso inútil.

— Vocês ouviram a imperatriz. — A voz de Raziya era distante, mas firme. — Defendam-na.

Ela desviou quando um arco de fogo ondulou perto dela, o bastante para que sentisse o calor na bochecha; tropeçou em um homem ferido antes de recuperar o equilíbrio e atravessar o caminho. Um dos homens do alto-príncipe estava à sua frente, a cavalo. Do canto do olho, ela viu uma flecha atravessar o peito dele, e observou o homem cair. Viu a sombra de uma das guardas, e depois outra, formando um círculo ao seu redor. Ela continuou correndo.

A carruagem estava logo à frente. Malini, tremendo de raiva e determinação, segurou o anteparo e se enfiou lá dentro.

— Sua concha — ordenou ela, estendendo a mão para o cocheiro. Ele se atrapalhou, colocando-a nas suas mãos. — Dê meia-volta. Lady Raziya precisa da nossa ajuda, e então voltaremos ao acampamento.

— I-imperatriz. — Os lábios dele estavam pálidos, e as mãos tremiam. — Esse é... o fogo das mães...

— Dê a volta — disse ela, deliberadamente.

— O cavalo — ele conseguiu dizer. — Pode...

— Você tem suas ordens. *Vá.*

Com um estalar do chicote, a carruagem avançou para a frente, e depois para o lado. Voltou pelo caminho que ela acabara de vir. Malini viu lady Raziya com o rosto sujo de cinzas. Uma das guardas estava morta à sua frente. A carruagem sacudia, e Malini segurou a concha com mais força. Engoliu em seco. Não havia mais posição cuidadosa na batalha, rodeada de soldados, cavalaria e escudos. Estava no centro da ação, o vento golpeava seu rosto, a poeira era um sal áspero em seus lábios.

— Pare — ordenou ao cocheiro, e ele conseguiu dominar o cavalo por tempo o bastante para que lady Raziya subisse.

— Sahar — disse Raziya, em tom breve. — Manvi. As duas, venham conosco.

— Vamos seguir, milady — informou Manvi, com urgência, freneticamente acenando com as mãos para a carruagem, como se pudesse levá-la para a segurança com sua própria vontade.

— *Vá*, milady — disse Sahar.

Uma flecha se fincou ao chão à direita de Raziya. O cavalo empinou.

— Firme — gritou Malini, e o cocheiro segurou as rédeas, como se sua ordem tivesse algum poder para mudar o que estava acontecendo ao redor.

Raziya se ajoelhou, segurando o anteparo da carruagem, xingando outra vez. E Malini se plantou com firmeza na base da carruagem, rezando para não cair.

Ela inclinou a cabeça para trás, levando a concha aos lábios.

Três lamentos rápidos cortaram o ar:

Retirada. Retirada. Retirada.

# PRIYA

*Queria que eles não se curvassem para mim*, pensou Priya. Até mesmo sua voz interior parecia envergonhada.

A multidão de aldeões que a aguardava, reunida nos limites da floresta e se ajoelhando em respeito, era grande. Priya tentou manter o rosto impassível, endireitando os ombros e erguendo o queixo, tentando parecer orgulhosa e pronta. Porém, era difícil, ela estava empoleirada em uma liteira sem cobertura, com as pernas cruzadas e a postura ereta, como se fosse algum tipo de donzela nobre em vez de... bem, ela mesma.

Ela odiava a liteira. Descer dela era sempre um processo meio vergonhoso. Sempre havia olhos em cima dela, e aplausos. Às vezes jogavam pétalas frescas em seu caminho. Naquele dia, uma mulher mais velha a esperava com uma bacia de prontidão, se oferecendo para lavar os pés de Priya em um gesto respeitoso. Priya rejeitou a oferta do modo mais educado que conseguiu, o que não era muito.

Espíritos, como ela odiava a política. Odiava distribuir sorrisos doces e fingir que não estava suando embaixo do seu sári claro e fino. Ela ajustou um dos braceletes de madeira e ouro nos antebraços, resistindo ao ímpeto de cutucar a barra da blusa. Estava ficando apertada. Ela desenvolvera músculos novos naqueles últimos meses, desde que começara a treinar a sério ao lado dos guardas de sua irmã. Ela precisaria soltar mais a barra, ou pedir a uma das criadas para desfazê-la e costurar de novo.

O pulo desajeitado de Ganam da própria liteira, por sorte, desviou a atenção da multidão. Ele se endireitou, envergonhado, oferecendo aos aldeões um cumprimento tenso. Era a primeira vez que ele a acompanhava, e assim que descobriu sobre as liteiras, ele desesperadamente tentara evitá-las.

— Quer que esses pobres coitados carreguem um homem do tamanho de um boi como eu? — perguntara ele, quando a liteira fora trazida para a entrada do mahal. Ele gesticulou para os guardas que o esperavam, todos muito menores do que ele. — Por que torturar essa gente se eu posso andar?

— Porque precisamos representar uma certa imagem — respondera Priya. — Precisamos parecer grandiosos.

A expressão de Ganam fora cética.

— Eu acho... — dissera ele, lentamente — que enfiar meu corpo nessa liteira minúscula não vai me fazer parecer grandioso. As pessoas vão dar risada.

— Elas não ousariam — respondera Priya. E então, olhando de soslaio para os guardas que os observavam, ela erguera a voz: — Mas, se você recusar a liteira, suponho que nós dois podemos andar...

— De jeito nenhum. — A voz viera das janelas de treliça acima deles. Através da madeira, Priya vira o rosto da irmã, de olhos estreitos, encarando os dois. — Priya, você vai na liteira. — Uma pausa. — Vocês dois vão.

Ganam fizera uma careta, e Priya abrira um enorme sorriso em resposta. Às vezes — muitas vezes — ela esquecia que não devia gostar dele.

— Bem, se anciã Bhumika disse, então está decretado — dissera Priya, alegre. — Vamos, Ganam, anime-se. Talvez, se continuar me acompanhando, alguém construa uma liteira maior para você.

Agora, Ganam foi para o lado dela. Deixou que Priya liderasse, permitindo que ela cumprimentasse os líderes do vilarejo e aceitasse as poucas guirlandas que lhe ofereciam, e os copos de leite adoçado, cobertos por uma camada fina de açafrão. Ele permitiu que Priya assentisse, sorrisse e encenasse a grandiosidade. E, quando ela perguntou "vocês podem nos mostrar os campos?", Ganam finalmente deu um suspiro de alívio e a seguiu.

A polidez e os bons costumes eram excruciantes, mas os dois compreendiam o trabalho — e a decomposição.

O campo para o qual foram levados era metade pântano, coberto por uma água verde profunda salpicada por algas, larvas e peixes pequenos e estranhos, que brilhavam em ônix e prateado na escuridão. O coaxar dos sapos se fazia ouvir no ar. A água tinha cheiro de estagnação: tanto ensanguentada quanto doce como açúcar, um odor melado e antinatural.

Um dos líderes do vilarejo informou, muito ansioso, que o campo os servia bem fazia muito tempo. O vilarejo não ficava longe dele, as casas de palafita erguidas alto o suficiente para que não fossem levadas pelas enchentes regulares. Havia famílias que cuidavam daquele terreno e de suas águas por gerações. As larvas eram uma iguaria deliciosa quando fritas em óleo com molho de tamarindo doce. Em outras circunstâncias, os líderes teriam oferecido as melhores para Priya e Ganam, como convidados respeitados.

Porém, era nítido que nada naquele pântano poderia ser comido agora. Nada poderia ser sequer tocado de modo seguro. Uma das meninas do vilarejo, que regularmente jogava as redes na água, voltara para casa com uma comichão no braço. De um dia para o outro, a área fora infestada por pequenas flores brancas. A decomposição estava no pântano: nas plantas e na alga verde dentro da água.

Era o motivo de Priya ter ido até ali, obviamente. Para consertar as coisas.

Bem... Para *tentar* consertá-las.

— Mais alguém foi infectado? — perguntou Priya a um dos líderes, e ele balançou a cabeça.

— Não, anciã — respondeu ele, e Priya, consciente como sempre de sua grandeza, se segurou para não rir com o absurdo que era ouvir um homem trinta anos mais velho do que ela a chamando de *anciã*. — Nós tomamos cuidado. Temos outros campos.

O *por enquanto* ficou implícito.

A decomposição se propagava. Essa era sua natureza.

— Eu a verei depois, então — respondeu Priya, e o líder agradeceu, falando sobre a gratidão que sentia por sua benevolência. As palavras fizeram sua pele coçar de vergonha, mas ela as aceitou mesmo assim, com um sorriso. — Se puder nos dar licença...

— Claro, claro — disse o líder apressado, e então todos os aldeões deram um passo para trás, para ficar longe do perigo.

Ganam e Priya deram um passo à frente, pisando naquele chão lodoso.

— É um pedaço bem grande de terra — murmurou Ganam. — E com muita água.

Enquanto caminhavam, Priya encarava o chão. As algas na superfície se mexiam: uma pulsação visceral que lembrava pulmões respirando e músculos contraindo. O fedor desagradável e metálico estava atraindo moscas.

— É mesmo — concordou ela.

— Alguma vez você já...?

— Nada tão grande assim. — Ela consertara uma árvore estranha. Uma campina pequena, uma vez, a muito custo. Nada mais.

Uma pausa. Então Ganam disse:

— Tem certeza de que quer fazer isso?

Ela respirou fundo.

— Bom, eu preciso começar em algum lugar. E você está aqui.

— O que devo fazer?

— Por enquanto, só observe — disse Priya, porque na verdade ela nem sabia se havia alguma coisa que ele *pudesse* fazer. Ela obteria sucesso ou fracassaria sozinha.

Ela inspirou fundo mais uma vez para se firmar, e então se ajoelhou. A lama imediatamente manchou seu sári. Talvez ajudasse a convencer Bhumika de que roupas nobres não eram as ideais para Priya. Uma túnica marrom e um dhote como o dos guardas seria mais apropriado — e também mais fácil de limpar.

Foco.

Ela fechou os olhos. Respirou fundo, inspirando profunda e lentamente. De boca fechada, sentiu o zumbido da própria respiração contra os dentes, uma reverberação sutil. Se colocasse um pouco de voz ali, pareceria uma canção.

A decomposição cantarolava dentro de si — cada pedaço profundo e carnudo, enroscado no solo e na água, no verde e no azul. Movendo-se junto de sua magia.

Assim como deveria ser. Afinal, ela era uma anciã do templo. Anciã Priya, nascida-três-vezes. Passara três vezes pelas sagradas águas perpétuas e sobrevivera. Ela possuía os dons dos antigos yaksha dentro dela. E sempre que fechava os olhos — como os tinha fechado naquele momento —, sentia Ahiranya por inteiro como um inseto alado, o corpo debatendo-se contra as suas mãos em conchas. Esse campo — com ou sem decomposição — pertencia a ela.

Ela estendeu sua magia. Respirou. Respirou. Apenas isso.

Alcançou a decomposição.

Não era muito diferente de consertar a decomposição de um corpo mortal. Não era muito diferente, ela disse a si mesma, enquanto as veias da doença se enroscavam e se debatiam e chicoteavam ao seu redor. Ela conseguia fazer isso.

Ela se afundou mais.

Ao longe, ouvia vozes. A mão de Ganam repousava sobre seu ombro, cinco pontos de luz quente ao redor de sua palma iluminada. Ele a estava chamando? Aquela urgência vinha da voz dele?

*Priya.*

As raízes da decomposição a cercaram. Haviam esvaziado para si um lugar na terra, assim como escavavam um lugar dentro dos corpos dos mortais decompostos. Ela não conseguiria apagar a decomposição desse campo sem acabar o matando. Porém, ela impedira seu crescimento na pele humana. Poderia impedi-lo ali.

Ela foi mais fundo.

*Priya. Priya! Ah, pelo amor dos espíritos, porra...*

*Brotinho. Meu brotinho.*

A mão de alguém estava em sua mandíbula, apertando forte. Dedos envoltos em madeira. Unhas de espinhos.

*Priya.*

*Brotinho.*

Ela voltou à superfície de si mesma com o pânico instintivo de um corpo prestes a se afogar. Ela se debateu: sentiu o solo revirar e rachar sob si, partindo. Ouviu um grito abafado, e uma dúzia de passos enquanto os aldeões que observavam na margem do campo davam um passo para trás, presos entre ficar imóveis e fugir.

— Priya. — Ela reconheceu a voz de Ganam. Rouca e cuidadosa. — Você voltou para nós?

Ela abriu os olhos. A visão ficou limpa, como vidro sujo recém-lavado. Havia uma corda firme e trançada, uma forca feita de raízes, enroscada no pescoço de Ganam. Estava... razoavelmente apertada.

Priya engoliu em seco. Impeliu a forca a se desfazer. A corda deslizou para dentro do chão, voltando ao solo. A terra molhada se fechou sobre ela.

— Sim — respondeu ela, com a voz rouca e fraca. — Agora sim.

Depois de descansar um pouco e tomar um gole de algo doce para afastar o tremor dos dedos — chá, daquela vez —, Priya cuidou da menina com o braço florescendo. Ela tocou na pele da menina com a ponta dos dedos e interrompeu o poder da decomposição sobre ela. Disse à menina e à sua família que a decomposição não voltaria a crescer.

— Então ela vai sobreviver? — perguntou a mãe, com a voz abafada pela esperança.

— Vai, sim — confirmou Priya com gentileza, e a mulher se debulhou em lágrimas.

Sem o toque de um nascido-três-vezes, a decomposição era uma sentença de morte. A menina sempre carregaria aquela pequena marca de magia consigo — sempre precisaria escondê-la com blusas de manga comprida, e arrancar as pétalas para que só os botões irrompessem a pele lisa — mas ela não morreria. Ao menos isso Priya era capaz de fazer.

Ela nada podia fazer pelo campo. Ganam utilizara sua própria magia fraca, de nascido-uma-vez, para ajudá-la a construir uma barreira de árvores ao redor, bloqueando-o dos outros campos e do próprio vilarejo. Árvores com raízes profundas que consumiam a umidade eram as melhores, então Priya fez com que diversas banianas brotassem do chão com sua força. Quando acabou, ela se sentou sobre as raízes expostas de uma árvore e bebeu um jarro de água, exausta, enquanto Ganam explicava aos líderes do vilarejo que eles voltariam se a decomposição escapasse de seu enclausuramento; e que não foram capazes de erradicá-la. Disse que lamentavam muito, mas até mesmo os anciões recém-coroados do templo de Ahiranya, com seu poder recém-adquirido, tinham um limite do que poderiam fazer.

— Obrigada — disse ela quando ele voltou.

— Acho que eu não fui diplomático o bastante — murmurou ele.

— Você se saiu bem — disse Priya. Fosse verdade ou não, o que estava feito estava feito. Ela ficou em pé. — Venha. Vamos andar de volta.

— E as liteiras?

— Nós já fracassamos. — Ela manteve a voz leve, depreciativa, mesmo enquanto a vergonha formava um nó determinado em seu peito. — Não precisamos fingir grandeza nenhuma.

Como se pressentindo seu mau-humor, os guardas não tentaram forçá-los a subir nas liteiras outra vez. Em vez disso, andaram juntos, atravessando a floresta. Os insetos zumbiam no ar, tão densos entre as árvores, que formavam nuvens que ondulavam como tule escuro. Eles esmagavam folhas sob seus pés. Na frente, Priya e Ganam não usavam bastões para tatear o caminho e afastar as cobras, como era costumeiro, mas não precisavam disso: Ganam estava usando sua magia de nascido-uma-vez no tapete de folhas e flores diante deles, repelindo os animais.

Era um truque que Priya sugeria que todos os nascidos-uma-vez usassem como método para refinar sua magia. Os nascidos-uma-vez — os rebeldes que haviam lutado e matado brutalmente em busca da independência de Ahiranya — aproveitaram aquele exercício como um modo de aprimorar seu controle.

Ganam era um dos melhores. Ele movia a vegetação diante deles em ondas elegantes, um movimento que crescia e se espalhava como as ondas causadas por uma pedra que ia de encontro à água parada. Então, não foi surpresa para Priya quando ele disse:

— Se tivesse ajuda, talvez você conseguisse. Talvez fosse mais fácil.

Priya estava tão exausta. A lama nos joelhos estava seca, incrustada em forma de duas luas crescentes de lama. Ela não queria ter aquela conversa outra vez.

— Bhumika não tem tempo para ajudar com essas coisas — disse ela.

Os nascidos-uma-vez tinham magia, mas não era nada parecido com a intensidade de poder que residia em Bhumika e Priya. Apenas os nascidos-três-vezes podiam impedir a decomposição. Apenas eles podiam fazer o que Priya tentara — *o que tinha esperança de* — fazer.

Apenas eles tinham alguma chance de curar a decomposição.

— Você e ela não precisam ser as únicas nascidas-três-vezes — disse ele.

— Eu sei — falou Priya. — Eu sei mesmo. Mas não queremos, nenhuma de nós... — Ela parou de falar. — É perigoso.

Ela não arrastaria Ganam consigo naquelas jornadas se não achasse que um dia ele voltaria a passar pelas águas, mas suas palavras soaram desajeitadas.

— Todos os homens ou as mulheres que lutaram ao lado de Ashok sabem bem disso — falou ele. Não parecia bravo, mas já haviam tido essa discussão com frequência o bastante para que ela não precisasse olhar para saber que veria uma faísca de luto misturado com fúria em seus olhos. Ela sentia a mesma coisa sempre que ouvia o nome do irmão morto. — Mas não temos medo de morrer pelo bem de Ahiranya.

— Talvez o que Ahiranya precise agora é que vivam por ela — replicou Priya, da maneira mais gentil que conseguiu. — Não podemos perder ninguém.

Ganam ficou em silêncio. Depois de um instante, Priya balançou a cabeça.

— Eu não quero discutir. Vamos voltar.

Haveria muito tempo para discussão no futuro.

— Parece que poderia ter sido bem pior — comentou Sima mais tarde.

Estavam sentadas recostadas em uma árvore do pomar. A noite estava escura e aveludada, e compartilhavam um jarro de vinho entre elas.

— Provavelmente. Eu só não consigo pensar em como nesse momento.

Priya não costumava ficar emburrada quando bebia vinho, mas fora um dia difícil. Ela estava reclamando havia algum tempo — traçando, inquieta e constantemente, a borda do jarro com a ponta do dedo.

— Se eu ficasse sentada o dia todo numa sala e tudo que eu fizesse fosse cuidar das pessoas que sofrem com a decomposição, ainda assim eu quase não faria diferença. Seria tipo... uma concha em um panelão do tamanho do mundo. Entende isso?

— Nunca tente se tornar poeta, Pri — zombou Sima. Ela passara o dia todo ajudando na organização do mahal e estava tão cansada quanto Priya, mas relaxada pelo vinho. Ela sorriu um pouco.

— Eu era poeta para ela — disse Priya baixinho, deixando aquela confissão escapar. — Eu... eu escrevi para ela, sabe.

— Como está a sua imperatriz?

— Vai saber. — Priya deu de ombros. De repente, ela se sentiu um pouco exposta, o rosto quente. — Mas não vamos falar sobre isso.

— Foi você que a mencionou primeiro.

— Olha, ela... ela não é importante. Isso é o que importa, certo? Eu não consigo consertar um campo — disse Priya. — Não de doentes. Não estou falando do campo como falei da concha, mas... ah, eu nunca deveria ter tentado bancar a poeta com você. Você tem razão. Olha, a verdade é a seguinte: ainda tem tanto trabalho a ser feito, e eu não consigo fazê-lo sozinha. — As palavras expuseram uma dor oca no seu peito, um nó de pura ansiedade que ela não podia mais ignorar. — Precisamos de mais anciões. Mais nascidos-três-vezes.

Sima exalou.

— Isso é difícil, Pri. — Silêncio. Então, ergueu a cabeça e olhou para a amiga, dizendo lentamente: — O que você diria se eu quisesse me tornar mais do que eu sou? Se eu quisesse passar pelas águas perpétuas como os guardiões das máscaras? Como você?

Priya encarou as próprias mãos.

— Não acho que você queira de verdade.

— Por que não?

— Você não é como eles. — Do canto do olho, ela viu os ombros de Sima tensionarem, viu quando ela recuou. Rapidamente, Priya emendou: — Não tipo... Sima, não de um jeito ruim.

— Então de que jeito?

— Me deixa beber — disse Priya. — Aí eu explico.

Elas recaíram em um silêncio tenso enquanto Priya virou o jarro, tomando três ou quatro goles metódicos. Seus lábios ardiam. Sua garganta parecia que ia pegar fogo.

— O tipo de força que você precisa para atravessar as águas e sobreviver... é do tipo severa. Do tipo que deixa cicatrizes. O tipo de marca que fica dentro da sua alma, embaixo da pele. — Ela fechou os olhos. — Eu não... eu não quero isso para você. Eu também não acho que seja o que você quer para o seu futuro. Você é esperta demais para isso.

— É bem marcante aprender sobre armas também, sabe — observou Sima. — E o medo nunca vai embora. Nem a culpa. Que diferença faz, ter uma arma que vive no seu sangue, em vez de nas suas mãos?

— É diferente — falou Priya. — Acredite em mim.

— Eu sei como a vida pode ser dura — declarou Sima. — E estou disposta a saber mais se for por algo que vale a pena. Proteger esse lar que construímos, a família que temos aqui... parece que vale a pena.

— Você não conhece o preço. E eu... — A voz dela fraquejou. Algo relampejou em sua visão, a imagem de uma faca e uma flor. Madeira e ossos. — Eles já fizeram isso. Pagaram uma parte. Não podem voltar atrás. Mas não é um preço que eu quero que uma amiga pague.

Uma pausa.

— O que acontece quando você entra nas águas? — perguntou Sima, por fim. — Qual é a sensação?

Priya riu, balançando a cabeça, e bebeu mais do álcool. Ela mordeu o lábio com força, a boca azeda adocicada pelo licor.

— Não tenho certeza se eu sei — falou ela. — Eu não sei se eu me lembro.

Porém, ela tinha certeza de uma coisa, algo do tempo que passou nos campos de decomposição, das noites insones que passou depois da morte de Ashok e dos sussurros que a percorriam às vezes, em uma voz tão doce e rica quanto uma rosa florescendo.

*Ah, brotinho.*

As águas se lembravam dela.

# MALINI

Malini voltou para o acampamento com os pulmões cheios de fumaça e o corpo tomado por memórias sensoriais: o cheiro de pele, cabelo e tecido pegando fogo. A doçura de ghi e de perfume misturado com a ardência de mulheres queimando vivas. Alori e Narina, na fogueira diante dela, seus cheiros e o som dos seus gritos preenchendo-a e esvaziando-a. Ela quase caiu da carruagem — e teria caído, se Raziya não a tivesse segurado.

Mãos fortes. Carne viva. Ao menos essa mulher vivera.

— Imperatriz — chamou Raziya, segurando Malini com tanta firmeza que certamente deixaria hematomas. — Os soldados estão olhando. Lembre-se de quem é.

Essas eram as palavras de uma conselheira para uma jovem mulher que havia fracassado. *Não permita que vejam sua fraqueza*, dizia aquela voz, e a força nela deu a Malini o ímpeto para se lembrar da pessoa que deveria ser.

Malini se forçou a assentir e endireitar a postura, jogando os ombros para trás e erguendo a cabeça. Os guardas corriam em sua direção. A batalha não tinha durado muito tempo. Os cavaleiros do alto-príncipe haviam se retirado para dentro das muralhas do forte labiríntico rapidamente, levando o fogo consigo — retraindo-se, ela ouvira os soldados dizerem, frenéticos, para as espadas e flechas, prontos para serem utilizados outra vez.

Ela conseguia ver seu exército ali, sem saber o que fazer depois que a ameaça se fora. Sussurros sobre o *fogo das mães* chegaram aos seus ouvidos. Invadiram seu sangue como veneno.

Ela desceu da carruagem.

— Me leve ao lorde Mahesh — ordenou ela para o guarda mais próximo.

— Sim, imperatriz — disse ele e se virou, abrindo caminho para ela, os companheiros se movendo para guiá-la.

Ela esperava que Raziya a seguisse, mas não havia nada além de silêncio atrás dela, e, quando se virou, viu que a mulher se abaixara ao chão da carruagem, pálida, segurando a própria cabeça. Malini começou a andar até ela — e foi impedida por alguém que segurou seu braço.

— Eu a levarei até o lorde Khalil, imperatriz — disse um arqueiro dwarali. Os olhos estavam vermelhos por causa da fumaça. — Cuidarão dela. Eu juro.

— Não a leve para o marido — disse Malini. — Leve-a para um médico.

— Sim, imperatriz — repetiu ele, com uma reverência. Então, ele andou até Raziya e subiu na carruagem com ela.

Malini observou por um segundo, e então respirou fundo e se forçou a desviar o olhar.

Aquilo era o palco perfeito para uma crise política. Não havia tempo para dar-se ao luxo de pensar em seus próprios sentimentos — para se preocupar, esperar ou sentir a voz que rasgava o próprio crânio, uivando *fogo, fogo, fogo, fogo*. Como fantasmas, suas irmãs de coração bruxuleavam diante dela. Ela parou para pensar no que deveria ser feito, ali e agora, para aumentar suas defesas. Pensou nas ações que poderia tomar para que conseguisse continuar sua jornada em direção ao trono. Ela pressionou aqueles sentimentos na própria pele como uma máscara, como algo que fosse capaz de impedi-la de se estilhaçar.

Ela se viu dentro da tenda de lorde Mahesh.

Queria pedir a ele que chamasse Rao. Que encontrasse Lata, seus oficiais militares e quaisquer lordes parijatdvipanos que pudessem ser rapidamente reunidos. Precisava de lorde Khalil e de lorde Narayan, e até de lorde Prakash, com seus olhos miúdos e suspeitos. Ela precisava de seu conselho por perto para fazer planos e estratégias, medir recursos e contar os mortos. Precisava seguir *em frente*.

Bastou um olhar para o rosto sério e furioso de lorde Mahesh, enquanto ele atravessava a porta da tenda, para saber que nada daquilo seria possível. Ainda não.

— Imperatriz — disse ele, a voz rouca por causa da fumaça. — Precisamos conversar a sós.

— Nós *estamos* a sós, lorde Mahesh — disse ela.

Ele olhou de soslaio para os guardas.

— Deixem-nos — anunciou ela, gesticulando para seus guardas. Eles hesitaram por um instante, mas Malini repetiu o gesto e falou, em tom neutro: — Lorde Mahesh garantirá minha segurança. Vão. Fiquem na porta.

Foi só depois que se foram — tomando seu posto do lado de fora como ordenado, disso ela não tinha dúvidas — que Malini se permitiu examinar lorde Mahesh mais de perto. Ele tinha um corte no rosto, uma linha comprida ensanguentada na bochecha e rasgos na roupa. As cinzas tornaram o branco da sua túnica parijati em um cinza apagado.

Mahesh a encarou de volta, os olhos estreitos, vermelhos por causa da fumaça.

Lorde Mahesh a servira de forma competente desde que fora designado ao cargo, mas agora olhando para ele, vinha em sua cabeça que ele não soara a concha no campo de batalha — que fora ela a dar a ordem, em todo seu pânico desamparado, forçada a arriscar a própria vida.

Como se ouvisse os pensamentos dela, ele disse:

— Não deveria ter soado a retirada, imperatriz. Isso foi um erro grave.

— Meus homens estavam em perigo — respondeu Malini, tranquila.

— Nossas forças estavam sendo massacradas. Estavam todos queimando. Eu não permitiria que continuassem. Como meu general, *você* não deveria ter permitido que continuassem.

— Eu deveria e teria feito isso. Eu deixaria centenas morrerem, se fosse necessário. Essa é a natureza da guerra, imperatriz. Aqueles homens deveriam ter morrido felizes. Você deveria ter confiado no meu julgamento.

— Não fui treinada nas artes militares junto de meus irmãos, lorde Mahesh, mas sei ver quando uma estratégia que resulta apenas em mortes desnecessárias está sendo executada — respondeu ela, em tom cortante.
— Sabe que eu queria o fim da guerra por Saketa com um derramamento de sangue mínimo. Então por que escolher uma estratégia, *sem meu aval*, que deixaria meu exército queimar por inteiro?

— Uma batalha não é um simples equilíbrio de vidas — disse ele entre os dentes, parecendo cada vez mais furioso. — Imperatriz, uma batalha é uma história escrita em sangue. E essa é a história que os homens contarão sobre a sua retirada diante do forte do alto-príncipe: que o imperador Chandra mandou um sacerdote das mães, que trouxe consigo o fogo abençoado das mães. O fogo que destruiu os yaksha de outrora, o fogo que declara o direito abençoado do imperador ao trono, e a condena como uma usurpadora. Eles dirão que a imperatriz traidora viu o fogo das mães, e sabendo que sua reivindicação ao trono era falsa, condenada diante dos olhos das mães que ela proclamava servir, *fugiu*. — Um segundo passou, enquanto ele permitia que ela considerasse aquelas palavras. — Compreende, imperatriz?

— Que absurdo concluir tal coisa com evidências limitadas — disse Malini, a voz seca. — Não acredito que as pessoas presumirão tal coisa, lorde Mahesh. E, se o fizessem, seria uma conclusão inteiramente equivocada.

— Vão pensar, imperatriz. Eu tenho certeza.

*Como pode ter certeza?*, Malini pensou, mas não perguntou. Assim que a pergunta surgiu, ela soube a resposta.

Era o que ele pensava. Por isso. Seu próprio general olhara para aquele fogo e vira sua fé ruir.

— Aquele *não* era o fogo das mães — disse Malini, com muito mais convicção do que sentia.

— Não era um fogo natural — respondeu Mahesh, daquela vez mais baixo e mais firme. — O que mais poderia ter sido além do fogo das mães? É o que o povo dirá e acreditará. Vão dizer que as mães não a escolheram para o trono. Dirão que a senhorita não é a governante de direito.

Justiça, direito — ah, como ela odiava aquelas palavras. O único propósito delas parecia ser mantê-la em seu lugar: confinada a uma vida limitada e a padrões de pureza que a diminuíam e a apagavam até que ela virasse apenas seu sangue, seus ossos e um rosto agradável. Uma vida em que nunca contemplaria o governo: uma vida em que obedientemente ofereceria seu pescoço a uma faca, ou abraçaria a fogueira com alegria.

— Eu sou a governante de direito de Parijatdvipa — disse Malini. — E aquele não era o fogo das mães. Devo continuar a repetir isso, lorde Mahesh? — Talvez se ela repetisse o suficiente, com segurança o bastante, uma nova realidade se tornaria a verdade inegável. — E, como a governante de direito, não desejo desperdiçar a vida daqueles que me servem. Não seria capaz de permitir que mais homens... fossem queimados por obedecerem às leis que o próprio Chandra não respeita.

A palavra *queimados* carregou sua voz com algo áspero, interrompeu aquela calma que ela mantivera com tanto cuidado durante a conversa. Os olhos dele se aguçaram mais ao ouvir aquilo.

— Imperatriz — disse ele. — Malini.

*Ah, não*, pensou ela. A familiaridade do nome não trazia bons augúrios.

— Entendo se ver aquela cena reabriu... velhas feridas — disse ele delicadamente.

— Eu liderei homens em muitas batalhas, lorde Mahesh — prosseguiu Malini, ainda se amaldiçoando por dentro. Ela sabia o custo da fraqueza. Ela *sabia*. — Eu não sou frágil.

— Mas o fogo, é óbvio... seria compreensível...

— Você estava lá, lorde Mahesh, quando queimei o monastério — respondeu ela, com a voz firme como ferro. — Eu o queimei com minha própria flecha. O fogo não me assusta.

É óbvio que assustava. Ela tinha pesadelos até hoje. Talvez sempre tivesse.

— Deveria descansar — disse Mahesh, como se não a ouvisse. — Haverá tempo o suficiente para discutir o que fazer. Por enquanto, precisa se recuperar dessa provação.

Como se ela fosse capaz de se dar ao luxo de descansar. Não haveria *tempo o suficiente*, como ele mesmo dissera. A urgência do trabalho que estava diante dela fazia com que fosse difícil olhar para aquele homem sem demonstrar uma raiva incrédula.

— Agiu de modo errado, imperatriz, mas ainda podemos consertar. Podemos seguir em frente quando o acampamento estiver mais... tranquilo.

Como se para ressaltar suas palavras, houve um baque além das paredes da tenda, e gritos incompreensíveis.

— Eu preferia chamar os outros lordes agora — insistiu ela, controlando-se. — Preferia discutir como prosseguiremos agora.

— E eu — respondeu ele, com a voz firme — acho que seria melhor que a senhorita se recuperasse. Esse é meu conselho. Respeitosamente, imperatriz.

O silêncio recaiu sobre eles.

Aquilo era um desafio. Ah, lorde Mahesh até podia falar de respeito, mas ele sabia de seu valor para ela.

Ela pensou em se engrandecer. Pensou em dizer para ele: *eu sou sua imperatriz e você vai me obedecer*. Ela pensou em tudo o que seu pai teria feito em seu lugar, ou seus irmãos, ou qualquer imperador, qualquer homem sem rosto que tivesse poder.

*Você jamais falaria comigo daquele modo se eu fosse qualquer um dos meus irmãos*, ela pensou, o sangue correndo como um rio de raiva que a preenchia, ameaçando inundar seu coração. *E ainda assim sou uma líder melhor que os dois, em qualquer aspecto*.

— Talvez você esteja certo — disse ela, e deixou que seus ombros relaxassem, cedendo como se a exaustão a tivesse tomado. — Eu descansarei, lorde Mahesh. E mais tarde, iremos discutir o que deve ser feito.

Sua própria tenda, como todos os outros lugares no acampamento, cheirava a queimado. Porém, o cheiro era mais leve ali. Swati varrera o chão e perfumara o ambiente. Dispusera bacias de água para reter a fumaça.

Estavam todas esperando por ela: Deepa e Lata, e, para o alívio e surpresa de Malini, Raziya. Sua cabeça estava envolta em tecido, o cabelo preso de lado. Sahar, ainda ensanguentada e manchada de cinzas, estava na entrada da tenda, fazendo papel de guarda. Lata andou até Malini no segundo em que ela entrou na tenda.

— Milady — disse ela, o olhar ansioso percorreu o rosto e as roupas de Malini. — Está ferida? O que aconteceu? Por que foi até lorde Mahesh sem mim? Devo chamar Rao? Ele está cuidando dos seus homens, mas posso pedir...

— Não. — Malini balançou a cabeça. — Todos de quem eu preciso estão aqui.

— Eu já pedi água para o seu banho — disse Swati baixinho. — Lave-se, milady. A senhorita se sentirá muito melhor depois.

— A senhora está bem, lady Raziya? — perguntou Malini. — Deveria estar descansando.

Fez-se um ruído de concordância na entrada da tenda.

— Deveria ter esperado por mim — disse Raziya, as mãos apertadas no colo. Malini precisou de um segundo para reconhecer que seu olhar estava acalorado de raiva. — Eu estava indisposta — falou ela, rígida. —

Mas deveria ter esperado por mim, imperatriz. Se não por mim, então Lata ou lady Deepa.

— Meu pai não permitiria que eu ficasse lá — comentou Deepa, e então corou.

Malini e Lata trocaram olhares. Nada disseram.

Malini se retirou até um biombo e desenrolou seu sári. Deixou que caísse em uma pilha atrás dela, sabendo que nunca o vestiria de novo por vontade própria. Depois de um banho rápido usando um pano e um balde, com as mãos tremendo apesar do seu esforço, ela se vestiu com roupas limpas outra vez.

Ela destrançou o cabelo enquanto andava de volta para a parte principal da tenda, e passou um pente pelos fios com gestos amplos e descuidados, esperando seu coração voltar ao normal. Swati emitiu um ruído.

— Permita que eu faça isso, milady — pediu ela, e então tomou seu lugar na tarefa, rapidamente puxando os cabelos de Malini em uma trança nova.

Outra arqueira de Raziya entrou na tenda.

— Está tendo um conselho de guerra — disse ela, a voz urgente. — Nesse momento.

— A imperatriz estará pronta em um instante — disse Raziya. — Diga aos homens que...

— Não, milady — interrompeu a guarda. — Não compreendeu. O conselho já começou. E não estão... *escolheram* não chamar a imperatriz. — Ela engoliu em seco, e continuou, fraca: — Foi um dos homens do nosso lorde que nos informaram, milady, a pedido de lorde Khalil.

Silêncio.

— Podemos comparecer independentemente disso, é evidente, imperatriz — disse Raziya. A voz dela era fria, toda a fúria dentro de si reprimida. — Vamos garantir que tenha um séquito apropriado consigo. Todas nós estaremos a seu lado. — Deepa pareceu estremecer ao ouvir isso, mas Raziya prosseguiu calmamente: — Nada estará errado.

Todas voltaram seu olhar para Malini, aguardando sua resposta.

— Não — disse ela. Ela não iria até eles despreparada. Não iria até lá com as mãos trêmulas e fogo faiscando por trás das pálpebras. Não era assim que se ganhavam as guerras. — Como se celebra batalhas vencidas em Dwarali?

— Com bebida — respondeu Raziya.

— E batalhas que ainda não foram vencidas?

— Batalhas *perdidas*, imperatriz? — Ela ergueu a sobrancelha. — Não sei. Não perdemos batalhas em Dwarali. E, se perdemos, não sobrevivemos.

— Então temos sorte que Parijatdvipa seja um império tão vasto e cheio de múltiplos caminhos, e que nós, mulheres, sabemos um pouco sobre nos reerguer das chamas da ruína — afirmou Malini. — Swati, peça que tragam vinho. Ficaremos todas aqui, nessa tenda, e celebraremos nossa sobrevivência.

— E sharbat — pediu Sahar. — O vinho não é muito bom para quem está com cabeça sangrando.

Raziya estreitou os olhos para ela. Malini se corrigiu rapidamente então, dizendo que sharbat seria ideal, irritada consigo mesma pela própria falta de atenção.

Vinho e sharbat foram servidos. Malini relatou o que acontecera em frente ao forte do alto-príncipe e observou enquanto Lata ficava mais preocupada, o olhar calculado, enquanto considerava as implicações do que acontecera. Ela observou o modo como Deepa se encolhia mais e mais, como uma presa procurando se esconder do perigo.

— Deepa — chamou Malini, por fim. Deepa se sobressaltou visivelmente, e então se acomodou na almofada outra vez. — Se quiser ver seu pai, pode ir. Ele deve estar preocupado com você.

— Eu... eu não preciso vê-lo, imperatriz. Mil desculpas.

— Ele não vai querer vê-la? Garantir seu bem-estar? — perguntou Malini.

Deepa balançou a cabeça.

— Não, imperatriz.

— Então eu devo perguntar no lugar dele, você *está* bem? — indagou Malini. — Foi assustador enfrentar o fogo no campo de batalha, tanto para mim quanto para Raziya, mas também é assustador não saber que tipo de perigo pode chegar até você.

— Eu estou bem, imperatriz — garantiu Deepa. — Obrigada por sua preocupação.

Malini esperou que um instante se passasse, enquanto mais ar carregado de fumaça entrava pela abertura da tenda; enquanto Deepa segurava as mãos com mais força, enquanto toda a corte mais próxima de Malini a observava com atenção.

— Você quer me servir, Deepa? — perguntou Malini, baixinho. — Temo que eu não tenha feito essa pergunta desde que a guerra em si começou.

— Eu... — hesitou Deepa.

— Foi a vontade de seu pai ou a sua vir em meu serviço? — insistiu Malini.

Deepa baixou os olhos.

— Meu pai pediu que eu o fizesse — respondeu ela. — Mas fiquei feliz em me juntar à sua corte.

Malini assentiu lentamente.

— Obviamente — concordou ela. — Você é uma filha obediente. Deve a lealdade a seu pai em primeiro lugar. Você o ama. E ele controla seu destino: seu casamento ou a falta dele. Seu status. Todas nós compreendemos — continuou Malini. — E eu entendo... e perdoo você, por me vigiar a pedido dele, e pelo seu bem.

Deepa ergueu a cabeça, os olhos arregalados, temerosos.

— Imperatriz — balbuciou ela. — Eu não disse nada, nada mesmo... — Ela parou, e pareceu reunir suas forças, declarando então: — Eu sou a terceira de cinco filhas. Não sou a mais bonita nem a mais encantadora. Meu pai... ele só queria que eu tivesse a oportunidade de subir na vida.

Malini ficou em silêncio por um instante, e então perguntou:

— O que contou a ele sobre mim, Deepa?

— Nada, imperatriz. Nada.

— Seja sincera comigo — pediu Malini, a voz baixa como advertência. — Não deixe que seu medo a engane. Você é inteligente e instruída. Lata fala muito bem da sua mente. Me diga o que contou a seu pai. Me diga o que *eu* sou aos seus olhos.

Deepa hesitou.

— Imperatriz, eu... A senhorita... Está empenhada em vencer essa guerra. E também... trabalha incansavelmente. Sempre é... como é — disse ela, pausadamente, fazendo gestos abruptos na direção de Malini. — Corajosa e... elegante. Uma verdadeira herdeira de Divyanshi. Foi o que disse a meu pai.

— E o que mais?

Quando Deepa ficou em silêncio, Malini se inclinou para a frente. As outras mulheres continuaram observando, tensas e aguardando.

— Elogios e bajulação podem ir longe, Deepa, mas eu sei que não são tudo que você relata. Estou pedindo a verdade.

Deepa era inteligente e ponderada. Malini conseguia praticamente ver os pensamentos que rodopiavam dentro da cabeça da menina, quando ela tensionava a mandíbula, abria a boca para formar palavras que não poderia dizer, e então a fechava novamente.

Por fim, Deepa concluiu algo, o olhar endurecendo.

— A senhorita fala das mães — disse ela. — E diz... imperatriz, diz ser abençoada pelas mães, mas a senhorita não reza. Ou... ou fala *com* as mães. — A confiança dela aumentou, a voz menos hesitante enquanto continuava. — A senhorita não é gentil ou bondosa. Tenta ser, mas... existe uma frieza dentro de si, imperatriz. A senhorita não se esquece daqueles que a desagradam. — O rosto dela ficou alarmado, e ela acrescentou rapidamente: — Mas não disse isso ao meu pai.

— Por que não? Pensa que é um insulto? — Quando Deepa pareceu ficar mais em pânico, Malini sorriu, deixando a voz um pouco mais gentil: — Queria sua sinceridade, e lhe agradeço por isso. Em troca, tenho um pouco de sinceridade para você. Seu pai perdeu a fé em mim. E seu pai tem muito poder entre certas facções de aliados. — A decisão de Malini de torná-lo general só havia aumentado seu poder. — Eu gostaria de saber o que ele faz, o que ele diz ou não diz. Vigie-o por mim. Me conte o que descobrir, e será recompensada com mais poder na minha corte do que jamais teria alcançado como uma filha desfavorecida no lar de seu pai.

— Minha... minha família — falou Deepa, hesitando. — Minhas irmãs e minha mãe. Eu preciso saber que elas... vão ficar seguras.

— Se você fosse um filho de seu pai, e eu fosse seu imperador, você poderia me pedir uma garantia de que seria reconhecida como chefe da sua família — disse Malini. — Se você escolhesse o futuro do império acima das ambições e dos erros do seu pai, poderia me pedir para jurar que suas irmãs seriam protegidas e teriam um futuro independentemente do destino do seu pai.

Deepa engoliu em seco.

— Eu não sou um filho.

— E eu não sou um imperador. Então o que você fará, lady Deepa?

A menina desviou os olhos e encarou Lata, Raziya e Sahar. Encarou Swati que observava em silêncio. Lentamente, foi como se o pânico desaparecesse de seu rosto.

— Meu pai pediu que eu servisse à senhorita, e eu não disse não. Sequer tentei recusar. — Ela encontrou o olhar de Malini outra vez. — Eu queria ser mais. É egoísmo querer ainda mais do que isso, imperatriz?

*Está me levando ao caminho errado?*, os olhos dela perguntavam.

— Não é egoísmo servir ao império — disse Malini, firme. — E não é egoísmo proteger sua família dos erros de seu pai. E ele errou, Deepa. Você tem em suas mãos o poder de consertar os lapsos dele. Vai fazer isso?

Deepa engoliu em seco.

— Eu sempre quis mais — confessou ela. — Sempre quis... um propósito.

— Eu sei — respondeu Malini, olhando para Deepa completamente focada, com todo o charme que era capaz de carregar na voz, nos olhos e no corpo. Queria que Deepa visse que ela era reconhecida. Que soubesse que era valorizada. Era verdade, certamente, que ela queria assegurar sua lealdade e mantê-la rapidamente. — Eu sei.

— Eu quero as seguranças de que falou — disse Deepa. — Eu... eu quero saber que vou ser recompensada. Que minha família vai ficar segura. E em troca... imperatriz, em troca contarei tudo que sei do meu pai. E serei sua serva leal, como sempre fui.

Malini sorriu.

Depois, muito depois, Malini estava sentada sem companhia nenhuma, com exceção de Lata, e pensou em como mais poderia se proteger de homens que pararam de vê-la como uma deusa viva.

— Quando isso começou... — disse ela baixinho, e Lata ergueu a cabeça, prestando atenção. — Eu acreditava que já teria o império em minhas mãos a essa altura.

*Ou que eu já estaria morta.*

Às vezes, ela pensava que passaria o resto de sua vida assim, em estradas batidas rodeadas por homens armados, sempre negociando em uma teia de política e poder com aliados que faziam reverências, hesitavam e mediam seu valor da mesma maneira que ela media o deles. Que ela sempre estaria a um passo do sucesso ou da ruína. Que nunca veria Chandra morrer.

Seria possível alcançar uma coisa apenas por puro desejo?

Lata continuou sentada no chão, de pernas cruzadas e postura ereta. Estava na postura de um sábio em um debate, pronta para ajudar Malini a desembaraçar o nó cheio de espinhos que florescia dentro da própria cabeça.

Malini calculava um novo caminho para seguir em frente.

— Me traga Yogesh — pediu ela, acendendo o pavio da lamparina a óleo ao lado dos papéis, juntando todos seus instrumentos de escrita que estavam por perto: um pote de tinta e uma resma grossa de pergaminho. — Tente não chamar atenção, Lata.

Lata assentiu e saiu sem dizer uma palavra.

Malini pensou na força de uma história — em como poderia se romper em estilhaços e cortar o pescoço daquele que a criou. A história de um príncipe herdeiro que virou um sacerdote, um primogênito, que ainda tinha mais poder do que o mito com o qual ela se cobrira, de uma profecia de fogo e da sua própria ambição.

Ela precisava de uma arma que mais ninguém tinha. Ela precisava — ela queria — ter alguém em quem confiar. Alguém que a amava mesmo depois de ter uma lâmina contra o pescoço; que segurara o rosto de Malini com as mãos, calorosas e vivas, e dissera: *Eu conheço você. Conheço essa versão, e é minha.*

Ela sonhara em escrever para Priya tantas vezes. Ela *escrevera* para Priya tantas vezes.

*Estou sempre pensando em você. Penso em você durante a batalha. Penso em você na escuridão da noite. Quando minha mente está silenciosa ou cheia, é lá que você espera por mim.*

*Me espanta que eu queira você esse tanto. Que meu coração pertença a você nessa intensidade. O poder que tem sobre mim, Priya. Por que ele se recusa a esvaecer?*

*Eu penso em como a terra cede em suas mãos, florescendo para você. Eu penso no que você poderia fazer por mim, se eu decidisse te usar. E eu deveria te usar. Em algum lugar, você deve estar se perguntando por que ainda não o fiz.*

*Penso em como você consegue transformar qualquer coisa em uma arma. Você pensa em mim, quando está tudo em silêncio? Eu me pergunto...*

Chega. Ela não podia pensar mais nisso.

Ela escreveu uma carta diferente. Não para Priya, ou pelo menos, não somente para Priya. Escreveu como imperatriz, com todo o peso de sua posição carregando suas palavras, que não continham nada do seu coração.

Ela torcia para que Priya compreendesse mesmo assim. Torcia para que Priya viesse. Pelo bem de uma aliança entre o império e Ahiranya. E pelo bem do que ainda existia entre elas, ou ao menos do que existia dentro de Malini, revirando a memória de Priya como uma semente dentro da terra, procurando a luz.

# RAO

Rao chegou no conselho de guerra atrasado, e foi recebido com o caos — gritos, berros e lorde Mahesh na liderança, dizendo que a imperatriz estava exausta demais para comparecer. Rao deveria ter falado por Malini — queria ter feito isso, mas ele vira os olhos de lorde Khalil e vira aquela sobrancelha eloquente se levantar, acompanhada de um pequeno gesto da cabeça. Então Rao se manteve tranquilo e calado, mesmo enquanto sua frustração crescia.

Malini deveria ter um plano. Malini sempre tinha planos.

Ele mantivera a tranquilidade enquanto cuidava de seus homens e contava os feridos e mortos. *Continuara* calmo quando um de seus oficiais do exército alorano implorara para falar com ele e dissera que ordenaram que Yogesh levasse uma mensagem da imperatriz e já partira em seu caminho.

E ali estava ele, na tenda de Malini, desesperadamente tentando manter a cabeça no lugar enquanto ela parecia se divertir. Como se as preocupações de Rao fossem um *entretenimento*.

Talvez fosse o caso.

— Você mandou uma mensagem para Ahiranya — insistiu Rao. — Uma carta imperial, nas mãos de um oficial militar.

— Você encontrou alguns espiões para te servirem, Rao — murmurou Malini. — Que bom.

— Meus homens só são leais — respondeu ele. — O que você disse? Que ordens mandou?

— Você não sabe?

— Eu não li a sua carta.

— Por lealdade, ou porque não teve oportunidade?

Uma pausa, um silêncio que ele preencheu ao balançar a cabeça e fechar os olhos.

— Foi o que pensei — disse ela. Ah, ela parecia mesmo estar se divertindo. — Você não é assim tão moralista. Se fosse, nunca ia conseguir fazer coisa alguma. — A parte da frase que ficou implícita foi: *e eu não teria qualquer utilidade para você*. — Apesar de ter desenvolvido uma afeição por me passar sermão.

— Eu não passo sermão — disse Rao. — Meu trabalho é dar conselhos, e é exatamente o que eu faço, quando me dão a oportunidade.

— Então me aconselhe.

— Os ahiranyi ainda são vistos com muita suspeita.

— Sei muito bem disso.

— Então preciso perguntar por que está pedindo ajuda para eles — solicitou Rao. — Especialmente agora, quando você... — Ele parou, acrescentando baixinho: — Depois do fogo e do conselho de guerra, você já tem problemas suficientes com os quais lidar por aqui.

— Como *foi* o conselho de guerra de Mahesh sem mim, aliás? — Ela ergueu a sobrancelha. — Fiquei curiosa. Alguém falou diretamente que Aditya deveria ficar com o trono, ou só ficou implícito?

— Se você quer que eu seja seus olhos e ouvidos, então seria de muita ajuda se você fosse sincera comigo também — falou Rao, em um tom de voz que definitivamente não soou irritado, de modo algum.

— Eu já tenho muitos espiões — assegurou Malini. — E até eu poder comparecer aos meus próprios conselhos de guerra sem temer que meus homens queiram me proteger da guerra que *eu* estou liderando, você vai precisar me perdoar por guardar algumas coisas para mim mesma.

*Você não precisa mentir para mim*, ele pensou, mas não disse. Parecia patético demais até mesmo na cabeça dele. *Você não entende o que significa para mim?*

Como todos da linhagem real de Alor, seu nome verdadeiro sempre fora um segredo — uma profecia que aguardava para ser declarada. Seu nome verdadeiro fora a estrela-guia da sua fé e do seu destino, levando-o adiante. Levando-o, inevitavelmente, a se ajoelhar diante dela na terra banhada pelo sol em uma estrada para Dwarali, onde ele o revelara para ela, dando a Malini o seu direito ao trono.

*Quando ela for coroada em jasmim e mais jasmim, em fumaça e fogo, ele irá se ajoelhar diante dela e dará seu nome. Ele dará para a princesa de Parijat seu destino. Ele dirá: dê o nome de quem se sentará sobre o trono, princesa. Dê o nome da flor do império. Dê o nome daquele que reinará sob uma coroa envenenada. Dê o nome da mão que acendeu a pira.*

*Ele assim dará o nome dela, e ela saberá.*

Será que Malini não compreendia que o destino de Rao ainda estava ligado ao dela? Que o deus anônimo o fizera assim, e ele não poderia mudar sua natureza e seu propósito? Ele a nomeara imperatriz, e ela...

Ela não confiava nele.

Ele engoliu toda a mágoa que sentia.

— Você não pode presumir que as pessoas vão se voltar contra você. Que precisam ser guiadas e... e manipuladas. — Rao estava virado de costas para ela, sabendo que a dor em sua expressão ainda era evidente, e que ela veria exatamente como ele se sentia caso permitisse. — Você vai precisar confiar nelas.

Silêncio.

— Rao — disse ela, depois de um tempo. Ele olhou para Malini de novo. O divertimento em seu rosto desaparecera. O que restou foi uma mulher cansada, assustada e exaurida. — Eu já confiei em todos durante essa guerra. Confiei naqueles homens quando viajamos até Dwarali. Quando fizemos novas alianças por lá. Quando enfrentamos mais e mais batalhas. Eu confiei que lutariam e morreriam para me ver no trono. Confiei que não colocariam uma faca no meu pescoço enquanto eu estivesse dormindo. Significa bastante confiança, Rao. Se tiver mais, estarei atando o laço da minha forca com as próprias mãos.

— Eu não acho que os ahiranyi vão ajudar tanto quanto você espera — replicou Rao. — Eu me preocupo que esse erro possa custar caro.

— É o que vamos ver — disse Malini, com um tom indecifrável. — Mas não há sentido algum em mandar um mensageiro para interceptar outro mensageiro. Minha mensagem chegará a Ahiranya, e o conselho do templo de Ahiranya vai responder, e eu lidarei com as consequências se e quando resolverem aparecer na minha porta. Isso é tudo.

Rao sabia muito bem quando estava sendo dispensado. Ele fez uma mesura.

— E Rao?

Ele aguardou.

— Da próxima vez, deixe sua moral de lado — instruiu ela. — Você poderia ter corrido atrás de Yogesh se tentasse. Não posso ficar mimando você. Não posso te tratar como meu amigo, e não posso pedir sua amizade em troca. Eu peço pelo conselheiro astucioso e esperto que eu sei que você tem capacidade de ser. Compreende?

— Sim, imperatriz — respondeu ele.

Ele fez outra mesura, e rapidamente saiu da tenda antes que começasse a gritar com ela.

Pelo amor do anônimo, ela queria que ele virasse um traidor? Era isso?

*Ela quer que você seja mais como ela*, respondeu uma voz em sua cabeça. Era a sua própria voz, mas calma e razoável, sem a intensidade dos sentimentos que o atravessaram. *Ela quer que você faça tudo que é capaz de fazer para alcançar os objetivos dela.*

De alguma maneira, sem querer, acabou não voltando para a própria tenda para dormir. Não foi procurar os oficiais do exército do ramo alorano, que sempre precisavam dele para alguma coisa. Na verdade, não fez nada de útil.

Em vez disso, seus pés o levaram até Aditya.

Mesmo durante a parte mais intensa da batalha, a tenda de Aditya era um poço de tranquilidade, um lugar de paz entalhado nas entranhas da guerra. Permanecia intocado. A escuridão da fumaça que os rodeava mal parecia tocar as pontas do tecido.

Um dos guardas assentiu para Rao em respeito.

— Devo anunciá-lo, milorde? Requisitar bebidas?

— Não será necessário — disse Rao, entrando.

Aditya estivera nitidamente rezando pouco antes. Havia uma bacia de água no chão diante dele, a superfície preta e completamente parada, tão refletiva quanto um vidro e escura como a noite. Aditya estava com a cabeça abaixada sobre ela. Quando ele a ergueu, seus olhos estavam tão escuros quanto a água, a expressão insondável. Demorou um instante para que a humanidade voltasse ao seu rosto — para que seus olhos se iluminassem ao reconhecê-lo, os ombros abaixassem e a tensão se esvaísse.

— Rao — disse ele baixinho. — Entre.

Ele estava sentado de pernas cruzadas em um tapete, usando apenas um dhote e xale azul simples. A tenda estava escura, sem iluminação, e Rao viu que Aditya esticou a mão em um gesto automático, preparando-se para acender a lamparina. As mãos firmes conseguiram uma faísca e iluminaram o pavio de algodão. A luz brilhou sobre seu rosto: as feições elegantes, os olhos escuros e a sobrancelha austera.

Rao relaxou ao vê-lo. Ele não conseguia evitar.

— Você parece surpreso em me ver — disse Rao.

— Você não é o visitante que eu costumo receber a essa hora — disse Aditya. — Mas é o mais bem-vindo. Além do mais, os guardas geralmente anunciam a sua presença.

Rao balançou a cabeça.

— Eu pedi que não o fizessem. Queria que fossemos só nos dois. Eu...

Rao se deixou cair. Foi uma queda controlada, dentro do possível — os joelhos tocando o chão, a respiração se esvaindo do corpo. Estava esperando para poder desmoronar. Ele não teria outra chance.

— Rao — disse Aditya, alarmado. Ele se mexeu para se ajoelhar ao lado de Rao. As mãos de Aditya o seguraram pelos ombros. — Você está bem? Respire comigo. Aqui.

A mão dele pressionou o peito de Rao. Subia e descia. Depois de um instante, Rao começou a respirar com aquele gesto. Sentiu-se nauseado pelo alívio e também pelo medo.

— Pronto — murmurou Aditya. — Pronto. Respire comigo. Você está bem.

— Você com certeza já sentiu o cheiro da fumaça — Rao conseguiu dizer.

Aditya assentiu quase imperceptivelmente, mas Rao viu mesmo assim. Enquanto ele movia o rosto, a luz dançava sobre a pele. Havia sombras escuras sob seus olhos.

— Minha irmã queimou a cidade? — perguntou Aditya, resignado, como se estivesse esperando isso.

— Não — respondeu Rao. — Não.

Como ele poderia começar a explicar o que aconteceu?

Ele tentou. Ele contou a Aditya, pausadamente, sobre o que ele vira durante o cerco. Os homens, inquietos, esperando pelo que viria enquanto as negociações eram feitas. O vislumbre repentino de espadas e flechas coroadas por chamas.

O fogo. A estranheza dele. A tentativa de matar Malini.

Aditya assentiu, a expressão séria. Ele sabia ainda mais do que Rao sobre o significado do fogo mágico.

— Era uma brincadeira que eu e Chandra costumávamos fazer, sabe — contou Aditya, por fim. — Quando éramos pequenos. Quando ainda estávamos treinando com armas sem corte. Nós dois, nos atirando em uma batalha com nossas espadas, imaginando que elas ardiam com fogo mágico. Que havíamos sido abençoados pelas mães.

Um sorriso surgiu no rosto dele — iluminando a boca e os olhos — e então desapareceu tão rápido quanto surgira.

— Nós éramos jovens na época. E eu o deixei para trás logo depois, para seguir meu próprio treinamento e minhas aulas.

— Eu me lembro — disse Rao.

Ele chegara ao mahal imperial quando criança, e crescera junto de Aditya e seus companheiros, para fortalecer o elo entre Alor e Parijat. Ele se lembrava do alívio que sentira ao se tornar companheiro de Aditya, o príncipe herdeiro, e não do príncipe Chandra. Aditya o recebera com um sorriso; passara dias mostrando o mahal imperial para ele, emprestara a Rao seu cavalo e seus livros favoritos. *Vamos ser amigos durante a vida toda*, ele dissera, quando Rao expressara relutância em aceitar algo que pertencia a Aditya. *E amigos dividem tudo, não?*

Chandra nem sequer olhara para Rao quando ele chegou. Ele se recusara a falar com ele ou compartilhar uma refeição por meses, curvando os lábios em desdém ao ver Rao tentar fazer amizade. Uma vez, durante uma batalha de treino sob os olhos atentos dos sábios, Chandra batera na cabeça de Rao com o sabre de treino. O golpe fora tão brutal que Rao ficara inconsciente. E ficara em recuperação na enfermaria por uma semana.

Foi só depois desse ocorrido que Rao descobriu que Chandra desdenhava de sua presença por ser um seguidor do anônimo. *Meu irmão passa tempo demais com o alto-sacerdote*, afirmara Aditya, distraído, trocando as ataduras de Rao com cuidado, como se fosse uma mãe. *Mas não precisa se preocupar. Vai melhorar quando ele ficar mais velho. Todos os sábios dizem isso ao meu pai.*

— Não importa o que qualquer um diga, e não importa no que minha irmã acredite, Rao... Chandra não é inerentemente mau — disse Aditya, na tenda. Havia algo cru em sua voz: era quase um pedido. — Ele foi guiado erroneamente. Ele escolheu percorrer um caminho terrível. Eu deixei para trás meu destino e abracei outro. Talvez Chandra seja capaz de fazer o mesmo um dia.

A mão de Aditya ainda repousava contra o peito de Rao — um peso leve e insignificante. Rao se afastou dele e Aditya abaixou a mão.

Rao pensou em Alori, com os cabelos chicoteando ao vento, observando pássaros voando a distância. O modo como suas bochechas formavam covinhas quando ela sorria. Ele pensava nela e toda a raiva que ele se recusava a sentir o invadia, transformada em luto.

Fechou os olhos com força, segurando as lágrimas. Ele não iria chorar.

— Malini não é a única a acreditar que ele está além da salvação — expressou Rao, tenso. — Ele matou a minha irmã. Alori nunca teve a chance de trilhar um caminho diferente. Não sei por que Chandra deveria poder escolher quando roubou isso dela.

— Homens fazem coisas terríveis — respondeu Aditya, o mesmo tom de súplica na voz. — Isso não significa que não tenham capacidade para fazer o bem.

— Nossos homens estão *queimando* por causa dele — disse Rao.

— Não são os meus homens. São os homens de Malini. O peso disso deve recair sobre ela, assim como recai sobre Chandra. E se eu buscar em meu coração perdoar a minha irmã todos os dias...

Rao abriu os olhos bem a tempo de ver aquela expressão de angústia atravessar o rosto de Aditya, antes de se acomodar mais uma vez na tranquilidade.

— Rao — prosseguiu Aditya. — Então eu também preciso perdoar meu irmão.

Eles poderiam ter sido os homens de Aditya. Poderiam. Se Aditya não tivesse recusado seu direito de nascença repetidamente.

Se Rao não tivesse se ajoelhado diante de Malini e profetizado a ascensão e a queda de Aditya.

Se Aditya encontrara uma forma de perdoar Malini e Chandra, será que encontrara uma maneira de se perdoar também? Ele perdoava Rao por cumprir um papel na elevação de Malini?

— Por que está aqui? — perguntou Aditya, por fim.

Com um sobressalto, Rao percebeu que estivera em silêncio por algum tempo, encarando Aditya com a expressão vazia, querendo... tomar alguma atitude. Apertar o pescoço de Aditya, talvez, ou sacudi-lo. Ou segurar seu rosto e dizer: *queria que você pudesse ser mais do que isso. Queria que pudesse ficar de luto como eu fico, odiar como eu odeio e ser a pessoa que era quando Prem, eu e você éramos garotos. Eu queria, eu queria...*

— Se veio me pedir consolação — disse Aditya —, ou uma prece, então eu fracassei por completo com você, Rao. Sinto muito.

Havia muitas coisas que Rao poderia ter dito.

*Vim contar a você o que aconteceu.*

*Vim pedir ajuda.*

*Vim dizer que Malini está lutando para fazer com que aqueles homens a obedeçam, e eu temo que isso vá romper o controle que ela tem sobre eles, e você... Aditya, não sei por que ela permitiu que você continuasse vivo se representa uma ameaça para ela, e eu me odeio por sequer pensar nisso, mas já que está aqui...*

Pensamentos tumultuosos. Demais, e nenhum deles útil.

Em vez disso ele contou uma verdade, apesar de não ser *a* verdade.

— Eu vim te ver — comunicou Rao. — Porque você é meu amigo. Precisava ver que você estava bem. E agora... eu vi.

— Continuo o mesmo — disse Aditya, gentilmente. — Como sempre.

Murmúrios baixos soaram do lado de fora da tenda. Dessa vez, o guarda colocou a cabeça para dentro, anunciando a presença de um oficial, que entrou e fez uma mesura.

— Príncipe Aditya. Príncipe Rao. — Ele ergueu a cabeça. — Príncipe Aditya, lorde Mahesh requisitou a sua presença.

— Para que propósito? — perguntou Aditya.

O olhar do oficial encontrou o de Rao por um instante e depois se desviou.

— Ele e alguns outros lordes de Parijat desejam... falar com o senhor. Esperam com sinceridade que o senhor atenda ao pedido.

Outra reunião para a qual Malini não fora convidada. Rao precisaria se certificar de que ela ouvisse sobre isso também, se um dos oficiais que compareceriam já não tivesse repassado essa informação para Lata.

Aditya negou com a cabeça.

— Preciso meditar — disse ele, como se fosse uma tarefa muito mais crucial.

— Príncipe Aditya, por favor — suplicou o oficial. — O que devo dizer a eles?

— Lorde Mahesh compreenderá meus motivos — respondeu Aditya calmamente. — Falamos sobre eles com frequência.

— Príncipe, por favor.

— Eu irei se minha irmã me chamar — disse Aditya. Havia um novo tom áspero embaixo da gentileza de sua voz. — Ela me chamou?

Rao observou aquilo cuidadosamente. Havia algo afiado no olhar de Aditya.

— A imperatriz não estará presente — respondeu o oficial, relutante.

— Ah, está tarde — disse Rao, fazendo um muxoxo. — Quem sabe para onde a imperatriz foi! Ela é uma mulher ocupada, não é? Sem problemas. — Ele ficou em pé. — Avise ao lorde Mahesh que posso encontrá-la por ele.

— N-não será preciso, milorde — gaguejou o oficial.

— Não, não é problema algum — respondeu Rao, sorrindo. — Como disse o príncipe Aditya, ele não pode acompanhá-lo. Você deveria ir comunicar suas desculpas ao lorde Mahesh.

O oficial não contestou, mas saiu da tenda, irradiando uma aura ansiosa e reprovadora.

Rao se virou para Aditya.

— Queria poder ficar mais — admitiu ele, com sinceridade. Apesar de toda a sua frustração com Aditya, e, sim, até mesmo raiva, dizia a verdade. Porém, ele ainda tinha responsabilidades, e diferente de Aditya, ele não viraria as costas para elas.

Rao se voltou para a saída.

— Rao — chamou Aditya.

Rao parou imediatamente.

— Pois não?

— Queria que avaliasse meus guardas — pediu ele. — Você tem permissão para fazer qualquer mudança. Colocar alguns dos seus próprios homens seria... ideal.

Apesar da paz que Aditya reforçava em torno de si, o mundo continuava a invadindo. Por meio de fumaça, fogo e homens.

— Nem todos os visitantes são tão bem-vindos quanto você — afirmou Aditya.

— Vou pedir aos meus próprios homens — disse Rao, cuidadoso. — E da próxima vez, Aditya...

— Sim?

— Eu trago um pouco de vinho — falou Rao, mantendo a voz leve.

Aquele era o seu amigo. O restante não importava. Isso ainda era verdade.

Aditya assentiu uma vez, agradecido, e Rao o deixou para trás.

# BHUMIKA

Bhumika acordou quando o céu começou a clarear, o véu preto se suavizando em um tom azul escuro. Ela se vestiu com um sári branco simples e trançou miçangas de madeira pelo cabelo. O mahal estava quase silencioso, quase tranquilo — mas a distância, ela ouvia o murmúrio de vozes, e sabia que os fiéis já se reuniam na base do Hirana, esperando para subir a montanha e deixar suas oferendas.

Sua máscara coroada estava embrulhada em um tecido branco ao lado da cama. Ela a desembrulhou com cuidado, afastando as camadas de tecido para o lado para revelar a madeira. Os buracos das órbitas a encararam de volta. Ela segurou a máscara na palma da mão, sentindo o peso e a madeira lisa.

Os guardiões das máscaras usavam as suas para honrar essa em suas mãos: a máscara coroada da Anciã Superior, líder dos anciões do templo que governavam a fé de Ahiranya, e agora governavam a própria Ahiranya. Fora entalhada em madeira sagrada, dotada de magia dos yaksha. O poder dela era tão forte que faria a pele que a tocasse formar bolhas e queimar. Se pressionada contra a pele por tempo demais, corroeria alguém até os ossos.

Porém, Bhumika era nascida-três-vezes, e as águas perpétuas corriam no seu sangue. Ela nada tinha a temer. A madeira sagrada não a feria. A máscara coroada preencheu sua pele com um calor que fez seu sangue ferver, e quando ela a ergueu, pressionando o objeto contra o próprio rosto, acomodou-se sobre sua pele, inundando-a com seus dons.

Ela sentiu Ahiranya ao seu redor — aquela enorme extensão verdejante, todos os espinhos que ela erguera da terra, cada armadilha que ela montara, cada ramo que florescia e observava as estradas e os caminhos pela cidade com seus próprios olhos, esperando os soldados imperiais ousarem ocupar as fronteiras de Ahiranya outra vez. *Venham*, pensou ela, *e eu e minha irmã lidaremos com vocês outra vez.*

*Venham se quiserem. Ahiranya está esperando.*

Ela andou até o Hirana com um grupo de guardiões das máscaras. Os fiéis que a aguardavam no sopé abriram caminho para ela, suspirando. Ela manteve o rosto mascarado erguido, e colocou o pé no primeiro degrau. A pedra a conhecia e dava suas boas-vindas. Conforme andava, o Hirana a levou como uma onda gentil. Subindo, subindo, até a entrada, e pelos corredores do templo.

Durante os muitos anos em que o regente governara Ahiranya, o templo estivera em ruínas: danificado pelo fogo, marcado pelas cinzas e pelas chamas que mataram vários irmãos do templo de Bhumika e seus anciões. As estátuas dos yaksha nos altares foram destruídas. As pinturas e os entalhes nas paredes estavam apagados ou cuidadosamente obliterados. Porém, agora Bhumika era a Anciã Superior, e o regente, seu marido, estava morto.

Ela entrou em um dos cômodos dos altares e mais uma vez percebeu o quanto tudo tinha mudado. O chão agora estava coberto por um tapete pálido de rosas, e lamparinas estavam penduradas no teto — objetos de vidro delicado que enchiam a sala com uma luz acolhedora. As paredes não estavam mais vazias ou manchadas, e sim marcadas com dúzias de alcovas, cada uma adornada com uma estátua dos yaksha.

Os yaksha eram inumeráveis em outros tempos. No passado, cada vilarejo e cada família tinha seu próprio altar e efígie, sua própria história da Era das Flores.

Artistas cuidadosamente escolhidos por Bhumika em pessoa tentaram entalhar a aparência do máximo possível de yaksha. Bhumika estava rodeada pelos olhos de flores e mãos com formato de folhas largas; peles nodosas como semente ou tronco de árvores; corpos entalhados em gestos congelados que se retorciam como trepadeiras.

Ela pegou a máscara e a tirou do rosto. O ar frio tocou sua pele, e o cheiro de incenso preencheu a garganta e o nariz. Ela respirou fundo.

Escutou o som de passos leves atrás dela.

— Está pronta para encontrar os fiéis, anciã Bhumika? — perguntou um guardião das máscaras.

Será que estava? Ela se curvou diante dos yaksha para se dar um momento de descanso. As estátuas a encararam de volta — sobrenaturais e lindas, pintadas de ouro, verde e um vermelho rico, os olhos brilhando sob a luz das lamparinas. Os fiéis se prostrariam aos seus pés, assim como ela naquele momento, e fariam ofertas aos yaksha. Eles chorariam ou abririam sorrisos e clamariam por milagres, ou a agradeceriam por sua existência — como se a sua ascensão já fosse milagre suficiente.

Aquilo a inquietava. Ela não conseguia evitar.

*Tudo o que querem são as bênçãos dos yaksha*, ela lembrou a si mesma, firme. *Tudo que querem é me ver, e acreditar que Ahiranya tem um futuro melhor adiante.*

Aquele desejo, aquele sonho, fazia parte do tecido frágil que mantinha Ahiranya unida. Independentemente do que a terra tinha sofrido, o seu povo recebera algo em troca: sua fé. Os seus mantras e mitos em carne e osso. Anciões do templo, águas perpétuas e *esperança*.

— Estou pronta — confirmou ela. — Vou recebe-los no triveni. Leve-os até lá.

Fez-se um murmúrio de concordância e o guardião das máscaras sumiu.

Bhumika vasculhou seu coração em busca de coisas que entendia como ossos da fé: o silêncio e a esperança duradoura de uma história de yaksha. O arroubo brilhante de poder que a própria magia fazia ao preencher seu corpo. E as memórias de se ajoelhar com seus irmãos do templo como sendo parte de algo maior. Como se na fé pudesse existir um futuro.

Sua crença, assim como a de seus irmãos do templo, era no máximo um fantasma, uma coisa assombrada que pairava sobre a cabeça e o coração, quase esquecida. Ela se agarrava àqueles vislumbres com vigor, forçando-se a senti-los.

Se seu irmão ainda estivesse vivo, ele daria risada. Ele sempre acreditara em sonhar grande, em uma Ahiranya que nunca poderia existir. Agora tudo que Bhumika poderia fazer era acreditar também.

Pelas manhãs, Padma gostava de tentar correr em alta velocidade enquanto gritava até não poder mais. Infelizmente, ela ainda não conseguia andar sem se segurar com firmeza em todas as superfícies mais próximas, então suas tentativas costumavam acabar em lágrimas e joelhos ralados.

Já que não poderia causar sozinha a destruição que tanto queria com aquelas pernas rechonchudas de uma criança de um ano, Bhumika normalmente facilitava seus esforços, segurando Padma cuidadosamente por baixo dos braços, firmando seus passos trêmulos no chão. Bhumika não corria, óbvio. Ela não precisava.

— Minhas pernas são muito maiores que as suas — dizia ela para Padma, enquanto a filha se revirava nos braços de Bhumika. — Mas fico feliz em te ajudar a correr — continuou, com uma solenidade falsa, enquanto Padma balbuciava e tentava se atirar de cabeça no chão de mármore. — Se praticar bastante, tenho certeza de que vai correr mais do que todos nós um dia.

Depois de sair do Hirana, Bhumika imediatamente trocara de roupa, vestindo um sári mais familiar e colorido, e embrulhara a máscara. Então, fora encontrar a filha.

Naquela manhã, Padma estava com uma das criadas mais velhas, que entregou a criança para a mãe com gratidão.

— Ela é difícil, anciã — comentara a mulher.

— Eu sei — respondera Bhumika, tentando não soar orgulhosa demais.

Ela nunca pensou que fosse ser o tipo de mulher que gostava de brincar com crianças dessa forma. Como esposa do governante de Ahiranya, ela sabia que teria que representar um papel. Segurar filhos era razoável, mas correr com eles ou atrás deles tal qual uma criada? Seria inaceitável para uma mulher de sua posição.

Entretanto, ela não era mais a esposa do governante.

Ela estava livre.

Ao redor delas, a luz entrava no mahal através da janela aberta ladeada de flores e das rachaduras das paredes e do telhado que não foram consertadas, e que talvez nunca seriam. Bhumika conseguia sentir cada folha da trepadeira e cada pétala que balançava, uma consciência leve que ecoava no seu sangue. Por enquanto, ela a ignorou, enquanto falava com Padma, rindo com ela, e ocasionalmente acenando com a cabeça para os moradores do mahal que passavam.

Jeevan a encontrou um tempo depois.

— Milady — cumprimentou ele, fazendo uma mesura apropriada. O rosto dele estava sério como sempre: anguloso e tenso, a boca firme. Então ele olhou para Padma, que agitava os bracinhos de forma extremamente entusiasmada, e sua expressão se transformou em um sorriso. — Posso?

Bhumika assentiu, e ele se abaixou e estendeu suas mãos para Padma. Bhumika soltou a filha e ela cambaleou para a frente, agarrando-se em Jeevan e soltando um grito de estourar tímpanos que Bhumika apenas poderia presumir que significava felicidade. Ele segurou Padma com firmeza, os olhos fixos nela, e falou:

— O lorde Chetan está esperando pela senhora.

Chetan era um ahiranyi de sangue nobre. Ele tentara procurá-la durante o festival da sombra da lua, cheio de preocupações e perguntas, e ela o dispensara de maneira diplomática. Mas lá estava ele de novo. Ao que parecia.

— É mesmo? — retrucou Bhumika, em tom neutro. — Eu não o convoquei.

— Ele disse que tinham combinado um encontro.

— Não. — Bhumika pressionou os lábios. — Khalida tem um registro de todas minhas reuniões agendadas.

— Não vi Khalida a manhã toda, milady.

Às vezes ela sentia falta da facilidade como as coisas funcionavam naquela casa antes... *antes*. Entretanto, agora todos os seus criados também eram conselheiros e soldados. Todos os seus soldados eram aliados. Ela não tinha a estrutura e o apoio de um império para sustentar seu governo, como o marido tivera. Tinha apenas um mahal que estava meio quebrado, mantendo-se por sorte e magia, assim como seu governo.

— Eu vou encontrá-la — comentou Bhumika. Ela se ajoelhou, e Jeevan guiou Padma até que ela estivesse segurando a mão da mãe. — Peça para uma das meninas servir aperitivos.

— Milady — despediu-se Jeevan, fazendo outra mesura antes de partir.

Bhumika entrou no próprio quarto e encontrou Khalida esperando, parecendo suada e exausta.

— O telhado de um dos depósitos de arroz caiu — informou Khalida, séria.

— Alguém se machucou?

Khalida balançou a cabeça.

— Perdemos a comida?

— Um pouco — respondeu Khalida, brevemente, o que significava que alguns dos criados ainda deviam estar examinando os destroços e descobrindo quanto fora danificado. Bhumika estremeceu por dentro. Eles não podiam arcar com os custos de perder suprimentos.

Ela sentiu um puxão em seu sári.

— Colo — exigiu Padma.

— Você é um terror — retrucou Bhumika, carinhosa, e pegou a filha nos braços. Ela beijou o rostinho de Padma sem parar até a menina dar um berro e ficar chutando o ar, furiosa.

— Milady — interveio Khalida, impaciente. — Deixe a menina comigo e vá.

Bhumika acatou, dando mais um beijo em Padma. Era bom aproveitar aquilo: o cheiro do cabelo da filha, os cachos bagunçados e macios; a fúria imensa e prazerosa com que ela encarava o mundo.

Khalida achava que Bhumika mimava demais a filha. Por ela, tudo bem. Era seu direito como mãe. Que a filha fosse um terror, pelo menos por um tempo.

Alguns acreditavam que era possível preparar uma criança para a crueldade do mundo por meio de punição e perversidade, calejando o coração antes que o mundo pudesse apontar suas lâminas para ele. Porém, Bhumika fora criada como filha do templo — foi ensinada a destruir sua fraqueza e bondade, e encarar o mundo com os dentes expostos. Ainda assim, cada perda a machucara. Ainda assim, ela carregava as cicatrizes das próprias escolhas e daquelas feitas pelos outros.

Ela queria um caminho diferente para a filha. Talvez todas as vidas um dia fossem tomadas pela dor. Bem... que fosse. Pelo menos a da filha começaria sem mágoa, só com alegria. Ela poderia ter ao menos isso.

— Peço desculpas pelo atraso — declarou Bhumika, entrando na sala. — Estava cuidando da minha filha.

Chetan assentiu, rígido. Estava sentado ao lado de uma mesa baixa, sob uma janela de treliças, na única sala de visitas relativamente intacta no mahal. Um rombo na parede tinha sido escondido com cuidado atrás de cortinas de seda. Flores perfumadas enchiam bacias que se intercalavam pela sala, e uma única criada com um prato de iguarias estava parada perto da porta. Seu olhar se manteve baixo, de forma modesta, enquanto Bhumika atravessou a sala e se ajoelhou na frente da mesa do lado oposto do nobre.

— Que idade ela tem agora? — perguntou Chetan.

Era uma conversa corriqueira típica, mas não sem um propósito. Aquilo permitiu que Bhumika tivesse a oportunidade de sorrir e acenar para que a criada servisse o chá e oferecesse doces. Chetan aceitou o chá, mas recusou o restante.

— Ela já completou um ano — respondeu Bhumika. — O senhor também tem filhos, não é mesmo?

— Tenho, sim. Dois meninos. O mais velho logo vai fazer catorze anos.

— Meus parabéns. É uma coisa boa ter um herdeiro tão perto da idade adulta.

Por um instante, o olhar dele se iluminou. Então, ele visivelmente pareceu lembrar o que fora fazer ali, e se fechou mais uma vez, inclinando-se para trás. Com uma voz severa, declarou:

— Se pudermos começar, lady Bhumika, tenho sérias preocupações, muitas mesmo, e elas não foram tratadas de maneira adequada pela senhora ou por outros membros da sua corte.

Já que sua "corte" era composta por cozinheiros e criadas, nem todos os quais sabiam ler, além de alguns rebeldes que não podiam ser convencidos a largar suas máscaras e facas e participar de qualquer coisa parecida com diplomacia, isso não era nada surpreendente.

— Acolho de bom grado as orientações dos nobres de Ahiranya — disse Bhumika. — Eu me aconselho com representantes de todas as grandes famílias. Faço audiências com eles de tempos em tempos, como deve saber, lorde Chetan.

E como era uma coisa tediosa: escutar as preocupações de cada um dos representantes dos nobres, as reclamações sobre a renda das casas de prazer que estava diminuindo cada vez mais rápido. Enquanto a guerra entre aquela que desejava ser imperatriz e o imperador atual se arrastava. Cada uma dessas audiências era preenchida com mais medo à medida que o tempo passava, e cada sugestão de novas formas de encontrar lucro se tornava mais improvável. Entretanto, Bhumika não podia fazer dinheiro dar em árvore. Ela não tinha como deixar os nobres mais ricos quando não havia dinheiro algum. Ela mal conseguia evitar que o povo de Ahiranya passasse fome.

— Eu gostaria de ter seus conselhos também, é claro — prosseguiu Bhumika. — Tem opiniões sobre o governo de Ahiranya?

— Tenho, sim. Minha opinião é simples, anciã: os nobres do nosso país eram mais bem servidos durante o reinado do imperador Chandra. — Ele a encarou de frente. — Muitos de nós se juntariam novamente ao império, se fosse possível.

— Como exatamente o imperador Chandra serviu melhor aos interesses dos meus nobres colegas? — perguntou Bhumika de imediato. — Não, não franza o cenho, lorde Chetan. Estou perguntando com sinceridade. Me diga.

— Anciã Bhumika, a senhora e seu conselho do templo sabem muito bem que estamos com dificuldade para obter comida. Grãos, arroz e carne.

— Ahiranya passa por dificuldades há muitos anos. E eu e meu conselho estamos garantindo que a decomposição não se espalhe por mais campos. Teremos uma boa colheita — rebateu Bhumika.

— O comércio está esmorecendo — retorquiu ele. — Os mercadores além da fronteira têm medo de nós.

*De você*, foi o que ele não disse. *Do poder que detém.*

No entanto, Bhumika ouviu. Ah, como ouviu.

— Os aliados da imperatriz Malini fazem comércio conosco — pontuou Bhumika. E que alívio foi quando os primeiros mercadores srugani apareceram, assim como a imperatriz prometera em sua mensagem oficial para os anciões do templo de Ahiranya. *Eu cumpro minhas promessas,* ela escrevera. Bhumika torcia para que continuasse a ser verdade. — E, mesmo que isso mudasse, é óbvio que Ahiranya precisa aprender a se sustentar com sua própria força. São... tempos imprevisíveis, lorde Chetan. Temos o dever de buscar a autossuficiência.

Ele comprimiu os lábios.

— Se eu puder ser franco — solicitou ele.

Ela inclinou a cabeça, permitindo.

— Há muito dependemos do apoio do império — declarou ele. — Eu e muitos dos meus colegas não estamos convencidos de que nosso país *consegue* sobreviver sozinho. Se a anciã considerar outras formas de diplomacia...

Bhumika bebeu um gole do chá, e abaixou a xícara com cuidado.

— Ninguém se casaria comigo agora, lorde Chetan — disse ela. — Meus colegas anciões também não seriam uma boa opção.

— Não estava sugerindo...

— Não era isso? Perdão. Não tenho certeza de que outros caminhos diplomáticos estão à nossa disposição — declarou ela, com calma. — É claro que eu poderia implorar por misericórdia em nome de Ahiranya e dar minha vida, mas o imperador Chandra ainda nos puniria. Lógico que não quero ser combativa, lorde Chetan — continuou ela, permitindo que sua voz se tornasse mais mansa. — Mas o imperador não é do tipo gentil e leniente. Temos sorte de ele estar tão distraído por rebeliões e levantes dentro do próprio império, ou as fronteiras de Ahiranya estariam sofrendo com enxames de soldados parijatdvipanos, mais do que já estão. No caso, minha irmã e eu lidamos com soldados o bastante para saber que o imperador não vê Ahiranya como uma nação amiga.

— E o que aconteceu com esses homens? — perguntou Chetan. — Os soldados parijatdvipanos? *Eu* não vi nenhum, e posso garantir que meus guardas patrulham minha propriedade de forma adequada.

Bhumika considerou dar uma demonstração do seu poder, mas não era o melhor caminho. Ela estava tentando manter um equilíbrio. Precisava que ele se sentisse intimidado, mas não se transformasse em um inimigo. Leal, apesar de suas reticências. Ela tomou outro gole do chá.

— Eu mesma os matei. Sou eficiente, lorde Chetan. Se não viu soldados imperiais, é porque minha irmã e eu não deixamos nenhum vivo. Eu não vejo como ele poderia *não* distribuir punições para todos nós por isso, independentemente de sermos anciões ou nobres.

Chetan ficou em silêncio.

— Milorde, sua linhagem é antiga — prosseguiu ela. — Sua ancestralidade é quase tão ilustre quanto a minha. Desde sua juventude, quando se tornou chefe da sua família, o senhor gastou uma quantidade significativa do seu dinheiro financiando a rebelião. Muitos dos guardiões das máscaras que servem ao conselho do templo foram ajudados pelo senhor.

*E você não pensou em como sobreviveríamos na época*, pensou, com uma crueldade que não permitiu que transparecesse em seu rosto ou sua voz. *Você só estava brincando com a rebelião. Gostava da doçura da ideia, mas nunca considerou o azedume que a realidade poderia trazer.*

— Não podemos reivindicar a glória que tínhamos sob o império — continuou Bhumika, para apaziguá-lo. É claro que nunca houvera glória alguma, mas o império garantira que os nobres tivessem dinheiro e segurança, e agora aquela promessa desaparecera, e precisavam encarar a sombra da mesma realidade que todos ahiranyi encaravam: a fome e a instabilidade, um mundo inóspito. Era chocante para eles, mas precisariam se adaptar. — O que temos agora foi conquistado a muito custo, mas nós nos esforçaremos para mantê-lo. Talvez ache que estaria a salvo e mais feliz no governo do imperador Chandra. Ou talvez ache que existem outros nobres que poderiam governar Ahiranya de forma melhor, que poderiam substituir o conselho...

— Lady Bhumika...

Ela ergueu a mão para interrompê-lo.

— Não importa — concluiu. — Não quero saber o que tem no coração. Eu tenho um grande respeito por seu sofrimento. Penso no que meu tio teria enfrentado, caso tivesse vivido tempo o bastante para ver o que aconteceu com a cidade, e eu... — Uma pausa. — Eu fico de luto pelo que o senhor perdeu — declarou, para o lembrar do que *ela* perdera. — Mas você precisa da força do conselho do templo. Da magia que flui dentro de mim e de meus colegas. Se quiser continuar a ter a riqueza e o privilégio que ainda tem, manterá sua lealdade a mim e aos meus, e a uma Ahiranya independente. Ou tudo que você tem será perdido.

— Como quiser — conseguiu dizer Chetan.

— É claro que eu aceitaria filhos dos nobres como crianças do templo — informou ela. — Eu jamais negaria aos meus nobres colegas seu direito de governar ao lado dos anciões, na posição que preferirem; mas como sabe, é um caminho perigoso. Talvez seja melhor se trabalharmos como aliados. Venha para a próxima audiência, lorde Chetan. Me aconselhe. Guie nosso país. Ou mande seu filho mais novo para cá, se quiser. São muitas escolhas possíveis, mas Chandra não é uma delas.

Ela parou por tempo o suficiente para deixar as palavras no ar. Tempo o suficiente para ele retesar a mandíbula e baixar os olhos, enquanto as palavras dela o atingiam, acomodando-se.

— Agora... — finalizou ela, gesticulando para a criada. A compaixão estava na forma da sua boca e na testa franzida, para que ele soubesse que ainda eram aliados. — Tome mais chá, lorde Chetan. E experimente o mathiya. Prometo que estão muito bons.

Já era noite quando Bhumika subiu outra vez o Hirana. Estava tudo escuro, e apenas as estrelas e a lua minguante prateada a guiavam, mas o Hirana a abraçou como a uma velha amiga. Na luz do dia, diante do público, movia-se feito água. Como os fiéis tinham ido embora, a pedra simplesmente se moldava aos seus pés. A subida foi lenta e gentil. Ela olhou para cima enquanto caminhava — observou as fissuras das pedras, as figuras entalhadas. Os yaksha a encararam de volta, os rostos sinistros brilhando ao luar.

Priya já estava lá em cima, sentada no pedestal no centro do triveni. Ao redor dela, o triveni se abria para a noite... as estrelas cintilando no disco aberto acima do pedestal, e as luzes da cidade brilhando na escuridão aveludada.

— Me conte como foi — pediu Bhumika como se para cumprimentá-la.

— Ah, foi tudo bem.

Bhumika comprimiu os lábios. Alguma coisa tinha dado errado, então, mas não conseguiria nenhuma resposta de Priya. Não sem uma discussão que ela não queria ter.

— Por que não vem caminhar comigo? — perguntou Bhumika em vez disso.

Priya saiu do pedestal e se juntou a ela.

Priya passava muito tempo longe, patrulhando para lidar com soldados imperiais e recolher seus corpos, viajando por Ahiranya com um dos guardiões das máscaras, com Sima ou um dos homens de Jeevan, cuidando da decomposição nos campos e pomares ou impedindo o avanço da praga em corpos mortais doentes, mas ela e Bhumika nunca estavam distantes uma da outra.

Elas se encontravam no sangam. Sob as estrelas, em rios estranhos, e conversavam. Compartilhavam verdades e lendas. Eram anciãs do templo, e a carne não as limitava mais.

Porém, cada vez que Bhumika via Priya pessoalmente, ela se surpreendia com o quanto Priya parecia *cansada*: as marcas de sol na pele de forma desigual, o corpo inquieto, os olhos cansados mas sempre atentos, sempre elevando-se para acompanhar o movimento dos pássaros no horizonte ou as folhas balançando com a brisa.

Assim como Bhumika, Priya sentia o pulsar do sangue de Ahiranya: cada veia verde, cada folha de grama, cada inseto enterrado no solo. Diferentemente de Bhumika, ela parecia não ter a habilidade — ou o desejo — de ignorar esse aspecto de seu poder.

Mesmo agora, enquanto Bhumika caminhava lentamente à medida que andavam pelo triveni, Priya estava inquieta, indo até a beirada e voltando, procurando magia na pedra ao redor. O Hirana a respondia, ávido.

— Talvez eu devesse pedir um pouco de haxixe para Billu — comentou Priya, entalhando sulcos no triveni com os calcanhares. A pedra ondulava sob a pressão dos seus pés, pulsando com cada piscada rápida e atenta das suas pálpebras. — Talvez isso me deixasse mais calma.

— Você pode cultivar seu próprio haxixe — falou Bhumika, seca.

Priya franziu o nariz.

— Daria trabalho demais.

Bhumika revirou os olhos.

— Não daria trabalho algum e você sabe disso. Não sei por que continua dizendo coisas que não são verdade.

— Da próxima vez me deixe trazer um vinho e eu fico quieta.

— Eu já sinto cheiro de vinho no seu hálito — retrucou Bhumika. — Além do mais, você precisa conseguir se concentrar, Pri.

— Ah, você me conhece. — Priya sorriu, um reflexo rápido dos lábios, e olhou para o horizonte de Ahiranya. — Eu nunca me deixo desconcentrar.

— Encontrei lorde Chetan hoje — declarou Bhumika em vez de passar sermão, e contou a Priya tudo que ouvira.

— Não acredito que, de todo mundo, foi você que disse a um nobre que precisamos ser autossuficientes — comentou Priya, sorrindo. — Eu particularmente nem gosto muito de política...

— Eu sei muito bem disso.

— ... mas você sempre deixou muito, muito evidente que Ahiranya não vai sobreviver sozinha. Agora mudou de ideia?

— Não mudei. — Bhumika olhou para além da beirada do triveni, para o horizonte como Priya fizera. — Eu nunca teria escolhido esse caminho, mas agora que estamos aqui, precisamos fazer o nosso melhor. E por mais que tenhamos as promessas e a generosidade da imperatriz, não podemos contar com o comércio de Parijatdvipa quando o império está se destroçando por dentro.

Priya às vezes estampava uma expressão específica no rosto. Aparecia com frequência na calada da noite, ou nas pausas das conversas sobre o império parijatdvipano: suas políticas, cidades-Estados e aquela guerra terrível. Ela exibia essa expressão naquele instante.

— Priya — murmurou Bhumika.

Priya pestanejou, a expressão desaparecendo tão rápido quanto um pássaro levantando voo.

— Precisamos discutir os guardiões das máscaras — desconversou Bhumika.

— Ganam falou sobre isso comigo de novo.

*Isso.* As águas perpétuas. O poder que os esperava ali, se estivessem dispostos a arriscar a morte.

O poder que Bhumika e Priya possuíam.

— Lógico que falou.

— Estão ficando inquietos. — Uma pausa. O chão ondulou quando Priya fincou os calcanhares. — Talvez seja a hora. Não podemos negar para sempre.

— Nós precisamos de ajuda, de fato — concordou Bhumika, por fim. — Não podemos continuar sendo as únicas nascidas-três-vezes no mundo.

— Bom, fizemos uma ótima divisão de trabalho — disse Priya, dando de ombros. — Eu lido com os campos e os doentes, e as gangues nos vilarejos, e você lida com os nobres e a política.

— São muitos campos — comenta Bhumika, com leveza. — E muitas pessoas.

— Muitos — repete Priya, e então deu um suspiro longo e dolorido. — Muitos mesmo.

— Eu não sei se você quer que os guardiões das máscaras passem pelas águas ou não. Você argumenta a favor e contra.

— Não estou argumentando, só apontando os fatos.

— Talvez eu queira a sua opinião — insistiu Bhumika, deixando transparecer um pouco de irritação na voz. — Talvez eu precise do conselho da minha colega anciã.

— Ah, Bhumika — disse Priya. — Você quer mesmo um conselho meu? Vamos só discordar.

— Se eu posso receber conselhos de pessoas como lorde Chetan, consigo manter a calma falando com você.

— Hum, não sei, não. Eu sou muito irritante quando quero.

— *Priya*.

— Viu?

Em vez de continuar rumo à discussão inevitável, Bhumika soltou:

— Recebi outro emissário de Srugna.

— Ah, é?

— Sim. — Dessa vez, o rei de Srugani enviara uma de suas esposas secundárias, uma mulher linda e perspicaz que tinha os dentes pintados de preto como era a moda, e kajal delineando os olhos. Ela fez uma refeição com Bhumika, elogiou Padma e então apresentou os desejos do marido e do conselho. — Estão dispostos a pagar um bom dinheiro para que os seus campos sejam salvos ou limpos.

— Bom, então acho que vou precisar aprender a fazer isso — retrucou Priya, parecendo tensa. — A decomposição está se espalhando cada vez mais. Não vão ser só os srugani que vão vir pedir ajuda.

— E isso pode nos dar uma oportunidade, mas não uma que possamos aproveitar se só você fizer o trabalho. Entende?

— Eu queria... poder curar isso — admitiu Priya. — Queria... ah, Bhumika, eu queria não ser tão devagar.

— Você não é devagar — respondeu Bhumika. — Você está tentando fazer algo impossível.

Priya franziu a testa.

— Você não sabe disso.

— Eu sei que seria mais fácil se você tivesse ajuda, e eu não tenho tempo para isso. — E não tinha a mesma habilidade delicada de Priya de desembaraçar a decomposição. — Agora conheço Kritika um pouco melhor, mas você tem mais familiaridade com os guardiões das máscaras. O que acha deles?

— Acho que eles querem uma Ahiranya melhor. Ou ao menos querem que Ahiranya sobreviva, além de desejarem que seja liderada pelo próprio povo. Sempre estão dispostos a me ajudar no trabalho. Mas não sei se isso faz com que sejam confiáveis. — Uma pausa. — Eles *não* são confiáveis.

— Você parece bem amiga de Ganam.

— Mas isso não quer dizer que eu não saiba o que ele é — contrapôs Priya. — Espíritos, Bhumika, você acha mesmo que eu confiaria em qualquer um.

— Eu não acho isso. Mas você confiou em algumas pessoas... interessantes.

Priya riu.

— Parece que sim. E olha onde viemos parar. Governando nosso próprio país.

Em vez de responder, Bhumika parou e ficou pensativa, considerando as possibilidades.

Permitir que os guardiões das máscaras — os *rebeldes*, como sempre seriam chamados na mente de Bhumika — tivessem o mesmo poder que ela e Priya parecia, no mínimo, tolice. Mas Bhumika já avaliara o problema: revirara tudo na cabeça, de novo e de novo, e não via outra alternativa. Não poderia recusar o pedido sem uma guerra civil. E, ah, solo e céus, ela e Priya precisavam urgentemente de ajuda.

— Se quer mesmo minha opinião — disse Priya lentamente, observando o rosto de Bhumika —, então eu acho que agora que se tornaram nascidos-uma-vez, é inevitável. Eu me lembro da sensação. De querer as águas. Eles vão sentir isso dia e noite até terem uma chance. E eles nunca tiveram medo da morte.

— Isso é verdade — murmurou Bhumika em concordância. — Tudo bem. Vou falar com Kritika. Faremos o que for preciso.

— Você às vezes se pergunta como seria se mais de nós tivéssemos sobrevivido? Se não fôssemos as únicas crianças do templo que restaram.

*Sim. Com frequência. Sempre.*

— Não — mentiu Bhumika. — Não me permito ficar pensando nisso.

— Você acha que seria mais fácil, isso tudo?

Priya não se lembrava dos irmãos tão bem quanto Bhumika.

— Acho que não estaríamos aqui — respondeu Bhumika. — Acho que nossa vida teria sido bem diferente. Não consigo imaginar, e nem quero fazer isso.

— Sima me falou que queria passar pelas águas — revelou Priya então, atravessando o peso confuso dos pensamentos de Bhumika. — E tem outros... Billu, com certeza, que gostariam de tentar também. E não me diga que criadas e cozinheiros não servem para isso. *Eu* já fui uma criada.

— Você foi uma criança do templo antes. Além do mais, Priya, não quer algo melhor para eles do que isso? Você teria escolhido esse caminho por conta própria se tivesse outra alternativa?

Priya ficou em silêncio.

Por fim, ela falou, a voz mais suave:

— Me conte como Padma está. Ela ainda fica gritando o tempo inteiro?

— Sim, porque ela ainda é um bebê — respondeu Bhumika, em um tom seco. — Venha vê-la de manhã, se quiser. Ela está com saudades.

Bhumika estava finalmente pensando se era hora de ir dormir quando escutou uma batida na porta do quarto. Khalida a abriu, e Jeevan entrou.

— Lady Bhumika — cumprimentou Jeevan, fazendo uma mesura. — Tem um mensageiro esperando, e disse que é urgente. — Uma pausa, e ele se endireitou. — Veio da imperatriz Malini.

O coração de Bhumika bateu forte.

— Vou agora mesmo — disse ela.

Daquela vez, ela foi para a sala de visitas com a pressa devida. Um homem magro esperava por ela. Parecia ter acabado de descer do cavalo e vindo diretamente a ela, e seu cheiro indicava que havia feito exatamente isso — mas sua reverência foi educada, e a voz era respeitosa quando declarou:

— Anciã, eu venho com uma mensagem da imperatriz em pessoa. Uma carta escrita de próprio punho.

Bhumika pegou a carta.

— Obrigada — agradeceu ela, com o máximo de educação que conseguia. — Se seguir minha criada, ela arrumará algo para você comer e um lugar confortável para descansar.

O mensageiro fez outra mesura, murmurando um agradecimento, e Bhumika começou a ler.

Era uma mensagem curta. Sua mão tremeu de leve quando ela fechou a carta novamente.

— Jeevan — chamou ela, se virando para a porta onde seu comandante esperava, em estado de alerta. — Por favor, chame Priya. Preciso falar com ela.

# KUNAL

Kunal não gostava de Parijat. Era uma cidade fria. O mármore era gelado, e as pessoas também. As flores eram pálidas e frágeis demais, a comida, doce e leitosa. Então ele ficou feliz, assim como Varsha, quando um sacerdote de Saketa os guiou pelo mahal imperial e gentilmente inquiriu sobre o estado de saúde do pai deles em Saketa, e os templos da mãe sem-rosto nas propriedades locais — uma fonte de vergonha que haviam dito aos dois para não comentarem em Parijat.

— Comecei meu treinamento em um templo da mãe sem-rosto — confessou o sacerdote Kartik com um sorriso. — Acredito que aqueles que servem à mãe sem-rosto têm muito a ensinar aos sacerdotes das mães que moram em Parijat. Mas não contem a ninguém que eu disse isso — pediu ele em um tom confidencial, os olhos calorosos. — Será nosso segredo, como conterrâneos saketanos.

Varsha deu uma risadinha, cobrindo a boca com a mão. Mesmo Kunal sentiu-se reconfortado com a atenção do sacerdote.

— Talvez poderá me guiar no futuro, sacerdote — comentou Varsha, tímida. — Eu gosto do louvor.

— Mil desculpas, princesa — disse o sacerdote, reduzindo o ritmo para permitir que ela o acompanhasse. Com uma pontada de vergonha, Kunal fez o mesmo. — O alto-sacerdote me convocou para que a ajudasse, além do seu irmão, a se acomodar confortavelmente no mahal. Porém, meu templo fica perto do rio Veri, e é para lá que devo voltar.

Ele explicou que era um dos mestres que treinava os guerreiros sacerdotes que serviam no mahal, e que foram enviados para Saketa levando jarros do fogo das mães. O fogo colhido das mortes que constantemente preenchiam o mahal com o perfume acre de fumaça e carne chamuscada.

— Qualquer sacerdote que encontrarem que sabe usar uma arma está sob o meu comando — acrescentou ele. — Basta dizer a eles que são amigos de Kartik, e serão tratados com respeito.

O sacerdote até os honrou com uma refeição da sua terra natal, repleta de pimenta e sabor, e com um toque azedo prazeroso, que eles devoraram mais depressa do que provavelmente era sensato. Ele foi embora no dia seguinte.

E Varsha se preparou para seu casamento.

Era inevitável. Inevitável já havia muito tempo: muito antes do pai de Kunal tê-lo chamado no seu aposento particular, servido sharbat e dito:

— O imperador deseja formar uma aliança mais próxima. Você vai acompanhar sua irmã até Parijat. — Uma pausa. — Mantenha ela a salvo, Kunal.

Ela seria uma rainha, mas não a *única* rainha do imperador Chandra, por mais que o seu pai e o avô antes dele houvessem desposado apenas uma única mulher. Explicaram para Kunal, tanto o pai quanto os sacerdotes que serviam no templo particular das mães do alto-príncipe, que o imperador precisava de uma noiva parijati.

Porém, o imperador também precisava de uma aliança, já que muitos nobres haviam se transformado em traidores e feito aliança com a irmã dele. E Saketa... Bem...

Saketa precisava de comida.

— Eu nunca achei que me casaria com o próprio imperador — comentou Varsha, baixinho. Os presentes haviam sido colocados ao redor dela. Sáris de fios dourados. Joias. Vasos de flores. Fitas de seda, guarda-sóis e sapatos cravejados de diamantes. — Você acha que vou ser feliz?

Kunal pensou no dia em que conheceu o imperador pela primeira vez. A forma como ele o levara para seu jardim particular. Um lugar tão lindamente cuidado que deveria ser um paraíso; e no coração do jardim, os restos do cadáver de uma mulher ainda queimavam. A forma como o imperador sorrira, de maneira casual, e dissera:

— É isso que vai salvar o seu país e o meu. Um sacrifício aceito por um imperador de verdade. Existe algo mais justo?

Ele se lembrou dos olhos do pai, parecendo cada dia mais cansados, enquanto seus baixos-príncipes desertavam para oferecer seus serviços à falsa imperatriz.

— Nosso país está morrendo — dissera o pai. — Precisamos do apoio do imperador Chandra se quisermos sobreviver. Eu pagarei qualquer preço. Até mesmo ela.

Naquele momento, Kunal tentou sorrir para a irmã, dizendo:

— Sim. Acho que será feliz.

Na manhã do casamento, Kunal foi chamado para os aposentos do imperador.

Ele fez uma mesura enquanto o imperador se vestia e informava aos criados que comida deveria ser trazida, onde os convidados deveriam se sentar e quais jogos tradicionais seriam permitidos. Da mesma maneira brusca, ele disse a Kunal que não poderia mandar mais homens ou armas para Saketa, mas que era necessário que Saketa lutasse com todas as forças contra a falsa imperatriz.

— Ou minha irmã e os traidores que a apoiam serão destruídos, ou suas forças serão reduzidas — disse Chandra, de forma cordial. — Ela não vai poder seguir para Parijat enquanto seu pai estiver queimando o povo dela vivo.

O alfaiate colocou mais roupas na cama: uma jaqueta branca bordada com pérolas minúsculas, costuradas tão próximas umas das outras que mais pareciam uma armadura. Um achkan longo e vermelho para dar sorte.

— E meu pai? — conseguiu dizer Kunal. — E seus homens? As pessoas que estão no forte?

— Seu pai tem minha palavra de que eu vou apoiar sua sucessão como alto-príncipe — assegurou o imperador. — Sua irmã será a mãe dos meus filhos.

*Mas não será a mãe do seu herdeiro*, sussurrou a voz da razão na mente de Kunal. *Perceba o que ele não diz.*

— Seu povo não irá passar fome — continuou o imperador, estendendo os pulsos para que o criado pudesse ajustar os braceletes de ouro. — Lidaremos com a decomposição. Seu fornecimento de comida estará seguro. — Ele abriu um sorriso indiferente para Kunal. — Lembre-se disso, e alegre-se por minha benevolência.

Kunal abaixou a cabeça e declarou que estava mesmo alegre.

Ele observou a irmã andar em volta do fogo cerimonial, vestida em um vermelho resplandecente, e pensou: *Meu país está morrendo.*

Ele a observou fazer uma mesura para receber a guirlanda e pensou: *Nosso pai está morrendo.*

Ele a observou enquanto ela abaixava a cabeça para receber a guirlanda matrimonial no pescoço e pensou: *Minha irmã vai morrer.*

*E não há nada que eu possa fazer.*

# PRIYA

Priya leu a carta três vezes. Ela conseguia sentir o olhar de Bhumika fixado nela, mas não levantou os olhos. Mesmo depois que parou de ler, Priya traçava as palavras com o olhar, cada curva e cada volta, a ousadia firme de Malini ter escrito aquilo de próprio punho.

— O que você acha? — questionou Bhumika quando Priya ficou em silêncio por tempo demais.

— Acho que ela está correndo algum tipo de perigo — respondeu Priya por fim. — O suficiente para decidir arriscar... esta carta.

— *O imperador traidor possui uma arma de fogo. Um guerreiro de sabre verde na corte de um nobre* — recitou Bhumika trechos da carta. — A imperatriz conhece muito bem os Mantras das Cascas de Bétulas.

— Conhece — concordou Priya, baixinho. — Ela os usa da mesma forma que os seus poetas. Contando uma história para falar de outra. Mas já sabe disso, não é? Você leu cada palavra que ela me escreveu.

— Eu li cada palavra que a autodeclarada imperatriz de Parijatdvipa enviou para minha colega anciã de Ahiranya, sim — corrige Bhumika, com uma paciência exagerada. — Se você quiser uma correspondência particular, Priya, da próxima vez decida procurar a afeição de uma mulher menos poderosa. Não precisa se irritar comigo por causa disso.

— Não estou irritada — mentiu Priya.

— Lógico que não — retorquiu Bhumika. — Entendeu mais sobre a escolha das palavras "guerreiro de sabre verde" do que eu?

A história que Malini escolheu referenciar era tão desconhecida que seria improvável que muitas pessoas fora de Ahiranya a conheceriam. Mesmo em Ahiranya, não era tão famosa. Era uma fábula pequena — a história de um guerreiro que dizia ter uma espada de madeira verde, abençoada pelos yaksha, e que continha os grandes poderes dos yaksha. Com sua mentira, ele conseguiu um posto a serviço de um nobre... e então causou a morte de seu lorde em uma batalha. Era um aviso.

— Uma arma falsa — murmurou Priya. — Uma chama falsa que não é abençoada. Que vai trazer ruínas. — Ela hesitou. — Você ouviu alguma coisa sobre o fogo? Qualquer coisa que tenha acontecido com o exército da Malin... da imperatriz?

Até ali, a guerra parecia algo distante. Elas haviam apenas enfrentado os ataques limitados das forças do imperador, impedidos com facilidade pela floresta e pela magia delas, e a organização cuidadosa de patrulhas de soldados que Jeevan fazia. O foco do imperador estava nitidamente voltado para a irmã, e desde que ela concentrasse seus esforços em lugares que não eram Ahiranya, o imperador faria o mesmo.

— Eu não tenho espiões no exército da *imperatriz* como eu gostaria de ter — falou Bhumika, seca. Sem dúvida ela tinha notado o deslize de Priya. — Mas o mensageiro que ela enviou compartilhou um pouco com a criada que trouxe o jantar para ele e ofereceu sua empatia por ter viajado de tão longe e tão rapidamente. A imperatriz tinha intenção de fazer um acordo com o alto-príncipe de Saketa, mas, quando chegou, os homens do alto-príncipe atacaram as forças dela com fogo. O mensageiro deixou implícito que... era um fogo estranho. Porém, ficou reticente em contar mais.

— Claro que ficou — murmurou Priya. As criadas de Bhumika eram muito boas em arrancar informações das pessoas, mas havia um limite do que poderia ser feito de forma discreta. — Você acha que é fogo como o das mães das chamas, que foi usado contra os yaksha?

— Acho que os parijatdvipanos acreditam que seja, mesmo se a imperatriz não acreditar — falou Bhumika, firme. — Imagino que isso... complique as coisas.

A pausa nas palavras deixava claro que tinha um significado mais profundo.

— Você vai precisar me dizer qual exatamente é essa complicação.

Um suspiro.

— Priya.

— Que foi? Só estou sendo sincera. Ou eu posso fingir que sou tão inteligente quanto você. Quer que eu minta?

— Os parijati cultuam as mães e o seu fogo — explicou Bhumika. — A pessoa que controla o fogo é, certamente, o herdeiro de direito do império. E, se essa pessoa não for a imperatriz Malini, então ela não poderá ficar com o título de *imperatriz* por muito tempo. — O olhar de Bhumika seguiu para a carta que Priya ainda segurava carinhosamente nas mãos, e depois subiu para o rosto dela. — Você vai precisar tentar pensar da mesma forma que eu. Se vai fazer o que ela quer.

Pronto. Ali estava. O pedido que Malini fizera. Entre as histórias dos Mantras das Cascas de Bétulas e comentários sobre o tempo, a viagem e o desejo de bem-estar a toda Ahiranya e o bem-estar de suas anciãs e seus nobres... havia um motivo verdadeiro para aquela carta ter sido escrita.

— Eu não sei o que fazer — confessou Priya. — Ela pediu por uma anciã. Isso não significa... — Priya fez uma pausa, engolindo em seco. — O que você acha que eu deveria fazer?

— Pense como eu. Só por um instante.

Priya tentou.

— E por que ela quer uma anciã, de todo modo? — indagou Priya, por fim.

— Ela não quer uma anciã — rebateu Bhumika. — Ela quer você.

*Você não sabe disso*, pensou Priya, mas é lógico que Bhumika sabia. Assim como Priya sabia. Foi para Priya que ela escrevera aquela carta; Priya era de quem ela se lembrava, mesmo quando deixara de ser princesa e recebera uma coroa ainda maior.

— Não sei como eu poderia ajudar — comentou Priya.

— Você não consegue? Com seus dons?

— Os dons que os anciões tinham antes de nós não adiantaram de nada contra o fogo das mães.

— Se o fogo for falso, nossos dons... os seus dons, vão ser suficientes — tranquilizou-a Bhumika.

— Precisam de mim aqui.

— Quantas desculpas — murmurou Bhumika. — É quase como se você não quisesse ir. É isso?

Priya engoliu em seco.

— Minha casa é aqui. E tenho tanta coisa a fazer. O povo, a decomposição...

— Eu consigo lidar com a decomposição.

— E governar um país ao mesmo tempo?

— Acabamos de discutir como os guardiões das máscaras querem passar pelas águas — lembrou Bhumika. — Querem se tornar nascidos-duas-vezes ou nascidos-três-vezes. Vão poder ajudar com a decomposição. E com o governo, se for preciso. E você vai voltar e continuar seu trabalho em algum momento. — Ela olhou para Priya, com firmeza. — Precisamos que a imperatriz se sente no trono. Nada será possível se ela não fizer isso. Talvez ela reconheça que precisa da sua força para essa tarefa. Uma magia antiga, falsa ou verdadeira, contra outra. Talvez ela só queira que você fique ao lado dela. — Um suspiro. — Não importa. Eu vou dar um jeito. Ahiranya vai dar um jeito. Que escolha nós temos, Priya?

*Sempre há uma escolha*, pensou Priya. O que Malini poderia fazer, do outro lado do império? E ela não tinha dado uma ordem, nem feito uma ameaça. A carta fora muito explícita.

E, ainda assim... ainda assim...

Sempre havia palavras, palavras escondidas sob palavras, quando se tratava de Malini.

Malini nunca mentia, mas suas verdades eram como águas profundas.

*Eu peço, como cortesia, enquanto minhas aliadas...*

— Ainda vamos ter o sangam — prosseguiu Bhumika. — Vamos manter nossas conversas toda noite.

— Não dá para acreditar que você acha que eu deveria ir — retorquiu Priya. — Achei que tentaria me convencer do contrário.

Bhumika balançou a cabeça, negando, os lábios pressionados em uma linha preocupada.

— Eu sempre soube que você iria atrás dela.

— Não enquanto Ahiranya ainda precisa de mim — rebateu Priya, com raiva. — Não enquanto você ainda precisa de mim. Não quando só temos alguns nascidos-uma-vez em quem você nem confia direito, e a possibilidade de perder metade deles por afogamento. Bhumika, eu não posso.

— Muitas das nossas alianças só existem por causa da sua imperatriz Malini. Se perdermos a benevolência dela... — Bhumika deu de ombros com delicadeza.

Priya assentiu, em silêncio.

— Não podemos deixar que ela fracasse ou morra — acrescentou Bhumika, preenchendo o silêncio.

— Você me disse uma vez que, se ela nos traísse, eu deveria matá-la.

— Seria uma morte nos nossos termos, para servir aos nossos objetivos — replicou Bhumika. — Qualquer outro tipo de morte seria nossa ruína.

Malini fracassando. Era difícil de imaginar. Desde que as notícias haviam chegado a Ahiranya relatando que era a princesa, e não o príncipe, que queria o trono do imperador Chandra — por meio de rumores e sussurros trazidos por mercadores e comerciantes, passando pelos mercados antes de uma carta imperial oficial, assinada com um floreio feito pela mão de Malini —, Priya sempre acreditara que Malini iria ganhar. Era astuciosa demais para perder. Disposta demais a pagar qualquer preço que fosse. Mesmo na própria cabeça, Priya não conseguia mentir para si mesma: Malini faria o que fosse necessário para garantir a vitória, mesmo que a custo de Priya.

Ela queimara sacerdotes, as pessoas diziam. E Priya pensou no rosto de Malini depois que elas se beijaram na floresta — na ferocidade daqueles olhos — e pensou: *Ela faria isso. Ela faria isso.*

Será que Malini estava desesperada, para ter chamado uma delas? *Estava* desesperada mesmo? A carta era inteiramente diplomática. Não havia dobras de dedos tensos e nenhuma marca que denunciava lágrimas.

Porém, havia a história dos Mantras das Cascas de Bétulas. Havia as palavras que ela dissera antes. *Priya, eu penso em você...*

Priya praguejou baixinho e pressionou a mão contra o rosto.

— Ah, espíritos. Precisa ser eu? Não quer fazer uma viagenzinha, Bhumika?

— Tenho certeza de que eu me daria muito bem na corte da imperatriz — respondeu Bhumika. — Mas sabe que precisa ser você.

— Eu não sei falar com príncipes e reis.

— Você falou com pelo menos um príncipe antes — pontuou Bhumika. — E uma imperatriz. Mas imagino que tenha feito mais do que só falar com ela...

— *Bhumika.*

— Não posso fazer uma piada de vez em quando? — reclamou Bhumika, sorrindo um pouco enquanto Priya contorcia o rosto. Então, sua expressão voltou a ficar séria. — Você vai conseguir. São apenas nobres.

— Você é melhor em lidar com eles — insistiu Priya. — Nós duas sabemos disso.

— Ela quer você — declarou Bhumika, baixinho. — Ela pode não ter pedido por você por nome, o que fez bem, mas você sabe que é verdade. E, mesmo que não fosse, eu não posso ir.

Bhumika não precisava falar em voz alta: Ahiranya poderia sobreviver por um tempo sem Priya, sem suas mãos no solo, nas pessoas, na decomposição. Porém, não sobreviveria sem Bhumika, que unia todos os guardiões das máscaras, nobres, mercadores e pessoas comuns com uma teia frágil de favores e lealdade, suborno e responsabilidades. Priya não sabia fazer esse tipo de trabalho.

— Você não vai conseguir fingir a diplomacia de um nobre, e muito menos o tipo de ostentação necessária que é esperada de um governante de um país. Não vou negar.

— Então um professor — sugeriu Priya, desesperada. Ela nem conseguia acreditar no que estava falando. — Alguém para me treinar em boas maneiras. Ou um acompanhante na viagem para me guiar.

— Não existe um único nobre que esteja familiarizado com a complexidade da política parijatdvipana que eu me sentiria confortável em enviar como apoio nessa tarefa — disse Bhumika. — E só posso ensinar a você um pouco antes de precisar ir embora.

— Você tentou me ensinar como ser criada de uma nobre uma vez, e eu falhei miseravelmente — comentou Priya, derrotada. — Talvez nem valha o esforço.

— Bom, você vai ter mais incentivo dessa vez. Talvez aprenda. Vamos tentar.

Bhumika não parecia certa de que eu conseguiria. Era justo.

— Como você pode confiar em mim para não estragar tudo?

— Em quem mais eu posso confiar a não ser você, Pri?

Verdade. Horrível, mas ainda assim verdade.

— Acho que a imperatriz tem um certo interesse em manter você viva — prosseguiu Bhumika, mantendo a voz baixa. — Ela acha que sabe o que você é. Suas forças e fraquezas. Ela não vai estar esperando uma política astuta. Ela vai proteger você do pior dentro da própria corte. Então deve ser o que ela quer e precisa que você seja em vez disso, e torcer para que isso seja o bastante para te manter segura. Vamos arrumar um séquito adequado e as lições necessárias.

— Não mande muita gente comigo — pediu Priya, devagar, enquanto tropeçava nos próprios pensamentos, tentando compreendê-los. — Melhor não. Os parijatdvipanos... é melhor se eles nos subestimarem.

— Sua Malini quer você pelo que consegue fazer — contrapôs Bhumika no mesmo tom. — Mais cedo ou mais tarde, vão descobrir do que uma anciã de Ahiranya é capaz. Eles vão ver, e temer você.

— Não se acharem que somos as marionetes dela. Não se acharem que estamos sob o poder da imperatriz e precisamos dela para sobreviver. Que ameaça uma única mulher sem aliados pode representar, mesmo que tenha algo poderoso dentro de si? — Priya sorriu, irônica. — É quase verdade. Não vai ser difícil convencer ninguém.

— Não — concordou Bhumika, a voz indecifrável. — Suponho que não.

Priya roçou o braço na pele de Bhumika.

— Achei que você ficaria feliz.

— Em ver você ir embora? Não.

— Feliz por não precisar se desfazer de tantos soldados — explicou Priya. — Vai precisar de todo mundo que você tem. E eu me viro bem sozinha. Vou pedir a Sima para ir comigo. Pelo menos vai impedir ela de querer entrar nas águas...

— Priya.

Priya se calou e ficou imóvel. O timbre na voz de Bhumika, aquele tom solene, a deteve.

— Prometa que você vai sobreviver e voltar para casa — pediu Bhumika.

Priya engoliu em seco.

— Como eu posso prometer isso?

As duas sabiam que o mundo era muito perigoso, que às vezes um ente querido podia morrer de forma rápida, fácil e brutal e deixar alguém para trás, não importava o quanto quisessem ficar.

— Me prometa — repetiu Bhumika.

Bhumika nunca pedia por uma promessa que não pudesse ser cumprida. Os olhos dela brilhavam, de uma maneira que deixava Priya desconfiada apesar da gravidade da sua expressão. E Priya nem conseguia olhar para ela, engolindo em seco mesmo com o nó na garganta, e assentindo por fim.

— Prometo — disse Priya. — Quando tudo acabar, volto para casa e para você.

Não adiantava enrolar. Então Priya arrumou suas coisas e delegou as responsabilidades que podia.

Se Ganam achava que ela estava sendo uma traidora por abandonar Ahiranya para obedecer às ordens imperiais parijatdvipanas, ele não comentou, e os outros guardiões das máscaras também ficaram em silêncio. Priya estava certa de que eles estavam planejando alguma coisa... mas se o que queriam era uma chance de passar pelas águas, Bhumika estava pronta para providenciar isso.

*Espero que estejam prontos para cavar novos túmulos*, pensou Priya, sombria. Ela avisou a Ganam. Era tudo que podia fazer.

Billu mandou um pouco de haxixe para ela.

— E arak também — comentou ele. — É nojento, mas sabe-se lá quando você vai precisar disso.

— E onde foi que você arrumou tanto? — perguntou Priya, cética.

— Eu sou um conselheiro das anciãs do templo, não sou? As pessoas me dão coisas.

— Billu, se você andou aceitando suborno das pessoas...

— O que você vai fazer?

— Dizer para você aceitar itens de melhor qualidade — concluiu Priya. — Só isso.

Ele bufou.

— Eu troquei algo por isso — confessou ele. — É meu por direito. E agora é seu.

— Quando eu vou ter tempo de usar tudo?

— Você vai se juntar a um exército, não é? Não é para você, menina, é para poder fazer amigos. Vai fazer amizade com os soldados mais rápido com drogas e álcool do que com palavras bonitinhas.

— Obrigada. Eu... o que quer em troca?

— Por que eu iria querer alguma coisa? É um presente. — Quando ela agradeceu de novo, ele deu de ombros e disse, em um tom de resmungo: — Só volte logo. Vamos ficar com saudades.

Depois, ela disse adeus para Rukh.

— Logo você volta — declarou ele, resoluto.

— Você não vai nem fingir que vai sentir minha falta? — Priya fingiu ficar com raiva, cruzando os braços. — E depois de tudo que eu fiz por você!

Rukh suspirou, revirando os olhos, mas então a puxou para um abraço. Os abraços dele eram horríveis, rígidos, com braços compridos demais e constrangidos. Entretanto, ela ainda sentia a ferocidade da sua afeição na forma como ele a apertava. Sentindo um carinho imenso, Priya o abraçou de volta.

— Obrigado por tudo que fez por mim, Priya. Vou ficar com saudades.

— Melhor mesmo. — Ela acariciou a cabeça dele enquanto o garoto resmungava, tentando se afastar.

Ele esfregou os olhos, pigarreando.

— Quando você voltar, vou estar usando um sabre de verdade — informou ele. — Espera só para ver, vai ficar muito impressionada.

— Você não está nem um pouco preocupado que talvez eu não volte? — Ele balançou a cabeça. — Seu pirralho.

Ela bagunçou as folhas do cabelo dele, e dessa vez ele permitiu o gesto, rindo.

— Você é mais forte do que todo mundo. — Ele encontrou o olhar dela, o rosto sério. — Vai ficar bem.

— Está tentando me reconfortar?

Rukh balançou a cabeça.

— Você sabe que é forte — frisou ele. — Mas talvez precise saber o que todo mundo já sabe.

Todo mundo de fato pensava que Priya era forte. Todo mundo exceto Bhumika, que dizia que confiava nela, que estava deixando-a ir, que olhara para ela com olhos lacrimejantes e implorara para que fizesse uma promessa. *Volte para casa.*

Priya afastou aquela inquietação e foi atrás de Sima.

Ela encontrou a amiga nos seus próprios aposentos, dobrando com cuidado um sári. Já havia um salwar kameez dobrado na cama, um sachê de ervas secas para manter o perfume escondido em uma manga.

Priya tocou o kameez. Ela tinha quase certeza de que o vestira no campo de treino e o deixara todo sujo.

— Você lavou minha roupa?

— Por acaso alguma outra pessoa ia fazer isso? — retorquiu Sima.
— Eu poderia ter lavado.
— Você nem tem tempo. Além disso, eu não me importo.
Priya ergueu os olhos.
— Eu disse a Bhumika que te levaria comigo — soltou Priya.
— Eu? — Sima piscou confusa, boquiaberta. — Por quê?
— Você não quer vir?
— Eu... e quem mais? Só eu?
— Jeevan disse que poderia mandar uns homens. Então eles. Você. E os homens do mensageiro, Yogesh.
Sima ainda a encarava, segurando o sári.
— Por quê? — repetiu Sima.
Priya hesitou. Ela não sabia como dizer a verdade. Que ela entendia como a inversão de posições ainda deixava Sima confusa. Que Priya conseguia sentir o abismo entre elas. Que não culpava Sima por isso. Que estava tudo bem se ela quisesse mais. E que se Priya pudesse dar isso a ela — dar as oportunidades e o perigo que ela tanto queria, um caminho a percorrer —, então ela daria.
— Seria bom ter uma amiga comigo — justificou-se Priya em vez disso. — Se... se você quiser vir. Pode ser uma aventura.
— Uma aventura — repetiu Sima, seca. — É uma guerra, Pri. Vai ser um pesadelo.
— É provável que tenha razão.
— Ir com você seria... Pri, você não deveria ter me pedido isso.
— Mas agora eu pedi. E estou falando sério. Se quiser vir, tem um lugar para você. Eu só não prometo que vai ser um lugar seguro.
Durante um instante, Sima ficou em silêncio. Por fim, ela suspirou e inclinou a cabeça.
Priya conseguia ver a forma como seus ombros relaxaram, e como o sorriso crescia. Por fim, Sima se endireitou de repente e começou a se afastar.
— Termine você de arrumar sua mala — retrucou ela. — Agora vou precisar arrumar minhas coisas. Espíritos, Pri, você poderia ter me dado um *aviso*.
— Sinto muito! — disse Priya para as costas da amiga.
— Não sente, não!
Priya abriu um sorriso. Não, ela não sentia. Não mesmo.

# PARUL

A chave para a sobrevivência como uma criada no mahal imperial era passar despercebida. A invisibilidade era um talento, tanto como arrumar o cabelo de uma jovem nobre ou limpar uma delicada seda bordada até ficar lustrosa, ou elegantemente servir bebidas em banquetes, como Parul fazia.

Quando criança, filha de criados, ela aprendeu o trabalho da mãe: a habilidade de servir o vinho com cuidado, de atravessar sem dificuldades um salão carregando bandejas com pratos de arroz perolado e sabzis fumegantes. Ela também aprendeu a ser eficiente, mas não rápida ou graciosa demais. Fazer seu trabalho mal ou bem demais atrairia atenção, avisara a mãe. *E nenhum tipo de atenção é bom para uma menina de sua posição, Parul.*

A mãe contara a ela uma vez a história de duas lebres que eram irmãs. Uma delas gostava de correr, e a outra, de cavar buracos. A que gostava de correr era charmosa, linda e amada por muitos. A beleza dela chamava a atenção de muitas criaturas malignas: serpentes e pássaros que apreciavam o sabor da carne, e todas queriam a carne *dela*. Entretanto, a lebre não tinha medo dos seres.

— Ela pensava que era rápida demais para ser pega. Rápida demais para qualquer serpente abocanhá-la! — A mãe fizera uma pausa, a voz fraquejando, e então continuara com uma falsa leveza: — Mas ela estava errada, pombinha. Aprenda com ela.

Parul aprendera. A cada ano, ela ficava mais velha, mais alta e mais bonita; era pragmática o bastante para reconhecer a própria beleza, e o tipo de problema que poderia causar para ela... e sobreviveu à vida no palácio quase que discretamente. Ela testemunhara a mudança agitada que ondulara pelo mahal imperial: a partida do príncipe Aditya para se tornar um sacerdote do anônimo e a ascensão do príncipe Chandra ao trono; a recusa da princesa em queimar na fogueira, e todas as outras piras terríveis de mulheres que se seguiram e nunca acabavam; e durante todo esse tempo, ela fora como a lebre que gostava de cavar buracos. A lebre que sobrevivia. Escondida e cuidadosa. Observando tudo, sem nunca ser observada.

Porém, o tempo depois do casamento a tornara descuidada. A rainha Varsha dera para as criadas de alto escalão do palácio diversas quinquilharias em comemoração do seu casamento: braceletes finos feitos de prata e sáris diáfanos. Parul não era uma criada de alto escalão, óbvio, mas ela e as outras haviam se aproveitado do vinho e do arak que sobrara das muitas noites de banquetes, assim como os docinhos enrolados em açúcar prateado, e uma das tias mais velhas da cozinha pintara as mãos de Parul com henna: pássaros e flores que rodopiavam pelos braços, e uma grande flor de jasmim no centro de cada pulso.

Relaxada depois das comemorações, e talvez um pouco mais alegre do que deveria estar, devido ao álcool, Parul deixara a cautela de lado. Em vez de usar os corredores estreitos dos criados para ir até os dormitórios, ela caminhou pelos corredores principais do mahal. Era um prazer ínfimo, e ela pensou que certamente seria seguro. Já estava tarde, e os moradores do mahal estavam festejando ou dormindo. Ela não prestava atenção em nada em particular, simplesmente aproveitava o calor entorpecido de uma noite de celebração e bebida quando ouviu vozes de homens. Ela congelou, o coração quase saindo pela boca.

Ela estava perto de uma porta. E através dela, conseguia ver um corredor com pilastras de entalhes em espiral. E a luz do luar, luz até demais, de um teto que era aberto de propósito para o céu, permitindo que o sol, as estrelas e a chuva entrassem livremente.

Ah, que as mães a salvassem. Ela sabia onde estava. Apenas um arco a separava do lugar aonde ela nunca ousava ir.

No passado, aqueles aposentos foram separados para alguns conselheiros srugani com residência permanente no mahal e que serviam ao império. Os corredores foram construídos ao estilo srugani, dando as boas-vindas às intemperanças da natureza, e não fora alterado mesmo depois que os srugani já tinham partido, banidos pelo imperador. Então aqueles aposentos pertenciam aos sacerdotes e guerreiros sacerdotes do imperador, de posições tão elevadas que não residiam mais apenas no templo, onde de fato pertenciam.

Os conselheiros srugani eram bem-quistos pela criadagem que cuidava de suas necessidades, mas os sacerdotes eram evitados com cuidado.

Especialmente pelas criadas do mahal.

Parul costumava andar apressada quando passava por aquele caminho, passando pela porta tão depressa quanto um pássaro voando, mas ela enrolara naquele dia, o licor a transformando em uma presa lenta. E os sacerdotes estavam se aproximando, o bastante para que conseguisse ver suas sombras dançando no chão... e a própria sombra, se confundindo com a do arco da porta. Se ela corresse, eles veriam sua sombra se mexer. Saberiam que ela estava lá.

Parul sabia qual era o preço de ser pega. Uma vez, em uma festa pequena para os líderes militares do imperador, uma criada dois anos mais nova do que Parul chamada Chaiya os ouvira discutindo táticas de batalha. Ela encontrara o olhar de um dos lordes, apenas por acidente, e ele rira e perguntara com leveza, em tom de zombaria, se ela se interessava por estratégia militar.

Quando aquele lorde perdeu a batalha, ele foi procurar Chaiya e cortou a garganta dela. Ele declarou que a criada deveria ser uma espiã. Como ele poderia ter perdido se não fosse o caso?

— Se Hemanth não contar ao imperador toda a verdade, como ele poderá fazer a escolha certa? — ponderou um sacerdote mais velho de voz rouca. — O imperador Chandra sempre o escutou. Sempre mostrou grande respeito por nosso serviço e sacerdócio. Se Hemanth ao menos explicasse...

— Eu amo o alto-sacerdote. — Essa voz era mais jovem. — Eu confio nele para explicar tudo ao imperador.

Estavam falando do imperador. Do *imperador*. O que fariam com Parul se descobrissem que ela estava ali?

Ela não poderia fugir. Era como se seus pés tivessem criado raízes no chão.

O mais velho falou outra vez.

— Kartik — murmurou ele, tão baixo que Parul quase não ouviu por cima dos seus batimentos cardíacos, a respiração em pânico que ela estava desesperadamente tentando conter. — Hemanth acredita que o imperador verá a razão. Mas eu temo...

A voz sumiu. Ela ficou esperançosa por um instante de que eles tinham decidido se afastar dela, mas a voz de Kartik estava densa e afiada, e perto demais, quando disse, em um tom tranquilo:

— Todos estamos unidos em nosso desejo de proteger Parijatdvipa. Mas eu me certifiquei de que ela irá viver tempo suficiente.

— É mesmo? Como? — O sacerdote mais velho parecia aliviado.

— Não precisa se preocupar — tranquilizou-o Kartik, gentil. — E se o imperador não seguir os conselhos de seus sacerdotes... — Uma pausa. Os sons de passos pararam, e a respiração entrecortada do sacerdote mais velho quando os dois pararam. — Existe outro caminho — continuou, por fim. — Ainda abençoado pelas mães.

— E Hemanth? — questionou o outro, hesitante. — Ele aprova?

— Ele ama o imperador — respondeu Kartik. — Mas ele fará o que for melhor para Parijatdvipa no final. Tenho fé nisso.

A essa altura, Parul simplesmente tinha parado de respirar. Ela não compreendia o que estavam falando, mas sabia que, se fosse descoberta, isso não importaria.

Ela conseguia vê-los agora: uma silhueta maior e outra menor. O sacerdote Kartik parou sob a luz da lua, virado de perfil para ela, o olhar firme no colega, focado e atento. Ela decidiu correr um risco. O que mais poderia fazer?

Com cuidado, ela deu um passo para o lado. Então se pressionou contra a parede, onde ficaria escondida de forma mais eficiente, a sombra misturada na escuridão ao redor.

A conversa parou. Por um segundo, ela sentiu medo. Eles a encontrariam. Eles a queimariam.

Não fizeram isso.

Os sacerdotes se despediram.

— Vou partir ao amanhecer — informou Kartik. — Voltarei para o meu próprio templo.

— Você fará falta.

— Logo eu voltarei. É difícil sair do lado de Hemanth por muito tempo.

Um momento de silêncio completo. E então...

Passos. Se aproximando.

Ela não ousou respirar. Não ousou. Ela pensou nas piras, no cheiro que pairava no ar, nos gritos que o vento trazia de vez em quando. Não havia lugar algum no mahal onde aquele som podia ser de fato evitado. Ela pensou na própria voz juntando-se àquela canção vazia, imaginou isso e quase chorou...

Ele passou por ela. A barra do manto tocou no arco da porta e então desapareceu enquanto saía dos aposentos srugani pelo corredor principal. Os passos foram se distanciando. Parul estremeceu, e começou a cambalear para longe, agradecendo às mães na sua mente e no seu coração por permitirem que ela passasse despercebida mais uma vez. Por fazê-la ser a lebre em seu buraco: segura na escuridão, longe da luz assassina que emanava dos olhos dos sacerdotes.

# MALINI

Uma ideia foi apresentada a Malini como a visão unânime do seu conselho: eles fariam Saketa morrer de fome.

— Fazer um cerco no forte seria muito bom se possuíssemos defesas adequadas contra suas melhores armas — argumentou Malini. — Agora temos uma da qual não tenho conhecimento, milordes?

— Sejam lá quais armas o alto-príncipe possua, o povo não pode sobreviver à fome — explicou Mahesh, cuidadoso e formal. — Em algum tempo, vão se render ao nosso poderio superior.

— Entendo. — Malini permitiu que seu tom de voz expressasse ceticismo. — Nossos suprimentos foram alterados? Nossos estoques de arroz? Óleo? Água?

A mandíbula de Mahesh retesou em resposta.

Ele compreendia em que ponto ela queria chegar: por mais que estivessem em maior número, perdia um cerco o lado que chegasse à fome primeiro. Malini era imperatriz apenas por uma profecia e sua autodeclaração. Tudo que tinha era negociado, emprestado ou comprado de seus aliados. Tudo que aqueles aliados davam a ela era em troca de Chandra não estar mais no trono.

E todos estavam ficando inquietos.

— A imperatriz está correta — declarou um oficial, para a fúria evidente dos lordes favorecidos por Mahesh, que se viraram para encará-lo. — Não temos suprimentos para fazer um cerco longo.

— Isso é um problema — murmurou Khalil.

— Dwarali mandará mais suprimentos para consertar isso? — Essa foi a pergunta de um baixo-príncipe de Saketa, com a expressão emburrada. Sentada na corte de Malini, Raziya estreitou os olhos.

— O Lal Qila já ofereceu tudo que pôde — retrucou Khalil. — Mas não posso falar pelo sultão.

— Então não oferece nada de consequência.

Lorde Narayan apoiou uma das mãos de forma tranquilizadora no braço do baixo-príncipe.

— O suprimento de água — sugeriu outro lorde. — Se cortarmos isso...

— A cidade tem grandes reservatórios — rebateu Narayan, de imediato.

Aquilo não era nenhuma novidade para Malini, ou para os homens presentes, mais um motivo pelo qual o cerco planejado não era uma solução prática.

— Mesmo assim — insistiu o lorde, contrariado. — É uma opção.

Um farfalhar de tecido à esquerda de Malini indicou que Lata tinha se levantado. Os homens ficaram em silêncio quando ela ergueu o queixo e falou, a voz calma e em bom som:

— Eu devo me dispor contra esse plano — declarou, sem oscilar, apesar de todos os olhos estarem voltados para ela. — Como sábia, eu sempre busco o conhecimento. Aprendi sobre a história do nosso império. E garanto, milordes, que o forte labiríntico de Saketa nunca foi sitiado com sucesso. É reconhecido por ser impenetrável. Os exércitos se chocam contra as muralhas. Durante a Era das Flores, manteve até mesmo os yaksha longe, protegendo o alto-príncipe e sua família. — E concluiu: — Fazer um cerco ao forte é escolher o fracasso e a morte de muitos, muitos homens.

— Imperatriz — interveio Mahesh, firme, ignorando Lata. — É uma aposta arriscada. Nenhum de nós nega isso.

Malini notou, soturna, a forma como ele se alinhava aos outros nobres e não a ela. Era mais uma prova de que ela precisaria lidar com ele.

— O alto-príncipe, e sua fortaleza... — continuou Mahesh. — Não nego que ele possui... armas... que nós não possuímos. — Mais uma vez, Malini notou como ele fizera uma pausa na palavra *armas*, com algo semelhante à veneração. — Não podemos simplesmente deixá-lo aqui, às nossas costas. Ele nos seguirá em nossa jornada para enfrentar seu irmão, e nós seremos esmagados entre duas forças: a de Parijat e de Saketa. Seja lá o que pode ser feito para enfraquecer ou matar de fome as forças do alto-príncipe, é o que devemos fazer. Nossas próprias dificuldades podem ser significativas, nossos suprimentos, limitados, mas o alto-príncipe está cercado. Nós, não. Eles vão se cansar muito antes de nós, e então ganharemos. Imperatriz, esse é o único caminho que pode nos trazer o sucesso. Eu sou um general com experiência, e a senhorita depositou sua confiança em mim. Não permita que isso acabe agora, eu imploro.

Ele fez uma reverência profunda, cada centímetro exalando a energia de um soldado leal.

Parecia muito tentador quando ele falava dessa forma, com tanta lealdade, mas não era a verdade.

*Eles não estão apenas preocupados em sitiar Saketa*, pensou ela. *Querem colocar Aditya no meu lugar. Estão ganhando tempo.*

Ela sabia disso. Afinal, não era a primeira vez que homens tinham tentado. Cada batalha perdida, cada vez que a guerra parecia um cão em seus calcanhares — depois disso, sempre havia nobres que iam em busca de Aditya.

*Um representante masculino de Divyanshi deveria nos governar, e não uma filha*, diziam uns para os outros, quando pensavam que ela não ouvia... aqueles tolos, nunca percebendo que ela tinha olhos em seus copeiros, suas criadas e os garotos que poliam as armaduras.

*Aditya é o mais velho. O herdeiro verdadeiro.*

Malini estava ficando sem tempo. E amaldiçoado seja, Mahesh estava roubando o pouco que lhe restava.

Ela se certificou de não permitir que sua expressão vacilasse. Ela o conhecia. Mahesh era um devoto das mães das chamas. Ele ainda poderia ser convencido, se pudesse acreditar nela outra vez, se ela pudesse recapturar o momento que se declarara imperatriz, um ano atrás, na estrada de Dwarali, se pudesse preservar aquela luz de devoção que iluminara os olhos dele e fincá-la em seu coração... então ela poderia controlá-lo.

— Então vamos esperar — disse ela. — E veremos o que pode ser feito, para lembrar a Saketa que, apesar de suas armas, eles são nossos prisioneiros.

Malini foi até a tenda de Aditya.

Levou Swati consigo, com uma bandeja de comida.

— Irmão — cumprimentou ela, enquanto Swati apoiava a bandeja e se retirava depressa. — Perdi a nossa reunião de sempre. Peço desculpas.

— Não precisa se desculpar — retrucou ele. — Rao me contou o que tem... acontecido.

*Se você ao menos tivesse olhado para fora da tenda, teria visto sem precisar da ajuda dele.*

Malini não falou isso em voz alta. Ela se sentou em cima das pernas e alisou o sári. Por sua vez, Aditya lhe lançou um olhar calmo.

— Precisamos conversar — disse ela, sem preâmbulos. — Mahesh quer te colocar no trono. Ele já falou com você?

— Ele tentou me convidar para um conselho de guerra — contrapôs Aditya. — Mas, fora isso, não. — Ele contornou a beirada do prato, tocando a ponta dos dedos no roti, sentindo o calor. — Outros lordes já vieram falar comigo, mas ele, não.

— A lealdade dele sempre foi dedicada a você primeiro.

Aditya balançou a cabeça.

— Ele é um homem de fé. Não é o tipo de crença que Chandra tem nas mães, mas a fé dele não é menos firme por causa disso. — Aquilo foi dito não com astúcia, mas com o entendimento absoluto que um sacerdote possui sobre a convicção religiosa dos homens, a forma que poderia moldar a mente e o coração humano. — E o fogo abalou sua crença. Fogo mágico abençoado...

— *O fogo não era das mães* — rebateu Malini, exasperada. Ao menos com Aditya, ela não precisava esconder isso.

— Parece muito com o fogo abençoado do Livro das Mães — contestou ele, tranquilo. — Para alguém como Mahesh, um sinal das mães sempre vai ter mais poder e significado do que um sinal do anônimo.

Malini mordeu a língua, causando uma dor leve e que a firmava no lugar. De que adiantava discutir com ele? Aditya não dizia que acreditava que era o fogo, só que Mahesh acreditava.

Quando se acalmou, pelo menos um pouco mais do que antes, ela voltou a falar:

— E se ele pedir a você para ocupar seu lugar, liderar o exército e se tornar imperador...?

— Ah, Malini — murmurou o irmão. — Você já me implorou para fazer a mesma coisa. Se eu recusei o seu pedido, você acha que mais alguém poderia me convencer?

Ela assentiu, tensa, os dois se encarando cautelosamente.

A cortina se abriu.

Malini já tinha começado a se levantar quando Rao entrou. Estava trazendo uma jarra de vinho e parou quando viu que ela estava ali.

Rao ofereceu um sorriso constrito. Então ele não estava mais bravo com ela. Isso era bom.

— Não sabia que você estava aqui — comentou Rao, como pedido de desculpas.

— Os guardas não avisaram?

— Só agora na porta — informou ele. — Então não trouxe outra taça para você, Malini, me desculpe.

— Então eu bebo direto da jarra — sugeriu ela, tranquila.

Rao assentiu.

— Coma sua comida — disse o amigo para Aditya. — Você está magro demais.

— Está falando como uma tia — reclamou Aditya, mas havia um pequeno sorriso na boca dele, e ele finalmente se pôs a comer.

— É bom você estar aqui também, Malini — disse Rao. — É mais fácil falar com você diretamente, em companhia confiável. Falar com vocês *dois*, na verdade.

Ele serviu o vinho: uma taça para si, outra para Aditya.

Malini ficou com a jarra. No passado, ela pensara que nunca mais beberia de novo: que seu envenenamento lento através do vinho durante sua prisão tinha estragado sua experiência com a bebida para sempre. Entretanto, ela descobrira um tipo de prazer curioso ao se deliciar com algo que um dia causara dor. A bebida era um vinho saketano antigo, intenso e uniforme, que aquecia seu estômago.

Rao olhou para os dois.

— Malini...

— Não quero discutir política — ela o interrompeu rapidamente.

A expressão de Rao ficou apenas um pouco frustrada.

— Raramente vai ter oportunidade de fazer isso comigo e seu irmão sem mais ninguém em volta — observou ele.

— Você vai me falar que eu tenho o apoio de Alor — declarou ela. — Eu sei disso. Vai me dizer que Srugna se chateia com os custos da guerra, com os suprimentos que precisam nos mandar, com o trabalho pesado pouco glorioso, mas vão ficar ao meu lado porque o anônimo e as mães me escolheram, e eu sou melhor do que Chandra. E vai me dizer que preciso fazer algo sobre Mahesh. — Ela tomou outro gole de vinho, teimosa. — Já me disseram isso antes. Me encontre um lorde parijati que possa ficar no lugar dele, e eu ficarei feliz em tirá-lo de lá.

— Eu ia falar muita coisa mesmo, não é? — brincou Rao, tranquilo.

— Não estou errada. Você teria dito tudo isso em algum momento, mas eu não quero ouvir isso. Agora eu queria simplesmente um momento de paz.

— Não sei se isso é tão pacífico quanto você gostaria — murmurou Aditya.

Não, mas era um lugar pacífico para Rao. E as mães sabiam que ela precisava que Rao continuasse forte. Nesse instante, ele parecia frágil, como se a guerra houvesse arrancado algo dele. Por mais que seu corpo fosse forte, e o rosto estivesse mais escuro por causa do sol, os braços delineados com músculos sob os braceletes de chakrams, ele estava... menor. Abatido pelos tambores sem cessar que anunciavam a guerra.

— Já falamos o que é preciso fazer — respondeu ela para Aditya.

— Então deveríamos beber e fazer algo para passar o tempo — sugeriu Rao. — Podemos jogar cinco pedras, se quiser.

Malini riu. Não conseguiu evitar.

— Aquele jogo bobo?

Ela, Alori e Narina o jogaram diversas vezes na infância, atirando as pedras coloridas em rodadas de dois, três, quatro e cinco, lançando-as ao ar e tentando pegar todas com a mesma mão. Malini sempre fora horrível nesse jogo.

— Eu até pintei pedras — confidenciou ele.

— Tudo bem — cedeu ela, estendendo a mão. De soslaio, viu que Aditya também sorria, balançando a cabeça.

Ela perdeu, óbvio. Por muito. Porém, ao final de tudo, ela se sentiu mais relaxada. Um pouco mais parecida consigo mesma. Um pouco mais humana.

Por tradição, os corpos eram mantidos longe do acampamento principal. Cadáveres eram forças poluidoras, fonte de doença e fedor. Entretanto, sempre havia sacerdotes cuidando dos corpos, preparando-os para a pira, abençoando-os com preces, óleo e coroas de flores funerárias.

Nas primeiras semanas de batalha, quando Malini e seus aliados começaram a enfrentar as forças de Chandra, em um dos penhascos montanhosos de Dwarali, seus seguidores haviam trazido sacerdotes das próprias terras e cidades-Estados. No entanto, aqueles homens não ficaram por muito tempo. Sacerdotes das mães tinham um grande respeito pelos mortos, mas a morte na guerra era dura e terrível. Ela não os culpava por terem partido.

Os sacerdotes que mantinham as tendas funerárias agora não haviam sido treinados em Parijat. Eles cuidavam dos pequenos altares nos vilarejos saketanos, e templos humildes para as mães. Em Saketa, havia uma pequena seita que cultuava as mães como um único ser: a mãe-sem-rosto, que diziam ser todas as mulheres que haviam sido queimadas em um ser só, unidas em uma consciência compartilhada. Apesar de pequena e desfavorecida pelo sacerdócio principal de Parijat, essa seita não tinha medo de trabalho pesado, e rapidamente se tornou a grande maioria dos sacerdotes que serviam ao exército de Malini.

Enquanto se aproximava da tenda, acompanhada por Lata e Swati, ela viu dois homens na entrada. Eram magros e pareciam cansados, marcas de cinzas na testa e no queixo, os cabelos trançados para longe do rosto, e compartilhavam uma jarra de água. Quando viram que ela se aproximava, um deles ficou em pé e voltou para dentro da tenda, e o outro aguardou.

— Imperatriz. — O sacerdote fez uma mesura até o chão, e depois se endireitou. Ele não tinha o mesmo olhar tranquilo e gentil que os sacerdotes das mães em Harsinghar. A boca dele era franzida, e ao redor dos olhos, escuro. Assim de perto, ela notou que as cinzas da testa e do queixo haviam sumido com o suor.

— O homem que me salvou era um sacerdote — começou ela. — Quero ver o corpo dele.

O sacerdote não argumentou, apesar de pedir mil desculpas enquanto a guiava para dentro da tenda.

— Podemos fazer muito pouco para afastar o cheiro — lamentou ele, a voz trêmula. — Nesse calor... Imperatriz, a senhorita faria bem em levar óleo de rosas consigo para mascarar o cheiro.

No decorrer normal das coisas, o corpo do homem teria sido queimado imediatamente depois da batalha em que morrera. Entretanto, Malini tinha dado ordens discretas para as tendas funerárias e os soldados azarados que as guardavam de que aquele corpo em particular deveria permanecer intocado até que ela tivesse oportunidade de vê-lo com os próprios olhos.

— Quando eu visitar da próxima vez, farei isso — ela disse, apesar de não poder imaginar um motivo para a necessidade de visitar outra vez.

Ainda assim, o sacerdote assentiu, apaziguado.

O corpo estava embaixo de um lençol branco, com flores murchando aos pés. O sacerdote avisou outra vez que seria desagradável antes de retirar o pano.

De fato, era.

Swati emitiu um som engasgado triste e rapidamente saiu da tenda. Lata desviou o olhar, mas continuou ali.

Malini deu um passo à frente.

Ele era jovem, com uma pele marrom-escura. Estava de olhos fechados. Não havia mais cinzas na testa, mas tinha os cabelos trançados de um sacerdote das mães, e um ar tranquilo até mesmo na morte.

Determinada, Malini levantou a manga dele.

Viu uma tatuagem no braço, uma tatuagem comprida que se estendia até os pulsos. Deve ter doído ser marcado tão próximo aos ossos, com uma agulha simples, cinzas e tanino para escurecer as linhas das cicatrizes. As palavras estavam na caligrafia antiga saketana, mas Malini conseguia entender alguns vislumbres de significado.

Mães. Chamas.

Vazio.

— Nenhum sacerdote permanece muito tempo aqui — pontuou Malini. — É um trabalho ingrato.

— Não existe ingratidão em cuidar dos ritos sagrados dos mortos — declarou o sacerdote de pronto. Então piscou, ficando pálido quando lembrou com quem falava. — M-mil desculpas, imperatriz.

— Não é preciso se desculpar. Onde fica seu templo?

— Senhora?

— Seu templo — repetiu Malini, impaciente. — Você acompanhou lorde Narayan até aqui, mas não há templo algum nas terras dele. Estou perguntando onde você treinou e cultuou antes de vir descansar os mortos de Saketa no meu acampamento.

— Nas terras do príncipe Kunal — informou o sacerdote, encarando Malini com o olhar alarmado de uma presa debaixo das patas de uma fera. — Existe um templo junto do mahal, os sacerdotes são treinados em Parijat...

— Tenho certeza de que isso é verdade, mas esse não era o seu templo.

— Não, imperatriz. N-não. — Ele engoliu em seco. — Fui treinado em um santuário pequeno. Um que é usado principalmente por fazendeiros e muitos mercadores que passavam pelo caminho.

— Você foi bem-tratado lá? Recebeu educação?

Ele assentiu.

— Me mostre os seus pulsos — ordenou Malini, baixinho.

Ele vestia um xale comprido, enrolado nos braços e ombros. O sacerdote levantou o tecido para mostrar os braços, estendendo os pulsos, que tremiam.

— Você tem as mesmas tatuagens que ele — observou ela. — Fui criada no coração da fé em Parijat, mas eu sei que os sacerdotes da mãe-sem-rosto levam o nome das mães no corpo para que os fiéis possam se sentir livres para rezar para uma única figura.

Ela ergueu o olhar, na expectativa.

— Meu templo, onde eu cresci... — começou a dizer o sacerdote, aterrorizado —, nós cultuávamos a mãe-sem-rosto. É verdade, imperatriz.

— Assim como era o caso desse homem. Ele, que não deveria estar perto do campo de batalha, e muito menos preparado para salvar minha vida. Não deveria ter morrido por mim, mas assim o fez. E eu acredito que você saiba o motivo.

— Imperatriz — balbuciou o sacerdote.

— Me conte o que sabe — exigiu ela, a voz gentil, apesar de inquieta.

— Ele foi enviado — revelou o sacerdote. — Certamente foi enviado para isso.

— Por quem?

— Pelo alto-sacerdote do templo — sussurrou o homem. — Talvez. Não me informaram, imperatriz. Isso eu juro.

Ele parecia dizer a verdade. Isso não significava que ela acreditava nele, mas assentiu como se acreditasse. Olhou para os olhos dele, encarando-o por cima do cadáver de um sacerdote.

— Me conte mais sobre o seu alto-sacerdote — pediu Malini —, e o templo em que foi treinado. Quero saber de tudo. E em troca, vou perdoar você pelos segredos que guardou de mim, por mais que não tenha tido intenção.

# 14

Quando ele acordou, escutou uma voz antiga na cabeça. Uma voz que revirava os túmulos. Uma voz que fora acordada do próprio descanso, e ansiava para voltar a ele.

*Nunca quis isso.*

Mas era tarde. Nas águas perpétuas sob o Hirana, ele renasceu.

O nascimento demorou muito tempo, mas o tempo não tinha significância para ele. Tampouco significava algo para as águas. Tudo cresce em seu tempo. Tudo de carne e terra deve ser formado, esvaziado e nomeado.

Por muito tempo, as águas ficaram imóveis.

Então, uma ondulação. Um arquejo úmido.

Dedos na margem, na pedra molhada. Dedos pressionados ali, a pedra rachou para revelar novos brotos, flores pressionadas contra a pedra para ir ao seu encontro, enquanto os dedos se seguravam e arrastavam. Arrastavam tudo.

Braços. Ombros. O corpo se ergueu das águas perpétuas. Ele parou para respirar, aprendendo a forma dos seus próprios pulmões, a forma como o ar preenchia o vazio e se afundava nele. Respirou outra vez, analisando o nariz. A boca. Os ossos firmes da mandíbula, a estranheza na maneira como se mexiam.

Os músculos das costas retesaram e relaxaram. Ele caiu inerte no chão, o rosto nas pedras. Ao seu redor, as pedras irromperam, florescendo em mudinhas e botões, rachaduras de pedra se espalhando como uma espinha delicada, enchendo-se com a beleza dos ossos.

Ele pressionou a testa no chão e esfregou os nós dos dedos nos olhos. Sangue nos dedos. Pétalas vermelhas ali naqueles nós, machucadas e murchando, enquanto ele as afastava.

Os ossos, músculos e nervos do rosto doíam. O ar os machucava. Sua pele foi costurada acima daquilo, diminuindo a dor, feita para acompanhar as necessidades daquele mundo, daquele fragmento do cosmos.

Ele se ergueu com as mãos. Virou-se, rastejando, na direção da água. Só que ele não poderia voltar.

Poderia só se inclinar e olhar.

Uma luz azul brilhante cintilava em seus olhos. Ele encarou o próprio reflexo naquela água cintilante, na sombra do sangam, e viu seu rosto como um espelho: sem nenhum sentimento, refletindo apenas a própria pele, os olhos e os ossos.

Ele levou um dedo aos lábios. O reflexo na água não se mexeu.

— Descanse — disse ele, a voz trêmula. A pele dele. A pele dele que falava. — Descanse, então. Eu estarei aqui por você.

E então, na água, o reflexo fechou os olhos, e sumiu em um rodopio de folhas prateadas.

A pedra do Hirana se abriu para ele. O mundo se abria com facilidade para ele. Isso fazia sentido. Sabia que era a sua terra, moldada pelas suas mãos. Pelo seu sangue. Pelo seu sacrifício.

E a terra sabia que ele precisava ir a um lugar.

Ele caminhou vacilante através de uma cidade, estranha e iluminada, lamparinas penduradas em janelas e varandas, vendedores negociando nos cantos.

Havia estátuas de yaksha nas alcovas. Ele se demorou por um instante encarando uma delas, de olhos de coruja, um rosto de flores. Dedos como raízes de lótus.

Porém, ele estava sendo chamado, então continuou a andar.

A floresta também se abriu para ele. Árvores retorcidas e escuras. Vegetação rasteira macia sob os pés. Andou até os pés ameaçarem sangrar, e as pernas — novas demais para conhecer os caminhos da vida — implorarem para descansar.

Ainda assim, continuou. Ela esperava por ele.

Em certo momento, ele chegou a uma árvore. Antiga, antiga. Rostos estavam entalhados na superfície. Tinha cheiro de vida beirando a morte, rica e sangrenta demais, um odor nauseante.

Ele não queria tocar nela.

Então cambaleou naquela direção. Pressionou as mãos no tronco e segurou. Arrancou. *Puxou.*

A decomposição se rachou, fibrosa, espessa e cheia de veias. E ali estava ela, embaixo de tudo, parecendo dormir. O cabelo molhado de seiva. Os olhos fechados, com cílios esparramados sobre as bochechas. Da última vez que ele a vira, ela estava rindo, pressionando folhas nas saias da sua irmãzinha.

Então, ela fora assassinada. Cortaram sua garganta e incendiaram seu corpo.

— Sanjana — chamou ele.

Os olhos dela se abriram. Ela estremeceu, respirando, e tocou o próprio rosto.

— Sanjana — repetiu ele, desamparado. — Cacete. Você está aqui. Você está aqui.

— Puxada direto das raízes e das águas — comentou ela, sem fazer sentido, em uma voz que sugeria uma concordância.

Ela se inclinou para a frente, e, enquanto o luar banhava seu rosto, ele viu que a pele dela era feita de madeira, e não de carne. Os dentes eram caroços de frutas, entalhados com pontas.

Suas narinas se abriram de leve. Então, a madeira do rosto se suavizou e se reformou, e ela voltou a ser Sanjana. Ele estendeu a mão para ela. Segurou suas mãos e a ajudou a sair da árvore.

— Vamos — disse ela. — Precisamos achar os outros. Estão esperando por nós.

# DHIREN

Havia um lago atrás da casa de Dhiren. No passado, era um lugar bom para pescar, e ele mantivera sua família alimentada e conseguira dinheiro vendendo o restante no mercado. Mas a decomposição o atingira cinco anos antes, e, desde então, a água era inútil. Mesmo assim, ele tentara pescar ali no começo. Então, abrira seu primeiro peixe e encontrara uma flor crescendo dentro dele, um caule em vez de uma espinha, espinhos em vez de ossos finos, e assim ele desistira do lago de uma vez por todas.

Só que já era tarde demais. A decomposição apareceu na sua pele semanas depois. Então, tocou sua mulher. Seus filhos.

Todos eles tinham morrido desde então, e só restava Dhiren.

Ele mal conseguia ir a algum lugar. Às vezes, o garoto gentil da família que vivia mais perto, chamado Anil, visitava-o para trazer comida. Quando o telhado de Dhiren quebrara em uma tempestade, Anil subira e o consertara com a madeira do galho que partira o telhado em primeiro lugar.

— Parece uma troca justa — dissera Anil. — Além do mais, a árvore já estava morta.

Naquele dia, o garoto estava tentando afixar uma tela por cima da janela de Dhiren para impedir os mosquitos de entrar.

— Tem tantos deles ali perto do lago — observara o garoto.

— A decomposição atrai tudo — respondera Dhiren. — Não chegue perto. Deve tomar cuidado. Você ainda tem a vida inteira pela frente.

Ele sempre dizia isso a Anil, e o garoto sorria e falava que iria tomar cuidado, claro, e que não precisava se preocupar.

Porém, naquele dia, Anil não disse nada. Segurou a tela nas mãos, silencioso, encarando a água.

— Tem alguma coisa vindo — sussurrou Anil. — Consegue sentir?

Dhiren se levantou cuidadosamente. O corpo doía muito, mas algo na voz do menino o fizera se mexer. Ele olhou para a janela.

A água do lago ondulava, se mexendo. E duas pessoas estavam paradas ao lado dele.

— Você os ouviu chegar? — indagou Dhiren. — Eu não ouvi.

Anil balançou a cabeça.

Tinha algo estranho naqueles dois. Estavam imóveis demais. Pacientes demais. As pessoas não ficavam paradas daquela forma, com a tranquilidade das florestas, como se pertencessem ao solo, como se sempre tivessem pertencido. A calma o invocava. Repuxava cada folha e caule enraizado em sua carne.

Ele os conhecia. Conhecia.

— Tio, o que está fazendo? — questionou Anil, alarmado. — Não vá para lá!

— Eu preciso — grunhiu Dhiren.

Ele abriu a porta e foi até os dois.

Uma mulher se erguia da água. Entretanto, ela também não era uma mulher. Os olhos não tinham pálpebras, eram inumanos. O cabelo era da cor das folhas que cresciam na escuridão das profundezas. Ela se virou para encará-lo, o rosto antigo e jovem ao mesmo tempo, e sorriu.

— Yaksha — murmurou ele, caindo de joelhos. — Yaksha.

— Um fiel — disse ela, a voz de uma profundeza líquida. — E tão rápido. Como sou sortuda.

— Venha conosco — chamou a mulher na margem. Ela era alegre e tinha olhos claros. Quando sorria, mostrava dentes afiados. — Venha conosco, fiel. Estamos reunindo nossos semelhantes. Venha e dê as boas-vindas a todos.

As pernas de Dhiren obedeceram. Ele ficou em pé e seguiu se afastando do lago, adentrando a escuridão da floresta atrás de sua casa. O yaksha homem, o que parecia humano, humano por inteiro, exceto pela imobilidade, o encarou com olhos aturdidos.

— Vou encontrar minha família — declarou ele, a voz rouca.

Dhiren assentiu, porque um yaksha falava com ele, e o que ele deveria fazer a não ser ouvir e agradecer?

Atrás dele, muito atrás, Anil tinha saído da casa. O garoto gritava seu nome. Se Dhiren tivesse olhado para trás, teria visto a confusão nos olhos do menino, e também o medo... e uma nova flor, desabrochando na sua mandíbula.

Mas ele não viu. Manteve os olhos firmes em frente. Ele seguiu seus deuses.

# BHUMIKA

Todos os moradores do mahal se reuniram para ver a partida de Priya e Sima. Billu colocou os presentes das cozinhas nas mãos de Priya, e depois direcionou sua atenção a Sima quando ela protestou que não poderia carregar tudo. Até mesmo Kritika ofereceu às duas um adeus respeitoso, e prometeu que iria fazer preces por ambas.

Por fim, Priya pegou Padma dos braços de Bhumika e beijou as bochechas e os cachos da menina, e então soltou um palavrão, rindo, quando Padma puxou a trança dela com força em troca.

— Tchau, florzinha — despediu-se ela. — Não xingue como eu ou sua mãe vai me esfolar, entendeu?

Priya ergueu a cabeça e encontrou o olhar de Bhumika. A expressão dela ficou séria.

— Vou voltar para casa antes que você possa sentir minha falta.

Priya e ela nunca foram muito boas na troca de afeição descomplicada. E Bhumika não poderia se permitir abraçar Priya naquele momento, quando pareceria falso ou vulnerável demais: uma confissão de que ela temia nunca mais ver a irmã outra vez.

— Fique segura — respondeu Bhumika.

Ela pegou a filha de volta — e se a mão dela segurou a de Priya por um momento, apertando seus dedos, então isso era somente da conta de Bhumika e de mais ninguém.

— Vejo você no sangam — disse Bhumika. — Vá.

Priya assentiu, os olhos brilhando e um pouco marejados, e então virou a cabeça e se afastou. E aquilo foi o fim. Sua irmã a deixara.

Não era surpresa que Bhumika dormira mal naquela noite. Ela acordou no dia seguinte ao amanhecer, sentindo-se inquieta. *Alguém está aqui*, pensou ela. Talvez Khalida, que vinha trazendo Padma. Porém, quando ela piscou os olhos sonolentos e se sentou, não tinha ninguém ali. Uma dor de cabeça parecia atacá-la, furiosa.

Ela cumpriu seus afazeres pela manhã sentindo náuseas. Conseguiu fazer Padma comer, e então recusou quando Khalida ofereceu trazer para ela uma refeição leve.

— Kichadi, talvez — sugeriu Khalida.

Entretanto, Bhumika estremeceu só de pensar em comer qualquer coisa, e negou com a cabeça.

— Não posso fazer nada para ajudar?

— Se puder encontrar Kritika, diga a ela que eu gostaria de conversar no meu escritório — disse Bhumika. Ela limpou o rosto de Padma, alisando o seu cabelo. — Eu vejo *você* depois — sussurrou ela, roçando os lábios na testa da filha. Padma emitiu um ruído alegre.

Foi Jeevan quem foi vê-la primeiro, em vez de Kritika. Ele entrou fazendo uma mesura, segurando algo na mão.

— Billu mandou isso para a senhora, milady — comentou Jeevan, mantendo a voz baixa. Com certeza Khalida informara a ele que Bhumika não estava se sentindo bem. Ele colocou a xícara na frente dela. — Tulsi fervido em água — explicou ele quando Bhumika o olhou de forma inquisitiva. — Billu garantiu que iria ajudar.

Ela sorriu, sem humor, erguendo a xícara. Estava quente, um aroma verde forte subindo com o vapor.

— Billu acha que tulsi cura tudo.

— Sua irmã — começou ele, olhando por cima do ombro dela —, acredita que Billu acha que é haxixe que cura tudo.

— Jeevan! — Bhumika abriu mais o sorriso. — Eu não sabia que você gostava de fofoca. Estou em choque.

Os lábios dele se retorceram levemente, e então sua expressão voltou a ficar neutra.

— Kritika está a caminho, milady — informou ele. — Devo ficar aqui?

— Não, já tem tarefas o bastante. Kritika não vai causar problemas.

O silêncio de Jeevan era de alguma forma tanto respeitoso como intensamente cético. Bhumika escondeu seu divertimento ao tomar um gole da infusão. O calor era agradável e tranquilizante, mas não aliviou a dor de cabeça. Talvez Jeevan *devesse* ter trazido haxixe em vez disso.

— Se precisar de mim...

— Eu chamarei — declarou Bhumika. — Com certeza.

Ele fez outra mesura e então foi embora tão rapidamente quanto chegou.

Logo depois, Kritika apareceu. Vestia um sári claro, seu cabelo grisalho preso para trás com contas de madeira.

— Me desculpe pelo atraso, anciã — disse ela, sentando-se em frente a Bhumika. — Eu estava no Hirana, acompanhando os peregrinos da manhã.

O seu tom deixava bastante implícito que Bhumika também deveria estar acompanhando os peregrinos, como a única anciã verdadeira restante em Ahiranya. Não adiantava discutir com Kritika. Bhumika aprendera fazia muito que havia batalhas que não valiam a pena travar.

— Gostaria de poder ir com uma regularidade maior — defendeu-se Bhumika. — Fico grata por sua ajuda — acrescentou, com o máximo de sinceridade que conseguia falar.

No passado, Kritika fora uma das rebeldes contra o governo parijatdvipano, e leal a Ashok. Desde a morte dele, ela se dedicara aos cuidados espirituais de Ahiranya — e a garantir que seus colegas ex-rebeldes pudessem ter uma posição de respeito naquela nova cidade que estava sendo construída na ausência do império.

— Então, para que precisa de mim? — perguntou Kritika.

— Eu sei que você deseja que seu povo passe pelas águas perpétuas outra vez — respondeu Bhumika. — Se você tem alguns que estão dispostos... Kritika, acredito que seja a hora de tentar.

— É claro que agora finalmente vai permitir — retrucou Kritika. Era um começo ruim. Ela não parecia feliz, como Bhumika esperava que ficasse, ao menos um pouco. Em vez disso, os lábios dela estavam comprimidos.

— Se puder falar livremente...

— À vontade — permitiu Bhumika, preparando-se mentalmente.

— Nós a seguimos porque Ashok fez um voto de que iria obedecê-la. E ainda acreditamos nele, e sempre iremos acreditar. Mas a senhora mal consegue se manter no poder — despejou Kritika simplesmente. — A cidade ainda está em caos. A paz é frágil. Basta uma colheita desastrosa e uma rebelião dos nobres e tudo irá por água abaixo. Precisa que nós ganhemos mais força há muito tempo. E permite esse direito apenas agora, depois de jogar sua irmã aos parijatdvipanos? — Ela respirou fundo. — Isso me incomoda, anciã.

*Talvez as coisas estivessem menos caóticas se qualquer um de vocês tivesse a paciência para o trabalho entediante de manter uma nação funcionando*, pensou Bhumika. Em silêncio, ela deixou aquela irritação se formar e depois se dissipar. Depois tomou mais da água de tulsi.

— As águas perpétuas são perigosas. — Bhumika escolheu dizer, passando por uma velha discussão com passos firmes. — Podem matar qualquer um de vocês. Como meu poder é tênue, não posso me dar ao luxo de perder ninguém. Isso faz com que eu seja cautelosa, e com razão.

— Meus homens e mulheres são fortes.

— E pessoas fortes foram mortas pelas águas antes — rebateu Bhumika, baixinho. — Como bem sabe.

Quando Kritika ficou em silêncio, Bhumika declarou:

— O fato de eu oferecer tal coisa é sinal do grande respeito que tenho pelos guardiões das máscaras, e do meu desejo de ver todos nós construirmos Ahiranya juntos. Ficarei feliz em ter aliados poderosos.

— Então deveríamos *todos* passar pelas águas, para que tenha o maior número de aliados poderosos possível.

Bhumika balançou a cabeça. A dor no crânio latejou por um instante, e ela se forçou a ficar imóvel.

— Todos fazerem essa jornada seria um risco precipitado — argumentou Bhumika, e Kritika continuou de cenho franzido. — Já esperou esse tempo todo em respeito a mim. Em respeito à memória de Ashok. — Ela sabia que na maior parte era em respeito a Ashok. — Eu peço que confiem na minha liderança em relação a isso também, assim como ele desejava que fizessem.

— Eu irei esperar... — cedeu Kritika, por fim. — Se alguém deve esperar, eu aceitarei isso. Pedirei a alguns dos meus irmãos e minhas irmãs para também serem pacientes, mas não todos. Eles têm o direito de se tornar nascidos-duas-vezes, anciã Bhumika.

Bhumika inclinou a cabeça.

— Kritika.

— Pois não?

— Não precisa me chamar de "anciã" — disse Bhumika. — Já falei isso antes.

— Eu mostrarei à senhora o respeito que teria mostrado a Ashok — retorquiu Kritika, com uma rigidez que era apenas um luto frágil.

— Ashok nunca teria pedido isso.

— Mas pediu, sim. Ele nos fez prometer servir à senhora, anciã Bhumika. E assim o faremos. — Ela fez uma pausa, evidentemente contendo o desejo de falar. Então, de uma forma abrupta, ela decretou: — Mas se eu ou algum dos meus companheiros que guardam as máscaras fossem considerar se virar contra a senhora, apesar de que nunca faremos isso, eu diria que a senhora está manchada por sua associação ao império parijatdvipano, por meio do seu casamento e da sua filha.

— Manchada — repetiu Bhumika, a voz sem emoção.

— Eu diria que nosso país ainda não tem a liberdade que foi prometida. Alguns poderiam dizer que a senhora é outra regente, exceto em nome: uma criatura pertencente aos parijatdvipanos, pronta para nos manter embaixo das botas do império, e que não permite que os seus companheiros tenham poder. Eu deixaria evidente o quanto seria fácil derrubar a senhora. Porém, mantenho a promessa de Ashok por ele, anciã Bhumika.

— Não há necessidade de me ameaçar — respondeu Bhumika, cansada. — Eu já concordei, Kritika.

— Eu não estava ameaçando a senhora — contrapôs Kritika, parecendo genuinamente ofendida. — Se estivesse ameaçando, teria usado minha foice.

— Então você tem um bom motivo para me manter viva e no poder — argumentou Bhumika. Ela abriu um sorriso tristonho para Kritika e se colocou de pé. — Você não faz ideia de que tipo de armas os nobres usam.

*E, se faz, você as usa sem nenhuma sutileza*, pensou Bhumika.

— Eu sei exatamente quais armas os nobres usam — contestou Kritika. — Eu vivi com eles de uma forma que a senhora jamais vai compreender, já que cresceu com riqueza e proteção, anciã. Eu simplesmente acredito em armas mais honestas, assim como acredito em uma Ahiranya mais honesta. Quanto mais rápido que pudermos nos levantar e deixar de lado as armas que o império deu ao nosso povo, melhor. É *nisso* que eu acredito.

Naquela noite, Bhumika tentou chamar Priya no sangam. Sua sombra se mexia através dos três rios cósmicos emaranhados; a sombra de sua voz chamava.

*Priya. Priya. Onde você está?*

Priya não respondeu.

— Preciso que mande um dos seus homens atrás de Priya. — Aquelas foram as primeiras palavras que disse a Jeevan quando ele entrou nos seus aposentos e fez uma mesura, o olhar preocupado. Ela o havia invocado diretamente, depois da segunda vez que tentou chamar a irmã e não obteve resposta.

Neste momento, ela estava parada ao lado da janela, encarando aquela escuridão que só aumentava, forçando-se a não continuar andando em círculos por causa da ansiedade. Ela nunca antes se deparara com o vazio ao tentar alcançar Priya. Nunca.

— Com urgência. Mande seu cavaleiro mais rápido.

Ele assentiu.

— Qual mensagem o cavaleiro deve levar? — perguntou Jeevan.

— Eu só preciso saber se ela está bem — explicou Bhumika. — Peça ao cavaleiro para levar tinta e papel para que ela possa me mandar uma mensagem, caso precise. Eu... — Bhumika pressionou os nós dos dedos contra os lábios. *Pare. Pense de modo racional*, ela se ordenou. *Não permita que sua preocupação se sobreponha a todo o resto.* — Eu não consigo alcançá-la — revelou ela por fim. — Da forma como costumamos nos alcançar. Temo pela saúde dela.

Fez-se silêncio atrás dela. Ela se virou para olhá-lo, e viu que a expressão de Jeevan tinha ficado mais séria.

— Posso mandar uma dúzia de homens em cavalos velozes — disse ele. — Mais, caso precise. Se quer que eu vá pessoalmente...

— Não. — Ela balançou a cabeça. — Não. Um único cavaleiro deve bastar.

Eles não podiam afrouxar as próprias defesas. E Bhumika não era alguém que evitava as verdades difíceis: Priya era forte. Se estivesse bem, um cavaleiro seria o bastante para confirmar sua segurança e sobrevivência e afastaria os medos de Bhumika. Porém, se algo acontecera com ela, algo tão drástico que ela nem sequer conseguia entrar no sangam, então não importava qual fosse o número de soldados, não seria o bastante para salvá-la ou lutar contra aquilo que a machucara. O coração dela doía só de pensar na possibilidade. Ela afastou o medo, em desespero.

— Preciso que fique aqui.

Ele assentiu, compreendendo.

— Mandarei um dos meus melhores homens — prometeu ele.

— Coloco toda minha fé em você.

Ela tentou dormir depois, mas foi difícil. Cada vez que caía no sono, ela logo acordava com um sobressalto, a preocupação amarga na língua, o coração martelando no peito. Ela agora só tinha uma irmã. Uma única irmã. Quando o amanhecer chegou, ela se sentiu tão exaurida quanto um tecido molhado que fora torcido e retorcido, mas ficou em pé mesmo assim. Tentou alcançar o sangam, e mais uma vez não encontrou nada.

Kritika reunira um grupo de guardiões das máscaras que ela acreditava estarem preparados para passar pelas águas perpétuas. Ela insistira que não adiantava perder tempo.

— Na verdade, deveriam ter completado o ritual durante o festival da sombra da lua — censurou Kritika. — Eu me lembro de como as coisas eram no passado, anciã.

Bhumika não argumentara. Ela passara a tarde do dia anterior dando instruções de que flores e frutas deveriam ser levadas ao Hirana e que os peregrinos deveriam ser dispensados. Seriam barrados de entrar no templo até tudo acabar.

Então, de uma forma mais discreta, ela localizara um pedaço de terra vazio no pomar. Aqueles que não sobrevivessem à jornada precisariam de um enterro adequado.

Bhumika compreendia a necessidade dos rituais, apesar de nunca ter se alegrado com aquilo. Ela se lembrava de ter passado pelas águas perpétuas quando menina, a determinação e o pavor que a preenchera. A túnica branca que vestira, e a forma como penteara seu cabelo até brilhar, e rezando ao lado dos irmãos até o momento em que os anciões vieram buscá-los para levá-los até as águas.

Ela não sabia se estava se preparando para o seu velório ou para sua elevação, mas prometera a si mesma que não morreria, e se agarrara firme àquela promessa enquanto se abaixara para entrar na água. Uma, duas, três vezes.

Então ela tentou fazer algo que lembrasse o ritual pelo qual passara na juventude. Orientou os guardiões das máscaras a se banharem e se vestirem com seus trajes mais simples. Assim, quando chegou o crepúsculo, eles a encontraram no Hirana.

Uma sala de altar tinha sido especialmente preparada para a ocasião. Havia uma bandeja de prata descansando sob as dezenas de efígies dos yaksha. Ela instruiu aos guardiões das máscaras que deixassem suas ofertas ali: cocos abertos, cheios de flores, frutas frescas e algumas moedas polidas. Eles rezaram juntos em um altar apertado, o aroma de incenso rodopiando pelo ar.

Quando criança, Bhumika rezara porque era uma tarefa que fazia parte dos seus deveres como filha do templo, tão essencial quanto respirar, comer ou dormir. Agora, ela rezava porque era o esperado dela, como Anciã Superior. Entretanto, ela não podia negar que sentia um conforto naquele gesto — a familiaridade dos movimentos e das palavras, o cheiro de incenso de sândalo e o breu atrás das pálpebras quando fechava os olhos e inclinava a cabeça. Era como se aproximar da sua infância, protegida por sua pequenez.

E havia magia nela agora, óbvio: o zumbido que respirava e vivia, o Hirana embaixo de si, respondendo às águas que corriam em seu sangue. O pulsar do verde de Ahiranya, pressionando os dedos no seu crânio. No passado, ela rezara como se as palavras fossem um apelo a nada e a ninguém; palavras que nunca seriam ouvidas. Porém, agora ela se abria para o verde, e o sentia abrir-se de volta. Mesmo se os yaksha não ouvissem, o verde ouvia.

*Deixe que alguns sobrevivam a isso, pelo menos*, rezou ela. *Deixe que vivam.*

O Hirana tinha vontade própria, e sempre respondia melhor a Priya. No entanto, Priya não estava ali, e coube a Bhumika ouvir o templo, a forma como a superfície se alterava sob seus pés, a ondulação e o tremor da pedra a guiando para uma nova abertura no chão. Uma nova escadaria que os levaria até as águas perpétuas.

Ela ficou observando enquanto os guardiões das máscaras entraram nas profundezas serenas e, com muito cuidado, não pensou no irmão.

Três guardiões das máscaras morreram, e quatro sobreviveram no final.

Os três mortos foram enterrados no pomar antes do amanhecer, sob a luz cinzenta que tingia o céu antes da verdadeira luz do sol. Os guardiões das máscaras disseram que queriam cavar as covas pessoalmente — *com nossas próprias mãos, para honrar os mortos* —, mas Bhumika se juntara a eles mesmo assim, vestida com suas roupas mais simples, o cabelo preso em um nó. Ela levou Billu e Rukh consigo.

Ganam tinha terra até o tornozelo quando chegaram. Ele ergueu os olhos para ela. O rosto estava úmido de suor, e, se havia lágrimas misturadas, ela fez a gentileza de fingir não notar.

— Anciã Bhumika — cumprimentou ele. — Não precisa ficar aqui. Somos fortes o bastante para fazer o trabalho.

Ela não respondeu que poderia revirar aquela terra com um único sopro, sem nem levantar uma mão. Aquilo teria sido cruel, e a sua intenção naquele dia era deixar a crueldade de lado. Os corpos estavam ali perto, embrulhados em tecido. Alguém deixara flores em cima deles, no pescoço, na barriga e nos pés.

— Seria uma honra ajudar — disse ela, e aguardou. Depois de um instante, ele assentiu, e ofereceu uma pá.

— Se eu... se eu pudesse ajudar — balbuciou Rukh, incerto, a voz fina. — Eu fui... eu também fui um dos rebeldes.

— Achei que também era bom ajudar — acrescentou Billu, como se Bhumika não tivesse ido atrás dele e dito, "Você é forte, vão ficar gratos por isso".

— Não precisa — dispensou Ganam.

Billu grunhiu.

— Eu sei que você faria o mesmo por qualquer um de nós.

Aquilo foi certeiro. O olhar cauteloso de Ganam suavizou.

— Não cabe a mim decidir quem ajuda e quem não — disse Ganam, por fim.

Era um trabalho pesado revirar aquele solo. Bhumika nunca fizera isso apenas com as mãos, deixando a magia de lado. O seu último parente de sangue, seu amado tio, morrera pelo fogo. O esposo fora cremado, de acordo com as tradições do próprio povo dele. E Ashok tinha se afogado nas águas perpétuas. O corpo dele nunca voltara à superfície. Às vezes, ela ainda sonhava com o cadáver, preso sob o peso das águas, enroscado nas folhas e raízes no fundo, azulado sob aquela escuridão iluminada, e frio sob seus dedos. Mas ela nunca tocara nele de verdade. Nunca o cobrira com tecido e flores ou chorara por ele ao colocá-lo em uma cova.

Naquele instante, ela continuava a cavar, persistente, sem nenhuma magia ao mexer os braços. Quando o buraco ficou fundo o bastante, sua roupa grudava no corpo com o suor. Ela ainda conseguia ouvir Rukh e Billu trabalhando ao seu lado, arfando. Tinham passado para a segunda cova.

Quando acabaram, os guardiões das máscaras começaram a depositar os corpos na terra. Por um instante, Bhumika prendeu a respiração. Escutou os soluços abafados daqueles que assistiam, os arquejos pesados daqueles que carregavam seus amigos.

Então, ela começou a entoar uma prece.

Sua voz saiu mais nítida e forte do que ela esperava. Firme. Alguns dos guardiões das máscaras olharam para ela, o reconhecimento brilhando nos olhos.

Apesar do idioma ahiranyi ter sido suprimido pelo império, apesar das histórias e dos livros terem sido apagados e proibidos, os guardiões das máscaras conheciam os Mantras das Cascas de Bétulas. Eles conheciam a forma das preces dos mortos.

Kritika chegara em algum momento daquela escavação. Seu sári era de um branco enlutado, o rosto fechado com a dor. Ela encarou Bhumika. Depois de um instante, ela se juntou à anciã. Conhecia a cadência e as palavras.

Os corpos foram colocados nas covas com cuidado e respeito. A terra foi jogada sobre eles. Ganam esfregou uma das mãos na testa, deixando-a suja de lama. Então, ele ergueu a cabeça e olhou para Bhumika outra vez. Ao redor, os guardiões das máscaras fizeram o mesmo.

É provável que houvesse alguma coisa que um ancião do templo devesse dizer nessas ocasiões, mas ela não lembrava como os seus anciões haviam se enlutado sempre que um dos irmãos de Bhumika se afogara ou morrera envenenado pelas águas perpétuas. Eles *tinham* ficado de luto? A morte sempre fora tão inevitável — e uma prova da fraqueza e do fracasso. Uma criança do templo que morrera não era merecedora. A perda de uma criança do templo, talvez, não merecesse ser lamentada.

— Podem rezar também, se quiserem — ofereceu Bhumika, gentil.

Ganam olhou para os outros guardiões das máscaras, uma comunicação silenciosa acontecendo.

— Não é nosso lugar — comentou ele.

— Vocês também logo serão anciões — declarou Bhumika. — As pessoas vão olhar para vocês para rezar e cultuar com elas. — Ela gesticulou de leve para as covas que agora estavam cobertas. — Acho que eles ficariam felizes de serem celebrados por vocês. Todos vocês.

Juntas, as vozes saíram instáveis, elevando-se enquanto o sol subia no céu.

Khalida preparara a sala de banhos para Bhumika sem precisar que pedisse diretamente, o que era um alívio. E Padma estava coberta em uma camada misteriosa de sujeira, então Bhumika a levou consigo.

Ela conseguiu acalmar Padma para que ficasse parada ao usar a distração cuidadosa de uma história sobre um cervo mágico e passou óleo nos cachos curtos da filha, suavizando-os como molas amanteigadas enquanto ela imitava os barulhos de diversos animais para deixá-la entretida, e então passou água nos cabelos de Padma, com cuidado para evitar os olhos.

— Agora — disse ela, erguendo a filha. — Era isso que você queria, não é?

Ela segurou Padma dentro da bacia de água. A menina abriu um sorriso para ela.

Bhumika pensou na forma como a água poderia consumir e mudar e matar alguém — e como era também capaz de curar de forma suave e tranquila, vendo a filha na bacia, jogando água para os lados com puro prazer. Aquilo fez a própria Bhumika sorrir.

Padma bateu uma mão na água e encharcou o rosto abaixado de Bhumika. Por meio segundo, ela só conseguiu piscar e cuspir a água. Então, de súbito, começou a rir, e Padma riu com a mãe — seu espelho alegre, sempre maravilhada diante do caos que causava.

Foi só depois que Padma estava seca e cochilando na cama de Bhumika que ela percebeu que a dor de cabeça tinha voltado. Tomar um banho e jogar água morna nos braços aliviara sua tensão por um tempo. Não era o suficiente. Ela esfregou os dedos nas têmporas, suspirando. Antes que pudesse sequer cogitar tentar tulsi outra vez, ou algo mais eficiente, Khalida entrou em seus aposentos.

— Milady — cumprimentou. — Precisa se vestir. — Ela ofereceu a Bhumika um salwar kameez claro, esperando que a anciã se vestisse antes de continuar. — Já pedi sua refeição. Eu...

Khalida parou de falar, a boca aberta. Estava olhando para a janela.

Bhumika, de repente, teve a sensação de algo... mudando. Como se a dor de cabeça se apertasse como uma forca, torcendo o mundo junto com ela. Isso a deixou tonta, como se tivesse passado pelas águas profundas e se elevado à luz do sol, mas com a água se acumulando nos pulmões. Seu ouvido zumbia.

Com certo esforço, ela se virou para onde Khalida estava olhando.

As flores nas janelas haviam se curvado. Haviam se mexido. A ponta dos espinhos se afiou como facas. As flores haviam se transformado em um vermelho-vivo, da cor de sangue.

Ela precisou de um instante para perceber que o alarme de concha soava.

Pegou Padma nos braços e saiu dos aposentos, Khalida ao seu lado. Desceu pelos corredores. Foi ao pátio, seguindo para a torre de vigia nos muros.

— Milad... Anciã! — O soldado era um dos velhos recrutas de Jeevan, e ele se atrapalhou com a forma como deveria tratá-la. — Tem dezenas, talvez centenas de pessoas, e dizem que são peregrinos. Do lado de fora.

— Sempre temos peregrinos — observou Bhumika, firme e calma. — Explique.

— Não são para a senhora — disse ele. — Estão... estão seguindo alguma coisa... alguém. Eles são...

Os portões se abriram.

Nenhuma mão os forçara. Nenhuma mão deveria ser capaz de um ato como aquele. Bhumika sentiu aquela estranheza outra vez. Algo novo, que a enforcava por dentro. Algo que estava se aproximando.

Folhas. Folhas em todos os lugares. Não estavam crescendo através das paredes — rodopiavam, crescendo e caindo como se seguissem um vento, entrando pelos portões escancarados e preenchendo o ar. Ela ergueu a mão para proteger o rosto de Padma, mas não se permitiu aquela mesma bondade. Ela olhou para o tumulto.

Eram mesmo peregrinos. Uma grande multidão deles, parados além dos muros do mahal, visíveis apenas nos vislumbres entre os rodopios verdes diante deles: um olho aqui, uma mecha de cabelo ali. Um ombro, um braço, um torso sem rosto. Uma figura deu um passo adiante, andando lentamente, com firmeza, na direção do mahal.

Talvez Bhumika devesse ter dito aos soldados para se prepararem para uma luta. Para formar um perímetro de proteção. Mas não eram inimigos que estavam diante dela, nem mesmo guerreiros. O que quer que fosse, era algo alimentado por magia, e não homens. As folhas se abriram e caíram gentilmente.

Um rosto familiar a encarou.

Por um segundo, a boca dele se mexeu sem emitir som nenhum. Como se tentasse compreender o formato e a mudança em seus músculos faciais. Em seu rosto. Aquela inteireza dele: o formato da mandíbula e o corte do cabelo. Ele estava exatamente igual ao dia em que entrara nas águas perpétuas. No dia em que entrara e não voltara mais.

— Ashok — disse Bhumika. Sua voz parecia distante, mesmo enquanto sentia sua boca se mexer. Seu coração martelava, levemente tomado pela náusea que ameaçava devorá-la.

— Bhumika — respondeu ele. Também parecia aturdido. — Encontrei o caminho para casa.

A tensão em seu crânio cedeu.

— Você morreu. — A voz dela vacilou. Seu corpo inteiro ameaçava vacilar. — Priya e eu... e seus rebeldes... esperamos por você. Ao lado das águas perpétuas. Nós esperamos.

Ela ficara parada ao lado das águas a noite inteira. Deixara Padma aos cuidados de Khalida. Ficara observando aquele azul cintilante, brilhante, e torcendo, torcendo mesmo enquanto uma parte terrível dela sentia-se feliz de não precisar lutar com ele nos dias, meses e anos de governo ahiranyi que ainda estavam por vir.

— Você se foi — insistiu ela.

— Priya não está aqui — comentou ele. Ela não sabia se aquilo era uma pergunta ou uma afirmação.

— Não — confirmou Bhumika. Ela se perguntou se iria desmaiar feito uma donzela boba. Se ele causaria aquilo. — Você... Nós esperamos. Ao lado das águas. Você *morreu*.

— Eu, não. Eu não morri. — Ele não tentou chegar mais perto. A expressão em seu rosto era estranhamente vazia. As mãos se flexionavam ao lado do corpo, abrindo e fechando, os dedos se mexendo. — Eu... ao menos não acho que morri.

*Você morreu*, pensou ela, com uma certeza absoluta. Não era aquela nova estranheza contorcendo-se dentro dela que afirmava isso. Era seu próprio instinto. Era a forma como a pele dele não mudara com o sol ou a falta dele. Eram as folhas que o rodeavam, deixando o ar nebuloso.

Era a ausência dele no sangam. Ela respirava de forma instável, o corpo inteiro incapaz de resistir ao choque que a percorria. Apenas o peso de Padma contra sua pele a mantinha firme no lugar.

Ashok se parecia demais consigo mesmo, de uma maneira sinistra, uma pintura feita com destreza demais.

— Não vim sozinho — declarou ele.

Atrás dele, ela viu os peregrinos caírem de joelhos. Murmúrios de preces e gritos. Um êxtase de choro.

— Era inevitável — disse Ashok. — Como nós éramos inevitáveis. Como... a maré.

As pessoas que se perdiam em vida sempre voltavam para assombrar seus entes queridos, de um jeito ou de outro. Bhumika sempre soubera disso. Ela sonhava com o irmão e o tio com frequência, e até mesmo com o marido — sonhos estranhos que quase pareciam pesadelos, que a acordavam trazendo lágrimas aos olhos.

Ela não sonhava com o conselho do templo, mas ela não se esquecera dos seus rostos.

Ela os reconheceu no instante em que os viu. Quatro silhuetas, atrás de Ashok.

Anciã Chandni, seus olhos familiares e gentis. Ancião Sendhil, o rosto marcado por rugas sérias. E ao lado deles... ah. *Não.*

Dois de seus irmãos. Sanjana, com seus olhos alegres e um riso nos lábios.

Nandi, pequeno e de olhos arregalados. Ainda era uma criança, e sempre seria.

Eles caminharam na direção de Bhumika. Enquanto se aproximavam, coisas verdes se ergueram da terra: mudas, samambaias, a vida se forçando a subir pelo chão. As flores caíam como manto dos seus ombros e cabelos. Os braços estavam marcados pelas texturas de madeira.

Bhumika só podia ficar de joelhos. Não foi o espanto que a fez ficar daquele modo, e sim uma lição cuidadosa que ela aprendera quando era jovem demais, tanto que tinha se tornado parte do seu sangue, dos seus ossos, e jamais poderia ser esquecida.

Era preciso mostrar reverência aos yaksha. Os anciões lhe ensinaram isso. Até mesmo a uma imagem, ou um eco deles...

— Bhumika — disse o yaksha com o rosto da anciã Chandni, sorrindo. Falando com a voz da sua anciã morta. — Nossa filha do templo. Finalmente voltamos para casa.

# PRIYA

No começo, Priya pensou que Yogesh era só um homem nervoso, mas ela não demorou muito a perceber que ele estava nervoso por causa *dela*. Enquanto cavalgavam passando pelas estradas e ruas de terra sinuosas que levavam a Saketa, ela viu que o homem tocava as pedras de preces que usava no pescoço. Segurava cada uma das pedras, uma por uma, entre os dedos, enquanto murmurava o nome das mães das chamas sozinho. Como se isso pudesse afastar a monstruosidade de Priya.

Normalmente, ela teria ficado irritada, mas estava preocupada demais para ficar pensando em Yogesh.

— Não consigo falar com Bhumika — confidenciou ela a Sima na primeira noite.

— Como assim?

— Eu não... sabe. — Ela fez um gesto vago, tentando representar o que o sangam era sem falar sobre na frente de estranhos parijatdvipanos. — Não sei o motivo.

Sima a encarou de olhos arregalados. Ela entendia, assim como Priya, o quanto era grave aquela situação de não poder se comunicar com Ahiranya.

— Podemos mandar um dos nossos homens de volta — sugeriu Sima. Elas já não tinham muitos. — Karan, talvez. Ou Nitin?

Elas não podiam arcar com o custo de deixar o grupo ainda menor. Já eram uma comitiva de dar pena: apenas alguns soldados ahiranyi, Sima com seu sári simples e um arco, e Priya vestida com o branco de anciã do templo, que já tinha passado por poeira demais na estrada.

Ela não pensou que precisaria de outra forma para falar com Bhumika. Sentiu uma pontada de dor quando deixara todos para trás, mas pensou que seria como suas viagens em Ahiranya para lidar com a decomposição. Difícil, lógico, e também solitário. Só que Bhumika estaria lá, esperando por ela no sangam. Esperando para dar conselhos, broncas ou para impedir que Priya tomasse uma decisão impulsiva que levaria todas as pessoas importantes na sua vida para o fundo do poço.

Naquele momento, Priya estava sozinha.

— Karan — decidiu Priya, relutante. — Melhor mandá-lo.

— Tenho certeza de que está tudo bem, Pri — confortou-a Sima. — Sua irmã também vai mandar alguém atrás da gente. No segundo em que ela perceber que não consegue falar com você.

*E se ela não mandar ninguém?*, pensou Priya. *E se alguma coisa aconteceu?*

Ela olhou para o caminho atrás delas. A poeira da estrada e as árvores retorcidas, e Ahiranya já tão distante que ela sequer conseguia ver o Hirana.

— Nós podemos dar meia-volta — ponderou Sima, depois de um instante.

Priya engoliu em seco, dividida.

— Vamos esperar um dia — anunciou ela. — Ou alguém vai vir da parte do Bhumika, ou não vai. E aí... — Não conseguiu continuar. A preocupação deixava um frio na barriga.

— Alguém vai vir — disse Sima.

Ah, espíritos, quanto tempo demoraria para um cavaleiro rápido alcançá-los de Ahiranya, quando eles continuavam seguindo viagem? Um cavaleiro *conseguiria* alcançar o grupo? Quanto tempo Priya deveria esperar antes de dar meia-volta?

— Alguns dias — emendou ela, preferindo continuar vaga. Quando a preocupação ficasse insuportável, então... isso tomaria a decisão por ela.

A exaustão e as dores logo a distraíram. Priya não era uma cavaleira nata. Jeevan insistira em dar a ela algumas aulas, assim como conselhos sobre como usar uma foice e um sabre. Porém, o corpo inteiro doía naquela noite quando eles pararam para descansar, e, apesar de toda a preocupação, seu sono foi profundo e sem sonhos.

Foi só pela manhã que ela percebeu que tinha um motivo para o seu sono tranquilo.

Ela não conseguia ouvir o verde.

Não havia sangam, e não havia verde. Sua inquietação aumentou, enraizando no seu âmago, comprimindo os pulmões. Não conseguia mais fingir que estava tudo bem.

Talvez todo mundo em Ahiranya estivesse bem. Talvez Priya fosse o problema: sua magia se esvaindo tão depressa quanto a água em uma jarra rachada. Talvez ela não tivesse força alguma além das fronteiras de Ahiranya, distante do brilho azul das águas perpétuas que tinham concedido a ela seus dons.

Mas não era isso que os Mantras das Cascas de Bétulas contavam. Os anciões dos velhos tempos possuíam poder não importava onde estivessem; tinham conquistado o subcontinente inteiro junto dos yaksha na Era das Flores usando a magia.

*Eu não sou uma anciã como nos velhos tempos*, lembrou-se Priya, a garganta cheio de nós. Ela segurou o rosto nas mãos. *Eu sou algo novo. E talvez isso tenha sido um erro terrível.*

Estava pronta para sacudir Sima e dizer que elas deveriam voltar quando de repente sentiu algo atravessá-la. Algo verde e afiado, como um dardo percorrendo seu sangue, o zumbido se acomodando no fundo do crânio. Ela ficou em pé de súbito e saiu da tenda. Ao redor dela, o acampamento começava a acordar, os homens de guarda instintivamente pegando em armas.

— Tem alguma coisa — declarou ela para os outros. — Além das árvores.

Imediatamente, seus homens alcançaram as armas, e os soldados que acompanhavam Yogesh desembainharam seus sabres. Priya balançou a cabeça depressa.

— Nada desse tipo — atrapalhou-se ela. — Nenhum... inimigo ou bandidos. Não precisam das espadas. Me deem um instante.

— Priya — chamou Sima. — O quê...

— Estou sentindo alguma coisa — insistiu Priya rapidamente, andando pelo chão poeirento.

Ignorando os protestos de Sima e os avisos cautelosos de Yogesh, ela caminhou por entre as árvores. Elas cresciam mais próximas umas das outras ali, galhos mais finos retorcidos para formar arcos e teias. O aroma de seiva e terra molhada preencheu seu olfato, profundo, úmido e lustroso, e então rapidamente se desfez em algo mais pungente: podridão.

Decomposição.

Ela parou. Alguns dos homens a seguiram, e agora olhavam silenciosos para o vilarejo escondido entre as árvores em uma clareira humilde.

É evidente que estava abandonado. As construções estavam cobertas por vegetação, casas de madeira e pedra cedendo sob a pressão de raízes grossas e arbustos floridos. Todas as árvores pareciam levemente erradas, de uma forma que Priya estava começando a se acostumar a ver. Os troncos quase pareciam... macios. A madeira cedia. Onde a casca havia sido arrancada ou a superfície rachada, as árvores tinham a cor de músculos e carne exposta, com fios brancos de gordura.

Ela reprimiu a náusea.

— Nenhum de vocês deve tocar nisso — avisou aos homens.

— Anciã Priya... — chamou Yogesh, pigarreando. Ele mesmo parecia estar nauseado. — Não deveríamos... A imperatriz não gostaria que ninguém se arriscasse. Queimar as árvores é uma tarefa que cabe aos cidadãos da vila.

— Que cidadãos? — indagou Priya. — Não tem ninguém aqui. Todos já se foram há muito tempo.

Os soldados de Yogesh murmuraram ruídos de inquietação, mas logo se afastaram, voltando para o caminho, deixando-a sozinha com as árvores.

— Eu vou ficar — declarou Sima baixinho.

— Sima. Não é... não vai ser interessante.

— Alguém precisa ficar de olho em você. — A amiga cruzou os braços.

Não adiantava discutir, e Priya não queria ficar ali, sentindo o fedor de carne apodrecida por mais tempo do que o necessário. Quando ela deu um passo à frente, o chamado do verde e da vida dentro dela falou mais alto. Seus braços e suas pernas pareciam mais firmes, alguma fraqueza que passara despercebida até então se esvaindo.

Priya fechou os olhos. Ela se abriu — e por fim, felizmente, sentiu o verde se abrir para ela. Então seguiu pelo verde, pelo sangam, pelos rios cósmicos e pelas águas perpétuas que corriam em seu sangue e segurou a decomposição. Congelou até que ficasse imóvel. Assim, não cresceria mais.

Quando voltou a si, ela estava ofegando, os pulmões doloridos, e Sima a segurava. As duas estavam encostadas em uma árvore saudável, ainda sozinhas. Então não deveria ter passado muito tempo.

— Eu avisei que alguém precisava ficar de olho em você — disse Sima, a voz um pouco trêmula.

Priya conseguiu dar uma risada.

— Talvez você esteja certa. Vem. Melhor a gente voltar.

As duas se endireitaram e foram até os soldados. Atrás delas, as árvores se acomodaram. Estavam quase vivas outra vez, o chão ao redor tranquilo, e o aroma de grama depois da chuva, o único cheiro que pairava no ar.

— Você sabia que tinha decomposição assim tão longe de casa? — perguntou Sima, a voz saindo em um sussurro.

— Não — devolveu Priya sussurrando no mesmo tom. Seu sangue ainda zumbia e cantava, distraído, aliviado. Afinal, ela não estava com defeito.

Porém, não sabia o motivo de sua mágica ter fraquejado para começo de conversa. E isso... isso a deixava bastante preocupada.

Naquela noite, deitada em uma esteira no chão com Sima ao seu lado, ela tentou falar com Bhumika outra vez.

Era como aprender a andar em um caminho familiar de olhos fechados. Poderia ser feito: seus pés conheciam o solo, a forma como o caminho se curvava e abaixava. Entretanto, ela sempre tivera a visão antes, e naquele momento tinha somente a pele.

Ela fechou seus olhos, os de verdade, não os metafóricos, e respirou lentamente. Um sopro lento e profundo. Então se afundou dentro da própria pele, com um gesto ensaiado e familiar, procurando o sangam. Se ela conseguisse falar com Bhumika, ao menos poderia tranquilizar a irmã de que estava bem e a salvo. E poderia se certificar de que todo mundo em Ahiranya também estava. Talvez assim ela pudesse seguir na jornada sem medo do que ficara para trás.

As águas se abriram para ela. Uma escuridão radiante. Ondas marulhando ao seu redor enquanto as estrelas saíam de seus poleiros e rodopiavam aos seus pés.

— Priya. — Bhumika estava ajoelhada nas águas. Três rios se encontravam ali. Ela estava sorrindo: um sorriso fixo e tranquilo que parecia estranho na sombra daquele rosto. — Você finalmente está aqui.

— Ficou preocupada? Claro que ficou. Desculpa. Eu não consegui chegar até aqui. Eu... — Ela deu de ombros, inútil, sentindo um alívio imenso. — Sinceramente, Bhumika, eu nem sei se vou conseguir chegar aqui de novo, então vou te contar tudo que posso.

Ela contou da viagem — da decomposição — e do medo nos olhos cautelosos de Yogesh, das pedras de preces e seus homens sempre em alerta. A estranheza de se sentir distante e desconectada do poder que ela possuíra em Ahiranya. Bhumika escutou tudo sem dizer uma palavra, paralisada.

— Por que ainda está sorrindo? — quis saber Priya, por fim. — Você ficou feliz assim que eu fui embora? Não ficou nem preocupada? Vou começar a me sentir ofendida.

— Só fiquei feliz em ver você — respondeu Bhumika. — Já faz muito tempo. Eu estava preocupada.

— Está tudo bem em Hiranaprastha? — perguntou Priya. — Padma está bem, e Rukh...?

Bhumika inclinou a cabeça.

— Estão todos bem. Como deve ser. — Bhumika esticou a mão e tocou o rosto de Priya. A sombra moldando o rosto dela. — Volte para si. Vamos nos ver novamente logo.

— Mas talvez não — retrucou Priya, em tom urgente. — Bhumika, você não entendeu? Eu... eu não sei se vou conseguir vir sempre. Se me mandar um mensageiro, vai demorar semanas, mas, se for alguma coisa importante, vai fazer isso, não vai? Se não conseguir falar comigo dessa forma?

A sombra da boca de Bhumika... o formato dos dentes...

— Claro — garantiu Bhumika. — Quando precisar de você, vou ao seu encontro. Eu prometo. Não se dê ao trabalho de usar sua força para me chamar ao sangam. Foque no que está à sua frente.

— Mas...

— Faça o que eu digo, Priya — interrompeu-a Bhumika. As palavras eram gentis, mas eram nitidamente uma ordem. — Agora *vá*.

Priya voltou ao seu corpo. Encarou a escuridão, a respiração entrecortada, sentindo-se estranha e vacilante, alguma coisa errada repuxando sua consciência.

Em certo momento, ela dormiu.

Quando acordou pela manhã, tomou o desjejum e voltou a subir no cavalo, aquela estranheza toda se dissipara como se fosse só um sonho ruim.

O acampamento do exército estava marcado pelos estandartes no horizonte, brilhando em tecido branco e dourado representando o império de Parijatdvipa, cintilando sob a luz do crepúsculo.

Apesar de terem viajado semanas para chegar até ali, Yogesh insistira em parar pela noite.

— Acho que deveríamos continuar — rebateu Priya, tentando emanar a aura de comando de Bhumika. Não pareceu funcionar: os homens continuaram montando as tendas, ignorando-a. — Estamos quase lá. A imperatriz está esperando por nós.

— Seria melhor aguardar um momento aqui — insistiu Yogesh, com um constrangimento exacerbado, os olhos encarando qualquer coisa que não fosse ela. — A noite está quase caindo, anciã.

— E por isso é melhor nos juntarmos ao acampamento da imperatriz — retorquiu Priya.

— Não, não — disse Yogesh, torcendo as mãos. — Vai dar à senhorita tempo de se preparar, anciã. A senhorita parece... que já esteve melhor.

— Você está mesmo fedendo — murmurou Sima quando as duas ficaram sozinhas.

— Você também! — rebateu Priya.

— Eu não sou a representante de Ahiranya — pontuou Sima. — Você é. Eu sou só uma criada.

— Eu poderia dizer às pessoas que você é minha guarda-costas.

As palavras foram recebidas com um silêncio incrédulo.

— Se eu pudesse imitar a anciã Bhumika de alguma forma, espero que você saiba que eu estaria erguendo uma única sobrancelha neste instante — brincou Sima. — Um único olhar devastador de julgamento. É isso que você receberia.

— Bom, você não é só uma criada. Não é a *minha* criada. Não foi por isso que você veio comigo? Você também representa Ahiranya. — Priya deu de ombros. — Talvez isso seja o suficiente.

— Você sabe que os nobres não lidam assim com as coisas — rebateu Sima. — Eles precisam de nomes para tudo. Todo mundo e todas as coisas em seu devido lugar.

É lógico que Sima estava certa.

— Conselheira — decidiu Priya, depois de um instante. — Podemos falar que você é minha conselheira.

— Conselheira — repetiu Sima, soando cética.

— Vai significar mais para os parijatdvipanos do que "amiga que me ajuda a matar soldados parijati".

— Tudo bem — concordou Sima. — Então vou ser uma conselheira. Agora vai se lavar, Pri, e deixe sua conselheira em paz.

Priya tinha acabado de tomar um banho — lavando-se com um tecido e um balde, atrás de um lençol improvisado e Sima de guarda — quando ouviu passos apressados.

— Priya — chamou Nitin. — Anciã Priya — ele se corrigiu depressa. — Precisa vir. Ela está aqui. A imperatriz está aqui.

O coração dela deu um sobressalto estranho no peito. Pela lateral do lençol, Sima se virou e encontrou seu olhar, de olhos arregalados.

— Já vou — disse Priya, e então tentou se arrumar para parecer mais apresentável.

Seu sári estava um pouco molhado, a pele levemente brilhante pela água quando ela saiu da tenda e puxou o xale ao redor dos ombros para esconder os danos piores. Havia uma carruagem parando logo à frente, e soldados desciam das montarias.

Os soldados abriram caminho. Uma sombrinha foi erguida, cheia de contas prateadas, brilhando mesmo enquanto cobria a figura que saía da carruagem, protegendo-a da luz do sol que se punha.

Malini.

Ela não estava mais tão magra como antes. E o seu cabelo, sempre tão cheio de nós e cachos, quando Priya a conhecera, fora cuidadosamente penteado em um coque de tranças, preso alto na cabeça. Entretanto, o rosto era o mesmo: os mesmos olhos cinza-escuros, quase pretos. As sobrancelhas severas. A boca carnuda, que não formava bem um sorriso.

— Imperatriz — murmurou Yogesh, e fez uma mesura. Seus homens acompanharam seu exemplo.

Ao redor de Priya, os homens de Jeevan hesitaram. Porém, quando Priya se curvou, eles a imitaram.

Priya ergueu a cabeça. Malini a observava.

No passado, sua expressão teria sido indecifrável para Priya, uma máscara neutra, perfeita e imóvel. No entanto, agora ela conhecia o rosto de Malini: observara cada movimento das pálpebras, cada sopro que escapava pelos lábios, e aprendeu a lê-los como se fosse um alfabeto.

Protegida pela sombrinha, os olhos escuros de Malini observavam cada centímetro de Priya, sua pele molhada, a forma como o sári estava dobrado na cintura. Os cabelos compridos, soltos por cima do ombro. O rosto de Priya. Malini não olhava para mais ninguém. Apenas para Priya, com a boca entreaberta, os olhos mais arregalados do que o normal.

Malini também sentira saudades.

— Anciã Priya — cumprimentou Malini. — Vim falar com você. Se pudermos ter um pouco de privacidade...

— Claro, imperatriz. — Priya assentiu para seus homens e Sima, que devolveram o aceno em concordância. Yogesh murmurou algo, balançando a cabeça.

— Não há necessidade de um registro formal dessa conversa — respondeu Malini.

— Imperatriz... — começou a protestar Yogesh.

Malini inclinou de leve a cabeça. Yogesh engoliu em seco, fez uma mesura, e então foi se juntar aos outros homens.

Priya olhou para Malini. Simplesmente se deixou olhar. A carruagem era feita de ouro e prata atrás dela. Ela usava flores no cabelo, entrelaçadas em joias e marfim. Terra e ossos.

— Eu sinto muito por ter vindo tão de repente, sem nenhum aviso — começou Malini, depois de um instante. — Se tivesse avisado alguém, meus cortesãos teriam me seguido. E eu queria...

Malini parou de falar, mas Priya sabia.

— Ainda estamos sendo observadas — pontuou Priya, baixinho.

— Eu sei — respondeu Malini. — Mas um pouco de privacidade é melhor do que nenhuma.

*Malini*, era o que Priya queria dizer. Queria moldar o nome dela em seus lábios. Ela deu um passo à frente. Um único passo. Mas Malini balançou a cabeça de forma sutil, e Priya não se aproximou mais.

— Eu queria que você visse — murmurou Malini. — Antes de encarar você na frente dos meus homens. Queria que visse o que eu sou agora.

Priya conseguiu encontrar fôlego dentro de si.

— Você se parece mesmo com uma imperatriz.
— E você... se parece como uma anciã de Ahiranya.
Priya não conseguiu segurar uma risada. Quase sem ruído, sem fôlego, como se aquele som não quisesse escapar dela.
— Eu estou acabada.
— Não. Você está...
— O quê?
— Mais viva do que eu me lembro — respondeu Malini baixinho.
— Não achei que isso seria possível. Mas aqui estamos. Priya. Você está bem? Está feliz?
*Eu estou feliz em ver você*, quase falou ela, mas não era bem isso. Ver Malini era como ter algo frágil guardado em seu peito. Algo que poderia murchar ou florescer com uma única palavra, um único toque.
— Eu... eu estou. E você?
Malini sorriu em resposta, um sorriso contido.
— Então isso é um não — observou Priya.
— Eu *estou*. Mas Priya... — Ela mostrou hesitação. — Aos olhos dos meus homens, Ahiranya ainda não é livre. Ahiranya ainda é subordinada. E você... não será bem-vinda.
Aquela coisa frágil no peito de Priya rachou, só um pouco. As palavras de Malini eram um lembrete de que havia muito mais em jogo do que seus sentimentos vulneráveis por Malini, ou o que Malini sentia por ela. Política, guerra e história se assomavam entre ambas feito um abismo.
— Você me chamou — lembrou Priya.
— Sim — confirmou Malini. — Chamei. Porque estou em uma posição complicada. Porque preciso de alguém em quem eu confie. E porque... — Ela parou, e então cuidadosamente, finalizou: — Porque você é você. Para mim.
Priya sentiu uma pontada no peito. *Ah, Malini.*
— Mas vai precisar confiar em mim também, Priya — continuou. — Você vai precisar fazer o que eu disser para fazer, e confiar que eu não vou prejudicar os interesses do seu povo. E, quando isso acabar, vai ter o que eu prometi a você. É isso que quero te dar... tudo que é seu por direito.
— Havia uma falha naquelas palavras, um tropeço. — Pode me obedecer?
O que era direito de Priya?

*Você é minha por direito? Ficarei com você também?*

— Pede obediência de todos os reis que te servem? — perguntou Priya.

— Não tão diretamente — explicou Malini. — Com eles, faço os jogos necessários. Escrevo pactos e ofereço barganhas. Faço lisonjas e entrego o poder quando é requerido. Mas você... não é como eles. E eu estou pedindo a você.

— Vai acreditar em mim se eu disser que sim?

— Você já colocou sua vida em minhas mãos antes — respondeu Malini baixinho. — Os acordos que fizemos sempre se mantiveram verdadeiros. Eu vou confiar em você mais uma vez, como sempre confiei, e como sempre confiarei.

— Não fale uma coisa dessas — rebateu Priya, a voz bem mais baixa do que ela gostaria.

A resposta de Malini foi o silêncio. Ela continuou ereta, elegante e intocável naquele sári verde, naquela coroa de flores, os olhos penetrando no coração de Priya como adagas.

*Não achei que as coisas seriam assim*, pensou Priya. Ela teve a vontade absurda de esticar a mão e desenrolar os cabelos de Malini, de traçar a sobrancelha, o queixo e a boca dela com a ponta dos dedos. Sentir a pele dela, tocá-la... Talvez aquilo fizesse com que Malini parecesse real. Talvez atasse mais uma vez o laço entre elas.

— Eu queria... — começou Malini, e então ela se lembrou, de forma quase visível. Uma oscilação do corpo. Um pestanejar das pálpebras. Como se ela também sentisse aquela urgência para ficarem perto uma da outra. A urgência do toque.

A urgência de dizer, *Você está aqui, você está aqui, e eu também estou, até que enfim.*

Priya engoliu em seco, se firmando. Endireitou os ombros e as costas, sentindo a planta dos pés no solo. Se Malini podia usar uma máscara, então ela também poderia.

— Imperatriz — cumprimentou. Mais alto e em bom som, chamando a atenção dos olhos e ouvidos dos homens ao redor delas. — Ahiranya é leal à senhorita. Isso nunca mudou.

Malini também se endireitou, inclinando a cabeça.

— Fico feliz, anciã Priya — respondeu ela. — Muito feliz.

Tanto Priya como Sima trabalharam pesado para deixar Priya apresentável. Um salwar kameez, ao estilo alorano, mais adequado para viagens a cavalo, e um chunni amarrado no quadril. O cabelo de Priya foi arrumado em uma longa trança que Sima rapidamente havia ajeitado no lugar usando um paranda azul-escuro com tasseis. Ao final, Priya ao menos se sentia mais apresentável. Precisaria ser suficiente.

Eles foram se juntar ao exército.

Quando entraram no acampamento propriamente dito, Priya tentou não ficar abalada com o tamanho e a escala de tudo aquilo: os diversos grupos de soldados em armaduras brilhantes. O grande forte labiríntico de Saketa, se assomando acima de tudo, feito de pedras escuras austeras. As tendas altas, os elefantes e as armas.

Os nobres que aguardavam. Os olhos frios e atentos. A forma como encaravam enquanto Priya cavalgava, com a trança chicoteando atrás dela quando desmontou.

Que encarassem. Ela era uma anciã do templo. Tinha mais poder em seus ossos do que todos eles possuíam em seus títulos.

Priya seguiu em frente. Esperando por ela, sob um toldo dourado, em uma plataforma que nitidamente servia de trono, estava Malini. Imperatriz Malini, em toda sua glória, de pernas cruzadas e com as mãos repousando sobre os joelhos. Não havia nada tenro ali. O que restara era severo e lindo, tão afiado quanto uma lâmina.

*Queria que você visse.*

Malini mostrara a Priya um pouco daquela máscara: os fios que teciam uma imperatriz a partir de uma mulher. E ali estava todo o resto.

Yogesh deu um passo à frente primeiro. Em uma voz clara, ele anunciou a chegada de Priya, anciã do templo de Ahiranya.

— Venha — chamou outro oficial, repetindo as palavras no dvipano da corte e no zaban comum. — E mostre seu respeito.

*Você é a representante de Ahiranya*, disse Priya para si mesma. *Pense no que Bhumika faria, e tente fazer isso. Não estrague tudo.*

Ela caminhou para a frente e fez uma mesura, mais profunda do que já fizera antes. *Eu sou uma serva de Parijatdvipa*, cada centímetro do seu corpo parecia dizer, *eu sou leal. Estou aqui porque você pediu, e eu vou obedecer.*

— Bem-vinda, anciã — disse Malini. — Eu lhe dou as boas-vindas a Saketa.

Com a luz do sol atrás dela, Malini parecia uma estranha. Priya supunha que era exatamente assim que as coisas deveriam ser.

— Imperatriz — respondeu ela. — É uma honra estar aqui.

# MALINI

— Pare — pediu Malini. — Não há necessidade ou tempo para discutirmos sobre isso, Mahesh.

— Imperatriz — insistiu ele, a voz rouca em reprovação.

Swati trouxe o desjejum: dosas crocantes e finas como papel, molhos verdes e laranja, e um chá extremamente quente, e então partiu mais uma vez.

— Existem muitos motivos para discutir esta questão — continuou ele. — Os nobres estão todos conversando entre si, e se não agir...

— Fale comigo sobre a alocação de suprimentos e armas — interrompeu Malini. — Me diga que tipo de reconhecimento conseguiu obter do forte. Mas isso... não há necessidade. Fui eu que a chamei até aqui. Ela tem grande valor para mim e para o nosso cerco. Isso deveria ser o bastante.

— Não é o valor de uma única mulher na guerra que me preocupa — rebateu Mahesh. — É o lugar de Ahiranya nessa campanha e em seu império. Nós reconhecemos que a senhorita obteve paz com a nova liderança de Ahiranya, mas nenhum homem de Parijatdvipa vê os ahiranyi sem suspeita. Meus homens os chamam de bruxos. Monstros. Não existe um único lorde que verá aquela mulher como uma igual. O sangue e a história do país dela, a magia que tem... — Ele soltou o ar, balançando a cabeça. — Está em águas perigosas — avisou ele, como se ela já não soubesse disso. — Alguns homens dirão que a senhorita está sendo usada.

E Malini havia se encontrado com Priya sozinha. Encontrara-se com ela sem que nenhum nobre pudesse vê-las, sem que ninguém pudesse julgar o que acontecera, e medir quem tinha o poder de verdade: a bruxa ahiranyi ou a imperatriz parijatdvipana que não tinha um trono.

— Os ahiranyi tiveram um papel crucial na minha fuga da prisão na qual meu irmão Chandra me exilou — lembrou Malini. — Isso não faz com que eu obedeça a eles.

— Não estava sugerindo nada do tipo — retorquiu Mahesh, parecendo ofendido.

*Ah, pois estava, sim*, pensou Malini.

Por mais que detestasse as palavras dele, Mahesh não estava errado. A presença de Priya causara uma movimentação no acampamento, sussurros de descontentamento se alastrando. Nunca haveria confiança nos ahiranyi em Parijatdvipa. A história tinha um peso considerável. Malini sabia disso, mesmo quando escreveu a carta para Bhumika e Priya; mesmo quando a colocara nas mãos de Yogesh.

Porém, alguns riscos valiam a pena.

Malini tomou um gole do chá e deixou seu olhar percorrer o cômodo. Swati ainda estava parada obedientemente em um canto. Quatro oficiais militares estavam sentados a uma mesa, escrevendo, e o roçar de tinta no papel era um sussurro baixo que pairava no ar enquanto registravam a reunião e preparavam as respostas para questões muito mais urgentes, como alocação de suprimentos e armas. Deepa estava sentada ao lado deles, examinando os papéis e franzindo o cenho. Ela viera com o pai, de cabeça baixa, tentando se mostrar pequena diante da raiva do seu progenitor.

Porém, Malini ficava contente com aquela raiva, pois dava uma oportunidade a ela.

— Eu vou me certificar de que a anciã Priya demonstre lealdade a Parijatdvipa e ao meu governo, assim como me aconselhou — garantiu Malini. — Já que está evidente que sua mesura diante de todos não foi o bastante.

— Todos se curvam diante da senhorita, imperatriz.

— É verdade — concordou Malini. — Mas nenhum ancião do templo de Ahiranya já se curvou para cultuar as mães das chamas.

Fez-se um momento de silêncio. Mahesh a encarou, perspicaz.

— Ah... imperatriz, se me permite opinar, nenhum templo das mães das chamas vai permitir que uma sacerdotisa ahiranyi passe por suas portas — pontuou um oficial, o olhar baixo. Ele parecia desconfortável, e estava visivelmente se forçando a continuar o raciocínio. — Não será possível para a... hum, anciã, confirmar sua lealdade a Parijatdvipa dentro de um templo.

— Não considera os templos da mãe sem-rosto como templos de verdade? — perguntou Malini, erguendo as sobrancelhas.

— Eles são... — O oficial se calou, e então falou, por fim: — Eu sigo apenas a imperatriz, é lógico.

— Existe um templo das mães sem-rosto nas terras do baixo-príncipe Kunal, não é mesmo?

Ouviu-se o farfalhar de papéis.

— Sim, imperatriz.

— Então iremos até lá.

— Um templo desses... não seria...

— Não é ideal — concordou Malini. — Nem inteiramente puro. Mas isso agradará os soldados saketanos.

Lorde Mahesh ficou em silêncio.

— Creio que isso será o suficiente, Mahesh — concluiu Malini.

— Não será, imperatriz — respondeu ele, sério. — Mas, se insistir em passar para outros assuntos, então faremos isso.

A carruagem preparada para a jornada de Malini até o templo era grande, puxada por dois cavalos velozes, e com espaço o bastante no interior protegido para que Lata e Priya a acompanhassem. Mas Lata concordara facilmente em viajar com Sima, deixando Priya e Malini sozinhas. Swati, Raziya e Deepa ficaram no acampamento.

As duas se sentaram. Priya manteve o rosto levemente virado, as mãos unidas em cima do colo. Deveria parecer um gesto respeitoso. Aquilo fazia Malini querer segurar o rosto de Priya entre as mãos e virá-lo para si. *Olhe para mim.*

Quanta tolice.

Malini esperou até estarem em movimento, a carruagem estremecendo embaixo delas, os nobres e soldados que as acompanhavam fazendo um estardalhaço de rodas e cascos do outro lado do marfim esculpido e tecido que formavam as paredes da carruagem.

— Senti saudade — murmurou Malini. Era como deixar um músculo retesado finalmente relaxar. Ela passara tanto tempo se controlando que dizer algo honesto trazia uma sensação de alívio puro. — Eu senti tanta saudade, Priya. Fico tão feliz que esteja aqui.

— Eu disse que viria se você me pedisse — respondeu Priya de imediato.

Ela ainda estava com a cabeça baixa, mas se virou de leve ao ouvir o som da voz de Malini, que examinou o ângulo do queixo de Priya com os olhos, seguindo sua linha de visão. Então notou que Priya olhava diretamente para ela, para o lugar onde suas roupas quase se tocavam, as pernas viradas na direção uma da outra. Bastava um único movimento para seus joelhos se encostarem. Será que a pele de Priya estaria quente, mesmo com toda a roupa que as separava?

— E eu fico feliz que tenha me pedido, mas também... — Priya parou de falar, e em vez de continuar sua linha de raciocínio, falou: — Eu guardei sua carta. A primeira que você mandou. Leu mesmo os Mantras das Cascas de Bétulas por minha causa?

— Por você e por mim — respondeu Malini, a voz baixa. — Sabe como eu gosto de conhecimento.

— Eu sei.

— Priya. — Malini se inclinou para a frente, deixando suas saias se roçarem, os joelhos encostados. — Por que você não olha para mim?

Um momento de silêncio entorpecido. Malini observou a boca de Priya se curvar em um sorriso.

— Porque eu quero beijar você — respondeu Priya, a voz saindo rouca. — E eu sei que não posso. Não com isso...

Ela gesticulou para as cortinas, lembrando a Malini da existência de todos os nobres do lado de fora.

— Você provavelmente poderia me beijar se fosse rápida — provocou Malini.

Priya finalmente ergueu a cabeça. E lá estava ela: aqueles olhos brilhantes, os cílios dourados que os deixavam ainda mais cintilantes; o nariz torto e o sorriso fácil ficando mais largo, a pele que no passado fora quente e macia como seda sob o toque de Malini.

— Isso foi uma piada? — Priya parecia maravilhada. — A imperatriz de Parijatdvipa resolveu zombar da minha cara?

— Gostaria de pensar que estou flertando com você — rebateu Malini, sentindo o coração mais leve. — Ou desafiando você, talvez. Mas pode achar que é piada, se preferir.

O sorriso desapareceu dos lábios de Priya, entretanto, ainda havia luz naqueles olhos, ferozes o bastante para fazer Malini perder o fôlego.

— Não acho que queira um beijo rápido meu — disse Priya, rouca.

— E eu também não quero isso de você.

— Talvez nós duas devêssemos ficar nos encarando de lados opostos — murmurou Malini.

Priya riu outra vez.

— Talvez — concordou ela.

Então, ela apoiou a cabeça na parede do palanquim, mas seu olhar permaneceu em Malini — firme, e ainda assim tão tenro.

*Eu beijaria você*, pensou Malini, com um nó na garganta. *Eu beijaria você por uma eternidade.*

*Mas não é por isso que eu preciso de você aqui. Não é dessa forma que eu quero que você se renda.*

*Hoje, não.*

O templo claramente fora preparado para sua chegada, apesar de mal terem recebido um aviso prévio. Lamparinas a óleo brilhavam nos degraus em grandes espirais de luz. Os pilares haviam sido cobertos de guirlandas de flores doces. As abelhas zumbiam perto, afastadas por nuvens de incenso que rodopiavam dos incensários deixados nas alcovas entre as pilastras.

Uma pequena comitiva de boas-vindas composta de sacerdotes as aguardava, e fizeram uma reverência quando Malini surgiu do palanquim. Atrás de si, ela ouviu os ruídos dos cascos e relinchos dos cavalos, e o guincho alto de rodas de carruagem se virando. Ela cerrou os dentes. Talvez quando voltasse ao acampamento ordenaria aos oficiais militares que alocassem um pouco do seu dinheiro para lubrificar aquelas rodas. Era evidente que estavam sendo negligenciadas.

Ela não esperou por Priya, Lata ou Sima. Ela sabia que, se desse uma chance, um dos lordes decidiria que deveria cumprimentar os sacerdotes no lugar dela. Então seguiu em frente e tirou as sandálias douradas; ergueu a barra do sári com dois dedos curvados e subiu os degraus do templo. Os sacerdotes rapidamente fizeram mesuras. Um deles, mais jovem, estava suando visivelmente.

Ela parou diante dele.

— Preciso falar com seu sacerdote principal — disse Malini, que ouviu os passos atrás dela. Três pares, leves demais para pertencerem a homens armados. Enquanto as sombras de Priya, Sima e Lata se misturavam à dela nas escadarias de mármore, Malini continuou: — Depois que fizermos nossas ofertas, diga a ele que a imperatriz requer uma reunião particular.

— S-sim, imperatriz. — O jovem sacerdote fez uma mesura desajeitada e foi embora.

Elas foram levadas para dentro do templo, diretamente ao salão de devoção.

Sentia o mármore gelado sob seus pés descalços. Os sacerdotes estavam de pé ou ajoelhados nas laterais do salão. Não havia outro som que não fosse o das tochas bruxuleando. Lata gesticulou para outro sacerdote, falando com ele em voz baixa. Sem dúvida discutindo o dinheiro que Malini trouxera como presente de devoção ao templo.

Ela seguiu em frente, e Priya acompanhou seus passos. Malini deixou que seu braço roçasse gentilmente no de Priya, sentindo o contato breve e quente da pele. Sentiu a cabeça de Priya se virar, a respiração suave contra sua bochecha.

— Você precisa se curvar — murmurou Malini. — Só isso. Prometo, Priya.

— Espero que você saiba quanto eu não quero fazer isso — sussurrou Priya em resposta.

O corpo dela estava tão retesado quanto a corda de um arco. Era nítido que se sentia uma forasteira em um templo das mães, cercada por forças que aniquilaram a glória de sua própria nação.

Malini não pôde responder. Os lordes tinham entrado atrás delas, e ela não podia correr o risco de que ouvissem. Em vez disso, guardou os próprios sentimentos, reprimindo a ansiedade no peito, e caminhou até o altar. Manteve o olhar fixo na estátua da mãe sem-rosto, que usava um lehenga gracioso feito de chamas e uma dupatta de fumaça rodopiando ao redor do rosto que não tinha nenhuma feição.

Era uma história que sua professora contara uma vez, muitos anos antes. Que os fiéis mais empobrecidos não tinham dinheiro para manter ídolos de todas as mães, e em vez disso tinham uma efígie tosca em casa — sem rosto, com um véu de fumaça, e que deveria representar todas as mães de uma vez. Desde então, os plebeus saketanos começaram a cultuar as mães como uma só: a mãe sem-rosto, que era todas e nenhuma, uma figura que representava todas as mães das chamas que existiram e que iriam existir.

O sacerdote principal do templo se aproximou. Sua testa e seu queixo estavam marcados por cinzas, e ele trazia flores em uma bandeja de cobre gasta. Seus pulsos eram tatuados com nomes em uma caligrafia floreada que se unia em nós e círculos.

— Imperatriz — cumprimentou ele, abaixando os olhos. — Que honra a recebermos aqui.

— A honra é minha — disse Malini, pegando as flores e o fio com a agulha ao lado. — Qualquer oportunidade de venerar as mães me traz grande alegria.

Ela pressionou a agulha no centro da primeira flor enquanto os sacerdotes iniciaram uma reza. Então Malini começou a trançar a guirlanda, o aroma de rosas e calêndulas se atendo à ponta dos dedos.

Priya deu um passo à frente.

Um momento passou, uma pausa como o silêncio breve antes de uma tempestade. Então, a anciã se curvou, pressionando a testa no chão diante das mães. O gesto foi testemunhado pelos homens leais a Malini. Ela continuou ali por dois segundos. Três. Quatro.

Ótimo.

Por fim, ficou em pé outra vez, preparando-se para fazer uma mesura para Malini também, guiada pelo sacerdote que murmurava em seu ouvido, Malini percebeu. Era um gesto para representar sua obediência a Parijatdvipa.

Malini se virou para acompanhá-la. Sem hesitação, sem pensar, Malini segurou o braço de Priya, impedindo-a. A guirlanda foi esmagada entre as duas, amassada, o aroma intenso.

— São as mães que devem ser veneradas — observou Malini. — Aqui, dentro desse templo, essa devoção fala mais alto que qualquer outra coisa.

Com sorte, aquelas palavras eram belas e diplomáticas o bastante para esconder a natureza instintiva do seu gesto, de seu desejo de dizer, *Não vou envergonhar você, não dessa forma, não sendo você.*

Priya assentiu com a cabeça sem baixar os olhos. Talvez ela tivesse compreendido. Talvez.

— Imperatriz — chamou o sacerdote principal do templo. — Me daria a honra de falar comigo a sós?

Alguns lordes pareceram ficar incomodados, mas não muitos. Malini inclinou a cabeça, se virou, fazendo uma reverência ao altar, e depositou a guirlanda terminada aos pés das mães. Então levantou-se. Lata a seguiu, uma acompanhante silenciosa.

O sacerdote principal levou Malini e Lata até um escritório, uma sala com janelas altas e manuscritos antigos em seda e folhas de coqueiro guardados em estantes de pedra. Estava silencioso e vazio, distante o bastante do salão de veneração para que Malini só ouvisse um leve murmúrio de vozes.

O sacerdote a observava, cauteloso. Antes que pudesse começar com os pormenores, oferecendo chá ou sharbat, tornando aquela reunião interminável, Malini se sentou em uma das almofadas do chão. Lata ficou perto da porta, as mãos unidas diante do corpo. Ela não estava bloqueando a porta, óbvio que não, mas era um empecilho, e uma mensagem ao sacerdote: a imperatriz deseja que fique aqui.

Pela forma como ficou imóvel e em silêncio, Malini tinha certeza de que ele compreendia.

Ela esperou que o homem se sentasse. Depois de um instante, ele o fez.

— Tenho certeza de que ouviu falar que o alto-príncipe formou uma aliança com meu irmão em Harsinghar — começou Malini, sem preâmbulos. — Que os soldados de Harsinghar carregam armas do que parece ser o fogo mágico abençoado pelas mães, e então voltaram as chamas contra os meus homens. Um deles, um sacerdote de parijati, o usou diretamente contra mim.

Uma pausa. O sacerdote diante dela não demonstrou nenhuma reação: não mexeu a cabeça de nenhuma forma. Apenas a observou, de olhos arregalados e sem piscar, como se encarasse uma miragem, que tremularia e desapareceria a qualquer momento.

— Eu teria morrido quando o fogo caiu — continuou. — Mas outro homem me salvou. Outro sacerdote. Um sacerdote da mãe sem-rosto. Um dos seus.

Mais uma vez, silêncio.

— Você deveria se pronunciar — comentou Malini. — Não vou embora até termos sido sinceros um com o outro.

O homem hesitou.

— Como sabia que era um dos meus? — perguntou o sacerdote, por fim.

— Ele tinha o cabelo de um sacerdote — explicou Malini. — Tinha uma marca de cinzas. Mas ele não era parijati, e levava os muitos nomes das mães tatuados nos pulsos. Assim como você.

— A imperatriz examinou o corpo dele. — A voz do sacerdote era indecifrável.

— De forma respeitosa, sim. Eu o devolverei a você, se me pedir. Se não, ele será queimado.

— Não era nossa intenção que ele morresse — ponderou o sacerdote lentamente. — Era nossa intenção que uma mensagem fosse repassada de forma discreta. — Uma hesitação cautelosa. — É difícil alguém se aproximar da senhorita com alguma sutileza, imperatriz.

Não seria tão difícil se tivessem enviado uma criada, uma mulher. É evidente que não tinham considerado tal coisa.

— Bem, estou aqui agora, diante de você. Estou disposta a ouvir. Qual é a mensagem que tem para mim?

Quando ele não falou, engolindo em seco, ela gesticulou para a sala. Para o vazio ali, com Lata observando. As tochas bruxuleavam.

— Não teremos outra oportunidade como esta de novo — pontuou ela.

Ele engoliu em seco mais uma vez.

— O imperador Chandra quer acabar com sua vida — soltou o sacerdote, cada palavra articulada com grande cuidado. — Isso não é nenhum segredo.

Malini inclinou a cabeça, concordando.

— E a senhorita aprendeu... e também viu... que uma vida possui grande poder. E a senhorita é uma filha da linhagem de Divyanshi.

Malini esperou.

O sacerdote engoliu em seco outra vez, e Malini pensou vagamente que deveria ter pedido alguma bebida afinal, ao menos para acabar com aquele nervosismo. Na luz do escritório, por mais fraca que fosse, ela via que a pele dele estava úmida de suor. As cinzas na testa pareciam oleosas.

— Meu templo é pequeno, imperatriz. Não somos importantes. — O tom dele deixava implícito: *E nem queremos ser.* — Proximidade. A senhorita compreende.

— Sua mensagem vem de outra pessoa — entendeu ela, tranquila, e ele assentiu. — Estão próximos do cerco, mas não perto demais. Perto, mas não estão a serviço de nenhum lorde. — Outro aceno de cabeça. — Portanto, sua mensagem vem de um sacerdote com poder significativo.

— Existem algumas pessoas que desejam fazer uma aliança com a senhorita, imperatriz. Se assim desejar.

— E quem são?

O sacerdote balançou a cabeça.

— Era do meu entendimento que Chandra tem o apoio total de todo o sacerdócio — insistiu Malini. — Que ele elevou todos acima de reis e príncipes de Parijatdvipa. Seu amigo poderoso deve saber que não posso fazer o mesmo quando o trono for meu. Ainda assim, um sacerdote morreu para me salvar. Ajude-me a compreender isso.

— Os sacerdotes das mães não são aliados perfeitos uns dos outros. Também não concordamos totalmente sobre o que é certo ou errado. O que compartilhamos é um desejo comum de *fazer* o certo. De trilhar o caminho justo. Porém, existem aqueles que pensam que o imperador Chandra... seu irmão... que ele é o caminho justo. E há aqueles que acreditam que é a senhorita, imperatriz. E então depositam as esperanças em seu reinado.

Palavras cuidadosas, mas Malini não tinha certeza se podia acreditar que qualquer um no sacerdócio deixaria o poder que possuíam agora no governo de Chandra de lado facilmente. Então ela esperou, deixando que o sacerdote diante dela tivesse tempo de suar e sentir seus olhos sobre si, as próprias palavras dele pressionadas contra os pulmões e os lábios.

— Nem todos nós recebemos muitos poderes no governo do imperador Chandra — ressaltou o sacerdote.

Era verdade, mas não toda a verdade. O sigilo e a sensação de um jogo que ela ainda não compreendia por completo faziam seus dentes rangerem.

— Como posso confiar em seu aliado, quando me diz tão pouco?

— Sua vida foi salva, imperatriz — replicou o sacerdote. — Um dos nossos se sacrificou por isso.

— E como você disse, essa não era a intenção. Mas o que seu aliado quer de mim? E o que ganho dele em troca? Pode me informar, sacerdote?

— O que vai ganhar...? Ah. Tenho um presente para a senhorita, imperatriz. Um presente que veio dele.

O sacerdote ficou em pé de repente, virando de costas para ela e andando até os manuscritos.

Escondida atrás dos livros estava uma caixa pequena, polida, entalhada em ônix. Ele se ajoelhou e a esticou na direção de Malini em oferta.

Ela não aceitou.

— Um sacerdote das mães quase destruiu meus homens e a mim também — disse Malini. — Posso confiar neste presente, sacerdote? Não tenho certeza.

— Não existe força mais virtuosa em toda Parijatdvipa do que os sacerdotes das mães — rebateu o homem, o que não era a resposta para o que Malini perguntara.

Malini sentiu uma risada amarga ameaçar escapar da boca. Ela se lembrou de que seu reinado fora profetizado pelo anônimo, que ela dizia conhecer as vozes das mães das chamas, que ela declarara que fora escolhida por elas para sentar-se no trono imperial. Ela precisava acreditar em seu próprio poder e sustentar aquelas mentiras.

Malini não poderia pensar no dia que suas irmãs do coração queimaram. Ela não poderia pensar: *Sua virtude vai acabar me matando, se eu permitir que o faça.*

— Eu confio em sua justiça — retorquiu ela em vez disso. — Confio que é leal aos ideais que podem me salvar ou me destruir. Porém, sacerdote, eu garanto a você: ideais que levarão ao assassinato da última mulher da linhagem de Divyanshi são um desafio à vontade das mães e à vontade do deus anônimo. Eu sei disso. Então, pergunto outra vez, como filha imperial, com a mão das mães sobre o meu coração: posso confiar nesse presente?

— A imperatriz não morrerá aqui — respondeu o sacerdote. — Tem minha palavra.

Malini gesticulou para Lata, que esticou as mãos para pegar a caixa. O sacerdote a entregou para ela, e se acomodou um pouco mais de joelhos.

— Se esse presente for de seu agrado — disse ele —, se a senhorita... se a senhorita aceitar que nosso aliado é benevolente, então devo lhe pedir um gesto em troca. Um favor. Se prometer que irá cumpri-lo, terei a alegria de contar onde ele está. Onde ele irá encontrar a senhorita por vontade própria e fazer um pacto, se assim desejar.

*Eu poderia torturar você até extrair essa informação*, pensou Malini, entediada. Ele já estava tremendo de medo. Um pouco de dor e a ameaça de mais o faria se desfazer como um papel molhado.

Entretanto, esse tipo de coisa não ajudaria a formar alianças. Uma pena.

— Traga até aqui, Lata — ordenou ela.

Lata estendeu a caixa. Era sólida, e agora ela via que era feita de uma mistura de madeira escura e ônix, a tampa entalhada com espirais que formavam uma rosa preta. Deveria estar pesada nas mãos de Lata, mas ela a segurava firme, sem demonstrar esforço.

Malini tocou o fecho e abriu a tampa.

Ali dentro, havia cinzas. Uma camada espessa e pesada, poeira preta misturada à gordura branca. Madeira e ossos. Malini quase se encolheu, mas se conteve.

— Lata.

— Sim, milady?

— Uma faca, por favor.

Lata retirou uma adaga pequena escondida na dobra do sári e a ofereceu a Malini, que a pegou e usou a ponta para mexer nas cinzas, afastando a superfície como uma pele. E, ah. Ali estava.

Embaixo das cinzas estava uma flor de fogo.

Lata deixou escapar um arquejo abafado. Malini pensou naqueles sacerdotes nos muros com suas flechas; aqueles sacerdotes com as espadas desembainhadas. Ela pressionou a lâmina contra o fogo e observou as chamas bruxulearem. Desdobrando-se, como uma flor abrindo para o sol.

Ela ergueu a faca e a chama se contorceu. Ela se mexia, e não parecia fogo de verdade: era sobrenatural, rodopiando, abrindo e fechando feito um punho. Quase parecia que queria alcançá-la.

Ela deixou a faca dentro da caixa. Fechou a tampa abruptamente.

— O que seu aliado secreto quer em troca? — questionou Malini.

— O sacerdote que a senhorita prendeu, imperatriz. Liberte-o — revelou ele.

Aquilo era uma surpresa.

— Ele quis acabar com a minha vida — disse Malini. — Conspirou para assassinar meus homens.

— Agiu em nome da sua fé — retorquiu o sacerdote, de forma gentil. — A senhorita foi chamada de assassina de sacerdotes por alguns —

continuou, observando Malini com cuidado. Era um aviso? Conselho, ou ameaça? Ela não sabia. — A senhorita tirou a vida dos sacerdotes do anônimo em Srugna. Ouvi histórias sobre seu fogo. Vidas que foram oferecidas voluntariamente — ele acrescentou, como se Malini fosse argumentar. — Ainda assim, vidas sagradas, roubadas por sua chama e seus homens, por sua mão. No entanto, ainda não machucou um sacerdote das mães. Lutar contra os homens na fortaleza de Saketa… é uma batalha honrada, e ninguém irá julgá-la por isso. Porém, matar um sacerdote das mães que adentrou seu acampamento porque quis e que se ajoelhou diante da senhorita… isso não pode ser perdoado.

Malini concedeu a si mesma um momento para respirar e mensurar as opções. Por fim, assentiu.

— Seu aliado deve ter bons espiões para saber tão depressa o que se passa em campos de batalha tão distantes — murmurou ela. — Ele está em Parijat, não é?

Em vez de responder, o sacerdote voltou a mexer nas estantes. Ele retirou um rolo de tecido, desenrolando-o, e revelou um mapa de Parijat.

Então a resposta era sim.

— Deixe-me que mostre o caminho — pediu ele. — Não posso dar o nome dele, imperatriz. Mesmo aqui, nós o chamamos de filho sem-rosto.

— Ele é um servo da mãe sem-rosto, então? Como você?

— Ah, imperatriz — murmurou o homem, inclinando a cabeça, pálido. — Ele não é como eu. Isso eu garanto.

Foi bem fácil afastar as preocupações dos nobres ao voltarem para o acampamento. Chamar Lata para o seu lado e pedir a Yogesh para repassar suas ordens enquanto ela atravessava o acampamento e voltava para a própria tenda, as dobras do sári ondulando com a velocidade da caminhada.

— A senhorita quer… libertá-lo — disse o oficial, hesitando.

Malini assentiu. Ela não precisava se explicar para ele. Havia muitas pessoas que poderiam, e até exigiriam, que desse explicações mais tarde. Era melhor poupar a energia.

— Registre o que precise ser registrado, e garanta que seja feito — ordenou Malini.

Yogesh ficou em silêncio por um instante, caminhando ao lado dela.

— Restou alguma dúvida? — perguntou Malini.

— Ah... imperatriz. — Ele pigarreou. — Talvez... eu devesse falar com lorde Mahesh?

— Não — afirmou Malini. — Não será necessário.

Malini esperou até estar de volta na própria tenda.

Então, abriu a caixa.

Malini tinha um sabre, forjado para ser mais leve que o de um homem, com um punho menor para que fosse melhor ajustado às suas forças e ao tamanho de suas mãos. O metal era uma prata brilhante, a bainha incrustada de pedras da lua. Swati o trouxe até ela, e Malini colocou a ponta da arma nas cinzas e remexeu ali.

O fogo se ergueu da adaga e subiu para a ponta do sabre. Mexeu-se e brilhou, piscando e rodopiando assim como fizera nas armas dos soldados sacerdotes que atacaram seu exército nos portões da fortaleza.

— Cuidado, milady — disse Lata, a voz tensa. Ela estava perto do tecido da tenda. Não era como se planejasse correr, ou quisesse, mas como se temesse o fogo erguendo-se no sabre de Malini.

Ela estava certa em temer. Malini encarou o fogo, que florescia e murchava como flores em uma trepadeira de aço, e se perguntou o que seria capaz de fazer.

Voltaria-se contra ela? Pularia em sua carne, destruidor por natureza, e a queimaria até virar cinzas? Ela imaginou-se queimando em uma agonia de cinzas, como sempre fazia em seus piores momentos. Imaginou a tenda queimando, e Lata junto.

Ela segurou a espada firme e esperou. Esperou.

Malini transferiu o fogo de uma lâmina para a outra, entre o sabre e a adaga, observando enquanto se enrolava entre eles como fiapos parecidos com dedos. Ela o observou com uma paciência cuidadosa enquanto ficava mais fino e fraco. E esperou.

Usando a adaga, cortou um pedaço, e o observou ficar mais fraco que o resto.

Não era assim que o fogo de verdade funcionava. Não era assim que o fogo das mães deveria funcionar, se ela pudesse confiar na descrição do Livro das Mães.

Ela esperou tanto tempo que o braço começou a tremer. Então Lata saiu da tenda e falou baixinho com um dos guardas, e voltou trazendo água e comida, e se dedicou mais uma vez à tarefa de observar Malini examinar o fogo.

Malini esperou... e notou quando o fogo começou a morrer. Se desfez em chamas como se as cinzas tivessem sido suas raízes. A cor se apagou, a chama passando de dourada a azul, e então, a nada.

Malini pensou no Livro das Mães, na natureza do fogo das mães, e pensou, *ah*.

*Finalmente um presente.*

O fogo das mães não se apagava. Não murchava. Era impossível de parar... uma força de destruição que só se esvaiu quando os yaksha estavam todos mortos. Mas esse fogo morrera diante dos olhos dela.

Chandra não era abençoado. Não era escolhido. Agora Malini tinha prova disso.

Ela conseguiu sentir o sorriso que repuxava seus lábios. Deixou que tomasse seu rosto. Permitiu-se rir quando a chama se apagou.

— Olhe, Lata — disse ela, baixinho. — No fim das contas, as mães de fato amam a filha delas.

# BHUMIKA

Os yaksha deixaram Bhumika fazer uma reverência aos seus pés. Observaram as mãos trêmulas dela e os guardiões das máscaras chorarem. Padma os encarou, de olhos arregalados, as mãos fechadas nas mangas de Bhumika... e foi isso, apenas isso, que a fez endireitar-se outra vez.

— Khalida — chamou ela, a voz rouca... estranha saindo da própria garganta. — Pegue a Padma. *Khalida*.

Khalida por fim acordou do transe que a dominara. Ela se atrapalhou e finalmente pegou Padma em seus braços. E então Bhumika se endireitou e se curvou — a mesura profunda em pé que ela vira os anciões dos templos fazerem para os yaksha. Então, se endireitou.

— Sua Anciã Superior dá as boas-vindas, yaksha.

Um sussurro percorreu a multidão de fiéis; pareciam quase oscilar diante das palavras dela. Ela compreendia. Também sentia a grandiosidade daquele momento. Como se um mito a tivesse tomado em seus braços, e ela só pudesse se deixar ser levada.

— Sua Anciã Superior dá as boas-vindas a Ahiranya. À sua terra e ao seu povo — continuou Bhumika, fazendo outra mesura. — Eu me encontro... perdida. Sem palavras. Por favor. — Ela ergueu a cabeça mais uma vez. — Guiem-me.

— Nos levem para o mahal — exigiu Sendhil.

— E então nos levem ao Hirana — acrescentou Chandni, mais gentil.

— Nós queremos ver tudo. Conhecer nosso templo e nosso povo. Nosso lar.

— Yaksha — disse Bhumika, inclinando a cabeça, sem ter ideia do que mais fazer. — Por favor, me sigam.

Os fiéis tentaram avançar, mas Nandi, o menor entre eles, se virou.

— Daqui, não passam — ordenou ele, a voz doce. E a terra estremeceu e se curvou, e com um grito, os fiéis cambalearam para trás. — Aprendam a ter respeito.

E então, com os passos saltitantes de uma criança, ele seguiu.

Um pé na frente do outro. O rosto calmo. Era a única coisa que Bhumika podia fazer por si mesma. Ninguém mais os seguira. Os yaksha pareciam apenas querer a presença dela. Eles a rodeavam como pássaros carniceiros, circulando, impelindo-a para a frente.

Um farfalhar de barulho, e em um piscar de olhos, a yaksha com o rosto de Sanjana andava ao seu lado.

— Yaksha — repetiu Bhumika. O que mais ela poderia dizer? — Eu...

— Me chame de Sanjana, se for mais fácil — sugeriu a yaksha, abrindo um sorriso doce. — E a chame de Chandni, e ele de Sendhil. E Nandi, claro. Você não se esqueceu dele, não é?

— Não — respondeu Bhumika. — Não me esqueci.

Uma risada tilintante.

— Nenhum de nós se importa em usar esses nomes.

— Eu deveria tratá-los com respeito, yaksha — protestou Bhumika, abaixando os olhos. — E minha... a senhora não é minha irmã do templo.

— Não — disse Sanjana-que-não-era-Sanjana, alegre, como se aquilo a divertisse. — Isso é só carne, filha do templo. Só isso. — Ela deu um tapinha na própria mandíbula. — Se descascar aqui, ainda existe poder embaixo.

Sanjana se inclinou na direção dela.

— Vocês entalham máscaras de madeira. A madeira dos nossos ossos — destacou ela, baixo. — Nos usa como se fôssemos coroas. Parece adequado que nós façamos o mesmo.

— Eu sinto muito — desculpou-se Bhumika, procurando algo em que se apoiar. — Perdão se minhas ações foram ofensivas. Se as máscaras...

— Ah, não. Não. — A yaksha balançou a cabeça. — Nenhuma ofensa existe entre nós, filha. Nenhuma.

E então ela se afastou outra vez. Atrás dela, o mármore do corredor havia rachado, abrindo lugar para as flores que a seguiam, lindos brotos violeta com o centro amarelo enorme.

Era como um sonho. Um sonho grandioso e terrível.

Bhumika se virou para Ashok, que ainda a observava.

— E como devo chamar você? — indagou Bhumika baixinho.

Ashok devolveu aquele olhar penetrante.

— Me chame pelo meu nome — disse ele. — Do que mais?

Ele certamente parecia humano. Seu rosto era o mesmo. Seu corpo. A expressão que usava pertencia completamente a Ashok — cheia de julgamento, a boca um pouco curvada e as sobrancelhas unidas. Porém, ele andava com uma rigidez que fazia a pele de Bhumika coçar, inquieta.

— Eu não sou um yaksha — explicou ele. — Eu sou... só eu mesmo, Bhumika. Voltei para a vida.

— Nenhum filho do templo morre de verdade — disse o yaksha com o rosto de Sendhil. Suas mãos eram de madeira e flores brotavam em seu pescoço. — Nós levamos vocês conosco. Nós guardamos vocês dentro de nós, e vocês nos guardam em troca. Precisa nos contar como Ahiranya é agora — ele continuou. — Nossa querida. Nossa filha. Quando nós caminhamos por aqui pela última vez, a cidade e as árvores eram uma coisa só.

— E a floresta era tão maior — pontuou Chandni. Ela observava cada movimento de Bhumika, a suavidade do olhar afetada pela forma como seus olhos se recusavam a piscar.

Bhumika só conseguia pensar naquilo como as contas que eram usadas para fazer os olhos em bonecas costuradas para as crianças: sem pálpebras e sem sentimentos. Era mais a *ideia* de um olho do que o olho em si.

— Você não imagina o quanto o mundo é agradável — comentou Sendhil, com o tipo de sorriso que ela nunca vira no rosto do homem enquanto ele era vivo. — E como é bom estar de volta.

Bhumika engoliu em seco, forçando sua expressão a permanecer neutra.

— Venham. Deixe-me mostrar o Hirana — disse ela.

Ela disse a si mesma que pensaria naquilo como uma oportunidade. Um *presente*. Os yaksha estavam de volta, afinal. Voltaram para restaurar a glória de Ahiranya, como tinham prometido a ela.

— Para encher o Hirana de seres como nós — dissera Chandni. — E o mahal e a floresta. Refazer o mundo, torná-lo novo e doce para o nosso

povo e nós mesmos. — Os olhos dela brilharam, intensos e cintilantes.
— Não é uma alegria, filha?

Alegria, sim.

Entretanto, a inquietação em seu interior não cessava.

Os yaksha voltaram usando os rostos das crianças mortas e das pessoas que os queimaram. Era uma coisa cruel.

Por que usar aqueles rostos? Por que usar rostos mortais, quando as efígies no Hirana eram mais plantas do que humanos, o rosto feito de raízes, terra e espinhos, em vez de carne e osso? O que queriam? O que seria novo e doce para os yaksha?

No escritório, Bhumika observou Kritika andar em círculos. Sentia que seus braços e suas pernas estavam entorpecidos. Tudo que ela conseguia fazer era sentar-se ereta e fingir estar calma.

— Devemos mandar mensagens para toda a Ahiranya — dizia Kritika, entusiasmada. — Devemos contar a todos... Ah, que milagre! E pensar que iremos viver no retorno da Era das Flores...

— Os novos fiéis não irão embora — ressaltou Bhumika.

— Deixe que fiquem — respondeu Kritika. Ela estava agitada demais para ficar parada. Ainda usava os trajes brancos de luto, mas um brilho emanava de seu rosto, uma luz que Bhumika não percebera que a morte de Ashok apagara. — Têm muitos motivos para estarem aqui. Deixe que fiquem felizes com isso.

Na porta, com a espada em mãos, Jeevan não fez comentário algum. Ele encarava o horizonte, a expressão neutra.

— Não é seguro ter estranhos nos rodeando — disse Bhumika, o tom controlado.

— Acha que alguém pode nos machucar agora que Ashok voltou? Agora que os yaksha estão aqui? — Kritika balançou a cabeça. — Não, não. Nós estamos seguros.

Bhumika tentou encontrar palavras. Ela podia manipular uma corte. Fazendo promessas e barganhas, ela conseguia lidar com os nobres, mercadores e até mesmo os guardiões das máscaras. O que ela não conseguia fazer era controlar o mundo em que estavam agora.

Ela aprenderia, mas isso levaria tempo.

— Não devíamos simplesmente confiar em tudo — conseguiu dizer Bhumika.

— Quer que nós desconfiemos dos yaksha? Nossos próprios espíritos? A alma da nossa terra?

— Não — negou Bhumika rapidamente. — Mas sabe tão bem quanto eu que os desejos e objetivos dos yaksha não são *mortais*, Kritika — enfatizou ela. — Os Mantras das Cascas de Bétulas me guiam nisso, como devem guiar você. Nossa proteção talvez não seja a coisa mais importante para eles. Devemos continuar a nos defender. A nos governar.

— Essas coisas importam para Ashok — rebateu Kritika, o tom ácido. Ela virou de costas para Bhumika, piscando para reprimir as lágrimas, e então as secando com a ponta do pallu. Quando se virou outra vez, sua expressão estava mais severa, como a da rebelde astuta e motivada que Bhumika conhecera antes. — Ele voltou junto com os yaksha. Se não nos amassem e ficassem de luto por nós, por que o teriam o trazido de volta?

Talvez Kritika estivesse certa. Bhumika abaixou a cabeça.

Ela pensou em Nandi, rompendo a terra. *Aprendam a ter respeito*.

— Algumas coisas não precisam ser questionadas — continuou Kritika, passional. — Algumas coisas são milagrosas, e devem ser tratadas como tal. Não vou desacreditar dos yaksha. Não me voltarei contra eles. Irei segui-los. *Todos* vamos segui-los. Discorda disso, anciã Bhumika?

Kritika estava quase vibrando de tão tensa.

Todo esse tempo que passaram construindo elos com os guardiões das máscaras... todas as manobras cuidadosas, e no fim das contas tinha se transformado nisso: um abismo intransponível diante de um evento impossível.

— Sou anciã, então como me voltaria contra os espíritos a quem eu sirvo? — indagou Bhumika, a voz gentil. — Como não poderia ficar grata por ter meu irmão comigo outra vez?

Não era uma concordância, mas Kritika assentiu mesmo assim.

— Claro — disse ela, sorrindo, os olhos úmidos outra vez. — Anciã Bhumika. Temos muito a celebrar e nos exultar. Ahiranya finalmente vai mudar para melhor, como sempre sonhamos. Que benção é testemunhar isso.

— Jeevan — chamou Bhumika quando Kritika partira. A voz dela parecia papel: seca e fina. — Fique comigo. Preciso da sua ajuda. Preciso que chame discretamente algumas pessoas próximas para cá.

Então fechou os olhos. Em quem poderia confiar? Ela considerou a questão. Nome após nome, cada um pesando contra o que ela conhecia de suas lealdades. Da sua disposição para se submeterem a ela e mais ninguém.

— Billu — disse ela. — Rukh. — Ela deu alguns outros nomes, soldados em quem ela sabia que Jeevan confiava. Não mencionou Khalida, porque ela estava com Padma, e Bhumika falaria com ela depois na privacidade do quarto da filha. E então, depois de um instante, ela falou:

— Ganam. Traga Ganam também.

— Lady Bhumika — disse Jeevan. — Tem certeza?

— Tenho.

Quando todos chegaram, ela pediu que Jeevan fechasse a porta atrás deles.

— Obrigada por virem, e por escutarem. — Ela parou por um instante, e então continuou: — Eu sei que sou naturalmente cautelosa. Mas para venerar os yaksha como devemos, acredito que precisamos ser... cuidadosos. Para não ser ofensiva. Para tratá-los bem.

— Todos estão felizes que os yaksha voltaram. E que Ashok voltou — acrescentou Ganam, observando-a com cuidado. — Acho que ninguém está preocupado em ofendê-los.

— Então todos se esquecem dos Mantras das Cascas de Bétulas — argumentou Bhumika. — E de todas as coisas de que os yaksha são capazes. Nós somos amados por eles, mas também somos... muito mortais. E eles, não.

— Não acho que o Ashok seja o Ashok — comentou Rukh, cauteloso. O garoto estava agachado ao lado da porta. A expressão séria, com as sobrancelhas franzidas, e as mãos firmes nos joelhos. — Eu... eu costumava observar Ashok de perto. Quando eu... — Ele deu de ombros. — Sabe...

Quando ele era um servo dos rebeldes. Uma criança doente, que não podia contar com ajuda de mais ninguém.

— Prossiga — pediu Bhumika.

— Ashok sempre foi muito... confiante, sabe? Seguro de si. Arrogante.

— Um líder precisa ser arrogante — contrapôs Ganam.

Rukh deu de ombros outra vez, como se não fosse da conta dele saber como líderes deveriam ser.

— Tudo que eu sei é que ele não anda como Ashok anda. Não fala como Ashok. É como se... — Rukh procurou as palavras com dificuldade, e por fim concluiu: — É como se tivesse o rosto de Ashok. Mas tivesse outra coisa por baixo.

Bhumika sentiu um calafrio percorrer sua espinha.

— Tudo que posso pedir é que, se puderem observá-los, e ver o que estão fazendo... então façam isso — solicitou ela calmamente. — E ficarei contente de escutar qualquer coisa que aprenderem. Para que eu possa garantir que todos nós vamos servi-los como é o certo.

Depois que foram embora, Jeevan permaneceu. Ele ficou parado no canto do quarto, um conforto silencioso, enquanto ela lidava com todas as suas lutas da infância e medos desconhecidos. Por fim, quando o céu ficou escuro, ele disse:

— Deveria descansar, milady.

Ela assentiu.

— Sim — concordou ela. — Sim. Eu vou.

*Pela manhã*, pensou ela. *Pela manhã, mando outra mensagem para Priya. Vou avisá-la para não voltar. Vou implorar, se precisar.*

Seria inútil, é óbvio. Priya viria se quisesse vir. Bhumika ainda não encontrara uma forma de impedir que Priya seguisse as marés ferozes e estranhas dos próprios desejos e do próprio coração. Porém, se Priya não estivesse segura, Bhumika temia que...

Ela tentou entrar no sangam outra vez. Tentou e não encontrou nada, voltando para a própria pele. Ela voltaria para o quarto e tentaria dormir. Todo o resto poderia esperar até o amanhecer.

Pela manhã, Bhumika acordou ao som de gritos. Cambaleou para sair da cama, correu pelos aposentos até chegar na porta, e viu que Khalida segurava Padma, as duas chorando, aterrorizadas.

Um corpo estava caído no chão. Um cavaleiro, usando trajes ahiranyi. Flores claras brotavam de sua pele. A garganta cortada era uma guirlanda de açocas e oleandro, esvaziadas de todo o sangue.

Era o cavaleiro que ela enviara para encontrar Priya. O único cavaleiro que Jeevan mandara.

Ela não precisava ver um dos yaksha para compreender aquele recado. Levou Khalida pelo ombro, puxando Padma e ela contra si. Como se pudesse protegê-las daquilo. Como se tivesse algum tipo de poder naquele novo mundo estranho.

Agora, Priya estava fora do seu alcance.

# PRIYA

A Priya e seus acompanhantes foi dada uma localização terrível para armarem seu acampamento — no final do terreno, muito, muito longe da tenda do conselho de guerra e da moradia branca e dourada grandiosa de Malini, bem onde o vento soprava frio de noite e o pior do sol ardia sobre o tecido durante o dia, transformando as tendas em um forno insuportável. Aquilo não era surpreendente. Ninguém ali tinha apreço ou amor pelo povo ahiranyi.

— Ao menos é mais improvável sermos esfaqueados por soldados aqui, certo, anciã Priya? — oferecera Nitin, prestativo, e Priya o tinha encarado com um olhar letal até ele sair para arrumar a comida e os lençóis, ou alguma outra coisa útil.

Muito depois de sair do templo da mãe sem-rosto, as mãos de Priya ainda cheiravam a flores, mesmo quando aquele aroma já deveria ter desaparecido. Cada vez que a fragrância chegava ao seu nariz, ela se recordava da mão de Malini no seu braço, a guirlanda presa entre seus corpos. Recordava-se da sensação estranha e inebriante de ficar em pé como se fosse igual a Malini, encarando aqueles olhos ferozes enquanto a sombra da estátua da mãe sem-rosto pairava acima delas.

Ela se lembrava de se curvar para as mães das chamas.

Aquela memória era como uma veia de decomposição: uma coisa terrível enlaçando as raízes na doçura dourada da mão de Malini sobre sua pele, e dos seus olhos em Priya.

Priya fizera o que era necessário, politicamente falando. Ela não era como Bhumika ou Malini, mas compreendia que às vezes era preciso fazer coisas desagradáveis para alcançar um objetivo maior. Ela governara e matara. *Curvar-se* não chegava nem perto das coisas mais difíceis que ela fizera.

E ainda assim... ela traíra algo dentro de si ao fazê-lo. Foram os antigos anciões do templo e seus irmãos que a criaram. Foi Ahiranya que a moldara para ser como era. As mães das chamas não eram suas para cultuar. Se eram algo, eram suas para odiar.

Só que Malini pedira, e Priya... não recusara.

*Eu me curvei pelo bem de Ahiranya, ou por Malini?*, questionara a si mesma. Não tinha uma resposta. Não sabia se queria ter.

Priya roubou um momento para si, alcançando e buscando o sangam, procurando a irmã nos rios. Mas não importava o quanto a chamasse, Bhumika se recusava a responder, e Priya voltou à própria pele sentindo-se inquieta, e com um pouco de raiva. O que Bhumika estava *fazendo*?

Ela se distraiu penteando o cabelo, e então cuidadosamente o trançou usando pedaços de madeira. Já estava usando um salwar kameez branco, o seu melhor traje, uma das únicas coisas bonitas que ela carregara na viagem, embrulhado em musselina para não permitir que sujasse ou fosse devorado por traças até que ela tivesse a chance de usá-lo na presença dos nobres.

— Quer que eu faça o seu cabelo? — perguntou Sima, entrando na tenda.

Priya abaixou um dos grampos, pausando.

— Talvez.

— Ah, Pri, deixe comigo. Eu faço.

Sima juntou os cabelos de Priya e começou a colocar os bastões de madeira no lugar.

— Estava escutando as fofocas — disse Sima, a voz baixa para não serem entreouvidas. Apenas Nitin e alguns outros soldados ahiranyi estavam por perto, então Priya nem sabia quem poderia ouvir, mas era sempre bom tomar cuidado. — Alguns nobres têm dúvidas de que a imperatriz deveria ser imperatriz. Acham que o fogo é um sinal. As criadas que estavam dispostas a falar comigo disseram que a maioria dos soldados também não tinha certeza. — Um dos bastões entrou no lugar, cutucando o couro cabeludo de Priya. Ela se encolheu, e Sima o ajustou. — Desculpe. Enfim, os nobres acham que estão sendo sutis.

— Mas não estão?

— Lógico que não! — Sima bufou. — Dá para ver o motivo da sua imperatriz ficar preocupada o bastante para arrastar você até aqui.

*Mas o que posso fazer?*, pensou Priya. Ser uma emissária de Ahiranya? Claro. Ficar suspirando por Malini? Ela podia fazer isso tão facilmente quanto respirar. Porém, se Malini quisesse que ela fizesse mais...

Priya pensou em como seus poderes fraquejaram na jornada até ali, e sentiu a preocupação a consumir outra vez.

Ela se lembrou de que conseguia sentir o verde naquele momento. O sangam esperava por ela, esperava que o alcançasse. Mas de que adiantava isso se Bhumika não respondia?

Ela afastou a inquietação e se virou para Sima.

— Deixa eu fazer o seu — disse ela, segurando a longa trança de Sima nas mãos. — E provavelmente devemos ir logo ou vamos nos atrasar, e quem sabe se aquelas nobres todas vão se ofender...

A presença de Priya fora requisitada pessoalmente por Lata, a sábia de Malini, para se juntar a uma reunião das "companheiras mais próximas à imperatriz". Lata não se parecia com nenhuma sábia que ela já encontrara antes, o sári dela feito de uma seda azul-escura, o cabelo trançado bem apertado, mas usando pulseiras de ouro refinado. Ela parecia uma nobre; considerando, porém, a postura séria e a tinta nos dedos, estava claro que ela era mais como uma conselheira. E, pela forma como os guardas curvavam a cabeça em deferência, era uma conselheira *importante*.

— Se fosse um homem, anciã Priya, seria obrigatório encontrar-se com os nobres que aconselham a imperatriz — dissera Lata. — Mas como não é, deve se encontrar com as esposas e filhas que fazem companhia à imperatriz Malini.

— Devo? — perguntara Priya.

— Deve — constatara Lata, firme.

Então, Sima e Priya deixaram o calor insuportável da tenda e se encontraram com o guarda que Lata enviara para guiar as duas. Caminharam na direção do acampamento principal, onde ficavam as tendas dos outros nobres. Passaram por súditos saketanos praticando com suas lâminas de chicote em um círculo de treinamento separado por cordas; um soldado srugani dormindo com a clava ao lado; e mais um punhado de cozinheiros levando panelões de óleo e sacas de arroz, que lançaram olhares desconfiados para Priya e Sima quando ambas passaram. O acampamento do exército era cuidadosamente segmentado por cidade-Estado e lealdade de suseranos, mas a atmosfera generalizada ainda era de puro caos. Priya ficou um pouco aturdida ao ver tudo. Nunca vira tantas pessoas em um só lugar, e passara quase toda sua vida na parte mais populosa de Ahiranya.

Ainda assim, tinha bastante certeza de que tinha conseguido parecer serena quando ela e Sima finalmente chegaram ao destino.

Elas foram levadas a uma tenda grande. Quando o guarda as anunciou, elas entraram e se depararam com um interior agradavelmente fresco, com um perfume leve de rosas e incenso. Tigelas de água haviam sido espalhadas para manter o ar fresco, e uma única criada às vezes balançava um leque de crina de cavalo sobre uma mulher mais velha que cochilava em uma almofada no chão. Duas nobres mais jovens jogavam uma partida de chaturanga, que cuidadosamente deixaram de lado quando Priya e Sima entraram.

Malini não estava presente. Nem Lata.

Perfeito.

As duas jovens nobres ficaram em pé e assentiram para Priya, que devolveu o gesto.

— Anciã Priya — cumprimentou uma mulher alta, usando um salwar kameez azul-escuro. — É um prazer finalmente conhecê-la. — Ela não parecia estar falando uma completa mentira. — Sou lady Raziya, de Lal Qila. Esta é lady Deepa.

Deepa abaixou a cabeça e falou em voz baixa sobre suas origens.

Priya tinha apenas uma vaga noção depois que as apresentações foram feitas de que elas deveriam ter feito uma mesura para ela, que deveria apenas assentir em troca. Afinal, Priya era líder de uma nação, por mais que isso parecesse ridículo para si mesma. Aquelas eram a esposa de um lorde de um forte e a filha de um general do exército imperial. Apesar de poderosas, não eram equivalentes em posição. Ela aprendera o bastante sobre o costume sanguinário do status e das políticas hierárquicas no último ano, observando Bhumika lidar com os nobres de Ahiranya habilmente, e ela sabia reconhecer a disparidade de suas posições.

Mas, ah, de que importava se a insultavam naquele quesito? O que ela poderia fazer? Ela ainda era ahiranyi, e as outras eram o império. Priya não sabia como ferir uma mulher nobre usando palavras, de qualquer forma, não como Bhumika conseguiria. Então, apenas sorriu.

— Esta é minha conselheira Sima — apresentou ela, e Sima fez uma mesura um tanto abrupta. — Podemos nos sentar?

— É claro — respondeu Raziya, educada, e todas se sentaram enquanto a criada abaixava o leque e ia buscar refrescos e bandejas de doces.

Elas trocaram cordialidades. Comentários sobre o clima e sobre a viagem. Deepa falava, hesitante, sobre sua família, suas irmãs e a mãe, distantes dos problemas políticos de Parijat, a salvo em sua mansão em Alor, e então se calou. Raziya falou sobre o próprio lar, das montanhas e neve de Dwarali, e de estar contente por viajar ao lado da imperatriz em pessoa.

— Há muito tempo eu digo não temer luta nenhuma, anciã Priya — disse lady Raziya. — Mas a última batalha que a imperatriz enfrentou foi diferente de tudo que já vi antes. Eu sofri ferimentos, apesar de estar bem agora, como pode ver. — Ela gesticulou para a própria cabeça, e então abaixou a mão. — A batalha me encheu de uma certeza de que a imperatriz precisa ter aliados fortes. Aliados como a senhorita. — Havia um desafio em seus olhos claros e em seu sorriso. — Pode nos demonstrar sua força, anciã Priya? Deixaria todas nós felizes, creio eu, saber como irá defender nossa imperatriz.

Bhumika saberia como lidar com aquela situação, mas ela... bem, apenas poderia ser o que já era. E Priya era boa em ser era ela mesma, com todos os problemas que isso causava. Ela decidiu tomar o resto do vinho em um único gole. Então, enquanto a boca ainda formigava de forma agradável e o álcool não aquecia seu sangue, ela respondeu:

— Temo só poder usar meus dons a mando da imperatriz. É uma promessa que fiz a ela, compreende? Posso agir apenas da forma que ela desejar.

Sima, que estava tomando um gole do vinho, soltou um ruído engasgado.

— Uma pequena demonstração de habilidade certamente não traria problemas — contrapôs Raziya.

— Ah, não. — Priya se manteve firme. — Eu não poderia. Conheço bem a reputação do meu povo. — Ela ofereceu um sorriso contido a Raziya e Deepa. — Devo agir apenas a pedido da imperatriz, ou não agir de forma alguma.

— Não é preciso fazer nada, anciã Priya — argumentou Deepa, a voz baixa. — Se não quiser. Estamos apenas curiosas. Li muito sobre Ahiranya e gostaria muito de aprender mais.

— Talvez no futuro, se a imperatriz permitir — insistiu Priya.

*Ou se encontrarmos uma batalha onde Malini precise de minha ajuda, ou se ela arrumar algum outro plano mirabolante que requer minha presença.* Aquele pensamento não deveria ter soado tão carinhoso na própria cabeça quanto soou.

— Apesar de não poder demonstrar minhas habilidades, lady Raziya, minha conselheira é uma arqueira habilidosa — prosseguiu Priya, alegre. — E tenho certeza de que ela ficaria feliz em demonstrar.

— Uma arqueira? Minha nossa — admirou-se lady Raziya, erguendo as sobrancelhas. — Bem, essa é uma habilidade muito valorizada de onde venho. Ficaria feliz de comparar minhas flechas com as de sua conselheira, se ela estiver disposta.

— Será o maior prazer — respondeu Priya, firme.

Um pouco depois, estavam todas em um campo de treino dwarali, e cavaleiros curiosos observavam enquanto Raziya dedilhava seu arco.

— Eu vou matar você por isso — murmurou Sima para Priya.

Algumas criadas se reuniram ao lado, e um grupo de mulheres dwarali estava por perto, trazendo arcos próprios, e uma delas tinha se voluntariado para armar o alvo.

— Ou vou raspar suas sobrancelhas — continuou ela. — Alguma coisa bem tenebrosa. Espere só para ver.

— Pense nisso: você nunca teria feito isso como uma criada.

— As duas sobrancelhas. E o cabelo também — sibilou Sima, antes de aceitar um dos arcos que uma das guardas de Raziya prestativamente estendeu para ela.

Priya se mexeu para ficar nas sombras junto de Deepa. Alguns homens começaram a fazer apostas de maneira discreta.

O alvo era a engenhoca mais estranha que Priya já vira em algum tempo. Em Ahiranya, Jeevan treinava as pessoas com uma simples placa de madeira pintada. Mas Raziya anunciara que aquilo era um artífice dwarali, usado para jogos de arco e flecha: um peixe entalhado em ouro, com um furo nos olhos, pendurado de forma precária em um poste alto.

A guarda que o erguera chutou o poste com o pé, e o peixe começou a se debater no ar sem parar.

— Se estivéssemos fazendo o jogo como os arqueiros em dwarali, julgaríamos onde atirar olhando apenas para o reflexo do alvo em uma bacia de água no chão — contou Raziya para Sima. — Mas não vamos tão longe para um jogo tão simples.

Sima olhou para o peixe com um olhar de dúvida.

— Então eu ganho se derrubar ele do poste?

— Acertar é considerado bom o bastante — disse Raziya, puxando o arco e encaixando a flecha. — O olho é o lugar ideal. Deixe que eu demonstre para você.

A flecha voou do arco, acertando o olho do peixe dourado que se sacudia, e ele foi enviado com violência na outra direção. Aplausos ressoaram da multidão que observava. As outras mulheres dwarali, apesar de continuarem com expressões neutras, estavam palpavelmente orgulhosas.

Sima endireitou os ombros como uma mulher que caminha para a morte, segurando o arco e dando um passo à frente.

Aquilo não acabaria bem de jeito nenhum. Priya iria perder as duas sobrancelhas, isso sim.

— Onde está Lata agora? — perguntou Priya para Deepa, que se sobressaltou, como se não esperasse que falassem com ela, e então ficou imóvel. — Foi ela que nos chamou até aqui, e eu não a vi nenhuma vez.

— Ah, suponho que esteja com a imperatriz — respondeu Deepa, olhando de relance para Priya. — Elas fazem reuniões o dia todo. Normalmente nós a acompanhamos, mas às vezes temos responsabilidades com nosso próprio povo.

— Eu fui sua responsabilidade hoje? — questionou Priya. Deepa olhou para ela de forma quase alarmada, e Priya abriu um sorriso. — Desculpe. Eu não sou nobre, lady Deepa, e sou uma estranha por aqui. Não sei bem como falar. Estou sendo direta demais?

A primeira flecha de Sima errou o alvo. De forma benevolente, Raziya permitiu que ela tentasse outra vez, e dessa vez soaram aplausos amenos quando a flecha de Sima acertou o torso do peixe de raspão.

— Não, anciã Priya — disse Deepa, quando os aplausos diminuíram. — É só... diferente. Interessante. Ouvir alguém falar como a senhorita. Vou me acostumar, tenho certeza. Precisará ter paciência comigo.

— Sahar — chamou Raziya, e uma das mulheres dwarali deu um passo à frente. — O que acha? Ela tem talento, não tem?

— Hum — resmungou Sahar, o que não era bem uma concordância. Ela olhou para Sima com um olhar de julgamento. — Já usou um arco em batalha antes?

— Sim — confirmou Sima, firme.

— Machucou alguém?

— Matei um homem.

— Ele andou até se fincar na sua flecha?

— Não me ofenda — respondeu Sima, mas estava sorrindo. — Não sou assim *tão* ruim.

— Não, não tão ruim — concordou Sahar. Ela se virou para lady Raziya. — Milady, ficaria feliz em dar aulas para a nossa convidada, se isso for do seu desejo. — Ela olhou na direção de Priya e disse, em tom de divertimento: — Também é mais do que bem-vinda a se juntar a nós, lady Deepa.

Deepa soltou um guincho para recusar, quase soando como "Eu vou acabar acidentalmente atirando no meu pé". Priya reprimiu uma risada, e ficou observando enquanto a lição de arco começava.

— Sua conselheira é competente — observou lady Raziya, se aproximando de Priya assim que Sima foi embora. — Mas ela ainda está... crua. Não foi treinada por completo. Creio, talvez, que atirar com arco e flecha é uma habilidade recém-adquirida.

— Todos precisamos aprender novas habilidades em Ahiranya.

— Imagino que sim — respondeu lady Raziya. — Quando se é de um povo que serve a outro povo, suas opções são limitadas. Nunca se tem as ferramentas necessárias para crescer. E, quando crescem, bem... é difícil criar um palácio feito de pedras desalinhadas, com a ajuda de pedreiros que não foram bem treinados.

— Bem colocado — murmurou Priya.

— Mas talvez estejam construindo algo bem diferente. — Uma pausa, e Raziya a encarou, pensativa. — Verei suas habilidades um dia, anciã Priya. Estou ansiosa para isso.

Antes que Priya pudesse responder — e espíritos sabiam o que ela teria dito para a outra mulher —, ela escutou um grito de algum lugar no campo de treino. Parecia ser a voz de Sima.

Sem nem piscar, ela se virou e correu.

Ali estava Sima, rodeada por um círculo de soldados saketanos. Um deles estendia um cabo de chicote para ela. Sima estava séria, recusando-se a aceitar. Quando Priya se aproximou, ela começou a ouvir o que o homem dizia.

— ... lutar com uma dwarali, mas não testa suas habilidades contra nós?

Então eles estavam observando.

— Eu não sei usar o chicote — defendeu-se Sima, firme. — Se quiser testar as flechas contra as minhas, tudo bem. Veremos quem vai ganhar.

— Vi você *perder*.

— Não sou páreo para lady Raziya — contrapôs Sima, usando o tom que usava com todos os guardas do mahal em Hiranaprastha, quando a irritavam. — Mas acho que consigo lidar com você.

O soldado agarrou Sima pelo pulso.

Naquele instante, a luta era inevitável.

Bhumika teria discordado, sem dúvida. Priya conseguia praticamente ouvir a voz exasperada da irmã na cabeça. "É óbvio que os parijatdvipanos querem briga, Priya, mas não é preciso dar o que eles querem."

O homem murmurava algo, baixo e venenoso demais para Priya distinguir as palavras.

— Senhor — disse Sima, a voz firme e alta o bastante para ressoar. — Controle-se, por favor. Isso não é uma forma apropriada de falar da minha senhora *ou* do meu povo.

— A nossa terra está amaldiçoada por sua praga — reclamava o soldado. — E quer que eu seja educado? Não, talvez os outros sejam covardes demais para dizer, mas não queremos vocês aqui. Vocês, ahiranyi, arruínam tudo que tocam.

— Então não toque em mim — devolveu Sima, puxando a mão. Ele não a soltou.

E, antes que Priya pudesse fazer alguma coisa, Sima ergueu a mão e deu um soco no nariz dele.

Fez-se o barulho de algo rachando, e então o sangue jorrou. O homem que segurava Sima gritou e ergueu o chicote.

— *Parem!* — gritou Priya. O chão estremeceu sob ela. Priya não se importava se haviam sentido. Que eles sentissem... — É assim que tratam conselheiros de outras terras, soldado? — Ela percorreu o caminho até o círculo de homens. — O que seu comandante diria sobre isso?

O soldado soltou a mão de Sima, que se afastou dele, indo ficar ao lado de Priya.

A anciã deu um passo à frente, firme.

O homem estava resistindo ao ímpeto de dar um passo para trás. Ela via a rigidez dos seus ombros, os pés inquietos, mas ficou onde estava.

— Se quiser um oponente para o chicote, então fico feliz em enfrentá-lo — vociferou Priya. — Posso mostrar como tratei os homens do imperador Chandra, se quiser. Ficaria alegre em fazer uma demonstração prática.

Os seus dedos tremiam ao lado do corpo. Se a porcaria da magia falhasse naquele momento, ela ficaria feliz em pegar um daqueles chicotes e enforcar o homem com ele. Ela sabia que conseguiria fazer isso.

— Ninguém vai usar chicote nenhum — protestou Sima. — Anciã — acrescentou ela, cutucando o braço de Priya. — Não há necessidade de me defender. Tenho certeza de que esse soldado tem bom senso.

— Abaixe a arma, imbecil — murmurou um dos homens.

E o soldado abaixou. Bom.

Então, cuspiu no rosto de Priya.

— Merda — xingou Sima, sentida.

No passado, Priya teria aceitado aquela violência casual sem uma palavra. Teria abaixado os olhos e cerrado os dentes, guardado a raiva e a mágoa para que não fossem vistas, apodrecendo dentro de si. Não teria feito nada. Ela teria desejado, apenas desejado, mostrar a ele o que ela era de verdade.

Mas ela não precisava mais só desejar.

O solo subiu como uma onda. Algo feito de raízes enterradas nas profundezas, afiado pela fúria de Priya, se ergueu. O homem urrou e cambaleou para trás, derrubando o chicote. Ouviu-se gritos.

Priya calmamente fechou o solo. Depois, se virou, encontrando o olhar de Sima, enquanto um dos soldados saketanos a agarrava pelo braço. Os olhos de Sima estavam arregalados, e o seu rosto, pálido. Atrás dela, Deepa saíra da tenda, boquiaberta.

*Não se preocupe*, Priya queria dizer. *O que esses homens podem fazer comigo?*

Porém, não pôde falar nada. Ela estava sendo arrastada para longe, e Sima ficou sozinha, observando-a ir embora.

# MALINI

O acampamento estava ficando mais inquieto a cada dia que o cerco se alongava, então não foi uma surpresa para Malini quando um dos guardas anunciou que o baixo-príncipe Ashutosh queria falar uma questão urgente com ela. Esperava que algum tipo de conflito se iniciasse mais cedo ou mais tarde. Ela reprimiu um suspiro.

— Farei uma audiência mais tarde — disse Malini ao guarda, enquanto um dos seus oficiais militares juntava às pressas os mapas que ele estivera apresentando. A tenda do conselho de guerra estava cheia de administradores, acompanhados pelo som de papel e o aroma oleoso de tinta. — Informe a ele que terei bastante tempo depois para resolver a pendência.

— Ele está acompanhado, milady — anunciou o guarda. — A mulher ahiranyi... ele a trouxe.

— *Trouxe?* — repetiu Malini, e o homem assentiu, enxugando o suor da testa.

Ouvindo as vozes impacientes além das paredes da tenda e o barulho de armaduras, Malini decidiu não pedir mais detalhes.

— Deixe-o entrar, então — autorizou.

O príncipe Ashutosh entrou e fez uma mesura. Atrás dele, quatro de seus súditos entraram, com Priya entre eles, algemada pelos punhos. Ela não parecia estar com medo, mas também não parecia relaxada. Fez uma mesura junto com os guardas, e, quando se endireitou, encontrou o olhar de Malini por um segundo antes de o desviar.

— Príncipe Ashutosh — cumprimentou Malini, decidindo pular as cordialidades. — Por favor, explique por que está trazendo minha aliada convidada até aqui acorrentada.

O rosto de Ashutosh ficou sério.

— Essa ahiranyi — começou ele —, atacou três dos meus súditos. Eu exijo que ela seja punida.

— Entendi — disse Malini, fazendo uma pausa. — Mesmo assim, baixo-príncipe, não vejo motivo para mantê-la presa.

— Há muitos motivos, imperatriz — insistiu Ashutosh, a boca emburrada, e a raiva estampada nos olhos.

Em contraste, Priya parecia mais calma do que qualquer outra coisa, parada entre os homens do baixo-príncipe. As algemas nos punhos pareciam pesadas, mas grandes demais, o que não era nenhuma surpresa. Sem dúvida foram projetadas para um homem adulto. E Priya, por mais que fosse forte, era pequena. Quando Malini encontrou seus olhos, os lábios dela se curvaram de leve. Não era o bastante para ser considerado um sorriso.

As duas sabiam que ela poderia ter quebrado essas algemas se desejasse, mas ali estava ela, esperando o julgamento de Malini, respeitando a sua autoridade. Malini supunha que isso era uma generosidade.

— Algum dos seus homens morreu? — perguntou Malini ao príncipe Ashutosh.

— Não, imperatriz.

— Foram feridos?

— Alguns cortes — respondeu Ashutosh de má vontade. — Alguns hematomas.

Interessante. Se Priya quisesse que tivessem morrido, estariam mortos.

— Você nega ter atacado os homens do príncipe, anciã Priya?

— Não, imperatriz.

— Que ofensa causaram para provocar sua fúria?

— Desrespeito — respondeu Priya, curta. Ela abaixou a cabeça. — Imperatriz.

— O desrespeito toma muitas formas. Me conte mais sobre isso.

— Não fizeram nada para merecerem o tratamento que receberam — interrompeu Ashutosh antes que Priya sequer conseguisse abrir a boca. — Imperatriz, não foram as feridas que ela infligiu que exigem que a justiça seja feita. Foi a *forma* como foram feitas. Por magia. Bruxaria sobrenatural. A senhora se aliou a um monstro.

Um dos oficiais pareceu prender a respiração, sibilando. Ouviu-se um farfalhar de movimento, enquanto eles se remexiam e depois ficavam imóveis.

— A liderança ahiranyi professou e demonstrou sua lealdade a mim — declarou Malini calmamente. — Todos os seus dons e a sua magia são usados a serviço do império. As anciãs de Ahiranya servem a mim.

— Nós não nos esquecemos da Era das Flores, imperatriz. Sabemos o que eles são. — A voz dele era afiada. — Nós, saketanos, nos lembramos, assim como todos os parijatdvipanos, do que os ahiranyi fizeram com o nosso povo. Vai permitir que os ahiranyi nos esmaguem agora como fizeram antes? Esqueceu-se de que foi sua ancestral que se sacrificou para salvar todos nós?

— Seus homens não morreram — respondeu Malini.

*Que besteira*. Ela estava testemunhando raiva, impetuosidade pura, ou esse príncipe saketano escolhera aquele momento dentre todos os outros para testar sua lealdade política?

— Seus homens mal se machucaram — insistiu ela. — Terá justiça, príncipe Ashutosh, isso eu garanto.

— Eu receberei qualquer punição sem reclamações — comentou Priya, de cabeça erguida.

Ashutosh e Malini estavam falando dvipano, o idioma da corte e a língua compartilhada entre a alta nobreza do império, mas Priya falou em zaban, a língua comum, usando o sotaque ahiranyi cantarolado, deliberada e claramente. Com a trança desfeita e os pés plantados no chão de tecido gasto da tenda, ela não se parecia como uma nobre — não se parecia com os homens ao lado dela, ou suas esposas e filhas. Também não se parecia com uma criada.

— A vida dela — decretou o príncipe Ashutosh. — Quero a vida dela. Ela usou bruxaria, imperatriz. Gente da laia dela não tem lugar no império.

Malini quase gargalhou. Quem ele pensava que era para pedir pela morte de um governante de outras terras? Ele jamais teria feito aquilo se fosse alguém de Dwarali ou Alor. Porém, tinha pedido isso de Ahiranya.

E era por causa da história entre Ahiranya e o império que ela não podia dispensar seu pedido por completo. Era muito irritante.

— Anciã Priya é uma aliada de Parijatdvipa — tentou contornar Malini, com uma calma implacável; usando a vontade de ferro que era sua por direito, como imperatriz, mesmo sem um trono. — Não desperdiçarei a vida dos meus aliados quando ainda podem causar a morte dos meus inimigos.

E ninguém poderia negar o valor de Priya, que tinha, e sempre tivera, um valor inestimável, um futuro de possibilidades. Ela era *útil*.

— Mas você está correto — reconheceu Malini. — Deve haver uma reparação em nome de Ahiranya. Afinal, sempre deve haver justiça entre os iguais.

O rosto de Ashutosh mudou. Ele não esperava que Priya fosse considerada sua igual.

Um turbilhão de movimento dos oficiais militares a rodeou; páginas sendo reviradas e vozes se misturando. Diversas punições foram sugeridas. Espancamento. Exposição aos elementos. Confisco de terras.

Deepa entrou na tenda. De cabeça baixa, ela não olhou para ninguém ao fazer uma mesura e seguir para o lado de Malini. Sua mensagem foi um sussurro murmurado rapidamente; e então ela fez outra mesura e se foi.

— Chibatadas em público seria uma punição aceitável — disse Ashutosh, relutante, quando ficou evidente que ninguém permitiria que ele obtivesse a execução que tanto desejava. Os homens do baixo-príncipe soltaram uma onda de concordância.

Priya ficou em silêncio. Sua expressão era como uma calmaria antes de uma tempestade.

Pelo amor das mães, Malini não daria uma mulher a esses homens para ser punida. A boca dela estava tão amarga que mais parecia veneno. Não daria *Priya* a esses homens. Ela sacrificaria muita coisa e faria outras mais, mas não faria isso.

— É do meu entendimento que, pelos tratados que governam a justiça em tempos de guerra, um lorde nobre, como cortesia, teria sua punição decidida por um superior de seu próprio país — disse Malini. — Anciã Priya, quem tem esse direito em sua comitiva?

— Ninguém, imperatriz — respondeu Priya. — Eu sou a representante mais poderosa de Ahiranya aqui. A única pessoa com uma posição mais alta que a minha é a Anciã Superior Bhumika, que permanece em Ahiranya.

— Então essa cortesia não pode ser estendida a você — retrucou Malini, tentando não olhar para os olhos de Priya. Em vez disso, olhou por cima dela, para os homens que observavam as duas. — Mas acredito que a punição dada a um governante nobre geralmente é de cunho financeiro, em vez de uma punição corporal. Esse não é o caso?

Malini perguntou aquilo e se dirigiu a um de seus oficiais. Ele balbuciou algo incoerente, umedecendo os lábios, e por fim assentiu.

— Compensação pecuniária não foi registrada em leis, imperatriz, e não é... ah, alinhada à *tradição*, mas é... uma escolha feita com frequência. No passado.

Essa descrição parecia ser o mesmo que tradição para Malini, mas de nada adiantava discutir semântica.

— Príncipe Ashutosh — chamou ela.

— Sim, imperatriz?

— Apenas você pode decidir o que seria a compensação adequada. — Era um risco, uma aposta, mas era melhor assim. Melhor colocar a escolha nas mãos dele em vez de permitir que sua lealdade fosse exposta dessa forma ao conselho. — Mas talvez seja digno considerar uma troca comercial.

— Ahiranya tem só um tipo de comércio — murmurou um dos soldados.

Risinhos dos outros homens ecoaram, lábios estremecendo aqui e ali entre o público que observava.

Ashutosh não os repreendeu.

— Príncipe Ashutosh — censurou Malini.

— Meus homens falam a verdade, imperatriz.

Quanta estupidez. Seja lá o que ele acreditasse — o que qualquer um deles acreditasse —, eles haviam visto a forma como o rosto de Malini se iluminara quando Priya chegou e se ajoelhou, bem ali na terra dourada e queimada pelo sol do acampamento. Malini sentira a luz tomando conta do seu rosto: os seus lábios querendo formar um sorriso, a alegria inebriante dos seus pulmões. Como eles poderiam ter visto ela reagir daquela forma para então dizer uma coisa dessas?

Talvez fosse outro teste. Óbvio que era.

Mais uma vez, ela teve outro pensamento, inútil, de que se ela fosse o imperador Aditya e alguém falasse dessa forma sobre Rao, bem... ela poderia mandar executá-los, e ninguém naquele círculo que a rodeava teria murmurado uma única palavra em protesto. Quando será que ela teria o poder de fazer o que bem desejasse? De destruir homens maldosos e risonhos sob seus pés, e então caminhar sobre o chão firme?

Esse dia chegaria, em algum momento?

— Príncipe Ashutosh, muitos de seus homens sofrem de decomposição.

Ele engoliu em seco, retorcendo o rosto. Talvez estivesse ofendido ao ter essa mancha exibida aos seus súditos leais em meio a uma reunião com outros colegas. Ou não soubera que *ela* tinha conhecimento disso.

— Sim, imperatriz.

— E ainda estão acampados conosco?

Ela sabia da resposta, é claro, mas ele assentiu, brusco.

— Sim, imperatriz — repetiu ele, e então acrescentou: — Eu não abandono meus homens. Muitos deles treinaram ao meu lado quando ainda éramos apenas garotos.

— A anciã Priya possui a habilidade de salvar vidas mortais da decomposição — revelou Malini. — Homens e terras. É esse o comércio de Ahiranya a meu serviço. Se seus homens requerem outros tipos de serviço, devem também repensar que tipo de ofensa estão causando à imperatriz, para falar dessa forma diante dela.

Uma pausa, e então, enquanto julgara que o peso do que acabara de falar havia esmagado suficientemente o espírito desdenhoso daqueles homens que suavam ali, abaixando a cabeça sem olhar para ela, Malini continuou:

— Em respeito à perda que meu nobre companheiro sofreu, permito que ele escolha a forma de recompensa que prefere: uma punição corporal ou a sobrevivência de seus homens. A decisão é sua, príncipe Ashutosh.

Todos os olhos se voltaram para o príncipe.

Ela sabia o que ele diria antes mesmo de o baixo-príncipe abrir a boca.

— A vida deles — cedeu.

— Anciã Priya então salvará as vidas — concordou Malini. — Isso será recompensa o bastante, e o fim deste assunto. Combinado?

Priya inclinou a cabeça, reconhecendo a decisão. Ashutosh fez o mesmo, os ombros rígidos e a expressão ainda mais. Se ele aprendera alguma coisa com aquilo, só o tempo diria.

— Uma última questão, príncipe Ashutosh — disse Malini. Ele parou, aguardando. — Fui informada de que foi um de seus homens que começou o problema. É melhor que seja chicoteado. Ele não deveria ter tentado dar início a um incidente diplomático. Tenho certeza de que concorda.

— Imperatriz — protestou Ashutosh, de cara fechada.

— Bem — disse Malini. — A anciã Priya irá cuidar dos seus homens amanhã. Retire essas correntes, e podem ir embora.

Com o ar de crianças que acabaram de levar uma bronca, os homens retiraram as algemas e saíram, seguindo o seu príncipe e fazendo mesuras antes de sair da tenda. Priya permaneceu ali.

— Anciã — disse Malini.

Priya ergueu a cabeça.

— Sim, imperatriz?

— Espero que isso não se repita.

— Tem minha palavra, imperatriz. Não vai.

# RAO

Havia um único altar improvisado ao deus anônimo em todo o acampamento. Eram os homens de Rao que o carregavam sempre que o exército mudava de lugar, e os homens de Rao que o erguiam sempre que montavam novamente as tendas. Na verdade, continha apenas uma bacia de água para se comunicar com o anônimo e um pedestal — que estava torto, por ter sido derrubado durante uma armadilha na estrada —, dentro de uma tenda azul-clara, que agora ficara mais cinzenta devido à exposição a cinzas, poeira e à luz do sol implacável. Não era um jardim monástico, mas os homens de Rao estavam satisfeitos.

Rao o visitava raramente, mas naquele dia foi até lá, se abaixando para entrar na tenda. Lá dentro, o ar parecia parado. A tenda estava vazia. Ele fechou os olhos depressa, aliviado, e se acomodou no chão.

Começou ajoelhado, mas logo acabou no chão, os braços sobre os joelhos e a cabeça curvada. Seus homens não ficariam impressionados se entrassem ali e o encontrassem daquela forma, disso ele sabia, mas ninguém mais seria tolo o bastante para rezar no calor do meio-dia. Apenas Rao.

A cortina farfalhou. Talvez não fosse o único tolo.

— Nunca vi você por aqui antes — comentou Lata, da entrada.

— Eu... nunca esperei ver você aqui de forma alguma — respondeu Rao, se virando para ela. — Agora é uma fiel ao anônimo?

— Ainda sou uma sábia — devolveu ela. — Ainda sou devota de todo o tipo de conhecimento, como sempre fui.

— Não tem nenhum conhecimento por aqui — retorquiu ele. — Nenhum livro. Nenhum outro sábio com quem discutir.

— Ah, o que eu não daria para discutir com outro sábio de novo — disse Lata, saudosa. Ela deixou a cortina cair e entrou. — Existe, *sim*, conhecimento aqui. — Gesticulou para a bacia de água, que estava estranhamente imóvel, esperando que algum devoto olhasse ali dentro, em busca da verdade do anônimo. — Mas eu não vim aqui procurar livros ou o anônimo. Vim procurar você.

Ela se sentou ao lado dele.

— E por que precisa de mim? — indagou Rao. — Quer ajuda para se preparar para o conselho de guerra? Ou você precisa arrancar alguma resposta de um dos meus companheiros nobres? Sei como eles são.

— Não. Nada desse tipo. Você parece triste.

Ele riu, sem emitir som.

— Lata, como eu poderia não estar triste?

— Triste e perdido, completamente à deriva.

— Não está me fazendo me sentir melhor.

— Nada pode ser consertado se não for reconhecido como um problema antes — disse ela, passando um sermão como os sábios gostavam de fazer. Ou talvez só Lata gostasse disso. — Está aqui procurando um caminho adiante, Rao? A luz no fim de um túnel?

— Ainda estou procurando o túnel — respondeu ele.

Ali, na companhia apenas de Lata, era mais fácil admitir a verdade para si mesmo. Seu futuro parecia um espaço infinito. Vazio.

— O que sugere que eu faça?

— Poderia perguntar ao anônimo — sugeriu ela. — A água está bem ali.

— Eu rezo com Aditya — respondeu Rao. — E isso me acalma, Lata. Mas, na verdade... quando estou sozinho, não sei se consigo mais sentir a presença do anônimo. Não sei mais se meu deus tem um propósito para mim. Talvez... talvez, quando eu dei meu nome à imperatriz, o propósito se cumpriu.

— Se agora desconhece a vontade do anônimo, talvez devesse perguntar a um de seus sacerdotes. E com sorte...

— Lata — interrompeu ele, querendo dizer: "Aditya já tem preocupações o bastante".

— Não é isso que os sacerdotes fazem? Guiam as pessoas? — Ela deu de ombros, levando a mão gentilmente à bochecha dele; então ficou em pé. — Pense nisso, Rao. Você já olha para ele como se Aditya carregasse as estrelas nas mãos. Se ele tem a luz que você busca...

— Lata.

— Pense nisso — repetiu ela, e saiu da tenda.

Pensar nisso. Como poderia não pensar? Ele encarou o nada e pensou na questão. Pensou em ir até a tenda de Aditya. Olhar para aquele rosto familiar e dizer: *Me dê um propósito, Aditya. Me dê um caminho. Me diga o que o anônimo quer de mim agora.*

*Me diga o que você quer de mim.*

Ele soltou a respiração e se deitou de novo no chão, cobrindo os olhos com as mãos.

— Da próxima vez — murmurou ele. — Só me embebede antes, Lata. É só o que eu peço.

# PRIYA

No que se tratava de punições, essa era... quase agradável, como voltar para o próprio corpo. Em seu ano servindo como anciã do templo, ela já lavara as mãos em água salgada para purificar-se mais vezes do que conseguia contar. Entrou em uma tenda cheia de macas para os doentes. Sentou-se ao lado de um homem cuja decomposição transformava as mãos em cascos e cobria o rosto com linhas de seiva.

— Não quero ou preciso da ajuda de uma bruxa vagabunda de Ahiranya — disse um dos homens. Ao menos esse não cuspira nela.

— "Bruxa vagabunda" é um título meio longo — retrucou ela, dando um sorriso aberto. — Prefiro "anciã do templo" ou "anciã Priya". Pode escolher.

— Não me importo com as suas preferências.

— Tudo bem — disse Priya, esticando a mão. — Se o senhor puder me dar a palma da mão para que eu possa curá-lo, como disse que faria?

— Não confio em você.

— Não precisa confiar — rebateu Priya. — Só precisa me dar a sua mão.

— Para que você me infecte com magia das trevas? Não, eu...

— Basta — exaltou-se outro homem. Ele era mais velho, e o líquen parecia cobrir seu pescoço. Sua voz tinha autoridade. — Você vai fazer o que a mulher disser para fazer e pronto, seja bonzinho.

— Mas Romesh...

— Príncipe Ashutosh deu as ordens — revelou o homem. — Nós obedecemos.

Com certa relutância, o homem agressivo ofereceu a mão.

— Obrigada — disse Priya, com uma educação obviamente falsa, e então usou seus dons.

Todos os homens se aquietaram depois do primeiro. Não havia nada muito inspirador em seu trabalho com a decomposição. Ela não conseguia apagar nada, apenas interromper. Apenas impedir que continuasse progredindo. Porém, ela aprendera nos últimos meses que aqueles que sofriam com a decomposição sempre sentiam *alguma coisa* quando o avanço era interrompido. Um tipo de libertação. O ar fluindo mais facilmente pelos pulmões, a esperança abrindo lugar nos espaços que a decomposição teria preenchido com o tempo.

O homem com o líquen ofereceu seu braço de maneira obediente, embora se recusasse a olhar para ela.

— Ouvi falar que você é um amigo do príncipe — comentou Priya.

— Cresci com o príncipe — contou Romesh, ríspido. — Todos crescemos. Ele cuida bem de nós. Nos trata como se fôssemos da família.

Ela pensou em falar para ele sobre Sima, Rukh e Billu — sobre os guardiões das máscaras. Como a hierarquia entre todos eles, antes tão delimitada, se tornara mais confusa. Como eles também eram um tipo de família.

Mas, ah, Priya não era boa em ganhar a amizade das pessoas com palavras. E por que ele se importaria? Ela não tinha a astúcia de Bhumika para lidar com pessoas ou a língua afiada de Malini. Tinha apenas suas mãos cheias de calos. Sua magia. Seu dom com a decomposição. E no geral, isso bastava. Bastava para que ela se sentisse orgulhosa.

— Eu teria feito sem ser por punição — revelou ela, decidindo falar a verdade mais simples. Parecia importante que ao menos um daqueles homens soubesse disso, mesmo que não tivesse perguntado. Mesmo se a ignorassem, ou se esquecessem de propósito, ou simplesmente decidissem que ela era uma mentirosa. — Se alguém tivesse me pedido, eu teria feito.

Ele afastou a mão, descendo a manga, o olhar cauteloso.

— Existem muitos rumores sobre o que seu povo pode fazer. Uma coisa boa como impedir a decomposição... eu não teria acreditado. Sabendo como é a sua gente, quem iria?

Priya abriu a boca para responder.

Lá fora, gritos ecoaram. O ressoar repentino da concha chamando soldados para a guerra. O homem arregalou os olhos, alarmado, e Priya deu um sorriso sério, o coração sobressaltado. Seja lá o que estivesse acontecendo do lado de fora da tenda, não era nada bom.

— *Abriram os portões!*

Priya encontrou o caos no instante em que saiu da tenda dos doentes. Homens corriam de um lado para o outro, arrastando armaduras e berrando ordens.

Ela ficou parada um momento, sentindo o ar arder no rosto, o aroma pungente de fumaça que se espalhava pelo acampamento.

— Aonde pensa que vai? — Um soldado saketano a agarrou pelo braço. Havia pássaros bordados na faixa que ele usava. Era um dos homens de Ashutosh. — Não tem lugar para você na batalha.

Priya o encarou, incrédula.

— Depois que acabei de salvar seu povo, você acha que não tem lugar...?

— Fique longe — ordenou ele outra vez, e então pegou as armas e saiu pisando forte.

Bem... Ótimo, então.

Ela voltou para o acampamento ahiranyi.

Desde que chegaram, Priya e Sima estavam dormindo com uma divisória para separá-las dos soldados, mas era muito diferente do quase luxo que tinham em casa, e definitivamente muito diferente da forma como os nobres naquele acampamento viviam. Até mesmo a tenda dos doentes da qual Priya acabara de sair tinha uma localização melhor, nas profundezas do setor saketano do acampamento, que era verde, coberto por sombras, e grande o bastante para abrigar um setor do exército feito de inúmeros lordes nobres e alguns baixos-príncipes.

Porém, o acampamento ahiranyi tinha um benefício: tinha vista para a fortaleza.

Um mar de homens saía da fortaleza, tão espesso que pareciam formigas para Priya, saindo de um formigueiro em que jogaram água fervente.

Alguns deles estavam pegando fogo.

A visão a deixou aturdida.

Ouviu passos atrás de si. Ela se virou e viu Sima correndo em sua direção, seguida pelos homens de Jeevan.

— Priya! — A voz dela estava aguda de tão aliviada. — Priya, eu ia procurar por você, mas não me deixaram.

— Que bom que não foi — disse Priya.

Os homens de Jeevan, aquele grupo de dar pena que ela levara consigo, seguraram as próprias armas, nitidamente incertos do que fazer ali.

— Anciã — chamou Nitin, sério. — Eles... os parijatdvipanos... não estavam esperando que uma fortaleza em cerco abrisse os portões e despejasse homens. Não sabem o que fazer.

— Dá para saber isso só de olhar para lá? — perguntou Priya, impressionada.

— Ouvi alguém gritando enquanto corria por aqui — explica ele, o que fazia bem mais sentido.

— O que... — começou outro soldado, hesitante. — O que vamos fazer?

— Não sei o que *podemos* fazer — confessou Priya, aumentando o tom de voz para que todos os homens a ouvissem, apesar do tumulto. — Me disseram que os exércitos geralmente têm planos e estratégias, e esse certamente tem elefantes bem grandes, e nós temos... o quê? Umas foices e sabres? Eu? — Ela gesticulou para si, sentindo-se inútil. — Vamos ficar aqui e esperar para ver o que acontece, está bem? Você fica de guarda — ordenou, apontando para algumas pedras.

O homem assentiu e foi para o lugar indicado.

Ela só precisou de um instante para perceber o seu erro. Um segundo antes do grito do homem que subira nas pedras ecoar e ela se virar.

A tenda de Priya tinha uma boa visão da cidade fortaleza, mas também estava *exposta* a ela.

O fogo não deveria poder se mexer dessa forma, mas é lógico que o fogo ali não era normal. Ela sabia disso.

Priya sequer teve tempo de xingar em voz alta antes que uma dúzia de flechas, com as pontas em chamas, rasgassem o ar na direção deles.

— Corram! — berrou ela para Sima. — Corram, para longe, agora!

— Priya...

— Eu posso me proteger! Você sabe!

Ela viu o fogo atingir um dos homens, e depois dois, e viu Nitin cair.

O fogo ondulava no ar, pulando das flechas... ele não caía como deveria, como seria natural, mas *voava* com a graça mortal de um pássaro caçador.

Ela ergueu a terra, tentando apagar o fogo com solo duro, mas as chamas irromperam por ela violentamente.

Priya só teve um instante para se atirar para o lado, contudo, a surpresa a deixou mais lenta, mais desajeitada.

O fogo a pegou pela cintura. Chamuscou suas roupas. Ela deitou no chão, rolando, mas o fogo se fincou na pele dela com garras e dentes. Era como um animal, uma fera, algo cruel e com consciência, devorando-a por inteiro.

Ele tentou alcançar sua magia, e então *a agarrou com força*.

A força de Priya oscilou. Ela tentou puxar sua magia e sentiu-a fraca dentro de si, abafada pelo fogo. Um medo percorreu seu corpo.

Sua magia. Sua magia estava errada.

O *fogo* a impedia. Alguma coisa no fogo estava obliterando seu poder...

— Sima — conseguiu dizer ela, tentando olhar em volta, mas sua visão estava escurecendo.

Ela viu os portões da fortaleza se fechando outra vez. Era inteligente: deslanchar um ataque feroz, esmagando partes do exército de Malini, e então bater em retirada mais uma vez para a segurança, onde não poderiam ser alcançados. Era devastador.

— Sima — ofegou ela outra vez.

E Sima estava lá, tentando alcançá-la, arrastando-a até ficar em pé...

Ela acordou no sangam.

Bhumika estava diante dela — talvez tivesse escutado Priya gritando quando o fogo a atingiu. Os olhos de Bhumika pareciam derretidos.

— Você desmaiou — disse ela.

Priya se endireitou.

— Eu não desmaio.

— Isso não é verdade. Você desmaiou. Está aqui.

— Eu estava em... uma batalha. Uma batalha inesperada, e... — Priya ajeitou a postura, tocando a ponta dos dedos na lateral do corpo e reagindo com um sibilo.

Havia uma ferida. A seiva jorrava ali, estranha e surreal no sangam.

Bhumika fez um ruído de reprovação.

— Isso não é bom — comentou ela.

— Achei que estaria mais preocupada comigo.

— Eu estou preocupada — respondeu Bhumika, mas seu rosto permanecia calmo de forma sinistra, sem nenhum toque de sentimento.

Algo estava errado ali.

Priya estava no sangam, mas o corpo dela não era uma sombra. O de Bhumika também não. E isso era... diferente. Errado, talvez.

Ela se segurou para não falar e olhou para o corpo de novo.

— O fogo me pegou — sussurrou. — O fogo das mães, como os outros chamam. Eu deveria... Eu estou ferida?

Um suspiro vindo de Bhumika. A água ondulou. Enquanto ondulava, cantarolava.

— Não posso consertar tudo para você — soltou Bhumika. — Não quando você está tão longe. Não sempre. Mas posso consertar isso.

— Você... não consegue — rebateu Priya. — Não dá. Não temos os dons para isso.

Bhumika franziu o cenho.

— Você deveria falar de forma mais respeitosa comigo.

A irmã agarrou o braço de Priya.

Flores subiram pela lateral do seu corpo: pequenas, brancas, cor-de-rosa e vermelhas, virulentas, da cor das vísceras. Elas se alastraram pela ferida, e começaram a se enterrar ali.

Priya não sentiu dor. Talvez devesse ter sentido.

— Fique parada — exigiu Bhumika, quando Priya tentou se afastar.

— Parada.

— Bhumika — protestou ela, impotente. — Bhumika, o que tem de errado com você?

— Ah, Priya. — Seus olhos brilhavam, cintilando da cor de calêndulas.

— Nada. Nada mesmo.

Um sopro de respiração. Outro.

Priya abriu os olhos. Ela viu o céu. Era de um azul brilhante, arranhado pela fumaça. Pessoas gritavam. Não deveria fazer muito tempo desde o ataque. E um pouco abaixo do céu, Sima estava inclinada sobre ela.

— Levante — dizia Sima, e Priya piscou, aturdida.

— Mais alguém aqui...?

— Só nós duas — respondeu Sima. — Arrastei você para atrás da tenda. Olha, tivemos sorte. Essa aqui nem está em chamas.

Sima a ergueu.

— Nossos guardas...?

— Alguns estão... vivos. Acho — respondeu Sima, brevemente. Havia algo assustado em sua expressão. — Talvez tenham sido levados para as enfermarias. Talvez tenham voltado correndo para casa.

— Acho que não — respondeu Priya, forçando as palavras apesar da dor. O suor pingava sobre os seus olhos.

— Não?

— Eles não sabem o caminho de volta para Ahiranya. Vão estar por aqui em algum lugar.

Sima deu uma gargalhada.

— Você tem razão.

Ela se aproximou mais.

— A queimadura cicatrizou enquanto você estava inconsciente — informou Sima, mantendo a voz baixa. Priya precisou de um instante para perceber que ela estava preocupada que alguém pudesse escutar a conversa. — Ela... *floresceu*, e você estava fazendo crescer coisas. Na pele. E então as flores desapareceram e você sarou.

— Floresceu — ecoou Priya, aturdida, mas Sima ainda falava, piscando para afastar as lágrimas.

— Achei que isso ia te matar, Pri. Você não viu como estava. Por um instante... um instante...

Priya engoliu em seco, segurando a mão de Sima.

— Poderia ter me matado. Eu tive sorte.

— Sorte como?

Priya não sabia como explicar Bhumika. Aqueles olhos dourados. As flores que inundavam sobre ela, entrando na ferida. Então ela tomou uma decisão, dizendo por fim:

— Bhumika me ajudou de alguma forma.

— *Ah*. Que bom.

— Foi... magia de ancião do templo, mas eu não... não posso contar com isso de novo.

Um sentimento de algo profundamente errado percorria o corpo de Priya.

Se o fogo podia matar sua magia... Bem, então o fogo também poderia matar Ahiranya.

# DEEPA

Quando o alarme ressoou e o fogo se alastrou outra vez, Deepa estava longe do perigo. Não tão longe quanto gostaria de estar, é claro — em casa com a mãe e as irmãs, com o conforto de seus livros e nem um único elefante de guerra remelento à vista —, mas ainda assim, estava em segurança, de certa forma.

Na tenda do pai, ela se ajoelhou, colocando a cabeça entre os joelhos, com dificuldade para respirar. Sentia cheiro de fumaça. Não podia fugir. De que adiantaria? Ainda por cima, estava sendo tola. Se o fogo viesse, ela queimaria, e, se não viesse, então ficar encolhida no chão não faria diferença alguma.

Ela se forçou a se endireitar. Enxugou as lágrimas. Depois se sentou… e então gritou como um gato escaldado quando a porta da tenda se abriu e alguém entrou.

— Acalme-se, lady Deepa — pediu Lata. Ela parecia tão austera quanto sempre estava quando Deepa a acompanhava. — Limpe o rosto.

— Eu… eu estava tentando. Vou fazer isso agora — corrigiu-se às pressas quando Lata a encarou. Limpou os olhos com a ponta do pallu. — Precisa de mim para alguma coisa?

Deepa levava a responsabilidade de ajudar Lata muito a sério. Em seu encalço, carregava pilhas de livros e papéis, verificava suas anotações e escrevia correspondências em seu nome. A única vez que Deepa vira a sábia sorrir foi quando o príncipe Rao foi falar com ela. Lata havia *brincado* com ele. Deepa nunca vira nada como aquilo.

Ela se perguntava, às vezes, se a sábia o amava. Que trágico se esse fosse o caso — um príncipe certamente nunca teria espaço em sua vida para desposar uma sábia sem um pingo de sangue nobre correndo nas veias.

Era difícil pensar em Lata como uma figura romântica quando ela olhava para Deepa como naquele momento. Com o maxilar cerrado e a testa franzida.

— Lady Deepa — disse, e então parou. Ela atravessou o cômodo e se sentou ao lado dela. — Chegou a hora.

— Chegou a hora do quê? — perguntou Deepa, estupidamente.

— Seu pai fracassou com as próprias responsabilidades. Ordenou que fosse feito um cerco ao forte, contra meu julgamento e o da imperatriz. Agora, homens estão morrendo. Você consegue ouvir, não consegue?

Lata ficou em silêncio, e naquele momento, Deepa ouviu o sibilar das chamas — sentiu a fumaça mais uma vez no ar.

— Sim — respondeu, baixinho. — Eu consigo.

Lata assentiu.

— Seu pai não pode permanecer na posição de general do exército da imperatriz, mas sua família não precisa sofrer por causa disso. É simples, você tem uma escolha a fazer, lady Deepa: seu pai ou a imperatriz?

Deepa se sentiu aturdida.

Pensou em todos os segredos que contara à imperatriz sobre o pai. Tudo que ouvira em sua tenda. Tudo que lera enquanto vasculhava sua correspondência.

— Já fiz minha escolha há muito tempo — rebateu Deepa, com mais firmeza do que acreditara ser capaz. — Fiz uma promessa à imperatriz. Não tenho intenção de quebrá-la.

— Eu sei. Mas grandes escolhas feito essa precisam ser feitas e refeitas várias vezes. É assim que são construídos os caminhos, lady Deepa. É assim que decidirá seu futuro.

Deepa assentiu. Ela pensou na mãe e nas irmãs, e, por fim, pensou em si mesma. Na vida que queria e que nunca fora oferecida a ela. Pensou em ser algo mais do que só invisível, algo melhor do que apenas o suficiente. De tomar algo para si.

— Eu sou leal à imperatriz — anunciou. — Sempre serei leal à imperatriz. Me diga o que eu preciso fazer.

# ASHOK

Ele pensou que, em algum momento, deixaria de se sentir como se estivesse preso em um sonho estranho, a pele esvaziada e entalhada por cima dos ossos, a consciência tropeçando entorpecida naquilo tudo: a chegada ao mahal, a reunião com Bhumika. Ver o rosto dela — sua expressão — como se estivesse vendo tudo de baixo da água. Tudo estava distorcido. Ele deveria sentir certas coisas, mas, de alguma forma, não conseguia.

No passado, sentira tudo com intensidade.

Kritika chorara quando finalmente ficaram sozinhos. Ela o encarou, sussurrando o nome dele com reverência.

— Os outros não vão acreditar — dissera ela. — Não vão, não vão. Você voltou.

Mas ele voltara mesmo?

— Os yaksha — conseguira dizer ele.

Porém, Kritika assentira, sorrindo apesar das lágrimas.

— Eles trouxeram você de volta. Tiraram tantos de nós, mas *você*... — Ela agarrou as mãos dele. A pele de Kritika era macia, parecia papel e polpa contra os ossos e carne entalhados do próprio corpo. — Você é um presente.

Ela o informou de que os seus rebeldes haviam sobrevivido. Que governavam Ahiranya, sob a administração de Bhumika, que era nascida-três-vezes, e Priya...

Priya também sobrevivera. Um sentimento distante o atravessou. Parecia... dourado.

Ele se encontrou com os rebeldes, que se autodenominavam guardiões das máscaras. Tentou sorrir quando era apropriado. Tentou se lembrar da sensação de ser humano.

Ele ficara embaixo da água por muito tempo. Não era fácil.

Ele acabou descobrindo que o pomar era um bom lugar para ficar sozinho.

Gostava de se deitar em meio às árvores. Havia uma especialmente que o atraía: uma árvore grande e forte, que o lembrava da árvore que dera à luz à primeira yaksha que ele encontrou.

Quanto mais tempo passava embaixo dela, mais ela mudava. A madeira se suavizava com a decomposição. Ele tirou um dos frutos maduros da árvore e o abriu com cuidado, quase distraído. A fruta era entremeada com gordura de carne.

Ele ouviu uma voz.

A yaksha que ele retirara da árvore, a yaksha que o chamara, atraindo-o até ela, estava chamando outra vez. Ashok se virou, e lá estava ela, flutuando em sua direção. Trazia o yaksha criança consigo, que era silencioso, e seus olhos brilhavam como escamas de peixe.

— Ainda devo chamar você de Ashok? — indagou ela quando estava perto o bastante para falar.

— É o meu nome, yaksha — disse ele, abaixando a cabeça.

— Não precisa me venerar — retorquiu ela, sorrindo. — Você, não. *Você, não*. Aquilo reverberou dentro dele. Significava alguma coisa. *Você, não*.

— Yaksha — começou ele, mas hesitou. Não sabia o que iria dizer.

— Não sabe meu nome? — perguntou ela, inclinando a cabeça. Fez-se um som de farfalhar. Madeira se quebrando, fragilizada pela seiva.

— Não.

— Você me chamou de Sanjana quando me tirou da terra. E ainda me chama disso. Achei que era algum tipo de jogo, no começo. Você sempre gostou de brincar de ser humano. Sempre existiu uma... brandura em você. — Ela o encarou, pensativa. — Mas talvez não seja isso.

Ela o observava com curiosidade.

— Não está como deveria ser — pontuou ela.

— Tem alguma coisa errada comigo — sussurrou ele.

Ela se aproximou, segurou o rosto de Ashok nas mãos. A pele dela era como madeira: granulada, enriquecida com o aroma de sândalo.

— Não se preocupe — disse ela, passando os dedos pela bochecha dele, e então pelo queixo, apenas o mais leve dos toques. Como se a sensação da pele dele a fascinasse e repugnasse em igual medida. — Não vai se sentir assim para sempre. Deixe eu te contar uma história — continuou ela, segurando seu rosto, virando-o de lado. O ângulo perfeito para que seus olhos se encontrassem. — É uma história que as crianças mortais conhecem, creio eu. Era uma vez um ser que nadava nos rios cósmicos, onde todos os universos se encontram. Ela era uma criatura desses rios. Depois, os humanos pensariam nela apenas como um peixe.

— Mani Ara — murmurou ele.

Ele se lembrava dos Mantras das Cascas de Bétulas. Lembrava-se das histórias que aprendera quando menino e ensinara para sua irmãzinha mais tarde.

— Isso mesmo — disse ela, soando contente. — A primeira yaksha a encontrar a margem de um mundo. E o mundo era verde, barulhento e cheio de vida. Ela subiu pela margem e sentiu seu gosto. O gosto do verde. Da vida. E era lindo, compreende? Então ela decidiu que entraria nele e pertenceria àquele mundo.

— Eu conheço a história.

Não era para se gabar e nem para que ela parasse, mas para dizer: *Qual é a parte que eu não sei? Por que me encara como se eu fosse uma criança, Sanjana-que-não-é-Sanjana?*

— Decidir é fácil — prosseguiu Sanjana. — Mas fazer é... era... mais difícil. Ah, é possível tocar o sangam desse mundo. Pode-se sonhar e imaginar e deslizar até lá através dos deuses e do luto. Porém, cruzar de um lado para o outro trazendo sua carne, respirar com ele, mover-se com ele, estar dentro dele... para isso, é preciso magia. — Os olhos dela brilhavam feito moedas, como o ouro das margens dos rios. — Para isso, é preciso sacrificar algo. Então, Mani Ara fez um sacrifício.

Ele não conhecia essa parte. Não era um pedaço da história que foi contada a Ashok, por mais que tivesse crescido no templo.

— O que ela sacrificou? — perguntou ele.

— O que todos os yaksha sacrificam, no fim — comentou Nandi. A voz dele era como um junco oco, algo entalhado para o vento e a música.

— Ficar sem raízes. Nós nos prendemos a esse mundo. A esse solo. A esse verde. Tentamos fazer dele nossa casa. Mas existiram pessoas que rejeitaram o que os yaksha ofereceram. E fizeram um sacrifício próprio em forma de fogo. Os yaksha queimaram. Queimaram, e isso doeu, e quiseram fugir, mas não podiam escapar desse mundo. Eles haviam sacrificado esse poder, e o caminho desaparecera. Só puderam se afundar de novo nas raízes. Nos rios que haviam sangrado para os sacerdotes. Nas árvores que cresceram em cima dos seus ossos angustiados.

As águas perpétuas. As árvores de madeira sagrada. A floresta que retorcia o tempo, e os ossos pendurados nos galhos. Tudo isso. Tudo isso...

— Ainda queremos este mundo — destacou Sanjana em meio ao silêncio. — E estamos dispostos a sacrificar mais de nós mesmos para pertencer a este lugar. No passado, nos tornamos coisas verdes, desistindo da nossa liberdade de raízes para nos prender ao solo. Agora precisamos nos tornar... carne e osso.

Ela virou o próprio rosto, de um lado para o outro, como uma criança mostrando um novo brinquedo ou fantasia.

— É uma troca justa — murmurou ela. — Os humanos que nos veneram se esvaziam, sacrificam sua humanidade, em troca de poder. E agora nós vestimos sua carne, e seus ossos, e seu coração como roupas. Você está fantasiado, irmão — observou ela, gentil. — Veste a fantasia apertada, porque esse sempre foi o seu jeito...

— Pare — conseguiu dizer ele.

Ashok se desvencilhou da mão dela. Onde ela tocara, seu rosto queimava. Ele pressionou os próprios dedos ali, sentindo apenas a própria pele — quente, marcada pela barba por fazer.

Ele pensou mais uma vez na voz fatigada em sua mente quando despertara da morte. Cansada. Velha. *Eu nunca quis isso*. E era verdade, óbvio que era. Ele não queria isso. O que Sanjana estava oferecendo.

Fechou as próprias mãos, uma em cima da outra. Tentando segurar algo *dentro de si*.

— Divirta-se com seu jogo, então — disse ela, depois de um instante. Parecia vagamente entretida. — Acho que vou ficar ansiosa para ver o que vai fazer. Mas acho que nem todos os outros sentirão o mesmo. Tente se lembrar disso, se esquecer de todo o resto.

Ela se virou, começando a se afastar. Ele observou o formato dos seus ombros. Observou enquanto Nandi a seguia, samambaias florescendo onde os seus pés tocavam o solo. Ele pensou em conchas... em vestir uma pele, em ser um eco. Pensou em Priya. E em Bhumika.

— Minhas irmãs — soltou ele.

Sanjana parou e se virou para olhar o rosto de Ashok, balançando a cabeça.

— Você se preocupa com elas? Isso é tão você. Que meigo. — Ela sorriu. — Não se preocupe. Elas são amadas, necessárias. Mas não são como *nós*. Os mortos que vestimos são como conchas. Carapaças. Mas suas irmãs são o solo cheio de sementes de flores. Florescem para se tornarem algo novo.

— A decomposição...

— Shhh — murmurou ela, cheia de ternura. — O mundo é nosso por inteiro para esvaziá-lo, *Ashok*. E nosso para preenchê-lo, vestindo e moldando tudo. "Decomposição" não é um bom nome para isso. É como uma vida nova. Chame de *florescer*, se quiser. — Ela deu de ombros, e começou a se afastar outra vez. — Uma hora, você vai se lembrar.

— Ela mata as pessoas.

— Só pessoas — concordou ela, de um jeito distraído. — Mas não a nós.

Ele não precisava dormir. Então, à noite, andava pelo mahal no breu.

Rios. Sacrifício. O cosmo virando verde, e o verde virando carne. A história sacudia dentro do seu crânio. Pensar muito nela o deixava nauseado; como se sua mente estivesse sendo preenchida com água feita de conhecimento e veneno, lentamente afogando todos os seus pensamentos.

Mas não havia como fugir das águas. Ele andava e andava, e sentia o pulsar de Ahiranya ao seu redor, como um punho apertando seus pulmões. Ele conseguia sentir os decompostos, as pessoas e os campos. Sentia Bhumika, e em algum lugar, como um pulsar de estrelas, longe demais para alcançar, Priya. Ele sentia muito além do que qualquer homem mortal poderia sentir.

Passos pesados soaram no chão. Um silêncio repentino.

— Ashok — chamou uma voz, masculina e baixa, cheia de alívio. — Fico tão feliz que voltou. — Ganam se aproximou. — Posso caminhar com você?

Ashok assentiu com a cabeça, abrupto, e Ganam foi até ele. Levava uma foice nas costas. Talvez estivesse na patrulha noturna.

— Não consegui acreditar quando voltou — continuou Ganam. — Não acreditava no que estava vendo. Mas aí está você. E a magia dentro de mim... ficou selvagem. — Levou um punho fechado sobre o peito para enfatizar. — Nunca senti nada desse tipo. Sentimos saudades, Ashok.

Fosse lá onde Ashok estivera, ele não sentira saudades de ninguém.

— A anciã Bhumika e a anciã Priya estão fazendo o melhor que podem — tranquilizou-o Ganam. — Fizeram um bom trabalho. Você deve ficar contente de saber.

Ah, isso o fez se sentir mais parecido consigo mesmo.

— Melhor do que eu teria feito?

Uma pausa pequena.

— Não. É diferente — respondeu Ganam, pausando. — Frustrante. Lento. Não é ruim, mas... — Soltou o ar, abaixando a cabeça, apesar dos olhos dele nunca deixarem o rosto de Ashok. — Senti falta da sua determinação, meu amigo. Mesmo que nosso objetivo de uma Ahiranya livre estivesse longe, nunca parávamos de nos mexer. Agora tudo está inerte. É só luta e mais luta, e nem sabemos como deveria ser essa tal de liberdade. — Ele deu um passo para mais perto. — Ashok, o que quer de nós? O que é para fazermos?

Eram palavras cuidadosas. Astuciosas, escondidas sob uma amizade fácil. Entretanto, Ganam nunca fora um bom mentiroso.

Ashok sentia o dedo da irmã nisso.

— Não sei — respondeu ele, sentindo-se exausto de repente. — Não sei o que eu quero.

Então deu um passo para trás e parou.

— Talvez seja melhor me deixar em paz. Pelo resto da noite.

Silêncio.

— Claro — disse Ganam, por fim. — Mas, se quiser falar comigo de novo, vai vir atrás de mim, certo?

*Eu nunca irei*, pensou Ashok, mas assentiu mesmo assim.

# MALINI

— Pai. — A voz de Deepa vinha do outro lado das paredes da tenda, aguda o bastante para se fazer ouvir acima do uivo parecido com tambores de tecido sacudindo sob aqueles ventos que apenas alimentavam o fogo. — Por favor. Precisa vê-la.

— Os homens dela precisam vê-la, eu não — respondeu Mahesh.

Malini nunca ouvira a voz dele tão ríspida, mais rouca por causa da fumaça. Malini não precisava vê-lo pessoalmente para saber que teria restos de cinzas nos cabelos e na armadura, ou que o rosto dele estaria repleto de linhas, do queixo até o franzir do cenho.

— Peça para ela sair — instruiu ele —, e vou acompanhá-la ao conselho de guerra.

— Prefere que vejam ela chorar? — perguntou Deepa. Malini ficou impressionada pela oscilação da sua voz. Ela parecia atormentada de forma muito convincente. — Por favor, pai, eu não sei mais o que fazer... Todas as mulheres estão com medo. Se ao menos viesse aconselhar a imperatriz a manter a calma, talvez... ah, isso já seria de muita ajuda.

— Não temos tempo para isso — respondeu ele, impaciente.

— Sinto muito, pai.

Passos pesados seguiram suas palavras. Mahesh afastou a cortina e entrou na tenda. Começou a fazer uma mesura, e então parou no meio do movimento quando viu Malini, que nitidamente não estava chorando. De olhos secos, sentada nas almofadas do chão, ela sustentou o olhar dele.

— Lorde Mahesh.

A voz dela o fez lembrar de quem era. Terminou a reverência e voltou a ficar em pé.

— Imperatriz.

— Respeitei seu conselho e não deixei a segurança da minha tenda quando ouvi a batalha começar — comentou ela, tranquila, enquanto Deepa entrava atrás do pai e, sem fazer barulho, fechava a cortina. — Sua filha foi gentil e me fez companhia.

Mahesh não se virou para encarar a filha, mas o olhar dele percorreu inquieto a tenda vazia. Deepa falara sobre *mulheres*, mas só os três estavam presentes ali. Malini se certificara disso.

— Agora que não precisa me acalmar, lorde Mahesh — disse a imperatriz —, quer me aconselhar sobre o estado das nossas forças? Quantos homens foram mortos por causa do fogo dessa vez?

— Ainda estamos contando os feridos e mortos, imperatriz.

Ela assentiu para demonstrar que entendera suas palavras.

— Então é um número grande. Assim como Lata avisou que seria, se insistisse em fazer o cerco. Talvez você se lembre disso.

Ele ficou observando enquanto Malini ficava em pé; imitando sua postura, alta e firme, com os ombros rígidos e a cabeça erguida.

— Dizimamos as forças do alto-príncipe no contra-ataque? — prosseguiu Malini, já sabendo a resposta que receberia.

Ele balançou a cabeça, as linhas tensas da testa ficando mais fundas.

— Eles rapidamente se retiraram para trás das muralhas — respondeu. — Usaram as camadas de defesa do forte para tirar vantagem. Fizeram apenas um ataque e recuaram.

Um ataque. E tantos dos homens morreram só porque Mahesh acreditava que era o melhor, e para servir ao propósito de Malini. Ela não se arrependeria disso. Não podia arcar com o custo da sensibilidade.

— Eu acreditei que pudessem ser contidos — argumentou ele. — A fortaleza estava rodeada de todos os lados, observada constantemente pela cavalaria e pelos arqueiros. Deveriam ter apodrecido dentro daquelas paredes. — Ele cerrou a mandíbula, buscando controle para conter as emoções das palavras.

Ela observou, paciente, esperando para ver como ele racharia.

— A fortaleza deve ter alguma saída escondida. O forte labiríntico é conhecido por ser impenetrável. Mas deve ser ainda mais... complexo do que nós pensávamos. E o fogo. — Ele parou de falar, depois continuou com aspereza, quase como se implorasse: — Lutei em muitos cercos, imperatriz. Essa foi a escolha certa. Não tínhamos como saber que isso aconteceria.

— Não foi a escolha certa, lorde Mahesh. — O tom de voz dela era cortante. — Foi a escolha errada. E não foi a *nossa* escolha. Foi sua. Você escolheu esse caminho, apesar da minha relutância, apesar da cautela sugerida por minha sábia. Todos os lordes e príncipes de Parijatdvipa em meu exército ouviram você dizer que esse era o seu caminho, e saberão que a morte de seus homens é de sua responsabilidade.

Eram palavras cruéis, mas ela as moldara dessa forma.

— Você agiu para afirmar seu próprio poder — continuou, deliberadamente. — Para se provar mais sábio e maior do que eu. Você esteve diminuindo meu poder, lorde Mahesh. Acha que eu não percebi suas ofensas contra mim?

— Imperatriz — defendeu-se lorde Mahesh. — Tudo que eu tenho pela senhorita é respeito.

— Eu sei que não profere ofensas por falta de respeito. Sei que o fogo sobrenatural do forte abalou sua fé em mim. Sei que simplesmente quis me retirar de forma gentil do meu trono e colocar Aditya em meu lugar.

Ele não disse nada.

— Pode confessar — insistiu ela. — Ou não, se preferir. Eu já tenho a minha convicção.

Ele não argumentou, implorou ou mostrou raiva. Apenas ficou diante dela vestindo as cinzas da batalha e permaneceu calado. Ela permitiu que aquele silêncio se estendesse, ininterrupto. Por fim, ela assentiu, aceitando a falta de palavras do homem como uma escolha.

— Não pedi à sua filha para chamá-lo até aqui simplesmente para poder repreender você — disse Malini, por fim. — Pedi que viesse por cortesia. Quando a noite chegar, você não será mais o general do meu exército. Para agradecer seu serviço honrado a meu favor e do império, resolvi avisá-lo de sua desgraça iminente para que possa se preparar. Porém, não posso salvá-lo do que será dito pelos outros, e o que mais puderem adivinhar. — Ela suavizou seu tom de voz ao continuar: — Eu poderia não dar aviso nenhum. Poderia simplesmente humilhá-lo, removendo seus títulos diante de todos os seus companheiros lordes. Mas escolhi não fazer isso, em nome da nossa relação. Você liderou meus homens, e eu não me esqueço disso.

— Imperatriz. — A voz de Mahesh parecia parti-lo, repentina e fraca. — Não *pode*.

— Posso, sim — disse Malini calmamente, enquanto algo sombrio e doce se acomodava em seu peito. O poder era um prazer de muitas formas. Ver um homem poderoso, um homem que a traíra, se rebaixar dessa forma, era um dos prazeres mais inebriantes. Não deixou que aquilo transparecesse no rosto ou na voz. Ela era como o gelo. — Eu sou a imperatriz de Parijatdvipa.

— Enquanto o príncipe Aditya continuar vivo — rebateu Mahesh rapidamente —, existirão aqueles que acreditam que é ele que deve sentar-se no trono. E agora eu vi o fogo das mães… imperatriz. Princesa Malini. Não estão errados em acreditar. *Eu* não estou errado em acreditar.

— Você, que ama tanto meu irmão, está me aconselhando a assassiná-lo? A tomar a vida dele?

— Não — respondeu, recuando. — Aconselho a confiar no que as mães disseram através do fogo, e aceitar que é um representante homem da linhagem de Divyanshi que deve se sentar no trono.

— Amanhã você verá que deveria ter mantido sua fé em mim. — Ela deixou seu tom ainda mais gentil. Piedoso.

Ela queria dizer a ele que estava decepcionada; que ele passara um ano em sua companhia e ainda assim nitidamente não a conhecia. Ele a seguira pela profecia com a qual ela se rodeara, e imediatamente quis abandoná-la quando a casca dourada rachou. Ele fracassara em aproveitar a oportunidade que teve de se aproximar dela e ver o valor de Malini.

Porém, pouco importava se ele sabia quem Malini era. Ela o conhecia.

— Eu não sou o Chandra — disse ela. — Sua família não sofrerá por seus crimes. Eu admiro a inteligência e sabedoria da sua filha. Ela é a joia da sua família.

Será que ele compreendeu o que não fora dito — que Deepa se provara uma boa aliada para Malini? Que ela o traíra, elevando-se enquanto a queda dele estava começando? Pela forma como encarava a filha enquanto ela caminhava para a frente, com a expressão calma, Malini acreditava que talvez compreendesse.

— Serei exilado? — Havia uma imensa exaustão na sua voz, e talvez até mesmo raiva. — Ou cortarão meu pescoço à noite?

— Pai — disse Deepa. Ele desviou o olhar.

— Eu sofri uma desgraça. Sou um traidor aos seus olhos. Não me trate de forma cruel, imperatriz. Me fale meu destino.

— Sua filha falou por você — respondeu Malini. — E o amor que ela tem pela família me comoveu. Você não será morto.

Ela parou, como se considerasse suas palavras.

— Terá uma oportunidade para servir Parijatdvipa — finalizou ela. — De salvar a todos nós. Esta noite, diante do conselho... peço que me ouça, e considere seu futuro. Será uma chance de servir Parijatdvipa de todo coração e alma, e voltar a ter meu respeito. Encorajo você a aproveitar esta chance.

Depois que ele saiu, a corte de Malini se reuniu em volta dela outra vez. Todas elas estavam soturnas, mas Lata era a mais severa. Ela foi até Malini, perto o bastante para que as palavras não fossem ouvidas por outros.

— Imperatriz — murmurou Lata. — Eu a encontrei.

O alívio percorreu Malini.

— Onde ela está? — perguntou ela e olhou para a entrada da tenda, começando a se levantar.

Priya entrou, e paralisou quando seus olhares se encontraram. Estava inteira e viva, e Malini foi até ela, esticando a mão antes que o bom senso pudesse impedi-la.

— Imperatriz — disse Priya rapidamente. Ela fez uma mesura, e Malini parou, com a mão erguida, sem tocá-la. Priya ergueu a cabeça. — Imperatriz — ela repetiu, a voz mais suave. — Eu estou bem.

— Anciã Priya — cumprimentou Malini, lembrando-se de quem era. Ela deu um passo para trás. Depois outro. Voltou a se sentar. Ficou surpresa ao ouvir a firmeza da própria voz quando disse: — Fui informada de que seu acampamento foi queimado.

— Perdemos alguns homens — confirmou Priya, assentindo. — Mas nem todos, e bem... nem nós mesmas.

Ela gesticulou para Sima, que entrara na tenda atrás dela e parecia pálida, apesar da expressão firme. Seu rosto estava manchado de cinzas.

— Nós estamos a salvo — disse ela.

— Fico contente por isso — respondeu Malini. — Não quero que nenhuma das minhas mulheres se machuque.

Priya sustentou o olhar dela e sorriu. As cinzas manchavam sua face como um kajal mal aplicado. Seu cabelo era uma escuridão selvagem ao redor dos ombros, solto. *Você é como tinta*, pensou Malini, sem se conter. *É como tinta, e tudo que eu quero é transformar você em poesia.*

— Suas mulheres sentem o mesmo, imperatriz — devolveu ela.

— Imperatriz — chamou Lata, pigarreando. — O conselho de guerra a espera.

Isso. O conselho. Malini se forçou a desviar o olhar de Priya. Virando-se, voltou a atenção para as mulheres ao seu redor.

— É preciso uma demonstração de união — disse ela. — Virão todas comigo, e eu... precisarei pedir um favor. Um ato de confiança.

— Peça — disse Raziya, sem hesitar. — E faremos o necessário.

— Não demonstrem medo — pediu ela. — Confiem em mim e sejam corajosas. É tudo que peço.

Os lordes e príncipes de fato esperavam por ela, mas não estavam organizados, tampouco silenciosos. Os homens entravam e saíam, andando até onde grupos nervosos de arqueiros e soldados haviam sido dispostos para observar as paredes do forte e atentar contra novos ataques. Cada vez que um novo oficial entrava na tenda, ainda com a armadura e botas, a fumaça do campo de batalha entrava. Logo, o ar fedia a carne queimada.

Todos ficaram em silêncio e fizeram uma reverência quando Malini entrou acompanhada de sua comitiva de mulheres, caminhando até a plataforma. Ela se ergueu, mas não se ajoelhou nas almofadas para sinalizar o início de um novo conselho. Em vez disso, ficou em pé e esperou enquanto as outras mulheres se posicionavam atrás dela em um semicírculo, atentas. Esperou enquanto os homens se endireitaram, e então se remexeram, inquietos e confusos, e por fim, ficaram em silêncio outra vez. Viu Mahesh no meio deles. Rao. E ali, na extremidade da tenda, trajando as cores de sacerdote, seu irmão Aditya.

— Milordes — disse ela, por fim. — Sei que muitos de vocês acreditam e temem que Chandra seja abençoado pelas mães. Que o fogo sobrenatural que matou tantos dos nossos homens é um sinal de que ele foi escolhido, e eu não. — Uma pausa, enquanto ela via olhares culpados se desviarem. — Porém, o fogo dele é falso. É uma mentira. Provarei a vocês.

Atrás dela, Lata se ergueu e trouxe a caixa de pedra preta.

— Essa amostra foi corajosamente obtida do campo de batalha — mentiu Malini. Não havia necessidade de mencionar o papel do templo da mãe sem-rosto. Esse tipo de reunião requeria uma história mais simples. Algo envolvente, algo a que a fé incerta deles pudesse se prender. — Fogo sobrenatural, capturado e aprisionado nas cinzas.

Ela abriu a tampa da caixa, revelando as cinzas — e o coração de chamas que ainda pulsava e se retorcia.

Alguém estremeceu. Alguns dos homens recuaram, e ela viu pelo menos uma pessoa sair da tenda. Entretanto, a maioria não se mexeu. Malini não conseguia ver as mulheres atrás dela — Raziya, Lata, Deepa ou até mesmo Priya —, mas ela tinha certeza de que continuavam paralisadas e destemidas. Assim como ela pedira.

Calmamente, ela desembainhou o próprio sabre e tocou o fogo.

— Não precisam ter medo, milordes — garantiu ela. — O fogo não irá machucar ninguém.

Ela já observara um fragmento desse fogo estalar e morrer em sua lâmina. Agora ela pegou o que restava, uma coisa pequena e fraca, bruxuleando e se contorcendo, obviamente nada natural, com apenas um leve resquício de força. Na brisa leve que passava pela tenda, o fogo tremeu, enrolando-se como uma serpente.

— Milordes, conhecem bem as escrituras. Seus ancestrais estavam presentes quando as mães das chamas queimaram por todos nós. Então saberão, assim como eu sei, que o fogo das mães era insaciável. Não fraquejava. Não se esvaía. Subia por espadas e flechas e se voltou contra os yaksha até todos os nossos inimigos morrerem. Só então ele cessou.

Ela ergueu o fogo diante de si, o sabre firme nas mãos, permitindo que olhassem para as chamas e seu tamanho diminuto, para a forma como oscilava, diminuindo diante dos seus olhos.

— Esse fogo deve ser carregado nas cinzas — explicou ela. — Ele se mexe, sim, com um poder estranho, mas não se move como o fogo das mães, com intenção sagrada. — Ela falava com confiança. Não havia nenhum sacerdote ali para discordar dela, afinal. Apenas Aditya, que servia ao anônimo, e ele não faria isso. — E esse fogo morre.

Ela fez um arco acentuado com o sabre, e então observou enquanto os últimos vestígios das chamas estalaram e desapareceram.

— Esse fogo não vem das mães — afirmou. — Seja lá o que Chandra criou, é uma coisa falsa. Uma sombra, no máximo.

Silêncio. Então, em seguida, levantou-se um rugido inebriante dos nobres enquanto os últimos fiapos de fumaça se curvavam no seu sabre, deixando a lâmina desnuda e brilhante.

Ela não olhou para Mahesh, mas, ah, como queria olhar. Como ela queria.

— Eu nunca desobedecerei a uma mensagem das mães — anunciou Malini. — Através do anônimo, elas me deram a minha coroa. Se esse fosse o fogo das mães, milordes, eu teria obedecido à vontade delas e curvado minha cabeça ao imperador de direito. Mas eu sei o que eu sou para as mães. Eu conheço as mães.

Ela fez uma pausa.

— Isso nunca foi questionado — prosseguiu ela, enfática. — O trono é meu, por desejo dos sem-rosto, do anônimo e também das mães. Espero que isso diminua as dúvidas que têm sobre mim. Posso entender seus medos hoje, milordes, mas não serei assim tão compreensiva novamente.

Os homens ainda falavam, tagarelando uns com os outros ou tentando chamar a atenção dela. Entretanto, Malini simplesmente se ajoelhou no próprio assento. Ergueu uma mão e mais uma vez todos fizeram silêncio.

Era hora de voltar aos assuntos de guerra.

— Não podemos fazer um cerco ao forte labiríntico — disse ela. — Apesar da crença de lorde Mahesh nesse caminho, os habitantes do forte não podem ser retidos. Foram astuciosos o bastante para usar tanto a fortaleza quanto a força de curto prazo do fogo falso para obter vantagem. Existirão ataques rápidos e selvagens no futuro, disso não tenho dúvida. E quanto mais tempo permanecermos aqui, então em menor número ficaremos. Eu confiei nos conselhos de lorde Mahesh, e ele me serviu com sabedoria — continuou ela. — Porém, seu fracasso é uma mensagem das mães, e uma que não posso ignorar.

Ela viu o rosto de Mahesh se abaixar, o mais leve indicativo da vergonha que sentia.

— Não podemos permanecer aqui. Devemos prosseguir para Parijat, e a capital de Harsinghar, e derrubar o falso imperador.

— Imperatriz — chamou lorde Prakash. — Se me permite.

— Ficaria feliz de ouvir seu conselho, lorde Prakash — respondeu ela.

— Apesar de aquele não ser o fogo das mães, ainda assim apresenta grande perigo — prosseguiu o nobre. — Muitos dos nossos homens estão mortos. Se deixarmos esse inimigo para trás, tenho certeza de que seremos esmagados entre as forças do alto-príncipe e do falso imperador, assim como lorde Mahesh temia quando recomendou o cerco. — Um murmúrio de concordância dos lordes que ouviam. — Creio eu, imperatriz, que essa batalha aqui precisa ser travada. As forças do alto-príncipe devem ser contidas. Mas como isso será feito... — Ele balançou a cabeça e terminou, pesaroso: — Isso eu não sei.

— Nós iremos para Parijat — revelou Malini. — Porque é o que é preciso. Porque é chegada a hora.

*Porque eu tenho a benção das mães, e essa é a minha ordem*, foi o que Malini não disse, mas ela sabia que os homens compreendiam.

— Mas uma parte de nossas forças ficará aqui para manter o alto-príncipe em seu lugar.

— Espera que essa seja uma batalha a ser vencida, imperatriz? Ou pede que os homens leais à senhorita sacrifiquem seus próprios guerreiros fiéis sobre a pira de Saketa? — Essa foi uma pergunta feita por Khalil, que parecia pensativo.

— Desejo o primeiro, mas estou preparada para o segundo caso — disse Malini, inclinando a cabeça. — Nós vimos a força do alto-príncipe. Pedirei a alguém que se disponha a se arriscar em nome da nossa campanha, para conter as forças do alto-príncipe por tempo o bastante para que a guerra em si seja ganha, e Chandra, destronado.

— Dê essa tarefa para a sua ahiranyi — retrucou Ashutosh, e Narayan, ao lado dele, franziu o cenho, colocando uma mão tranquilizadora no braço dele, que rapidamente foi afastada.

Malini quase conseguia *sentir* Priya atrás dela. A forma como seu corpo se moveu. O cheiro de fumaça que ainda impregnava sua amada pele e cabelo.

— Você recebeu justiça, príncipe Ashutosh — respondeu Malini, mal conseguindo conter a irritação na voz. — E eu necessito de uma força completa de soldados: infantaria, cavalos e armas. Não são coisas que os representantes de Ahiranya podem providenciar. Eu preciso de um nobre disposto a agir em nome do seu império.

O olhar de Malini percorreu a tenda, para todos os nobres que juraram servi-la. Não olhou diretamente para Mahesh. Ela faria o necessário para manter sua honra e para servir Parijatdvipa. Era apenas o dever de Malini dar a ele essa oportunidade.

— Nenhum de vocês fará esse sacrifício? — Ela ergueu a cabeça. — Nenhum de vocês dará um passo à frente para fazer o necessário e proteger Parijatdvipa do governo de Chandra?

Um farfalhar inquieto de movimento. Silêncio.

— Eu vou.

A cabeça de Mahesh se virou, os olhos arregalados. Do fundo da tenda, de seu lugar nas sombras, Aditya deu um passo à frente.

Ele ainda estava vestindo os trajes azuis de sacerdote. Seu cabelo estava solto — uma cortina preta escorrendo pelas costas. Ele não se parecia com um guerreiro. Nem com um príncipe.

Ele fez uma mesura. A reverência de um suplicante diante de um imperador. Então se endireitou mais uma vez, olhando para ela com aqueles olhos escuros e firmes, a expressão extremamente calma.

Malini não estava calma. Ela se forçou a ficar imóvel para encará-lo, o coração a mil. Não planejara uma coisa dessas. Ah, como o irmão era tolo. *Um tolo completo.*

— Vou precisar de homens — disse ele. — E um general competente para me guiar.

— Príncipe Aditya — pronunciou-se Mahesh rapidamente. — Eu servirei ao senhor. Nesta situação, e também em todas as coisas.

Malini apertou os joelhos com tanta força que sentiu as unhas talharem pedaços da carne. Ela não queria isso.

*Aditya. Ah, irmão, o que você está fazendo? Por que isso? Por que agora?*

— Irmão — chamou Malini, e ele olhou para ela. — Príncipe Aditya — continuou, forçando a voz a ficar firme. — Esse é mesmo seu desejo?

— Sim — respondeu ele. — Imperatriz, é, sim.

Ninguém poderia imaginar o quanto foi difícil para ela continuar impassível. Para assentir como se aprovasse, como se ela *desejasse* uma coisa dessas.

— Se ficarei sem a orientação de lorde Mahesh, então devo procurar um novo general para o meu exército — declarou ela. Ao menos isso fazia parte do plano. — Para honrar a confiança entre nossas nações, a partir de agora, eu terei um conselho de generais. Um representante de cada nação que fez voto a Divyanshi, e que renovou seus votos a mim.

Os nobres pareceram chocados, quase estupefatos, mas Malini não poderia ter certeza se era fruto da decisão imprudente de Aditya ou de sua própria declaração. Ela continuou:

— Lorde Narayan, que ficou ao meu lado em Srugna — anunciou ela. — Aceita a posição de general saketano do meu exército?

— Talvez um baixo-príncipe... — começou ele, cauteloso.

— Eu escolho o seu serviço — interrompeu-o Malini calmamente. *Prefiro evitar esse ninho de víboras*, foi o que ela não disse. *Melhor elevar um lorde do que um príncipe contra os outros.* — Aceitará a honra?

— Imperatriz — disse Narayan, fazendo uma mesura baixa. — Sim, eu aceito.

Lorde Prakash de Srugna aceitou com facilidade. Lorde Khalil aceitou com um leve sorriso intencional.

— Príncipe Rao — chamou Malini, por fim. — Aquele que me profetizou. Será meu general, em nome de Alor?

— Imperatriz — disse ele, rígido. O rosto estava completamente pálido. Ele não estava olhando para Aditya. Rao *não* olhava com tanta ênfase e tanta determinação que ela tinha certeza de que era só nele que Rao pensava. — É claro.

O burburinho entre os homens não diminuíra, apenas aumentara. E Malini...

Malini virou a cabeça e olhou para Priya de soslaio. Ela não conseguiu evitar.

Não poderia oferecer a Priya a posição de general do seu exército. Ela não ofereceu, e Priya não pediu.

O olhar das duas se cruzou. O barulho dos nobres discutindo desapareceu como névoa.

Priya levou uma mão ao peito; um punho fechado contra o coração.

Se Malini tocou o jasmim que ela levava em uma corrente no pescoço com a ponta dos dedos... se olhou para Priya e sentiu alegria e gratidão por sua presença... não era da conta de mais ninguém.

# RAO

— Isso é loucura — disse Rao, mantendo a voz baixa. Os dois estavam sozinhos na tenda de Aditya, mas por pouco, e não seria bom ser pego gritando com Aditya. — Você não pode liderar um exército. Não aqui, no meio de tudo isso.

— Era para eu ter liderado um império no passado — respondeu Aditya. — Com certeza isso vai ser bem mais simples.

— Simples? — repetiu Rao. — Simples? Aditya, você não viu o poder que as forças do alto-príncipe têm?

— Vi, sim.

— Então como acha que... Aditya. *Aditya.* — Rao compreendia como ele soava: desequilibrado, impotente, oscilando no lugar para resistir ao ímpeto de andar em círculos. A imobilidade de Aditya o deixava inquieto, com mais raiva do que tinha direito de ter. — A magia que eles têm... as defesas, a disposição para morrer... nunca vi nada do tipo. Até mesmo o general mais experiente teria medo. Lorde Mahesh tem medo. Você não pode encarar isso. É um sacerdote. Lembra de como segurou o arco quando o monastério queimou? Você nem conseguiu agir. Você...

— Vai ficar comigo, então, Rao? — indagou Aditya, interrompendo a fala frenética do amigo.

Ele estava parado diante de Rao, vestindo metade de uma armadura, os cabelos longos soltos sobre os ombros, um xale azul ainda cobrindo o braço direito. Não era um príncipe; não era um sacerdote.

— Se você tem tanto medo de que eu não consiga enfrentar a batalha que escolhi, vai ficar aqui e lutar ao meu lado? — insistiu ele.

Rao parou de andar.

— Você... você está me pedindo para fazer isso? Está me pedindo para lutar por você?

— Não — respondeu Aditya, calmo. — Estou perguntando o que você planeja fazer.

— Eu... eu não posso. Aditya, você sabe disso.

— Então vai precisar confiar em mim — concluiu Aditya simplesmente. Ele tirou o xale do braço e começou a dobrá-lo com cuidado em cima da esteira de dormir. — Vai precisar confiar que estou obedecendo à vontade do anônimo. Nesta questão, e em todas as coisas que eu faço.

Uma memória surgiu na mente de Rao. A pele de Prem, cheia de nódulos de decomposição. O xale amarrado no seu pescoço.

Rao engoliu em seco. Depois, outra vez.

— Os músculos que ficam sem ser usados por muito tempo atrofiam — disse ele, por fim. — E Aditya... já faz muito, muito tempo que você segurou uma espada com intenção de usá-la. Ou liderou homens em guerra. Aditya... o que está *fazendo*?

— Vestindo a roupa de treinamento — respondeu Aditya, puxando a túnica. — Se quer ver se minha proficiência com uma espada ainda está intacta...

— Não quero lutar.

— Não?

Uma sombra de sorriso atravessou o rosto geralmente impassível de Aditya. Não era um sorriso de sacerdote — suave, cheio de compaixão e sabedoria —, mas algo mais desafiador. Como se tudo que acontecera antes do conselho de guerra houvesse despertado alguma parte do antigo Aditya.

— Eu vou vencer você — disse Rao, depois de um silêncio palpável.

— Com um sabre? Acho que não. Talvez com as suas adagas. Mas nisso eu tenho vantagem.

— Atrofia — repetiu Rao. — Você não é como era antes.

Por um segundo, Aditya sustentou o olhar do amigo, e depois se virou para a saída.

— Venha — chamou ele, saindo. — Vou te provar.

— Não quero público — resmungou Rao, em vez de falar: *Você não deveria estar fazendo isso*. Esse tipo de frase nunca dava certo.

— Então vamos para um lugar calmo. — Uma pausa. — Você conhece algum?

Rao os levou para um pedaço de terra que fora separado do resto por paredes de tendas. Era particular o bastante para um treino longe de olhares curiosos, e geralmente era usado com esse propósito. Rao pegou um dos sabres de treino. Estava limpo e lubrificado, com as lâminas afiadas — os soldados eram punidos se as lâminas ficassem cegas —, mas o peso não era familiar nas mãos de Rao. Ele realmente se sentia mais confortável com adagas. E, quando usava um sabre, geralmente era um dos seus, forjado para a sua mão. Então levantou a arma emprestada, se ajustando à sensação.

Aditya também esticou a mão para pegar uma lâmina de treino.

— O que você está fazendo? — perguntou Rao.

— Garantindo uma luta justa — respondeu Aditya.

— Você não é meu igual em batalha, Aditya, não mais. Use seu próprio sabre. Nem ele será o suficiente para você vencer.

Algo faiscou nos olhos de Aditya. Talvez seu antigo orgulho ressurgindo. Talvez alegria diante de um desafio. De qualquer forma, o vislumbre deixou Rao eufórico.

— Nós dois vamos usar escudos — decidiu Aditya, determinado.

Rao assentiu, firme. Pegou um dos escudos menores e o prendeu à mão esquerda. Aditya o imitou.

Eles voltaram ao centro do espaço delimitado. E Rao... hesitou.

Não sabia como começar a atacar Aditya. Quando eram meninos, eles lutavam o tempo todo sob os olhares atentos dos tutores e sábios. Faziam-no com tanta frequência que Rao sabia cada movimento que Aditya faria só ao ver o movimento da sua mão com a espada e a expressão no seu rosto.

Ele não sabia mais como Aditya lutava. O amigo estava diante dele, com os pés plantados firmes no chão, o sabre diante dele e o escudo erguido. Ele olhou firme para Rao. Esperando.

— Quer que eu ataque primeiro? — perguntou Rao. Ele escolheu uma pose mais leve, pronto para o movimento. Era melhor para lutas de adagas, como bem sabia, mas não conseguia mudar sua natureza. — Essa é sua chance de provar sua força. Não vai aproveitar?

Aditya estreitou os olhos.

— Tudo bem — cedeu ele, e então deu um soco com o seu escudo.

Os escudos pequenos eram fortes e forjados com metal; Rao já havia recebido golpes que fizeram seu nariz sangrar algumas vezes durante o treinamento. Ele abaixou a cabeça e estocou com a lâmina em um arco grande, que Aditya bloqueou. Fez-se o ruído do impacto que ecoou pelo braço de Rao, e ele se deixou ser empurrado para trás, e levou o sabre em um golpe direto ao peito de Aditya, que bloqueou esse também.

— Está sendo bonzinho comigo — comentou Aditya. — Sei que você consegue mais do que isso, Rao.

— Mas *você* consegue?

Ele se endireitou e foi à frente de novo, tentando um golpe no pescoço. Aditya se mexeu como sempre se mexera, rápido e elegante para aparar o golpe de Rao.

— Um escudo na cara, sua lâmina bloqueando... Nem vai *tentar* me machucar?

Aditya encontrou seu olhar. Abriu um sorriso, o desafio curvando a boca.

— Não — respondeu ele.

— Seu desgraçado — disse Rao, esquecendo-se de quem era. Esquecendo que não eram mais os garotos que tinham sido, os amigos de outrora. — Você acha mesmo que vai se provar enquanto eu é que preciso fazer todo o trabalho?

— Falei para você parar de pegar leve — respondeu Aditya, e daquela vez, Rao foi para a frente, a lâmina empunhada alta, tentando acertar a cabeça de Aditya bem acima dos olhos.

Era um movimento perigoso, ainda mais porque deixava seu torso inteiro exposto a um golpe, mas era eficiente. *Especialmente* contra um oponente que se recusava a tentar acertá-lo.

Era uma provocação. Um desafio. *Não vai lutar comigo nem mesmo agora, Aditya?* Só que Aditya lidou com isso tranquilamente, dando um pulo para o lado e fazendo Rao se desequilibrar usando o punho do sabre. Rao soltou o fôlego, cambaleando para trás, e então tentou golpear...

Aditya derrubou sua espada.

— *Porra.* — Rao não conseguia diminuir seu movimento acelerado, mas podia evitar acertar Aditya.

Ele abriu o braço e se jogou em cima de Aditya, os dois caindo no chão. Desesperado, Rao não conseguia segurar a espada firmemente, e não podia largar o escudo da mão esquerda para se estabilizar e tirar o corpo de cima de Aditya. Ele se sentiu um idiota.

Tentou rolar para o lado. Aditya jogou o braço com o escudo em cima do ombro de Rao, prendendo-o ali.

— Você não pode lutar se recusando a lutar comigo. — Rao ofegou.

— Não posso?

— Não tem honra nenhuma nisso. E se tem uma coisa que você valoriza...

Aditya ergueu a outra mão. Rao afrouxou o aperto na espada, e a mão de Aditya que segurava o seu braço afastou a arma de vez, jogando-a longe do alcance. Aditya continuou segurando o pulso de Rao — com tanta força que Rao pensou sentir o rangido dos próprios ossos, uma dor intensa que deixava seu braço trêmulo e o atravessava por inteiro. Rao tentou se desvencilhar, e Aditya o puxou de volta para cima dele.

— Minha honra — rebateu Aditya, respirando ofegante, os olhos iluminados — é a honra de um sacerdote. Não é definida por meus velhos professores ou pelas regras da guerra justa. Minha honra vai me manter aqui, em Saketa, enquanto a voz do anônimo continuar me guiando. Enquanto meu coração me mandar ficar, eu vou ficar, e eu vou *lutar*.

Rao pensou, em meio a uma névoa ardente que ele sequer compreendia, nas palavras de Lata quando ela o encontrou na tenda com o altar para o deus anônimo.

*Se ele tem a luz que você busca...*

— Aditya — disse Rao baixinho. — Solte meu pulso.

Aditya o encarou. Seja lá o que viu no rosto de Rao, fez ele assentir e soltá-lo.

Rao virou o pulso de um lado para outro, aliviando a dor na mão. Então fechou os dedos em punho e deu um soco na lateral da cabeça de Aditya.

Ele deu um grito que fez Rao soltar uma gargalhada, e então Aditya o puxou de volta, os dois lutando e chutando feito crianças.

— Se você... tentar lutar com o alto-príncipe assim... — conseguiu dizer Rao, em meio às risadas.

Aditya o empurrou de volta para o chão, subindo em cima dos joelhos do outro.

— Ao menos ele não vai estar esperando. Levanta, Rao. Olha só o seu estado. Eu machuquei você?

Rao estava com hematomas, e os nós dos dedos sangravam. Era a melhor sensação que tinha em meses.

— Não muito — respondeu ele. — Vou sobreviver.

— E como você viu, ainda sei segurar um sabre — zombou Aditya, secando o suor do rosto.

— Sabe, sim.

Ele estava imundo. Antes de se juntar ao resto do conselho de guerra, precisaria tomar um banho e trocar de roupa. Afinal, agora era um general. Sua aparência importava mais do que nunca.

— Mas não precisava me socar.

— Precisava, sim — retorquiu Rao, tranquilo. — Precisava ver se você se lembrava de táticas de batalha reais.

Aditya bufou, rindo, e perguntou:

— Isso tranquiliza seus medos?

Não os medos que Rao verdadeiramente precisava que fossem tranquilizados. Não o medo de que Aditya não sobreviveria a essa guerra. Porém, o medo de que tudo que seu velho amigo fora — seu príncipe-herdeiro, que crescera ao seu lado, que rira e bebera vinho com ele — havia desaparecido? *Esse* medo pelo menos sumira.

— De certa forma — respondeu.

Aditya estendeu a mão. Rao a aceitou, deixando que Aditya o puxasse para que ficasse em pé. Aditya o segurou pelos ombros, parados ali, para que ainda estivessem perto um do outro, a respiração ofegante, os dois sorrindo.

— Proteja a imperatriz, Rao — pediu Aditya. Ele não disse *minha irmã*, como ele esperava que dissesse, e de repente Aditya parecia resguardado, os olhos escondendo a alegria.

— Eu vou. Como sempre protegi.

Os dois saíram do campo de treino juntos. Rao hesitou, incerto do que dizer, pois já haviam discutido e lutado, e encontrado um eco estranho daquela amizade profunda e antiga. Murmurou algo para Aditya, algum desejo de boa sorte e saúde, algo que se aproximava de um adeus decente, e começou a se afastar.

— Rao. Eu sonhei com você.

— Com o que sonhou?

— Era um sonho do deus anônimo, eu acho.

— Com certeza você deve saber, sacerdote — disse Rao, mas não havia nenhum alfinetada na voz. Apenas curiosidade.

Aditya hesitou.

— Vi seus olhos, brilhando como as estrelas.

— Estrelas?

Aditya assentiu.

— O que aconteceu para fazer eles brilharem assim?

— Não sei — respondeu Aditya. — Mas Rao... talvez um dia nos encontremos de novo, do outro lado desta guerra, e você possa me contar.

# BHUMIKA

Os yaksha amavam ficar no Hirana. E o Hirana os amava também. As paredes brilhavam, lustrosas e carregadas de folhas e flores que cresciam em profusões por entre novas rachaduras na pedra. As efígies dos yaksha cintilavam com trepadeiras e florescências suaves. Sendhil gostava de cuidar delas. Ele tinha grande satisfação em olhar para aquilo, enquanto a vegetação se desdobrava gentilmente ao redor.

— Eles vão voltar logo — dissera ele para Bhumika, certa vez. — Todos eles.

Ela olhou para as estátuas. São inúmeros yaksha, pensou, distante. Um para cada vilarejo, família, árvore e flor.

— Estou ansiosa por esse dia — respondera Bhumika.

Mais do que o Hirana, os yaksha amavam ser venerados. Um fluxo infinito de pessoas subia ao Hirana com oferendas, se curvando, chorando e maravilhados diante dos yaksha. Nenhum guarda os impedia de ficar rondando a base do Hirana, não mais. Nenhum guarda ousava, e Bhumika não teria pedido isso. Os fiéis imploravam por boa sorte. Imploravam por uma Ahiranya melhor. E tantos deles imploravam para que a decomposição em seus corpos se curasse.

Neste instante, uma mulher fazia uma mesura diante de Chandni. Ela, Sendhil, Sanjana e Nandi estavam sentados no triveni em semicírculo, as expressões curiosas e tranquilas. Bhumika estava parada atrás deles com a máscara no rosto, Ashok ao lado. Ela observava tudo.

— Por favor, antigos — sussurrou a mulher, tremendo. Flores violetas grandes emaranhavam-se por seu cabelo solto, descendo próximo ao pescoço. Quando ergueu o rosto, Bhumika viu uma série de botões no canto da sua boca. — Por favor, eu imploro. Me curem. Eu darei tudo que tenho. *Por favor.*

Os yaksha ficaram imóveis. De súbito, Chandni se inclinou para a frente, tocando a bochecha da mulher.

— Que oferenda nos trouxe?

— Comida — respondeu a mulher, trêmula. — Toda a comida que tenho. Eu... eu não tenho mais nada.

— Nos venere, e eu prometo que o verde em você não vai crescer mais — murmurou Chandni, olhando para a mulher. Sob os dedos dela, a mulher estremeceu, e depois ficou paralisada. — Está vendo? Você sente. Isso que chama de decomposição não vai mais crescer. Você vai viver. Guarde sua comida, pequena, e continue vivendo.

— O-obrigada — disse a mulher, em lágrimas. — Obrigada.

Ela se prostrou diversas vezes. Ficou em pé e então inclinou a cabeça mais uma vez.

— E quando tiver um filho — prosseguiu Chandni, um sorriso gentil curvando seus lábios —, traga-o para nós. Veremos se a criança será digna de elevar-se ao nosso templo. Essa é a única oferenda que eu exijo.

Bhumika não conseguiu controlar o que sentiu — o horror que passou por ela como uma onda. Ela se perguntou se os yaksha conseguiam perceber; se sentiam o gosto salgado do seu medo, as batidas frenéticas do coração, a náusea que se apossava das suas entranhas.

Depois que a mulher cambaleou para longe, ainda choramingando agradecimentos, Bhumika comentou:

— Priya costumava fazer algo parecido.

Ao lado dela, Ashok a encarou. Com saudades, faminto. Bhumika não o encarou de volta.

— Ela congelava a decomposição dentro das pessoas — explicou ela. — Nas plantas. Não era bem uma cura, mas uma sobrevivência. — Parou, e então disse: — Foi isso o que fez?

— Quanta curiosidade — alfinetou Sanjana, deliciada.

— Sim, filha — respondeu Chandni. — Os dons de seus semelhantes vêm de nós, afinal. Assim como os seus.

Bhumika juntou as mãos na frente do corpo, procurando ficar calma. Forçando tranquilidade na voz, ela disse:

— Eu queria que me deixassem convocá-la de volta para casa.

— Ela não pode voltar — disse Sendhil. — Ainda não.

*Ela está viva*, pensou Bhumika, o alívio percorrendo suas veias com tanta ferocidade que ela temeu desmaiar bem ali. *Ela está viva, ela está viva.*

— Não queremos que ninguém saia de Ahiranya — justificou Nandi. — E que ninguém entre. E assim será.

Ninguém sairia. Ninguém entraria. O alívio rapidamente se transformou em um horror sinistro. Ela pensou nos mercadores que atravessavam as fronteiras com frequência. Os ahiranyi que faziam comércio com cidades vizinhas.

— Assim será — repetiu ela, fraca. — Eu entendo.

— Bhumika — murmurou Ashok ao lado dela.

Ela forçou as mãos a relaxarem, e a tensão nos ombros a se dissipar. Atrás da máscara, fechou os olhos e não respondeu.

— Bhumika — repetiu ele.

Um novo grupo de fiéis apareceu, e ele ficou em silêncio, mas seu olhar continuou fixo nela.

Nenhum comerciante vinha de Srugna ou Alor havia semanas. Ela pensou que estivessem assustados demais para vir, ou eram espertos demais. Quando pensava neles, era apenas para imaginar como o mundo além de Ahiranya estava reagindo às notícias do retorno dos yaksha. Eles temiam uma segunda Era das Flores? Já estavam juntando armas e soldados, trabalhando juntos para mais uma vez dizimar o poder de Ahiranya? Ela não podia ficar ruminando a pergunta. Tinha tantas preocupações na própria casa, no próprio templo.

Porém, naquele momento ela tinha uma resposta.

Ninguém sabia que os yaksha estavam vivos. Ninguém passara vivo pelas fronteiras para contar a história.

Ela ficou parada no jardim de rosas do mahal, a máscara coroada pressionada no rosto, e tentou alcançar o verde. Longe, lá longe, através dos espinhos e solos, das raízes, até as fronteiras do reino. Estivera tão ocupada com os yaksha que ela não vira. Não vira *nada*.

Ela tirou a máscara. Suas mãos tremiam.

— Jeevan — chamou ela, a voz fraca.

Ele estava parado na beirada do jardim, aguardando. O que quer que tenha visto no rosto dela, Jeevan rapidamente se aproximou, sua expressão normalmente impassível suavizada com preocupação, as sobrancelhas escuras franzidas.

— Milady?

— Tenho uma ordem — conseguiu dizer ela. Levou o dorso da mão à bochecha, e ela voltou úmida. Não importava. — As fronteiras. Feche todas. Se alguém, seja ahiranyi ou estrangeiro, tentar sair, seus homens devem mandar que voltem. Diga a seus homens que essa é a *única* responsabilidade deles. Que é uma questão de vida ou morte.

Ela virou a máscara nas mãos. Encarou a madeira polida, seu brilho sob a luz do sol.

— Os yaksha não querem que ninguém saiba que eles voltaram à vida — continuou. — E não vão pedir a ninguém para ficar em Ahiranya, ou pedir educadamente para ninguém sair. Vão matá-los. Como o cavaleiro que você despachou, deixado na minha porta. Eles...

Ele tocou os nós dos dedos na mão dela. A mão de Jeevan era tão maior que a sua, pontuada de cicatrizes. Ela se calou e o encarou.

— Será feito — confirmou Jeevan.

— Cuidado. A máscara *vai* queimar você.

— Não tenho medo, milady — replicou ele, solene.

— Que tolice — disse ela. — Vou precisar proteger você, então.

Ela embrulhou a máscara com seu pallu. Ele retraiu a mão e deu um passo para trás.

— Agora vá — ordenou.

Ele hesitou.

— Não fique sozinha. Milady, vá ficar com sua filha.

Ela balançou a cabeça.

— Vou fazer meu trabalho. Mas obrigada, Jeevan. Eu... — Ela engoliu em seco. Detestava ficar vulnerável, então só repetiu: — Obrigada.

Ganam encontrou-se com ela no corredor depois, casualmente acompanhando-a.

— Rukh e eu vamos treinar — disse ele. — Durante o descanso do meio-dia. Se quiser ver o progresso dele...

— Vou encontrá-los no jardim de treino — disse Bhumika.

Quando chegou, depois de acomodar Padma para seu cochilo, os dois rebeldes lutavam, as lâminas das foices cintilando sob o sol quente. Ela ficou observando um instante, nas sombras. Então os dois pararam.

— Você está melhorando — ela elogiou Rukh.

— Obrigada, anciã — disse Rukh, ofegante. Ele limpou o suor da testa e enganchou a foice no quadril. O movimento quase parecia treinado. — Ganam, posso...?

— Pode ir — disse o homem, e depois se virou para Bhumika: — Eu fico de vigia. Podem conversar.

Rukh contou a ela sobre como os yaksha sumiam às vezes. Iam para o meio do pomar, e só voltavam quando todas as árvores estavam reviradas, estranhas. Na direção da floresta. Até mesmo dentro do Hirana.

— Eles derretem as paredes — revelou ele. — Abrem um corredor e passam por ali. Imagino que estejam indo para as águas perpétuas?

— Se você testemunhou isso, então está correndo riscos demais, Rukh — alertou-o Bhumika, séria. — Eu pedi por ajuda. Não quero que você se coloque em risco de morte, compreende?

— Eles não me notam. Nunca notam.

— Talvez estejam só fingindo que não notam.

Falar com Rukh sempre a lembrava de como era falar com Priya quando as duas eram ainda garotas: um ato para tentar direcionar uma energia errante e selvagem para um propósito útil, sem acabar alimentando ainda mais o fogo. Porém, a natureza de Rukh era mais gentil, o que era um alívio. Ele aceitava direcionamentos e elogios como uma planta sedenta por luz e água.

— Mas você fez muito bem — disse Bhumika, e assim como esperava, o rosto de garoto se iluminou e ele sorriu.

Entretanto, logo o sorriso se apagou.

— O que parece um menino — disse ele. — Ele... ele não sabe que estou vendo, mas...

— Mas?

— Ele sempre quer ficar perto de outras crianças — soltou Rukh, hesitante. — Não quero assustar a senhora, anciã, mas ele acha que Padma é interessante. Ele gosta de ficar atrás dela quando Khalida a leva para fora.

Bhumika sentiu suas entranhas gelarem. Pensou em Padma dormindo em cima do seu peito, aquele peso quente, os cachos macios, a respiração lenta que subia e descia. De repente, ela sentia a urgência de voltar a ficar com a filha.

— Obrigada por me contar, Rukh.

Ele olhou para ela, assentindo, resoluto.

— Vou tentar encontrar algo melhor — jurou ele. — Algo mais útil.

— Já disse que é preciso tomar cuidado — replicou Bhumika. — Não corra nenhum risco estúpido. Me prometa.

Ele assentiu outra vez, mais rápido. Então, como se nunca tivessem tido uma conversa, ele e Ganam voltaram a treinar.

A passividade nunca fora algo que Bhumika aceitava bem.

Ninguém viria salvá-la daquelas circunstâncias estranhas em que se encontrava. Precisaria encontrar uma solução por conta própria.

Certa tarde, quando o dia ainda estava insuportável e quente, ela pediu um palanquim. Vestiu as roupas brancas do templo, como sempre, mas também usou suas joias: sua argola no nariz e os brincos, os braceletes e um colar, como sempre se vestia quando lidava com os nobres. Era preciso que sua saída do Mahal aparentasse ser um passeio político. Ela se vestiu para aquela mentira.

Não havia nada de estranho em precisar se encontrar com um dos nobres em seu próprio haveli. Ela se convenceu de que os yaksha não estranhariam. Por que se importariam, afinal, com a política dos mortais? E, se decidissem comentar, ela inclinaria a cabeça e daria alguma explicação bonita e, com sorte, seria o fim da conversa.

Jeevan encontrou-se com Bhumika no palanquim, levando soldados para carregá-lo. Eles atravessaram a cidade rapidamente, apesar do calor abafado.

No distrito das lanternas rosa, onde no passado só existiam bordéis, havia uma biblioteca. Acomodada entre fileiras de prédios carregados de lamparinas, ficava um edifício modesto com paredes claras e janelas estreitas, o interior agradavelmente fresco, preenchido com o barulho de páginas sendo viradas, com meandros distantes de música e risada das casas de prazer e o zumbido das vozes que recitavam os Mantras das Cascas de Bétulas.

Desde que ela e Priya assumiram a liderança em Ahiranya, Bhumika fizera questão de investir nas artes de uma forma que nunca pôde fazer como esposa do regente. Mesmo quando havia pouco dinheiro, ela mandara construir uma biblioteca para que os sábios e poetas pudessem estudar, compartilhar trabalhos e guardar suas obras em segurança.

Sob o governo de Parijatdvipa, foram os estudiosos e artistas que mantiveram a fé e a cultura ahiranyi vivas. Os Mantras das Cascas de Bétulas sobreviveram ao serem recitados, copiados à mão, escondidos em diversas casas. Bhumika entendia muito bem que, para construir uma nova Ahiranya, era preciso de pilares fundadores. Uma nação não poderia sobreviver sem comida; mas também não sobreviveria sem uma alma.

Kritika poderia até acreditar que o Hirana era a alma de Ahiranya, mas aos olhos de Bhumika, a alma estava ali.

Bhumika saiu do palanquim diante dos degraus da biblioteca. Jeevan ofereceu sua mão e ela a aceitou. Ele a segurou com cuidado, a palma da mão quente e calejada envolvendo a dela. Com a luz do sol atrás dele, escondendo seu rosto, o homem foi reduzido a ângulos brutos — a mandíbula forte, o nariz proeminente e afiado como uma faca. Mas ela conseguia sentir a suavidade do seu olhar no dela, assim como conseguia sentir sua mão guiá-la gentilmente. Desde aquele dia no jardim de rosas, ele fora mais cuidadoso com ela. Bhumika se endireitou, segurando a mão dele com ainda mais firmeza. *Eu estou bem*, tentou dizer, com os olhos e o toque. Ele abaixou a cabeça, e depois de um instante, a soltou.

Os dois entraram juntos na biblioteca. Uma mulher os recebeu na entrada, fazendo uma reverência e sorrindo.

— Anciã — cumprimentou ela. — Seja bem-vinda. Como podemos ajudar hoje?

— Como tem estado, Amina? — perguntou Bhumika.

— Bem. Apesar de as mãos doerem. — Ela deu uma risada triste. — Passei a manhã inteira copiando poemas.

Amina sobrevivera quando uma dúzia de outros escribas e criadas foram assassinados por crimes contra o império. Agora ela mesma era uma escriba, com metade do cabelo raspado, os dedos manchados de tinta.

— Adoraria vê-los — respondeu Bhumika. — Mas talvez não hoje. — Ela entrou mais na biblioteca. O interior cheio de penumbras era agradável depois de todo aquele calor. — Preciso ver sua coleção de textos antigos.

— É claro — disse Amina, sem pestanejar. — Deixe-me guiá-la.

Havia alguns volumes da fé ainda em Ahiranya. Os Mantras das Cascas de Bétulas sobreviveram na maior parte através da recitação oral e da memória. E o que no passado fora cuidadosamente preservado no Hirana, entalhado em pedra e guardado em pergaminhos de folhas, fora queimado junto dos irmãos do templo de Bhumika. Mas ali, guardados com esmero, estavam textos de veneração, teoria e filosofia, que sobreviveram conservados em lojas e esconderijos e nas casas mais antigas e coleções particulares de sábios. Alguns haviam sido preservados, para a surpresa de Bhumika, por sacerdotes das mães.

— Jeevan — disse Amina assim que Bhumika se acomodara a uma mesa, rodeada de pergaminhos e livros tão frágeis que pareciam se desfazer ao entrar em contato com o ar. — Se quiser dar um olá para os outros, ficarão contentes em vê-lo.

Jeevan inclinou a cabeça em um agradecimento silencioso, e Amina se foi.

— Você já esteve aqui sem mim? — perguntou Bhumika, surpresa.

Se não conhecesse Jeevan tão bem, ela não teria notado a forma como a mandíbula dele pareceu se retesar. Ele estava envergonhado.

— Não sou um estudioso — defendeu-se ele.

— Não estava julgando — respondeu Bhumika com sinceridade. — Minhas desculpas, Jeevan.

— Não é necessário, milady. — Ele engoliu em seco, e prosseguiu: — Gosto das histórias. Gosto de ouvi-las. E os escribas gostam de contá-las.

— Você pode ter interesses — disse ela baixinho. — E pode ter amigos.

Ela olhou para o pergaminho diante de si. A escrita era arcaica, e a tinta estava borrada devido a anos de umidade. Ler tudo aquilo seria um trabalho árduo.

— Pode ir vê-los, se quiser — disse ela. — Vou poupar você disso.

Jeevan ficou em silêncio um minuto. Então, se ajoelhou na mesa em frente a ela.

— Não, milady. Vou ficar e ajudar.

Os dois trabalharam em silêncio por muito tempo. Tempo o bastante para os raios do sol ficarem mais compridos e diminuírem enquanto a tarde chegava.

— Tem um escriba que colecionou histórias para as crianças — comentou ele. — Ele me contou uma história sobre um mangusto e uma serpente que eu *não* recitarei para Padma. — Ele franziu a testa, desaprovando tanto que Bhumika quase quis rir. — Mas também existem outras histórias mais tranquilas.

— Tenho certeza de que Padma gostaria de ouvir você contar histórias.

Jeevan se virou a fim de olhar para ela, aturdido, e Bhumika sorriu, o primeiro sorriso verdadeiro que parecia ter dado em semanas. Ele piscou, perplexo.

— Ela até pode gostar da história do mangusto e da serpente. Fábulas para as crianças costumam ser horrendas, na minha opinião — acrescentou Bhumika, abrindo outro livro. — E as crianças nunca veem o horror nelas como nós vemos.

— Lady Bhumika — disse Jeevan.

— Pois não?

— O que espera encontrar aqui?

Ela alcançou outro volume, abrindo-o.

— Qualquer informação sobre os yaksha que eu possa usar para compreendê-los, e proteger nossos interesses — respondeu. — Mas, na verdade, imagino que não encontrarei nada. Às vezes é necessário agir e planejar, simplesmente para saber se ainda sou capaz. Para garantir a mim mesma que ainda estou lutando, mesmo que isso não altere em nada minhas circunstâncias.

Ela abriu outro pergaminho e parou.

Uma imagem se estendeu diante dela.

A forma de um corpo, atravessado por raízes. Não era um yaksha. Ao menos tinha bastante certeza de que não era. Parecia humano demais; um humano preso a algo maior do que si mesmo — preso por raízes antigas e profundas, que se espalhavam verdes, douradas e vermelhas através da carne e além, descendo para águas mais profundas.

Algo se mexia nos recônditos da sua memória. Algo que ela vira — algo que ela *soubera*.

*Se meus anciões estivessem vivos*, pensou, passando o dedão pela tinta, a inquietação pulsando em seu sangue, *o que me diriam sobre essa imagem? Que conhecimento morreu com eles que poderia me salvar agora?*

Ela levou o pergaminho consigo quando partiram.

Naquela noite, algo tocou sua mente quando estava no sangam. Um chamado. Uma canção.

Aquilo a invocava, e ela caminhou pelo corredor com pernas que não a obedeciam. Que levaram Bhumika para longe do quarto e para o cômodo onde a filha dormia. Como se tivesse ouvido Padma chorar, mas não ouvira. Havia apenas o silêncio, o sussurro das folhas e algo puxando o esterno de Bhumika, contorcendo, contorcendo.

E ali, no quarto da filha...

— Achei que viria — disse Chandni. A luz do luar jorrava sobre seus ombros. Naquela luz, a escuridão do seu cabelo parecia um rio: folhas escuras e lisas estremecendo sob a água. — Chamei por você. Os sons ecoam tão doces no sangam.

Padma estava acordada nos braços de Nandi, mas em silêncio. Encarando com os olhos escuros e arregalados o yaksha que a segurava.

Bhumika sentiu gelo nas veias.

— Você está resistindo a nós — disse Nandi, com a voz infantil. Ele balançava Padma de leve, como se fosse um bebê muito menor. — Lutando contra nós em seu coração. Buscando nossos segredos.

— Eu... eu sou uma anciã do templo. É meu dever aprender — conseguiu dizer Bhumika. — E governar.

— Se tem perguntas, deve vir até nós. Deve aprender a confiar — censurou Chandni, tocando a ponta do dedo no lábio inferior de Bhumika. O dedo era macio demais. Como uma fruta apodrecendo. — Deve confiar em nós. Com seu país. Sua fé. Seu povo. — Uma pausa. — Sua filha.

Ela abaixou a mão.

— Nós vamos cuidar dela — garantiu Chandni. — E você vai confiar em nós.

Não havia nada dentro de Bhumika. Nada a não ser a forma como os próprios olhos encaravam o berço vazio e seu bebê nos braços de Nandi.

Nada a não ser o desejo de dar um passo, agarrar Padma e fugir, fugir para longe. Era um desejo terrível e selvagem, e toda a astúcia, o controle e a força desmoronaram dentro dela, restando apenas agonia. *Não.*

— Yaksha — insistiu Bhumika. — Anciã Chandni. Por favor. Eu farei... qualquer coisa que quiserem. Só... isso não.

A yaksha que não era Chandni deu um sorriso triste, balançando a cabeça.

— Sua pequena ficará sob nossos cuidados agora.

Um barulho engasgado ressoou do canto da sala, e Bhumika percebeu que Khalida deveria estar ali o tempo todo. Trêmula e apavorada, mesmo enquanto fazia uma mesura.

— Eu sou apenas uma criada — disse Khalida, na voz mais tímida que Bhumika já a ouvira usar. — Yaksha, ó imortal, por favor... permita-me cuidar da criança.

— Não — negou Chandni, baixinho. — Não. Isso seria imprudente.

Ela se virou para Nandi, e ele devolveu Padma ao berço. Trepadeiras entravam com tranquilidade pela janela.

— Agora vão, as duas — ordenou ela. — E talvez possam ver a criança amanhã.

Bhumika não conseguia se mexer.

— Não é preciso temer, anciã Bhumika — disse Chandni. — Os yaksha já criaram muitas crianças antes. Conselhos do templo inteiro formados por nossas mãos. Descanse, e confie em nós.

Bhumika abaixou a cabeça.

— Yaksha — disse ela, o coração uivando de dor. — Como quiser.

Ela estava presa. Aquilo era melhor do que uma faca contra o pescoço. Eles, seus próprios deuses, a seguravam pelo coração. E era tarde, tarde demais, para que qualquer coisa pudesse ser feita.

# GANAM

Ganam nunca pensou que acabaria se tornando um espião para a viúva do regente de Ahiranya, mas ele supunha que a vida era assim. Imprevisível. Uma pessoa poderia passar a maior parte da vida lutando para que seu país fosse livre, e então de fato ver o dia em que isso aconteceria. E então, por acaso, também poderia viver tempo o bastante para ver seus deuses retornarem, e o homem que costumava seguir voltar dos mortos, e descobrir que o mundo com o qual sonhou era apenas o mesmo de sempre: decomposição, tiranos e manter os olhos abertos em busca do perigo. As coisas eram assim mesmo.

Ele foi até o escritório da anciã Bhumika. Ele deixara Rukh no campo de treino, observando o céu noturno e contando as estrelas.

— Eu sei que a anciã Bhumika disse para ficar de olho nos yaksha — dissera Ganam. — Mas precisa tomar cuidado, garoto.

— Eu falei que tomaria — respondera Rukh. — Quer dizer, falei que *estou tomando* cuidado.

— Então você mentiu duas vezes. — Ganam suspirara, colocando a mão na cabeça de Rukh. — Não tem como lidar com você sem Priya aqui. Espera só ela voltar. Vai dar um jeito em você.

Ganam falaria com a anciã Bhumika. Ele ensaiara tudo que tinha para dizer na cabeça. *Mande o garoto para longe. Arrume um trabalho em outra casa. Ou naquela sua biblioteca. Em qualquer lugar onde ele não vai se meter em problemas.*

*Se deixar ele aqui, vai acabar acontecendo, mais cedo ou mais tarde.*

Uma lamparina estava acesa no escritório. Ele via a luz através da porta, que estava entreaberta. Porém, havia barulhos lá dentro, abafados, e se Bhumika estivesse falando com algum nobre, ele não ia querer interferir.

Deu uma espiada.

A princípio, ele pensou que estava vendo algo que não queria ver de jeito nenhum. Jeevan estava ajoelhado, e Bhumika se inclinava para a frente, como se fossem se abraçar — ou se beijar. Então ele viu que a mão de Bhumika apertava o braço de Jeevan com força, e seus ombros tremiam. Bhumika tremia muito, muito mesmo, e Jeevan sussurrava para ela:

— Milady. Lady Bhumika. Respire comigo. Respire fundo...

Ela soluçou, alto.

— Eu não consigo — A dor em sua voz fez os cabelos da nuca de Ganam se arrepiarem. — Eu não consigo. Jeevan. Minha filha. Minha menina. Minha bebezinha...

Jeevan pressionava uma das mãos contra o cabelo de Bhumika enquanto ela caía para a frente, a tristeza sacudindo seu corpo.

Ele não podia estar ali. Não era para ele estar.

Mas... porra. Padma. O que acontecera com ela?

Cambaleou para trás, sentindo o corpo gelar. Silencioso, o mais silenciosamente que podia, ele se afastou pelo corredor, procurando, até finalmente encontrar Khalida na cozinha com Billu, dizendo que sua senhora a mandara embora. Ela contou a Jeevan tudo que sabia.

Filhos sendo arrancados do colo das mães. O amor sendo usado como arma. Ganam se juntara a uma rebelião para salvar seu país dessas atrocidades. E ali estavam elas de novo.

As coisas eram assim. A vida era assim. Mais do mesmo, em um ciclo infinito, mas ele sentiu enrijecendo dentro dele a mesma raiva que sentira anos antes, quando jurara arriscar a própria vida por um mundo melhor.

Ele não permitiria que isso acontecesse.

— Vamos recuperar a menina, Khalida — prometeu. — Vamos deixar a pequenina em segurança. Espere só para ver. Essa é minha promessa. Não importa quanto tempo demore, vamos conseguir.

# ASHOK

Apenas Kritika se sentava com Ashok no Hirana naquele dia. Nenhum yaksha apareceu. Só estavam os dois, agindo como anciões do templo, esperando que os fiéis subissem os degraus da montanha.

Quando o último peregrino foi embora, Kritika o deixou, e Ashok lentamente ficou em pé. Ele respirou o ar frio ao seu redor — o ar noturno já começara a tomar conta do Hirana — e se virou.

Ganam estava parado perto da beirada perigosa do triveni, onde ele se abria aos céus e ao penhasco abrupto que rodeava o Hirana, mas não parecia ter medo. Supostamente, ele era o guarda de Ashok, mas estava com as mãos atrás do corpo e sem arma nenhuma. Sua expressão estava séria.

— Vão aparecer mais fiéis amanhã — disse Ganam. — E mais no dia depois de amanhã. A decomposição está piorando. Está se espalhando mais rápido que o fogo. — O olhar dele encontrou o de Ashok, e de alguma forma era tanto respeitoso quanto desdenhoso. — Algo mudou para pior no Hirana — continuou ele, como se não conseguisse evitar. — E ninguém sabe disso. Estranho, não é?

A decomposição estava ficando pior. Os yaksha voltaram, e a decomposição esparramava seus dedos longos e sinistros por toda a Ahiranya. E Ashok voltara à vida. Tudo isso era um sinal de... alguma coisa. Ele não queria examinar aquilo. Não queria considerar o significado de tudo.

Porém, em vez de ficar se enganando que iria descansar, em vez de ficar deitado na cama de olhos abertos, escutando águas distantes e os rangidos sonolentos de algo ou alguém dentro de sua pele, ele caminhou pelo mahal. Escutou o que as folhas sussurravam para ele, e as flores se voltando em sua direção.

Uma mulher andava no corredor à sua frente, e congelou quando o viu. Então, ela saiu do caminho murmurando uma ou outra prece. Mas a pausa entregara a culpa dela, e enquanto se aproximou, ele percebeu o quanto ela estava perto dos aposentos marcados pelas flores prateadas de Chandni, que só floresciam durante a noite. Uma marca proibitiva.

Ela fora ver a criança. A filha de Bhumika. Ashok tinha certeza.

A criada tremia, a cabeça baixa, mas o pallu que ela colocara respeitosamente sobre o rosto não escondia sua boca retorcida. A raiva. Ela o detestava por quem ele servia. Detestava-o pelo que os yaksha já tinham feito.

— Vá — disse ele.

Ela ainda estava lá. Paralisada, feito uma lebre sob o olhar de um gavião.

— Eu não vi nada — disse para ela, reforçando o "nada", acompanhado de um olhar firme. — Mulher, use seu bom senso antes que eu mude de ideia. Não vai gostar se eu fizer isso.

Ela emitiu um ruído que era em parte um gemido, em parte uma confirmação. Conseguiu fazer uma reverência rápida e então correu o mais rápido que as pernas a podiam levar.

Ele ficou observando sombra da mulher no mármore. A forma como bruxuleava sob a luz das lamparinas nas arandelas das paredes.

Ashok foi até o pomar. Já não era mais um lugar tranquilo. Uma por uma, as árvores ali estavam se decompondo.

Nada e ninguém nasceria ali. Ele sabia. Ainda não era a hora.

Porém, enquanto observava as árvores, pensou nas águas, profundas e antigas. Águas que esvaziavam crianças e concediam poderes. Águas cósmicas do encontro dos universos, e raízes que mantinham todas as coisas presas ali. A decomposição se alimentava pelas águas mágicas. Os yaksha vieram das águas. E Ashok...

Ele conseguia sentir todas as plantas que o rodeavam. Ele sabia — e não sabia como — que elas eram uma extensão dele, assim como eram uma extensão de... outros. Através dele, e através da própria pele, tentou encontrar Bhumika. Senti-la. Refletindo.

Um vislumbre de uma imagem passou por sua mente: um corpo mortal. Faixas azuis e verdes transformando-se em um vermelho sangue, se enrolando na garganta e nos pulsos. A mente e o coração. Os dedos de Bhumika no papel, traçando palavras que borravam como tinta em sua mente.

A memória o atravessou como água correndo para um poço — ela o encharcou no seu íntimo, consumindo-o, assim como parte de tudo que estava dentro dele.

*Raízes*, pensou, em uma voz que não era a dele. Antigas. Rangendo, um vazio amadeirado atormentado por relâmpagos. *Estamos todos ligados. Alimentamos o mundo e as pessoas com as águas, e agora nos levam dentro de si. E assim como nós os consumimos, eles podem beber em troca...*

Havia alguma coisa. Alguma coisa no canto da sua memória e consciência. Algo tão grande que ameaçava obliterar sua frágil existência. Ele...

Um farfalhar de folhas atrás dele.

Então ele se virou.

Nandi estava parado. Parecia sereno como sempre, o luar refletido de forma sinistra nos olhos e nas fileiras de dentes quando abriu os lábios.

— Encontrei alguém vigiando você — disse ele, e deu um empurrão na pessoa.

O garoto deu um gritinho quando caiu. Talvez tivesse dez ou onze anos. Se Nandi fosse mortal, jamais teria conseguido segurá-lo. O garoto tinha braços e pernas compridos, e a decomposição o pegara de jeito. Ele rapidamente ficou em pé, mas não tentou correr. Esperto. Ashok o teria impedido, e não teria sido agradável.

— Sinto muito por perturbá-lo — disse o garoto, tenso.

— Você não costuma mais ter medo de mim como tinha antes — observou Ashok, espanando terra da própria túnica. — E também não me admira tanto.

O garoto o observou, cauteloso.

— Você se lembra de mim — percebeu ele.

— Eu me lembro, Rukh — disse Ashok em um tom afável, abrindo um largo sorriso. Ele se apoiou na árvore atrás de si. — Você foi bobo, garoto, como sempre é.

— Eu... — A voz dele falhou. — Eu não achei que pensasse em mim o bastante... para achar que eu fosse bobo.

— Sei muito bem quem é. Não demorou muito tempo para eu perceber isso na primeira vida, e menos ainda na segunda. Você continua igual. — Ashok olhou para Rukh de soslaio. — Os yaksha sabem que você está observando todos eles. É um bom espião, mas não bom o bastante.

— Todo mundo observa os yaksha — disse o menino, fraco. — Nós... nós estamos admirando. Venerando.

— Como eu fui mandar você espionar minha irmã se é um péssimo mentiroso? — Ashok se admirou.

Ele deu um passo à frente. A decomposição no garoto estava estranha. A decomposição...

— Minha irmã congelou você, não foi? Ela conteve a decomposição.

Rukh não se mexeu. Não parecia sequer respirar enquanto observava Ashok, que o observava de volta.

— Como ela fez isso?

O garoto ficou em silêncio. Como ele forçara palavras a saírem da garganta antes de sua morte?

— Me conte, ou vou fazer algo — ameaçou Ashok. — Talvez quebrar o seu braço.

Aparentemente, era uma ameaça crível, porque Rukh respondeu:

— Eu não sei como ela fez. Imagino que da mesma forma que os yaksha fazem.

Ashok esticou a mão, com a palma para cima, os dedos levemente curvados. Um chamado.

— Venha aqui — chamou. — Quero sentir isso por mim mesmo.

Ashok sempre soubera como sentir o cheiro de medo — como usá-lo para inspirar lealdade, obediência ou uma rendição covarde do inimigo. Ele fizera muitos homens adultos chorarem e implorarem para que ele acabasse com suas vidas. E ali estava apenas um garoto: tenso e temeroso, encarando algum lugar acima do ombro. Poderia ser manipulado.

Ele não fugiria.

— Queria que visse a forma como as raízes crescem de você — murmurou Ashok, dando um passo à frente. — Menino, me dê sua mão.

Rukh não se mexeu, e Ashok esticou a mão.

Ele tomou para si a mão rígida e relutante de Rukh, virando a palma de um lado e depois de outro, e então ergueu a mão para a luz.

Ele sentiu a magia percorrendo o corpo do garoto. Magia dos yaksha.

— Poderia arrancar isso — disse ele. — Libertar você de vez. Mas nossa magia está atada dentro de você, e não sei o que restaria.

— Tirar isso iria me matar — rebateu Rukh, em uma voz que tremia só um pouco. — Priya me disse.

— Acha que vou matar você?

— O que eu poderia fazer para impedir?

Ashok bufou.

— Quanta coragem para uma criatura tão pequena. — Ele apertou mais a mão. — Nada. Não há nada que possa fazer.

Rukh emitiu um ruído e tentou se desvencilhar. Ashok apertou mais um pouco.

— Não — disse Ashok.

— Se... se você vai... eu quero que seja rápido. — A voz dele estava trêmula, mas a expressão era audaciosa.

— Não — respondeu Ashok baixinho. — Não, eu não vou machucar você ainda mais. Ela nunca perdoaria.

Ela. Priya. De alguma forma, aquilo ainda importava para ele.

— Tudo tem um preço — disse ele. — Tudo exige um sacrifício. Precisava ter certeza. Você entende, não é?

Rukh o encarou, sem compreender nada. E Ashok soltou sua magia, tentando alcançar o menino.

Priya ressequira o elo entre Rukh e a magia dentro dele, mas Ashok fez ainda mais.

*A decomposição vem das águas*, disse a voz antiga em seu coração. *As águas enchem os mortais de magia.*

*As águas os enchem de nós. Nossos dons. Nosso conhecimento.*

*Quando as águas se esvaem, deixam uma marca para trás. A memória da água. Um vazio.*

*Quando as águas vão embora, cobram um preço.*

Ele alcançou a magia dentro de Rukh. Depositou mais dentro do menino — mais conhecimento e força, mais da decomposição que florescia, mais dos rios cósmicos que mudaram os dois. Observou as folhas se eriçarem na coluna do menino e ele soltar um grito...

Ashok o arrancou das águas. Deixou-o vazio.

Um som agoniante escapou dos lábios de Rukh. Ele se debateu, tentando escapar do aperto de Ashok. E então, relaxou, ajoelhando-se no chão.

Ashok se ajoelhou junto dele.

— Olhe para mim, menino. Acorde.

Ele repetiu. Uma, duas vezes. Por fim, os olhos de Rukh se abriram. De forma lenta e dolorosa.

— Me diga o que aprendeu quando te afoguei — exigiu Ashok. — Me diga o que viu. Do que lembra? Você *consegue* se lembrar?

Rukh apertou os olhos.

— Eu sei quem você é — disse Rukh, baixinho. — Eu sei... tanta coisa.

— Porque mostrei para você — vociferou Ashok.

O batimento cardíaco parecia pulsar em seus olhos. *Me diga quem eu sou*, ele quase implorou. *Me conte.*

— Você lembra o nome da minha irmã? Não, não estou falando de lady Bhumika — retrucou Ashok, quando Rukh piscou, confuso. — Minha outra irmã. Se lembra de como você a conheceu? De como foi confiar nela o suficiente para me trair e deixar meus rebeldes para trás?

Silêncio. Um silêncio apavorado. Aquilo já servia como resposta.

— Como é a sensação de não lembrar? Como é saber que as águas a roubaram de você e deixaram a história dos meus segredos no lugar?

Rukh não falou nada. Sua respiração era ofegante; rápida demais, o rosto pálido. Se ele se recuperara bem o bastante para temer o que acontecera com ele, então Ashok considerava que aquilo era um bom sinal.

— Obrigado — disse Ashok, pousando a mão sobre a testa de Rukh. — Agora, descanse.

Ele deixou tudo voltar ao lugar. As águas fluíram mais uma vez por Rukh, que estava de volta ao lugar em que sempre pertenceu, sob o domínio dos yaksha, onde Ashok conseguia sentir a presença da decomposição dentro dele. De volta a si mesmo.

# MALINI

Muitas pessoas exigiam a atenção de Malini. O barulho era uma cacofonia, mulheres da corte, homens nobres e oficiais, todos aglomerados ao redor dela. Em certo momento, ela simplesmente saiu da tenda do conselho. Enquanto andava pela multidão que a seguia, Malini encarou todos os rostos. Quando encontrou Priya, ela sustentou o olhar da outra mulher, esticando uma mão que a chamava.

— Anciã Priya — disse ela. — Por favor, me acompanhe.

Priya não hesitou. Ela acompanhou os passos de Malini, seguindo-a de volta para a tenda.

Lata se adiantou para andar do outro lado de Malini, que se virou para ela e pediu, baixinho:

— Certifique-se de que eu tenha um instante. A sós.

Ela não falou *um instante com Priya*, mas Lata olhou cuidadosamente de uma para outra, compreensão em seu olhar.

— Muitas pessoas vão querer falar diretamente com a senhorita, imperatriz — observou ela.

— Diga para esperarem — respondeu Malini.

— Talvez *a senhorita* queira falar com eles — rebateu Lata.

— Depois.

— Imperatriz — disse Priya. — Se é preciso ficar aqui...

Malini não deixou que ela terminasse de falar. Agarrou o pulso de Priya em um aperto firme das unhas contra a pele e puxou Priya para a tenda atrás de si. A cortina se fechou atrás delas.

Lá dentro, a tenda estava vazia.

Malini deu meia-volta. Ela não olhou para a cortina ou procurou ouvir os sons além do tecido. Confiou que Lata faria o que ela havia pedido. Em vez disso, ela segurou o rosto de Priya com as mãos, sentindo a pele sem machucado algum sob seu toque, encontrando aqueles olhos castanhos adoráveis.

— Você está bem mesmo? — indagou. — Priya, seja sincera comigo.

— O que significa estar bem quando tem uma guerra acontecendo? Eu estou bem o suficiente, Malini. Eu... perdi alguns dos meus homens. Homens que eu conhecia. Vivi com eles em Ahiranya. Nossa tenda foi queimada. Todas minhas coisas se foram. Eu... — Ela xingou, e Malini sentiu o movimento da mandíbula de Priya, o movimento daqueles ossos delicados sob a pele. — Eu trouxe haxixe, sabe. E vinho. Nem sei se alguma coisa se salvou. Acho que nem importa.

— Lata vai encontrar um lugar novo para você dormir — assegurou Malini. — E vamos nos certificar de que você se reúna com os seus homens que sobreviveram, eu prometo.

— E se eu ficasse aqui com você? — perguntou Priya. Ela deu a Malini um sorriso fraco, com um certo tom de provocação na voz, que ainda estava afetada pela fumaça. — Como eu fiquei em Ahiranya, quando eu fui a sua criada? Eu poderia dormir no chão. Você nem ia notar minha presença.

— Priya — disse Malini, com um carinho desesperado que repuxava seu peito por inteiro. — Eu sempre notei você. — Mais um instante. Ela afastou o cabelo escuro para longe do rosto de Priya, sem querer soltá-la, querendo tocá-la sempre um pouco mais. — Você não é mais uma criada, anciã.

— Não — concordou Priya. — Nem sua. Nem de ninguém.

— Priya...

Malini hesitou, pensando no orgulho de Priya, no conselho de guerra e na mão que repousara no peito da mulher à sua frente. Malini sabia a resposta para sua pergunta, e ainda assim queria dizê-la em voz alta. Queria ouvir a garantia dos lábios de Priya.

— Você ficou ofendida que eu não pedi para você ser minha general?

*Aquilo* arrancou uma boa risada de Priya.

— De que adiantaria ser uma general parijatdvipana? Ahiranya não pertence ao seu império. Não, eu estou melhor do jeito que estou. Além disso, parece um trabalho perigoso, ser uma das suas criaturas. — O sorriso dela ficou maior, mais malicioso. — Foi uma coisa incrível — acrescentou, com a voz baixa —, ver você ali com todos aqueles homens. Você tece lindas teias. Mesmo que eu só consiga ver as beiradas, sempre admirei seu trabalho.

Malini nunca contava todos os seus planos e suas maquinações a ninguém. Ela se fechara mais, sabia disso. Endurecera o coração e trancara as portas dele, para que nunca ninguém pudesse conhecê-la de verdade.

Não podia arriscar a mágoa. Não podia dar a ninguém a força para traí-la.

Mas Priya salvara sua vida, mais de uma vez. Priya deixara Malini segurar uma faca contra seu pescoço. Priya a beijara embaixo de uma cachoeira, e a *enxergara* de forma tão completa, todas as coisas dentro dela que eram cruéis, ferozes e arruinadas, e ainda assim gostara dela.

— Vou contar o que quiser — disse Malini, deixando o carinho que sentia transparecer em sua voz. — É só perguntar e saberá.

Priya a encarou de volta. Os lábios dela se abriram de leve, uma tentação. Um convite.

— Imperatriz. — Um chamado da porta. A voz de Lata, muito alta. Apenas no tempo de uma respiração, Malini abaixou as mãos e Priya virou o rosto. — O príncipe Rao está aqui.

— Me encontrarei com ele do lado de fora — respondeu Malini, e então olhou para Priya outra vez. — Priya, eu...

A anciã balançou a cabeça.

— Vou lá encontrar Sima. E você... — Ela parou de falar, tocando com uma das mãos a própria bochecha, onde antes estavam os dedos de Malini. Ela a baixou em seguida. — Tem um trabalho a fazer. Deixarei você cuidar disso.

Malini se encontrou com Rao sob a cobertura respeitável de um guarda-sol, que oferecia um pouco de sombra, mas os mantinha expostos para os olhos que observavam. Ele parecia diferente. Deixara de lado a roupa que vestira mais cedo e usava apenas uma túnica simples e um dhote. O cabelo estava molhado. Devia ter se lavado.

Lá longe, atrás dele, a terra ao redor do forte do alto príncipe ainda brilhava, ardendo em chamas, e a luz o contornava.

— Fique comigo um instante — pediu Malini, depois de Rao fazer uma mesura.

Ele se juntou a ela embaixo do amplo guarda-sol.

— Eu considero a anciã Priya como parte da minha corte de confiança — disse Malini, falando de suas mulheres. — Mas também preciso dela para as batalhas que iremos enfrentar. E gostaria que ela as enfrentasse com você. — Ela confiava em Rao, e por consequência, em seus homens, mais do que confiava em qualquer outra pessoa. — O que acha dela?

— Eu me lembro de quando a conheci — disse Rao. — Era... direta. Difícil. — Uma pausa. — Eu gostei dela.

— É claro que sim — respondeu Malini, a voz embargada de afeição. — Não gosta de mulheres quietas e afetadas, não é?

Ele retesou a mandíbula.

— Se me acusar de ter algum tipo de... interesse, não ficarei contente.

Malini mordeu a própria língua para conter o riso. Quando falou, sua voz estava quase engasgada, de uma forma suspeita, mas não adiantava tentar se segurar.

— Ah, não, certamente não estou tentando te acusar de nada, Rao. Tenho certeza de que suas intenções são totalmente puras.

Rao assentiu. Parecia corado.

— Ela não vai ser incomodada por ninguém quando viajar comigo — garantiu ele.

— Tenho certeza de que não.

— Eu vou tratá-la da mesma forma que trataria qualquer líder nobre.

— Não esperaria menos.

— Mas haverá rumores — avisou ele. — Não posso fazer nada para impedir.

— Haverá rumores não importa qual contingente ela acompanhe. Haverá rumores se ela viajar sozinha. Ao menos com você, sei que não haverá riscos de mais nenhum acidente que possa exigir minha... intervenção.

Rao soltou um ruído de compreensão.

— Por que a chamou até aqui? — perguntou Rao. Havia curiosidade em sua voz, mas também algo muito parecido com exasperação. — Vai apenas te trazer problemas.

— Chandra tem o fogo — disse Malini, depois de um tempo. — E eu tenho Priya. Ela não vai ser uma arma que todos esperam. Não importa o que Chandra possa acreditar que sabe sobre Ahiranya, não a viu usar seus dons como eu vi. Ela me traz uma vantagem da qual preciso, e muito.

Havia duas verdades dentro do coração de Malini. Ela deixou que a mais dura delas fosse dita em voz alta.

Porém, a outra era: *Porque eu preciso dela. Porque uma vez ela me viu, por tudo que eu era e poderia ser, e ainda assim me quis. E ela ainda me vê e me quer, mesmo com o abismo que deveria nos tornar inimigas. E mesmo assim, não torna. Não pode nos tornar.* Era uma verdade como uma ferida, como um coração frágil e exposto, e aquilo a apavorava e a maravilhava em igual medida.

Rao assentiu. Pela forma como desviou o olhar, encarando o acampamento e os soldados que guardavam armas e tendas, ele não acreditava nela, mas decidira que não adiantava discutir.

— O que teria feito se lorde Mahesh não se voluntariasse para ficar? — Rao manteve a voz baixa para que suas palavras não fossem ouvidas por mais ninguém. — Planejou isso? Para que Mahesh e Aditya ficassem aqui, arriscando suas vidas?

— Planejei que Mahesh ficasse — admitiu Malini com facilidade, e sem sentir vergonha alguma. — Mas Aditya? Não, isso me surpreendeu tanto quanto a você. Ele nunca se ofereceu para lutar antes. Por que eu esperaria que isso mudasse?

— Não me surpreendeu — disse Rao. — No instante em que você falou disso, eu sabia... eu *temia* saber o que ele iria fazer. Malini, por favor... Você deveria saber que Aditya ia se voluntariar. Foi como uma armadilha perfeitamente armada, só para ele. Uma tarefa sem esperança alguma de ser cumprida, um serviço que poderia acabar com ele... Como ele conseguiria resistir?

Uma dúvida a atingiu, tão dolorosa quanto um golpe. Ela prendeu a respiração. Priya falara de suas teias com tanta admiração. Será que Malini tecera essa sem perceber?

*Não*, ela disse a si mesma, com ferocidade. *Não, eu amo meu irmão. Eu não faria isso. Eu não fiz isso.*

— Eu não penso em Aditya — rebateu Malini, ríspida. — Por que eu faria isso? Se pensasse nele, se pensasse nele de verdade, no que ele faz e no que representa, eu precisaria matá-lo. Precisaria fazer com que fosse um acidente. Seria uma coisa bem menos óbvia do que deixá-lo *aqui*.

Ela gesticulou para o forte distante, que ardia raivoso.

— Consegue entender por que eu duvido de você? — perguntou Rao. — Por que eu acharia que isso é uma armadilha para ele?

— Você nunca teria pensado isso de mim quando éramos crianças — argumentou Malini, tentando não se sentir magoada. — Nunca.

— Eu não te conhecia na época — contrapôs Rao, pesaroso —, não como conheço agora.

*Não estava tão enfeitiçado pelo amor que sente pelo meu irmão nessa época*, pensou Malini. *E não tinha sido guiado para tão longe.*

Porém, ela não falaria das coisas que ele era incapaz de ver.

— Não sou a guardiã dele — respondeu ela. Apesar de que, em outro mundo, em outra época, ele seria o guardião de Malini.

— Se realmente não planejou... — Rao parou, exalando. — Você poderia ter recusado. Dado a tarefa para outra pessoa. Ainda pode fazer isso.

— Poderia — concordou. — Poderia ter humilhado Aditya. Recusado o pedido e o deixado envergonhado. Teriam sido as ações de uma irmã gentil?

— Não zombe dele, por favor — pediu Rao, a mandíbula cerrada.

— Não estou zombando, nem dele nem de você — defendeu-se Malini, forçando-se a ficar calma. — Estou falando a você que Aditya ainda é ele mesmo, capaz de fazer as próprias escolhas.

O que ela não diria a Rao, e jamais poderia dizer, era o seguinte:

Ela sentia-se aliviada. Um alívio terrível e desobrigado, e uma culpa imensa por sentir-se assim. Ela estava feliz por não precisar levar consigo até Harsinghar o perigo que Aditya representava; de não precisar pensar sempre nele escondendo-se em um quarto escuro, meditando e rezando, e esperando que um futuro diferente se revelasse para ele, enquanto *ela* esperava que os homens se reunissem ao redor do irmão e então cortassem seu pescoço.

Ela não tentara matar Aditya. Fizera a ele um favor muito maior do que qualquer irmão que estivesse tentando ocupar o trono teria feito quando permitiu que ele continuasse vivo. Ela não devia mais nada a ele que já não tivesse oferecido.

O irmão dera a ela um presente.

— Vai ficar aqui, com ele? — perguntou Malini.

— Está pedindo que eu faça isso, imperatriz?

— Nada disso — repreendeu Malini, baixinho. — Ninguém está nos ouvindo agora.

Rao deu um suspiro.

— Malini.

— Pois não?

— Você permitiria que eu ficasse aqui com ele, se eu pedisse?

Ela conseguia ouvir a vulnerabilidade da sua voz, feito a rachadura em um vidro. Ela não olhou para o amigo. Ofereceu a Rao aquela pequena misericórdia quando enfim respondeu:

— Eu o nomeei como general do meu exército. Se deseja que Alor possa opinar na batalha adiante...

— Um dos meus irmãos, talvez — considerou ele baixinho, como se soubesse que nem sequer adiantava sugerir aquilo, mas mesmo assim precisasse tentar. — Se eu mandar uma carta para Alor... para o meu pai, um deles talvez venha.

— Não temos tempo.

*Como bem sabe*, pensou ela.

— E preciso dos seus homens — completou ela. — Preciso de você.

— Então eu não vou pedir — disse Rao.

Os dois ficaram em silêncio, e Malini não conseguiu se impedir de virar-se para longe dele e começar a andar, o corpo inteiro faiscando com uma sensação de pânico que era incapaz de conter. Não importava que ele não quisesse acompanhá-la, que não quisesse ajudar. Não importava.

— Malini — chamou ele, por fim.

— Não comece — respondeu ela. — Mahesh será um suporte confiável para Aditya. — *Diferente do que foi para mim.* — Aditya poderá contar com ele. Aceite isso.

— Eu vou — disse ele. — Assim como eu aceito que você vai garantir que a guerra seja ganha antes que ele se machuque.

Era estranho como os elogios vindos dos lábios dele pareciam muito mais com desespero, pensou ela. Como se ele olhasse para todo o sucesso dela — todas as batalhas que ganhara, todos os inimigos nobres que contornara —, e sentisse *medo*. Às vezes, várias vezes, na verdade, ela queria tentar desmantelar aquele medo e ver como era por dentro. Queria perguntar: *Você, que me nomeou e me deu a oportunidade de tomar minha coroa, do que tem medo? É de mim, ou das minhas escolhas? É do que isso vai acabar me tornando? Ou do que vai acabar acontecendo com homens feito você?*

— Vou ver o Aditya — desconversou ela, em vez de perguntar. — Ele está bem?

— Nós lutamos. Foi... — Ele parou, e balançou a cabeça de leve. — Ele está bem.

Havia algo na voz de Rao. Algo que não era para ela ouvir.

Ele olhou para Malini, que sorriu para o amigo. Ela o conhecia. Era bom lembrá-lo de vez em quando do quanto ela o compreendia.

Ele pigarreou.

— Vou deixá-la com suas tarefas — disse ele. — Acho que não demoraremos muito para estar prontos para partir.

Depois que Rao se foi, Malini chamou um guarda.

— O forte ainda está em silêncio?

— Sim, imperatriz.

— Ótimo — respondeu ela. — Me leve ao príncipe Aditya.

A tenda de Aditya, normalmente mobiliada de forma discreta, agora exibia o tipo de caos que Malini se acostumara a ver em seu próprio espaço: mapas de Saketa e desenhos detalhados do afloramento labiríntico da fortaleza saketana. Oficiais militares estavam presentes, relatando informações rapidamente — a formação de tropas, os suprimentos que ficariam ali e quais iriam com a força maior dos homens de Malini. Ela ficou surpresa ao notar que Mahesh ainda não estava no local, fazendo reverências e beijando os pés de Aditya.

Era um pensamento maldoso. Ela se permitiu a alegria de senti-lo por um segundo.

— Irmão — cumprimentou Malini.

A sala ficou em silêncio. Ela observou os oficiais.

— Deixem-nos — ordenou, e eles rapidamente saíram. Papel, tinta e registros foram deixados para trás.

No meio de tudo, Aditya a encarou parecendo completamente calmo. Trajava roupas amassadas e cobertas de suor. Sua espada estava embainhada na cintura.

Ele se parecia tanto com o velho Aditya, com o príncipe-herdeiro com quem ela crescera, que seu coração doeu ao sentir aquele afeto. E aquilo despertava nela uma raiva que não compreendia.

— Tenho um presente para você — anunciou ela.

Ela passara na própria tenda para pegar aquilo, e ignorara as perguntas de Lata, as ofertas tímidas de Swati de chá e sharbat e pegara a caixa de ônix, levando-a consigo. Estava pesada em suas mãos. Aditya a pegou dela, franzindo o cenho de leve. Então a abriu.

— Cinzas — disse ele, cauteloso.

— Isso continha o suposto fogo das mães — explicou Malini. — Você ouviu o que eu disse aos homens. Era a verdade. Mas isso aqui... — Ela empurrou a caixa para a frente. — Essa é minha garantia a você de que verdadeiramente não era o fogo das mães. Que não é impossível que seja derrotado.

Aditya assentiu. Passivo, aguardando-a falar.

— Eu vou derrotar Chandra — afirmou Malini. — Vou para Parijat o mais rápido que conseguir. Tenho uma força grande me apoiando, além das mães e do anônimo. Eu vou derrotá-lo. Você só precisa sobreviver até lá, e então toda a força do império parijatdvipano vai estar aqui para apoiá-lo.

— Já escolhi ficar — disse ele, apoiando a caixa nos joelhos. — Não tenho medo da morte.

— Pois deveria — rebateu Malini. — Um homem que teme a morte luta para sobreviver. E quanto mais tempo sobreviver, melhor para todos nós, então se não for sobreviver por si, sobreviva por todos nós. Por mim.

— Lutarei com tudo que tenho — respondeu Aditya.

— Você foi avisado de que forças podemos deixar aqui — disse Malini. — Mas se tem alguma coisa de que precisa...

— Não. — Aditya balançou a cabeça. — Irmã, vou ficar bem o bastante.

— Bem o bastante — repetiu ela. — Isso é uma batalha.

— Eu sei. Eu fui treinado para batalhas.

— Então precisa se sair melhor do que só *bem o bastante*. Deve fazer tudo. Lutou com Rao? Foi o bastante para ganhar a confiança dele? Isso não basta para mim, Aditya. Agora eu conheço a guerra. Imploro para que você se lembre do seu antigo dever, e vá para a batalha com ele em mente. Não como o sacerdote que não conseguia sequer acender uma flecha.

— Você está brava por eu não ser o que era antes — observou Aditya.

— Não estou brava com você.

— Está, sim — retrucou ele. — Mal consegue vir me visitar. E, quando vem, irmã, você olha através de mim, buscando o homem que eu já não sou. Você não é a única a fazer isso. Não é a única que sente a falta dele.

Será que Aditya estava falando de si mesmo? Ou de Rao? Ela não perguntou.

— Mas você não deveria ter raiva — continuou ele, mantendo os olhos firmes nos dela. — Porque se eu voltasse a ser aquele homem, o herdeiro de direito do trono do nosso império, você perderia tudo que conquistou. Seu exército. A coroa que espera por você. Por mais que tenha força, ambição e vontade, você sabe tão bem quanto eu que os homens são levados por aquilo que acham que conhecem.

Malini ficou em silêncio.

— Vai me pedir para desistir dessa tarefa? — perguntou Aditya rompendo o silêncio que se seguiu. — Para viajar com você, e lutar como um príncipe de Parijatdvipa ao seu lado, sabendo todo o risco que isso traz a você?

Ela conseguia imaginar a cena: Aditya ao seu lado na batalha, iluminado pela glória montado em um cavalo branco. Aditya em uma carruagem correndo em direção à batalha, cada centímetro do nobre príncipe herdeiro. Cada centímetro do homem que os nobres adorariam ver ascender ao trono.

Ele era perigoso. Mahesh provara isso. Ainda assim. Ainda assim...

Malini continuou em silêncio. Afinal de contas, não havia nada a ser dito. Ele sorriu, os olhos tristes, mas entendendo a verdade.

— Não — disse ele. — Você não vai pedir. Está feliz por eu ter decidido ficar aqui. Então não brigue comigo, irmã, por escolher o caminho que protege você. Protege você de Saketa, de um exército no seu encalço, e também... de mim.

— Eu não pedi que você se sacrificasse para o meu bem — respondeu Malini, baixinho.

— Um gesto de amor não precisa ser pedido — devolveu Aditya. — Mas prometo a você: minhas ações são guiadas pelo anônimo, assim como toda minha vida. É a voz de meu deus que me instrui a ficar aqui. Vou ficar. E quem sabe? Talvez eu sobreviva a essa guerra. Talvez o destino considere me libertar.

— E depois? O que vai acontecer depois?

— Vou encontrar outro monastério que me aceite — ponderou ele. — Vou viver lá até o fim dos meus dias. Vou até Alor em busca do coração da fé. Uma vida pacífica. — Ele abriu um sorriso maior, um sorriso suave e desejoso. — Sua coroa pertence apenas a você, Malini. Irmã. Eu nunca vou querer tirá-la de você.

Ela não conseguia mais ficar ali conversando com ele. Esperava que... bem... Não sabia o que ela esperava, e esse era seu erro. Não queria que o irmão voltasse a ser quem era, e ainda assim, uma parte dela queria. Ou... não.

Ela queria que o irmão fosse alguém que nunca havia sido. Um irmão que a tivesse visto ser machucada e a protegera quando ela não conseguia fazer isso por conta própria. Queria o amor dele como ela nunca recebera e como ele jamais daria, porque era um amor que ela precisara muito tempo antes.

Ela não queria que ele morresse. Não havia nenhuma possibilidade na morte. Apenas o fim.

Ela se virou para ir embora, mas parou na entrada da tenda. Se não conseguisse desembaraçar aquele nó de amor, raiva e ressentimento em palavras, ela ao menos poderia dizer aquilo.

— Depois que o seu monastério foi queimado, depois de tudo, eu sonhei com Alori e Narina. Elas me disseram que eu mataria meus dois irmãos. E elas me perdoaram. Só que eu nunca planejei machucar você. — Ela fez uma pausa. — Sua existência foi um espinho fincado na minha pele, mas eu nunca quis machucar você. Não fiz nada para guiá-lo até aqui, Aditya. Não pedi para você ficar em Saketa ou disse para se voluntariar para a missão. Não segurei nenhuma faca contra seu pescoço. E não transformei você em um prisioneiro. Eu sei o que é ser aprisionada. — A voz dela fraquejou então, a fúria e a mágoa deixando-a aguda. — Eu amo você, irmão. Embora, talvez, as coisas fossem mais fáceis se eu não amasse.

Silêncio, e então, a voz de Aditya ressoou atrás dela:

— Boa viagem, Malini.

— Bom cerco, Aditya — respondeu ela.

# CHANDRA

As notícias chegaram durante o momento mais silencioso da noite, enquanto Chandra estava na cama com a esposa. Um dos guardas interrompeu, relutante, fazendo uma reverência e mantendo os olhos abaixados de forma determinada, por mais que um biombo pintado e cortinas de seda pesada protegessem Chandra e a modéstia de sua nova esposa.

— Mensageiros trouxeram notícias da guerra, imperador — anunciou o guarda. — Notícias da sua irmã.

Chandra saiu da cama e escutou o que o mensageiro tinha a dizer de trás do biombo enquanto os criados o vestiam: um turbante de brocados rígidos, preso no lugar com uma pedra da lua do tamanho do punho de uma criança; um colar de pedras de prece, cada uma feita de ouro e prata entrelaçados, entalhadas com o nome de uma mãe das chamas. Um achkan de seda branca, e um dhote dourado.

Chandra se lembrava de que o pai nunca se vestia de forma tão formal e luxuosa em seu próprio aposento. Os conselheiros que eram permitidos entrar nos aposentos particulares o viam mais relaxado, vestido em algodão e seda simples, rico e sutil. Chandra sempre detestara aquele tipo de informalidade. O imperador deveria estar acima dos homens que juraram servi-lo: em natureza e propósito. Em suas roupas. Desde que ascendera ao trono, ele se certificara de não acompanhar o exemplo enfadonho do pai.

Agora ele se sentia grato pela escolha. A roupa era como uma armadura, lembrando-o de quem era, da vida que as mães garantiram a ele, da coroa que sua justiça e seu propósito lhe davam. A armadura permitiu que contivesse a própria fúria quando o mensageiro relatou as notícias gaguejando, recebidas dos espiões de Chandra e de soldados nos entrepostos, e de um sacerdote leal, que fugira de Saketa e da sua prisão no acampamento de Malini para dar as notícias desastrosas a Chandra.

Sua irmã ainda estava viva. Ainda governava sua horda de traidores e infiéis quebradores de votos. Sua irmã não fora morta pelo fogo sagrado. A fortaleza do alto-príncipe estava sob cerco. O alto-príncipe não teria a vitória fácil que Chandra prometera.

Mesmo agora que o fogo sagrado fora mandado para matá-la, mesmo quando os seus seguidores finalmente deveriam ter virado as costas para ela e reconhecido que era Chandra quem tinha o verdadeiro poder, sua irmã sobrevivera. Ela ainda liderava seus homens tolos.

E ela estava indo até Parijat.

Ele ordenou que um guarda chamasse Hemanth e dispensou o restante. No silêncio que se seguiu, ele andou até a varanda, afastando o tecido fino que impedia a entrada dos insetos, e inspirou o ar fresco da noite.

Dali, ele tinha a mesma visão que o pai tivera outrora, e todos os imperadores que vieram antes deles: a vastidão do mahal, as mansões menores acomodadas dentro dele, uma dezena de pátios menores cheios de jasmins, crescendo em profusão. Os jardins da mãe, que agora eram apenas uma área chamuscada, com um pulsar leve de brasas que morriam, luz das estrelas no solo embaixo dele. As paredes do mahal, altas, brancas e cintilantes. E a cidade de Harsinghar além dela, o mármore e arenito brancos tingidos de dourado e azul sob a luz do luar. Ele encarou tudo isso, fixamente, sem piscar, até os olhos começarem a arder com o vento suave da noite, e com a aspereza das cinzas que trazia consigo.

Não havia vento sem cinzas. Não em seu mahal.

O guarda voltou.

— Junte-se a mim na varanda, sacerdote — instruiu Chandra.

Depois de um instante, Hemanth apareceu.

— Recebeu más notícias — disse o alto-sacerdote, cauteloso.

— Já as ouviu? — perguntou Chandra. — Não. Claro que não. Minha irmã está voltando para casa, sacerdote. Terá o que quer, afinal.

— Eu quero seu bem-estar — justificou-se Hemanth. — E o de Parijatdvipa. Como sempre foi. — Ele se aproximou mais e se posicionou ao lado de Chandra na beira da varanda. Chandra conseguia sentir os olhos do sacerdote sobre ele, sua preocupação. — Ela vem acompanhada de um exército?

— Sim. — Chandra cerrou os dentes. Fez sua mandíbula doer, pulsar com a tensão e a raiva. — E todos aqueles tolos que querem mais do que merecem. Eles não entendem seus lugares? O *propósito* do mundo que Divyanshi construiu para eles? Não responda. — Ele soltou uma risada, amarga e fraca. — Eu sei que não compreendem nada disso. Ou se curvariam a mim, e me *serviriam*, e se contentariam com isso.

Hemanth ficou em silêncio por um longo momento. Então, declarou, em tom reconfortante:

— Fique contente por ela estar vindo para cá. Considere um sinal. As mães estão a enviando para onde ela deve estar, para que finalmente possa cumprir seu dever ao senhor e a todos nós.

*Se as mães verdadeiramente agissem a meu favor,* pensou Chandra, *então teriam a matado na fortaleza do alto-príncipe. Teriam garantido que o fogo abençoado destruísse todo o exército dela.*

Imediatamente, ele se envergonhou do pensamento. Não era culpa das mães nem de Chandra. Não, era culpa da irmã, de suas escolhas monstruosas, de sua recusa absoluta em aceitar o próprio destino. A irmã dele era uma maldição. Sempre fora.

— Imperador — disse Hemanth, interrompendo o silêncio que se instaurara entre os dois. — O que vai fazer? Irá cumprimentá-la? Falar com ela?

— Prefiro enfiar uma adaga no coração dela — respondeu Chandra. — Prefiro atirar uma flecha na perna dela e ficar observando enquanto sangra lentamente até morrer. Prefiro estrangulá-la com minhas próprias mãos.

— Ela causou uma dor imensa ao senhor — comentou Hemanth, cheio de compaixão.

Chandra fechou os olhos, assentindo. Sim. Ela tinha causado. Ele ficava feliz que Hemanth compreendia; feliz que o alto-sacerdote sempre reconhecia o coração que ele tinha embaixo de sua raiva, o desejo incessante por um mundo melhor e pessoas melhores.

— Sabe que irei pedir novamente a mesma coisa — disse Hemanth, apoiando uma mão gentil no braço de Chandra. — Por favor, imperador. Pense no poder de uma morte voluntária.

— Pense no poder que eu já tenho — rebateu Chandra.

— Não se prive da grandeza — retorquiu Hemanth. — Não prive Parijatdvipa da grandeza. Sei que tem a capacidade de ajudá-la a encontrar o próprio destino de forma contente e voluntária.

*Mas eu tenho a vontade de fazê-la cumprir esse destino?*, pensou Chandra. Ele não tinha tanta certeza. Não sabia se ela merecia aquilo.

— O senhor é um homem bom, Chandra — insistiu Hemanth, finalmente usando o nome de Chandra. Ele fazia isso apenas de vez em quando, em momentos que desejava falar com Chandra com grande intimidade e ternura. — O melhor dos homens. Guie sua irmã. Ensine-a a ser o que deve ser. Deixe que os sacerdotes o ajudem — continuou ele. — As mães a enviaram ao senhor. Escute o que elas dizem.

Chandra odiava a irmã. *Odiava*. Ele não dissera isso? Ele não era o imperador? Era a decisão dele, como escolhido pelas mães das chamas. De mais ninguém. Nem mesmo do alto-sacerdote.

Ele virou o rosto para longe de Hemanth.

— Imperador — clamou Hemanth, a voz baixa. — Por favor. Não irá me ouvir?

Chandra não disse nada.

— Eu estive relutante em falar desse assunto, imperador — disse Hemanth quando Chandra se recusou a responder. — Mas pode haver um perigo maior a Parijatdvipa do que apenas as armas de homens mortais.

Chandra deu uma risada abrupta, o ruído forçado escapando por entre os dentes.

— Os homens já causam problemas o bastante.

— Imperador — insistiu o outro, suspirando. — Já é tarde, e seu coração está pesaroso. Venha ao templo amanhã. Iremos rezar juntos, eu e o senhor. Um novo suprimento de flores será trazido por meus sacerdotes. Faremos uma guirlanda para Divyanshi juntos. Eu deixarei as mais belas rosas e calêndulas para o senhor. E, então, conversaremos. E eu direi o que... quais *temores* meus sacerdotes trouxeram até mim.

— Se vai simplesmente tentar me convencer do destino da minha irmã, não será necessário — disse Chandra. A fala era meio cansaço, meio aviso. — Eu compreendo sua perspectiva. E deixou muito claro que acredita em mim, de todo o seu coração. E que, no fim, você seguirá minha vontade.

— Como sacerdote, como *seu* sacerdote, é meu dever dizer tudo que posso para guiá-lo, iluminando o caminho diante de si — repreendeu Hemanth, com o mesmo tom reprovador de um pai. — Amanhã, imperador. Então, poderá fazer o que quiser com a informação.

O alto-sacerdote partiu.

Chandra voltou para o quarto.

Sua esposa estava parada ao lado da cama, ainda ajustando as dobras do sári. Seu cabelo estava solto por cima do ombro. Ele observou aqueles dedos pequenos ajeitarem o tecido no lugar; observou as linhas de concentração que marcavam sua testa. Ela ficou mais lenta quando viu que ele estava olhando, e rapidamente levantou o olhar, observando-o com cuidado. Sua esposa era tímida. A sua obediência cheia de hesitação o irritava, mas era possível tolerá-la. Era bonita o bastante, e não tentava reclamar ou inventava manipulações quando era chamada para a cama dele. Ela cumpria seu papel. O que mais poderia pedir dela? Mostrar que estava irritado, fosse através de palavras ou violência, seria tão satisfatório quanto quebrar a asa de um pássaro depenado.

Ainda assim, naquele instante, ele pensou que quebrar algo que não pudesse ser consertado seria muito agradável. Pensou nos ossos dos pulsos e dos braços dela. Observou os dedos delicados dela ficarem imóveis.

Chandra afastou o pensamento e a raiva. Ele não a machucaria. Não era esse tipo de homem.

— Vá — ordenou ele, de súbito. — Me deixe.

Ela o olhou rapidamente, e depois baixou o olhar.

— Durma bem, marido — respondeu ela, e depois saiu do quarto apressada.

Chandra não voltou a dormir. Ele chamou seus oficiais militares, que chegaram com olhos inchados e desalinhados, mas obedientemente começaram a trabalhar discutindo o que deveria ser feito a seguir. No salão vasto do mahal imperial, onde os sacerdotes e sacerdotes guerreiros mantinham uma pira de fogo sagrado — *fogo das mães* — queimando, os seus oficiais leais e lordes o aconselhavam.

No passado, aquele salão estivera cheio de lordes, príncipes e reis vindos de toda Parijatdvipa: aloranos, srugani, saketanos e dwarali. Todos cheios de arrogância. Todos levando o império e o pai de Chandra para longe do caminho certo. Naquele momento quase todos os rostos diante dele eram parijati. Ou parijatdvipanos de outras cidades-Estados que eram espertos o bastante para reconhecer seu lugar de direito: servindo-o, obedientes. Eles sabiam que não deveriam ser considerados seus iguais.

Brevemente, ele considerara acrescentar o príncipe Kunal ao grupo. Ele se curvaria, Chandra sabia disso; abaixaria a cabeça e mostraria subserviência. Porém, havia algo no filho do alto-príncipe que não inspirava confiança... um tipo de raiva faiscante nos olhos do homem que dizia que o príncipe Kunal não merecia o privilégio de pertencer ao grupo de confiança de Chandra.

Além disso, a lealdade do príncipe Kunal dependia do sucesso do seu pai contra Malini; da proteção das chamas que Chandra presenteara. Do poder. Da segurança que Chandra também estendia: comida de Parijat, dos seus campos seguros e férteis, intocados pela praga que arruinava tanto Ahiranya quanto Saketa. Uma lealdade condicional não interessava a Chandra. Ele queria homens de fé. Homens que depositavam a fé *nele*.

O alto-sacerdote ensinara a Chandra que as mães das chamas o amavam; que falavam com ele acima de todas as coisas e que o guiavam para o seu destino. E ele ouvia seus sussurros amorosos nos estalos e tremulações do fogo, que floresciam em azul por um instante, em contraste com as labaredas douradas, enquanto um lorde velho e experiente explicava a Chandra, em uma voz rouca e respeitosa, que com certeza a princesa não seguiria a estrada principal para chegar até Harsinghar.

— As forças dela foram reduzidas, imperador — alegou ele, enquanto dois sacerdotes guerreiros entravam na sala carregando uma caixa, a abriam e depositavam a chama mágica no fosso, que fez um estalo e se iluminou mais. — Ela irá tomar cuidado. Se os seus homens leais forem capazes de localizá-la e destruir suas forças enquanto ainda estão vindo...

— As forças do alto-príncipe vão atacá-la por trás — rebateu outro lorde. — Ele não vai permitir simplesmente que a princesa traidora marche até Parijat...

— O forte permanece sob cerco — interrompeu uma voz baixa. Um conselheiro militar. — Ele não poderá segui-la tão fácil assim ou de imediato.

Chandra ouviu enquanto debatiam, e os seus sacerdotes guerreiros se reuniram ao seu redor. Um deles se inclinou para a frente.

— Lorde Sushant deseja falar com o senhor, imperador. Em particular — disse.

— Ele pode esperar — respondeu Chandra, dispensando-o.

— Imperador, ele insiste que não é possível. Parecia estar bastante transtornado.

— Entendo — rebateu Chandra, irritado. — Continuem — falou mais alto para os conselheiros, que pararam ao ouvi-lo erguer a voz. — Volto em um instante.

Se Sushant o estivesse chamando por algum motivo bobo, ele simplesmente mandaria cortar a garganta do homem. Aquilo seria um preço justo por desperdiçar o tempo de um imperador.

Sushant era de uma antiga família parijati que perdera toda a glória e riqueza havia muito tempo. Foi Chandra quem erguera ele e seus parentes novamente; quem dera a ele a riqueza de um nobre traidor executado e permitiu que tivesse acesso à corte de confiança do imperador. Como resultado, Sushant era um seguidor leal irrepreensível e adorador, que trazia sua experiência de toda uma vida cuidando da propriedade rural da família para a tarefa de administrar a agricultura de Parijat.

Apesar do ar fresco do amanhecer, estava suando, o bigode visivelmente úmido. Ele fez uma reverência profunda quando Chandra se aproximou, e depois ergueu a cabeça.

— Imperador — cumprimentou. — Obrigado por concordar em encontrar-se comigo a sós.

— Deve achar que tem muito valor para mim, Sushant — rebateu Chandra, a voz baixa —, para exigir meu tempo dessa forma, como se *eu* fosse o seu criado.

Sushant fez outra mesura, às pressas.

— Mil perdões, mil perdões — balbuciou. — Mas meus homens, os fazendeiros em uma propriedade próxima... o senhor precisa *ver*...

O lorde abriu um saco que estava aos seus pés, deixando exposto o conteúdo. Chandra foi olhar lá dentro... e imediatamente se encolheu.

— O que é isso? — indagou ele, de repente.

As mãos de Sushant tremiam enquanto ele fechava o saco às pressas.

— Decomposição, imperador — explicou ele. — A decomposição de Ahiranya, a decomposição que destrói os campos de Saketa... chegou a Parijat. Eu... eu não sei quanto já se espalhou.

*Um perigo maior a Parijatdvipa do que apenas as armas dos homens mortais*, dissera Hemanth. E ali estava, diante dele. Decomposição em seus próprios campos. Em seu próprio país.

De súbito, ele se sentiu nauseado. Isso não deveria acontecer em Parijat. Não na terra das mães. Não na terra abençoada pelo seu governo.

— E o que devo fazer? — perguntou ele.

— I-imperador — gaguejou Sushant. — Eu... eu não sei. Eu não sei.

— Venha comigo — exigiu Chandra, seco.

Voltou para os seus conselheiros reunidos, que fizeram uma mesura quando ele entrou. Esperaram ele dar-lhes permissão para se levantarem.

— Falem — disse ele, brusco. Um deles se encolheu visivelmente. — Me digam o que foi planejado.

— Acreditamos que ela vá tentar atravessar o rio Veri — sugeriu um dos conselheiros. — Existe um vau ali. Se encontrarmos com ela neste local, poderemos tentar reduzir suas forças.

— Reduzir — repetiu Chandra. — Eu não quero reduzir as forças dela. Quero *dizimá-las*. Vocês entenderam?

Os conselheiros ficaram em silêncio. Parecia que não queriam olhar para ele.

De alguma forma, aquilo era culpa da sua irmã. De alguma forma, a maldição que ela representava também amaldiçoara a terra de Chandra. Ela não merecia queimar. Não merecia se elevar. Ela merecia apenas a dor. Merecia só o nada. Não *ser* nada.

— Imperador — chamou Sushant. Todos os olhos se voltaram para ele. — Meu povo é das terras que cercam o Veri. E eu... talvez possa sugerir uma forma de enfrentá-la. E derrotá-la.

Sushant começou a falar. E Chandra — com a dor o dilacerando por trás dos seus olhos, perfurando seu coração — escutou, de punhos cerrados. Ele queria poder colocar as mãos no pescoço da irmã. O medo doentio que o atravessara ao ver a colheita decomposta se cristalizara em uma fúria tão abrasadora que sua única escolha era extravasá-la.

Era o que a irmã merecia.

Amanhã, ele deixaria que Hemanth falasse com ele. Deixaria que Hemanth o informasse sobre a decomposição em Parijat, pois certamente era esse o assunto do alto-sacerdote.

E então ele confiaria na sabedoria que as mães depositaram diretamente em seu coração.

*Sou eu a resposta, e não a minha irmã.*

*Minha irmã, jamais.*

Ele mandaria seus homens para o Veri. Todos os homens que pudesse dispensar. E ele a esmagaria. Destruiria.

Ela não merecia queimar; não merecia *se elevar*. Não, a única coisa que Malini merecia era morrer.

Chandra foi ao templo muito depois do nascer do sol. Ele foi, e viu que Hemanth se aproximava com um sorriso para cumprimentá-lo.

Ele observou o sorriso do sacerdote desaparecer ao ver a expressão de Chandra.

— Imperador.

— Alto-sacerdote, me diga quais são as ameaças além dos *homens mortais*. Me conte sobre o que anda escondendo de mim.

Chandra atirou o saco ao chão. Flores decompostas caíram de lá, o fedor de carne e podridão preenchendo o ar.

O alto-sacerdote não se afastou. Ele olhou para as flores, e então ergueu o rosto para encontrar os olhos de Chandra. Parecia que sempre soubera que esse dia chegaria.

— Ah, imperador — disse ele, triste. — Esse não é nem o menor dos meus medos.

# BHUMIKA

A atmosfera da enfermaria estava tensa. Sombria. Não havia barulho nenhum ali a não ser a respiração; um corpo pequeno tentando puxar o ar, e Ganam acompanhando a cadência dele. Para dentro, para fora. Dentro, fora. Como se ele pudesse carregar os dois apenas por pura determinação.

— Ganam — disse Bhumika. Ela entrou no aposento em silêncio.

— Kritika acabou de vir aqui. — Soou a voz baixa de Ganam. — Ela não sabe o que pensar. Não quer admitir, mas eu vi. Estava escrito no rosto dela.

— Como ele está? — perguntou Bhumika.

Ela não estava mais longe da cama. Um cobertor cobria o corpo de Rukh, mas ele o chutara de lado, ou fora afastado, e Bhumika viu um pé descalço; um tornozelo magro, vulnerável e coberto de verde.

— Ele está doente — respondeu Ganam, baixinho. Estava sentado ao lado da cama de Rukh. — Disse que Ashok... fez algo com ele. Antes de parar de falar outra vez.

Rukh estava inconsciente. Novas veias verdes marcavam seu pescoço. A decomposição se espalhara mais; esticara suas raízes em seu sangue e seus órgãos. Priya ficaria arrasada.

Bhumika tocou a ponta dos dedos naquele calcanhar. O menino sequer estremeceu, mas ele ainda estava quente. E a cena a deixou com um nó na garganta.

Rukh. A filha de Bhumika. A *filha* dela.

O medo era algo constante dentro dela. O aperto só continuava a aumentar a cada nova ação dos yaksha.

— Eu vou voltar — disse ela baixinho.

Ganam não falou nada quando ela saiu, os olhos ainda fixos em Rukh.

Ela não foi procurar Ashok. Não precisava fazer isso. Em todos os lugares aonde ia, ela sentia a presença dele como uma sombra. Dito e feito: quando entrou no pomar, sob a copa de folhas carregadas de estranheza, a decomposição a observando com a consciência terrível dos yaksha, ele a seguiu.

Ashok a encontrou enquanto ela descansava a mão em uma árvore grande, cujo tronco fora partido ao meio por uma ferida fibrosa. Ela não queria olhar para ele.

— O que fez com ele? — perguntou Bhumika. — Ashok, o que fez com Rukh?

— Ele ainda está vivo?

— Sim, está. — Ela se virou. — Por acaso estava tentando matá-lo?

Ashok não disse nada. Nada. Bhumika queria gritar, mas não fez isso. Ela não agia dessa forma. Reuniu sua força e olhou para ele... simplesmente olhou para a expressão perdida e distante no rosto dele. Para a forma como a terra fizera coisas novas crescerem aos seus pés, flores e botões, que o agarravam com mãos verdes.

— O irmão do qual me lembro às vezes era cruel — soltou Bhumika, a voz controlada. — E muitas vezes um tolo.

— Eu nunca fui tolo. — Ele soava ofendido.

— Às vezes — repetiu Bhumika, destacando as palavras com toda a raiva que ela tinha, mesmo enquanto ainda sentia uma onda de gratidão por ele ainda estar ali. Ainda afiado, difícil, indisposto a se curvar para ela mesmo nas pequenas coisas. — Mas ele nunca destruía nada sem necessidade. Sempre se convenceu de que havia um objetivo para a crueldade que infligia. Ele tinha suas desculpas. Então qual é a desculpa dessa vez, Ashok? O que estava tentando fazer?

— Não estava tentando machucá-lo — argumentou Ashok, distraído. — Eu dei a ele um presente.

— Que presente?

— Pergunte o que ele sabe. Eu dei sabedoria a ele.

— Ele é uma *criança*.

— Os yaksha sempre compreenderam o valor das crianças — retrucou Ashok, e Bhumika não se encolheu.

Ela não pensou na filha. Ashok nem sequer percebeu como aquilo a afetara. Ainda estava falando, rápido, jorrando palavras.

— Eles esvaziam tudo. Esvaziam o mundo. As árvores, as plantas e as pessoas. Eles não sabem o que fazem, Bhumika. Estão arrancando tudo, mudando tudo, para poderem sobreviver e ganhar.

— O que eles são? — Certamente, não eram os espíritos que ela cultuara. Não isso aqui. — Ashok. O que você é?

— Eu não sei.

Ele parecia tão aturdido. Bhumika nunca o ouvira assim, e isso fez seu estômago se revirar. *Você não é meu irmão. Isso aqui não é meu irmão.*

— Você é meu irmão — disse ela, firme. — É, sim. Mas o que mais? — Ela apertou o braço dele. — Precisa me contar. Eles têm Ahiranya. Levaram Padma como refém, e querem Priya também. Ou querem *fazer* alguma coisa com Priya. Eu sei que sim. Então para o bem dela, se não só o de Padma, se não só o meu...

— Eu sou uma máscara. — A voz dele soou desesperada. — Sou uma máscara. Eu não sou Ashok, mesmo que acredite que seja. Mesmo que eu queira ser.

Ela tentou encontrar seu equilíbrio. Seu controle. Não queria se sentir como a garota do passado, em dívida com seus anciões, pequena e obediente à vontade dos outros. Ela ressentia aquela mudança de circunstâncias. Mal conseguia respirar enquanto estava ali.

— Isso não pode continuar — disse ela, a voz fraca, mas repleta de toda sua convicção. — Ashok, se você é você mesmo, ainda que seja uma sombra do que foi, de fato machucaria alguém tão próximo sem nenhum propósito, nem mesmo pelo futuro glorioso pelo qual ansiava? Vai permitir que a decomposição tome Ahiranya completamente?

— Bhumika.

Não foi Ashok que falou.

Ela se virou.

— Ele não pode ajudar — disse a yaksha que tinha o rosto de Chandni. Naquele dia, estava usando apenas um resquício de Chandni. A pele dela tinha a característica perolada de uma casca. — Mas nós somos seus, assim como você é nossa, anciã Bhumika. Se tem questões ou medos, deixe que eu os tranquilize.

Ela respirou fundo. Soltou o ar. Bhumika se forçou a não estremecer, e a baixar o olhar respeitosamente antes de falar.

— Tenho sido estúpida — disse Bhumika. — Nunca deveria ter desconfiado. Mas é... assustador, encontrar aquilo que se venerou a vida inteira. Precisa perdoar a fraqueza de uma filha do templo.

O silêncio de Chandni era quase como uma ameaça.

— Me diga o que teme, filha — pediu, por fim.

— A decomposição — respondeu Bhumika, desejando que sua voz não estivesse tão fraca, que não estremecesse. — Está ficando pior. Nosso povo vai morrer.

— Estamos tentando fazer um futuro — justificou a yaksha, os olhos brilhando. — Sacrificamos tanta coisa para estar aqui. Então por que não deveríamos moldar o mundo? Abrir espaço para nós, refazê-lo de acordo com nossa imagem? Nós somos carne e flores. Por que todos também não deveriam ser?

As palavras não poderiam atingir Bhumika com mais força do que a atingiram naquele momento, no que outrora fora o pomar precioso do seu marido.

— Os anciões nos deram as boas-vindas no passado — contou a yaksha Chandni, como se estivesse cantarolando, as trepadeiras ondulando ao seu redor feito ondas. — Os primeiros do seu povo nos deixaram entrar. E o fizeram com tanta gentileza e facilidade. Estavam felizes por estarmos ali. Felizes em nos servir. Talvez você não soubesse o que éramos quando entrou nas águas. Talvez aqueles que criaram vocês não soubessem. Mas mesmo assim, você nos deixou entrar. — Ela colocou a mão na bochecha de Bhumika. — Você se uniu a nós, que entalhamos um lugar dentro de você e fizemos dele nossa moradia. Você não é uma criatura deste mundo, assim como nós não somos.

Bhumika queria gritar. A pele dela coçava de repulsa. Porém, ela ficou no lugar, permitindo aquele toque em seu rosto.

— E qual é nosso propósito? — inquiriu Bhumika. — Deve entender, yaksha, que quando crianças fomos ensinados que nosso propósito era louvá-los. Encorajar sua adoração e lembrar da glória que deram a Ahiranya, e do sacrifício de suas mortes. Porém, estão aqui agora, e creio que talvez queiram mais de mim do que a simples veneração.

— A veneração nunca faz mal — devolveu a yaksha com leveza, sorrindo com a boca de Chandni, com os olhos de Chandni, que enrugavam nos cantos. — Mas não, não queremos a sua veneração. Você tem o mesmo propósito que os antigos anciões tinham, quando chegamos na margem do seu mundo e os transformamos em mais do que mortais. — A yaksha se aproximou. — A guerra, anciã Bhumika. O esplendor da guerra, tão grande que levará toda Parijatdvipa para nossos braços.

— Estão moldando o mundo — disse Bhumika, mantendo a voz respeitosa. — Em certo momento, tudo cairá sob seu poder. Qual a necessidade de uma guerra que pode custar tantos fiéis?

*Ou acabar com seu tempo no mundo, como aconteceu na Era das Flores?*, pensou Bhumika.

Ela sabia que não deveria dizer aquilo. Não se devia confrontar uma pessoa poderosa com os próprios fracassos. E por mais que fossem espíritos, deuses, com certeza eles usavam seu poder com a mesma crueldade dos humanos.

— Por necessidade — respondeu a yaksha simplesmente. Bhumika pensou que fosse dizer mais, mas então ela suspirou, um som que parecia o farfalhar de folhas. — Existem regras naturais que devem ser obedecidas.

*Regras naturais*. Isso não significava nada. A yaksha estava escondendo algo. Ela conseguia sentir.

Bhumika assentiu.

— Eu compreendo, yaksha — mentiu.

Bhumika sabia qual era a dor de ser conquistada. Conhecia a sensação de ter toda sua história, cultura e seu orgulho apagados pouco a pouco.

Durante o último ano, pensou que ela, Priya e os guardiões das máscaras estavam reconstruindo. Pouco a pouco, devolvendo Ahiranya para si própria. Porém, o país que estavam erguendo, costurado por fios frágeis, era apenas uma mortalha para um monstro antigo.

Ela tinha o dever de proteger o povo daquela terra. Sempre tentou fazer isso, de um jeito discreto ou não. Mas, ah, ela estava tão cansada, e nada a deixava mais cansada do que o horror que a percorreu quando a yaksha sorriu e continuou sorrindo para ela, como se ela tivesse aprendido a sorrir através de uma história.

— O que precisam de mim? Como posso servi-los?

— Um banquete — respondeu Chandni. — Seus yaksha desejam uma comemoração para celebrar a nossa volta, e todos os nobres da nossa terra devem comparecer.

Bhumika inclinou a cabeça, o estômago feito pedra.

— Um banquete — repetiu ela. — Vou providenciar.

# SWATI

Não houve descanso na jornada em direção a Parijat, ao menos não para Swati. Cada vez que a tenda da imperatriz era desmontada ou montada, ela precisava acompanhar o empacotamento e o armazenamento de todas as posses da imperatriz: os lindos sáris, as joias, as armas, os livros e tinta e papel que ela tanto valorizava. Se algum daqueles itens sumisse, seria culpa de Swati, então ela não permitia que ninguém interferisse em seu trabalho.

Enquanto a tenda da imperatriz era erguida em um bosque não muito longe de Parijat — apenas a mais um dia de viagem de distância, no máximo —, Swati remendava o bordado no mapa de Parijatdvipa, cuidadosamente trabalhando os pontos e as marcas para imitar os vilarejos e campos pelos quais passaram. Trabalhava para desembaraçar o fio com cuidado, a língua entre os dentes. Poderiam ter passado horas, ou talvez só minutos, quando sentiu um toque no ombro. Ela se sobressaltou, derrubando a agulha de osso e arfando em surpresa.

— Desculpe — disse uma voz. Ela precisou de um instante para identificar o sotaque. Dwarali. Então Swati ergueu o olhar e percebeu que era uma das arqueiras de lady Raziya que a interrompera. — Vem comigo? — perguntou a mulher. — Tem uma coisa que eu acho que você vai gostar.

— Eu preciso trabalhar — respondeu Swati, embora o mapa já estivesse quase pronto.

— Sua senhora vai precisar do mapa hoje à noite? — Ela bufou, delicada. — Não. Venha, então.

Swati a seguiu, em grande parte por curiosidade. A arqueira a levou para um espaço atrás da tenda de lady Deepa, onde estava um grupo de mulheres. Ela viu as outras guardas de lady Raziya. Alguns soldados, relaxados, segurando arcos pendurados nos ombros. E algumas criadas e mulheres nobres do séquito da imperatriz Malini, todas elas carregando arcos próprios, encarando os alvos de madeira distantes.

— Cheguem mais perto! — gritou Sahar. Era uma das mulheres de lady Raziya, uma arqueira e cocheira, e era assustadora em suas habilidades. — Peguem um arco!

Algumas mulheres se aproximaram. Hesitante, Swati se juntou a elas.

— Lady Raziya me pediu para treinar as mulheres da corte e as mulheres do acampamento — contou Sahar, olhando para elas. — Se quiserem aprender, serão bem-vindas. E se não quiserem... — Ela deu de ombros. — Podem ir embora. Eu vou demonstrar, e então vamos ensinar a qualquer uma de vocês que queira tentar.

Ela gesticulou para os homens e as outras guardas. Um dos homens acenou, e um soldado que o acompanhava chutou sua canela, revirando os olhos.

Swati contorceu as mãos, e deu um passo pequeno para trás.

— Aonde você vai? — perguntou a mulher que a levara até ali.

— Tem muitos soldados aqui — respondeu Swati, abaixando os olhos e demonstrando humildade.

Enquanto fazia isso, ela aproveitou e olhou em volta. Notou os pés com botas das guardas de lady Raziya e as sandálias delicadas de algumas nobres. Os pés da mulher ao seu lado, em botas estreitas embaixo de um salwar kameez escuro. Ela ergueu os olhos e encontrou o rosto da conselheira ahiranyi, Sima.

Swati não sabia o que pensar dos ahiranyi quando chegaram, mas ela sempre teve a leve sensação de que eles eram *inferiores*. Não eram parijatdvipanos de verdade, pelo que seus ancestrais fizeram e pelos deuses em que acreditavam. Porém, as anciãs do templo de Ahiranya eram aliadas de sua senhora, então ela as tratara com respeito. Quando ouviu os homens murmurando sobre bruxas, simplesmente fizera o possível para ignorá-los.

Sima a olhou, inquisitiva.

— Não precisa atirar, posso levar você de volta para a tenda da imperatriz — disse Sima.

Swati se perguntou se era seguro falar sozinha com uma mulher ahiranyi. Ela poderia amaldiçoar Swati só com um olhar?

Talvez algumas pessoas diriam que não era seguro, mas Sima atirara em um peixe dourado com lady Raziya, trocara farpas com Sahar, uma mulher que Swati tanto admirava por fazer todas as coisas que ela jamais ousaria fazer, nem em mil anos. Matar, em primeiro lugar; beber uma taça de arak em um único gole, em segundo. Então Swati ficou ali.

— Eu sou tímida — confessou ela. — E não acho que seria muito boa nisso.

Ah, por que, por que a arqueira a arrastara até ali?

— Aqui — insistiu Sima. — Eu posso te ensinar o básico. — Ela abriu um sorriso, mostrando as covinhas. — Sou uma professora mais bondosa que Sahar, isso eu prometo. Eu costumava ajudar a ensinar as crianças em Ahiranya.

— Ah, eu... — Swati hesitou.

— Você não é obrigada — rebateu Sima, naquela sua voz ahiranyi cantada. — Mas, quando se está no meio de uma guerra, às vezes saber que você tem um poder, por mais que seja frágil, mesmo que seja tão pouco contra o que você vai enfrentar... ajuda um pouco.

Swati ergueu bem a cabeça e olhou para as tendas. O acampamento de guerra. As mulheres à sua volta e seus rostos determinados, Sahar encaixando a flecha no arco, a expressão firme mesmo enquanto explicava em voz alta o que estava fazendo e porquê.

Swati respirou fundo.

— Sim — respondeu ela. — Eu gostaria disso também.

# MALINI

O exército de Malini chegara à fronteira de Parijat. Eles não podiam avançar mais sem tomar uma decisão.

Os generais do exército se encontraram ao amanhecer. O vento soprava com força... com força o bastante para que o mapa precisasse ser preso por pedras nas extremidades. Priya ficou atrás de Malini com as mãos nas costas, afinal não era uma general, mas também não era só parte da corte de confiança de Malini, e deixou que o vento chicoteasse seu cabelo solto sem se importar. Se alguém quisesse questionar a presença dela, precisariam dizê-lo em voz alta. O fato de ela estar presente já demonstrava que era favorecida aos olhos da imperatriz.

Rao se inclinou sobre o mapa, rapidamente dispondo as opções que restavam para eles agora que estavam perto de Parijat, com o peso do exército do alto-príncipe atrás deles e uma força desconhecida de Chandra adiante, suas próprias forças divididas ao meio e reduzidas.

— Temos duas rotas possíveis — começou Rao. — Uma delas passa pelas fazendas, perto da estrada principal, direto para Harsinghar...

— De jeito nenhum — interrompeu Narayan, franzindo o cenho. — Viajei muitas vezes para prestar homenagem ao imperador por essa rota. Só a quantidade de entrepostos e torres de vigia no caminho vão garantir que tenhamos que lutar de manhã até a noite.

— Todos já viajamos por essa rota — afirmou o príncipe Ashutosh, seco, nitidamente infeliz em permitir que um nobre saketano subordinado tivesse a última palavra. — Já sabemos disso.

Narayan assentiu, educado.

— Vocês devem estar menos familiarizados com a segunda rota — sugeriu Rao, gesticulando para as linhas do rio Veri para indicar o que queria falar. Era apenas uma linha de pontos azuis costurados no tecido. — O Veri leva a água para Harsinghar. Seguir o rio é uma rota rápida, mas... difícil. O solo é ruim. Atravessar o rio não é simples.

— Podemos fazer uma barragem? Deixar a cidade passar fome? — perguntou um homem de olhos atentos do séquito dwarali.

— Deixar a cidade sem água não está sob consideração — determinou Malini, com firmeza.

— Como decreta a imperatriz — concordou Rao. — E fui informado por nossos oficiais militares, e particularmente pelos oficiais srugani... — acrescentou, fazendo um gesto de cabeça respeitoso na direção de lorde Prakash —, que o rio não poderia ser facilmente contido. É... muito, muito vasto, e a corrente é forte.

— Não podemos usar os cavalos — murmurou Khalil.

— Mesmo assim, vamos precisar atravessá-lo — disse Prakash, decisivo. — Uma viagem rápida é de grande importância.

— Se formos vistos ou precisarmos enfrentar os homens de Chandra ali — opinou Khalil, apontando para o mapa com uma ferocidade pouco característica —, vamos todos morrer. Eu tenho bons homens. Boa cavalaria. Mas em águas rasas, os homens de Chandra terão vantagem.

Era provável que fossem vistos. Malini sabia disso.

Um exército não podia ser deslocado com sutileza. Ah, ela certamente poderia viajar com um contingente menor: alguns arqueiros, suas melhores armas de cerco e os cavalos mais rápidos que Khalil oferecesse. Talvez aquilo permitisse que ela não fosse detectada pelos espiões de Chandra enquanto seguia o rio. Talvez. Porém, não podia invadir a cidade de Harsinghar sem uma cavalaria completa de cavalos e elefantes, sem muitos soldados e arqueiros para atacar as muralhas da cidade e enfrentar os homens do seu irmão.

Entretanto, se evitassem o rio, se tomassem o caminho direto para Harsinghar...

Bem, Narayan também estava certo.

Ela não tocou o mapa como fez Khalil. Em vez disso, deixou que os olhos o percorressem, marcando a verdade apenas para ela. Se atravessassem o rio, diminuiriam a viagem em diversos dias. Até mesmo semanas, se a água não estivesse alta, e o vau, com poucos guardas.

O vau não estaria pouco guardado, mas também havia uma oportunidade inerente nisso.

— Existe outra travessia — disse Malini.

Os homens a encararam.

— Deve haver outra travessia — corrigiu ela. — Águas mais rasas ou uma ponte. Existem dois outros vilarejos na beira do Veri, além do vau. Os dois fazem comércio de lavoura e pescaria.

Malini se inclinou sobre o mapa. Os homens se afastaram, permitindo que ela tocasse os lugares onde ficavam os vilarejos. Estavam marcados no mapa com apenas dois nós de fio. Swati os bordara, sob o olhar de Malini, depois que ela encontrara esses vilarejos nos registros dos oficiais e percebeu que tinha uma solução.

— De muitas formas, eles se consideram um único vilarejo — continuou ela. — Dividem o mesmo nome. Porém, ficam de lados opostos do Veri. — Ela ergueu a cabeça. — Atravessar o vau sem acesso a cavalos, uma coisa que imagino que não tenham, demoraria tempo demais. Existe uma travessia ali.

Muitos dos homens pareceram confusos, mas os olhos de Khalil se iluminaram.

— Eu acho que compreende aonde quero chegar, lorde Khalil — incentivou Malini.

Lorde Khalil levantou uma das pedras que segurava o mapa.

— Acredita que as forças do exército do seu irmão virão enfrentá-la, e será bem aqui — ponderou ele, depositando a pedra de um lado do rio. — No vau, onde a travessia é mais fácil, e onde seus números superiores e fogo podem nos atacar facilmente. Em um cenário desses, eles ganhariam.

Ele pressionou um dedo do outro lado do vau, onde o exército de Malini ficaria — e onde o exército de Malini certamente seria derrotado.

— Porém, sua intenção é mandar um contingente do exército na direção de uma travessia que os homens do seu irmão provavelmente desconhecem. Tem a intenção de que façam a travessia sem ser notados, mandando-os de volta para a retaguarda do exército do seu irmão, despercebidos, inesperados, e então... — Khalil tocou a ponta do dedo no tecido atrás da pedra, juntando os dois, praticamente dobrando o mapa perto da pedra.

— Temos uma prensa. Os homens de Chandra seriam esmagados entre os nossos. Já usamos métodos semelhantes ao lutar contra os jagatay nas fronteiras de Dwarali.

A boca de Khalil formava um leve sorriso.

— Exatamente — disse Malini.

Ela sabia. Era uma tática usada em Dwarali, recontada para ela em banquetes, nas primeiras semanas de campanha contra o irmão, que tivera grande influência em sua decisão.

No começo, ela pensou que Chandra tinha intenção de usar algo parecido para encurralar as forças de Malini: as forças do alto-príncipe segurando-a de um lado, e a dele do outro. Mas parecia que ele não partira da segurança e das fortificações de Harsinghar. Patético.

Isso não significava que não haveria guerreiros parijati esperando no meio do caminho, é lógico. Aquele era o território de Chandra. Ele sabia disso. E conhecia, assim como ela, cada rota, cada caminho, cada centímetro do chão que daria vantagem para ele em vez dela.

Entretanto, Chandra não teria pensado nos vilarejos conectados por um único nome e na oportunidade que ofereciam. Chandra nunca precisou procurar um lar e o poder nas coisas pequenas, nos restos que mal valiam ser capturados pelo olhar, por registros, mapas ou memórias.

— É um caminho arriscado — murmurou outro lorde. — Se não houver uma travessia.

— Se não houver uma travessia, podemos fracassar — reconheceu Malini. — Se Chandra tiver preparado suas forças para nos esperar bloqueando os dois lados do vau, podemos fracassar. Sempre existe uma possibilidade. Vocês são guerreiros experientes. Não posso e não irei mentir para nenhum de vocês. Porém, milordes, tenho a vontade das mães ao meu lado. Tenho o melhor da realeza de Parijatdvipa ao meu lado. O destino está do nosso lado. Nós *não* vamos fracassar.

Eles prosseguiram na jornada. Dias e noites de viagens rápidas, atravessando Parijat, cruzando campos e vilarejos, sendo observados por aldeões. A noite caía, e, apesar de estarem perto o bastante do Veri para ouvir o barulho de suas águas, aproveitaram a vantagem do terreno que era fácil de defender, o campo alto rodeado por árvores, para montar o acampamento e descansar.

Um grupo que fora enviado à frente voltou para contar a Malini e ao conselho exatamente o que ela esperava ouvir: uma força armada guardava o vau. Sem dúvida menor do que eles teriam enfrentado na estrada principal de Harsinghar, mas nada a se desconsiderar.

Sua aposta arriscada precisaria funcionar.

Enquanto aguardava que sua tenda fosse erguida, Malini se encontrou com lady Raziya sob o céu estrelado. Malini estava embrulhada em um xale, mas Raziya se vestia com leveza, acostumada demais ao frio de Dwarali para ficar incomodada pela brisa fresca noturna de Parijat.

— Meu marido e eu vamos acompanhá-la ao vau — anunciou lady Raziya ao encontrar-se com ela.

— Eu terei prazer em encarar o que vier tendo você ao meu lado — respondeu Malini. — Você e suas arqueiras.

— Tem fé que minhas guardas irão proteger a senhorita? Morrer pela senhorita, se for preciso? — O olhar de Raziya estava fixo em Malini, a avaliando. — Porque se não tiver, imperatriz, deve treinar suas guardas. Deve ter pessoas em que pode confiar.

— Eu confio em *você* — afirmou Malini.

Ela não disse *não por inteiro, não completamente*. Porém, não era o bastante que ela aprendera a admirar e contar com a força de Raziya, assim como contava com a mente aguçada de Lata, a fé de Rao ou a luz discreta e faiscante da ambição de Deepa?

— Sou grata pela amizade que me ofereceu — completou.

Raziya assentiu.

— Quando estiver no trono — disse ela —, eu anseio por ver os votos que formaram nossa amizade cumpridos.

Mais tarde, em sua tenda, Malini fez seus rituais noturnos, preparando-se para dormir, forçando sua mente a ficar calma.

Quando terminou, ela ficou sentada na cama e esperou na escuridão.

Ouviu a voz de Priya muito antes de ouvir um único passo.

— Sima foi em algum lugar com as mulheres de lady Raziya outra vez. — A voz dela era baixa. Agora Malini ouvia os passos de Priya, cada um raspando de leve o chão da tenda, marcando seu caminho. — Ninguém me viu.

— Você é muito boa em ficar invisível quando quer — elogiou Malini, a voz carinhosa.

Priya se ajoelhou do lado da cama de Malini. O ambiente estava tão escuro que Malini mal a via, mas ela estava muito ciente da presença de Priya ao seu lado: a sombra escura do cabelo, a largura dos ombros; uma mão forte e cheia de calos pressionada no lençol com os dedos curvados.

— Pediu para eu vir por um motivo, Malini — disse Priya. — Não vai me usar?

Um sentimento esbaforido percorreu Malini — uma flor que era feita de calor. Priya deve ter visto a mudança no seu rosto, porque prendeu a respiração. Ouviu o farfalhar do tecido enquanto Priya soltava os dedos e pressionava a palma da mão esticada na cama.

Malini se perguntou se a pele de Priya estava corada. Se se inclinasse para a frente e pressionasse uma mão na bochecha de Priya, ela saberia. Ela queria estender os dedos. A própria mão ansiava de uma forma doce com aquela urgência.

— Está perguntando da batalha que vamos travar — conseguiu dizer Malini.

Uma pausa. Então, Priya respirou fundo. Quase outra risada, mas não exatamente.

— Sim — confirmou. — Por que não?

— Sente-se aqui do meu lado, então, e vamos conversar.

Malini se afastou para o lado a fim de que Priya se sentasse na cama ao lado dela. Malini se inclinou para a frente e tateou na penumbra para alcançar os suprimentos que sempre mantinha ao seu lado: óleo de lamparina, uma pederneira para acender. Um caderno cheio de escritos amontoados.

— Você tem seus defeitos — comentou Malini, tentando lembrar-se do que fazia ali. — Tem coisas para as quais você não é... muito adequada. A política. Os jogos. — Essas coisas que também exauriam Malini, por mais que fossem seu ponto forte: sua versão de guerra, que nunca parecia acabar. — Eu sabia disso quando pedi para você vir. Mas achei que valeria o risco. Precisava de um aliado em que pudesse confiar, e precisava de um aliado mais forte do que qualquer outro. Ainda preciso.

— Você tem tantos aliados, Malini — respondeu Priya baixinho. — Não sou melhor do que qualquer um deles.

*Você é a única que tem tudo. Toda minha confiança. Com certeza sabe disso.*

— Falsa modéstia não lhe cai bem, Priya. E deve saber que meus aliados são... — Ela parou de falar. — Eu sempre soube que bastava um vento agourento para afastar todos eles. E o que aconteceu em Saketa, com o fogo, foi agourento. Vai ficar pior a partir de agora. Não podemos evitar uma batalha antes de chegar a Harsinghar. E quando chegarmos a Harsinghar, *se* chegarmos lá... — Malini exalou. — Você ficou mais forte, não ficou? Com sua magia?

Priya não respondeu.

— Vi do que você era capaz de fazer em Ahiranya, antes de ter todos os seus dons — continuou Malini. — Não precisa fingir.

Ela ouvira falar do que acontecera com os soldados de Chandra quando tentaram fazer incursões para Ahiranya também. Os espinhos que os estriparam. As forcas feitas de trepadeiras.

— Quando Chandra enviar as forças dele contra nós, meu próprio exército vai sofrer grandes perdas. Não estamos com todo o nosso poderio. Ele nos dividiu em dois, nos separando entre Saketa e Parijat.

E como era amargo reconhecer aquilo: saber que Chandra fizera uma coisa *certa*.

— Vamos nos dividir ainda mais quando atravessarmos o Veri. Mas, Priya, você é uma arma contra a qual ele não pode se defender. Ele não vai estar esperando você, porque ninguém que me serve, não importa o que digam, entende do que você é capaz. Então gostaria de deixar você na reserva. Ter você pronta para Harsinghar. Entretanto, se o pior acontecer no Veri, se nossa aposta fracassar... vai usar sua força para salvar meu exército? Vai fazer isso como minha aliada?

Aliada. Como se essa palavra pudesse descrever metade do que Priya era. Porém, Malini não podia pedir isso com base nas coisas que existiam entre elas: alguns beijos trocados em fúria, uma faca no coração, uma flor partida carregada no pescoço, um desejo que nunca parecia cessar.

O rosto de Priya estava indecifrável. Resguardado. Depois de um instante, ela assentiu. Sim, ela faria isso.

— Eu sou mais forte em Ahiranya — disse Priya baixinho. Era uma confissão. — Eu... Meu poder está preso na terra de lá. Mas, sim. Estou mais forte do que você se lembra. Mesmo agora, tão longe de casa.

— Você deveria estar me contando suas fraquezas, Priya?

— Você já não conhece a maioria? Já não fez o seu melhor para aprender todas? — rebateu Priya de imediato.

Quando Malini enrijeceu — e certamente Priya sentiu, considerando o quão perto estavam sentadas uma da outra —, Priya murmurou um xingamento.

— Desculpe — disse ela, constrangida. — Soou mais crítico do que eu queria. Ah, espíritos, Malini. Eu não sei mais o que fazer...

— Você não conhece a maior parte das minhas?

Priya piscou, aturdida.

— O quê?

— Minhas fraquezas, Priya. Você também não conhece todas elas? Assim como eu conheço as suas?

Priya a encarou por um tempo, e de alguma forma, aquele olhar as aproximara. Malini conseguia sentir a respiração de Priya, um beijo espectral em sua pele.

— Sim — confessou Priya lentamente. — Eu costumava saber.

— Você ainda sabe.

Por que aquelas palavras pareciam um apelo? Malini se forçou a se afastar e a endireitar as costas.

— Estou perdoada, Priya?

— Perdoada pelo quê?

Malini não disse nada. Ela não sabia bem pelo que mais queria perdão: por exigir que Priya fosse até ali, deixando a casa que ela queria defender para trás. Por ainda não cumprir o seu voto de tornar Ahiranya livre. Por tudo que acontecera desde a chegada de Priya em Saketa. Pelas coisas que fez e pelas coisas que ainda faria. Certamente haveria mais coisas, coisas que ela faria e acabariam machucando Priya. Aquela era sua natureza, afinal.

— Malini.

Ela sentiu os nós dos dedos de Priya roçarem sua bochecha. Primeiro uma das mãos, depois a outra. Malini queria se afundar naquele toque, na sensação da pele de Priya contra a dela. Priya abrindo a mão e pressionando as palmas contra o queixo de Malini. Porém, ela só conseguia ficar mais tensa, congelada sob as mãos de Priya, porque se ela cedesse, seria por inteiro, e ela não sabia se iria agarrar Priya e começar a chorar, ou se iria beijá-la até não sobrar ar entre elas. Aquela incerteza a assustava.

— Eu perdoo você por me chamar para a sua batalha — murmurou Priya. — Eu perdoo você por querer meu poder e por querer me usar e então... não fazer nada disso. Eu perdoo você pelo dia em que *de fato* me usar. E quero lembrar você que eu não tenho medo de ser sua arma. Eu conheço você.

— Você conhece uma das minhas faces.

— Sim. Essa que eu estou segurando, bem aqui — disse Priya. — A face verdadeira.

Então, Priya não a odiava. Que besteira, que horror, Malini pensar que a coisa mais importante para ela era que Priya não a detestasse. Que, de alguma forma, de algum jeito, o coração de Priya ainda pertencia a ela.

Naquele instante, ela poderia ter se permitido. Poderia ter dito, *Fique aqui*. Poderia virar o rosto e beijar a palma da mão de Priya. A ponta dos dedos. Puxar Priya para mais perto, e então para baixo, para se deitarem juntas na cama.

— Vá com Rao de manhã — murmurou ela em vez disso. — Vá com ele para encontrar a travessia. É o que peço de você.

— Sim, Malini — respondeu Priya, e parecia tanto com *Sim, Imperatriz* também, de uma forma que fez algo sombrio e desejoso arder em seu sangue. O sorriso era evidente na voz de Priya quando ela ficou em pé, e então foi embora, tão silenciosa quanto chegou, seus passos um sussurro tanto quanto a voz. — O que você quiser.

# PRIYA

Priya e Sima viajaram juntas na carruagem sacolejante que acompanhava a margem do rio Veri, que cintilava e borbulhava sob a luz do sol. Priya fez questão de ignorar o baixo-príncipe Ashutosh, que estava indo na frente junto do príncipe Rao.

Foi Rao que seguiu para o vilarejo à beira do rio e pagou uma mulher para mostrar a eles a travessia. Enquanto os guiava, ela olhava por cima do ombro, nervosa, a cada poucos passos. Priya não podia culpá-la.

A travessia para onde ela os levara não era bem um vau, não era raso o bastante para ser atravessado com facilidade por cavalos ou a pé, mas era uma curva no rio onde o curso da água era quebrado e ficava mais lento, suavizado por diversas pequenas ilhas que saíam das ondas como as vértebras de uma imensa coluna. Havia barcos na margem — embarcações leves com remos, mas bem construídas, com bastante espaço e força para levar um cavalo de cada vez, ou alguns homens, ou armamentos mais pesados, se equilibrassem tudo com cuidado.

Priya ficou feliz em se ver livre da carruagem e foi até a beira da água. Ela era escura até mesmo naquele ponto, fazendo espuma enquanto colidia contra a margem. Sima foi ficar ao lado dela, e deu uma batidinha na amiga com o próprio ombro.

— O cabeça de coruja ali parece que vai criar encrenca outra vez — murmurou Sima.

O cabeça de coruja, nesse caso, era Ashutosh, que estava andando até Rao.

— Se alguma de nós chegasse mais perto, acho que conseguiríamos ouvir — continuou Sima.

— Você está curiosa?

— Lógico que sim. Você não?

Óbvio que ela também estava, mas Priya precisou reprimir uma risada ao pensar nela e em Sima dando passinhos lentos e discretos na direção dos dois homens. Infelizmente, seus dias de invisibilidade haviam ficado para trás.

— Vamos só nos aproximar deles — sugeriu Priya. — Preciso falar com o querido baixo-príncipe de qualquer forma.

Quando chegaram, Rao dizia, mal se dando ao trabalho de fingir paciência:

— Alor é conhecida pelos rios.

Ashutosh bufou.

— Perdoe-me, príncipe Rao — contrapôs ele, num tom de voz que sugeria que ele estava prestes a dizer algo imperdoável, mas que não se importava. — Você mal conhece Alor hoje em dia, muito menos os rios. E crescendo no mahal imperial, quem poderia culpá-lo? Enquanto isso, *minhas* propriedades são rodeadas por lagos. Meus homens foram treinados para isso. Vamos primeiro e vamos guardar o outro lado. Seus homens podem seguir depois.

— E o que lorde Narayan pensa desse plano? — perguntou Rao.

— Narayan não está acima de mim — rebateu Ashutosh, petulante.

— Ele é o general saketano da imperatriz — argumentou Priya. Ela não conseguiu conter sua alegria ao ver o olhar ácido que Ashutosh direcionou para ela, mesmo enquanto inclinava a cabeça, rígido, em um ato de respeito, que ela retribuiu com um sorriso. — Tenho certeza de que ele gostaria de ajudar.

— Devo chamá-lo, milordes? — sugeriu Sima.

— Isso seria de muita ajuda, obrigado — concordou Rao com um aceno de cabeça, e Sima se virou para ir embora. Depois que ela se foi, Rao voltou-se para encontrar o olhar de Ashutosh e continuou: — Baixo-príncipe, se estiver disposto a correr o risco de ir em frente antes dos meus homens, ficaremos gratos.

— Não é risco nenhum — retorquiu Ashutosh. — Meus homens são bem treinados. E a senhorita, anciã — continuou ele, virando a atenção abruptamente para Priya —, como irá contribuir com nossos esforços?

— Estou aqui sob a proteção do príncipe Rao — respondeu Priya, sabendo que ele interpretaria aquilo como um grande *nada*. — Seus homens se recuperaram bem, milorde?

Ashutosh engoliu em seco.

— Sim — respondeu ele. — Vão se juntar a mim na travessia.

— Fico feliz em ouvir isso.

Ele acenou com a cabeça para ela mais uma vez.

— Príncipe Rao — cumprimentou, áspero, e então se virou e foi embora.

Rao a observava. Priya sustentou o olhar dele, sentindo-se estranhamente desafiadora.

— Príncipe Rao, alguma coisa errada?

Lentamente, ele balançou a cabeça.

— Você é amiga de Malini — disse ele, a voz baixa.

*Amiga*. Houvera uma ênfase específica naquela palavra? Ela não tinha certeza, mas assentiu.

— Podemos dizer que sim.

Ele fez um ruído para indicar que ouviu.

— Você não é muito parecida com ela — respondeu ele. — Só isso. Você é muito... direta.

*Ah, eu sou como ela*, pensou Priya, mas continuou em silêncio, encarando a margem oposta, a copa das árvores distantes, as enormes folhas que acariciavam a corrente da água. *Só coloco minha raiva para fora.*

A água definitivamente era menos turbulenta ali — um dos homens de Ashutosh mergulhara e confirmara que não havia nenhum redemoinho escondido que pudesse causar mais preocupações. Uma ilhota, que mal tinha espaço para conter alguns homens, coberta por árvores cheias de cipós, era como um ponto de descanso natural, onde poderiam se esconder. Caso fossem lentamente, com cuidado, poderiam atravessar quase de forma invisível.

Priya ficou na beira da água por um bom tempo, sentindo a canção do verde ao seu redor, o peso e os movimentos da água no leito do rio e as coisas que cresciam lá embaixo. Ela começou a estender o poder para sutilmente moldar o mundo ao redor. Mas a água ali não tinha a característica parada dos pântanos de Ahiranya, ou a magia estranha das águas perpétuas... era uma coisa poderosa, cheia de energia e vontade, e tentar moldá-la fazia sua cabeça doer.

Priya deixou Rao com Narayan, que chegara acompanhado de um séquito de arqueiros. Eles esperaram, atentos, enquanto Ashutosh e seus homens descartavam as partes mais pesadas da armadura, amarrando o metal em sacos de peles encharcadas de óleo. Eles entraram na água até a altura do peito, arrastando os barcos cheios de suprimentos para irem mais fundo. Relutante, Priya ficou impressionada ao ver que Ashutosh estava disposto a entrar na água como todos os seus homens.

Enquanto se moviam mais pela corrente, Priya se agachou na beira da água. Ela desacelerou a respiração — não o bastante para entrar no sangam, mas o bastante para esticar sua magia. Ela precisou de um tempo vergonhoso para fazer seu poder chegar ao outro lado, para sentir o peso das coisas vivas crescendo da terra do leito, e as folhas emaranhadas das plantas respirando na margem.

Para sentir o que estava esperando-os do outro lado.

Ah. Ah, *merda*.

Ela se levantou abruptamente e cambaleou, tropeçando nos próprios pés.

— Sima — chamou ela, agarrando o braço da amiga. — Precisa ficar lá atrás. Encontre algum lugar para se esconder.

— Por quê? — Os olhos de Sima se encheram de preocupação. — Pri, o que houve?

— Há homens nos esperando — conseguiu dizer ela, forçando-se a soltar Sima. Ela se virou. — Vá se esconder, por favor.

— Priya, espere!

Mas Priya não podia esperar. Ela correu até Rao e Narayan, forçando caminho por entre a multidão de homens que os rodeavam.

— Há inimigos esperando para fazer uma emboscada na outra margem!

Rao a encarou, boquiaberto.

— O quê?

— Há inimigos...

— Eu escutei — interrompeu-a Rao. — Me mostre.

Ela esticou um braço com força, e Rao se abaixou um pouco, seguindo a linha que seu dedo apontava. Atrás dele, Narayan murmurava aos homens, direcionando-os a pegar flechas, preparar escudos e fazer uma linha na margem, e assinalar para o baixo-príncipe Ashutosh, se possível. Só por precaução. Só por precaução.

— Eu não vejo nada — informou Rao.

E talvez ele não visse mesmo. Talvez nada estivesse visível a olhos mortais, mas Priya sentia a grama esmagada sob botas; a mudança do peso sob os pés só um pouco além do alcance da sua força.

— Olhe de novo — insistiu ela. Dessa vez, ela ficou observando-o.

Ela viu o instante em que os olhos dele se arregalaram. De repente, a expressão dele se fechou. Priya não precisava conhecê-lo tão bem assim para entender que era pânico que ele sentia.

— Mande-os voltar — ordenou ele. — Narayan. Mande o sinal para o príncipe Ashutosh...

— Ele já está longe demais — pontuou Narayan. Estava arrancando a armadura, desajeitado por causa do pânico. — Eu vou segui-lo, avisar que...

— Não seja tolo — vociferou Priya, chocada ao ouvir a própria voz, ao sentir os lábios se mexerem. — Precisa dos seus homens aqui. Acenda uma tocha, faça um fogo, chame a atenção deles.

Narayan balançou a cabeça.

— Não podemos arriscar chamar a atenção dos inimigos do outro lado da água se ainda não o fizemos — disse Rao.

— Mas vocês já chamaram atenção — rebateu Priya. Passos distantes. Dezenas. Centenas? Estavam todos *esperando*. — Rao... príncipe Rao, já chamaram. Faça-os voltarem agora.

Mas era tarde demais. Priya ainda estava falando, a boca ainda se movia, quando ergueu a cabeça e viu as flechas atravessando o céu.

Um silêncio. As flechas encontraram a água com um baque.

Ela sentiu Rao a puxar de qualquer jeito pelo braço, forçando-a para trás dele como se pudesse protegê-la, como se ela precisasse de proteção, e merda, onde estava Sima? Ela disse para Sima se esconder, mas ela fizera isso? Tinha ido longe o bastante?

Na água, viu os homens e cavalos afundando embaixo da nuvem de flechas e sangue, os gritos interrompidos.

Outra saraivada de flechas, tão espessa que o céu escureceu. A água se revoltava, espumando com o sangue. Ao redor dela, aloranos e saketanos que pegaram seus escudos seguindo as ordens de Narayan os ergueram. Ela ouviu um grito, então se virou e viu que era Narayan, com uma flecha enfiada na coxa. Priya segurou o braço de Rao e o puxou para baixo.

— Fique abaixado — mandou ela. — Já sabe disso, e pode parar de me proteger!

— Priya! — Era a voz de Sima. Ela se abaixou ao lado deles, e soltou um escudo pesado com um baque.

Rao murmurou algo que poderia ser um xingamento ou um agradecimento, e arrastou a proteção para a frente dos três. Ele o apoiou com o braço, e Sima fez o mesmo, os dois distribuindo o peso para levantá-lo.

Priya olhou em volta enquanto ouvia os sons do pânico. Um soldado alorano e um saketano protegiam Narayan entre eles, e um terceiro homem rapidamente rasgava a calça de Narayan, procurando a seta da flecha.

Com esforço, Priya afastou o olhar do sangue.

— Eu falei para você ir se esconder — conseguiu dizer Priya.

— E eu fui — respondeu Sima. Estava tremendo por inteiro, cada músculo tensionado, o braço flexionado para manter o escudo erguido. Porém, o olhar dela estava firme. — E aí, eu voltei.

Ela ouviu um baque no solo atrás de si, um ressoar de madeira contra metal, e Rao e Sima se sobressaltaram para trás com a força da flecha encontrando o escudo acima deles.

Malini dissera para ela usar seus dons se a situação se tornasse impossível. E isso parecia... impossível, não parecia? Ah, eles já estavam na merda.

— Príncipe Rao — chamou Priya, com urgência.

Ao lado dela, Sima respirava com força, os dentes arreganhados. Priya pressionou uma das mãos na coluna de Sima, lembrando-a de que ela estava inteira, que podia respirar.

— Príncipe Rao — repetiu ela. — Rao. Me escute...

— Não entrem atrás deles! — gritou um dos aloranos, tão alto que Rao desviou a atenção e a voz de Priya fraquejou.

Ainda na margem, soldados saketanos estavam desesperadamente tentando entrar na água e alcançar o corpo dos seus companheiros.

Um deles, que chegara até os joelhos, se virou.

— Não estão todos mortos! Não podemos deixá-los! Por favor! — A voz dele falhou ao chegar na última frase.

*Concentre-se*, disse Priya a si mesma, firme.

— Príncipe Rao, me escute. Eles não têm o fogo das mães — afirmou Priya, com os dentes cerrados. Não tinham *tempo* para isso. Ela falou alto o bastante para Rao ouvi-la e virar a cabeça outra vez. — Fogo falso, fogo mágico, *sei lá* o que foi usado no forte do alto-príncipe, eles não o têm aqui, ou já teriam usado contra nós.

— Sem dúvida estão guardando o fogo para usar na defesa da própria Harsinghar — deduziu Rao. Ele não estava mais em pânico. Estava focado devido à proximidade ao perigo. — Está evidente que não precisa disso para matar todos nós. Precisamos bater em retirada.

— Precisamos atravessar o rio se quisermos ter uma chance de sucesso — conseguiu grunhir Narayan, enquanto um soldado amarrava sua perna, desajeitado. Ele tentou afastar o homem, o suor pingando dos cabelos. — Se não atravessarmos, vão se voltar contra a imperatriz, massacrar as forças...

— Perdemos qualquer possibilidade de surpreendê-los. A estratégia fracassou — rebateu Rao.

— *Não* fracassou — discordou Priya.

As palavras dela deixaram os homens aturdidos, e eles se viraram para encará-la com olhos cheios de pânico e suspeita.

— Eles sabem que estamos aqui. Não podemos pressioná-los. Mas... mas eles acham que não podemos atravessar — continuou ela, sem permitir que sua voz falhasse ou sua confiança sumisse. E por que deveria falhar? Ela ia entregar a chave do sucesso para eles. Ela precisava acreditar nisso. — Logo eles vão virar toda a sua força para massacrar as forças da imperatriz no vau. Não vão esperar um inimigo atrás deles.

— Porque não vão ter um inimigo atrás deles — respondeu Rao. — O inimigo está morto aqui nessas águas. *Nós* estamos mortos nessas águas.

— Os homens de Ashutosh estão mortos — corrigiu Priya, sabendo que ela estava sendo brutal em sua sinceridade. — Não todos nós.

Ela engoliu em seco e prosseguiu, apesar dos sons da morte e dos gritos.

— Afastem-se, milordes, como se estivessem batendo em retirada. Saiam e deixem que pensem que perdemos essa travessia. Deixem que os homens do imperador Chandra voltem toda a atenção para a imperatriz, e então... então eu vou fazer todos vocês atravessarem.

— Priya — alertou Sima, a voz baixa. Ela estava pálida. — *Pri*.

— Você me disse que não sabe de tudo que posso fazer — disse Priya para Rao. — Mas *eu* sei o que consigo fazer. E sua imperatriz também sabe, ou não teria me convocado. Deixe-me fazer a tarefa para a qual fui chamada.

Alguns guerreiros obedeceram às ordens de retirada, voltando para a margem. Outros ficaram na água. Sangrando, inconscientes ou relutantes a deixar os feridos e mortos para trás.

Narayan fora carregado para longe por alguns homens. Mas Priya esperara, embaixo do escudo, com Sima e Rao ao seu lado. Rao segurava o escudo firme, sua expressão sombria.

— Estão adiantando os arqueiros outra vez — disse ele baixinho.

— Não acham que estamos batendo em retirada? — perguntou Priya, praguejando internamente.

Obviamente estavam se retirando. Se não fosse por Priya, e pelo plano tolo em que ela agora depositara suas esperanças, aquilo *seria* uma retirada de verdade.

— Eles acreditam, sim. — A voz dele saía rígida. — Mas devem ter recursos o bastante para deixar uma força de arqueiros aqui. Presumo que o exército no vau seja extenso o suficiente para pensarem que conseguem derrotar a imperatriz sem usar umas flechas a mais.

Bem, eles estavam errados. Precisavam estar, ou já tinham perdido a batalha.

Outro assobio de flechas. Um som horrivelmente estrangulado vindo da água. Priya nem deixou-se estremecer dessa vez. Os homens se retiravam atrás dela, com uma confusão barulhenta de armaduras, cascos de cavalo e o rangido trêmulo das rodas das carruagem.

Priya tensionou os músculos, erguendo-se do chão para ficar agachada.

— Leve Sima de volta para onde é seguro — pediu ela. — Por favor.

Rao assentiu, trêmulo.

— Prefiro ir com você — retrucou Sima. Ela ainda estava tremendo, apavorada, mas seus olhos brilhavam, intensos.

— Sima...

— Como sua conselheira — insistiu Sima deliberadamente —, como companheira ahiranyi e como sua *amiga*, prefiro ser sua protetora. Prefiro carregar o escudo e deixar você segura do que... simplesmente abandonar você e fugir como uma covarde.

Priya balançou a cabeça.

— Não vou arriscar você aqui.

— Essa escolha não é sua.

— Eu também vou ficar — disse Rao.

— Precisa liderar seus homens — rebateu Priya.

— É uma das minhas muitas responsabilidades — pontuou ele. — Mas o que eu preciso fazer é garantir que essa batalha seja ganha, anciã Priya. E vou cumprir o papel que é esperado de mim. Se deve viver tempo o bastante para fazer o que Malini requer que faça, para que essa luta termine a nosso favor, então farei de tudo para defendê-la.

Ela focou nas lições da sua infância: esvaziar suas fraquezas e seguir adiante.

Não permitiria que Sima ou Rao morressem.

Ah, espíritos, ela não assistiria Sima morrer.

Então, deixaria suas fraquezas — deixaria *os dois* — para trás.

— Vamos ser notados mais facilmente em três — disse ela, gesticulando para a margem oposta. — Mais do que se eu estiver sozinha. E vocês só vão me atrapalhar. Então devem se afastar, ou eu vou forçar vocês dois. Entendido?

Priya não tinha certeza se Rao entendia a seriedade da ameaça, mas Sima comprimiu a boca.

— Priya — reclamou ela. — Por favor.

— Vamos ter outras batalhas, Sima — disse Priya. — Quando isso acabar... quando nós vencermos. Depois vão existir outras lutas cujo ponto principal não será... o que eu consigo fazer. E prometo que, quando chegar essa hora, você vai estar comigo.

Elas sustentaram o olhar uma da outra. Um segundo se passou, então Sima exalou com força, afrouxando a mão que segurava o escudo.

— Tudo bem — cedeu. — Tudo bem, Priya. Vou garantir que você cumpra essa promessa.

— Quando você for — disse Rao —, nós vamos.

É lógico que ele queria dizer que ele e Sima esperariam para ver se ela chegaria ao rio sem se machucar, antes de deixá-la indefesa. Porém, ela não iria mais discutir. Em vez disso, seu foco mudou para dentro de si.

Ela respirou lenta e profundamente. Guiando-a de volta para a própria magia.

Continuou respirando fundo enquanto rastejava para fora do escudo e ia até a água. Ela se mexia com uma lentidão dolorida, as costas curvadas, pronta para se atirar ao chão enquanto tentava ser um alvo pouco interessante. Ela não estava armada, era pequena e estava suja, os cabelos soltos. Ela não era nada, ninguém importante.

Então chegou na água. As flechas não a encontraram.

Ela esperava que Sima e Rao estivessem indo agora, retirando-se como ela pedira, mas ela não podia olhar para trás.

Primeiro, os pés. A água era fria, e se tornara mais escura com o sangue. Alguém estava flutuando de barriga para baixo perto dela. Dedos roçaram sua túnica enquanto o tecido inflava ao entrar mais fundo na água.

Ela continuou seguindo. Os cadáveres dos homens do lorde Ashutosh estavam perto dela, a água mal fazendo-os boiar. Ela poderia se afundar, alcançar a magia. Poderia tentar...

*Ainda não*, um instinto disse dentro dela. Tinha uma voz intensa, sibilante, rastejando e enrolando-se no seu sangue, suavizando o fogo ardente do pânico que a percorria. *Ainda não.*

Era difícil nadar com o peso das roupas encharcadas, tirando do caminho embarcações, corpos e armas, mas naquele momento ela estava perto da curva de uma das ilhotas. E ali... ali estava lorde Ashutosh, virando a cabeça e grunhindo, sangue escorrendo pela boca. Vivo. Ele estaria submerso se não fosse por um dos seus homens, que o segurava. O soldado estava com dificuldades, o braço esquerdo ferido.

Ela praguejou baixinho, e segurou Ashutosh por baixo de um dos braços. Ele piscou, surpreso.

— Saia daqui, sua bruxa desnaturada — grunhiu o nobre.

— Estou tentando tirar todos nós daqui — sibilou ela, a mente a mil.

Primeiro, tirar Ashutosh e seus homens da água. Em seguida, lidar com os arqueiros. Ela conseguiria fazer as duas coisas? Era possível?

Priya olhou para a margem. Longe demais. Não poderia ser feito.

— Romesh — ela chamou o soldado, reconhecendo-o. — Está muito ferido?

Ele balançou a cabeça, embora pudesse ver o sangue que manchava a manga.

— Não vou deixá-lo aqui — disse ele, teimoso.

— Não estou pedindo isso. Tem força suficiente para arrastá-lo para fora da água? — perguntou Priya, gesticulando para a ilhota com o queixo.

— Estava tentando. Mas cada vez que nos mexemos, a porcaria das flechas...

Como se estivessem esperando a menção, outro assobio soou. Priya abaixou a cabeça por instinto. Por sorte, nenhuma das flechas caiu perto deles.

— Entendi — disse ela. A água era fria, e os dedos estavam começando a ficar enrugados, o corpo tremendo para recuperar o calor. — Vou precisar que tente de novo.

— Vamos ser atingidos — alertou ele simplesmente.

— Preciso que faça isso.

— Não vou morrer por causa das suas ordens ridículas...

— Não agora — disse ela, apressada. — Daqui a um instante. Eu vou fazer uma coisa. Quando fizer isso, arraste ele para cima e terá uma chance.

Ele soltou uma risada abafada e incrédula.

— E o que vai fazer? Assassiná-los com seus gritos? Mulher estúpida.

Priya cerrou os dentes. Tratando-se de ofensas, não era uma das suas favoritas. Ao menos *bruxa desnaturada* sugeria que ela tinha um pouco de habilidade, mesmo que não fosse aclamada por isso.

— Salvei sua vida, não salvei? — Ela arreganhou os dentes em um sorriso, afundando ainda mais na água e se afastando cuidadosamente dele. — Posso fazer qualquer coisa.

Da última vez que estivera em uma água tão manchada e usado seus poderes, ela desmaiara. Porém, não poderia pensar nisso. Não poderia permitir que a dúvida a abalasse. Estava no meio do massacre, afinal, prestes a ver o colapso de todos os esforços de Malini, da guerra de Malini. E, se Priya tinha um papel a cumprir, então pelo solo e pelo céu, ela iria cumpri-lo com louvor.

Respirou fundo. Menos do que ela gostaria, enquanto os arqueiros parijatdvipanos do imperador Chandra, vestindo branco e dourado imperial, puxaram a corda de seus arcos.

Ela se afundou na água enquanto as flechas começaram a cair, e deixou sua magia livre.

A água não era parte dela. A faixa de solo sob seus pés — lama e pedrinhas, e ossos pequenos de peixes — também não era rica em vida vegetal, maldição! Entretanto, ela conseguia sentir o bastante: algas, e um leve brilho verde. Raízes de coisas que cresciam abundantes na margem do rio. E raízes mais antigas, mais fundas, das árvores nas ilhotas que outrora foram ilhas extensas, e árvores mortas havia muito tempo, seus troncos e suas cascas ainda embaixo do leito do rio.

Ela esticou. E então, *puxou*.

A magia se debateu.

Não queria obedecê-la. Priya estava pedindo demais do solo, das raízes, da terra.

Ela não estava em Ahiranya, onde o verde cantava e movia-se com ela com tanta facilidade. Estava longe de casa, mais debilitada e enfraquecida. Porém, ela também era teimosa, como sempre foi, e não iria desistir. Alcançou mais fundo, segurando-se com mais força, jogando toda a sua força naquele movimento de invocar a magia, de esticar sua alma, e sentir o verde se esticar até ela.

A cabeça doía... era como se seu crânio estivesse rachando, apertado demais para o poder se desdobrar dentro dele, rachando-a com raízes tão ferozes quanto dentes, mastigando sua carne. *Pare*, tudo nela gritava. *Pare, isso é demais, rápido demais, longe demais.*

A sua força não era o bastante. A água era pesada demais. O verde era pouco. E por mais que tivesse sido curada, por mais que Bhumika a tivesse curado, Priya sentia o eco do fogo falso como uma cicatriz nos pulmões. Respirar com aquilo era difícil. A magia dela se fraturava e revirava.

Ela tentou com mais afinco. Pegou a força do mundo ao seu redor. *Me obedeça*, disse ao verde. *Eu sou uma anciã do templo, nascida-três-vezes. Ganhei meu poder por força e sacrifício, e vocês vão me obedecer. Obedeçam.*

*Obedeçam!*

Uma pausa. E um instante em que a dor no crânio pareceu ficar afiada como uma lâmina — e então o verde cedeu. Um animal preso, com o pescoço exposto.

Naquele momento pertencia a ela.

*Venha até mim.*

Tudo que ela podia tocar com seu poder respirou, debatendo-se, e então atendeu ao seu chamado.

A terra estremeceu. E estremeceu outra vez. A dor em seu crânio ficava cada vez mais intensa, e, apesar disso, ela forçou os olhos a se abrirem na água lamacenta e viu naquela penumbra tumultuosa a forma do limo rompendo-se em dois no rio. As raízes erguendo-se, alcançando. Sentiu quando as águas se mexeram, deslocadas pela violência do chão embaixo delas. Ela esticou a mão diante de si e puxou o solo na direção do próprio corpo.

Mesmo através da água, ela ouviu os gritos de choque e terror dos dois lados do rio enquanto as margens verdes desmoronavam para dentro do rio, respondendo ao seu poder. A água estava cheia de sujeira e sangue, ficando cada vez mais escura enquanto borbulhava e a terra se revoltava, e o rio começou a entrar em colapso, inexoravelmente puxado para dentro de sua órbita. A água era sua. A terra era sua.

Aquele aperto no crânio se estilhaçou, tão rápido que foi como um golpe, deixando-a arfando, com a boca aberta para a água, os nervos se corroendo em uma agonia tão feroz que a deixou entorpecida... e então a escuridão se fechou ao redor de Priya.

Silêncio.

Ela sabia que estava no sangam antes mesmo de abrir os olhos. Estava deitada na convergência das águas, os braços abertos e a sombra do corpo flutuando, e um par de mãos gentis passava por seu cabelo, juntando tudo, e então deixando fluir. Deviam ser as mãos da irmã. Quando ela inclinou a cabeça, com a água batendo na testa, viu que era mesmo Bhumika inclinada sobre ela.

— Usou seu poder demais, irmãzinha — disse Bhumika. A voz dela tinha a doçura da cana-de-açúcar. Sua pele marrom era quente, os cabelos escuros, a boca sorridente. Nada nela era feito de sombras. — Em um momento, sua carne vai precisar respirar. E você vai se afogar.

Acima de Priya, acima do formato do rosto de Bhumika, Priya via as estrelas florescerem. Ela se forçou a abrir a boca.

— Eu não quero me afogar — conseguiu dizer.

— Ninguém quer.

— Não é para isso que estou aqui.

As mãos de Bhumika passaram do cabelo de Priya para o seu rosto.

— E por que está aqui? — questionou Bhumika, curiosa, mantendo o rosto de Priya acima da água. Como se pudesse mantê-la ali assim, e dessa forma, o mesmo se repetiria no mundo da carne. — O que você está tentando fazer?

— Usar meu poder — contou Priya. — Vencer a batalha. É isso que eu quero. Virar o rio contra eles. Em Ahiranya, eu conseguiria. Sei que eu conseguiria.

— Você não está em Ahiranya — contrapôs Bhumika. — Está em uma terra que há muito desconhece o toque dos yaksha. E ainda está fraca, Priya. Você cometeu um erro.

Palavras de repreensão, carinhosas. Ainda assim...

— Bhumika, você não... não está brava comigo? Triste que eu vou morrer? — Ela ergueu os olhos dessa vez a fim de olhar para Bhumika, e não para as estrelas. — Você não parece mais com você mesma.

— Posso dar o que você quer — disse Bhumika calmamente, os olhos quase luminosos. — Pode ter sua força. Pode transformar a água com suas mãos mortais. Tudo isso pode ser seu, se quer isso tanto quanto eu acho que quer.

As mãos de Bhumika apertaram o rosto de Priya com força, cobrindo sua mandíbula, as unhas afiadas em sua pele.

— Mas cada vez que vem até mim, o elo entre nós fica mais forte. Cada parte de você se torna mais minha, e cada parte minha é consumida em troca. Estamos mudando e nos transformando juntas, brotinho. E é muito doce. Não nego essa doçura. Mas precisa saber que vou exigir mais em troca, pelo privilégio desse poder e pelo privilégio de me ter.

Brotinho.

Uma cachoeira de memórias jorrou por ela como águas que a afogariam: a yaksha com uma boca de espinhos, a yaksha beijando-a, as unhas da yaksha cortando sua bochecha. As mãos de Priya abrindo o próprio peito e oferecendo-se por inteiro, tudo que ela tinha, tudo que restara do seu coração...

— Yaksha — suspirou ela. — Por que veste o rosto da minha irmã?

— Não quero que fale com sua irmã — disse a yaksha simplesmente. Sorrindo com a boca de Bhumika, ou algo que se parecia com a boca de Bhumika. Enquanto Priya observava, viu que seus dentes eram perolados e afiados demais, os lábios machucados e curvados como pétalas. — Quero que fale comigo.

Esse tempo todo. A primeira vez que ela tentara falar com Bhumika no sangam. No instante em que quase voltara para Ahiranya, e então Bhumika a fizera mudar de ideia... esse tempo todo...

Ela sentiu o medo tomando seu estômago, percorrendo-a por inteiro até seu sangue gelar. Bhumika. Será que ela falara com Bhumika alguma vez desde que saíra de Ahiranya? O que acontecera com sua irmã, com todos que deixara para trás? O pavor subiu por suas costas. Mentiras e mais mentiras. Ela podia acreditar em qualquer coisa que vira no sangam? Podia confiar em si mesma, se não pudera nem mesmo reconhecer que a irmã não era a irmã?

Priya tentou se mexer, tentou se levantar, e sentiu o aperto da yaksha aumentar.

— Quer vencer? Quer matar aqueles que erguem suas armas contra você? — A yaksha sorria, sorria, luminosa contra o brilho das estrelas. — Então precisamos trabalhar juntas. Sua carne, minha força.

— Minha carne — repetiu Priya.

— Sua carne — concordou a yaksha, docemente. A unha traçou a bochecha de Priya. Uma sombra de dor a acompanhou. — Minha força.

— Da última vez, quando pensei que fosse... — Priya parou de falar, organizando as palavras.

*Quando pensei que fosse minha irmã. Quando pensei que fosse tão humana quanto eu. Quando não sabia que era uma yaksha, e tudo que isso envolve.*

— Meu corpo ficou... estranho. Eu fiquei estranha. Achei que era fraqueza minha.

— Nenhuma fraqueza — murmurou a yaksha. — Florzinha. Me conte. O que é a adoração?

— Esvaziamento — sussurrou Priya.

— E o que é o poder?

Priya não respondeu. Poder podia ser tantas coisas. Quando pensava nele, pensava em Bhumika, trabalhando, cansada, para segurar todos os pedaços estilhaçados de Ahiranya para que ficassem juntos; em Malini se equilibrando na ponta de uma faca. Tirando poder de Priya para aumentar o seu. E Priya... permitindo.

— Não sei — respondeu, sentindo-se tão miseravelmente pequena nas mãos da yaksha.

— Brotinho — disse a yaksha, carinhosa. — Você é uma anciã. Deve saber que o poder é magia como qualquer outra. Exige um sacrifício.

Sacrifício.

As águas rodopiavam ao redor delas enquanto o rosto da yaksha ainda mudava: carne se tornando madeira, cabelos se transformando em cipós, as pálpebras sendo cobertas de líquen.

— E se eu recusar? Vai me deixar afogar?

— Ah. — A yaksha traçou a mandíbula de Priya outra vez com a unha. Possessiva. — Não. A morte não é assim tão ruim, brotinho. Eu guardaria você mesmo assim. Você faria uma bela pele, uma boa casca, com ossos firmes. Mas, não. Eu quero você como é. Viva. Porém, essa batalha vai ser perdida, e muitos morrerão se me recusar. — A yaksha se inclinou para mais perto, o cabelo como um manto ao redor dela. Cipós e escuridão. — Eu não me importo se mortais morrerem. Esses mortais, ao menos. Mas você se importa.

Ela não estava nem aí para Ashutosh, Romesh ou qualquer um dos outros soldados, mesmo que não quisesse que morressem. Ela não se importava. Mas...

Priya pensou em Sima e Malini, em lady Raziya e Rao, e então disse:

— O que quer dizer? Que tipo de preço minha carne vai pagar, quando já me esvaziei para você?

— Você deu algo que é meu para outra — explicou a yaksha.

Uma reverberação: um grande rufar de tambores que fez todo o sangam sacudir, e a sombra de Priya se fraturar em feixes que foram repuxados mais uma vez com um estalo chocante quando a yaksha rosnou e segurou seu crânio com firmeza.

— Não tem mais tempo, pequenina. Mas deve recuperar isso por mim. Prometa.

Uma promessa para um yaksha. Uma promessa que não poderia ser quebrada.

Priya não conseguia sentir seu coração acelerado ou pulmões constritos, mas sentia o medo — o tipo de medo que não necessita de um corpo para tomar forma. Ela pensou em esvaziamento e magia; pensou em Sima na margem do rio, esperando por ela; em Malini, encarando Priya com um desejo que era mais profundo do que as águas perpétuas; e na água verdadeira que a rodeava, pesada e espessa com o sangue, e nas pessoas que nadavam nela.

De forma distante, sentiu o corpo chamando-a de volta para casa.

— Eu vou recuperar — garantiu ela. Parecia um erro mesmo quando disse aquilo. E também era a única escolha que podia fazer. A única. — Eu juro, yaksha.

Os olhos da yaksha brilharam, um escarlate luminoso. Mãos pressionaram Priya para baixo dos três rios no sangam. Ela respirou fundo, uma inspiração terrível que esvaziou seus pulmões com águas cósmicas, e então ela estava cheia, inteira, mudada. Ela estava...

... saindo do Veri. Então cuspiu água e arreganhou os dentes em uma gargalhada uivante, erguendo as mãos, erguendo o lodo consigo.

Ela sentiu a água levantando-se com a terra: sentiu enquanto Romesh escalava a ilhota, suando e sangrando, com o príncipe Ashutosh nos braços. Sentiu quando as árvores racharam e se desdobraram, e formaram algo novo. Um escudo, uma carapaça.

Ela sentiu as águas se abrirem ao seu redor, as raízes que ela retirara da terra formando uma ponte alta, já aberta, um caminho que Rao e os homens de Narayan poderiam usar diretamente para emboscar as forças de Chandra que os aguardavam. Poderiam fazer exatamente o que ela prometera. Malini não iria fracassar.

Porém, a água... ela não poderia segurar todas as gotículas com firmeza para sempre. Então, fez a única coisa que conseguia: soltou tudo e as enviou para onde seriam mais úteis.

Ela viu tudo em vislumbres.

Os homens da margem oposta caindo, presos no chão ao seu redor.

As águas fluindo na direção deles, cada vez mais rápidas, guiadas por todo o peso da natureza e da sua mão sobrenatural.

A água atingindo a margem com um rugido, uma fera engolindo todos eles enquanto o vento chicoteava seus cabelos, a magia uivando por ela, espinhos sangrentos em seus sangue e ossos.

Ela ouviu gritos.

A voz da yaksha, um canto que erguia-se no seu crânio como uma canção, fomentando-os:

*Ótimo, brotinho. Ótimo. Bem assim.*

*Ótimo*, pensou Priya, sem raciocinar. *Ótimo. Está feito.*

E então ela permitiu que seus olhos se fechassem, e seu corpo caiu **outra vez.**

# MALINI

Do outro lado do vau, sob uma extensão de luz do sol cintilante, estava o exército de Chandra.

— Eles têm mais homens do que pensávamos — comentou Prakash, soturno. Na carruagem ao lado da dela, ele encarava o exército com uma expressão determinada. — Isso certamente deve ser a maior parte das forças de Chandra. Mas...

— Ele não está lá — afirmou Malini, respondendo à pergunta que Prakash não fez em voz alta. — Não vejo nenhum sinal da carruagem dele, nem do estandarte.

— Talvez ele deseje passar despercebido — sugeriu Prakash.

— Ah, não. Meu irmão sempre quer ser notado. Se estivesse aqui, nós saberíamos. É evidente que ele se recusa a me enfrentar em um campo de batalha. — Ela sentiu o desdém na própria voz como se fosse veneno. — Ele despreza sua própria família e os homens que se levantam contra ele.

Ela observou o movimento das bandeiras distantes nos estandartes, brancas e douradas, como as dela. Imperial contra imperial. Entretanto, enquanto o exército dela era composto de parijati, srugani e dwarali, vestidos notavelmente em suas próprias cores e usando as próprias armas, as forças de Chandra eram completamente parijati.

Por que ele enviara tantos homens? Ele realmente tinha um exército tão grande assim para proteger Harsinghar sem aqueles que estavam ali?

Não importaria, claro, se aqueles homens derrotassem os de Malini bem ali, no Veri, onde seus números superiores dizimariam os dela.

— Vamos ficar aqui — anunciou ela. — Vamos oferecer uma negociação.

Quanto mais tempo aguentassem ali, mais tempo teriam antes de precisar lutar, e mais tempo Rao e as forças saketanas teriam para atravessar o rio e atacar as forças de Chandra por trás. Ela perderia muitos homens, sabia que a estratégia escolhida tornava isso inevitável, mas minimizar suas perdas era uma missão valiosa.

— Claro — acatou Prakash, abrindo a boca para falar mais.

Um grito repentino ecoou pelo ar. Depois, outro. Ao lado dela, Raziya se inclinou para a frente, estreitando os olhos.

— Imperatriz — chamou Raziya, firme. Ela ergueu a mão e apontou. — Veja.

Malini apertou as mãos na beirada das paredes da carruagem de guerra e virou a cabeça.

O Veri era um rio que fazia diversas curvas, mas era tão plano que parecia uma cicatriz prateada rachando a paisagem. A curva do rio, onde Priya e os outros estavam atravessando, ficava parcialmente escondida pelas elevações e descidas da paisagem, portanto, adequada para a armadilha que esperavam conseguir executar. Porém, Malini viu o que veio a seguir. Era impossível não ver: mais distante no Veri, na direção para onde as forças de Rao e Ashutosh viajaram ao amanhecer, sombras pretas estavam caindo em arco sobre as águas. Poderiam ter sido pássaros, afinal, moviam-se graciosamente o bastante para isso.

Só que não eram pássaros. Eram flechas, uma quantidade imensa delas, atiradas pelos arqueiros a serviço de Chandra.

*Rao*, pensou Malini, entorpecida. *Priya*.

Ah, como ela fora tola em permitir que as duas pessoas mais preciosas no mundo para ela lutassem sozinhas, de modo que ela sequer pudesse testemunhar suas mortes. Eles entraram na água? Estavam atravessando, ou foram afastados? Mais flechas caíram e ela apertou as mãos com tanta força que conseguia sentir o metal da carruagem na palma das mãos, o suor borbulhando na pele. Como ela fora tola.

Gritos de júbilo ecoaram do outro lado da água, e o som de armas sendo preparadas, armaduras sacudindo e elefantes bramindo enquanto as rédeas eram puxadas para levá-los adiante. Não haveria negociação nenhuma. As forças de Chandra sabiam qual era a aposta de Malini, ou adivinharam a possibilidade, e se prepararam para essa eventualidade.

Agora, só precisavam enfrentá-la no vau, sem nenhum inimigo atrás deles, e um inimigo enfraquecido adiante, e seus números iriam sobrepujá--los eventualmente.

Mais flechas.

O som de cascos, enquanto Khalil cavalgava até ela, acompanhado por dois de seus homens.

— Sangue na água — conseguiu dizer um dos cavaleiros dwarali, ofegando quase tanto quanto seu cavalo. — Eles... não consegui chegar mais perto, mas vi... soldados na água...

Prakash praguejou.

— Todas as nossas forças estavam no rio? — perguntou Malini, a voz vazia.

— Eu... creio que não. — O cavaleiro engoliu em seco, piscando. — Não, imperatriz. Eu não sei quantos estavam fora da água seguros, não consegui ver, mas...

— Você fez bem — elogiou Khalil, a voz rouca. — Vá se juntar ao restante da cavalaria. Prepare-se.

Enquanto o cavaleiro partia, Khalil voltou sua atenção para Malini.

— Bem, imperatriz — disse ele. — Precisaremos planejar rapidamente. Quantos homens está disposta a perder aqui?

— Não podemos bater em retirada — destacou Prakash. — Eles vão... vão nos perseguir, lorde Khalil. Iremos morrer sendo caçados feito animais.

— Se a imperatriz sobreviver, sempre existe a esperança de outras batalhas serem vencidas no futuro — argumentou Khalil. Os olhos dele permaneceram fixos nos de Malini, lendo o seu rosto e julgando, mas aguardando sua resposta. — Além disso, milorde, Dwarali tem os cavalos mais rápidos do império. Eu estaria disposto a correr esse risco.

— Basta falar — disse Raziya, baixinho —, nós a guiaremos para a segurança o mais rápido que conseguirmos.

As mulheres dela estavam montadas em seus cavalos, vestindo armaduras brilhantes, escutando. Aguardando.

Não havia tempo de fazer uma estratégia ou pensar no caminho adiante com cuidado e lógica. Ainda assim, Malini via tudo de onde estava, na sua carruagem, ouvia o som do alarme, o ruído de animais e homens morrendo e o sibilar e baque das armas, tudo um aviso da tempestade que era a guerra — os caminhos diante de si.

Uma derrota lenta e inevitável, se fugisse.

Uma derrota rápida e brutal, se ficasse.

A não ser que...

Ela pensou na força de Priya, no poder e na firmeza que ela tinha. Malini tocou com o nó dos dedos na flor preta presa em uma corrente no seu pescoço, a flor preta que foi forjada com a dor de Malini, pelas mãos de Priya. Respirou fundo.

— Estamos demonstrando falta de fé — disse ela. — Ainda temos homens vivos na travessia do vilarejo. E eles vão conseguir atravessar.

— Foram massacrados — discordou Prakash. — Estão encurralados...

— Nem todos — insistiu ela.

Malini sentiu um gosto metálico na língua: sangue e medo. Seja lá o que o corpo estava tentando dizer, ela não podia permitir-se sentir aquilo.

— Vidas foram perdidas, mas muitos soldados ainda estão vivos — continuou. — Quando atravessarem, nós vamos seguir em frente e esmagar as forças de Chandra, assim como planejamos.

— Mesmo se conseguirem atravessar, e *não conseguirão*, a aparição deles não vai ser surpresa nenhuma, imperatriz. — A voz de Prakash estava estranhamente mansa, o rosto sério. — Sem o elemento surpresa, não podemos vencer. As forças do seu irmão vão saber que estamos tentando cercá-los, não se deixarão ficar desprotegidos...

— As forças do meu irmão sabem que atiraram flechas nos meus soldados, e que muitos deles estão mortos, feridos ou encurralados na margem — ponderou Malini. — As forças do meu irmão acreditam, assim como você, que o resto dos nossos guerreiros não vai conseguir atravessar. Que a única força que tenho é a que é visível para eles agora: os homens que me rodeiam. Seus homens. Nós usaremos o que eles acreditam contra eles mesmos e lutaremos com toda a nossa força. Manteremos o foco deles em nós, para que não vejam o inimigo que acreditam ter sido derrotado às suas costas até ser tarde demais.

Silêncio.

— Imperatriz — disse Prakash, sem jeito.

— Está contando com uma esperança impossível — soltou Khalil ao mesmo tempo, direto.

— Eu conheço a força e o valor dos meus homens.

Prakash exalou, trêmulo.

— Estaremos escolhendo a morte.

— Você não possui nenhuma montaria dwarali veloz, lorde Prakash — respondeu Malini, franca. — Nem meus soldados parijati. Talvez eu viva, e talvez os homens de lorde Khalil também, e a sua esposa talvez viva, assim como suas mulheres... mas, para você, não existe escolha a não ser a morte na fuga ou na batalha. Se não confia em mim, ao menos confie nisso. E faça sua escolha.

Não tinham tempo. Não tinham tempo. Porém, os soldados de Chandra ainda não haviam atravessado o vau; estavam preparando os arqueiros, assim como os dela estavam se alinhando nas margens. As guardas estavam pegando seus escudos, preparando-se para defender a carruagem onde Malini e Raziya estavam. Portanto, ela teve tempo o bastante para ver a expressão de Prakash desmoronar, e depois ficar determinada; para ver os ombros dele se endireitarem e ouvi-lo dizer:

— Confiarei em sua escolha, então, imperatriz.

— General — respondeu ela, inclinando a cabeça. — E você, meu general dwarali?

Khalil ficou em silêncio, o olhar pensativo. Ele não olhou para Malini, e sim para a mulher ao lado dela, então assentiu.

Seja lá o que aconteceu entre eles, bastava.

— Como disse, imperatriz — declarou ele finalmente. — Eu e minha esposa podemos fugir, assim como a senhorita. E ainda assim, sua esperança parece falsa. — Ele curvou a boca, sem alegria nenhuma. — Como um homem que já usou essa aposta, sei que a senhorita fracassou.

— Lorde Khalil — respondeu ela. — Há muito eu o considero um dos meus aliados mais fortes. Já chegou até aqui. Esperou, mesmo desesperançoso, que meu irmão Aditya cumprisse seu destino em Srugna. Você me acompanhou a cada passo do caminho, enquanto eu me esforço para cumprir o meu. E o meu destino, meu propósito, ainda não fracassou. Será meu aliado aqui também? Confiará no meu destino?

— Eu não venero o anônimo para confiar minha vida a uma profecia — retorquiu ele.

— Mas venera às mães, e *eu* estou nas mãos delas — respondeu Malini.

Depois de um tempo, ele disse:

— Há muito penso que aliados leais devem receber recompensas leais.

— Uma imperatriz paga suas dívidas, lorde Khalil — disse ela, esperando que o olhar em seu rosto e o peso das suas palavras refletissem o dele. — Mas primeiro uma imperatriz deve ter um trono, para que suas palavras possam ser acompanhadas de ação.

— Vou lembrá-la disso, imperatriz. — Ele puxou as rédeas do cavalo e se virou. — Eu prepararei a cavalaria. Vamos usar toda nossa força contra eles e ver o resultado. Foram muitos cavalos mortos. — Ele acariciou o pelo da sua montaria. — Sobreviva, imperatriz.

— Eu vou sobreviver — prometeu ela, com certeza absoluta.

Não tinha espaço para dúvidas. Ou o milagre que ela pedira a Priya se manifestaria, ou logo Malini estaria morta. E de qualquer forma, os mortos não tinham arrependimentos.

— Lorde Prakash — chamou Malini, depois que as ordens foram dadas. — Nenhum de nós dois é um grande guerreiro, feito para usar armas em batalhas, creio eu.

Ele inclinou a cabeça, concordando.

— Mas ficarei feliz em tê-lo ao meu lado e moldar essa batalha em conjunto — continuou ela. — Ficarei honrada em ter seus conselhos, como alguém mais velho, e ouvir a sabedoria em que meu pai tinha grande confiança.

Um pouco da cautela provocada pelo aço das palavras ríspidas que ela dissera para ele antes se suavizou. Ela viu em seus olhos.

— Eu ficarei honrado em guiá-la — respondeu ele.

Do outro lado do vau estava o exército de Chandra. Arqueiros e cavaleiros; carruagens reluzentes e bandeiras esvoaçantes, tudo em branco e dourado imperial. Do lado de Malini do vau estavam seus soldados a pé: arqueiros, mais alto na margem, prontos para atirar. Os cavaleiros dwarali, mantendo os cavalos imóveis. Esperando as ordens.

Ela ergueu a mão. Uma concha ressoou.

Os dois lados se lançaram um contra o outro feito ondas se chocando. Soldados correndo em frente; os homens de Chandra armados com sabres, e os dela, com maças, chicotes, adagas e espadas, e então nada a não ser corpos colidindo, flechas voando, tornando o céu cheio e escuro dos dois lados da água.

Os cavaleiros dwarali seguiram em frente com um rugido, os cavalos brancos correndo para a água que cintilava.

E Malini ficou em pé, ereta em sua carruagem, testemunhando tudo. Ela sentiu o cheiro de sangue e água, e viu enquanto a espuma da água se transformava em lama ao ser amassada por centenas de pés e cascos.

Uma coisa estava a seu favor: era nítido quanto os homens de Chandra estavam menos familiarizados com os estilos de luta de Srugna e Dwarali. Foram atingidos por clavas, os crânios reduzidos a carne, ossos rompendo através da armadura. As flechas os atingiram com uma velocidade brutal. Soldados dwarali se agachavam no dorso dos cavalos, repuxando os arcos para atacar. Como Khalil dissera, os cavalos dwarali não estavam acostumados a lutar em águas, mesmo se fossem rasas, mas seus cavaleiros eram confiantes e os mantinham firmes.

*Eles não têm nenhuma experiência*, percebeu Malini, observando os soldados parijatdvipanos do irmão, crítica. Eram bem treinados, lógico. Lutavam com ferocidade. Porém, havia uma certa crueldade e astúcia em um homem que já enfrentara batalhas, algo que seus próprios homens tinham, e que os soldados de Chandra não adquiriram.

Lentamente, ela percebeu que aqueles homens cresceram e treinaram na cidade imperial de Harsinghar, ou nas propriedades parijati ali perto. Deveriam ser a última linha de defesa de Harsinghar, e não a primeira.

*O que está fazendo, Chandra?*, pensou Malini, frustração e pavor se enroscando dentro dela. Ela não compreendia a intenção e o plano do irmão.

Então, abruptamente, ela parou de pensar em Chandra.

Malini sentiu a carruagem sacolejar ao redor dela; ouro, aço e madeira pintada sacudindo. O cavalo empinou, inquieto, e mal conseguiu ser acalmado pela mão treinada do cocheiro. Ela se firmou, abrindo mais as pernas, e Raziya agarrou o ombro dela com força, lembrando-se talvez da forma como a carruagem caíra quando se depararam com o fogo de Chandra do lado de fora da fortaleza do alto-príncipe. Então, juntas, olharam para o Veri, para o horizonte, onde as flechas caíam.

No começo, Malini não viu nada.

E então, a água estava subindo. Não era como nenhuma onda natural que Malini já vira, mas como uma parede, um escudo. Era iluminada, imensa. Um espelho cintilante que só refletia a morte.

A água caiu com um rugido, chocando-se na margem mais distante, impelindo-se para a frente com uma fúria terrível e batendo no flanco do exército de Chandra.

Longe demais. Estavam longe demais para ver em detalhes, mas o uivo explosivo da água era inegável; o puro tamanho da onda e o poder com que varreu a margem. Varreu as pessoas, e silhuetas escuras correram, fugiram; e então foram repentinamente engolidas pela água. A mente de Malini mal conseguia compreender aquilo. Ela ficou paralisada. Os homens ao redor dela estavam estupefatos.

Um barulho cortou o ar — quase inumano, um berro de luto e horror vindo dos homens de Chandra.

Todos os homens ao longe estavam mortos.

*Todos aqueles homens*, pensou ela. *Todos eles se foram. Se eu tivesse piscado, nem sequer teria visto eles morrerem.*

A alegria nasceu daquele pavor, repentina e feroz.

*Ah, Priya*, pensou Malini. *Priya, você conseguiu.*

A onda voltou a se acomodar.

Em seu lugar, algo cresceu de dentro da água, uma ponte, grande e forte, um elo unindo as duas margens.

Foi só depois disso que a água ficou completamente calma. Ela observou por um instante enquanto suas forças aloranas e saketanas cruzavam a ponte, onde antes não houvera ponte alguma, em uma pressão repentina de corpos, gritando, triunfais.

Malini queria berrar com eles, gritar seu triunfo feroz, mas ela ainda não ganhara.

Voltou a focar no exército de Chandra.

Havia um tipo de ímpeto impossível e terrível de um exército em batalha que não podia ser facilmente detido, apenas desacelerado. Os homens de Chandra não podiam simplesmente se virar e lutar com os inimigos atrás deles, que eram os homens de Rao. Os soldados saketanos. Os homens de Chandra fraquejaram, oscilando, assustados pela estranheza da água assim como o povo de Malini se assustara pela força do fogo artificial em Saketa.

No forte labiríntico, o destino estivera contra ela, mas hoje, estava a seu favor, e tudo porque Priya estava ali. Tudo que Malini precisava fazer era deixar que a maré a levasse.

Ela ergueu seu sabre no ar e finalmente soltou o grito que estava acumulado dentro dela: uma coisa aguda e selvagem, como o guincho de uma ave de rapina sobrevoando uma lebre ferida. A luz do sol refletiu na lâmina do sabre, fazendo com que a espada parecesse envolta em chamas.

— Por Parijatdvipa! — gritou ela. — Pelas mães! Por sua imperatriz!

Ela ouviu os gritos em resposta ao redor de si, um barulho que aumentava mais e mais triunfante, afogando todos os inimigos naquela canção.

# RAO

A água *rugiu*.

Houve um barulho, um peso esmagador e então... o barulho da água sumiu. Rao estava no chão, manchado de terra, ofegando por mais ar. O chão se afundara ao redor dele, como se o leito do rio o tivesse engolido, batido tudo para virar lodo. Ele colocou as mãos embaixo de si e arrastou-se para ficar em pé, uma energia frenética percorrendo-o por inteiro.

Ele viu a ponte.

Rao a encarou, de olhos arregalados, pensando se finalmente enlouquecera. Então, sentiu a mão de Sima em seu braço. A voz de Sima, como se atravessasse uma névoa espessa, exigindo que ele se mexesse.

— Ela fez a parte dela! — gritava Sima, os olhos úmidos. — *Agora faça a sua!*

Aquilo o fez voltar a si. Ele gritou para Narayan. Chamou os homens para correr, cavalgar, e o rugido se elevou quando se lançaram como uma coisa só na direção da estranha ponte que cobria a água.

Rao subiu em uma carruagem vazia e pegou as rédeas.

— Sima — chamou ele. — Suba aqui. Vou ser o cocheiro. Você atira.

Ela o encarou. Esfregou o braço sobre os olhos e então subiu. A carruagem sacudiu, e o cavalo estava guiando-os rapidamente pela ponte, atravessando a água. E Sima erguia seu arco, encaixando a flecha, e os dois se chocaram na retaguarda do exército parijatdvipano em uma onda de movimentos.

As forças de Chandra foram esmagadas entre a metade do exército de Rao e a de Malini. Atrás deles estavam os soldados aloranos e saketanos, vestidos com turbantes e faixas que proclamavam sua lealdade. Diante deles o exército parijati, com armadura branca, a cavalaria srugani e dwarali. Eles não tinham para onde correr.

Não havia um fim evidente para aquilo. Apenas um momento quando estava guiando o cavalo enquanto Sima atirava uma flecha que atravessou o peito de um homem. E então, como se a escuridão tivesse descido e desaparecido abruptamente da sua mente, ele se viu tropeçando, descendo da carruagem.

Os corpos estavam por todos os lados: gritos e grunhidos de homens à beira da morte, e aves carniceiras já voando em círculos esperançosos no ar. Porém, tinha acabado. Acabara. E que o anônimo os abençoasse, eles não tinham perdido.

Eles não tinham perdido.

O príncipe Ashutosh sobrevivera, para a surpresa de Rao. Os homens de Ashutosh estavam aglomerados ao redor dele, observando enquanto era cuidado por um dos médicos do acampamento. Seu rosto estava pálido, os lábios rachados de frio, mas, quando viu Rao, ele assentiu com a cabeça, trêmulo. Rao devolveu o cumprimento, uma sombra estranha de alívio florescendo no peito. Ele não gostava muito de Ashutosh, mas estivera certo de que o homem morreria no instante em que as flechas mergulharam na água. A sobrevivência dele era um pequeno milagre.

*Um milagre de Priya*, lembrou a si mesmo. Ele não conseguia permitir-se lembrar vê-la na água revolta, com as ondas cristalinas erguendo-se ao redor dela, raízes arrancadas espiralando no ar. Aquilo o fazia sentir como se estivesse sendo separado da própria pele. Ele respirou para aliviar o pânico da visão — a sensação de algo errado e de alegria, tudo aquilo misturado e impossível de desembaraçar — e se virou na direção do vau.

Ele se lembrava da visão do anônimo que Aditya mostrara para ele, fazia muito tempo, nos jardins envernizados. A forma como enchera seu crânio com estranheza e terror. Aquilo era... possivelmente pior. Ele se sentiu apequenado e inútil diante daquilo; consciente de forma dolorosa que seu corpo e seus ossos eram mortais.

Rao se forçou a se concentrar no que estava ao seu redor: a lama sob os pés, os cadáveres espalhados.

Sima, na frente dele.

Ela andava em frente sem parar. Foi só quando ela começou a entrar na água que ele notou que havia alguma coisa errada. Um soldado estava gritando para ela da margem, tentando chamá-la de volta. Sima estava submersa até o peito: Rao apenas via os seus ombros, a linha sinuosa da trança enquanto a mulher passava pelos cadáveres. Rao andou até a beira da água e colocou as mãos ao redor da boca para fazer a voz chegar mais longe.

— Você não quer ficar aí! — gritou. — Por favor, volte para a margem.

Sima virou a cabeça.

— Não — respondeu ela, os dentes batendo. — Você que entre aqui.

— Lady Sima.

— Eu já disse que não sou lady coisa nenhuma! — A voz dela estava descontrolada. — Milorde. Príncipe Rao. Eu preciso... Eu não consigo. Não entendeu? — Várias palavras jorrando dela. — Priya não voltou. Ela está em algum lugar por aqui e eu... eu preciso encontrá-la.

— Sima...

— Me ajude ou não — interrompeu-o e se virou outra vez, determinada a ir mais fundo.

Rao tirou a armadura para ficar só com a túnica e as calças, todo o reforço jogado no chão. Então, pulou na água para ir atrás dela. A água estava fria e fedorenta. Ele se controlou para não dizer nada e entrou mais fundo, seguindo a figura de Sima à frente. Ele a alcançou rapidamente. Jogou água perto dela com a mão, um gesto quase infantil, mas também melhor do que tocá-la quando estava tremendo tanto com um pânico incontido.

— Volte para a margem — pediu ele. — Sima, vou encontrá-la. Prometo. — Ao ver a dúvida nos olhos dela, acrescentou: — Se eu não a encontrar, a imperatriz vai me esfolar. Não vou arriscar isso.

— Eu sei nadar bem — disse ela. — Eu...

— Eu vou encontrá-la. Por favor.

Por um instante, parecia que Sima iria argumentar. Então, ainda tremendo, ela assentiu.

— Obrigado — disse Rao a ela.

Ele esperou até que ela voltasse para a margem e então nadou mais para o fundo. Acima dele, a ponte de raízes arqueava, vasta e com nós complexos, a luz atravessando as pequenas perfurações como diamantes iluminados entre as sombras que lançava sobre a água. Ele chamou o nome de Priya e ouviu a própria voz sumir, engolida pela água que marulhava nos corpos e na estrutura da ponte gigantesca.

— Príncipe Rao! — Um grito soou atrás dele. — Milorde, espere!

Ele se virou e viu um dos homens de Ashutosh o seguindo. O homem estava nitidamente ferido, o ombro amarrado com uma atadura, o sangue escorrendo um pouco do tecido.

— Saia da água — alertou Rao. — Vai ficar com a ferida infectada.

— Eu falei com a menina ahiranyi — contou, gesticulando para Sima, que estava na margem envolta em um xale. — Eu sei onde a outra está. Ou estava.

— Me mostre — pediu Rao.

Ele levou Rao até o local onde a ilhota estivera antes. Não havia mais nada ali. O soldado apontou com a mão para o ponto onde vira Priya exatamente, gemendo enquanto repuxava o ombro.

— Ela nos protegeu ali — disse ele. — Com aquela magia estranha que ela tem.

A boca do homem se curvou em desdém, mas parecia mais instinto do que uma expressão de nojo verdadeira. Então, ele pareceu aturdido e hesitou por um instante, antes de umedecer os lábios e prosseguir.

— Eu a vi cair na água. Bem... ali. E não a vi voltar. Seja lá... seja lá o que ela fosse, milorde, ela merece um velório decente.

— Acha que ela está morta? — perguntou Rao, estranhamente entorpecido.

— Claro, milorde. Como não estaria?

De fato, como não estaria? Qualquer homem que raciocinasse direito sabia que nenhum mortal poderia sobreviver depois de cair inconsciente na água. Nenhum humano poderia sobreviver sem ar, com o peso do rio sobre si. Por que Rao não considerara isso.... Sequer tinha refletido sobre a possibilidade da morte de Priya?

Talvez a esperança ainda estivesse acesa dentro dele, apesar de toda a lógica, resultado de uma mente febril por causa da batalha. Mas Rao não achava que era o caso. Às vezes, a crença ou o instinto era um dom do anônimo. E a *sensação* era verdade: Priya não morrera. Ainda não.

— Qual é o seu nome? — perguntou Rao ao soldado.

— Romesh, milorde.

— Espere por mim aqui, Romesh. — Rao gesticulou para onde estivera a ilhota, e então começou a nadar na direção que Romesh apontara.

Através da água, ele sentia as folhas de coisas que não deveriam estar crescendo ali dentro: folhas aveludadas tão verdes que quase pareciam ser iluminadas por dentro; flores de uma cor rosada e enferrujada como sangue, e então do branco de dentes. *Decomposição*, pensou ele a princípio. E então: *Priya*.

Ela estava embaixo dele na água. Seu rosto estava visível, o cabelo solto, os olhos fechados.

Ele esticou o braço para ela imediatamente, a mão se fechando no nada como se ela fosse uma miragem, uma ilusão da luz, um truque da água. Ele não se permitiu pensar. Apenas respirou fundo e mergulhou, a luz brilhando através da água acima dos dois. Ele estendeu a mão...

Então Priya abriu os olhos. Eram pretos e insondáveis na escuridão, dois pontos que engoliam toda a luz ao redor de si.

Ela esticou a mão de volta.

Por um instante, ele estava completamente desvinculado do próprio corpo, em pânico, sem conseguir se mexer, e de repente ficou... leve. Sentiu como se pudesse respirar, ou como se nunca precisasse respirar, como se os pulmões não quisessem ar, como se fosse mais ou menos do que só carne.

Mundos rodopiavam ao redor deles, estrelas explodindo e obscurecendo suspensas em uma escuridão que ondulava e estava viva. Ele se sentia como se um sacerdote do anônimo o houvesse guiado para dentro de uma visão e o deixara ali; abandonara-o por completo para o turbilhão da voz do anônimo.

*A chegada. A chegada inevitável.*

Os olhos de Priya não pertenciam a ela, que o segurava pela mão, a boca formando palavras que ele não decifrava ou ouvia, grandes ecos de canção quebrando como ondas nos seus ouvidos. Ele se debateu contra ela, tentando se afastar, e então se lembrou do que estava fazendo, e tentou segurá-la. Ele a levaria de volta. Rao prometera. E se ele não o fizesse... se ele não o fizesse...

(O que Malini faria, se ele não conseguisse?)

*Priya*, ele tentou formar a palavra na boca. Procurou sua voz. Arrancou-a da garganta.

— Priya. Seja lá o que isso seja... por favor. *Pare.*

Ela piscou, respirou fundo.

E, de súbito, acabou.

Os pulmões convulsionavam. O corpo implorava por ar. Priya era um peso morto nos seus braços. Ele passou o corpo dela para um braço e pegou impulso no leito do rio, levando os dois para cima. Ele a arrastou, para cima, para cima, para fora da água, finalmente respirando fundo. Ele virou o rosto dela para o lado, tentando sentir a respiração com uma das mãos. Ele abriu seu maxilar, tentando limpar a boca dela de água com dedos desajeitados. E pronto, ali estava: o mais leve sopro de ar vindo da sua boca.

Então, ele viu as flores. Elas escapavam dos lábios dela, pequenas, flores semiabertas, de um dourado vivo. Pétalas estavam trançadas nos cabelos de Priya. Quando ela piscou, ele viu pequenas veias verdes sob as pálpebras.

Rao se sobressaltou. Quase a soltou. Graças ao anônimo, conseguiu resistir ao impulso.

Não poderia deixar que ninguém a visse assim. Precisava levá-la até Malini.

— Romesh!

— Milorde? — gritou Romesh de onde esperava. — Está com ela? Está com ela!

— Ela não está morta — respondeu Rao. — Mas ela não está... vestida apropriadamente. Preciso de Sima, a outra mulher ahiranyi. Arrume um barco para ela se puder, e faça com que venha me encontrar aqui. Sem mais ninguém. Diga para trazer um xale com ela.

— Eu posso ajudar...

— Não — rebateu Rao, rouco. E então, cuidadoso: — Você está machucado. Seu príncipe não vai me agradecer se ficar doente. Além do mais, preciso proteger a honra da anciã Priya, entende?

Romesh foi para a margem sem insistir.

Rao ficou segurando Priya e esperou. Esperou e tentou não pensar na morte de Prem. Tentou não pensar nos nódulos de madeira na pele, na risada dele ou na forma como o luto entalhara uma ferida no peito de Rao que nunca mais foi fechada.

— Fique comigo, Priya — disse ele, sem conseguir fazer mais, enquanto ela respirava e sangrava flores, o cabelo ondulando na água. — O que seu povo faria sem você?

Ele não sabia por quanto tempo ficara segurando Priya ali, sentindo a contração das costelas enquanto ela respirava, até um pequeno barco improvisado atravessar a água, Sima o guiando de um jeito atrapalhado. Rao fincou os pés na margem, levantando Priya, se inclinando por cima dela.

— O que Malini faria sem você? — sussurrou por fim.

Ele se endireitou.

— Cubra-a — pediu ele, de um jeito brusco, para Sima, enquanto ela esticava os braços para pegar Priya.

Ela arregalou os olhos ao ver a amiga, mas não disse nada; apenas cerrou a mandíbula e ajudou Rao a colocar Priya no barco. Ela cuidadosamente limpou as flores, e depositou um xale encharcado de óleo para ficar à prova d'água em cima do corpo de Priya enquanto as pálpebras dela tremiam outra vez.

— Shhh — disse Sima, firme. — Não quero ouvir nem um pio, Pri. Isso é uma ordem. Vamos levar você de volta para a terra firme.

A boca de Priya se movia, sem som. Então, seus olhos se fecharam outra vez.

Rao ficou na água, direcionando a embarcação. Sima segurou Priya com firmeza.

— Vai contar a alguém? — perguntou Sima, abruptamente. — Milorde, vai contar?

— A anciã Priya é uma aliada importante da imperatriz Malini — respondeu ele lentamente. — E a imperatriz não iria gostar que ninguém mais soubesse.

Por um longo momento, a única coisa que se ouviu foi o som da água batendo nas laterais do barco enquanto ele o empurrava para a frente.

— Obrigada — agradeceu Sima, baixinho.

Rao manteve os olhos firmes na margem. Quase lá.

— Não precisa agradecer — respondeu.

Quando chegaram em terra firme, não esperou que nenhum dos soldados viesse ajudá-lo. Rao levantou Priya.

— Preciso de um cavalo — gritou.

Um dos seus homens deu um passo adiante com uma égua selada. Com a ajuda do soldado e de Sima, ele montou e segurou Priya diante de si. Por mais que fosse difícil carregar o peso dela, ele conseguiria.

— Sima...

— Eu faço meu caminho. — Ela estava tremendo outra vez, a coragem se esvaindo e deixando o corpo frio. Porém, Rao confiava no olhar dela, na teimosia da determinação que viu ali. — Vá, milorde.

Ele foi.

Malini não estava mais no campo de batalha cheio de cadáveres, e sim de volta à segurança do acampamento. Para o alívio de Rao, não estava na sua tenda, mas do lado de fora, rodeada por seus guardas. Lorde Prakash estava ajoelhado diante dela, inclinando a cabeça. Quando ele a ergueu, falando palavras que Rao não ouvia, uma emoção estampava seu rosto por inteiro, uma admiração pura e franca.

No alto, na tenda em si, as bandeiras estavam erguidas, o branco e dourado imperial parijatdvipano dolorosamente brilhante sob o sol. Ele forçou o cavalo a parar. Pensou em gritar por Malini, e então refletiu um segundo. Chamar atenção indevida parecia... imprudente.

Porém, Malini já os vira. Ela virou a cabeça. Arregalou os olhos, e o rosto ficou impassível outra vez, uma máscara tranquila enquanto caminhava apressada até Rao. Terra e sangue marcavam a barra do seu sári, e o vento empoeirado bagunçara seus cabelos, mesmo com a trança, e cachos esparsos emolduravam seu rosto.

— Priya — disse ela.

Não era uma pergunta. Havia algo na voz dela que Rao nunca ouvira antes, uma emoção quase incontida, e Rao se apressou para responder:

— Ela está viva, imperatriz.

— Chamem um médico — ordenou Malini com a voz firme para um guarda que a seguira.

— Não há necessidade — disse Rao, encontrando os olhos de Malini e esperando que ela visse o aviso. — Ela precisa de... descanso, imperatriz. Só isso.

Malini gesticulou para o guarda, e ele ficou imóvel.

— Traga-a para a minha tenda, príncipe Rao — disse Malini, virando-se. — Lorde Prakash, falarei com você depois. Minhas desculpas.

Lorde Prakash abaixou a cabeça. Se pensou alguma coisa sobre o que estava vendo ali, Rao não saberia dizer, e não tinha tempo de analisar a expressão dele. Tudo que importava era descer do cavalo, levantar o peso de Priya e levá-la para a tenda. Um dos guardas de Malini abriu caminho. Ela disse que esperassem do lado de fora.

Lá dentro, Lata estava falando com Swati, dando ordens para que ela fosse buscar mais suprimentos para os feridos. Quando Lata os viu, abruptamente cobriu os olhos de Swati com as mãos. Swati soltou um guincho, alarmada.

— Não se preocupe, Swati — tranquilizou-a ela. O olhar dela foi de Rao a Priya, e depois para a Malini. — Imperatriz?

— Água — pediu Malini, atravessando o espaço, alisando o cobertor da própria cama. — Traga comida também. Swati... não vamos precisar de você. Só de você, Lata. — Sem verificar se tinha sido obedecida, ela continuou: — Rao, deixe-a aqui.

Rao a deitou na cama, todo aquele peso encharcado pelo rio, enquanto Lata levava Swati para fora rapidamente.

— Você a embrulhou como um cadáver — observou Malini. Ela cruzou os braços, mas não antes de Rao notar a forma como seus dedos tremiam.

— Ela está coberta de... flores — revelou Rao, rouco, atrapalhando-se levemente nas palavras com o absurdo de tudo. O rio engolindo homens. Raízes se forçando pelo lodo, construindo uma ponte. Uma visão. E Priya sangrando *flores*. — Eu precisava esconder.

Água lamacenta manchou o divã quando ele retirou o tecido oleoso, puxando-o para trás. A mão de Malini pairou sobre Priya, sem tocá-la, enquanto via a mulher ahiranyi: o leve verde das pálpebras, as pétalas que ainda manchavam a boca; as flores enganchadas no cabelo molhado.

— Obrigada, Rao — disse ela. — Tenho certeza de que tem muitos outros assuntos para tratar.

Ele sabia quando estava sendo dispensado.

— Tome cuidado, Malini — disse ele. Era um aviso.

Ela não respondeu.

A última coisa que viu antes de fechar a abertura da tenda foi Malini tocando a bochecha de Priya, a ponta de quatro dedos pressionada carinhosamente na pele, os olhos dela intensos e insondáveis.

# MALINI

— Eu disse para Swati ficar longe — murmurou Lata, a voz baixa.

Ela trouxera uma panela fumegando e duas tigelas. Ergueu a tampa, deixando um pouco do vapor sair. Era kichadi, cozido lentamente até ficar espesso, amarelo e cremoso, provavelmente vindo do panelão comunitário que era compartilhado com todo o acampamento.

— Ela está fervendo ataduras para os médicos — continuou Lata. — Eu vou me certificar de que as outras mulheres também não entrem.

— Ótimo — disse Malini.

Ela deveria ter olhado para Lata, visto em seu rosto as coisas que ela não disse, mas não conseguiu.

Priya estava tão quieta. Malini limpara um pouco da lama do rio da pele dela com uma esponja, mas o cabelo ainda estava molhado e cheio de nós, deixando manchas de água no travesseiro. Ela estava com os olhos fechados, os cílios dourados ficando do mesmo marrom do tom da pele. Arranhões marcavam o seu braço e sua clavícula. Todos os cortes sangravam pétalas.

— Seus generais estão procurando por você — informou Lata baixinho.

Ela já falara com Prakash. Mas, ah, como aquela conversa havia sido estranha. Quando ele percebeu que a batalha de fato terminara, ele a seguira e se curvara diante dela. Ele *pedira desculpas* por todas as vezes que ele permitira que a força e o governo de Malini fossem testados sem interferir antes.

— Eu não a tratei como é — dissera ele. — A escolhida das mães. Profetizada pelo anônimo. *Imperatriz*. Não fracassarei outra vez.

Normalmente, esse tipo de confissão teria trazido uma alegria absoluta. Mas não agora.

— Rao deve distraí-los — comentou Malini.

— Devo informar isso a ele?

— Por favor, Lata.

Malini não poderia ficar muito tempo longe. Ela sabia. Precisavam continuar seguindo caminho. Precisavam aproveitar a vantagem dessa vitória e seguir até Harsinghar antes que as notícias da derrota chegassem a Chandra e ele pudesse enviar mais homens para enfrentar as suas forças. O caminho estava nítido diante dela. Não podia fracassar agora.

Só que Priya ainda não acordara.

— Lata — chamou Malini. — Diga a ele que vou me juntar ao grupo dentro de uma hora. Por favor se certifique de que ninguém venha atrás de mim.

Lata inclinou a cabeça. Ela hesitou como se quisesse falar alguma coisa, mas por fim se virou e foi embora, a cortina da tenda farfalhando depois que passou.

Malini pensou que teria dificuldade em ficar imóvel; dificuldade em manter seu corpo parado. A batalha parecia ainda estar correndo por suas veias, cada rugido, grito, o sibilar de sabres sendo desembainhados. O ruído úmido e cru da carne sendo cortada.

Porém, a imobilidade de Priya a deixara imóvel também. Malini enfrentara o exército do irmão. Observara o rio ser revirado e uma ponte crescer do nada. Priya a salvara, como Priya sempre fazia.

Ela pensou naquele tempo em que ficaram sozinhas na floresta de Ahiranya. Na forma como Priya sangrara e quase morrera. Na forma como se deitaram uma ao lado da outra ao lado da piscina de água limpa, os lábios inchados de tanto se beijarem, e falaram sobre conhecerem a natureza uma da outra. Do monstro que Malini precisaria se tornar para chegar ao poder.

Malini cuidadosamente retirou as flores dos braços de Priya. Então, abaixou o rosto até recostar sobre o cotovelo dobrado de Priya e fechou os olhos. Ela sentia o cheiro do rio — algas, solo e sal.

Ela sentiu uma mão no seu cabelo. Trêmula.

Malini ergueu a cabeça de repente. Priya estava de olhos abertos, observando-a. O branco dos olhos estava cheio de pontos verdes, como veias descoloridas em pedras preciosas.

— Malini — sussurrou Priya. — Você está aqui?

— Estou — confirmou. Ela resistiu ao ímpeto de pressionar os dedos na bochecha, ou deixar a palma da mão descansar na testa da outra. Para sentir a febre, ou simplesmente tocá-la. — Você estava alucinando?

— Eu estava viajando — respondeu Priya, uma resposta que parecia um *sim*. — Eu não sou eu mesma. Eu acho... acho que provavelmente dá para ver.

Uma gargalhada escapou dos lábios dela, parte risada e parte soluço. Ela sorriu, e imediatamente o sorriso desapareceu de sua boca, como se a carne se recusasse a continuar sorrindo.

— O que aconteceu? — perguntou Priya.

— Você afogou uma horda dos homens do meu irmão — contou Malini, baixinho. Ela queria passar os dedos pelo cabelo de Priya, alisá-los, tirar o verde dali até voltar a ser puro e escuro. — Salvou meus soldados. Nos permitiu ganhar a batalha. — Dessa vez, ela não conseguiu evitar o toque, descansando a mão sobre a de Priya. A pele dela ainda estava fria da água. — Você me salvou outra vez.

— Foi para isso que me chamou, não foi? Por causa da minha magia. Para eu salvar você. E eu fiz isso. Meu dever.

Malini a encarou em silêncio. Ela não estava preparada para sentir culpa. Não tinha utilidade para aquilo, mas ali estava, enroscada em seu peito, preenchendo o pulmão até não haver mais espaço para o ar.

— Está tudo bem — disse Priya, com uma risada alta, selvagem. — Eu quis fazer isso.

Priya se sentou de súbito, tirando a mão debaixo da de Malini. Ela tentou se levantar, as pernas trêmulas. Botões floresceram sob a sola dos pés dela quando deu um passo cambaleante, e depois outro. Malini ficou em pé rapidamente, alarmada.

— O que está fazendo?

— Me perdendo — conseguiu dizer Priya, o que não significava nada para Malini. — Cada vez que vou mais longe... eu me torno mais dela... e menos de mim. Ela disse isso.

— Quem disse?

Priya balançou a cabeça.

— *Priya.*

— Eu preciso. Eu... — Priya exalou, trêmula. Deu outro passo. — Minha pele. Parece que eu estou com a decomposição. *Merda.*

— Você consegue parar isso — argumentou Malini. — Fazer isso desaparecer.

— Consigo?

— Lógico que consegue — respondeu Malini, tentando deixar toda sua convicção transparecer na voz. — Não me olhe assim — continuou ela quando Priya a encarou com um olhar inconfundível, mesmo com o verde nos olhos de Priya e a luz tênue da tenda. — Posso não entender a extensão da sua magia, Priya, mas já vi você controlar isso antes.

— E se eu não conseguir? E se eu ficar presa desse jeito? E se eu não for mais humana o suficiente?

— Podemos falar sobre isso quando você estiver deitada. Você vai cair.

— Eu ergui um rio. — Priya riu. — Ergui... e você acha que eu vou cair?

— Sim.

Priya congelou, as pernas tremendo.

Ela xingou quando caiu.

Malini conseguiu pegá-la, e a apoiou de volta contra um dos postes da tenda. E Priya se deixou cair em seus braços, sorrindo, as flores se derramando da pele.

— Eu disse a mim mesma que eu não estava fazendo isso só por você — confessou Priya, delirante, as flores debulhando da ponta dos dedos e dos cabelos. — Eu disse a mim mesma que estava fazendo tudo isso por Ahiranya, pela minha família, pelo meu país, por mim mesma, mas eu estava mentindo para mim mesma, mentindo, mentindo...

— Priya. — O nome dela saiu trêmulo dos lábios de Malini.

— Foi por você. Talvez tudo que eu fiz, ou talvez só uma parte, mas você... você... Eu não consigo...

Várias palavras interrompidas, fragmentos de palavras, florescendo enquanto as rosas caíam da pele de Priya e pousavam sobre as mãos firmes de Malini.

— Eu mal consigo entender — continuou Priya — como eu me ajoelharia por você de bom grado, em qualquer lugar, por qualquer coisa. Como eu lutaria por você. Como eu quero estar ao seu lado. Isso que é o amor, Malini? O amor é assim tão terrível? Porque se for, então eu amo você, da mesma maneira que as raízes amam as profundezas e as folhas amam o sol. É... como eu sou. E não importa o quanto eu tente ser boa e fazer o certo... eu sou só flores em seus braços, para a sua guerra, por você...

— Priya. *Priya.* — Malini pressionou o rosto contra o de Priya. Sentiu a pele mudando ali, o ritmo da respiração, a promessa de que Priya estava ali, e estava viva. — Eu nunca deveria ter pedido para você vir — sussurrou ela, sua bochecha colada à de Priya. — Nunca deveria ter deixado você ir para a batalha.

— Mas você precisa de mim. Precisa que eu esteja aqui.

— Eu precisava de você — concordou Malini. — Ainda preciso. Mas não só pelos seus dons. Nunca só pelos seus dons. Sem dúvida você sabe disso, não é?

— Eu sei. Eu sei.

E então elas viraram os rostos, não exatamente se tocando, apenas compartilhando uma respiração. Samambaias cresciam dos cabelos de Priya. Ela piscou os olhos verdes. Uma estranheza terrível, e ainda assim Malini não conseguia soltá-la. A boca de Priya se abriu. Palavras outra vez. Sempre as palavras, destruindo a distância entre elas.

— Acho que você deve ter uma balança na sua cabeça, onde consegue medir quanto meus dons importam para você e quanto o restante importa, e eu acho... a balança não está equilibrada, não é? Ela pende para um lado. Você não precisa assentir, ou concordar, ou... Eu já sei, Malini. Eu já sei.

Malini queria dizer, *Seus dons são você e você é os seus dons, eu não amo um pedaço seu, eu não separo você em partes.* Porém, Priya teria ouvido a mentira nessa confissão. Malini quebrava todos em pedaços: ela peneirava todos que conhecia em busca de forças e fraquezas, desejos e lealdades.

— Você me odeia por isso? — perguntou Malini, segurando o rosto de Priya com as mãos. — Está brava por eu não amar você como me ama?

Priya riu. Era um som sem fôlego, estranhamente doce.

— Ficou com medo de que eu morresse? — devolveu Priya.

Ela segurou o cabelo de Priya. Cabelo escuro e pesado, escorregadio como seda, cheio de coisas que floresciam. Malini passou os dedos por ele. Pressionou os lábios no pescoço de Priya, sentindo o calor da pele dela, o aconchego. Ela cheirava a suor, sal e petricor. Deveria ser desagradável, humano e estranho demais ao mesmo tempo. Mas tudo que Malini podia fazer era passar os dentes nos músculos do pescoço de Priya, inalar o seu cheiro, e pensar, com uma voracidade impotente, *Quero sentir seu gosto, todo o seu gosto, segurá-la na minha boca. Eu quero, eu quero, eu quero.*

Priya emitiu um ruído entrecortado, meio surpresa, meio alguma outra coisa. Ela deixou a cabeça pender para trás. Os dedos dela traçaram o queixo de Malini, trêmulos.

— Como se uma simples batalha pudesse matar você — sussurrou Malini contra a pele da outra.

Ela não queria amar Priya da forma como Priya a amava — aquela devoção, aquela gravidade aterrorizante que deixava uma pessoa de joelhos.

Porém, ela não conseguia controlar certas coisas.

— Se eu tivesse medo de que a batalha mataria você, nunca teria segurado meu exército até você afogar o de Chandra pela retaguarda — disse Malini. — Se eu tivesse mesmo medo de que você fosse morrer, eu não confiaria que você se levantaria da água para destruí-los. Mas eu confiei em você. E confiaria de novo. Assim como confio em você agora para encontrar um caminho de volta para sua pele humana. Pode achar que você vai se quebrar por me amar — sussurrou Malini. — Que isso faz você se curvar e faz de você... servil. — Ela se atrapalhou com as palavras, mas continuou, ainda abaixada, a cabeça encostada no pescoço de Priya. — Mas você não pode ser quebrada por meus pedidos. Não pode nem ser quebrada pelos seus. Eu poderia tentar quebrar você milhares de vezes, com todas as minhas armas, sabendo de todas as suas fraquezas, e ainda assim, eu...

Uma mão apertou o queixo de Malini.

— Pois tente — disse Priya.

Malini ergueu a cabeça, encarando Priya nos olhos.

— Tente me quebrar — prosseguiu Priya. — Se eu... se eu for tanta coisa assim, se você acha que eu sou tão mais do que qualquer outra pessoa, então... tente me trazer de volta só para a pele. Me faça ser humana. Tente me quebrar. *Tente.*

Não foi preciso pedir duas vezes para Malini. Ela enrolou os dedos no cabelo de Priya, inclinando a cabeça dela para trás, trilhando o pescoço de Priya com beijos. O pulsar das veias, os músculos, o suor salgado; a curva da clavícula quando Malini afastou o colarinho da túnica manchada pelo rio para que pudesse colocar a boca na pele que não fora marcada pelo sol, a pele que ainda estava fria pela água. Os braços de Priya se fecharam ao redor de Malini, e então Priya roçou a boca na testa de Malini, beijando a linha dos cabelos e os cachos de uma forma tão doce que chegava a doer.

Um ruído barulhento ecoou em algum lugar além da tenda e Malini pensou vagamente nas suas responsabilidades: nos generais que esperavam para encontrar-se com ela. Lata, sem dúvida parada ereta do lado de fora, esperando impaciente Malini sair. Seu corpo congelou.

— Acho que não temos tempo de tentar agora — comentou Priya depois de um instante. — Temos?

Malini fechou os olhos, e depois os abriu. Ela se endireitou.

Priya estava corada, o sangue escurecendo o rosto, e as pétalas tinham sumido, mas a estranheza ainda marcava seus cabelos e olhos. Ainda havia algo selvagem nela.

— Vou ficar com você até voltar a si — respondeu Malini. — Ao seu próprio corpo, e então vou deixar você descansar. Mas vai precisar fazer isso sem... que eu quebre você.

Priya riu, o mesmo desejo, vergonha e volúpia retorcidos que Malini sentia no corpo visíveis no próprio rosto. Então, Priya fechou os olhos e respirou fundo, mais uma vez, e Malini a segurou firme. Esperando.

Ela observou as folhas secarem dos cabelos de Priya. As flores virarem pó.

Em vez de flores, tudo que restava era pele, dilacerada e machucada pela batalha, mas pertencendo somente a Priya. Pele marrom, viva.

Priya abriu os olhos. Castanhos, emoldurados por cílios que eram mais dourados do que escuros.

— Ah, Priya — sussurrou Malini, traçando uma sombra de hematoma embaixo do olho esquerdo de Priya com o polegar. — Ah, olha só para você.

— Você está olhando — concordou Priya, com uma ternura desmedida.

— Você voltou. Você está aqui.

— Eu estou aqui. — O alívio era claro na voz dela. Como se não soubesse mesmo do que era capaz. — Estou aqui.

Malini precisava se encontrar com generais e movimentar seu exército; mas as pétalas das flores estavam esparramadas por todo o chão, e Priya estava em seus braços.

Aquele desejo, aquela vontade, erguiam-se feito uma maré. Não poderia ser impedida, e Malini não queria impedir nada.

— Depois — disse Malini, uma esperança hesitante se desdobrando no peito. — Podemos tentar de novo.

— Depois — repetiu Priya. — Isso.

# BHUMIKA

Jeevan encontrou Bhumika nos aposentos dela, onde estava colocando os brincos no lugar. Eram objetos pesados, e não podiam ser usados apenas pendurados no lóbulo. Faixas de ouro precisavam ser presas no seu cabelo para mantê-los no lugar e equilibrar todo aquele peso.

Normalmente, uma criada estaria ali para ajudá-la, mas naquele dia toda a criadagem estava se preparando para o banquete, e Bhumika não queria envolver uma menina na tarefa inútil de ajudá-la a vestir sua riqueza. Então, quando ouviu a batida na porta, ela só disse:

— Entre.

Em seguida, teve o prazer de ver Jeevan se sobressaltar, embaraço corando o rosto quando a viu ajoelhada diante do espelho, o sári como uma mancha de vinho tinto ao redor dela.

— Milady — disse ele, virando o rosto.

— Não precisa de tudo isso. Estou quase pronta. Quais as novidades?

— Estamos com lorde Chetan. Ele foi... difícil.

— Onde o encontrou?

— Na casa da amante.

Bhumika soltou um som para indicar que estava ouvindo.

— Então ele estava *mesmo* se escondendo.

— Não foi só ele, milady.

Ele ainda não estava olhando na direção dela. Então, Bhumika fez a ele o favor de virar-se de volta para o espelho enquanto tentava enganchar outra fina corrente de ouro no seu cabeço trançado.

— Encontrei dois outros aliados dele em uma casa de prazer ali perto — prosseguiu Jeevan.

— Eles gostam mesmo de reclamar da economia. Fico contente em ver que estão fazendo a parte deles para que o comércio siga firme e forte.

Ela ouviu Jeevan bufar uma risada. Quando se virou outra vez, a expressão dele era neutra.

— Jeevan — disse ela com um suspiro quando uma das correntes escapou do grampo. — Poderia encontrar uma criada para mim? Qualquer uma serve. — Ela gesticulou para o cabelo, pesarosa. — Não consigo prender o brinco do jeito certo.

O rosto dele, ainda tão inexpressivo, fez algo... complicado. Ele apertou a mandíbula, abaixando os olhos.

— Eu — disse ele, pausadamente. E então, não disse mais nada.

Mas Bhumika compreendeu.

— Se você não se importar — ela disse baixinho —, eu ficaria muito grata.

Ele andou até ela e segurou uma das correntes, firmando o gancho delicadamente entre os dedos esguios e o levando até o cabelo de Bhumika. Ela sentiu o toque em uma das tranças, uma pressão leve que irradiou por todo o seu corpo.

Ela olhou para o reflexo dele atrás de si no espelho. Os olhos dos dois se encontraram.

— Lorde Chetan — lembrou ele, depois de um instante.

— Sim — respondeu Bhumika, quando finalmente conseguiu encontrar palavras. — Por favor. Me leve até ele.

— Eu não queria vir até aqui — reclamou Chetan, os lábios quase pálidos de tão apavorado. — Lady Bhumika, por que mandou seus homens me buscarem? Por que me condenou a isso?

— Você realmente acredita que pode fugir para um lugar onde os yaksha não irão encontrá-lo? — perguntou Bhumika. — Eles são nosso maior poder. Vivem em cada parte de Ahiranya, em cada raiz, cada árvore, cada esperança que temos no nosso passado e futuro. Querem todos os nossos nobres presentes — continuou, firme. — Então você estará presente, lorde Chetan, pelo bem de todos nós, e especialmente pelo seu.

Ele a encarou. Pela primeira vez, Bhumika viu algo nele, uma percepção da qual não acreditara que ele fosse capaz. Talvez, por um instante, o medo tivesse afiado a mente dele para algo útil.

— Você está com medo, lady Bhumika. Eu nunca a vi com tanto medo.

Ela não disse nada. Não tinha motivos para ter vergonha do próprio medo. Qualquer um seria tolo por *não* sentir medo dos yaksha.

— Eles... são reais, então? — perguntou ele.

— São.

— Eles parecem... mortais.

*Eu também pareço*, pensou Bhumika. *Mas não tenho mais certeza do que eu sou.*

— Eu mostraria a eles o mesmo respeito que demonstra aos ídolos em seu altar, lorde Chetan, e talvez até mais. São exatamente o que dizem ser. Sem dúvida têm intenção de provar isso durante o banquete. — Ela se ergueu e sinalizou para que o guarda se aproximasse. — Traga água para lorde Chetan, e roupas limpas, se ele quiser vesti-las.

As únicas roupas que eram elegantes o bastante para a posição dele eram de seu marido falecido, mas ele não precisava saber desse detalhe.

— Lady Bhumika.

Algo na voz dele fez com que Bhumika hesitasse.

— Pois não?

— Eles são... como nas histórias? Como nos Mantras das Cascas de Bétulas?

— Eles são... — Bhumika buscou as palavras certas, e por fim prosseguiu: — Tudo que precisa fazer é demonstrar respeito e veneração. Não pense em nada além disso.

— Se puderem ver nos nossos corações — ele balbuciou —, e nas nossas mentes, então eles saberão.

Ela sentiu um arrepio na espinha.

— O que eles saberão? — perguntou ela lentamente.

— Eu disse antes, lady Bhumika — explicou Chetan. — Quando nos encontramos da última vez. Seu governo não foi favorável para todos nós. Nós somos ahiranyi, sim, todos nós. Mas Parijatdvipa... — Ele fez uma pausa, engolindo em seco com esforço. — Nós, ahiranyi, nos beneficiamos muito com o governo parijati. E alguns de nós... agimos. Pensando nos interesses da nossa nação.

Ela sentiu o peso como chumbo no estômago. Ah, esse tolo. Esse tolo.

— Eu não preciso saber mais do que isso — interveio ela, quando ele começou a falar outra vez. — Não. Não se confesse para mim. É tarde demais para tal coisa.

— Lady Bhumika...

— Lorde Chetan — interrompeu-o ela, com muito mais raiva do que pretendia. — Eu pensei que havia lhe avisado sobre os perigos de se voltar contra mim. Pensei que soubesse o perigo em que colocaria todos nós.

— Você é só uma mulher — argumentou ele, baixinho. — Mas eles... O que vão fazer?

— Está pedindo alguma garantia para mim? — A voz dela saiu incrédula. — Bem, não posso dar nenhuma. Precisará torcer para que eles se importem menos com políticas humanas do que eu me importo.

— Vai contar a eles? — perguntou Chetan. — Se eles não souberem... vai contar? Vai exigir justiça?

— Não — respondeu Bhumika. — Não vou precisar disso. — Ela foi até a porta, a fúria pesando seus passos. — Como disse, eles já sabem o que está em seu coração. Vão fazer o próprio julgamento. E você precisa torcer para que o julguem com bondade.

Bhumika não podia adiar mais. Ela começou a andar até o salão de banquete. Ao lado dela, Jeevan era sua sombra, como sempre.

— Milady — disse ele. — No banquete. Eu estarei lá.

Ela aguardou. Quando ficou evidente que ele não tinha intenção de dizer mais nada, ela respondeu:

— Lógico. Você está de guarda.

As botas dele bateram contra o mármore. Os passos de Bhumika, por sua vez, eram acompanhados do farfalhar de seda. O ritmo dos dois era dissonante.

— Se houver problemas — acrescentou ele, por fim. — Se... se estiver em perigo. Vou intervir, prometo.

— Intervir com os yaksha?

— Sim.

— Um pensamento corajoso. Mas seria um ato inútil.

— Por mais inútil que seja, eu tentaria.

— Eu sou capaz de garantir minha própria segurança — assegurou ela baixinho. — E, se não puder, ficaria mais feliz sabendo que alguém em quem eu confio ficaria para trás, vivo, para lidar com as consequências.

O salão era como um lindo jardim, tão lindo que tudo que ela pôde fazer foi parar por um instante e admirá-lo. Trepadeiras desciam do teto. Flores se proliferavam nas treliças. Um canteiro de erva-doce se erguia do chão que outrora fora arenito simples. O mahal havia muito fora fraturado, quebrado pela guerra, pelas raízes e flores, mas os yaksha transformaram aquelas flores em arquitetura.

Então ela seguiu em frente, caminhando com passos firmes, passando entre as fileiras de mesas prontas, carregadas de frutas maduras, dal enriquecido, sabzi cheio de amêndoas; pratos de arroz, amarelos, vermelhos e dourados com açafrão, passas grandes e travessas de cebolas douradas mais escuras sarapintando as superfícies.

Os yaksha estavam ajoelhados na ponta da festa, sentados juntos. À esquerda, sentavam-se os guardiões das máscaras nascidos-duas-vezes e Kritika. À direita, estava Ashok. Ao lado dele havia um espaço nitidamente reservado para Bhumika.

Todos os lordes de Ahiranya vieram. Como Chetan, muitos precisaram ser arrastados até ali, ou convencidos pelos homens de Jeevan. Porém, alguns deles estavam ali pela fé. Ela conseguia ver a certeza e a veneração em seus olhos.

O atraso de Bhumika significava que todos eles já estavam comendo, com os pratos empilhados e taças de vinho esvaziadas espalhadas à sua frente.

Bhumika se sentou e se concentrou; forçou um sorriso nos lábios e tentou pegar o prato de comida. Ashok segurou sua mão.

— Não — disse ele, a voz sussurrada. Ele não olhava para ela. — Espere.

— Ashok...?

— Espere — repetiu ele, encontrando os olhos dela. — Não consegue sentir? *Ver?*

Bhumika olhou para a comida. Então, ela compreendeu.

O arroz no prato diante dela começou a brilhar, a ficar macio, a superfície se rompendo. As frutas secaram, enrugando como pele sob a chuva fria. Diante dela, a carne se abriu, escorrendo líquido que parecia e cheirava a sangue. O aroma ficou mais forte, e o aperto de Ashok aumentou, punitivo.

De súbito, a comida estava completamente tomada pela decomposição.

Por um instante, o salão ficou em silêncio completo. As pessoas congelaram, as bocas cheias e abertas, os dedos ainda pressionando a tigela o que outrora fora comida.

Até que alguém deixou escapar um barulho, um grito horrorizado, abafado, e o silêncio se rompeu.

Homens e mulheres se afastaram das mesas aos gritos. Bhumika se desvencilhou de Ashok com força e ficou em pé. Pétalas de flores caíram sobre os seus cabelos, seu toque como a carne, o cheiro apodrecido. Ela não podia fazer nada, nada mesmo.

Aquela não era a chegada terrível e tranquila da decomposição como Bhumika a conhecera.

Aquilo era a metamorfose rápida e brutal da carne em flores. Ela viu a pele dos convidados romper, as plantas florescendo. Viu as pessoas mudarem e se retorcerem diante dos olhos dela enquanto o verde marcava sua pele, se embrenhava pelo cabelo e o transformava.

Então era aquele o propósito do banquete. *Aquilo.*

No canto do salão, ela viu Jeevan observar tudo, aterrorizado. *Não se mexa*, ela tentou avisar com o próprio rosto, com a imobilidade do seu corpo. *Fique onde está. Não tente me ajudar, por favor, não tente.*

Na frente dele, uma mulher caiu derrubando tigelas e pratos consigo. Rolaram pelo chão enquanto ela rastejava entre eles, galhos de madeira forçando seu caminho pela sua pele. Na frente de Bhumika, um homem arranhava o próprio rosto, emitindo um ruído terrível e apavorado enquanto seus dedos se afundavam em musgo.

— Nós confiamos uma vez — começou a dizer Chandni. A voz dela era límpida como uma canção. Seus olhos que não piscavam encaravam o salão cheio de pessoas que se contorciam e gritavam com uma compaixão serena. — Esse foi o nosso erro. Agora, não confiamos com facilidade. Ainda assim, oferecemos presentes.

— Curvem-se diante de nós — ordenou Sanjana, sorrindo. — Mostrem sua veneração e lealdade, e nós afrouxaremos o peso da nossa magia um pouco para que continuem vivendo.

— Ou não se curvem — adicionou Sendhil. — E não venerem. E nossa magia vai consumi-los e guardá-los. Nós vamos nos lembrar do rosto e da pele de vocês, e levá-los conosco. Mas vocês estarão mortos. — A expressão dele era completamente indiferente. — Escolham.

Bhumika olhou para o salão cheio de pessoas. Do *seu* povo, aqueles que ela tentara proteger do império e governar, a quem tinha tentado prometer um futuro. Ela olhou para o pânico estampado em seus olhos. Os braços e as pernas de Bhumika não queriam obedecer, tremiam sem sua permissão, mas ela os obrigou a ceder. Ela caminhou. Um passo. Depois outro. Parou na frente dos yaksha.

Ela viu Kritika com a mão cobrindo a boca, trêmula. Os guardiões das máscaras ao lado dela estavam pálidos. Ashok encarou Bhumika de onde estava sentado, os olhos perdidos e arregalados, como se não pudesse compreender a cena diante de si. Bhumika olhou para os yaksha que vestiam os rostos da sua família. Ela se ajoelhou e então levou a testa até o chão. Suas joias tilintavam. As correntes no cabelo pareciam pesadas o bastante para prender seu crânio ao chão.

— O que está fazendo? — perguntou Nandi, curioso.

— Estou me curvando diante dos yaksha — disse ela, a voz firme. — Demonstrando minha veneração e lealdade, assim como pediram.

— Você já é nossa filha do templo — disse Sanjana, entretida. — Já foi esvaziada. A decomposição não pode tocar você, filha. E sabemos que você nos pertence.

Bhumika ergueu a cabeça.

— Como sua filha do templo, é meu dever liderar pelo exemplo — retrucou ela, a voz estável. — É isso que fiz até agora. É isso que continuarei fazendo.

Ela abaixou a cabeça.

Atrás dela, os outros nobres começaram a entender. Um deles cambaleou para a frente. Depois, outro. Ela ouviu talheres caindo. Corpos mexendo e mudando de posição. Ao seu redor, ela sentiu sombras. Levou a cabeça ao chão outra vez, e todos os nobres de Ahiranya a acompanharam.

— Que bom — respondeu Chandni, com os olhos perolados, sorrindo.

— Que bom, meus queridos. Que bom. Escolheram bem.

# PRIYA

Priya prometera a Malini que seria *depois*.

Porém, algumas promessas eram mais antigas. Algumas coisas eram mais importantes. Em algum lugar, Bhumika estava fora do alcance de Priya. Estivera fora do alcance de Priya desde que ela colocara o pé fora de Ahiranya. Bhumika não tentara procurá-la. Bhumika não mandara mensageiros. E um yaksha roubara o rosto dela.

Priya precisava voltar para casa.

Ela compreendia, enquanto cuidadosamente percorria em silêncio a escuridão do acampamento, que deveria ter escrito uma carta. *Eu estava falando a verdade. Tudo que eu sou é seu.*

*Mas minha família, minha irmã...*

*Você compreende, não é, Malini? Não posso ficar. Eu sinto muito.*

Espíritos, ela já se odiava por estar indo embora. Odiava por ficar pensando no que Malini sentiria quando descobrisse que Priya se fora, que partira sem dizer nem uma palavra.

Ela estava quase no limite do acampamento quando ouviu uma voz.

— Pri. — Um sussurro. — Pare.

Ela se virou. Sima estava atrás dela.

— Como você me encontrou? — sussurrou Priya de volta enquanto Sima se aproximava.

— Você estava dormindo na tenda da imperatriz, então eu estava dormindo do lado de fora — respondeu Sima, dando de ombros. —

Aqueles guardas são uns inúteis. Eles nem se mexeram quando você foi embora.

— Bom, eu escavei meu caminho para sair — retorquiu Priya. Uma faca e os seus dons tinham cumprido o trabalho. Com sorte, Malini não notaria o dano no canto da sua enorme e luxuosa mansão itinerante.

Sima fungou.

— Ainda assim — insistiu ela, parando de andar. Ela colocou a mão no braço de Priya. — Aonde você vai?

— Para casa — respondeu Priya.

— *Como assim?* — A voz dela saiu chocada, os olhos arregalados. — Por quê?

Priya pensou no yaksha e no horror do rosto de Bhumika mudando, quando percebeu que a irmã era uma máscara e nada além disso. Ela sentiu a garganta seca. O corpo inteiro doía da batalha, e doía de saudades. Ela não sabia como explicar a sensação.

— Bhumika — conseguiu dizer, e então, de repente, começou a chorar. — Ah, cacete. — Ela ofegou, colocando a mão sobre a boca. — Desculpa — gaguejou, escondendo a boca. — Eu estou... eu estou tão cansada. Isso... minha magia...

— Pri! Merda, olha, não precisa pedir desculpas. Fique quieta. — Sima a puxou para um abraço apertado. — O que aconteceu com a anciã Bhumika? Ela está machucada? Não chore ou alguém vai vir, e, se nós precisamos ir embora, não queremos ninguém aqui.

Ela apertou Priya com ainda mais força.

— Priya — disse de repente, brava. — Você ia embora sem mim?

— Deixe-me explicar.

— Pois eu estou esperando.

— Assim que eu conseguir parar de chorar... Me dê um minuto.

Ela se forçou a parar. Limpou o rosto com o dorso do braço. Ela explicou tudo para Sima pausadamente: o sangam, a yaksha, o rosto roubado de Bhumika e o silêncio.

— Todo mundo em casa... — começou Sima em voz baixa quando Priya terminou de falar. — Qualquer coisa poderia ter acontecido com eles.

— É por isso que eu preciso voltar — explicou-se Priya, a voz ainda afetada pelas lágrimas. — Não entende? Por que não é seguro para mais ninguém a não ser eu?

Sima ficou em silêncio por muito tempo. Segurou os ombros de Priya com força, uma sombra passando pelo rosto e por seus olhos.

— E se você ficar? Ficar aqui no exército da imperatriz?

— O quê? — perguntou Priya, chocada. — Como... como vou fazer isso?

— Se eles estão em perigo, se alguma coisa acontecer... o que você vai conseguir fazer sozinha? — A expressão de Sima era conflituosa, mas ficou mais determinada quando ela continuou, a voz firme: — Nós viemos para cá porque Ahiranya precisa de aliados. Então vamos arrumar aliados. Vamos levar a sua imperatriz até o trono, já que... se algo horrível aconteceu, nós... podemos fazer algo. Consertar as coisas.

— Eu tenho minha magia.

— Sua magia quase te matou — respondeu Sima.

— Se eu ficar, não vai ser por alianças — confessou Priya, a voz embargada pelo choro e pelos sentimentos brutos dentro de si. — Não... não seria por isso que eu ficaria.

Seria por Malini. Por essa coisa desesperada e egoísta que Priya sentia, que confessara em toda a sua natureza nefasta e terrível para Malini, deitada nos braços dela com flores crescendo em sua pele.

— Você pode ficar por mais de um motivo, Pri — pontuou Sima. — Isso não faz de você uma pessoa ruim, se for verdade. Além disso, eu não vou ficar só por alianças ou um exército.

— Não?

— Não. — Sima esfregou o dorso da mão no rosto manchado por lágrimas de Priya, a expressão carinhosa. — Eu também fico por você. Agora vamos ver se conseguimos levar você para dentro da tenda com tanta facilidade quanto você saiu.

O exército mais uma vez começou a se deslocar. Dessa vez, Priya viajou na carruagem particular de Malini, embrulhada em um xale pesado que a própria Malini havia colocado com cuidado sobre seus ombros. Quando Lata fez um comentário de passagem sobre o gesto, apontando, corretamente, que os generais e seus homens notariam e falariam sobre o assunto, Malini apenas respondera que Priya fizera um grande serviço para eles e sofrera grandes consequências como resultado. Se os generais de seu exército estivessem infelizes com as ações da sua imperatriz, eles podiam ir lá falar com ela pessoalmente.

Ninguém foi. E Priya aguentou os sacolejos da carruagem, enroscada de lado, traçando os bordados do xale feitos em fios sinuosos. Flores e mais flores, entrelaçadas por rodopios de trepadeiras que formavam nós, nitidamente bordados por uma mão habilidosa e delicada. É provável que ela pudesse segui-los por horas sem conseguir encontrar o lugar onde o fio começava ou terminava.

Ao lado de Priya, Malini estava sentada ereta, encarando o horizonte, o rosto inexpressivo. Porém, durante toda a viagem, a mão dela repousou no quadril de Priya, firme e constante.

Não havia mais sinal de soldados parijatdvipanos na estrada naquele dia. Cautelosamente, o acampamento foi erguido. Malini precisava se encontrar com seus generais. Ela deixou Priya descansando na tenda imperial. Priya ficou deitada por meia hora antes de aceitar que não estava nem um pouco cansada, e que seu corpo e sua mente estavam tão bem quanto ela era capaz de sentir. Ela era carne, sangue e pensamentos humanos. As flores não jorravam mais através da sua pele. Ela se sentia... normal.

Não podia fazer nada sobre a inquietação que se acomodara em seu coração. Dentes afiados. Boca machucada pelas flores. Uma yaksha a segurando na escuridão líquida.

*Não quero que fale com sua irmã. Quero que fale comigo.*

A memória lhe causou arrepios. Ela a afastou e tentou pensar em coisas mais reais. Coisas que não deixavam seu sangue gelado. O baque das flechas. O peso do escudo. Romesh arreganhando os dentes, a água ao redor dele manchada de sangue.

Não era muito melhor, mas serviria. Ao menos essas memórias a mantinham dentro da própria pele.

Ela se sentou e saiu da cama. Em pé, aprumou seu novo sári e apertou a trança do cabelo. Quando ela saiu da tenda, encontrou Sima sentada ali na frente com os guardas.

— Pri — disse ela, ficando em pé. — Como está se sentindo?

— Você não vai acreditar, mas me sinto ótima.

A noite era profunda, o céu escuro feito piche, mas o acampamento estava todo iluminado por tochas. O olhar avaliador de Sima era evidente sob a luz.

Priya olhou pelo acampamento, procurando. Os homens de Ashutosh estavam mais perto do que ela esperava, mas fazia sentido. O lorde deles ainda estava na tenda médica, cuidadosamente sendo tratado agora que a jornada sofrera uma pausa. Ela podia ver Romesh. Um dos braços dele estava enfaixado, mas as ataduras estavam limpas e sem sinal de sangue. Isso era bom.

Os homens de Ashutosh a observaram de volta.

Priya começou a andar na direção deles. Sima acompanhou seus passos.

— Tem certeza? — perguntou Sima.

— Absoluta.

Sima bufou. Talvez achasse engraçado.

— Talvez seja melhor ofender eles juntas, se formos fazer isso de novo — brincou ela.

— Não vamos ofender ninguém. Vamos fazer amizade.

— Ah, tá. — Sima soava cética.

Elas chegaram até onde os homens se sentavam, e eles ergueram o olhar. Estavam sentados no chão, e ficaram em silêncio quando as viram.

— Podemos nos juntar a vocês? — quis saber Priya, em um tom amigável. — Só vou ficar um pouco ofendida se disserem não.

O tom dela pareceu tirar um pouco da tensão, o que era interessante. Priya não sabia que era capaz de uma coisa dessas.

— Já salvou minha vida duas vezes — respondeu Romesh. — Se quiser sentar e dividir o vinho conosco, ninguém vai impedir.

Os homens abriram espaço. Priya e Sima se sentaram. Por um longo momento, o silêncio se demorou, tenso e constrangedor. Um dos homens tossiu e mudou de posição, inquieto.

— Como você está? — perguntou Sima a Romesh. A voz dela era suave, e Priya sabia que ela estava com medo de ofendê-lo.

Romesh piscou, como se estivesse surpreso.

— Meu lorde me deu ópio — disse ele. — Então não estou tão na merda quanto eu deveria estar. Essa é a verdade.

Um dos outros homens bufou.

— Não deveria falar "merda" na frente de uma lady, irmão.

Sima contorceu a boca.

— Eu não sou uma lady — rebateu ela.

— Conselheira de uma lady, então. — Alguém deu um tapa na cabeça de Romesh, fazendo-o falar outro palavrão. — Esse aqui foi educado direito. Não pensem mal de Saketa por causa dele.

— Lógico que não — respondeu Sima rapidamente.

— Nós sabemos como xingar em zaban assim como todos vocês — retorquiu Priya, seca. — Desde que não chamem *nós duas* de merda, prometo que não vamos ficar bravas.

— Você não age como uma nobre de verdade — comentou Romesh, como se concordasse. — Também não age como eu esperaria que um sacerdote do seu tipo agiria.

— O quê? Pensou que eu seria um tipo de monstro? — Ela suavizou as palavras com um sorriso.

— Você transformou um rio em uma fera. Ergueu algo onde antes não existia nada. — Havia um desafio na voz dele, mas não era só inquietação. Talvez ele a respeitasse um pouquinho. Isso era bom.

— É verdade — concordou ela. — Mas qualquer um pode machucar outro com a ferramenta certa. Qualquer um pode ser um monstro com uma faca na mão. A minha só está escondida embaixo da pele. Eu só... corto de maneira diferente.

O fato de que ela *poderia* cortar com uma faca de verdade — com experiência e crueldade — não era algo que esses homens precisavam saber.

Sima apoiou uma mão pesada nos ombros de Priya.

— Minha senhora bebeu demais — destacou Sima, apesar de Priya não ter bebido nada. — Ignorem o que ela diz.

— Não, não, faz sentido — comentou um dos outros.

— Faz? — perguntou Priya.

— Você é uma guerreira, assim como nós. — Ele acenou com o vinho para enfatizar suas palavras.

Romesh a observava, cauteloso apesar da nebulosidade do vinho e do ópio, mas ofereceu um jarro para ela. Ela o aceitou e bebeu. Não recusaria aquela hospitalidade.

Priya se acomodou mais confortavelmente no chão, ajeitando os pés embaixo de si.

— Esse é dos bons. Me diga, vocês sabem fazer queda de braço?

— Todos os soldados sabem fazer queda de braço.

— Eu tenho um pouco de arak — contou Priya. Ela não tinha, não mais, já que tudo fora queimado, mas ela tinha certeza de que conseguiria um pouco se precisasse. Malini daria praticamente qualquer coisa que Priya pedisse. — Se eu ganhar, é seu. Se vocês ganharem, eu levo a jarra de vinho.

Ela gesticulou para as jarras aos pés dos soldados.

— Arak é uma coisa tenebrosa — observou Romesh, e um murmúrio de concordância ecoou dos outros homens. — Não vou apostar um bom vinho saketano por isso.

— E que tal haxixe? — sugeriu Priya.

Ele a avaliou com um olhar.

— Por isso, eu aposto vinho *barato* — rebateu ele.

— Esse acordo é injusto.

— É pegar ou largar.

— Tá, tudo bem. — Priya se inclinou para a frente, pronta para firmar o braço no chão. — Uma mulher pequena do meu tamanho, você deve conseguir ganhar com a mão esquerda sem problema nenhum.

Ela abriu um sorriso.

Ele bufou.

— Quanta baboseira. Eu vi você atirar metade do rio em um exército.

— Não usei meus braços para isso.

— E como eu sei que você não vai roubar?

— Vai precisar confiar na minha honra.

— Sempre achei que os ahiranyi não tinham honra alguma. — O tom dele era neutro, os olhos fixos no dela.

Esse era o tipo de desafio que ela conseguia compreender.

— Então é hora de testar a minha — rebateu Priya.

Não foi uma disputa justa. Priya era forte, mas Romesh era mais corpulento, e não estava usando o braço machucado. Ainda assim, foi mais difícil do que ele esperara, e, quando finalmente bateu a mão dela contra o chão e a segurou ali durante três segundos, os outros homens saketanos haviam se reunido para observar.

— Me entregue o prêmio, então — disse Romesh, abrindo um sorriso.

— Com esse braço, depois da surra que eu levei? — Priya esfregou o braço de forma dramática. — Venha me encontrar amanhã e eu entrego para você. A não ser que queira outra rodada pelo arak...?

— Eu não acho que você deveria — comentou um homem, em um tom de repreensão leve. — Vai acabar machucada.

— Então é a vez de Sima — disse Priya.

— Eu?

Priya se virou para ela, erguendo a sobrancelha em desafio.

— Ah, sim. — Sima compreendeu. — Eu.

— Vai fazer a sua conselheira entrar em queda de braço com vários homens? — perguntou Romesh.

— Olha só, Sima é minha conselheira *e* minha campeã de queda de braço — protestou Priya. — Nós somos mais como família.

— Nós nos conhecemos desde criança — explicou Sima. — Acho que posso ficar no lugar da minha senhora, só dessa vez.

— Então é uma aposta — concluiu Romesh, depois de mais alguns aplausos alegres do restante do grupo.

Priya saiu do caminho, e Sima se sentou, pigarreando.

— Soldado, se uma donzela puder ser tão audaciosa em te dar um conselho...

— Prossiga — autorizou ele, ajeitando o braço diante de si.

— Nunca é sábio fazer uma queda de braço contra uma ex-lavadeira — soltou Sima, segurando a mão dele.

O acampamento fazia uma celebração barulhenta quando Priya finalmente voltou para a tenda de Malini. Os guardas a deixaram entrar sem perguntar nada.

Novas lamparinas haviam sido acesas, enchendo a tenda com um brilho caloroso. E ali, no coração de tudo, Malini estava sentada. Ela já tirara sua coroa de flores e as joias. Estava usando somente o sári, a trança descendo pela linha do pescoço, os cachos se soltando.

Os olhos delas se encontraram.

— Você saiu — comentou Malini. A voz dela estava cuidadosamente neutra.

— Eu trouxe vinho saketano.

Priya entrou mais na tenda, caminhando em cima de tecido e depois de tapetes macios que eram uma monstruosidade caríssima, de seda feita à mão, que ficava embaixo da cama de Malini. Ela viu que manchas da sua passagem pelo rio marcavam o tecido: uma linha sinuosa de gotas de um dos lados da cama, uma poça de água escura como tinta. Ela gostava de ver aquilo, e não queria considerar o motivo por trás desse sentimento.

— É mesmo? — disse Malini. Ela estava sentada na escrivaninha baixa, rodeada de mapas.

Ao menos estava sozinha; não havia nem sinal da sua corte de confiança. Um papel estava na frente dela, palavras escritas à tinta secando na superfície.

— Vinho saketano barato — emendou Priya.

Ela o ergueu, com o aperto frouxo, e pensou em Malini durante seu aprisionamento: Malini forçada a beber vinho envenenado, de novo e de novo, drogada e alucinando. Ela hesitou, nenhuma palavra escapando da boca, sem saber se ela havia ultrapassado algum limite.

Porém, Malini a observava, imóvel. Os olhos dela estavam mais escuros do que nunca sob a luz das lamparinas.

— Deveria tomar comigo — disse Malini.

Ela esticou a mão, e Priya atravessou o espaço. Ela deixou a jarra na palma da mão estendida. Malini balançou a garrafa de um lado para o outro.

— Está pela metade.

— Sima e eu bebemos um pouco — confessou Priya. — Nada mais justo.

— Justo, é?

— Sima ganhou na queda de braço.

Malini ergueu a sobrancelha.

— Quem ela enfrentou?

— Um dos homens do príncipe Ashutosh — respondeu Priya, dando de ombros. — Não se preocupe, eles ficaram impressionados. — Priya percorreu a tenda com o olhar outra vez. O barulho do acampamento parecia muito distante ali. Um incenso fora aceso, o aroma intenso de sândalo preenchendo o espaço. — Cadê todo o seu pessoal?

— Comemorando. Assim como você.

— Você também não deveria estar comemorando?

Priya se sentou ao lado de Malini, as pernas esticadas. Ela se inclinou para trás e se apoiou nos cotovelos, praticamente deitando no chão. Jogou a cabeça para trás, sentindo o calor agradável do álcool percorrendo seu sangue.

— Sempre deve comemorar quando uma batalha vai bem — disse Priya.

— Talvez você esteja certa. Mas não queria comemorar com os outros. Queria... refletir. E esperar.

O olhar dela desceu, traçando a linha do queixo de Priya, seu pescoço. Ela destampou a jarra de vinho. Um gesto simples e gracioso.

— E agora você está aqui — disse ela.

— Aqui estou eu — sussurrou Priya de volta.

Malini se inclinou na direção dela. Ergueu a jarra, pressionando-a contra o lábio inferior de Priya.

— Vai beber? — perguntou ela.

— Acho que já tomei o bastante — respondeu Priya baixinho.

Porém, ela ergueu a própria mão, inclinando a garrafa junto com Malini, sentindo o vinho roçar os lábios, sentindo a doçura estalar na língua. E então as duas abaixaram o vinho juntas, deixando-o no chão. E Malini segurou o rosto de Priya e ergueu o rosto dela para cima.

O beijo foi... gentil. Não havia palavras que Priya pudesse encontrar para descrevê-lo. Foi apenas um roçar dos lábios; nada mais do que a carícia da respiração de Malini na pele, e o seu perfume — fumaça e sal, e a doçura de óleo de jasmim.

Malini se aproximou mais e tocou a ponta dos dedos no antebraço de Priya. Um toque leve. Quase uma pergunta. Quando Priya não disse nada, Malini arrastou os dedos para baixo. Seus dedos eram suaves, sem nenhum calo de armas ou trabalho braçal, mas seu toque era firme. Quando moveu a mão para cima, as unhas arranharam a pele de Priya, deixando um rastro lento e firme de chamas por onde passavam. Priya não conseguiu evitar escapar um som, um gemido baixo, desejoso.

— Você ainda quer ver se sou capaz de quebrar você? — perguntou Malini. — Ainda quer que eu tente?

A voz dela era quase abafada, a reverência estampada no formato dos lábios e na expressão dos seus olhos. Deixou Priya mais inebriada do que qualquer vinho; como se seu corpo estivesse se transformando por dentro.

— Sim — disse Priya. — Sempre. Sim.

Malini ergueu o rosto de Priya e a beijou outra vez; um beijo lento e delicioso que fez a boca de Priya se abrir, fez Priya sentir como se estivesse bêbada de tanto desejo, mais humana e mais presente em sua própria carne do que ela já estivera em tanto tempo, talvez pela primeira vez em toda sua vida.

Ela conseguia sentir o vinho nos lábios de Malini.

— Olhe — murmurou Malini.

Ela segurou a mão de Priya e levou os dedos dela até a corrente que usava em volta do pescoço. Guiou seus dedos pela clavícula, passando pela corrente de metal contra pele e osso, até a casca de uma flor que estava pendurada acima dos seus seios.

— Você ainda usa — conseguiu dizer Priya.

Era difícil pensar quando Malini estava assim perto dela. Era difícil pensar através da névoa quente e leve do vinho, da visão do cabelo de Malini escapando da trança, levemente desfeita, o pescoço de Malini exposto.

— Sim — confirmou Malini. — Ela me faz lembrar do que eu sobrevivi. E do que ainda preciso fazer. E de você. — Ela fechou as mãos ao redor da de Priya. Apesar das mãos de Priya serem calejadas pela guerra e pelo trabalho, cabiam perfeitamente dentro das de Malini. — Eu não estaria aqui sem você.

— Malini — disse Priya, baixinho.

— Eu gosto de levar um pedaço de você comigo. E um pouco da sua magia. Às vezes, quando eu me deito para dormir, eu sinto a flor pulsando como se fosse um coração. Sinto como se fosse o seu coração contra o meu. O calor me atravessa. — Ela hesitou, o polegar traçando círculos na pele de Priya. — Me faz sentir mais humana.

Priya não tinha poder nenhum para impedir Malini de alisar seu pulso e guiar sua mão por sua pele macia, descendo pela seda acetinada da blusa de Malini, desenhando o formato do corpo dela através do tecido... a curva dos seios, subindo e descendo a cada respiração. As costelas estreitas. A pele aveludada da barriga da Malini. A curva do quadril, quente sob o tecido do sári.

— Estou cansada de querer e não poder tomar para mim — disse Malini. Era tão honesto e claro.

Aquilo enfraqueceu Priya, só um pouco. Fez a respiração dentro dela ficar presa.

— Então me tome — respondeu Priya. Ela queria, e queria tanto, uma dor que a percorria por inteiro. — Tome, Malini. Eu estou aqui.

— Venha comigo para a cama — sussurrou Malini.

E como Priya poderia recusar? Como ela poderia querer recusar?

Não houve hesitação nenhuma da parte de Malini: na forma como ela traçava linhas no pescoço de Priya com as unhas, quase fincando, circulando, *segurando*, mas não exatamente; na pressão cuidadosa da mão na cintura de Priya enquanto a abaixava até a cama. O calor punitivo da sua boca, e então a ternura enquanto ela salpicava beijos leves nos cantos dos olhos de Priya, na bochecha, no lóbulo da orelha.

*Você quer tantas coisas*, pensou Priya, o coração quase explodindo. Aquilo não deveria ter feito ela sentir tanta ternura. Não deveria fazê-la querer sorrir ou rir de alegria, mesmo quando sentia o corpo inteiro esquentar; quando queria expor o pescoço e os pulsos para serem tomados, abrir as pernas e convidar Malini a tomar qualquer coisa, tomar tudo. *Você quer tantas coisas, e tudo o que eu quero é que consiga exatamente o que você deseja.*

Ela não sabia se Malini já se deitara com alguém antes, mas ela não queria perguntar, e não sabia se se importava de verdade com a resposta. Tudo que importava era o aqui e o agora, e o ato de gentilmente roçar o rosto de Malini no seu, de encontrar seus olhos, fazendo com que Priya não conseguisse ver nada além da escuridão profunda deles, e o rosto corado de Malini, seus lábios inchados.

— Me deixe mostrar como me quebrar — disse Priya. Ela levou a mão ao rosto de Malini, segurando-o com a ternura que ela sempre quisera e quase nunca podia. — Por favor, me deixe.

Malini assentiu de leve. Priya a segurou por mais um instante, aproveitando aquela visão, e então começou a gentilmente desfazer a blusa de Malini e despir seus ombros.

— É assim — sussurrou Priya, enquanto desfazia as dobras perfeitas do sári de Malini e despia a pele dela; enquanto traçava um caminho com beijos em cima da pele macia e dos ossos pontiagudos, e das linhas levemente prateadas onde a pele se esticara e formara cicatrizes, enquanto ela deixava Malini completamente nua, pressionando-a contra a cama. Malini ficou observando o tempo todo, o olhar sem nenhuma hesitação.

Havia uma paciência faminta, à espera, naqueles olhos, aprendendo com cada toque de Priya; enquanto os cabelos de Priya roçavam as coxas de Malini e Priya encostava o nariz na dobra macia atrás do joelho dela. Priya sorriu para Malini, e o olhar escuro dela ficou caloroso em resposta. Ela estendeu a mão, tocando a curva da sobrancelha de Priya com o polegar.

— Vai me dar permissão? — perguntou Priya baixinho, sentindo-se corar mesmo enquanto fazia a pergunta.

Porém, Malini não corou ou se contorceu. Ela só sustentou o olhar de Priya enquanto abria as pernas e pressionava uma mão gentil e firme no couro cabeludo de Priya, os dedos se emaranhando na escuridão comprida do cabelo.

— Priya — sussurrou Malini, e aquilo quase desmanchou Priya por inteiro, quase a despedaçou, como se sua pele não pudesse mais contê-la. — Priya. Meu amor. Me mostre.

Ela puxou Priya para mais perto, e Priya foi com prazer.

Os lençóis estavam amarrotados embaixo das duas, e as roupas de Priya estavam pesadas demais na pele que já estava encharcada de suor. E Priya pensara — talvez pensara, em noites insones silenciosas, quando ela se permitia aquela indulgência — que seria uma coisa doce, a primeira vez. Gentil. Porém, as unhas de Malini eram afiadas no seu couro cabeludo, pedindo uma urgência maior. E Malini a observava, devorando Priya com os olhos, até de repente não conseguir mais. De súbito, Malini ofegava, o pescoço corado. Malini inclinou a cabeça para trás, as costas arqueando e caindo, as mãos segurando Priya ainda mais firme, até Priya não conseguir sentir mais nada a não ser Malini, não sentia o gosto de mais nada a não ser Malini, e não *queria* mais nada a não ser Malini.

— Não pare — exigiu Malini, e Priya não parou.

Não parou até Malini ofegar um xingamento, arrastando Priya de volta para cima, e a beijando com força.

— Tire isso — pediu Malini, impaciente, quando os lábios delas se separaram.

Priya só podia fazer o que lhe era comandado. Ela se desvencilhou do próprio sári, até estar nua como Malini, que se sentou com ela, e suas mãos voltaram para o corpo de Priya em um instante, as palmas quentes contra as escápulas e na curva das costas. Nas coxas. O prazer se acumulava dentro dela feito uma luz.

— Malini — arfou Priya, pressionando o rosto nos cabelos dela. — Malini.

— Priya.

Ela segurou as mãos de Malini. Segurou aquelas mãos entre o corpo das duas. Respirou fundo, só para lembrar a si mesma que *podia*, e pressionou os pulsos na palma das mãos de Malini.

Malini ficou imóvel.

— Eu conheço você, Malini — declarou Priya, a voz rouca pelo desejo, um pouco ofegante. — Sei o que quer. Prometo a você que é dado de livre e espontânea vontade.

Um segundo. Mais dois. Então, o aperto de Malini ficou mais firme nos pulsos de Priya; um aperto que Priya facilmente poderia ter quebrado, mas não tinha nenhuma vontade de fazê-lo. Então ela colocou a boca contra o pescoço de Priya. Dessa vez, não houve hesitação nenhuma. Só dentes, lábios e língua, ferozes e ardentes, uma devoção pura.

— Já aprendi a lição — afirmou Malini baixinho. — Eu agora sei como quebrar você. Deixe-me mostrar.

Priya de fato se estilhaçou quando sentiu a boca de Malini na dela, quando sentiu aqueles dedos longos e elegantes e a voz de Malini na sua pele, amorosa e amorosamente cruel ao mesmo tempo.

*Assim, Priya. Isso, assim. Quero ouvir você. Aí. Bem assim.*

*Priya. Meu amor. Isso, assim.*

Depois, se deitaram juntas na penumbra, entrelaçadas. Ficaram assim por muito tempo, falando sobre tudo e nada ao mesmo tempo: sobre a vida nova de Priya como anciã, sobre todas as mudanças que Malini vira na própria vida ao se tornar imperatriz. E aquilo era doce, mais doce do que qualquer outra coisa. Fazia muito tempo desde que tinham tido o prazer de ficarem tão completamente a sós uma com a outra, e tão enroscadas.

— Você tem uma cicatriz — observou Malini, por fim.

— Uma coisa estranha aconteceu comigo na batalha — confessou Priya. — Algo que eu não esperava.

— Isso eu presumi.

Priya bufou uma risada.

— Sim. Imaginei que você soubesse por causa de todo o... — Ela gesticulou vagamente para o próprio corpo. — Sabe.

— Eu sei — concordou Malini, com um sorriso.

Seus olhos traçaram o rosto de Priya, lentamente descendo mais... pelo pescoço, pelo colo, pelos braços, como um toque físico... antes de encontrar o olhar de Priya outra vez. Não havia nada caloroso ou faminto naquela expressão, mas ainda assim ela fez com que o estômago de Priya desse um nó e seu sangue fervesse.

— Não estou falando dessa batalha. Estou falando de... Saketa. Quando o fogo caiu do céu — explicou Priya.

Ela pegou a mão de Malini e a colocou na curva do seu quadril.

— Aqui — disse ela. — Consegue sentir a forma? É como... a ponta de uma flecha.

— Eu consigo sentir — respondeu Malini. O polegar cuidadosamente traçou a curva do quadril de Priya, a saliência da carne contra o osso.

— Foi... por causa da minha magia.

— Não precisa explicar sua magia para mim — rebateu Malini cuidadosamente.

— Mas você quer saber — apontou Priya.

— Eu sempre quero saber.

Priya respirou o fundo.

— Foi o fogo — expôs ela. — O fogo me deteve por um instante. Tirou a minha magia.

— Mas você se curou — murmurou Malini.

Priya balançou a cabeça.

— Tudo que importa é... — começou a dizer ela. — Se você me quiser na batalha...

A voz dela sumiu. Os dedos de Malini traçavam sua boca de leve, silenciando-a.

— Não quero mais falar de batalhas — declarou Malini.

— Não quer? — Priya sorriu. — Você não está sempre pensando em como vai vencer?

— Priya — disse Malini, a voz dela com um riso. — Você está aqui, não está? Eu já venci.

# BHUMIKA

Nenhum lugar no mahal estava a salvo dos olhos dos yaksha. Bhumika atravessou os corredores, seguindo a luz do luar onde perpassava pelos salões, entre a folhagem espessa que cobria as janelas; os cipós que desciam do teto tão graciosos quanto cortinas de seda. Ela conseguia sentir cada centímetro dessas coisas, cada pedaço de vida contido ali, como uma extensão de si mesma. E a vida, a força pulsante que respirava no lugar, a observava de volta.

Naquele corredor, se ficasse silenciosa e parada, conseguia ouvir os ruídos distantes do quarto da bebê. Às vezes, ela ficava parada perto da janela, de olhos fechados, esforçando-se para ouvir um único barulho, uma risada ou choro, o som da voz da filha. Qualquer coisa que fosse. Às vezes, como uma piada cruel, um dos yaksha permitia que ela olhasse Padma através da porta entreaberta, ou no fim de um corredor, nos braços deles.

Naquela noite, ela ouviu passos, mas nenhum yaksha surgiu nem Padma. Somente Kritika, vestida de branco, a expressão rígida. Quando viu Bhumika, ela parou de andar, a expressão se tornando ainda mais rígida.

— Anciã Bhumika. Boa noite.

— Kritika — cumprimentou ela de volta. — Está... melhor agora?

— Eu nunca não estive bem.

— No banquete...

— Eu vou para o Hirana — interrompeu Kritika. Uma expressão desafiadora e tensa estampava seu rosto. Ela ergueu a cabeça, o queixo levantado. — Vou rezar junto dos yaksha. A quem eu venero. Em quem eu *confio*.

Bhumika encarou o rosto dela.

— Kritika — disse, simplesmente. — Por favor.

Kritika começou a andar outra vez, rápido, como se pudesse fugir do banquete e da expressão no rosto de Bhumika.

— Eu lutei por um mundo melhor, anciã Bhumika — retrucou ela, determinada. — Não irei rejeitá-lo. Tenho fé.

Bhumika não respondeu. O que ela poderia responder para tal coisa? Ela deixou Kritika ir embora.

O silêncio recaiu outra vez. Ela engoliu em seco, sentindo o nó do luto e da raiva entalado na garganta, e então retomou sua caminhada.

Atravessou um corredor e passou para o próximo, caminhando para as passagens estreitas da criadagem que outrora conectavam os grandes aposentos reservados para a nobreza. Ela não viu o rosto vibrante de Sanjana, ou o rosto gentil de Chandni, ou o brilho prateado dos olhos de Nandi. Ficou contente por isso.

Seu povo esperava por ela na cozinha. Billu estava cuidadosamente atiçando o fogo no forno. Quando ele a viu, abaixou a cabeça para cumprimentá-la.

— Eles não gostam muito das chamas — revelou Billu, colocando mais lenha em cima das brasas fumegantes do forno. — Então pensei que poderia trabalhar um pouco e mantê-los longe ao mesmo tempo, milady.

Ela assentiu.

— Como está Rukh? — indagou ela, dessa vez falando com Ganam.

Ele estava em meio ao círculo formado pelos criados, e era o único guardião das máscaras presente. Para ser sincera, o único que Bhumika sentia que era seguro convidar. Khalida estava sentada no chão de pernas cruzadas ao lado dele, a cabeça abaixada, como se estivesse pesada demais para o pescoço.

— Bem o bastante — respondeu ele, soturno. — Às vezes ele não se lembra do nome da mãe. E às vezes me olha como se conseguisse ver através de mim. Mas está voltando a si.

Ela sentiu um alívio entorpecido percorrer suas veias. Fosse lá o que o irmão fizera com o menino, ele não merecera, e Bhumika ficou muito feliz por ser uma ferida da qual ele seria capaz de se curar.

— Tentei ver Padma outra vez — contou Khalida. Ela parecia submissa. Cansada e assombrada, de um jeito que anos a serviço do regente e o tumulto que se seguira à morte dele nunca a deixaram antes. — Não me permitiram.

— Ah, Khalida — lamentou Bhumika. Lágrimas tolas ameaçaram cair. — Obrigada por tentar.

Todas as vezes que Bhumika tentara chegar perto da filha, a yaksha que vestia o rosto de Chandni a encontrara e segurara o braço de Bhumika com leveza, com tanta leveza. Será que sua filha do templo poderia mostrar o mahal para ela outra vez? Será que poderia lhe deixar tocar nas frutas do pomar, sentir sua força e mudá-las? Será que Bhumika poderia levá-la até os fiéis mais uma vez, para que pudessem conhecer um yaksha e tocar os pés de Chandni, e rezar para ela como tanto desejavam? E Bhumika dizia sim, claro que sim, obedientemente, sim, e não conseguira ver a filha.

— O banquete — começou ela, e então parou.

Eles ficaram observando, alguns em pé, outros sentados, à espera de que ela falasse.

— Vocês já sabem a essa altura o que aconteceu com todos os nobres que compareceram ao banquete — prosseguiu Bhumika. — Os yaksha disseram que vão viver, se vocês forem obedientes. E, se não forem, serão tomados pela decomposição. E os yaksha *me* disseram que estão em busca de uma guerra. Me disseram que desejam uma nova Era das Flores. Os nobres não terão outra escolha a não ser ajudar. — Após uma pausa, ela concluiu: — Vocês também sabem que não me deixam ver minha filha.

Khalida soltou um soluço baixo.

— Nunca imaginei o retorno dos yaksha — comentou Billu, de onde estava perto das panelas. — Mas, se tivesse, eu pensaria que fariam de Ahiranya um lugar melhor. Fariam o mundo nos respeitar. Achei que nos tratariam bem. — Ele cutucou as chamas de um jeito feroz, a luz do fogo brilhando em seu rosto. — Para mim, parece que não são tão diferentes do império. Perdemos um tirano e ganhamos outro.

— Ao menos são nossos tiranos — devolveu alguém.

— Será mesmo? Quando eu era pequeno, ninguém me disse que os yaksha para quem eu cresci rezando gostariam de deixar as pessoas doentes e machucar crianças — retrucou Billu. — Eu teria ido rezar para o anônimo em vez disso se tivessem me contado. Ao menos para um deus que não fosse morar na minha casa e envenenar os convidados.

— Então o que fazemos? Lutamos contra eles? Como *isso* vai acabar?

— Não estou pedindo para erguerem as vozes ou armas contra eles — alertou Bhumika. — Longe disso.

— Está pedindo para obedecermos? — perguntou Ganam. — Se eu quisesse servir aos yaksha, estaria sentado ao lado de Kritika neste instante. Você entende, não entende, anciã Bhumika? Eu não estaria aqui, de todos os lugares, com pessoas que nem gostam de mim.

— Nem Kritika tem tanta certeza de que quer venerá-los mais — comentou um soldado.

— Como Billu disse, nosso povo já sobreviveu à opressão e aos maus-tratos. Sabemos que temos força para fazer isso se precisarmos — lembrou Bhumika, calmamente.

— Mas a gente não deveria precisar fazer isso de novo — rebateu uma das criadas, com a voz trêmula. — Já não sofremos o bastante?

— Não é justo — acrescentou outro.

Mais vozes se ergueram, elevando-se e sobrepondo-se umas às outras. Um baque ecoou. Bhumika se virou e viu que Jeevan tinha acertado a parede com o punho do sabre com força, fazendo um barulho alto o bastante para silenciar a todos.

— Anciã Bhumika — disse ele. — Como estava dizendo?

— Não é mesmo justo — prosseguiu Bhumika. — E eu... me sinto dominada pelo luto. Tinha tantas esperanças para Ahiranya, assim como vocês, eu sei. Mas também tenho fé em todos vocês. Tenho fé que vão sobreviver. Tenho fé que podem se curvar a forças monstruosas e ainda levar o orgulho no próprio coração. E sei que, quando tiverem a oportunidade, vocês vão se libertar.

— E você? — perguntou Ganam, os olhos a avaliando. — O que vai fazer, anciã Bhumika? Liderar a guerra por eles?

Ela faria o que eles pedissem, mas *apenas* o que pedissem. Ela encontraria um caminho em meio às ordens, encontraria brechas discretas no controle, enfraquecendo o poder deles sobre Ahiranya e seu povo. Ela faria o que sempre havia feito: fingiria obediência enquanto afiava suas adagas. À espera de uma chance. Somente uma chance.

Aquele pensamento fazia Bhumika querer definhar. Ela entendia a frustração de todos eles, a falta de esperança. Ela sentia o mesmo.

— Vou me lembrar do que somos — respondeu ela. — Vou manter esse pensamento em meu coração como uma chama acesa. E, quando nossa vida cair na escuridão, vou usá-lo para me guiar. Eu lembrarei que não somos o que foi feito conosco. Nós sempre fomos, e sempre seremos, mais do que isso.

A voz dela se suavizou quando eles a encararam de volta, cheios de luto, ódio e algo parecido com esperança.

— É isso que eu farei — continuou ela. — Não vamos morrer de maneira ousada ou sem necessidade. Mas não perderemos a esperança. É isso que significa ser ahiranyi, quer os yaksha saibam disso ou não. Quando nos destruírem, de algum jeito, vamos crescer outra vez. Tenham fé.

Ela sentiu Ashok antes de vê-lo. O verde cantarolava e se contorcia na sua cabeça, como um chamado, como um aviso. Ele estava ali. Esperando por ela além do pátio da cozinha.

— Mantenha os outros na cozinha — pediu ela baixinho para Jeevan. — Mantenha-os seguros.

Ele hesitou, evidentemente sem querer deixá-la sozinha; mas a pedido dela, ele assentiu depressa e foi embora.

O espírito que usava o rosto do irmão oscilou. Ele estava parado no chão poeirento do jardim e a fitou com os olhos emburrados do irmão, sempre aborrecidos, sempre exigindo mais do que ela poderia dar. Bhumika o encarou de volta.

— Ouvi você falando — confessou ele. — Com os outros.

— Então deve saber que aconselhei a obediência.

— Tem uma história que quero contar para você — disse ele. Sua voz ecoou pela escuridão. — Uma história infantil. Apesar de que você não a encontraria inteira em nenhum livro, só fragmentos.

Não parecia mais a voz de Ashok.

— Me conte — pediu ela.

— Era uma vez um yaksha — respondeu ele. — Um yaksha que chegou a este mundo depois de Mani Ara. Como ela, ele se fez ser parte de Ahiranya. Se tornou algo verde, com flores dentro, porém, mais do que tudo, ele amava os humanos. Ele adotava os órfãos e os criava como se fossem seus. Mas os mortais eram solitários por natureza. A sua espécie, seus parentes yaksha, eram unidos pelas águas. Conseguiam sentir uns aos outros. Compartilhavam sonhos, sentimentos e pensamentos. Nenhum mortal tinha essa habilidade. Então, ele decidiu dar isso a eles.

"Para ter magia, é preciso sacrificar alguma coisa. Foi ele que ensinou isso. Ele disse que quando bebessem das águas, precisariam sacrificar algo. Precisariam se esvaziar para abrir um espaço para a magia. Era uma escolha. Ele criou um templo para treiná-los. E os levou até as águas, e deixou que acolhessem as águas. Aqueles que sobreviviam se uniam aos yaksha, compartilhavam da sua magia, das memórias e do mesmo coração. Aqueles que morriam ele guardava para si. Como uma máscara amada."

Ele tocou o próprio rosto com um dedo.

— Essa não é uma história infantil — contrapôs Bhumika.

— É uma história sobre crianças — rebateu ele. — Talvez não para ser contada para elas. Apesar de que ela as moldou. Moldou você.

— Por que está me contando?

— Esse yaksha tinha um segredo. Ele nunca contou para seus parentes nada disso — revelou Ashok. — Ele escondeu o segredo por muito tempo. Mas amava uma criança com todo o seu ser, mais do que amava todas as outras. E ela amava o conhecimento mais do que qualquer outra criança que ele conhecera, e ele dava isso para ela em excesso. Ele contou a ela tudo que ensinara para as outras crianças, as suas crianças *do templo*. E quando ela passou pelas águas, ele deu ainda mais. Todos os segredos dos yaksha. Porém, na terceira jornada dela pelas águas, ela quase morreu. Voltou viva, mas as águas a envenenaram. Ela não conseguiria viver, presa a eles como estava. E ele não suportaria que ela morresse, mesmo que a sombra dela fosse ficar com ele para sempre.

Bhumika ouviu, mas não disse nada. Em algum lugar atrás de si, ela ouvia os estalidos do fogo das cozinhas. O frio do pátio e da noite dominou seus ossos.

— Ela não poderia viver com as águas — prosseguiu Ashok. — Então ele as libertou de dentro dela.

Libertou.

Ela pensou no pergaminho na biblioteca. O corpo com as raízes transpassadas. Talvez não fossem raízes, afinal, mas rios de ouro, verde e vermelho. Rios das entranhas, rios das almas e rios da vida.

— E o que aconteceu com ela? — quis saber Bhumika, a garganta apertada.

— Ela se esvaziara para as águas perpétuas — respondeu ele. — Por sua magia. O que restou dela depois era apenas a sombra de uma garota. A magia se perdeu. Memórias se fragmentaram. Ela continuava ela mesma, mas não. Ela se lembrava de tudo que aprendera com ele. Cada história. Cada segredo. Mas ela não se lembrava de quem era.

Ashok deu um passo para mais perto. Os movimentos dele eram estranhos, como se não tivesse controle das próprias pernas.

— No fim, ele a prendeu outra vez às águas. Não suportava vê-la daquela forma. Não suportava não *senti-la*, a alma nas águas junto dele. Bhumika, eu... — A voz de Ashok. Familiar e um pouco rouca, com certo pânico. — Eu ouvi você. E aqui estou, entende? Não tenho muito tempo. Mas tenho o que você precisa. Você quer que nosso povo seja livre. E eu... tenho o conhecimento que vai deixar você libertá-los. Eu tenho *tanto* conhecimento dentro de mim. Conhecimento que eu tenho medo de tocar. Eu não sou... eu mesmo. Sou... — Ele respirou fundo. — Você sabe o que eu sou. Mas você, Bhumika, é uma filha do templo. Você está presa aos yaksha. Presa a mim.

A criatura que não era o seu irmão a encarou. Um dos olhos era mortal, úmido de lágrimas. O outro era de madeira raspada, verde e chorando seiva.

— Posso dar a você o que ele deu às crianças — ofereceu Ashok-que-não-era-Ashok. — Posso revelar todos os segredos dos yaksha. As ferramentas para destruí-los. E posso libertar você. Tudo que vai custar é...

— Eu mesma — sussurrou Bhumika. — Minhas memórias. É isso?

— Sim. Só isso.

— Ashok, você enlouqueceu?

— Testei essa habilidade em Rukh. Ele não é nascido-três-vezes e não é um filho do templo. Mas as águas estavam dentro dele, com a decomposição. Eu sei que vai funcionar. — A voz dele mudou outra vez; ficou mais profunda, uma rachadura na madeira ondulando pela bochecha. — Devo isso a você, criança — adicionou ele. — Afinal, fui eu que te criei.

Um rugido de dor. A cabeça dele pendeu para a frente.

Ela poderia tê-lo segurado. Poderia ter erguido o rosto dele com as mãos e olhado para ele, permitindo-se temer e preocupar-se com ele.

*O que tem de errado em você? O que aconteceu com você?*

Ela poderia, mas não o fez. Pensou em tudo que os yaksha fizeram no banquete, nos corpos rachados por sulcos na madeira, os olhos perdidos e assustados de Ashok, e ficou onde estava, tão imóvel quanto uma árvore antiga, de raízes profundas, firme.

— Por que agora? — perguntou ela em vez disso, quando ele ergueu a cabeça. — Por que me oferecer uma arma *agora*?

— Porque Ashok queria uma Ahiranya melhor — respondeu ele. — Porque Ashok tinha um sonho, um sonho pelo qual morreu, e não foi com isso que ele sonhou. Porque no banquete achei que choraria horrorizado, e qualquer que seja a parte mortal que há dentro de mim odeia o que os yaksha fizeram. E o yaksha em mim sabe o que ainda *vamos* fazer, e teme isso.

Ashok estava suando, pérolas de seiva escorrendo por seu rosto.

— Os yaksha não são os únicos que querem moldar o mundo — continuou. — Não queremos uma guerra. Sabemos que a guerra é inevitável. Mesmo agora, que começamos nosso retorno, fazendo os sacrifícios necessários para rastejar de volta para este mundo, outras forças estão acordando. Enviando mensagens em nomes e profecias. Ensinando aos mortais os segredos do sacrifício. Escreveram os segredos no sangue, nos ossos e na terra, assim como nós. Mas vamos ser mais fortes desta vez. Nós cedemos muito mais do que eles. Dessa vez, vamos tomar o mundo. Vamos esvaziá-lo para que seja nosso lar. Mas *podemos* ser impedidos. Sabemos disso e tememos tal coisa, porque perder vai nos destruir.

— Ashok — disse Bhumika, fazendo a voz estalar como um chicote, com força o bastante para atravessar seu olhar enevoado.

Ele piscou, olhando para ela, e Bhumika insistiu, tentando mantê-lo no presente com ela:

— Por favor — pediu. — Fale comigo. Explique. O que quer que eu faça?

Ele piscou outra vez, com um único olho mortal.

— Ashok — repetiu ele. — Eu não sou mais Ashok. Não de verdade. Sou?

— Você *ainda é* Ashok — retrucou ela, com uma convicção que não sentia. — Você salvou nossa irmã quando nossos outros irmãos queimaram. Manteve ela viva, e então a entregou para mim. Você já morreu antes, e voltou. Morreu com nossos irmãos. Morreu quando deixou Priya ir embora. Você pode voltar outra vez. Você *voltou*.

— Aquilo não foi a morte! — Ele ofegou. — Você não sabe como é a morte. A morte de verdade não é como nenhuma outra coisa. Fui desfeito em pedaços. Fui limpo, e os meus ossos foram rearranjados em algo que seria útil para eles... para mim.

Ele deu um passo para mais perto dela.

— Bhumika — forçou-se a dizer ele. — Eu sou yaksha. Não sou diferente da que usa Chandni e seu sorriso, ou a que usa a voz de Sanjana. Não sou diferente, apesar de acreditar que sim.

— Ainda é você — insistiu ela, mas viu sua incerteza refletida nos olhos dele.

— Sou apenas retalhos do que já fui, farrapos. Se tirar essa armadura, essa pele fina, não vou mais ser Ashok. Eu sei. Os yaksha sabem. Eles não sabem por que continuo, mas isso os deixa curiosos. Estão esperando para ver o que vai acontecer. Acham isso divertido. Eles me disseram que eu sempre amei os humanos. E eu amei. Talvez ainda ame.

Bhumika sentiu seu batimento cardíaco, dolorido como um soco dentro do peito.

— Você é uma anciã do templo — prosseguiu ele. — Presa a nós por escolha e sacrifício. Presa pela minha escolha... pela escolha de um *yaksha*. Podemos te dar tantas coisas. Nós te *demos* muitas coisas. Força. Poder. A terra e as plantas que fazem a sua vontade. E posso te dar mais. Posso te dar conhecimento, Bhumika, o tipo de conhecimento que, nas mãos certas, pode nos matar. Um segredo que pode ser forjado em uma arma. Perder a si mesma não vale esse preço?

Que tipo de capacidade ela tinha para conseguir fazer algo com esse tipo de conhecimento? O que ela poderia conseguir? Saber escolher a faca certa para uma tarefa era uma coisa, mas poder de fato usá-la era outra questão. Ainda assim, as mãos e a voz dela tremiam quando perguntou:

— Se levar esse conhecimento comigo, posso impedir a guerra?

— Você pode tentar — respondeu Ashok. — E é mais do que consegue fazer agora. Você está presa, quase como se fosse por uma corrente. Isso é tudo que posso oferecer para você.

— Se sabe como pode impedir os yaksha... se sente culpa, por que não age você mesmo para impedir a guerra? Por que precisa ser eu?

— Porque apenas a parte de mim que é Ashok que quer isso — explicou ele. — Essa... minha pele. — Ele gesticulou desamparadamente para o próprio corpo. — E não vou estar aqui por muito mais tempo, Bhumika. Deve saber disso. Estou me desfazendo. Não posso ir embora, mas... mas você pode. Por um preço.

Ela fechou os olhos, procurando a calmaria dentro de si.

— Tudo exige um sacrifício.

— Claro — disse ela. — Claro que sim.

— Você se esqueceu. Mas, uma vez, sob as águas, um yaksha ofereceu a você uma lâmina de madeira sagrada. Disse a você para arrancar seu coração, e você fez isso. — Sua voz era baixa e profunda. Era a voz de Ashok, mas... não era. Não exatamente. — Abriu espaço para o sangam dentro de você. Os rios estão dentro de você, fluindo. Podemos encontrar você em qualquer lugar, porque leva as águas consigo. Conseguimos viver dentro de você, porque carrega essas águas. Mas se não estiver presa às águas...

— Eu compreendo — declarou ela. Bhumika fechou os olhos por um breve instante, e então os abriu. — Uma estratégia típica de Ashok — soltou ela, cansada. — Arriscar minha saúde e minha vida, e todos aqueles que dependem de mim, por uma chance mínima de sucesso.

— Quando arrisquei minha vida, eu o fiz por uma causa maior — argumentou ele. — Por nossa autonomia. Nossa liberdade. Correr um risco não é vergonhoso.

— Vergonhoso! Você fala em vergonha. Você queria retornar para o nosso glorioso passado — rebateu ela, com uma selvageria que ela nunca conseguira direcionar a ele enquanto ainda vivia; que ele recusara a ela ao ser seu inimigo, e então recusara ao morrer e deixar ela e Priya para trás. — O que pensa disso agora que temos tudo isso?

— Acho que está perguntando a um fantasma sobre como ressuscitar fantasmas, irmã — replicou ele, com um peso silencioso que ela nunca ouvira dos lábios do irmão. — Eu não sou mais real, Bhumika. O que eu queria já não importa mais. Mas você é real. E a escolha é sua.

— Você quer me dar um conhecimento que é proibido para mim — falou Bhumika, fechando os olhos, sentindo a pressão da noite ao redor deles.

Ela estava queimando por dentro. Não era magia, nem o fogo da madeira sagrada. Era a chama do pânico. Era assim a sensação de ver as paredes se fechando. Era assim que se sentira instantes antes de passar pelas águas perpétuas quando menina: todas as escolhas se estreitando, e o ar dos pulmões sumindo junto.

— Você quer... arriscar tudo que eu sou — continuou ela. — Apenas pela vaga esperança de que alguém possa usar o conhecimento que eu possuirei.

— Sim.

— E qual é a outra alternativa?

— Você fica aqui — provocou Ashok. — Faz o jogo covarde, como sempre fez. Obedece aos seus mestres, como sempre obedeceu.

— Eu fico com a minha *filha* — retrucou Bhumika. — Fico com as pessoas que jurei proteger. Não os abandono apenas por... uma mísera esperança.

— Ah, Bhumika — disse Ashok. — Acha que algum dia vão devolver a sua filha?

— Acha que ela vai sobreviver se eu deixá-la para trás?

— Acha que ela vai sobreviver se você ficar?

— Está dizendo isso para me convencer — retrucou ela, tensa.

— Estou dizendo a você o que já sabe. Nós fomos treinados para eliminar nossas fraquezas por um motivo. — Ele deu de ombros, e o som ressoou como madeira estalando sob o vento. — Você criou uma fraqueza, Bhumika. Deu à luz sua fraqueza. Todas as vezes que fracassar com os yaksha, eles vão usá-la contra você, e vão culpar você por ser tola o bastante para deixá-la ali para que eles pudessem pegá-la. E um dia, eles vão destruí-la. Seja por acidente ou de propósito. — Uma pausa, uma respiração profunda. — Eles sempre deixaram crianças morrer. Afinal, foi isso que nos moldou. Quantas crianças do templo você acha que eles perderam?

Ele estava tentando manipulá-la. Ela sabia. Ela *sabia*.

Ainda assim...

Seria melhor ficar, defendendo seu lar e seu povo? Acalmando os yaksha com palavras doces e veneração? Certamente ela faria bem. Era um caminho que sempre escolhera.

Talvez ela voltasse a amá-los. A sentir a fé crescer dentro ela. Ela chegou a amar o marido. A mentira a carregara durante anos, anos. Até que não aguentara mais.

Porém, o marido de Bhumika nunca conhecera seu coração. E os yaksha naquele momento o seguravam em suas mãos. Ela dera seu coração, arrancado do próprio peito. Ela se transformara em uma criatura a seu serviço em troca de poder. E eles estavam com Padma. Sua filha, a bússola que guiava seu coração.

O cerco estava se fechando ao seu redor cada vez mais.

— Essa oportunidade não vai durar muito tempo — avisou Ashok.

— Porque você não vai.

— Isso mesmo.

Ela cerrou as mãos em punho com tanta força que os dedos doeram.

— Pode proteger Padma quando eu me for? — perguntou Bhumika, sentindo-se terrível. Como poderia perguntar isso? Como poderia considerar uma coisa dessas? — Pode manter minha pequena segura? Ela é uma criança, Ashok. Ela merece...

— Nós também merecíamos muitas coisas — interrompeu-a Ashok. — E eles nos queimaram mesmo assim. As pessoas que deveriam ter nos amado.

— E você acha que eu quero dar esse tipo de tristeza para ela também? Não, Ashok. Vou fazer isso, se puder me prometer que ela vai continuar viva.

— Você não tem como me ater a essa promessa — rebateu ele. — *Eu* não tenho como me ater a essa promessa.

— Você já salvou a vida da nossa irmã. Quando ela... era pequena. Quando ela tinha medo. Você a carregou. — Bhumika olhou para ele. — E o yaksha em você falou de amar crianças. Crianças como a minha filha. Seja um fantasma ou não, se estiver desaparecendo ou não... não deixe minha filha. Você pode protegê-la?

Ele olhou para Bhumika. Algo oscilou no rosto dele, algo tenro, magoado, que a lembrava do menino que ele fora antes de os irmãos arderem em chamas.

— Vou tentar — respondeu ele. — Isso é a única coisa que posso jurar.

Ela assentiu. Não poderia agradecê-lo. Ela odiava... ela *odiava*...

— Por que você precisava morrer? — questionou Bhumika, a voz falhando.

E, ah, como ela odiava aquela pequenez, a forma como perder todos os seus aliados a deixara. Odiava o fato de que suas maiores forças — seu amor pelo seu povo, o amor que tinha pela pequena família que forjara, pela possibilidade do futuro, pela *filha* — se viraram contra ela.

— Por que preciso estar aqui e carregar esse fardo sozinha? — insistiu ela.

Ashok hesitou por um instante. Ele ergueu a mão, como se quisesse tocá-la. Ela pairou um instante, antes de lentamente se abaixar outra vez.

— Porque eu fiz escolhas ruins — contou Ashok. — Porque escolhas ruins foram feitas pelas pessoas que me criaram, e as pessoas que os criaram, e os imortais que construíram este mundo. Porque nós somos pequenos e descartáveis, Bhumika, cada um de nós, e foi pura sorte que você durou mais do que todo o resto.

— É lógico que só admite que suas escolhas foram ruins agora que já não está mais entre nós — alfinetou Bhumika, rindo de uma forma que era puro sofrimento. — Lógico. — Ela forçou as mãos a se afrouxarem. Forçou-se a não oscilar sobre os pés ou desmoronar. Raízes fortes. Raízes profundas, segurando-a firme. — Quando vamos fazer isso?

— Me encontre na pérgola de ossos — redarguiu Ashok. — Antes do amanhecer.

— Está me dando tempo para dizer adeus?

— Se for preciso. E tempo para se preparar.

Então, ele se virou e se afastou. Bhumika o observou enquanto ele ia embora, a curva da coluna e o formato dele. Uma casca, uma pele, a casa de um yaksha que ela não conhecia.

Ela se virou, então. Jeevan estava à porta, escondido o bastante pelas sombras para que ela só conseguisse ver o brilho do seu olhar.

— Você escutou tudo.

Jeevan assentiu brevemente. Ele não disse nada.

— Nunca fui dada à impetuosidade — disse ela. — Eu não corro riscos ridículos. Sei muito bem o que custam. Trabalhei tanto, Jeevan, para garantir que eu fosse forte o bastante para encontrar um caminho para todos nós. Não é isso que eu quero.

— Milady. Irei com a senhora.

— Para a pérgola de ossos?

— A qualquer lugar — respondeu.

Bhumika sentiu uma dor no coração.

— Nenhuma dívida comigo exige que você faça isso. E... minha filha...

— Não faço isso por dívida — interrompeu-a, a boca em uma linha firme. — Não posso proteger Padma. Contra eles, não tenho poder nenhum. Mas a senhora... talvez.

Ela queria recusar. Queria poupá-lo. Porém, se ela fosse perder quem era, não poderia fazer isso sozinha.

Não queria fazer isso sozinha.

— Talvez — ecoou ela. — Bem, então. Se esse é o seu desejo, sim, pode me acompanhar.

# MALINI

O templo era tão imenso que era visível mesmo a longa distância. Aquela visão invocou uma antiga memória dentro dela. Malini conhecia aquele lugar: os arenitos dourados, os domos de marfim esculpidos. Algo ali parecia familiar, e ela não sabia o motivo.

Sob a luz do crepúsculo, ele brilharia como brasas ardentes, como os templos mais elegantes na cidade de Harsinghar. Porém, aqueles templos eram necessariamente inspiradores: serviam aos nobres e à realeza de Parijat, e refletiam a grandiosidade do império e a importância da fé.

Não havia nenhum motivo para um templo cercado de uma longa extensão de terra árida e cadáveres esparsos de árvores ser tão ornamentado. Enquanto a carruagem sacolejava adiante no caminho de terra, Malini ergueu uma mão para proteger os olhos do brilho do sol, inspecionando a terra ao seu redor. Não era uma região de fazendas, como ela supusera, e sim um terreno estéril. O solo era seco e estranhamente acidentado. Formações rochosas se esparramavam como ondas, fossilizadas no ato de romperem-se contra a terra. O chão era repleto de buracos.

— No passado, isso foi um campo de batalha — murmurou Lata, sentada ao lado de Malini.

— Pensei nessa possibilidade. Ou um lugar onde ocorreu algum desastre natural terrível — concordou Malini, olhando mais uma vez para os grandes rasgos na terra. Ela pensou em Priya naquele instante, em seus dons e em como conseguia moldar a terra, e perguntou-se, sentindo um aperto estranho no peito, se os anciões do templo lutaram durante a Era das Flores. — Consegue determinar só de olhar o chão?

— Não estou lendo o solo, milady, apesar de que gostaria de ter essa habilidade — respondeu Lata, com um sorriso um pouco envergonhado. — Eu reconheço a arquitetura desse templo. Olhe entre os domos. Ali.

Lata ergueu a mão, apontando, e Malini acompanhou. Entre os domos do templo ficava uma torre. Não era uma torre de vigia, nenhum edifício construído para uso prático. Era fina como uma lâmina, fina o suficiente para formar apenas uma cicatriz quase invisível em contraste com o céu azul límpido.

Ah.

Agora que vira aquilo, ela se lembrava da história. A batalha que encerrou a Era das Flores foi precedida por um encontro dos nobres das cidades-Estados do subcontinente. Eles se reuniram ali e compartilharam histórias de sua raiva e tristeza, do medo terrível que sentiam dos yaksha, e como a terra mudara sob o toque dos espíritos imortais.

Então, os yaksha vieram.

Foi um massacre. Todos os reis e príncipes mais veneráveis foram mortos, inclusive o pai nobre de Divyanshi. A terra nunca se recuperara daquelas mortes, mas um templo foi erguido no local, marcado com uma "torre como uma lâmina" — ou era assim que o Livro das Mães narrava.

Malini conhecia aquelas palavras muito, muito bem.

Um único sacerdote os aguardava na entrada do templo. Tinha uma silhueta pequena, de ombros estreitos e olhos grandes, os ossos proeminentes.

— Meu nome é Mitul — apresentou-se o homem magricela, como forma de cumprimento, quando Malini desceu da carruagem. Os olhos dele eram estranhamente pálidos, o tom quase verde que Malini vira apenas no rosto de soldados dwarali que descendiam do sangue dos clãs Jagatay e Barbure que atormentavam as fronteiras de Parijatdvipa. — A chegada da imperatriz foi aguardada com ansiedade.

— E quem aguarda por mim? — perguntou Malini.

— Uma mensagem informou de sua chegada iminente — respondeu Mitul, abaixando os olhos educadamente. — Tenho certeza de que a imperatriz sabe disso.

As palavras quase soavam como ofensas, mas Malini as permitiu. Porém, ela não conseguiu esconder sua raiva quando Mitul balançou a cabeça e ficou parado diante da porta, impedindo seu caminho quando os seguidores de Malini se aproximaram: seus nobres, os guardas, suas mulheres. Priya.

— Nenhum de vocês pode entrar — anunciou o sacerdote. Aparentemente inabalado pelos homens armados atrás de Malini, ele continuou: — Este é um lugar sagrado.

— Todos os templos são sagrados — retrucou Malini, observando o sacerdote com olhos atentos. — E todos os templos, certamente, acolhem os nobres de Parijatdvipa.

— Apenas a senhorita, imperatriz.

— Eu seria uma grande tola se entrasse em um lugar, mesmo que sagrado, sem nenhuma proteção — disse Malini, firme.

— A verdadeira fé exige riscos — respondeu Mitul.

Ela ficou parada ali por um instante, imóvel e em silêncio. Os homens atrás dela também silenciaram, aparentemente não queriam discutir com um sacerdote das mães.

— Uma criada, ou um guarda — insistiu Malini, depois de um instante.

O sacerdote balançou a cabeça.

— Fé — repetiu ele. — Assim como Divyanshi agiu com fé, a senhorita também deve fazê-lo, imperatriz.

A fé exigia atos insensatos, atos sem nenhum embasamento em lógica, no que poderia ser arriscado ou ganho... ah, como ela odiava que pedissem isso a ela, assim como ela odiara libertar o sacerdote em Saketa, quando ele merecera uma morte lenta e dolorosa.

Porém, de que adiantaria virar as costas e não ver o que era oferecido a ela?

Malini se virou.

— Voltarei dentro de uma hora — disse.

Lata inclinou a cabeça. Ela estava com a mandíbula cerrada, os olhos atentos. Deepa parecia preocupada, mas não disse nada, e Raziya somente franziu a testa.

Os olhos de Priya estavam estranhamente distantes.

— Existem flores nesse templo — comentou Priya, a voz baixa o bastante para que Mitul não ouvisse.

Então existiam armas dentro do templo. Malini conseguia ficar mais tranquila com aquele pensamento, mesmo que soubesse muito bem que havia pouco que qualquer um poderia fazer por ela, até mesmo Priya, se alguém simplesmente decidisse cortar a sua garganta.

Malini subiu a escadaria sozinha e adentrou o templo.

Lá dentro, outro sacerdote a aguardava.

Ele esperava em um cômodo que se parecia com todas as salas de preces particulares que Malini já vira. Paredes simples, uma janela com treliças que permitia a entrada de pouca luz, estátuas das mães em volta de um altar, os corpos da metade da altura de um homem e feitos de prata, com guirlandas de flores claras aos seus pés. A sala era iluminada pela luz de velas e perfumada com um incenso estranhamente fresco em vez de sufocante. O aroma a lembrava do vento que ela sentira vindo do oceano, pungente e salgado, mas levemente doce. E o sacerdote em si, quando se virou para encará-la, era tão comum quanto seus arredores.

Tinha a altura mediana, com uma marca de cinzas na testa, e nenhuma tinta cobria os braços ou as mãos, que estavam descobertos, o xale apenas levemente ao redor dos ombros devido ao calor. Seu cabelo fora afastado do rosto, cada trança amarrada com um fio, deixando suas feições em evidência. Seu rosto não tinha rugas; ele devia ter, talvez, alguns anos a mais do que Malini. O sacerdote se curvou quando ela se aproximou, e então se ergueu em um gesto fluido das almofadas do chão onde estivera sentado, aparentemente meditando.

— É você o filho sem-rosto? — perguntou Malini.

Ele inclinou a cabeça. *Sim.*

— Qual é o seu nome? — perguntou Malini.

— Kartik — disse ele. — A senhorita não se lembra de mim.

— Deveria?

— A senhorita era uma menina quando a conheci — respondeu ele. Sua voz era profunda e marcada por um sotaque que ela não reconhecia tão bem. Saketano, talvez. — Há muitos, muitos anos. A senhorita visitou com seu irmão o templo imperial e depositou flores aos pés das mães, sussurrando preces. Fez promessas a elas. Eu era apenas um menino na época, ainda treinando para a fé, e estava varrendo o chão quando a senhorita partiu.

Ela não conseguia se lembrar do momento exato do qual ele falava, mas parecia... possível. Até mesmo provável. Quando criança, ela fora algumas vezes até o templo imperial sozinha. Por mais que tivesse pouco espaço para a fé em seu coração, o templo em si era reconfortante, o silêncio, a privacidade relativa, comparada ao barulho e atividade do mahal, onde sempre havia cortesões, guerreiros e outros nobres passeando pelos corredores.

Há quanto tempo aquele sacerdote guardava aquela lembrança, preservada perfeitamente em sua mente? Será que sabia que aquela pequena história — esse breve vislumbre do passado — revelava o que ele era e seus desejos, com apenas um lance?

*Eu conheço você*, diziam as palavras dele. *Eu me lembro de você. Você importa para mim.*

*Quero que você se importe comigo também.*

— Então é um sacerdote real — concluiu ela, tranquila.

Será que ele fora um dos homens que prepararam sua pira e fizeram as preces, esperando para ver se ela escolheria arder em chamas? O dia que ela deveria ter morrido era nítido feito cristal nas memórias de Malini, de algumas formas, e de outras era somente um borrão.

— E ainda assim... — continuou ela. — Chama-se de filho sem-rosto?

— Os nomes têm poder — respondeu o sacerdote. — Seu príncipe alorano pode confirmar isso. Não teria vindo até aqui a pedido de Kartik, que serve ao alto-sacerdote de forma tão leal, mas não é o alto-sacerdote. Kartik não é o confidente mais próximo do seu irmão e não é o poder por trás do trono. Porém, a pedido do filho sem-rosto, que tem poder nos templos mais distantes do império, que tem poder entre os sacerdotes que não se elevaram no governo de Chandra, e que tem homens que morrerão por ele... a pedido dele, a senhorita veio.

— De fato — concordou Malini. Ela deixou que a voz parecesse calorosa, deixou que fosse convidativa, assim como a luz atrai as mariposas.

— E estou feliz de estar aqui. Não imagina o quanto. Pensei que todo o sacerdócio estivesse contra mim. Testemunhei guerreiros sacerdotes se voltarem contra mim na batalha do forte labiríntico de Saketa, sacerdotes que usaram o fogo nascido de mulheres mortas para ganhar as batalhas do meu irmão por ele. E isso me magoou. Porque eu sou uma representante de Divyanshi. Porque eu sei que as mães me colocaram neste caminho. E parecia que os sacerdotes das mães em si não viam isso. Não *me* viam.

Ela continuou, um peso silencioso em cada palavra:

— E então eu fui salva. Salva por um sacerdote vestido de soldado, que não cultuava como sua irmandade de Parijat, e sim como os saketanos. Não com menos fé, apenas com efígies diferentes. Com marcas na pele. E eu depositei minha confiança em seus companheiros saketanos, que me viam, aparentemente, como eu sabia que deveria ser vista: como uma fiel devota das mães. Como alguém que deseja salvar Parijatdvipa. Eles pediram que eu obedecesse, e eu obedeci. E pela minha devoção, fui mandada até aqui, até você.

Ela deu um passo para mais perto dele. O olhar do sacerdote era firme e aguçado, assim como o de todos os sacerdotes, mas isso não significava que ela fracassara em entender quem ele era e o que ele queria.

— Não é segredo o motivo de eu estar aqui — prosseguiu. — Eu quero o apoio dos sacerdotes das mães quando eu tomar o meu trono. Não posso governar Parijatdvipa sem o sacerdócio. E tampouco quero fazer isso.

— Admitiria tal vulnerabilidade? — A voz dele era baixa, quase gentil. — Sou um estranho para a senhorita, mesmo que não seja para mim.

— Nenhum sacerdote das mães é um estranho para mim — devolveu Malini. — Eu sou do sangue de Divyanshi, a primeira mãe das chamas. Senti a voz dela dentro de mim quando aceitei o manto de imperatriz. Se os sacerdotes das mães são as mãos e os olhos delas e servem a seus desejos, então somos praticamente família, eu e você.

— Palavras generosas — observou ele. — Mas a senhorita está disposta a matar sua família. E também a matar sacerdotes.

— Sacerdotes do anônimo, que morreram de bom grado. Com certeza não desonraria o sacrifício que eles fizeram ao chamar o que fiz de assassinato.

Ele inclinou a cabeça, aceitando suas palavras.

— Eu sou um órfão, representante de Divyanshi — disse ele. Malini notou que ele evitava chamá-la de imperatriz ou princesa. — Eu não tinha ninguém antes de um templo da Mãe sem-rosto me reivindicar. Porém, foi o alto-sacerdote que me elevou à posição que ocupo agora, e talvez ele seja a coisa mais próxima de um pai para mim. E ele apoia seu irmão Chandra com toda sua fé.

— E, ainda assim — comentou Malini —, aqui estou eu.

— Talvez seja uma armadilha — respondeu o sacerdote, enunciando as suspeitas que ela mesma nutria. — Para devolvê-la aos cuidados do seu irmão.

Ela balançou a cabeça.

— Eu recebi um presente — disse Malini. — Uma caixa de pedra, com uma flor de fogo mágico dentro.

— Uma boa isca — ponderou ele. — Um pequeno presente de fogo abençoado das mães? Uma isca fácil para que confiasse em nós. Não considerou isso? Sem dúvidas, sim.

— Eu considerei.

— E ainda assim não trouxe guardas consigo? Nenhum soldado? Tal falta de preparo indica uma mente pouco preparada para o trono.

— O fogo em si não era o presente — argumentou Malini, ignorando a provocação. Ela não seria levada facilmente a revelar as defesas e armas que tinha em mãos. — Foi a morte do fogo o verdadeiro presente. Sacerdote, eu segurei a chama no meu próprio sabre. Senti sua força e seu calor. E eu observei enquanto se esvaía e desaparecia. Não é assim que o fogo das mães se comporta, o fogo pelo qual morreram, para nos salvar dos yaksha. Eu conheço cada linha do Livro das Mães, e posso dizer tranquilamente. "O fogo das mães não podia ser saciado" — recitou ela. — "Queimava como o sol queimava. Queimava com uma força abençoada."

— "Dentro de si, levava o coração das mães" — continuou ele, recitando junto, acompanhando a cadência das palavras dela. Malini tinha bastante certeza de que via uma luz de aprovação nos olhos dele. — "O fogo consumia e consumia, ardia em fúria, até engolir os yaksha por inteiro, e deixar o povo de Parijatdvipa incólume. E com a morte dos yaksha, o fogo das mães partiu."

— Você me deu o fogo como mensagem — disse Malini, quando as palavras dele foram sumindo no silêncio. — Você sabe, sacerdote, que o fogo que meu irmão criou não é o fogo das mães. Sabe que ele não é o herdeiro digno de Parijatdvipa que ele acredita ser. Posso apenas presumir que quer algo de mim que Chandra não pode dar.

A expressão do sacerdote continuou indicando aprovação, e ele abaixou a cabeça.

— Conhece bem as escrituras — murmurou ele.

— Assim como todos os parijatdvipanos deveriam conhecer — respondeu Malini, enchendo a voz de convicção. — Quero servir Parijatdvipa. Quero liderar Parijatdvipa, e sei que é o que as mães desejam de mim. Você sabe o que quero de você e dos seus companheiros, sacerdotes. Sei que querem me ajudar, eu *sinto* isso. Porém, somos criaturas que vivem em um mundo, por mais imperfeito que seja, e queremos proteger os nossos. Os sacerdotes parijati ganharam muito poder no governo do meu irmão. Poder militar e político. Entendo que continuar leal a ele é muito... atrativo. Então, devo perguntar: o que precisam de mim que meu irmão não pode providenciar?

Ele ficou em silêncio. Malini deu outro passo em frente.

— Tudo que eu fiz foi pela fé — disse ela. — Agora deposite sua fé em mim, sacerdote. É justo. Apenas justo.

Ele abaixou a cabeça, concordando.

— Uma guerra está vindo — disse o sacerdote.

— Não está falando da minha guerra com Chandra — murmurou Malini.

— Não. Essa, não. Apesar de serem os sacerdotes treinados por mim a servirem nas batalhas de Chandra.

Ah. Isso explicava sua posição elevada dentro dos serviços de sacerdote real, apesar de ser saketano.

— No passado, os sacerdotes com posição mais elevada do que a minha, o alto-sacerdote entre eles, acreditavam que a luta por uma Parijatdvipa melhor seria travada pelo imperador contra nobres desleais. Homens que se esqueceram dos seus votos para as mães. Porém, eu sempre soube que não era esse o caso.

Uma pausa. Então, ele continuou:

— Talvez tenha visto coisas estranhas e sobrenaturais em Ahiranya. Ou o príncipe Aditya lhe mostrou visões do anônimo sobre isso. Ou talvez tenha presenciado o que é estar diante da decomposição. — A voz dele tinha uma cadência firme, constante. — A senhorita sabe do que eu sei. Sabe que nosso antigo inimigo vai voltar. *Essa* é a guerra no nosso horizonte. O anônimo, as mães e a mãe sem-rosto, todos falam com a mesma voz. Os yaksha vão voltar. A decomposição os anunciou. Eles virão, e haverá guerra novamente.

Malini sentiu os cabelos da nuca se arrepiarem.

Os yaksha.

Dentro de si, Malini sentiu algo terrível se alinhando: as coisas que vira em Ahiranya e o que vira desde então, reformuladas em novos formatos na sua cabeça e no seu coração. A decomposição florescendo através do império, e a magia poderosa de Priya. Rios erguidos, trepadeiras transpassando pela pele. Sozinhas, aquelas coisas eram horrores e milagres; quando entrelaçadas em uma única guirlanda, eram um aviso. Um arauto.

— Não pode ter certeza — contrapôs ela, por reflexo, sem querer acreditar. Porém, ela já sabia que era verdade. O pavor que percorreu seu corpo e se assentou gélido dentro dela afirmava isso.

— Eu tenho certeza — disse ele. — Se procurar o príncipe Aditya, ele garantirá a mesma coisa. O deus anônimo falou com ele, assim como as mães falaram comigo. Eu não duvido disso. Os yaksha estão vindo, e vão tentar tomar Parijatdvipa para si mais uma vez.

Será que Aditya sabia mesmo que isso iria acontecer? Por que ele não contara a ela, ou dera algum *aviso*? Ele tentara, em todas aquelas vezes que falara da sua fé e do poder contido nela, e Malini simplesmente não o escutara direito? Ela não podia pensar naquilo agora; não podia permitir a lembrança do seu irmão sacerdote distraí-la do sacerdote diante dela neste momento.

— Você quer que eu lidere essa guerra — deduziu ela, mesmo enquanto seu coração revirava, mesmo sabendo. Ela sabia.

— Eu quero que *ganhe* essa guerra — disse ele. — Por Parijatdvipa. Por seu povo. Quero que a ganhe com toda a força piedosa de sua grande ancestral.

— Quer que eu concorde em queimar — concluiu ela.

Aquilo não a chocou como deveria ter chocado. Mesmo enquanto sentia um horror entorpecente percorrendo seu corpo, mesmo enquanto seu corpo esfriava ainda mais, a lembrança da fumaça presa na garganta...

Ela soubera, no fundo do coração, que o fogo iria encontrá-la outra vez.

— Quer que eu me eleve na pira — disse ela.

— De boa vontade e com alegria — concordou ele. Ele se inclinou para a frente, uma suavidade no rosto que a tranquilizou, mesmo quando não deveria. — A senhorita tem a mesma aparência de Divyanshi, sabe.

— Já me disseram isso. Muitas vezes.

— O alto-sacerdote quer criar um mundo que seja mais forte e melhor, mais verdadeiro com as esperanças e os sonhos das mães que queimaram por nós. Em Chandra, ele viu os meios para criar esse mundo. Porém, ele também viu isso na senhorita, quando era uma menina. A senhorita era boa — disse Kartik, com certeza absoluta, com uma intimidade na voz que não tinha o direito de ter. — Bondosa e obediente. O alto-sacerdote e todos os sacerdotes veneráveis do templo imperial reforçaram a Chandra a importância de manter a sua pureza de espírito, e é isso que Chandra tentou fazer. Ele tentou transformá-la no que deve ser: um símbolo digno da glória de Parijatdvipa. Seu irmão queria que queimasse na pira para que sua pureza durasse eternamente, representante de Divyanshi, e na eternidade também estaria Parijatdvipa. Quando se recusou, aquilo doeu muito nele.

— Era meu direito — defendeu-se Malini, em vez de responder com a verdade completa: que não havia nada puro sobre a fúria que o levara a queimar as irmãs de coração de Malini. Que disfarçar um ódio violento com a fé não o tornava menos brutal ou monstruoso. Que a mágoa dela era muito maior do que a de Chandra, e valia muito mais do que qualquer projeto tosco de coração que morava no peito dele. — Se Chandra fosse um fiel verdadeiro das mães, ele teria aceitado minha escolha. Ele não fez isso.

Kartik inclinou a cabeça mostrando que a entendera.

— Ele não aceitou — concordou ele. — O imperador Chandra é um homem... focado. A visão dele é como uma flecha. Agora ele começou a compreender que a guerra por uma Parijatdvipa melhor não será travada entre príncipes e reis. Ou uma irmã rebelde. Ele compreende que é o retorno de uma batalha antiga. Porém, anos de crença que enfrentaria uma luta mortal... o desviaram do caminho. E a mente dele não pode ser facilmente convencida. A senhorita deve queimar — continuou Kartik. — Sua morte voluntária seria uma arma incomparável contra os yaksha. Porém, seu irmão acredita que se a senhorita recusá-lo e desafiá-lo, existem outros sacrifícios que podem substituí-la.

As mulheres que ele matava aos montes para fazer suas armas. O fogo que queimou os homens de Malini quando voou em estranhas asas das muralhas do forte labiríntico. O fogo do sabre dela, doado pelo povo de Kartik, bruxuleando e desaparecendo.

— Ele a mataria, ou permitiria que a senhorita morresse, agora que obteve seu fogo falso — disse Kartik. — Mas o fogo falso de Chandra não vai nos salvar. Assim como uma morte roubada e sem vontade sua também não nos salvará.

— Então você compreende — disse Malini, em uma voz muito mais tranquila do que se sentia — que eu nunca vou estar disposta, enquanto Chandra estiver vivo e no trono.

— Nenhum sacerdote deseja sua morte involuntária — contrapôs ele, com uma ternura espantosa. — Sempre respeitamos seu valor. Sempre buscamos o seu sacrifício espontâneo. Se esse é o presente que exige por seu serviço voluntário, então me diga. É tudo que peço.

— Se o alto-sacerdote e o círculo de confiança que servem a Chandra não me apoiarem completamente, então eu não queimarei — anunciou Malini no silêncio que seguiu as palavras dele, sentindo seu próprio pavor apenas de forma distante. Sua determinação em vencer era mais forte.

— Mas a senhorita estaria disposta — disse ele —, se servíssemos à senhorita, com amor e lealdade? Representante de Divyanshi, me diga: se vestir a coroa e se sentar no trono, está disposta a morrer por ele?

— Foi a vontade das mães que me levou até essa guerra contra Chandra — rebateu Malini. — Foram os sacerdotes das mães que me trouxeram até aqui. Por Parijatdvipa, e pela fé, eu tomarei o trono. E então eu queimarei para nos salvar. Este é meu juramento.

Ele sorriu para ela, assentindo.

— Então mandarei uma mensagem para meus aliados em Harsinghar — informou ele. — E quando chegar à cidade, quando estiver nas portas do mahal, meus aliados a encontrarão.

— Como vai mandar uma mensagem rápido o bastante? — quis saber Malini.

— Eu chegarei antes a Harsinghar — disse ele, entretido. — A senhorita tem um exército a locomover, e eu sou apenas um homem, e as lamparinas dos pináculos dos templos vão iluminar minha mensagem para mim se eu não chegar.

— Que garantia tenho eu... — Malini parou de falar, balançando a cabeça. — Fé. Vai me dizer que minha única garantia é a fé.

— Exatamente, representante de Divyanshi — concordou ele. — Ainda irá enfrentar uma batalha. Seus homens ainda irão morrer. Mas quando for capturada, e assim será, a maré vai mudar a seu favor. E direi como.

Ele disse a ela o que viria. Quando o sacerdote terminou, ela pensou na batalha que a aguardava. Pensou nos homens que morreriam, no solo ensanguentado, nos olhos cansados de Rao. Pensou em Aditya, ainda em Saketa, lutando para manter o inimigo em sua retaguarda longe.

Ela sabia que Chandra desperdiçara hordas de homens na batalha do Veri, mas ele ainda tinha seu fogo; e por mais falso que fosse, ainda devastaria seu exército antes de morrer. Ainda assim custaria a ela boa parte das suas forças, dos aliados que ela trouxera consigo usando nada a não ser a promessa de um mito que a rodeava, em toda sua glória e fúria.

Ainda era tão provável que ela perdesse.

Ela precisaria confiar naquele homem. Naquele sacerdote, que falava com ela como se a conhecesse. Que dizia que ela era boa. Obediente. Pura. Se tudo mais falhasse, ela precisaria depositar sua vida nas mãos dele. Ela sentiu arrepios na pele, mesmo carregando essa certeza dentro de si, fria e certeira.

Ela faria os próprios planos, é lógico. Garantiria a morte de Chandra se estivesse em seu poder. Se o sacerdote a traísse, então ela se certificaria de que não morreria em vão, com todo o seu trabalho desfeito. Pelas mães, e por sua própria natureza cruel, *algumas* de suas ambições continuariam sobrevivendo.

Malini precisaria da ajuda de Priya para isso.

Ela pensou em Priya, que era anciã do templo; Priya, que cultuava os yaksha, e amava seu povo e seus deuses floridos.

Sentiu uma percepção terrível se alojar entre suas costelas.

Não poderia contar a verdade para Priya.

Pediria para Priya lutar por ela, talvez morrer por ela, com base em mentiras. Para entrar em uma batalha pelo bem não só do elo entre as nações, e sim por amor. Pela confiança que depositara em Malini havia muito tempo, quando permitira que Malini colocasse uma faca contra seu coração. Quando beijara Malini em uma floresta e dissera que Malini não tinha o poder de machucá-la.

*Mas eu tenho, sim*, pensou Malini, com dor no coração. Ela queria vomitar.

Malini sempre soubera, lá nas profundezas da sua alma, no que sua missão a transformaria. Ela tocou a ponta dos dedos na flor debaixo da blusa, um gesto desamparado. Ela amava Priya. O sentimento era profundo e sombrio dentro dela, carregando uma correnteza firme, sempre a alcançando, sempre a puxando para baixo. Porém, ela precisava vencer essa guerra. Precisava disso mais do que precisava da ternura do amor, precisava disso com um fogo que ardia e ardia e gritava em nome das suas irmãs de coração. Ela precisava disso porque a lâmina do irmão a encontrara e cortara a bondade dentro dela muito antes que pudesse aprender qual era a sensação de um amor gentil e compassivo. Se ela precisasse arriscar Priya para sua vingança… Se ela precisasse colocá-la em perigo para ganhar e garantir a morte do irmão …

Que assim fosse.

# RAO

Rao observou Priya. Ela estava parada sob a luz do sol, de braços cruzados, a cabeça baixa, como se estivesse perdida em pensamentos. Sima estava parada ao lado dela, cutucando a ponta da própria trança com os dedos. Na verdade, Sima parecia bem mais agitada do que Priya, mas Rao já vira o bastante dos dons de Priya para adivinhar que de alguma forma — de *alguma forma* — a atenção dela estava focada em Malini, onde quer que ela estivesse dentro do templo.

— A imperatriz fez uma bela amizade com aquela ali — comentou Prakash. Ele tinha mais dificuldade com o calor do que os outros, e se sentara sob um guarda-sol, o cocheiro o abanando com um leque.

Rao soltou um ruído sem sentido, e Prakash entendeu como encorajamento, como Rao esperava que fizesse.

— Ela a mantém ainda mais perto do que a sábia — observou Prakash, se referindo a Lata. — Ela é uma constante ao lado da imperatriz.

— A anciã Priya se machucou na batalha — murmurou Rao.

— Mas agora ela não está mais machucada, príncipe Rao — destacou Prakash. Ele afastou o suor da testa com os nós dos dedos. — Alguns homens não vão apreciar o fato de que ela tem uma bruxa ahiranyi em alta conta.

— Ela tem poucas outras mulheres de posição semelhante com quem conversar — ressaltou Rao. — Quando a corte dela for estabelecida de verdade, as coisas vão mudar.

Prakash riu.

— Em vez de casar nossas mulheres por alianças, vamos mandar nossas irmãs e filhas como emissárias para ganhar o favor da imperatriz — comentou ele, como se aquilo fosse uma grande piada. Ele balançou a cabeça. — Será estranho ter uma mulher no trono.

— Príncipe Rao — chamou uma voz alta e límpida. Rao se virou, encontrando os olhos do sacerdote Mitul. — Pode me acompanhar?

— Eu?

Mitul inclinou a cabeça.

Ele olhou para os outros. Todos pareciam tão confusos quanto ele se sentia, mas Rao só pôde concordar.

Ele subiu os degraus de arenito do templo, seguindo Mitul por um arco até um corredor de colunas alinhadas, depois passando por corredores cada vez mais estreitos que pareciam não levar a lugar nenhum.

— Creio que não está me levando até a imperatriz — comentou Rao, cauteloso.

— Não, príncipe Rao.

— Não sou familiarizado com o templo das mães, ou todas as tradições de sua fé — disse Rao, enfatizando seu sotaque alorano, como se não tivesse crescido no cerne da fé das mães das chamas, junto dos príncipes imperiais de Parijatdvipa. — Para que precisa de um venerador do anônimo feito eu?

Mitul não disse nada por um instante. Ele guiou Rao por um caminho ao lado de um jardim central que ficava em um pátio, e foi para uma sala silenciosa, com paredes entalhadas de uma pedra pálida e lustrosa.

— Eu nem sempre fui um sacerdote das mães — contou Mitul. — Assim como o sacerdote que a imperatriz veio encontrar. Eu também sou alorano.

Rao sentiu uma surpresa repentina. Nunca encontrara um sacerdote das mães que fosse alorano antes. Seu povo cultuava o anônimo. No entanto, Aditya se tornara um sacerdote do anônimo, deixando as mães das chamas para trás; ele supunha que não era impossível que o oposto acontecesse.

Rao não tinha certeza de que tipo de reação o sacerdote esperava, então simplesmente assentiu, mantendo a voz atenta e curiosa:

— Como foi que um alorano se tornou sacerdote das mães? — perguntou.

— O anônimo guia todos os nossos destinos. E o anônimo me guiou para o serviço das mães. Aqui, encontrei outros que compartilhavam da minha visão. — Era uma fala enigmática, mas Mitul encarava Rao com olhos claros. — Você acredita no deus anônimo. E acredita nas mães das chamas.

— É claro.

— E nos yaksha?

— Não é uma questão de crença — respondeu Rao. — Os yaksha, as mães das chamas, o deus anônimo... todos eles existem, não é? Eu não discordo do seu... caminho. Porém, eu venero as mães das chamas e cultuo o deus anônimo. Foi assim que cresci.

— E os yaksha?

— Fico contente que se foram — respondeu Rao.

— Ah, príncipe Rao — comentou Mitul, sorrindo de leve. — Eles não se foram.

Por um instante, Rao não tinha certeza se ouvira corretamente.

— Eles não se foram — repetiu Mitul. Seus olhos claros pareciam atravessar Rao antes de ele se virar, guiando Rao mais para dentro da sala. — Deixe-me mostrar o valor desse templo e o motivo de os sacerdotes das mães cuidarem dele com tanto amor.

Uma tensão perpassou o corpo de Rao. Era um misto de medo e antecipação. Ela o acompanhou até o outro lado da sala, mantendo-o calado.

O anônimo. De alguma forma, ele tinha certeza de que fora o deus anônimo que o chamara até ali.

— O fogo das mães queimou os yaksha gravemente — disse Mitul, com aquela cadência de sacerdote, de alguém que contava uma história. — Mas alguns dos yaksha, enquanto morriam, se deitaram no solo de Ahiranya. Árvores cresceram de seus cadáveres, ou pelo menos os ahiranyi acreditam nisso. Muitos desprezam os ahiranyi porque eles cultuavam monstros. Porém, a verdade deles não é inferior à nossa, apenas mais sombria. Mais cruel. Nós mantivemos um desses yaksha aqui — continuou Mitul. — Um yaksha no leito de morte que foi trazido para dentro deste templo. Um yaksha, deitado sob o solo do nosso templo para morrer. O corpo dele não sobreviveu esses séculos sem sofrer mudanças ou ficar intacto. É pouco mais do que madeira, uma madeira estranha e enriquecida de calor, mas ainda assim, nada além de madeira. — Ele tocou a ponta dos dedos em uma caixa comprida que estava sobre a mesa. — Então, dez anos atrás, começou a mudar.

Ele ergueu a tampa. Dentro da caixa, Rao viu solo, uma terra rica e macia. E sobre ela...

Um braço.

Primeiro, Rao pensou que fosse humano. Que o anônimo o ajudasse, durante a guerra ele vira muitos braços decepados. Conhecia o formato de um, o horror absoluto de um membro jogado em campo de batalha, ainda humano e vivo, com os dedos curvados, nós dos dedos marcados de cicatrizes, ainda envolto na armadura de um pobre soldado.

A coisa dentro da caixa se *parecia* com um braço: tinha cinco dedos, curvando-se na direção da palma da mão. Um pulso de ossos salientes, com sombras de veias sob uma pele fina, levando a um cotovelo, um antebraço que fora cortado. Porém, mesmo sob a luz fraca da sala, as veias eram verdes como seiva. A pele não era pele, e sim madeira. Se uma mão a tivesse entalhado — e Rao tinha certeza de que não era esse o caso —, então seria chamado de uma obra de arte, estranhamente viva. Raízes, brancas e verdes, saíam da parte onde fora decepado, enterrando-se no chão.

Estava vivo.

— Os sacerdotes das mães que cresceram em Parijat não compreendem o significado do que está diante deles — prosseguiu o sacerdote. — Eles veem esse braço e não compreendem. Mas nós que servimos às mães e que viemos de outros lugares e outras crenças... nós vemos com mais facilidade. Nós entendemos. — Mitul olhou para Rao, firme, e então disse: — Isso é seu agora.

Ele ergueu a caixa e a estendeu.

Por reflexo, Rao deu um passo para trás.

— Deveriam mostrar isso para a imperatriz.

— É seu.

— Deveria ser dela. Ela precisa... precisam informar isso a ela imediatamente.

— A imperatriz já sabe disso — revelou Mitul. — E, se não souber, meu professor vai informá-la. Ele tem grande sabedoria sobre tais coisas.

— Por que dar isso para mim? — perguntou Rao. — Por que eu, entre todos os homens aguardando do lado de fora? Por que se desfazer disso?

— Esse não é um templo do anônimo, mas o anônimo fala em todos os lugares — disse Mitul. — Você nomeou e coroou sua imperatriz. Você a seguiu em meses de uma guerra interminável. E agora ela finalmente vira o rosto para Harsinghar e o trono. É a voz do deus anônimo, e das mães em conjunto, que me dizem que isso deve ser entregue a você. E você também sabe disso, príncipe Rao. Você ouve a resposta em seu coração. — Ele estendeu a caixa outra vez. — Você sabe o que deve ser feito.

Rao o encarou.

— O anônimo não fala em seu coração? — A voz do sacerdote era gentil. — O anônimo não lhe mostra o caminho?

Rao sabia o que seu coração dizia, mas ele não podia fazer aquilo que pedia.

Ele tinha um dever ali, um caminho adiante, para uma batalha que esperava por Malini em Harsinghar. Se havia uma voz no seu coração, sempre o puxando para longe, virando seus passos para trás, para trás, para trás, ele não tinha direito nenhum de ouvi-la. Direito nenhum de obedecê-la.

No entanto, ele estendeu a mão e pegou a caixa de pedra em que estava o braço decepado do yaksha. Coube em suas mãos como se aquele fosse seu lugar.

Ele saiu no jardim central do templo. Não eram jardins monásticos do anônimo, não havia gramas lustrosas e árvores pesadas de frutos, nenhum pilar com bacias de água onde pudesse buscar uma visão. Havia flores, e somente as flores: jasmim florescendo, rosas vibrantes e aglomerados de oleandro amarelo, lindos e venenosos. Na frente dele estava Malini.

Ela estava parada debaixo de uma das colunas do templo, encoberta pela sombra. O que quer que o sacerdote tenha dito para ela, não deixara marca alguma; ela parecia calma como sempre, o vento fazendo as pregas claras do sári se levantarem, algumas pétalas de flores do altar presas em seu cabelo. Ela olhava para baixo, para ele. Então o encarou e Rao a encarou de volta. Malini estava com a testa levemente franzida.

Ele se perguntou o que ela via no rosto dele.

— Não esperava encontrar você aqui — disse ela. Deu um passo à frente, sem pressa. A expressão fechada se intensificou. — Veio procurar por mim?

— Malini — começou ele. — Eu... Não.

Ela não disse nada. Ela o encarou por um tempo, com aqueles olhos escuros que eram um reflexo dos de Aditya e de Chandra.

— Eu vou encontrar Aditya — disse ele. Era como se as palavras estivessem sendo arrancadas dele. — Eu preciso... — Ele segurou a caixa com mais força. Não poderia mentir para Malini. Ele devia isso a ela: a verdade. O motivo de sua lealdade fragmentada. — O sacerdote me disse que os yaksha estão voltando. Ele me deu...

Ele não conseguiria explicar, então simplesmente abriu a caixa, e Malini olhou o conteúdo. O rosto dela ficou impassível.

— Um braço de madeira — murmurou ela.

— Uma mensagem — explicou ele. — Prova de que as visões de Aditya são verdadeiras. E, para mim, prova de que eu deveria seguir meu instinto. O que o anônimo tem me dito no meu coração. — Ele soltou uma respiração trêmula. — Malini. Eu... Preciso voltar para encontrar Aditya. Preciso voltar para Saketa.

— Você é meu general alorano — protestou Malini. — Se não estiver aqui, quem vai liderar seus homens?

— Meus comandantes são sábios e competentes — disse Rao. Então, ela não dispensaria os soldados dele. Ele não ficava surpreso ao ouvir isso. — Eu os confio a você. Meu pai me apoiaria nessa decisão.

— É mesmo? — comentou Malini, neutra. Ela o encarou, ponderando. O tom de voz dela era frio quando continuou: — Um sacerdote também me falou sobre os yaksha, Rao. Agora me conte a verdade. Você acredita que existe um perigo no horizonte? Um perigo maior até do que o que Chandra representa?

— Eu acredito — confirmou.

— E acha que vai encontrar a resposta com Aditya? E não comigo? — Uma urgência estranha marcava seu tom de voz.

— Acho que existe alguma coisa que Aditya precisa fazer — respondeu ele. — Eu acho que ele tem um propósito. E se a coroa é o seu propósito, então o dele é algo completamente diferente. E eu... eu preciso ajudá-lo a encontrar.

— Ah, Rao — murmurou ela, o carinho e a amargura misturados na voz. — Sempre querendo ajudar.

— Se esse for o meu papel na vida, não é um papel ruim — devolveu ele. — Eu só peço, imperatriz, que me dê a permissão de cumpri-lo.

— Se eu recusar, você não vai simplesmente sumir no meio da noite? — A boca dela se curvou, mas não era exatamente um sorriso. Ela o conhecia bem demais.

— Não acredito que faria isso — disse ele, depois de uma hesitação breve.

Ela notou. É óbvio que notou.

— Então você mesmo não se conhece — rebateu ela. — Você seguiu seu nome pelo império. Você me procurou em prol disso. E agora que entregaram a você um novo propósito... Vai segui-lo sem dó nem piedade, não importa quais exigências eu fizer de você. Então simplesmente não vou fazer nenhuma.

Ele não podia responder. Era verdade, o tipo de verdade que o atingiu tão rápida e brutalmente quanto uma flecha.

— Leve apenas o mínimo de homens que precisar para chegar a Saketa em segurança — ordenou Malini, depois de um instante.

— Obrigado.

— Não me agradeça. Você deve fazer o que foi guiado a fazer por forças maiores. E aparentemente eu também.

# PRIYA

— Não — afirmou Raziya, a voz feito ferro. — Imperatriz, não posso. Minhas guardas não farão isso.

— Me chama de imperatriz, e ainda assim me desacata? — Malini balançou a cabeça. — Lady Raziya, tenho um bom motivo para pedir isso.

— Por que recusaria nossa proteção? — exigiu saber Raziya. — A batalha para tomar Harsinghar será perigosa, muito além do que esperamos, imperatriz. Por que nos mandaria para a retaguarda da batalha, para lutar como covardes?

— Você viu como foi o massacre no Veri — justificou-se Malini.

— Mais um motivo para que nos permita protegê-la! — Raziya fez um gesto largo com a mão. — Se insiste em ir sem a defesa que nós oferecemos, ao menos mantenha a anciã Priya ao seu lado na batalha.

Pessoalmente, Priya concordava, mas, por enquanto, ela observava tudo com interesse, ainda em silêncio.

Malini balançou a cabeça.

— Não — negou ela. — Eu tenho um plano. Não preciso que o compreenda agora.

Os olhos de Raziya ficaram mais afiados com sua irritação.

— Imperatriz… — começou ela.

— Lady Raziya — interrompeu-a Malini. — Quando essa guerra acabar, quero que suas mulheres treinem minha guarda pessoal. Eu desejo ter minhas próprias guardas. E também quero aprender a usar um arco.

Priya olhou para as mãos de Malini; aquelas mãos macias, lisas e cruéis.

— Eu falei com um sacerdote em segredo — continuou Malini. — E agora digo a você que, se estiver ao meu lado nessa guerra, nada disso irá se realizar no futuro. Se tiver fé nas mães, por favor, não peça outra vez.

Raziya contraiu os lábios, mas finalmente cedeu.

As mulheres foram embora, e Priya ficou. Se alguém pensou algo, não falaram; apesar de que o olhar de lady Deepa se demorou sobre Priya, curioso, antes de ela finalmente virar a cabeça e ir embora.

Malini encontrou o olhar da anciã.

— Agora me diga a verdade — pediu Priya simplesmente.

— Os sacerdotes me ofereceram *mesmo* uma aliança — disse Malini. — E Rao voltou para Saketa para aconselhar meu irmão. Não menti sobre isso.

— Então eles ofereceram apoio — disse Priya. — Todos aqueles sacerdotes das mães. Simples assim?

— Sim.

— E não pediram nada em troca? — insistiu Priya.

Ela sabia que tinha mais alguma coisa da qual Malini não falara. Raziya pressentira, com razão. Todas elas tinham pressentido.

— Ah, eles querem, sim — confirmou Malini, e se calou de repente.

No lugar de Malini, Priya estaria andando em círculos. Mesmo agora, Priya mal conseguia ficar parada. O corpo dela estava inquieto, os sentimentos à flor da pele. Ela poderia ter corrido, uivado ou feito uma árvore crescer e rachar o solo. Em vez disso, ela segurou os próprios joelhos e continuou atenta à figura de Malini, que parecia tão quebradiça quanto vidro e igualmente afiada. Era evidente que a conversa com o sacerdote a perturbara.

Priya esperou, e por fim, Malini falou outra vez:

— Eles querem que eu queime... voluntariamente.

O coração de Priya deu um sobressalto.

— *Malini*.

— Eu disse que faria. — Ela ergueu uma das mãos, silenciando Priya antes que ela pudesse protestar, falar que aquilo era tolice. — Eu menti, Priya. Eu nunca vou me permitir ir para a pira. Mas tudo isso... exigir que eu libertasse o sacerdote que me queria morta, desviar meu caminho para esse templo, até mesmo encontrar aquele chamado de filho sem-rosto sozinha... tudo isso era para testar minha disposição a me curvar à vontade dos outros, a fazer coisas sem pensar e de forma obediente. E eu fiz isso. Eles têm muitos motivos para acreditar em mim, e todos os motivos para me apoiarem por isso. — Malini retorceu a boca. — Eles acham que eu vou ser uma excelente marionete. Uma marionete boa, justa e pura.

— Mas por quê? — indagou Priya, aturdida, horrorizada. — O que eles ganham com você queimando na pira?

Malini a encarou.

— A fé é uma coisa estranha e poderosa — respondeu ela. — Pense no que foi feito com você pela fé, por seus próprios anciões.

— Passar pelas águas de fato me deu poderes — ressaltou Priya, mesmo enquanto ela sentia a amargura se alojar em seu peito.

— E a morte de Divyanshi *abençoou* Parijatdvipa de fato, assim como a morte de todas as mães — disse Malini, neutra. — A crença de que minha morte tem valor... não é infundada.

— Isso não faz com que não seja monstruosa — sussurrou Priya.

— Não. — Malini finalmente baixou os olhos. — Não mesmo.

— Eu não confio nos seus sacerdotes. Mas, até aí, por que eu confiaria?

— *Eu* não confio nos meus sacerdotes.

Malini oscilou, e então exalou fundo, virando o corpo para que se apoiasse em Priya. Aquilo a assustou, aquela forma abrupta de ceder, o peso de Malini contra o dela, Malini puxando os pés para perto do seu corpo, descansando uma das mãos no braço de Priya.

— Eles me pediram outro ato de fé — sussurrou Malini junto à pele de Priya.

A respiração quente, a tensão nos ombros... tudo aquilo fazia com que Priya quisesse se curvar sobre Malini, protegê-la, segurá-la como uma casca em volta de uma gema vulnerável.

— Quando atacarmos Harsinghar, eu vou... lutar com toda a minha força — afirmou Malini. — Mas se todo o resto falhar, se o fogo for demais para o meu exército, e eu temo que será o caso... Priya, vou permitir que me capturem e me levem até Chandra.

— Malini — protestou Priya, o coração acelerado. — Isso é...

— Eu sei.

— É uma armadilha. Com certeza é uma armadilha.

— Eu sei — concordou Malini, a voz um pouco abafada contra a pele de Priya. — Mas talvez não seja.

— Você não é o tipo de pessoa que corre riscos desse tipo. — Priya estranhou, sentindo-se impotente diante daquilo, de Malini entregando-se para o abate. — O que você sabe sobre esse sacerdote?

— Que ele tem conexões e poder, e está ávido por mais — murmurou Malini. — Que ele não pode obter mais poder sob Chandra. Eu me lembro dos sacerdotes que Chandra elevou. São todos parijati de sangue e criação. O filho sem-rosto ainda tem um sotaque saketano. Ele não pode esconder isso. Que ele tenha sido elevado apesar disso mostra que tem ambição. Ele teme perder a posição, mas está disposto a fazer isso pelo bem dessa ambição e dos próprios ideais.

— Ideais?

— Ah, ele sonha com o que Chandra sonha. Uma Parijatdvipa melhor, moldada pela fé. Mas a compreensão deles do que a fé deveria construir... é diferente. "Melhor" para Chandra significa um mundo que o abriga e atende todos os seus desejos. "Melhor" para um sacerdote de Saketa... bem...

Priya conseguia sentir o sorriso de Malini contra a pele, a *raiva* contida nele.

— Ele não vai conseguir nada disso com Chandra — concluiu ela.

— Talvez entregar você a Chandra dê a ele o que ele pensa que não conseguiria de outra forma — conseguiu dizer Priya. — Malini, eu não sou boa com isso de política ou o tipo de... *jogo* que você precisa fazer. Mas isso, você não pode...

— Eu já considerei minhas opções — interrompeu-a Malini. — E é o melhor caminho. Nós podemos talvez, só talvez, tomar Harsinghar e o trono. Mas eu não conseguirei manter a cidade se os sacerdotes das mães se recusarem a me servir. Kartik é a chave, Priya, e esse é o preço que ele exige de mim.

— Você deveria negociar com ele, então. Um preço mais razoável. É óbvio que você nunca precisou pechinchar por nada no mercado — murmurou Priya.

Aquilo arrancou uma risada alta e verdadeira de Malini. O som fez o coração de Priya doer.

— Esse é o problema. A fé nunca permite negociações. Somente obediência.

— Eu sou uma anciã do templo — disse Priya. — Acho que sei bastante coisa sobre a fé. Mais do que você, até. Ele é só humano. Dá para negociar com ele.

Havia algo naquilo que Priya não compreendia; alguma coisa que levava Malini a pressionar os dedos no tecido que cobria a barriga de Priya, a respiração suave junto ao seu ombro. Malini tomara essa decisão, mas Priya tinha certeza de que havia mais motivos além daqueles que ela relatou.

— Você não é uma pessoa obediente — disse Priya em vez de interrogar Malini, em vez de tentar arrancar a verdade dela.

— Não — concordou Malini, ficando em silêncio por um instante. — Você vai precisar confiar que eu compreendo os sacerdotes das mães — acrescentou ela, baixinho. — Vai precisar acreditar que eu conheço os caminhos deles, e como lidar.

— Eu sei o que você é — afirmou Priya. — Eu sei que você entende de pessoas. Mas, Malini, esse tipo de risco... — Ela soltou o ar. — Vou precisar ter fé, não vou?

— Em mim? Sim.

Priya fechou os olhos.

— Acho que não gosto muito da fé.

Atrás das pálpebras fechadas, naquela breve escuridão, ela viu o sangam e a yaksha, e sentiu um eco de medo percorrer seu corpo.

Ela o afastou. Não podia lidar com isso agora.

— E você sendo uma anciã do templo — brincou Malini. — Uma especialista em fé!

— Não use minhas palavras contra mim, Malini.

— Então não me peça para mudar minha natureza.

Daquela vez, havia um sorriso verdadeiro na voz dela. Fez com que Priya desejasse ver o rosto dela, então ela cedeu ao impulso de levar os dedos ao rosto de Malini. Ela desceu o toque até o queixo de Malini. Ergueu-o com um leve movimento dos dedos. Malini facilmente se deixou levar por ela.

O olhar das duas se cruzou. Se Priya pensou que ver o rosto de Malini lhe daria alguma resposta, bem... Malini sempre fora muito boa em esconder o que sentia, mas havia uma certa ternura em seus olhos, a expressão tão gentil que fez o coração de Priya ficar apertado.

— O que precisa que eu faça? — perguntou Priya. — Se vai fazer uma besteira dessas, como posso ajudar?

— Besteira — repetiu Malini.

— É óbvio que é uma besteira — disse Priya. — Mas não posso impedir você. Talvez poderia tentar ser capturada com você, mas imagino que não seja isso o que quer, é?

O sorriso de Malini desapareceu.

— Não quero você comigo quando eu for levada. Essa batalha é minha, e sou eu que preciso lutar. Quero que fique com o exército. Khalil é astuto e Prakash tem muita experiência. Narayan tem bom senso para navegar todas as aberturas entre os lordes e príncipes saketanos e manter suas forças por inteiro. Com o poderio combinado de todos eles, temos uma chance de tomar Harsinghar. Mas nossa chance é... pequena. Chandra está preparado. Ele sabe que meu exército foi reduzido. Ele tem fogo sobrenatural. Mas eu... eu tenho você.

Uma pausa. Um sopro de respiração.

— Priya, se tudo mais falhar... se não houver nada mais a ser feito, então preciso pedir para você agir. Usar o que tem e ajudar meu exército a ganhar. — Malini a segurou com mais força, um aperto quase por instinto da roupa de Priya. — Se eu morrer, ou se eu estiver fora da jogada... ao menos vou saber que você não vai permitir que meu irmão continue no trono.

— Não pode colocar tanta fé em mim assim — reclamou Priya, imediatamente. *Não posso ser tudo que você acha que eu sou*, pensou ela. — E eu já disse... eu mostrei que o fogo pode me machucar...

— Uma parte das forças aloranas podem ser separadas para proteger você — sugeriu Malini. — Ou saketanas. O que você quiser, Priya. Vão ser separadas para te defender. Um esquadrão de escudos e arqueiros, guerreiros com chicotes e adagas, para afastar as forças de Chandra e também o fogo dele. Desde que você consiga atravessar uma barreira...

— Eu não consigo destruir uma cidade inteira — rebateu Priya, rapidamente. O coração dela estava acelerado outra vez. Ela se sentia quase sufocada pelo peso de Malini contra ela. Ela não podia fazer o que Malini queria. Não podia. — Eu mal sobrevivi ao lançar o rio. Malini...

A voz dela sumiu. Malini ainda estava apoiada nela. Priya percebeu que era como se Malini estivesse com medo de que, se a soltasse, Priya simplesmente iria sumir.

— Seria um último recurso — insistiu Malini.

Priya respirou fundo, tentando afastar a dor nos pulmões que ela sequer compreendia.

*Como pode olhar para mim com tanta ternura, e então pedir que eu morra por você?*

— O que você teria feito se eu não tivesse vindo? — perguntou Priya. — Qual era o plano?

— Eu teria enfrentado todas as minhas batalhas com tudo que tenho dentro de mim — disse Malini. — Teria lidado com dificuldade com a lealdade e a fé de Mahesh. Teria observado Rao querer virar as costas para mim e voltar para a luz do meu irmão, de novo e de novo. E eu teria continuado lutando, Priya, por tudo que eu quero, e tudo que eu mereço. E teria perdido. — Ela fechou os olhos. — Ainda posso perder. Mas não posso deixar Chandra ganhar. Se for preciso, que Aditya seja forçado para o trono. Me deixe morrer. *Mas Chandra não pode ficar com o trono.*

O tipo de poder que Malini pedia para ela usar não era o tipo que Priya possuía.

O tipo de poder que ela usara no rio...

Vinha dos yaksha. Era um presente dos yaksha. E vinha com um preço.

A yaksha no sangam queria algo de Priya. A yaksha a fizera prometer... alguma coisa. Mais do que ela tinha. Mais do que seu coração.

O que mais restava a Priya para dar? O que os yaksha, que estavam além daquele mundo, que tinham partido, poderiam querer de Priya, em troca da força para vencer a guerra de Malini?

E por acaso Priya estaria disposta a dar fosse lá o que fosse?

— Não posso acreditar que estamos tendo essa conversa enquanto você está assim — disse Priya, por fim.

— Assim como?

— Pendurada em mim.

— Não estou pendurada — rebateu Malini.

— É mesmo?

— "Pendurada" não parece uma coisa muito digna. — A voz de Malini estava levemente contrariada. Apesar do medo e de todas as outras coisas, Priya sentiu uma onda de afeto por ela.

Priya levou uma mão ao pulso de Malini. Talvez Malini pensasse que ela queria que as duas se desvencilhassem, porque o aperto dela aumentou, as unhas arranhando a pele da barriga de Priya, o tecido apertado com força na mão.

— Se não puder me apoiar em você, então não posso me apoiar a mais ninguém — disse Malini baixinho. — E aqui, agora. O que mais posso fazer?

Ah. Priya engoliu em seco.

O poder era uma coisa solitária. Muito solitária.

De repente, Priya ficou contente ao pensar na casa que deixara para trás. O mahal rachado do regente. Billu comandando as cozinhas, e os olhares maldosos de Khalida; Ganam, mal-humorado e firme, e até mesmo Kritika, com seu desejo fanático por um mundo melhor. E Rukh, que ficava mais alto e mais forte, cada dia mais certo de si, e Padma, que aprendera a chutar as perninhas e a moldar as sombras de palavras, tentando agarrar o mundo com os dedos como se cada pedacinho fosse algo maravilhoso. Talvez quando ela voltasse para casa, Padma estaria andando de verdade. *Falando*. Por mais que ela temesse pelo bem-estar de sua família — por Bhumika, por *todos* eles —, ela ainda tinha a esperança de que algo dourado e verdadeiro a aguardava.

— Então apoie-se em mim — disse Priya, pressionando os lábios na testa de Malini, na bochecha, no queixo. E então a puxou de novo para a cama.

Foi só horas depois, na escuridão depois que as velas se apagaram, que Priya finalmente se virou e descansou a testa contra a de Malini, compartilhando a respiração outra vez.

— Eu farei isso. Se for preciso... vou lutar com tudo que tenho.

A respiração de Malini sacudiu todo o seu corpo. Ela segurou o rosto de Priya com as mãos. Ficou em silêncio, enquanto Priya sussurrou planos de batalha para ela como se fossem histórias de amor.

— Quando tudo isso acabar — disse Malini, por fim, em uma voz que era como seda, um sopro frágil contra os lábios e as mãos de Priya. — Quando eu estiver viva e for a imperatriz. Quando você tiver tudo que eu jurei que teria, e Ahiranya...

Mais silêncio, enquanto Malini apertava a cintura de Priya com uma das mãos, esticando os dedos, como se pudesse segurar Priya ali por inteiro, mantê-la ali consigo.

— Eu sonhei em dar uma guirlanda para você — confessou Malini, um segredo íntimo. — Colocar flores no seu pescoço, e você colocaria uma guirlanda no meu. Nós duas faríamos nossas próprias promessas uma para a outra. Eu sonhei que eu chamaria você de minha. Meu coração. Minha esposa.

Priya engoliu em seco. O coração dela doía, e era como se o corpo inteiro doesse junto.

— É um sonho bem cruel para se permitir sonhar — sussurrou. — Não é?

— É, sim — concordou Malini, parecendo desolada, e ainda assim, doce, tão doce, porque ela pertencia a Priya. — Mesmo assim... As mulheres se casavam com outras mulheres em Ahiranya no passado. E nos meus sonhos tolos, eu não me esqueço disso.

Priya piscou, tentando conter as lágrimas. Ela estava sendo boba. As duas eram como crianças, não eram? Querendo coisas que não deveriam querer, quando havia coisas maiores do que elas duas moldando o mundo, e aquelas forças as derrubariam sem se importar. Algo estava vivo dentro da pele e da alma de Priya. Um trono esperava por Malini no futuro.

Ainda assim... Ainda assim...

Ela pegou a mão de Malini que estava em seu quadril e a levou para cima, até que os dedos quentes de Malini repousassem na sua nuca. Até que Malini a puxasse para mais perto, e os dedos de Priya estivessem se movendo, traçando as costelas nuas de Malini, os seios, a flor pendurada no seu pescoço.

*Essa é a minha guirlanda.* Os dedos de Priya pressionados contra o pescoço de Malini e a flor que repousava ali. As mãos de Malini na pele de Priya. *E essa é a sua.*

Talvez Malini compreendesse, porque ela segurou Priya pela nuca e a beijou profundamente, um beijo doce. Ela traçou um círculo, gentil e pequeno naquele primeiro ponto da coluna vertebral de Priya.

Priya percebeu que aquela poderia ser a última vez. A última vez que se deitavam juntas na escuridão. A última vez que as duas estariam juntas, vivas. A última vez que se beijavam.

Mas, ah, como Priya torcia para que não fosse.

A manhã chegou, fria e pálida, e o exército se preparou para a guerra.

Priya encontrou Sima com Lata. Quando Priya se aproximou, Lata se levantou, assentindo com a cabeça para Priya antes de se afastar.

— Sobre o que estavam conversando? — perguntou Priya.

Sima balançou a cabeça.

— Não importa. O que foi, Pri?

Priya se aproximou dela, e então se ajoelhou no chão.

— Por favor — disse Priya. — Não me siga nessa próxima batalha. A última vez foi... ruim.

— Horrível — concordou Sima.

— Essa vai ser ainda pior — afirmou Priya. Ela vira a expressão no rosto de Malini, assombrada, quase devastada ao perceber que tanto o fracasso como o sucesso estavam tão perto, mas o fracasso era o mais próximo. — Eu... eu me sentiria bem melhor se você ficasse longe. Como lady Deepa.

— Eu prefiro ser como lady Raziya — rebateu Sima. — Liderando o meu próprio exército por aí.

Sima se aproximou mais de Priya.

— Você me fez uma promessa, Pri — acrescentou ela, com a voz baixa e firme. — Você me prometeu que eu estaria do seu lado na próxima batalha. Bem, a hora chegou.

— Chegou mesmo.

— Não vou deixar você quebrar essa promessa. Pode falar o que quiser, mas eu vou com você.

— Sima — murmurou Priya, sentindo-se impotente.

— A escolha é minha. — O tom de voz não deixava espaço para discussão, mas Sima a observava, atenta, esperando para ver o que ela diria.

— Desta vez, você não vai desprotegida para a batalha — disse Priya, por fim. — Não adianta pegar escudos de última hora, tá? E seu arco não vai ser o suficiente. Precisamos arrumar outra coisa para você. Algo melhor. Você não vai poder contar comigo, então... vamos garantir que consiga se proteger. Vou dar um jeito nisso.

Sima abriu um sorriso e deu um cutucão no braço de Priya.

— Obrigada.

— Não precisa agradecer. Nós protegemos uma à outra.

Na última parte da jornada do exército até Harsinghar, Priya foi até Ashutosh. Ela ofereceu ao nobre a mesura de alguém de posição igual: os ombros eretos, inclinando a cabeça. Rodeado por seus homens, ele fez uma mesura em retribuição, sua expressão cautelosa.

— Príncipe Ashutosh — cumprimentou Priya. — Você me deve um favor.

Ele estreitou os olhos.

— Eu não devo nada a você.

— Eu salvei a sua vida. — Ela sorriu para ele, tentando ser charmosa e conseguindo... alguma coisa que fez a sobrancelha direita dele se franzir. Desprezo, talvez. — Vamos lá, nós somos líderes de um exército, não somos? Guerreiros a serviço da nossa imperatriz.

Ele bufou, as narinas dilatadas.

— Me diga o que quer — disse ele.

— Uma armadura — revelou ela. — Para minha companheira ahiranyi. Armadura para mantê-la viva. — Uma pausa. — E mais uma coisa — acrescentou ela. — Algo para a batalha. Se for corajoso o bastante e acreditar que seus homens estão dispostos a trabalhar com a bruxa ahiranyi que salvou a vida deles.

— Por favor, chega de toda essa coisa sobre salvar vidas — murmurou ele, e então continuou: — Diga. E não ofenda a coragem de meus homens de novo.

Um dos homens de Ashutosh que Priya curara, ainda em Saketa, era pequeno. Ele tinha uma armadura sobrando. Estava um pouco amassada, mas servia, e ela foi dada a Priya para que Sima a usasse.

Foi Priya que ajudou Sima a se vestir e atar as placas em cima do seu salwar kameez, fazendo nós no tecido e no metal para segurá-los no lugar.

— Você também deveria ter pegado alguma coisa — sugeriu Sima.

Priya balançou a cabeça.

— Eu levo minha armadura comigo — disse ela.

E não havia nada na posse de Ashutosh ou de qualquer um naquele exército que a protegeria do fogo. A única coisa que a salvara em Saketa fora a yaksha que vestia o rosto de Bhumika, a magia de yaksha que vivia dentro dela.

Ela não tinha certeza se queria ser salva outra vez.

Porém, ela faria o que fosse preciso. Naquele dia, ela e Sima subiram em sua própria carruagem. Lata observou tudo, algo sombrio no olhar, as mãos repuxando o xale sobre os ombros, os nós dos dedos brancos.

— A imperatriz não precisa de você? — perguntou Priya.

— A imperatriz já disse adeus para mim, e a todos nós — disse Lata. — Incluindo você. Tentei fazê-la mudar de ideia outra vez. Assim como lady Raziya tentou. — Ela encarou Priya. — Eu deveria saber que, se ela não fosse lutar com você ao lado dela, ela não levaria nenhuma de nós.

— Vocês, sábios — comentou Priya, sorrindo. — Sempre me disseram que entendem coisas demais.

— É o dom e a maldição de todos aqueles que buscam conhecimento — rebateu Lata, seca. — Talvez eu veja você novamente, anciã Priya. — A expressão dela era muito séria. — Torço para que seja o caso, mas preciso admitir que nossa situação parece preocupante.

Priya queria dizer algo corajoso ou engraçado; ela queria rir, mostrar os dentes e dizer a Lata que é lógico que ela sobreviveria. Nenhum "talvez" era necessário. Porém, Priya sabia a verdade, e Lata também.

— Talvez — concordou Priya em vez disso.

Lata inclinou a cabeça e deu um passo para trás. Então o cocheiro fez um muxoxo, erguendo as rédeas. E logo as duas estavam indo embora, a carruagem ganhando velocidade, o retumbar de todo um exército as rodeando.

# KUNAL

— É assim que devo descobrir? — sussurrou Kunal. — Da minha irmã, em segredo?

O rosto de Varsha estava fechado.

— Ele não vai contar a você, irmão — disse ela, falando do imperador.

— Nem eu deveria saber. Se não tivesse entreouvido enquanto ele falava com o sacerdote, eu também não saberia de nada.

Saketa sob um cerco. Centenas dos homens do pai dele mortos, muitos deles pelo fogo que o imperador Chandra garantira que seria uma arma imbatível.

— Eu... eu preciso voltar para casa — disse Kunal. — Preciso ir proteger nosso pai. Proteger Saketa. Preciso falar com o imperador.

— Ele nunca vai deixar você ir embora — rebateu Varsha. Ela estava corada, as mãos inquietas sobre o colo. Parecia à beira de lágrimas, o que ele sabia que era um sinal mais de raiva do que de nervosismo. — Talvez ele permita que você vá depois que nosso pai cumprir tudo que ele pediu... depois que o príncipe Aditya morrer e a princesa Malini tiver sido derrotada, mas... eu não sei. Eu não sei.

— Se ficarmos esperando, não vai sobrar nada em Saketa.

Ele pensou na falta de humanidade do imperador, na timidez cada vez maior da irmã, na forma como se encolhia cada vez mais deliberadamente, apagando-se. No cheiro constante de fumaça. Ele pensou em *seu lar*.

— Podemos ir juntos — sugeriu ele, impulsivo. — Vamos para casa, Varsha. Nosso pai vai nos proteger quando chegarmos lá. Afinal, que benefício o imperador está dando a ele agora?

— Irmão — alertou ela, interrompendo as palavras dele. — Eu já estou carregando o filho dele no ventre.

Um instante de silêncio.

— Ah — foi tudo que Kunal conseguiu dizer.

— Eu não poderia ir embora mesmo assim. Eu sou a esposa dele. Eu pertenço a ele agora, entende? Nosso pai fez uma barganha e eu preciso respeitar essa decisão. Se eu der a ele um filho, um futuro imperador de Parijatdvipa... — Ela manteve os olhos nele. — Se ganhar a afeição e a confiança dele, e ele quiser me recompensar... Kunal, o que Saketa pode ganhar com isso é infinito.

— Você acha que eu não devo ir ajudar nosso pai — deduziu Kunal, por fim. — Você acha que eu deveria ficar aqui, onde o imperador me quer. Um... refém, praticamente, se não de fato. É isso mesmo que pensa, Varsha?

— Deve fazer o que lhe parecer certo — respondeu ela, abaixando os olhos. — Você... o que eu posso fazer para impedir você?

*Contar a seu marido que estou fugindo*, pensou ele. *Se disser uma palavra na frente daquelas criadas que ele colocou para espionar você.* Mas não serviria de nada dar ideias a ela, e por mais simplória que Varsha fosse, sabia que não deveria falar disso para nenhuma vivalma que não o próprio irmão, seu parente.

Ele usou o suborno para sair do mahal. Só levou consigo alguns guardas e um cavalo, e desapareceu na noite. Viajou na escuridão, guiado pela luz das estrelas. Ele estava determinado a voltar para casa. Determinado a ajudar o pai.

A sorte dele durou quase uma semana inteira.

Então, ele cruzou o caminho de estranhos na estrada. Um grupo de homens a cavalo.

— Amigos — disse Kunal, assentindo para eles. — Se permitirem minha passagem...

Eles não se mexeram.

— Não se aproxime mais, amigo — alertou o homem no cavalo mais distante. Como seus companheiros, vestia-se com trajes simples, uma túnica cinza e dhote. Ele tinha um rosto simpático e comum, com olhos grandes e atentos. — Que tipo de negócios o traz até aqui?

— Nada que seja assunto seu — respondeu Kunal, erguendo o queixo.

— Foi uma pergunta simples — resmungou um dos outros homens.

Ele não queria uma luta. O que ele queria era cavalgar o mais longe possível, até estar de volta ao lado do pai.

— Estou indo para casa — respondeu Kunal, com relutância.

— Para casa — repetiu o estranho.

O olhar dele se demorou sobre a túnica de Kunal: verde, com traços de bordados metálicos brilhando sobre a seda.

Kunal ficou arrepiado. Quando fugira do mahal imperial, ele pensara que sua roupa era sutil, tão simples a ponto de ser quase invisível. Porém, sob o olhar de um estranho, ele percebeu que o corte da sua túnica era distintamente saketano, que seu cinto tinha o formato para carregar um chicote, mesmo que não tivesse um em mãos, que o metal na jaqueta poderia não ser prata ou ouro, mas ainda assim era de um tom polido que brilhava como um farol sob a luz das chamas.

— Parece que sua casa fica do outro lado da fronteira — observou o estranho.

— Não é crime ser de Saketa — rebateu Kunal. — E eu acho que você, amigo... está muito longe de casa. Muito longe.

— Ah, muito longe — concordou o estranho. — Bem, se ambos somos viajantes, por que não comemos juntos? Meus homens e eu planejávamos um descanso. Você é bem-vindo para se juntar a nós.

— Comer juntos — repetiu ele. — Eu ficaria mais feliz de aceitar o convite se pedir a seus homens que abaixem as armas.

— Seus homens não abaixaram as deles — ressaltou o estranho. — Então, sinto muito, mas não posso fazer isso.

— Me deixe passar — insistiu Kunal.

— Você está indo para a cidade de Saketa — disse o estranho. Quando Kunal não respondeu, o estranho assentiu para si mesmo. — Por favor, me diga o seu nome.

— Sunil — mentiu Kunal.

— Eu tive um amigo, no passado — o estranho continuou, como se Kunal não tivesse falado. — Ele era um baixo-príncipe de Saketa. Eu treinei com ele muitas vezes. E passei um tempo na casa dele. Às vezes, outros nobres traziam seus filhos para visitar quando eu estava lá. Nunca houve falta de jovens príncipes em Saketa. — Uma pausa. — Eu reconheço seu rosto, príncipe Kunal.

Kunal deveria ter cavalgado para longe. Deveria ter pegado sua arma. Porém, ele estava em menor número, exausto e com medo. E não podia fugir.

— Sinto muito, mas terá que vir comigo — disse o estranho. Ele sacou um chakram do pulso. O olhar dele era gentil, quase pesaroso, quando ele ergueu a arma no ar. — Peço desculpas. Mas não posso deixá-lo ir embora.

# CHANDRA

Chandra continuava sonhando o mesmo sonho.

Estava parado em um campo. Era noite, e o campo estava preto, as cinzas fumegando, fragmentadas pela luz das estrelas. Ao redor dele havia mulheres vestidas com túnicas de um vermelho nupcial, coroas de fogo brilhando sobre seus crânios. Elas se estendiam até o horizonte, tantas mulheres que ele nem sequer conseguia contar todas.

— Estamos esperando por você — disse uma delas, fiapos de fumaça subindo pelos pés.

Era sempre igual: o alívio o inundando. Euforia. Ele estava onde deveria estar. Ele as conhecia, e elas o conheciam.

Ele ficou de joelhos.

— Mães! — Ele ofegou. — Mães das chamas. Eu estou aqui. Me digam o que desejam, e será feito.

— Ah, Chandra — começou uma delas, com pena. — Nós não somos as mães. As mães não esperam para cumprimentá-lo na glória. Você não é o escolhido de ninguém. Uma história que você conta a si mesmo não é verdade só porque você se convence disso. As marés obedecem a você? E quanto à lua minguante? Não. Então por que o destino impiedoso deveria coroar você em glória, simplesmente porque acredita que deveria ser glorioso?

— Você não é o escolhido — disse outra voz, doce e sussurrante. Ele quase a reconhecia. Ele a ouvira em algum lugar antes, no palácio, talvez de uma menina que andava ao lado da sua irmã? — Suas mães falam. O anônimo fala. E você tapa seus ouvidos.

— Eu *sou* escolhido — rebateu ele, e o vento das cinzas carregou sua voz e a levou para longe, deixando sua boca vazia. — Eu sou — sussurrou ele. — Minha fé me guia. Minha fé me protege.

— *Fé.* — Uma delas riu.

— *Fé* — ecoaram as outras.

— O que existe para sustentar a fé? Só existe o vazio, Chandra — disse a primeira.

Ela se assomava sobre ele. A coroa pingava labaredas como se fossem água. Elas caíam sobre seu rosto, que estava vazio — nada e tudo ao mesmo tempo.

— Estamos esperando — disse ela. — No vazio, Chandra. Esperamos por você.

O fogo subiu até a boca dele. Ardeu, quente, cruel e agonizante, consumindo os pulmões, a barriga e as vísceras.

Chandra acordou em sua cama, gritando.

Um dos seus nobres leais o aconselhou na presença da corte que ele deveria liderar a luta contra a irmã.

— Deve ir além das muralhas, imperador — pediu ele, desesperado. — Não foi até o Veri, mas deve defender Harsinghar. Seus homens precisam do senhor.

— O lugar de um imperador é dentro do mahal — rebateu Chandra. — Não na sujeira da batalha. Eu não abandonarei meu trono.

— Imperador, não seria abandono — insistiu o homem. — Seu pai liderou os homens dele em batalha. E o seu avô, antes dele...

— E eu por acaso sou meu pai? — rugiu Chandra. A visão dele estava borrada, exaustão e fúria misturadas. — Eu, por acaso, sou um imperador que se rebaixa ao nível daqueles que não possuem o sangue de Divyanshi? Não.

Silêncio. O lorde fez uma mesura profunda, abaixando o olhar.

*Eu não deixarei meu trono*, pensou Chandra, delirante. *O trono é meu, pelas mães, pelo destino, pelo meu sangue.* Existia dentro dele um medo terrível de que, se saísse do mahal, se saísse daquela sala, daquele trono, da carapaça de seu poder, ele não teria mais nada. Ele não *seria* nada.

— Saiam da minha frente — ordenou ele. — Vocês não merecem estar na minha presença. Vão. Todos vocês.

Os lordes fugiram. E Chandra abaixou a cabeça nas mãos e chorou.

Ele foi ao templo.

Mesmo antes que Hemanth o acolhesse e oferecesse sua proteção, o templo sempre fora seu consolo. Ele nunca evitara a veneração como Aditya fizera; nunca sorrira e permitira que as palavras do Livro das Mães passassem por ele como se fossem água, ignorando os pedidos dos sacerdotes para ficar ali e aprender o que significava servir Parijatdvipa. Não, diferentemente do irmão, ele lera o Livro das Mães sozinho diversas e diversas vezes. Ele fora voluntariamente cultuar no templo imperial, sua irmã arrumando guirlandas no altar com a mãe dos três.

Ele observara as duas: a figura franzina da mãe depositando as flores, a figura ainda menor da irmã ao lado dela, fingindo devoção, e pensou nas duas queimando. Ele sentiu algo dentro dele crescendo ao pensar naquilo. Uma tranquilidade, uma certeza.

Ele contara isso para a mãe uma vez. Ela o encarara como se ele fosse um estranho.

Hemanth nunca recuara diante de Chandra. Hemanth verdadeiramente *via* Chandra, e o moldara em um homem digno de carregar o próprio nome. Ele dera a Chandra uma fé simples, pura e tão límpida quanto vidro: os parijati eram os escolhidos das mães. Chandra vinha de uma linhagem sagrada e tinha um propósito sagrado. O único caminho justo para o império estava em seu coração e nas suas mãos.

Chandra se sentou em um banco nos jardins. Sob as árvores, a luz do sol era gentil. Ele baixou a cabeça nas mãos.

Escutou Hemanth se aproximar, o farfalhar baixo dos robes. Sentiu a mão de Hemanth em sua testa, cheio de ternura.

— O mundo é ainda mais estranho e cruel do que eu imaginava — disse Chandra, naquele silêncio.

O sacerdote não respondeu.

— Deveria ter me contado todos os seus medos — disse Chandra. — Todas as coisas que seus sacerdotes disseram. Deveria ter me contado há muito tempo. Por que não contou?

— Eu sabia que teria agido assim — justificou-se o alto-sacerdote, enquanto alisava os cabelos de Chandra. — Que temeria os yaksha mais do que temeria qualquer homem mortal. Mais do que qualquer rei subordinado, que diz falsamente ser seu igual.

— Eu não temo nada — conseguiu dizer Chandra, engasgando, sabendo que era mentira.

— Sempre desejou ter ordem e significado, e eu me esforcei para lhe dar isso. A fé foi sua armadura e sua estrela-guia. Eu sinto muito que o céu esteja nublado por maus agouros.

Chandra deixou que a respiração escapasse dele como um soluço. Ao menos, ele tinha Hemanth, mas mesmo a lealdade dele era imperfeita. Porém, Hemanth o amava, e Chandra o amava também. Hemanth era melhor do que qualquer outra família que Chandra já possuíra. Ele poderia perdoar isso. Ele perdoaria.

— Farei isto — disse Chandra, por fim. — Eu direi a todos os meus homens, todos os meus guerreiros, para... capturá-la. Para trazê-la até mim. E então eu vou... convencê-la.

A voz dele engasgou naquela palavra: convencer. Esperavam que ele implorasse para ela? Ele não faria isso.

— Meu imperador é sábio — disse Hemanth. — Como eu sempre soube.

— Às vezes, eu sonho com as mulheres que queimaram para salvar Parijatdvipa — confessou Chandra. — Eu sonho que elas... que elas *riem* de mim. Elas me dizem que vou me juntar a elas. Que as mães não me escolheram. — Ele apertou os olhos com força, tentando conter lágrimas de fúria. — Me diga que esses sonhos são falsos.

A mão de Hemanth ficou imóvel em seus cabelos. Um instante se passou, e então ele deu continuidade ao gesto.

— Os sonhos são falsos — disse ele.

— As mães me escolheram, não foi? — disse Chandra, sabendo que a voz dele mais soava como uma súplica, porém, não se importava mais.

— Sou eu que vou derrotar os yaksha, não é? Eu construirei um império grandioso, deixando Parijati mais elevada, não é?

— As mães o fizeram — respondeu Hemanth. — Sua fé e seu idealismo, sua visão de um mundo melhor, e a coragem com que busca seu objetivo. Seja o homem que elas fizeram, Chandra. Vá para além das muralhas. Busque sua irmã.

Ele pensou na ideia, em ir além das muralhas. O seu fogo em um sabre nas suas mãos.

Como um golpe de adaga, a imagem veio até ele outra vez: a mulher queimada sem rosto. As risadas.

*No vazio, Chandra. Esperamos por você.*

— Vou enviar meus homens — anunciou ele, ignorando uma sensação atordoante que o percorria, uma sensação como o fogo de uma pira. — Vou encontrá-la diante do fogo sagrado. E vou reivindicar meu destino. Como as mães querem que eu faça.

# PRIYA

Harsinghar surgiu no horizonte. O exército não parou para olhar, mas atrás do corpo do cocheiro, Priya conseguia ver vislumbres de mármore branco e torres douradas. Ela conseguia sentir a atração exercida pelas árvores antigas, com enormes galhos esparramados e raízes rasas o bastante para sentir passos sobre a superfície ou o sol as iluminando.

Ela fechou os olhos e tentou não sentir nada a não ser o verde, as árvores, as flores e a vegetação rasteira subindo pelas janelas e colunas. Cada centímetro cantarolava, reconfortante. Ela estava rodeada por armas. Poderia fazer o que Malini pedira. Ela poderia sobreviver a isso.

— Deveria abrir os olhos — aconselhou Sima.

— Não tenho ninguém para impressionar aqui — disse Priya, ainda tentando olhar o verde.

— Não, Pri. Olha só.

Priya abriu os olhos.

Um mar de branco e dourado brilhante preencheu sua visão.

O exército parijati rodeava a cidade em uma parede cintilante de armadura que parecia iluminada pelo sol, enormes bandeiras parijatdvipanas erguidas em tecidos brancos e dourados, tremulando sob a brisa. Estavam à espera.

Os sabres estavam erguidos diante de si e acesos pelas chamas.

— Parece que o imperador não está disposto a negociar — observou Sima.

— Não. — A boca de Priya parecia seca. Ela umedeceu os lábios com a língua, inspirando fundo, sentindo o cheiro do fogo. — Ele nunca me pareceu fazer esse tipo.

— Segurem firme — avisou o cocheiro, tenso. — Fui instruído a levá-las o mais perto das muralhas possível.

Priya assentiu. Ela roçou os dedos nos de Sima.

— Mantenha seu escudo erguido — alertou ela à amiga.

— Não se preocupe comigo — respondeu Sima. Ela segurou a mão de Priya por um único instante, e depois a soltou. — Deixe que dessa vez eu me preocupe com você.

Priya temia por Sima. Temia por si mesma. Temia por todos, na verdade. Enquanto a carruagem seguia em frente, ela olhou para os cavaleiros ao redor delas; quase todos eram homens de Ashutosh.

O alarme soou, e então os soldados da infantaria correram para a frente, levantando poeira. Ela ouviu o barulho retumbante de botas, metal e... gritos. É lógico que estavam gritando.

O estômago dela se contorcia. Sempre que piscava, ela via a yaksha por trás dos próprios olhos.

A carruagem deu uma guinada de embrulhar o estômago. O cocheiro praguejou e virou com força para a esquerda enquanto homens passavam por eles.

— Está quase na hora — anunciou o cocheiro. O rosto dele estava coberto por uma camada de suor, mas sua boca estava comprimida em uma linha de determinação séria.

Priya respirou fundo e se abaixou no chão da carruagem. Sima se ajoelhou com ela, a armadura rangendo.

Havia uma pressão sobrenatural no ar. Um peso, enquanto o vento uivava contra as bandeiras, os cascos dos cavalos estrondeavam no chão e os elefantes bramiam.

— Eu vou garantir que nada toque em você — disse Sima baixinho, ao lado dela.

— Só estou preocupada com uma coisa — disse Priya, a voz já saindo rouca, como se estivesse correndo, rápida, e não sentada no chão da carruagem com Sima agachada ao seu lado, o enorme escudo preso ao braço. — Se o fogo tocar em mim...

— Não vai — assegurou-a Sima. — Eu não vou deixar.

Priya fechou os olhos.

— Só você e seu escudo — disse ela. — Não comece, Sima. Não adianta tentar me poupar da verdade agora.

— Então não subestime minha força — rebateu Sima. — Eu e você vamos ficar bem. Vamos sobreviver.

— Se eu não...

— Priya, não...

— Se eu não sobreviver — insistiu Priya, mais firme —, então quero que você fique bem. Não morra por mim. Não importa o que acontecer.

— Você é minha melhor amiga — disse Sima, baixinho.

— *Sima*.

Sima apertou a mão dela.

— Você não tem tempo para brigar comigo agora.

Sima ficou em pé, sob a sombra do cocheiro. Ela encarou o campo de batalha ao redor.

— O exército está se aproximando — percebeu Sima, e então Priya sentiu o sacolejo da carruagem debaixo delas.

Escutou o ruído do metal. Os gritos.

Priya observou enquanto o fogo cruzava o céu acima da cabeça dela como se fossem estrelas cadentes.

Ela prendeu a respiração. Segurou o ar dentro de si, e depois o soltou. Segurou, e soltou. Inalando, exalando, inalando e exalando, como uma roda que girava, como se ela não estivesse tentando alcançar o sangam, e sim sacudir suas águas, fazendo-as espumar com violência. Ela se apoiou em um pé, e colocou o outro joelho no chão.

Puxou sua magia para si, e então a reteve.

Os planos que ela sussurrara como se fossem confissões de amor. Planos para a batalha, ditos na escuridão com Malini. Naquele momento, sob a luz do dia, ela precisaria garantir que se realizariam.

Ela esperava que os homens de Ashutosh fossem tão corajosos quanto o nobre dissera.

Priya pedira armadura para Sima, mas também pedira outro tipo de defesa para si mesma. Botões de flores atrás das orelhas. Sementes costuradas e escondidas dentro do seu chunni e da sua túnica.

Sementes escondidas nas mangas das armaduras dos soldados. Nos seus colarinhos e turbantes, nos capacetes e nas botas. Assim como ela pedira, os homens de Ashutosh carregavam as armas de Priya em seus corpos. Eles foram corajosos, afinal, e confiaram na bruxa que salvara a vida do seu senhor. Ótimo.

Ela alcançou sua força.

As sementes e botões começaram a se desdobrar. Prontos. Espinhos cutucaram suas mangas, tirando gotas de sangue dos antebraços e ombros. Era uma dor que a prendia no momento.

O tipo de poder do qual ela precisaria para dominar uma cidade a aterrorizava. Porém, até o instante em que a batalha estivesse obviamente quase perdida, até não existir outra escolha, Priya poderia contar com alguns velhos truques. Rachar a terra. Erguer raízes. Enviar espinhos e galhos para destroçarem e prenderem.

O que era a terra, o que era apenas o solo, se comparado ao peso de um rio?

O chão se rachou diante dela, uma fenda como a de um relâmpago que se esparramava em outros galhos, se desdobrando com o padrão gracioso de veias em uma folha. Ela precisou olhar, então ficou em pé, segurando a beirada da carruagem enquanto erguia a outra mão diante de si, e mirou com a sua força.

Espinhos e raízes se ergueram do chão, surgindo de um solo profundo. As raízes prenderam pernas e enroscaram corpos. Os espinhos forçaram caminho através da carne, fincando em braços e pernas antes de serem repuxados violentamente para baixo. Corpos caíram, e Sima virou de lado, com o escudo erguido, protegendo as duas. Através das brechas entre escudo, armadura e a sombra protetora de Sima, Priya viu espinhos surgirem na superfície das armaduras dos homens saketanos. Se eles estavam aterrorizados ou temiam os dons dela, não demonstravam. Apenas continuaram em seu caminho.

O exército de Chandra tinha um fogo com consciência própria, mas as plantas de Priya tinham a mente da própria Priya. E se não aguentassem as labaredas, ao menos poderiam ser lançadas como flechas para cortar os corpos do inimigo. Poderiam cortar uma garganta e quebrar uma coluna.

Quanto mais Priya trabalhava, mais ferozes lutavam os homens de Ashutosh, os chicotes cortando o ar, sangue escorrendo em forma de arco por onde passavam.

A visão dela começou a ficar borrada. Priya fechou os olhos outra vez e *focou*.

As flechas de fogo ainda caíam. Priya sentiu uma cair no chão perto da roda à sua esquerda. O fogo subiu, e Sima praguejou e botou o escudo para baixo, tentando apagar as chamas enquanto a carruagem fazia um desvio.

A carruagem guinou bruscamente.

Ela conseguia ouvir os gritos da batalha. Cada vez mais altos.

— Estamos perdendo? — gritou Priya.

— Não faço ideia! — berrou Sima em resposta, se abaixando. Ela ergueu o escudo sobre elas, desta vez no alto.

Na frente delas, o cocheiro xingou.

De longe, ela ouviu o soar do alarme em coro.

A imperatriz fora capturada.

*Malini*, pensou Priya. Um pensamento inútil, como chamar o vazio.

Uma parte dela não acreditava que Malini permitiria aquilo, mas ela dissera a Priya que faria, e Malini não mentia para ela fazia tanto, tanto tempo.

— Nos leve para mais perto da cidade — comandou ela aos gritos para o cocheiro, que assentiu.

— Eles têm mais fogo — respondeu o cocheiro.

Sima olhou para Priya, e então disse para o cocheiro:

— Acho que vamos precisar... evitar o...

As palavras dela foram interrompidas. Uma grande rajada de fogo caiu no chão na frente deles, e a carruagem derrapou. Priya sentiu o sopro quente do fogo em seu rosto.

Um dos homens de Ashutosh caiu do cavalo, rolando para longe, desajeitado, com um grito terrível, em pânico. Priya fechou os olhos com força, abruptamente tentando alcançar o verde enroscado na armadura dele. Ela o segurou com magia e o *arrastou* para longe do caminho das chamas, pela terra e pelo verde e qualquer outra coisa a que ela conseguia se segurar naquele momento, naquele segundo. Ela abriu os olhos de repente, a luz do fogo incendiando sua visão, e viu outro cavaleiro inclinar-se no cavalo e agarrar o homem desesperado, rapidamente o elevando na montaria.

*Eles vão todos morrer*, pensou ela, com algo que mais parecia terror, e então tentou alcançar a magia outra vez. Alcançar todo o verde que era capaz de sentir, empurrando os homens para trás em uma onda, para longe do fogo que caía do céu. Pedaços de terra se ergueram, como ondas, para dar um pouco de cobertura. *Voltem*, pensou ela. *Toda a força que têm dentro de vocês não vale de nada contra esse fogo...*

Outra explosão, ressoando nos ouvidos de Priya. Ela ouviu Sima gritar, a voz ecoando como um sino distante. Antes que o calor sequer pudesse tocá-la — e ele iria, aquele brilho áureo do fogo estava vindo —, Priya ergueu uma das mãos no ar. Ela puxou a terra sob si, uma parede escura, uma onda, mas não era o bastante. Não era o bastante.

A terra estremeceu. Ela fizera demais. Já tinha feito demais, e a carruagem rolou para longe, os cavalos relinchando.

Então caiu, caiu, caiu...

Caiu de volta nas águas cósmicas. De volta para os braços que a aguardavam.

— Brotinho — sussurrou a yaksha. — Chegou a hora de pagar sua dívida.

# RAO

O sol desaparecera, o céu noturno estava cinzento quando finalmente pararam para descansar. O príncipe Kunal fora desamarrado sob as ordens de Rao. Kunal esfregou os punhos, flexionando os dedos para fazer o sangue circular. Ele estava considerando fugir; era óbvio para Rao, pela forma como seu olhar percorria de um lado ao outro e pela tensão que levava nos ombros. Mas claramente repensou a ideia. Afinal, os homens de Rao o observavam de volta.

Rao ajudou a acomodar os cavalos e fazer uma fogueira, e então se ajoelhou na frente de Kunal. Ele depositou água e comida na frente do príncipe, e observou-o franzir o cenho e abaixar a cabeça.

— Beba — disse Rao. — Deve estar com sede. Se não vai comer, pode ao menos fazer isso.

Ele esperou. Kunal não se mexeu.

— É só água — assegurou Rao, então. — Eu bebo primeiro, se isso for tranquilizar você.

— Não sei o que espera fazer comigo — disse o príncipe, rouco, sem tocar no frasco. — Mas não tenho nenhuma utilidade para você. Não tenho nada para dar.

Aquilo não era verdade, e com certeza os dois sabiam disso. Um olhar assustado assombrava os olhos do príncipe Kunal. A luz da fogueira bruxuleava sobre seu rosto como cicatrizes douradas.

— Ouvi falar do casamento da sua irmã — comentou Rao, por fim. — Meus parabéns.

Ele viu a boca de Kunal se comprimir.

— Talvez não queira meus parabéns — acrescentou Rao, cuidadoso, e observou a boca do outro se franzir ainda mais.

— Não tenho nada útil para contar a você — disse Kunal, entre os dentes.

— O imperador Chandra é um homem difícil — comentou Rao. — Sempre foi.

Silêncio.

— Eu só encontrei você uma vez antes — continuou Rao. — Não deve se lembrar. É alguns anos mais novo do que eu, acho. Quantos anos você tinha quando seu pai o levou até Harsinghar quando era pequeno? Cinco? Seis?

— Me diga seu nome — exigiu o príncipe Kunal.

— Eu sou o príncipe Rao, filho do rei de Alor.

Kunal deu uma risada assustada.

— Um príncipe anônimo — reconheceu ele. — *O* príncipe anônimo.

— Não sou mais anônimo — contrapôs Rao baixinho. — Agora todos já sabem o meu nome. Mas pode me chamar de Rao.

— Então, Rao, príncipe Rao, eu imploro: me solte. Não tenho nenhum exército comigo. Já matou os poucos homens que eu tinha. Não represento perigo algum para você.

Rao engoliu a culpa que o açoitava no fundo da garganta. Ele sabia que não tinha motivos para se sentir culpado: os homens do príncipe Kunal não estavam dispostos a se render, e o propósito de Rao era importante demais para permitir que vivessem. Ele já matara pessoas antes, e mataria de novo. Era um ato necessário na guerra. Mesmo assim, esse conhecimento não impedia que ele se sentisse assim.

— Não posso permitir que você volte para o seu pai — disse Rao, tentando soar gentil. — E não posso simplesmente deixar que você fuja. Para onde iria?

— Não tenho nenhum lugar para ir — argumentou Kunal. — E é por isso... é por isso que você não tem motivos para me manter cativo aqui.

— Nós dois somos da nobreza, e de sangue real. Então eu sei muito bem que não nos ensinaram a sobreviver sem nada e a nos reconstruir, príncipe Kunal. Se eu deixar que você fuja, estarei condenando você. Prefiro não fazer isso.

*A não ser que eu precise*, pensou ele, soturno. *E não sem antes conseguir algo útil de você antes de fazer tal coisa.*

— Eu preferiria tornar você meu aliado — completou Rao.

— Você mesmo disse: minha irmã se casou com o imperador. — A voz dele era neutra. — Meu pai é leal ao imperador. E eu sou leal ao meu pai.

Porém, não era leal diretamente a Chandra, como Rao notou. Ótimo.

— Muitos nobres saketanos se aliaram à imperatriz Malini — retrucou Rao. — E muitos deles lutaram contra a nossa imperatriz no campo de batalha antes disso. Não existe vergonha nenhuma em mudar sua lealdade para a verdadeira herdeira da coroa parijatdvipana. Não existe vergonha em garantir que herde o trono do seu pai...

Uma mão segurou o pulso de Rao com força. Ele ouviu o sibilar de aço quando seus homens desembainharam suas adagas.

— Tem notícias do meu pai? — disse Kunal. A voz dele saiu tensa, e os olhos estavam arregalados. — Tem notícias de Saketa, da cidade? Me conte, por favor.

— Eu sei que o exército da imperatriz Malini está contra ele — revelou Rao calmamente. Ele não se mexeu, não estremeceu, enquanto os seus homens aguardavam por um sinal. Ele não achou que fosse precisar de um. — Tudo que posso dizer é que você deveria se aliar à imperatriz Malini. Tudo que posso dizer é que se quiser garantir seu futuro, esse é o melhor caminho. O único caminho.

Kunal ficou em silêncio. Ele estava tremendo. Lentamente, os dedos soltaram o pulso de Rao. Ele pegou o cantil de água e tomou um gole desajeitado, voraz, deixando escapar a água que escorria pelo queixo. Ele abaixou o cantil.

— Vou me aliar à sua imperatriz — afirmou Kunal, por fim. — Eu já vi que tipo de homem é o imperador Chandra. Eu vou fazer isso. Pelo... pelo bem de Saketa. Pelo nosso futuro.

— Que bom — disse Rao. — Isso é bom. Agora coma, e descanse um pouco se conseguir. Vamos seguir caminho hoje à noite ainda.

Ele segurou o ombro de Kunal levemente, cheio de camaradagem, e então ficou em pé.

Ele andou até a beirada do acampamento pequeno, para longe da sombra do fogo. Um dos homens dele estava de guarda, afiando as adagas, o metal faiscando contra a pedra.

— Ele está mentindo — murmurou o homem. — Milorde.

Rao assentiu, de leve.

— Vá comer — disse ele. — Vou ficar de guarda.

— Ainda não comeu, milorde.

— Eu como depois.

Rao ficou onde estava, encarando a escuridão. Ele não estava com fome. Seu estômago parecia pesar com o que estava diante dele, e o que ele precisaria fazer.

O anônimo sabia quanto Rao não queria fazer o que precisava ser feito. Porém, a necessidade — e também o anônimo — tinham pouca misericórdia para o coração sensível demais de um único homem.

A primeira coisa que Rao viu quando chegaram mais perto da fortaleza foi a fumaça. O céu inteiro estava manchado de cinza. Ele conseguia sentir a fumaça entrando nos pulmões. Ao redor dele, os homens dele tossiam. A pele do príncipe Kunal estava tão cinzenta quanto a fumaça e as cinzas que os rodeavam. Ele não estivera esperando por isso, então.

Rao pegou o xale para cobrir a boca e continuou a caminhar.

Quando a maior parte do exército de Malini partiu do acampamento que rodeava a fortaleza saketana, haviam deixado planícies de grama. O chão rochoso, claro, mas também tinha árvores.

Agora tudo que restava ali era o solo em brasas, arrasado pelo fogo.

O pequeno grupo de Rao foi imediatamente encontrado por um bando armado de soldados, com arcos erguidos, que foram rapidamente abaixados quando Rao declarou quem era.

Eles foram levados ao que restou do acampamento. Um punhado de tendas. Um grupo disperso de homens, diminuto o bastante para Rao saber sem dúvidas o quanto os esforços de Aditya estavam perto do fracasso.

Com os punhos algemados e levado por um dos homens de Rao, Kunal tremia, mas Rao não podia pensar nele. Ele só conseguiu observar quando uma figura saiu de uma das tendas, vestido com uma armadura que já vira dias melhores. O cabelo estava um pouco bagunçado, por dias de maus-tratos e encontros próximos demais com as chamas. A pele estava mais escura pela luz do sol.

— Rao — chamou Aditya.

E então não houve pausa depois, amenidades ou uma mesura, ou tempo para que Rao falasse *príncipe Aditya* e explicasse os motivos da sua volta. Houve apenas Aditya, puxando-o para um abraço apertado. Apenas Aditya, murmurando contra os cabelos dele:

— Eu sabia que você ia voltar.

— É lógico — conseguiu dizer Rao, engasgando. Aquilo estava certo. Era ali que ele deveria ficar. — Lógico, Aditya.

Mahesh parecia cansado. Parecia velho de uma forma que nunca aparentara antes. Seu olhar visivelmente perdeu o brilho quando descobriu que Rao não trouxera reforços.

— Não vamos durar muito mais tempo — confessou Mahesh, franco. — Não nos trouxe nada, príncipe Rao?

Rao balançou a cabeça.

— A imperatriz não podia abrir mão de nada.

— Então rezo para que a imperatriz tome Parijat rapidamente — disse Mahesh. Ele olhou para Aditya, e então continuou: — Já enfrentamos uma batalha hoje. Aqueles soldados sacerdotes não cedem. Atiram flechas de fogo, espadas e seus próprios corpos sobre nós. Eles farão qualquer coisa, desde que pensem que estão agindo de acordo com o interesse das mães. Se houver mais um ataque como esse, temo que os homens do alto-príncipe consigam escapar do nosso poder.

— Lorde Mahesh está certo — reforçou Aditya, baixinho. — Temos pouco mais para dar.

— Você já os impediu de saírem da fortaleza e marcharem até Parijat. Isso vale de alguma coisa. Eu nem achei que conseguiriam. — Quando Aditya o encarou, Rao emendou: — Não achei que alguém conseguiria.

— Vale menos do que você esperaria. — Aditya afastou os cabelos do rosto, a mão deixando um rastro de sujeira e suor. — O labirinto da fortaleza... precisamos infiltrar o edifício para chegar no alto-príncipe e acabar com isso, e Rao... eu só consigo mandar homens em grupos pequenos, e todos eles são abatidos rapidamente. E, apesar dos custos dessa guerra, das vidas que pagamos para impedir o avanço, pequenos grupos dos homens do alto-príncipe ainda conseguem escapar. De alguma forma. Não conseguimos impedir. — Aditya encontrou os olhos de Rao, uma exaustão pura no rosto. — O fogo está se apagando. Seja lá qual estoque de chamas eles possuem, minha irmã não estava errada quanto a isso. Mas a água deles não acaba. A comida não acaba. E quanto à nossa...

Rao assentiu, sem dizer nada. Internamente, ele praguejava. Deveria ter trazido mais suprimentos, mas só conseguira chegar tão longe e tão depressa porque viera sem mais nenhum empecilho. Até mesmo arrastar o príncipe Kunal até ali o atrasara mais do que ele gostaria.

De repente, ele deu-se conta do peso do braço que carregava em suas costas. A vergonha o tomou. Como ele poderia ter se permitido esquecer-se de algo tão importante? Ele deveria ter falado com Aditya imediatamente, mas a visão do seu velho amigo o despedaçara.

— Lorde Mahesh — disse Rao. — Preciso falar com o príncipe Aditya a sós. Minhas desculpas.

Mahesh assentiu e saiu com uma rapidez que surpreendeu Rao. Porém, Aditya abriu um sorriso um pouco triste.

— Agora descansamos quando conseguimos — justificou ele. — O que foi, Rao?

Rao pegou a caixa — que ele levara nas costas durante toda a jornada — e a depositou no chão diante de Aditya.

— Você uma vez me mostrou uma visão do anônimo — disse Rao, no silêncio que se seguiu. — Uma chegada. Uma chegada inevitável. E aqui... aqui está a prova disso. Os yaksha estão voltando. Os seus restos estão revivendo. Você teve a visão, Aditya. Eu recebi essa prova, mas eu acredito... acredito que ela era para você.

Ele abriu a caixa com um clique. Aditya se inclinou para a frente e olhou o conteúdo.

Ele soltou a respiração: um ruído suave, de adoração.

Os olhos de Aditya praticamente brilhavam. Embaixo de toda aquela sujeira e suor, Rao viu o sacerdote e o príncipe que havia ali.

— Meu propósito — murmurou Aditya. — Estive esperando esse tempo todo, e aqui está. Uma guerra maior do que a que estamos lutando aqui. Uma guerra que me chama.

— O que vai fazer? — indagou Rao, de volta, na mesma voz baixa. — Agora que você já sabe?

Aditya abaixou a cabeça. Um silêncio longo se seguiu, um que Rao não conseguia decifrar.

— Nós vamos ganhar aqui — disse ele, por fim. — Nós vamos ganhar, sabendo que o anônimo tem um propósito maior para nós. E então enfrentamos o que está por vir.

Rao assentiu, estranhamente aliviado. Aquele não era o fim. Não poderia ser o fim. O anônimo prometera isso a eles.

— Se precisa navegar pela fortaleza — disse Rao —, então eu tenho alguém que pode ser útil para você. Mas ele precisa... ser convencido.

# MALINI

O seu primeiro pensamento ao ver Harsinghar não deveria ter sido *Finalmente estou em casa.*

Porém, foi exatamente isso que Malini pensou.

Ela passara quase toda a sua vida em Harsinghar — naquele mármore branco e arenito claro, com as flores perfumadas e as ruas ladeadas de árvores carregadas de folhas verdes e botões dourados. Porém, era apropriado que a Harsinghar que ela via naquele momento fosse feita de chamas empunhadas em espadas.

Era apropriado que ela não tivesse certeza se naquele dia ela iria sobreviver e ser bem-sucedida, ou se morreria.

Ela se rodeara com alguns dos guerreiros mais fortes do seu exército, mas a pressão dos homens ao redor dela aumentava e se espalhava enquanto as forças de Chandra se impeliam para a frente, para a frente — toda a força focada em conseguir chegar *nela.*

Os homens caíam ao seu redor, presos naquele massacre de botas e armas. Ela ouviu tantas vozes gritando que mais soava como um rugido. Ela tentou não ouvir. O vento soprava feroz no seu rosto. As costas dela continuavam eretas, as mãos apertadas na beira da carruagem.

Ela estivera certa em não permitir que Raziya ficasse do seu lado.

Os homens dela não sabiam como responder àquela ameaça. Eles esperavam que Chandra se comportasse de acordo com as regras razoáveis da arte da guerra: defender sua cidade, seu *lar*, acima de tudo. Porém, o exército dele se impelia para a frente com um foco único, e Malini conseguia apenas ficar firme na sua carruagem enquanto ela sacolejava com o movimento dos corpos ao seu redor, presos em um oceano violento.

Ou Malini seria capturada, como o sacerdote dissera — ou logo uma flecha iria atravessar seu pescoço, ou sua carruagem tombaria e ela estaria morta.

*Eu tenho Priya*, ela lembrou a si mesma, através da névoa inebriante que era seu medo. E de que adiantava temer? Como ela poderia encarar o que viria a seguir, se não fosse com toda a coragem que tinha?

A carruagem dela foi tão cuidadosamente defendida quanto ela podia garantir que fosse, rodeada por soldados e cavalaria em todos os lados. Porém, os homens de Chandra mataram os homens da infantaria. Eles marcharam em frente com seus cavalos. Sabres coroados em chamas cortaram os homens ao redor dela, e o cheiro do fogo e da morte atingiu Malini com força, como se fosse um golpe físico.

Às vezes, Raziya falava do que era necessário para caçar presas nas montanhas de Dwarali. Quando a carruagem de Malini parou de andar por causa da pressão dos corpos — quando o cocheiro implorou aos homens ao seu redor para levarem a imperatriz para a segurança —, Malini pensou naquela história, e não se mexeu.

*Precisa cercar o animal. Circundá-lo com uma dúzia de homens, chegando cada vez mais perto, para garantir que não tenha como escapar. Se ele encontrar uma brecha, vai tentar fugir, imperatriz. É assim que as coisas que querem viver agem.*

*Mas, assim que estiver preso, uma rede simples é o bastante para conter a presa. E então, a faca.*

Ela não era uma presa, feita para pular no meio da fúria da batalha sob a sua carruagem e então levar um coice de cavalo na cabeça, ou ser golpeada no peito por uma espada de fogo. Ela não fugiria. Apesar de todos os seus instintos, ela teria fé.

A fé exigia submissão. A fé exigia obediência a um poder maior, expor o pescoço para o corte da faca, dar um passo na escuridão mesmo quando a única luz era a tolice do próprio coração. Ela fizera todas as suas jogadas. Era hora de correr o risco final.

— Solte os cavalos — forçou-se a dizer Malini. O cocheiro protestou, e ela insistiu: — Faça isso. Agora.

Ele pegou o sabre e cortou as rédeas. A carruagem ficou imóvel.

— *Vá* — ordenou ela para o cocheiro. — Você. Vá para...

Era tarde demais. Mais rápido do que era possível compreender, alguém pulou na carruagem, e no instante seguinte, uma lâmina cortara o pescoço do pobre cocheiro.

O homem que empunhava a lâmina largou a arma, e se virou para ela.

— Princesa Malini — disse o estranho. O sangue e as cinzas estavam grudados na escuridão da testa, os cabelos de sacerdote soltos no ombro. — Precisa vir comigo.

Naquele momento, a obediência que Kartik pedira exigia a mesma coisa que o seu orgulho: não lutar ou entrar em pânico enquanto os soldados de Chandra a cercavam. O vento, trazendo as chamas, parecia correr sobre sua pele, ao mesmo tempo quente e frio.

Ela desembainhou o próprio sabre, e o estendeu diante de si.

— Me leve ao meu irmão, sacerdote — demandou ela. Sua voz soava como a de um estranho nos seus ouvidos. Absurda e dolorosamente, ela pensou em Rao, ajoelhado diante dela na estrada para Dwarali. Ela pensou que a própria voz soava como a dele naquele instante. Como uma coisa esvaziada, contendo um destino, uma concha que clamava pela guerra. — Estou pronta.

Malini foi levada para um cavalo, erguida e conduzida para longe antes que soubesse o que estava acontecendo.

Do cavalo, ela foi arrastada para um portão, e de um portão para uma porta, e então de uma porta passou por um túnel subterrâneo, e de lá foi levada para dentro das paredes do mahal, e durante todo o caminho, ela pensou em Priya.

*Se tudo mais falhar e eu morrer, ela vai lutar contra meu irmão. E ela vai garantir que ele morra.*

Malini não esperara sobreviver por tanto tempo, nem se elevar em uma posição tão alta. O fato de que ela ainda queria se elevar mais — o fato de que ela *merecia* se elevar — não significava absolutamente nada. Se ela caísse, ao menos levaria o irmão consigo. Ao menos ela encontrara o tipo de amor que partiria o mundo porque ela pedira, e então o transformaria em algo que sempre carregasse a marca que ela deixara.

O corredor pelo qual foi escoltada era mal iluminado e estava cheio de soldados vestidos com a armadura imperial. Eles claramente a reconheceram — ela viu desdém e respeito relutando no rosto de diversos deles. Alguns a escarneceram. Outros, olharam para baixo.

Malini ergueu a cabeça e foi encontrar o seu destino.

No pátio do mahal imperial, um fogo ardia.

Um buraco fora preparado para contê-lo, cercado de tijolos de argila. A argila era uma coisa feia e esquálida em comparação com o arenito e o mármore do pátio que o rodeava, mas só de olhar, Malini vira que alguém tentara embelezá-la. Flores cercavam o contorno do buraco, esparramadas no chão. Eram calêndulas laranja e amarelas, e as labaredas do fogo faziam com que parecessem se mexer estranhamente. Além do buraco havia um grupo de sacerdotes enfileirados. Seus rostos, solenes. Esperando por ela.

Quando foi guiada para mais perto, ela percebeu que as flores na verdade não eram flores, e sim chamas. Elas floresciam, cresciam e murchavam, com a mesma beleza de flores de verdade.

— Irmã.

Malini viu a sombra no chão. Sentiu a mão de um soldado em suas costas, pressionando-a para baixo.

Ela se ajoelhou, erguendo o olhar, e finalmente encarou o irmão.

Malini tinha certeza de que ele não estivera no campo de batalha do lado de fora da cidade. A armadura que vestia não tinha marcas, estava polida, e era mais decorativa do que pragmática. Ele usava o colar de pedras de prece no pescoço, com pedras preciosas e contas de ouro e prata. Contas de pérolas envolviam seu pescoço. Ele se parecia mesmo com um imperador.

Suas botas fizeram um barulho pesado contra o chão quando ele se aproximou dela. Ele parou diante de Malini. Estava perto o bastante para que ela precisasse inclinar a cabeça para olhar nos olhos dele, que eram exatamente como se lembrava. Um espelho dos dela.

— Irmã — repetiu ele. Sua voz era baixa, rouca. — Seja bem-vinda de volta ao seu lar.

Com frequência, Malini pensava no que diria para ele quando se encontrassem de novo. Ela tinha tantas palavras astutas e dilacerantes. Porém, agora que ela estava ali, só conseguiu rir, sem emitir ruído algum, e viu o olhar dele ficar sombrio em resposta.

— Irmão — respondeu ela, deixando o olhar passar, carregado de significado, pelos soldados atrás dela, para o fogo, e então para o rosto dele novamente. — É assim que dá as *boas-vindas* à sua irmã, Chandra? Empurrando-a no chão para se ajoelhar igual a um cachorro?

Ele engoliu em seco. Já estava tentando controlar sua raiva.

— Você se ajoelha porque eu sou o imperador — disse ele. — E você é minha irmã, minha responsabilidade e minha súdita. Você se ajoelha como uma princesa.

— Eu não sou uma princesa — rebateu ela. — Sou uma imperatriz. *A* imperatriz. É você que deveria se ajoelhar diante de mim.

Para a surpresa e inquietação de Malini, ele lentamente se abaixou diante dela, de joelhos, até estarem quase na mesma altura. Ela conseguia sentir o sopro quente da respiração de Chandra no próprio rosto. Ela se forçou a não se encolher por instinto. Em vez disso, ela o examinou: as olheiras escuras, as linhas de tensão que cercavam a boca.

— Está mentindo para si mesma — murmurou ele. — Você sabe disso. Você não é uma imperatriz. Você é impura, desonrada e *indigna*. No seu coração, você sabe que eu digo a verdade. — Ele segurou o queixo dela nas mãos. Ela sentiu a repugnância percorrer seu corpo com aquele toque. Ele não tinha direito de tocar nela, nunca tivera. — Você tem agora uma chance de se redimir — informou ele. — Uma só. Eleve-se à pira, irmã. Aceite seu destino, e as mães vão perdoar você. — Um segundo se passou. — *Eu* vou perdoar você.

— Implore — sussurrou ela, de volta. — Implore com o seu rosto no chão. Chore por mim. Talvez se você for patético o suficiente, vou considerar me elevar à pira. — Ela virou a cabeça para o lado para tentar se desvencilhar, e ordenou: — Pode começar.

Chandra apertou o queixo dela com mais força, brutal.

— Eu quero tanto matar você — rosnou ele.

Ela sorriu, apesar da dor.

— Eu sei — disse ela. — Já faz tanto tempo, irmão.

Ele a soltou.

Chandra deu um tapa no rosto dela, de mão aberta. Ela sentiu os ouvidos ressoarem, e o gosto de sangue inundar a boca.

— Imperador — chamou o alto-sacerdote, alarmado. — Não deve...

— Ela não está machucada de verdade — defendeu-se Chandra, os olhos gélidos. — Ela aguentaria ainda mais. Eu poderia quebrar as pernas e os braços dela, e ela ainda poderia queimar. Não seria menos do que ela merece, não é?

— Se quer que eu queime por você — disse ela, sentindo o corte no lábio com a língua —, esse é um péssimo jeito de me convencer.

Ele deu outro tapa nela. Óbvio.

Outro ruído de alarme foi emitido pelo alto-sacerdote. Ela ergueu a cabeça, e por um instante viu as estrelas dançarem na visão. Ao lado esquerdo do alto-sacerdote estava Kartik. O olhar dele era intenso. Solene. De uma maneira sutil, ele lhe ofereceu uma leve inclinação da cabeça.

— Eu poderia jogar você no buraco agora — ameaçou Chandra. — O fogo ali nasceu da morte de milhares de mulheres boas e puras. Talvez pudesse purificar você também.

— Errado — corrigiu-o Malini. — Ah, Chandra. Você não entende. Talvez seus sacerdotes entendam. Eu sou pura. Eu sou pura de um jeito que você jamais poderá tocar, de um jeito inviolável. A pureza está no meu coração. Está no meu sangue, além da imundície que é a sua ambição mortal. — Ela mostrou para ele os dentes ensanguentados. — Você não pode me usar para a sua glória. Eu não vou permitir. Minha glória é somente minha.

— Sua vida nunca foi sua — retrucou Chandra. — Sua vida sempre pertenceu a Parijatdvipa. Você se recusou a sacrificá-la. Eu dei a você todas as chances de refletir, se arrepender e escolher a sua morte justa. *Tantas chances*. E ainda assim você nunca aprende e nunca muda.

— Pergunte aos seus sacerdotes o valor de uma morte que não é voluntária — disse Malini. — Veja o que eles farão se você tentar me queimar agora.

Ele a agarrou pelos cabelos com um puxão, esticando o pescoço dela.

— Exatamente como um menino mimado — arfou Malini.

Ele achava que poderia humilhá-la? Envergonhá-la? Ela já sofrera tanta coisa pior. Aqueles jogos mesquinhos não podiam mais machucá-la.

— Você não conhece nada da verdadeira crueldade, Chandra — prosseguiu ela. — Talvez um dia eu ensine isso a você.

Ele ficou em pé de repente e a arrastou para a frente pelos cabelos. Seu couro cabeludo doía. Suas pernas deslizavam pelo chão, as mãos atadas diante de si. E ainda assim, ela se recusava a ficar em silêncio, e a voz de Malini ecoava pelas paredes enquanto o calor do fogo ficava mais forte.

— Da última vez que me trouxe até aqui, eu humilhei você. — Ela forçou as palavras a saírem. Sentiu uma pontada do quadril contra o mármore. Um baque nos joelhos. — Eu disse a todos os seus nobres governantes que tipo de pessoa você era. Minhas palavras são mais afiadas do que qualquer uma das suas espadas.

— Então eu vou arrancar a sua língua antes de queimar você — disse ele, furioso, a saliva voando da boca. — Eu vou fazer o que for preciso para salvar Parijatdvipa.

— Talvez — conseguiu dizer ela, forçando-se a respirar. — Talvez você queira fazer isso. Mas não vai conseguir. Só eu posso queimar voluntariamente. Só eu posso fazer o que é preciso. E eu não vou — disse ela, mais alto. — Não vou fazer isso a não ser que eu tenha meu trono.

O silêncio era longo e impenetrável. O fogo estalou. Chandra desceu o olhar para ela. Os mesmos olhos que ela possuía. As mesmas sobrancelhas.

— Imperador Chandra — chamou o alto-sacerdote, a voz dele soando distante. — Eu sinto muito mesmo.

Chandra congelou.

A ponta de uma espada estava apontada para o seu pescoço.

— Afaste-se da imperatriz Malini — exigiu Kartik, calmamente.

O soldado que segurava a espada junto ao pescoço de Chandra não hesitava.

Nada. Por muito tempo, nada aconteceu.

A espada apertou com mais força. Uma gota de sangue brotou ali.

— Afaste-se — repetiu o sacerdote.

Chandra virou o rosto para o alto-sacerdote, cujo rosto estava dolorosamente inexpressivo. Os olhos de Chandra imploravam.

— Eu sempre fiz o que era certo para Parijatdvipa — argumentou ele. — Fiz o que me ensinaram. O que... o que significa isso?

O alto-sacerdote exalou, fechando os olhos.

— Solte sua irmã, imperador — insistiu ele. — Com arrependimento. Com amor. Solte-a.

Chandra a soltou.

Malini ficou exatamente onde estava. As mãos acorrentadas diante de si. Ela observou a expressão nos olhos do irmão — observou o horror atravessá-lo enquanto o mundo dele virava de cabeça para baixo. Durante toda a sua vida, ele havia cultuado sem cessar. Ele seguiu o alto-sacerdote com a lealdade de um cão devoto, raivoso com todos, exceto com seu mestre.

Agora sua fé se voltava contra ele.

Sua própria espada foi retirada. Ele ficou parado ali, repentinamente impotente apesar de seus guerreiros sacerdotes, seus homens. Seu trono.

O alto-sacerdote chorava.

Kartik sorriu para Malini, o mais leve movimento do canto da boca. Por um instante, ele não se mexeu. Apenas a encarou.

Bastava uma ordem. Era tudo que ele precisava, para ver o fim da vida de Malini, ou Malini trancafiada outra vez, e os sacerdotes no poder. Talvez fosse mais do que Kartik imaginara que poderia conseguir para si. Era poder o suficiente para levar um homem sensato e astucioso a agir com sua cobiça e sua ambição em mente.

Ela estava completamente desarmada. Dar-se conta daquilo fez seu sangue gelar. Ela permitiu que aquele medo se mostrasse em seu rosto. A mais leve fraqueza — as mãos tremendo quando ergueu o olhar para ele. Então ele precisava acreditar que tinha algum poder sobre ela? Bem, que fosse. Não era uma inverdade.

Não seria esse o caso para sempre. Ela iria garantir isso.

Ou ela o compreendia, ou não.

*Eu só darei o que você quer se eu tiver o meu trono,* pensou ela, mantendo os olhos fixos nos dele. *Mesmo se eu temer você — se quiser me ver queimar, e os yaksha morrerem pela minha chama, você deve me elevar.*

O olhar dele oscilou.

Então, ele se curvou ao chão. Todos os sacerdotes e soldados ao redor dele acompanharam o movimento.

— Imperatriz — saudou Kartik. — Nós damos as boas-vindas a Parijatdvipa. Que a imperatriz sempre nos guie através da união e da grandeza.

— Sacerdote — disse Malini, estendendo as mãos atadas para a frente. Sorrindo, como se sempre soubesse que o destino a levaria até ali. — Me liberte, e eu prometo que a grandeza é exatamente o que terá.

# PRIYA

Água ao redor. Em cima, embaixo.

— Aqui de novo, brotinho — sussurrou a yaksha, sorrindo, os dentes parecendo mais pérolas do que espinhos.

Dessa vez, a yaksha não vestia o rosto de Bhumika. Em vez disso, olhava para Priya com o que era um espelho do próprio rosto, esculpido, lindo e estranho, feito de ossos de madeira lustrosa pressionando uma pele frágil como uma folha, brilhando por dentro.

— Enfim, está aqui — continuou ela.

Priya olhou para a yaksha. A boca de espinhos e pérolas e os olhos floridos.

— O que devo a você, yaksha, que já não tenha oferecido?

— Ah, minha querida — respondeu a yaksha, como se Priya a deliciasse. — O que mais? O seu coração.

— Eu... eu esvaziei meu coração. — Priya se lembrava disso, agora que estava ali. A dor. A madeira em suas costelas, as flores que cresciam em seu peito. — Já está com ele.

— Não por inteiro. — A boca da yaksha se abriu. Uma flor de jasmim floresceu entre os dentes e depois murchou. Desapareceu. Então ela sorriu. — Não por inteiro — repetiu ela.

Malini.

Meu coração estava com Malini.

— Vou dar a você uma faca para cortá-lo — murmurou a yaksha. — Uma faca para esvaziá-lo. Uma faca para que você seja nossa.

O pavor a percorreu.

— Não, yaksha — sussurrou Priya. — Não. Por favor.

— Você já me prometeu isso — lembrou-a a yaksha. — Me prometeu seu coração.

— Não achei que estivesse falando disso — contrapôs Priya, horrorizada, impotente. — Se eu soubesse, nunca teria concordado.

— Eu sei — disse a yaksha, tranquilizando-a. — Você já fez tanta coisa por ela, afinal. Eu vi tudo, brotinho. Abandonou seu povo. Curvou-se diante dos deuses dela. Lutou as guerras dela. Deitou-se com ela. Fez promessas com seus sonhos, promessas que você não vai poder cumprir. Tudo que você precisou foi de uma desculpa esfarrapada em uma mensagem, um juramento, uma aliança, e então deixou-se pertencer completamente a ela. Mas você fez uma promessa, e não pode descumprir agora.

Priya só conseguia balançar a cabeça, negando em silêncio.

— As mulheres que queimaram para destruir os meus sabiam como seria a sensação de morrer? Sabiam a dor que o fogo infligiria sobre elas? Não. — A yaksha balançou a cabeça. As pétalas douradas caíram sobre a água ao seu redor, rodopiando e então desaparecendo na escuridão. — Elas escolheram seu sacrifício sob um manto reconfortante de heroísmo, bondade e virtude, e então o puseram sobre seus ombros tolos. Elas não sabiam como seria indescritível a dor de tal tipo de morte até ser tarde demais. Elas escolheram seu caminho sem saber, assim como você escolheu o seu... sem volta, apenas seguindo em frente.

Será que um sacrifício tinha o mesmo poder, se não se soubesse o que estava sendo sacrificado? Se se cortasse um coração para as flores crescerem, para que a magia plantasse suas raízes em pulmões cedidos de bom grado, sem se compreender a que fim levaria, de joelhos diante de uma deusa com dentes de espinhos, que exigia a morte daquilo que se amava? Certamente não. Certamente as coisas não eram assim tão cruéis.

— Eu... eu não vou — negou-se Priya.

Tudo nela se rebelava. Ela pensou em Malini, no toque reverente de suas mãos, no formato do sorriso quando ela não se segurava, vulnerável ao lado de Priya, deitada na cama sob as sombras.

— *Eu não vou.*

— Os meus irmãos e eu somos a fonte de toda a sua força. Você é só carne e osso, um recipiente para um poder maior. É isso que os mortais são. E é uma benção, uma coisa linda, mas isso significa que não são nada sem nós, não têm nenhuma consequência, e não são dignos do amor. Eu não posso tomar o que você se recusa a dar — disse a yaksha, com uma gentileza completamente impiedosa. — Não posso virar sua faca contra ela. Não posso fazê-la cortar o coração que você deu a ela. Mas posso usar você, como o recipiente que é. Posso usar sua pele como se fosse a minha. Posso matá-la. Talvez sob suas mãos, ela ainda viva. Mas não sob as minhas.

Um calafrio percorreu Priya... estranho e sobrenatural, como um inseto caminhando sobre a pele. Ela ergueu as mãos feitas de sombra diante de si e observou aquilo que não era carne se romper ao meio — em flores de açoca, vermelhas como sangue e açafrão, encontrando uma forma de se libertar. A yaksha dentro dela. A yaksha mostrando exatamente quanto Priya pertencia não a si mesma, mas ao espírito a quem se doara.

— Seus amados esperam por você em Ahiranya, brotinho — disse a yaksha. — E eu não preciso deles como preciso de você. Posso matar todos eles, e esparramar suas entranhas em um tapete lindo diante de você, e aceitar suas lágrimas como pagamento. A escolha é sua. Você já mostrou diversas vezes que os ama menos do que a ama. Você pode ser minha arma, vazia, e perder tudo. Ou pode erguer sua faca, e fazer o que deve ser feito.

Priya sentiu outro calafrio, trêmula.

Não era verdade. Ela amava o seu povo. Ela pensou, horrorizada e aturdida, em Bhumika exigindo que Priya voltasse para casa. No peso de Padma, sólido em seus braços. Em Sima, erguendo um escudo para protegê-la. Em Billu rindo, e Ganam a levantando do pântano, e Rukh abraçando-a com força, cheio de ossos pontiagudos e uma afeição constrangida. Eles eram o seu *lar*, e ela não poderia perdê-los. Não poderia.

Mas como desafiar um deus que mora dentro de você?

— Por favor — sussurrou ela.

— Isso sempre foi inevitável.

As mãos de Priya se mexeram, como se por vontade própria, para empunhar a faca. O cabo floresceu sob suas mãos, procurando sua pele: flores imensas, vermelhas como sangue e douradas como o sol nascente.

— Eu sempre iria precisar de você por completo — continuou a yaksha. — Eu sempre iria querer você por completo. E você será minha. Comigo, vai finalmente encontrar sua completude.

— Mas não a minha amada — sussurrou Priya.

Malini. Amada e traída, apesar de ainda não saber.

— Não se preocupe — tranquilizou-a a yaksha, sorrindo, sorrindo. — Eu vou ser bastante amada por você a partir de agora.

O beijo que a yaksha depositou na sua testa ondulou por Priya.

— Eu sou Mani Ara, brotinho — revelou a yaksha, emoldurando seu rosto com mãos de um dourado florido. — E você é minha sacerdotisa.

Priya acordou embaixo da terra, em uma cova que ela cavara com sua própria magia, com suas próprias mãos.

Alguém chamava seu nome. Uma voz baixa na escuridão.

— Sima — chamou ela de volta, a voz fraca. — Você está bem?

— Estou. — Uma pausa. — Acho que nós duas estamos.

Ela ouviu o grunhido do cocheiro e sentiu alívio.

Uma dor lacerante queimava entre suas costelas. Ela se moveu sob o solo, sentindo a terra abrir espaço para acomodá-la melhor.

A faca existira no sangam. A faca não estava ali naquele mundo. A faca...

Uma certeza se acomodou no âmago de Priya.

Ela tocou nas próprias costelas. Ela sentiu a pele se abrir, estranha e sobrenatural, uma maciez que não deveria estar ali.

Ela arrancou a adaga dali. A pele se fechou assim que saiu.

A adaga estava quente na palma da sua mão. Ela arfou, sem fôlego, as mãos tremendo ao segurar a lâmina.

— O que foi isso?

— Nada — disse Priya. — Nada.

— Você acha — começou Sima, no meio da escuridão — que já ganhamos ou perdemos a batalha?

As mãos de Priya estavam meladas com a seiva. Ela pressionou a lâmina de espinhos no nó do chunni, perto do quadril. Era um movimento desajeitado, e ainda mais desajeitado naquela escuridão.

— Não sei. Mas só temos um jeito de descobrir.

Ela abriu o solo, segurou a mão de Sima e arrastou as duas para se livrarem da terra, de volta para a luz.

# BHUMIKA

Eles foram para a floresta. Árvores escuras e espessas os rodearam. Os galhos pareciam virar-se para ir ao encontro dela. A vegetação farfalhava sob seus pés. No alto, as folhas eram escuras como verniz, a luz atravessando por entre elas.

A última coisa que ela fizera antes de sair do mahal foi escrever uma carta.

> *Priya,*
> *Talvez você já tenha morrido, e eu lhe fiz uma crueldade por não ficar de luto por você. Mas acho que você está viva. Espero que esteja. E, apesar de também esperar que nunca volte para cá, eu sei que, se você estiver viva, vai voltar.*
> *Quando voltar, espero que me perdoe por deixar você para trás.*

A pérgola de ossos esperava por eles. Bem no alto, atados com fitas amarelas e vermelhas, os ossos tilintavam uns contra os outros. No entanto, fora isso, a pérgola estava silenciosa, sem nem mesmo o canto dos pássaros.

Ashok esperava por ela, parado em um arbusto de flores de oleandro que pareciam crescer do nada — entrelaçados em seus cabelos, enroscando em seus pés.

— Por que este lugar? — perguntou Bhumika.

— É um lugar para a viagem — respondeu ele. — Daqui, pode-se ir muito longe.

A pérgola era tanto a entrada para um caminho entalhado havia muitos anos pelas mãos dos yaksha quanto um cemitério onde os animais tomados pela decomposição vinham para morrer. Era amaldiçoado e estranho, e parecia apropriado que fosse o lugar em que Bhumika deixaria sua vida para trás. Ela ergueu a cabeça e encarou os ossos descoloridos pendurados nos galhos, anunciando aos desavisados que eles vieram a um lugar onde nenhuma pessoa sensata deveria entrar.

— O que devo fazer agora? — perguntou ela.

— Ajoelhe-se — instruiu Ashok. — E então podemos começar.

Jeevan ficou em silêncio enquanto Bhumika se ajoelhava no chão. Ela ergueu o rosto para olhá-lo. O olhar dele estava pesaroso, enlutado e carregado de coisas não ditas que ela não queria contemplar. Agora, não.

— Não tema por mim, Jeevan — disse ela, baixinho.

Ele não disse nada. Apenas a olhou de volta.

— Você acha que eu estou me sacrificando — continuou Bhumika, endireitando-se onde se sentou, para que a coluna ficasse ereta e firme, seus ombros, determinados.

Ela esperava que parecesse uma postura nobre, vista de fora. Ela não queria que Jeevan temesse por ela. Não queria temer por si mesma.

— Você *está* se sacrificando — disse Ashok. — É isso que a magia exige que faça.

Jeevan abaixou os olhos.

— Não. Sacrifício seria ficar aqui e tentar garantir alguma segurança para o nosso povo. Meu povo — corrigiu ela.

Porque o que quer que Ashok fosse, ele não era mais um dos seus, não era mais mortal e assustado, e não se debatia contra uma força imortal tão poderosa que poderia esmagá-los com o mais leve sopro, com apenas um desejo.

— Sacrifício seria fazer isso todos os dias, mesmo sabendo que meu fracasso é inevitável. Os parijatdvipanos pensam que sabem o que significa o sacrifício — continuou ela. — Gestos grandiosos e autodestruição, é isso que pensam. Eles glorificam tais coisas. Mas não é a verdade. O caminho lento, lutando mesmo quando você sabe que talvez não valha de nada... isso é sacrifício.

Ela pensou em seu povo no mahal. Pensou em Padma, rindo, o coração de Bhumika seguro ali naquelas minúsculas mãozinhas perfeitas.

— E isso? — indagou ela, sentindo seu coração revirar e partir. — Isso é liberdade. Isso é uma escapatória.

Era uma chance ridícula.

Ashok bufou.

— Chame como preferir — disse ele.

— Eu não ficarei de luto pelo que não sei que perdi — prosseguiu ela. — Não por muito tempo. Talvez até para sempre. Que maior presente eu poderia ter?

E assim, desfazendo todo o seu trabalho, ela virou a cabeça para o irmão que não era o irmão, cobriu o rosto com as mãos e chorou.

Ela ouviu o som de passos.

— Um instante — pediu Jeevan. — Só um instante...

— Um instante, Ashok — reiterou Bhumika, a voz embargada. — Então eu estarei pronta.

Mais passos. Ela sentiu assim que Jeevan se ajoelhou diante dela.

— Milady — disse ele. Ela não respondeu. — Bhumika — murmurou ele. — Ele se foi.

Bhumika olhou para ele por entre os dedos. Jeevan estava com a mão esticada, a palma voltada para cima. Ela forçou-se a parar as lágrimas — a respirar através daquele luto terrível que a sobrepujava — e colocou a mão na dele.

— Seja lá o que não puder lamentar, eu me lamentarei por você — disse Jeevan, baixinho. — E, quando seu trabalho estiver terminado, eu a trarei de volta. Eu juro que, enquanto eu estiver vivo, isso será feito.

Ela o encarou: o rosto severo que escondia uma gentileza que morava dentro dele. As costas eretas e o olhar firme. Ela prendeu a respiração quando fitou os olhos dele por um instante. Bhumika acreditava que ele acreditava nisso, e isso a deixava feliz. Que ele podia ter esperança por Bhumika, quando ela mesma não podia.

Ela se inclinou para a frente e pressionou a boca na dele.

Foi o mais leve toque dos lábios dela contra os de Jeevan. Ela sentiu sua respiração quente; a maneira como a mão dele apertou de repente a dela, segurando-a ali como se tivesse medo de que ela fosse desaparecer se ele a soltasse. Porém, ele a beijou de volta com carinho, com uma ternura que fez o coração de Bhumika doer pelas coisas que poderiam ter acontecido, mas que nunca aconteceriam.

Ela se afastou.

— Obrigada — sussurrou ela.

O que quer que fosse aquela coisa efêmera que crescera entre eles, merecia algo melhor do que aquele beijo, ajoelhado na terra, logo antes de perder-se por completo. Porém, Jeevan tocou a bochecha dela com o polegar, limpando as lágrimas. Então ele soltou a mão dela. Ficou em pé, dando um passo para trás, e virou-se para encarar a floresta, o rosto encoberto pelas sombras.

— Ashok — chamou Bhumika, com a garganta seca.

Ela pensou que talvez fosse sentir-se envergonhada, mas, quando o irmão reapareceu e ela olhou para ele, não tinha nenhuma expressão ali. Nada humano, na verdade, que restasse em seus olhos, que pudesse fazê-la sentir vergonha.

— Está pronta agora? — quis saber Ashok.

Não. Não. Aquilo era absurdo.

— Sim — confirmou ela, e estendeu as mãos.

Ele se ajoelhou na frente dela. Segurou suas mãos.

Ela entrou no sangam, não com a tranquilidade lenta com que sempre entrara, com a respiração estável, mas de uma maneira abrupta e terrível, como um golpe no crânio, um corpo sendo arrastado pela correnteza inexorável do rio. Ela estava na sua pele, e então, no instante seguinte, não estava mais.

Estrelas dançavam acima da sua cabeça, veias e fios entrelaçados e explodindo em luz. Os rios a cercavam. E, assim como antes, não conseguia sentir Ashok. Não o via e não o sentia.

Aquilo fazia sentido, lógico. Ela compreendia tudo agora.

Ele não era Ashok. Somente estava usando a pele dele, os sonhos dele e o último pó das memórias. Somente se disfarçava como ele. Ele era um yaksha — antigo e estranho, e iludido pelo coração do seu irmão.

E ela colocara sua vida nas mãos dele.

Sob ela, na água, as flores subiram à superfície, erguendo-se através do líquido escuro para se curvar contra ela, onde a sombra do seu corpo encontrava a água. Um anel amarelo na cintura. Calêndulas, da cor do fogo. Oleandro, de um amarelo poderoso, um aviso e um convite, um veneno.

Mãos pousaram sobre seus ombros.

— Não olhe. — instruiu uma voz atrás dela. Não pertencia completamente ao irmão, tinha outra camada. Dois ecos se entrelaçando. — Não olhe, Bhumika. Eu não sei o que verá.

— Não vou olhar — assegurou ela.

Ela olhou para baixo. Não havia sol de verdade ali, nenhuma luz, e ainda assim via seu reflexo compartilhado na água. A forma dela, cercada por algo feito de folhas, com a firmeza de uma árvore antiga que crescia retorcida por causa dos vendavais.

— Como começamos? — perguntou ela.

— Você já se esvaziou por nós. Já está presa aos yaksha, pelos rios, pelas raízes e pelo vazio.

As flores estavam crescendo mais rapidamente agora, mais espessas. Preenchiam a água. Estavam subindo por ela agora, retorcendo-se pelo seu corpo, moldando-a, flor por flor.

— Nós já começamos — disse ele.

Uma flor tocou sua boca.

Ela abriu os lábios. E...

O conhecimento jorrou para dentro dela.

Como os yaksha haviam aberto o caminho com suas garras de um mundo para o outro. Mani Ara, a primeira, com seu sorriso afiado de espinhos e seus olhos em flor. E todos os outros, florescendo e crescendo, reunindo seguidores. A maneira como o mundo mudava enquanto andavam. A maneira como o mundo se tornaria deles...

(A distância, ela ouviu um grito no sangam. Ou sentiu. Algo percebera o que estava sendo feito ali. Alguém virara seu foco para ela e Ashok. Alguém estava vindo.)

O conhecimento a preencheu. Preencheu Bhumika, e ela se lembrou de cortar seu próprio coração. De se esvaziar por inteiro. Era a mesma coisa, mas agora era pior, mil vezes pior. O conhecimento fluiu para dentro dela, e, com isso, o entendimento do ser imortal que vestia a pele e as memórias do seu irmão como se fossem as suas.

Esse não era um tipo simples de conhecimento. Era tão antigo quanto os yaksha, e tão complexo quanto. Era uma coisa que não podia ser guardada em livros, e que nunca fora recitada por poetas. Era memória: a sensação do solo nos pés descalços. A primeira vez que esse yaksha derramou sangue. O mundo de onde vieram, e o mundo que queriam construir.

Os sacrifícios que fizeram para chegar até ali. O luto sombrio que levavam no coração.

*Eu sei como podem morrer*, tentou dizer ela. *Eu sei. Eu sei. Eu sei.*

Porém, aquele saber a consumira, preenchendo o vazio que ela carregava dentro de si até a borda.

— Preciso fazer isso antes que encontrem você — disse Ashok-que-não-era-Ashok. E, de repente, ela caiu para a frente, de volta no próprio corpo. — Preciso...

Ele ficou em silêncio quando ela ergueu a mão e tocou o rosto dele. Quando afastou a mão, trouxe o musgo consigo, manchado de sangue.

— Está tudo desaparecendo — percebeu ela.

Ele a encarou. Seus olhos eram tão amarelos quanto as flores que a consumiram.

— Agora você sabe — respondeu ele. — Você sabe de tudo que eu sei.

Daquela vez, ele tocou o rosto dela, imitando seu movimento.

— Adeus, Bhumika — disse ele.

Ela sentiu algo se contorcer. Algo dentro dela ficar silencioso. Ela se sentiu atordoada, o mundo girando.

Quando abriu os olhos outra vez, ela viu as árvores acima de si. Estava nos braços de alguém.

— Para onde devo levá-la, milady? — perguntou o homem.

*Jeevan*, sussurrou a mente dela, e então o nome se transformou em poeira. Fugiu dela.

— Você não pode... mais... me chamar assim — sussurrou ela. Os olhos dela se recusavam a ficar abertos, mas ela tentou.

Bhumika conseguia ouvir o esforço da respiração dele. A vegetação sendo esmagada sob seus pés enquanto ele a levava o mais rápido que conseguia, como se temesse que os yaksha estivessem atrás deles.

— Bhumika, então — acatou ele. — Para onde vamos?

Um lago de conhecimento na sua cabeça. Uma história de raízes cortadas. Ela umedeceu os lábios secos.

— O caminho da reflexão — disse ela. — E depois... Alor. Me leve para Alor.

*Quem é Bhumika?*, pensou ela, e então mais nada. Nada.

A última coisa que ela viu foi o céu estrelado.

# RAO

Depois que o trabalho estava feito, eles se reuniram.

— Eu odeio ter que confiar no que descobrimos usando tortura — murmurou Rao.

— Sua moral refinada o incomoda muito, príncipe Rao?

Rao deu um sorriso tenso para lorde Mahesh.

— Não muito — disse Rao. — Só fico... preocupado. O medo tende a transformar as pessoas em mentirosas, assim como a dor. Podem dizer qualquer coisa para que acabe mais rápido.

— Não acredito que ele estivesse mentindo — contrapôs Mahesh.

Ele tinha bons motivos para acreditar. Assistira tudo ao lado de Rao, sem estremecer, enquanto Kunal era torturado. Enquanto cada pedacinho de informação era arrancado dele, ensanguentado e aos gritos.

— Nós temos um meio de entrar na fortaleza — disse ele. — Uma rota através do labirinto. Vamos enfrentar o alto-príncipe e colocar um ponto-final nesta história.

Rao não estava convencido, mas, antes que pudesse abrir a boca, foi Aditya que se pronunciou:

— Nós vamos — concordou Aditya. — E vamos liderar os homens. Lorde Mahesh e eu.

— Como quiser — murmurou Mahesh, abaixando a cabeça.

Lorde Mahesh partiu.

— Aditya — disse Rao, afiado. Ele sabia como a própria voz soava. Áspera. Com um pouco de raiva.

Porém, os olhos de Aditya o encaravam com tranquilidade, perdoando-o — como se a raiva de Rao fosse injustificada. Como se aquilo não fosse uma loucura completa.

— Não se manda príncipes ou generais para dentro de uma fortaleza neste tipo de batalha — continuou Rao.

— Então quem deve ser enviado?

Rao poderia ter tentado dar uma resposta diplomática. Homens com habilidades para a arte da guerra mais sutil. Espiões que poderiam se mover furtivamente pela cidade fortaleza gigantesca sem serem pegos.

— Homens que sua irmã pode perder — disse ele, com sinceridade. — Quem vai liderar os homens por aqui se você morrer de uma maneira ridícula com uma flecha no pescoço?

— Não temos mais esses homens. Não podemos perder mais ninguém. — A voz de Aditya era calma. — Nessa batalha, a vida de cada soldado tem seu valor.

— Aditya, eu admiro a sua nobreza e seus princípios, mas...

— São de fato meus princípios — reconheceu Aditya, interrompendo as palavras de Rao. — Mas estou falando em um sentido prático. Perdemos pessoas demais, Rao. Não precisa ver mais nenhum registro sobre grãos, ou arroz, ou armas, ou... as listas de mortos para perceber.

— Eu estou aqui agora — disse Rao. — Isso deve servir de alguma coisa.

— Você prefere que eu arrisque você? — perguntou Aditya. — Mandar você para morrer no meu lugar?

Rao engoliu em seco. O coração dele batia rápido, o corpo nauseado de tanto medo que sentia por Aditya. E talvez... talvez também por si mesmo.

— Quando meu pai me mandou para o palácio imperial quando criança, ele fez isso para que eu criasse um elo com o príncipe herdeiro — disse Rao. — Ele me mandou para que eu fosse seu. Seu amigo. Seu refém, de certa forma. Se eu devo lutar por você... — Rao deu de ombros. — Não seria algo tão ruim assim. Seria... justo.

— Você me mostrou o sinal — destacou Aditya, calmo. — O sinal que eu estava esperando. O braço decepado de um yaksha, ainda cheio de vida. Um presságio entregue diretamente em minhas mãos. Todas as coisas sombrias e terríveis que o anônimo me mostrou virão a acontecer. Já estão acontecendo agora. E eu estou aqui, e eu sinto isso. Um conhecimento dentro de mim. Pela primeira vez, eu tenho certeza. — Ele levou o punho ao seu coração. — Eu devo lutar contra o alto-príncipe. Devo ir para onde a guerra me levar. E, se esse cerco tem uma maré, Rao... uma ordem natural, como as monções e o nascer do sol, como a lua crescendo e minguando... então está me guiando até a fortaleza. Para encerrar o desafio do alto-príncipe, e garantir o sucesso da minha irmã.

— Se esse é o seu caminho, então precisa segui-lo — disse Rao. — Mas eu também preciso.

Ele olhou para Aditya e pensou nas palavras que Lata dissera para ele, havia tanto tempo. Ele pensou em como, no fim das contas, o anônimo levara Rao de volta até ali: até Aditya, para compartilhar do seu propósito.

— Para onde você for — disse ele —, eu vou com você.

Eles cronometraram os esforços para entrar na fortaleza, não de acordo com os conselhos de Kunal, arrancados dele pela dor, mas usando o conhecimento que tinham adquirido. Os homens escolhidos a dedo por Mahesh observaram a troca de turnos da patrulha nas muralhas e decidiram qual seria a melhor hora de se aproximar.

Mahesh era um bom general quando não estava tentando sabotar o governante ao qual estava servindo. Rao tentou não pensar em tudo que Mahesh poderia ter feito pela causa de Malini se tivesse colocado nela metade da fé que tinha em Aditya.

Para o alívio de Rao, as instruções de Kunal evidentemente não tinham sido as mentiras desesperadas de um homem sob tortura. Eles encontraram a entrada da fortaleza assim como Kunal a descrevera: uma perfuração nas paredes de pedra, acessível apenas de um parapeito grande o bastante para um homem chegar andando de lado com cuidado. Rao o examinou.

— A altura é baixa — murmurou ele para Aditya.

Aditya assentiu, compreendendo. Atrás dele, Mahesh parecia soturno. Portas baixas eram uma construção arquitetônica sensata em qualquer prédio que tinha probabilidade de enfrentar um cerco: era só deixar um guarda discreto do outro lado com uma lâmina afiada em mãos, e então poderia esperar que o inimigo entrasse com o pescoço prestativamente esticado para ser cortado.

— Você entra primeiro — disse Rao para Kunal. Ele estendeu a mão para ele.

Kunal o encarou de volta, o rosto pálido. Ele não se mexeu.

— Você não será mais machucado — afirmou Aditya, com uma sinceridade nobre.

Não era uma promessa que ele poderia manter, e pela expressão no rosto de Kunal — e pela forma como seus olhos cautelosos continuavam grudados em Rao —, o garoto sabia disso.

Rao olhou para ele de volta, firme.

— Você é nosso aliado aqui — disse Rao. — E o irmão da imperatriz em pessoa prometeu sua segurança se nos ajudar de bom grado. Você não tem nada a temer.

*A não ser que uma armadilha esteja nos esperando*, ocultou Rao. *A não ser que esteja tentando nos enganar e comprometer nosso ataque. Então, morrerá conosco.*

Kunal cerrou a mandíbula. Ele deu um passo à frente, ignorando a mão esticada de Rao, e entrou pela fenda. Rao rapidamente o seguiu, sem deixar nenhuma distância entre eles. Ele sentiu algo repuxar seus pés na escuridão — uma teia de aranha, ou a vegetação rasteira, ele não sabia dizer — e continuou andando.

A fortaleza fazia jus à sua fama e nome de labirinto. Cada passagem era estreita, e se abria para diversas outras portas, que levavam a corredores diferentes por sua vez. Porém, eles andaram em frente confiantes, seguindo o caminho que Kunal explicara para eles, e pelo qual os guiava agora.

Em certa altura, eles chegaram em uma sala grande e ladeada de colunas, com portas de cada lado. Não havia janelas, mas aquele espaço vasto era estranhamente reluzente, tão bem iluminado por lamparinas penduradas que as paredes pareciam cintilar como expansões líquidas de ouro.

O medo perfurou o corpo de Rao um segundo antes de perceber algo em sua mente consciente: aquelas lamparinas não continham fogo normal. As labaredas se contorciam, lentas e sobrenaturais, o movimento fazendo os braços e as pernas de Rao se enrijecerem com uma cautela instintiva e animalesca.

Alguém praguejou. E atrás do peso daquele sussurro, Rao ouviu um som distante. Passos.

Um eco de risada ressoou atrás dele.

— Vocês estão encurralados — anunciou Kunal, erguendo a cabeça de uma maneira que pareceria nobre e corajosa, se Rao não estivesse vendo tudo através de uma neblina de fúria e pânico. — Tinha um arame preso no chão na entrada. Quando tropeçamos nele... agora meu pai sabe. Os homens dele estão vindo. Ou vocês vão embora agora, ou vão morrer.

— Seu tolo — soltou Rao, afiado. — Está disposto a morrer conosco? Na ponta da nossa espada?

— Pelo bem de Saketa? — respondeu ele, ofegante. — S-sim.

— Pelo bem de Saketa? Saketa está queimando. Está tomada pela decomposição. Seus baixos-príncipes se viraram contra seu pai e agora servem à imperatriz Malini, assim como deveriam.

— Ela não pode ganhar do imperador — retrucou Kunal. Algo assombrava seus olhos. — Eu sei como ele é. Eu o conheço.

— Não como eu conheço. E não como eu a conheço — rebateu Rao, a voz carregada de raiva.

Mahesh fez um gesto para um dos seus homens leais, e num piscar de olhos, o guerreiro parijati agarrara Kunal pelo pescoço — e o batera com força contra a parede.

Mahesh olhou em volta, para uma porta, depois para outra, e mais outra, uma colmeia inteira de corredores.

— O labirinto aqui é ainda maior do que esperávamos, e esse desgraçado se certificou de estarmos perdidos — disse Mahesh, soturno. — Tudo que podemos fazer é torcer para encontrar o alto-príncipe por algum milagre e cortar a garganta dele. Colocar um fim nisso.

E perder a vida, mas de que importava agora?

Aditya estava com uma das mãos apoiada em uma parede. Ele olhava para a pedra — a forma como se curvava na direção do teto abobadado. Kunal, contra a parede, ainda fazia barulhos engasgados, as mãos agitadas perto do corpo sem propósito.

Rao deveria ter dito ao soldado para soltar o príncipe Kunal, mas não disse. Em vez disso, ficou olhando para Aditya.

Ele notou o instante em que a boca de Aditya se firmou. Quando ele exalou o ar, superficial e dolorosamente. Então ele se endireitou, abaixando os braços.

— O fogo falso do alto-príncipe e de Chandra destruiu uma parte considerável do nosso exército — murmurou Aditya. Ele soava perdido em pensamentos, mas o olhar dele estava focado. — Imaginem só...

Ele parou. Fez-se um silêncio profundo, e tudo que se ouvia era o estalar das tochas e o arfar dolorido da respiração cada vez mais curta de Kunal.

— Eu me pergunto — prosseguiu Aditya, por fim — o que o fogo verdadeiro seria capaz de fazer.

— Fogo verdadeiro — repetiu Rao.

— Está falando do fogo das mães? — perguntou Mahesh.

Aditya assentiu.

— Príncipe Aditya — respondeu Mahesh, a voz pesarosa. — Nós não temos algo desse tipo.

— Às vezes, é possível ouvir a voz do anônimo mesmo sem uma bacia de água para abrir o caminho. — A voz de Aditya soava firme. Determinada. — Às vezes, o anônimo fala de um jeito nítido.

— O fogo está se apagando — observou Rao, encarando as chamas nas arandelas.

— Uma magia que nasceu de um sacrifício imperfeito — murmurou Aditya — nunca será nada além de uma imitação do que as mães conseguiram fazer por nós.

Na voz dele — naquela cadência, na certeza, na forma como os homens escutavam cada palavra —, Rao viu a sombra de Malini em Aditya.

— Sacrifício — continuou Aditya. — Um sacrifício que não foi forçado. Um sacrifício feito por escolha.

Ele fechou os olhos, e então os abriu.

— As lamparinas ainda não se apagaram — notou Aditya.

— Não — confirmou Rao, mesmo enquanto o fogo se retorcia e cuspia, criçado nas arandelas. Ele não compreendia. — Ainda não. Nós devemos ir, agora.

Aditya andou até uma das chamas. Quase perto o bastante para tocar.

— Aditya — chamou Rao, a voz aguda. — O que está fazendo?

E então Aditya virou a cabeça, com os olhos brilhando, e Rao soube. Ele *soube*.

— Vocês são homens de Parijat — disse Aditya, a voz rouca, falhando apesar de continuar firme. — Vocês são homens de Parijat, de Dwarali e Alor, Srugna e Saketa. Vocês sabiam quando escolheram lutar ao meu lado que esse caminho poderia custar suas vidas. Porém, ficaram por causa do império. Porque vocês acreditaram, e ainda acreditam, que ele não pode ser forte sob o comando do meu irmão.

Rao tentou dar um passo adiante, mas Mahesh o segurou pelo braço, o punho como um fecho de ferro.

— Eu sou um sacerdote do anônimo — disse Aditya, visivelmente criando coragem. — Mas também tenho o sangue de Divyanshi. Eu me lembro e honro os votos que seus ancestrais fizeram a ela. A lealdade ao trono parijatdvipano. Os votos de uma visão compartilhada, um império compartilhado. E agora peço a vocês por um novo voto: eu farei um sacrifício aqui. Garantirei que o governo do alto-príncipe tenha um fim. Eu terei controle do fogo, e com meu sacrifício, precisam virá-lo contra ele e seus soldados. Eles irão queimar, e vocês sairão ilesos, livres, incólumes. E voltarão para o lado da minha irmã, dizendo que eu morri por ela. Vocês dirão que a imperatriz Malini foi coroada por um sacrifício voluntário. Será um novo pacto entre todos nós. — Ele engoliu em seco e abriu um sorriso, iluminado pelas lágrimas. — Vocês irão honrá-la.

Kunal emitiu um som terrível. E Rao estremeceu, balançando a cabeça.

— Não — disse ele. — Aditya, não.

Porém, Mahesh ainda o segurava. Mahesh se pronunciou:

— Meus ancestrais estavam lá quando Divyanshi exigiu nosso juramento de servir aos seus filhos. Meus ancestrais estavam presentes para vê-la queimar. Não farei menos por você, meu príncipe. Não farei menos por você.

A expressão dele estava sombria e, apesar de não haver lágrimas em seus olhos, ele engolia em seco desesperadamente para tentar contê-las. Ele levou o punho fechado ao peito e fez uma mesura, arrastando Rao consigo.

E de alguma forma, os homens ao redor de Rao também estavam fazendo mesuras.

— Rao, pode me dizer adeus? — pediu Aditya.

Rao balançou a cabeça. Não. Não. Porém, ele não conseguia falar.

— Eu sinto muito, Rao — disse Aditya, e os olhos dele estavam úmidos, mas mesmo assim sorria, sorria como se estivesse sendo preenchido por uma alegria e dor grandes demais para o seu corpo, tão imensas que os sentimentos transbordavam. — Eu sei que você perdeu pessoas demais.

Mas não deve pensar em mim como alguém que perdeu. Eu finalmente descobri o que o anônimo quer de mim.

— É uma coisa monstruosa exigir um sacrifício assim de alguém — conseguiu dizer Rao, engasgando. — Inclusive de si mesmo. *Aditya.*

Ele conseguiu se desvencilhar e andou até o amigo. Então o agarrou pelo colarinho da túnica, puxando-o para mais perto.

— Que tipo de deus exige um sacrifício desses de você? — Queria gritar Rao, mas não conseguia. Tudo que conseguia fazer era enterrar os dedos mais fundo nas roupas de Aditya, arrastando-o para mais perto. — Que tipo de deus exige uma coisa dessas de qualquer pessoa?

— Nosso deus — respondeu Aditya, gentilmente empurrando Rao para trás.

Os passos estavam chegando mais perto.

— Você não vai queimar — protestou Rao. — Não é fácil assim. Não tem óleo, não tem vern...

— As mães vão me guiar.

— Você não pode.

— Ah, Rao — disse Aditya, baixinho. — Eu posso, sim.

As lamparinas bruxuleavam ao redor deles, vivas... chamas e mais chamas iluminadas. O ar parecia uma onda que se assomava. Uma tempestade acumulada, fervendo, erguendo-se mais e mais.

Como se pressentissem Aditya. Como se estivessem fazendo isso por ele.

— Agora eu sei — disse Aditya. — O motivo de eu ter sonhado com você como sonhei. Não se esqueça do que as estrelas são, Rao.

Então ele ergueu a mão e tocou no fogo.

As labaredas correram pelo seu corpo como um cometa cruzando o céu noturno. E Rao o segurou e não sentiu nada — só a pele. Só o próprio corpo, intocado, um sacrifício que não foi aceito e que não foi pedido.

— Príncipe Rao — disse lorde Mahesh, entre os dentes. — Nós testemunhamos. Nós vimos. Agora, devemos sobreviver. Venha!

— Eu vou ficar com você — afirmou Rao, a voz saindo irregular. Ele percebeu que estava chorando. — Aditya, eu vou ficar aqui. Não vou deixar você sozinho.

Aditya não conseguia responder. O fogo subia por ele, pulando e arqueando, traçando um caminho tão doce quanto flores subindo por trepadeiras. Porém, ele queimava, e queimava, e Rao conseguia sentir o cheiro da fumaça. Ele conseguia ver... a pele de Aditya...

O fogo se virou contra eles com selvageria. Os chakrams no braço de Rao rodopiavam em círculos dourados. E Rao viu a luz, luz e mais luz. A mão de alguém o puxou pelas costas.

E então, mais nada.

# MALINI

Tendo Chandra como seu prisioneiro e os sacerdotes como aliados, Malini não via necessidade em fazer um cerco em Harsinghar como acontecera com a fortaleza de Saketa. Em vez disso, pôde simplesmente abrir os portões.

Os sacerdotes e seus próprios guerreiros foram prestativos. Eles deram as boas-vindas ao exército de Malini. Fizeram mesuras para demonstrar lealdade diante de um público improvisado. Os criados, que no começo estavam aterrorizados, logo foram apaziguados quando Malini ordenou que permanecessem intocados. Ela pediu que um banquete fosse preparado, e o mahal logo ficou agitado com o ruído de uma celebração iminente.

— Seu irmão foi aprisionado em uma cela — informou Kartik, com uma calma digna de um sacerdote, assim que acabou toda a pompa e circunstância das cerimônias. — Gostaria de ser levada até ele?

— É claro — disse Malini. — Ficaria muito grata por isso.

No passado, ela quisera dar a ele uma morte lenta. Queria vê-lo humilhado diante de todos os seus súditos: diante de reis e príncipes, nobres e guerreiros, e também da sua corte de mulheres, que jamais seriam vistas como iguais aos olhos dele, mas que, daquele ponto em diante, estariam acima de Chandra. Durante tanto tempo, ela se reconfortara com o pensamento cruel de como seria arrancá-lo daquele falso senso de soberba e destroçar o seu orgulho desproporcional em pedaços.

Porém, ela tivera um gosto dessa vitória quando os sacerdotes se voltaram contra ele e não fizera nada para amainar sua raiva. Agora, ela simplesmente queria que ele desaparecesse.

Chandra fora acorrentado, mas a sua cela era luxuosa. Tinha uma cama confortável e um jarro de vinho. Era mais do que ele merecia.

O irmão a observou com uma fúria terrível que não se deu ao trabalho de esconder quando ela entrou no cômodo.

— Fui para os meus antigos aposentos — disse ela, casualmente, e gesticulou para as roupas que usava naquele momento. O brilho da seda do sári, o outro nos pulsos e na cintura. O sabre que tilintava contra seu quadril. — Não esperava que estivessem intocados.

Ele ficou em silêncio, estreitando os olhos.

— Considerei o que deve ser feito com você — prosseguiu ela. — Não acho que você tema ficar impotente. Não acho que você sequer considerou qual seria essa sensação, de ser pequeno, de sentir-se inútil com uma faca apontada para seu pescoço. Você acha que existe uma ordem natural do mundo. Uma *justiça*. Só que isso não existe, Chandra.

— Se me matar, seu nome ficará manchado — retorquiu ele, a voz firme. — Todos vão saber que você é a mulher impura que assassinou o próprio irmão.

— Chandra — disse ela. — Irmão. Nada no mundo me traria maior alegria do que enfiar essa espada no seu corpo eu mesma. Eu não sou uma mulher forte, e não sou bem treinada para usar uma lâmina. Eu faria um trabalho muito ruim. Acho que demoraria muito tempo para você morrer. Agora *você...* — continuou ela, naquele silêncio que ele deixou se prolongar. — Você sabe como usar um sabre. Se acha que é tão corajoso, você mesmo poderia fazer isso e se poupar da morte lenta, desagradável e *humilhante* que vou dar a você. Deixe que eu conte o que tenho em mente.

Ela tirou um frasco da corrente que levava na cintura.

O frasco era pequeno. O conteúdo era escuro, quase oleoso. Ela o depositou na mesinha ao lado da cama de Chandra com um tilintar audível.

— Tintura de jasmim — explicou ela. — Uma dose dessas iria acabar matando você. Doses pequenas, durante um tempo, destruiriam sua mente. E as doses virão, irmão, e serão colocadas no seu vinho. Nas suas refeições. Você vai morrer aos poucos, e sua mente vai apodrecer dentro do seu crânio. Esse veneno vai matá-lo sem pressa, e, quando finalmente você for encarar os reis e guerreiros de Parijatdvipa, quando eu finalmente arrastá-lo até a corte, você será apenas uma sombra do que já foi um dia.

Ela se inclinou para a frente.

— Eu vou permitir que você use todos seus antigos trajes de príncipe para que os homens que já se curvaram diante de você possam ver o quanto ficou manso. Você será uma visão lamentável e digna de pena, eu prometo, quando cambalear na corte usando seu ouro e turbante, com a pele grudando nas costelas. Eu direi para você se defender, e todos os homens vão ouvir você gaguejar em suas palavras. Eles vão *rir* de você, irmão. Eu vou roubar tudo de você, assim como você tentou roubar de mim.

Ele engoliu em seco. E não disse nada.

— Sob circunstâncias normais, eu jamais condenaria você a ter um destino desses — prosseguiu Malini. — Mas me condenou a isso antes. Você me condenou à vergonha. Você me arrastou até a corte para ser humilhada e morta diante de todos os nobres poderosos do nosso império. Tentou me assassinar, e quando eu decidi que não morreria para cumprir seu desejo, você tentou tirar minha mente de mim. Ah, pode até balançar a cabeça agora. Pode se convencer de que agiu por um propósito maior, por Parijatdvipa, mas você sabe a verdade.

— Você tem uma mente monstruosa, irmã — disse ele.

Sua voz transbordava desdém, e o rosto era assombrado — até a forma como as mãos tremiam nas algemas, como se mal conseguisse conter a vontade de colocar os dedos em volta do pescoço de Malini.

— Se eu pudesse viver minha vida de novo, eu tiraria a sua quando você era apenas uma menina — disse ele. — Eu pouparia o mundo de viver a sua desonra. Eu diria para nossa mãe parir uma filha melhor.

— Você me mataria agora, se pudesse? — Malini inclinou a cabeça, observando Chandra como se ele fosse uma sujeira. Ela torcia para que ele sentisse isso, para que ele se lembrasse depois de não ser nada além de uma inconveniência para ela.

— O único valor que você tem está na sua morte. Até os sacerdotes veem isso. Você é só uma ferramenta para eles — cuspiu ele, brutal. — Eles só querem usar você. Escute o que estou falando, Malini, você vai queimar como eu queria, quer eu esteja aqui para ver ou não. É o seu propósito. O seu destino. Estava escrito nas estrelas quando você nasceu.

— Ah, mas eu vou queimar pela minha glória, e não pela sua — rebateu ela, arreganhando os dentes em um sorriso feroz. — E vou ser lembrada como uma mãe, uma deusa, e você... você nem sequer vai ser lembrado.

Ela deu um passo para longe dele.

— Você tem uma escolha, irmão — finalizou ela, mais gentil dessa vez. Ela poderia arcar com o custo da gentileza naquele momento. — O jasmim está a seu dispor. Faça o que preferir.

Então ela virou de costas e o deixou ali. Trancou a porta atrás de si. Malini pressionou as costas contra a parede, e esperou.

# CHANDRA

Ele encarou o frasco de jasmim. O sangue retumbava como o rufar de tambores no seu crânio. Ele pensou em enfiar um sabre na barriga da irmã. Ele imaginou ela na pira, queimando e gritando de agonia, implorando por misericórdia, e sentiu um desespero tão profundo que era como uma onda, como se ele estivesse se afogando.

Ele nunca veria a morte de Malini. Não podia mais mentir para si mesmo. Hemanth virara as costas para ele, com lágrimas nos olhos. *Com arrependimento. Com amor*, dissera ele.

Chandra pegou o frasco e o segurou, erguendo-o.

Ele não queria morrer.

A lembrança do sabre contra seu pescoço o atravessou. A humilhação daquilo fez Chandra cerrar os dentes, sentir o gosto de sangue na língua.

Será que algum dia Hemanth o amara de verdade? Quando o alto-sacerdote dissera que Chandra estava destinado à grandeza — quando lhe oferecera esperança e propósito —, ele já sabia que um dia iria traí-lo?

O mundo era cheio de defeitos, decadente e apodrecido. E Chandra era o único homem nobre que restava nele. Traído por todos os homens que deveriam ter se ajoelhado diante dele. Humilhado e condenado por uma irmã que deveria ter morrido por ele.

Chandra merecia viver. Ele *precisava* viver. Parijatdvipa iria ruir sem ele.

Ele fechou a mão com força ao redor do frasco. O ímpeto de atirá-lo contra a parede e ver o vidro despedaçado era uma coisa poderosa. Ele queria sentir o prazer irrisório da destruição — queria ver o vidro e o jasmim pingando no chão e nas paredes.

A mão dele tremia. O braço dele não queria se erguer. Era como se olhasse para o frasco de muito longe. Ele não podia atirá-lo longe. Não podia beber seu conteúdo. Ele estava congelado.

Umidade, miserável e fraca, escorria de seus olhos. Não eram lágrimas dele. Não eram o seu coração partido.

*Hemanth*, pensou ele. *Como pôde me trair assim?*

Ele pensou em colocar o frasco de volta na mesa de cabeceira. Pensou em confiar na glória do seu próprio destino.

Pensou em Hemanth outra vez, e sentiu a própria fé murchar.

Pensou nas ameaças da irmã: as doses de jasmim administradas lentamente. Ser consumido. Os nobres de Parijatdvipa rindo e zombando dele enquanto sua mente o traía e o corpo seguia pelo mesmo caminho. O pavor que aquilo invocava era imenso. Ele não conseguia respirar. Sentiu-se como uma criança outra vez, encurralado por um mar de emoções sombrias, à deriva. Porém, não havia mais ninguém ali para trazê-lo para a superfície. Ninguém para mostrar o caminho. Havia apenas o medo.

E o frasco.

*Eu vou morrer como eu mesmo. Eu vou morrer com meu orgulho e minha honra intactos.*

Aquele era o caminho corajoso. O único caminho.

Uma morte rápida e limpa.

Antes que pudesse se dissuadir, rapidamente destampou o frasco e despejou o jasmim na boca, com a mão que tremia de uma maneira tão violenta que quase derrubou o líquido. Então ele pegou o jarro de vinho e bebeu um gole longo, até esvaziá-lo. O gosto intenso do vinho limpou todo o gosto de jasmim, deixando nada na boca de Chandra a não ser o gosto de frutas maduras e a amargura do seu próprio pânico.

Ele atirou o jarro contra a parede e colidiu com a pedra com um baque, e em seguida foi ao chão, rolando até o pé da cama. Ele deixou escapar um soluço terrível, abafado pela própria mão.

Que as mães condenassem sua irmã. Que ela apodrecesse e sofresse. Ele deveria ser o imperador, e morrer a morte de um velho em sua cama, rodeado por seus filhos e herdeiros. Ela condenara Parijatdvipa ao condenar Chandra. Ela tinha...

Ele.

As mãos dele estavam ficando dormentes.

Seu coração estava acelerado. Batia depressa, cada vez mais rápido. Enquanto o quarto começou a oscilar e sua visão ficou borrada, o corpo dele deslizou da cama, enganchado pelas correntes nas algemas, e ele pensou, *Isso não é veneno de jasmim.*

Chandra vomitou, violentamente. Uma vez, e depois outra.

O estômago dele ainda estava revirando quando ouviu a porta se abrir outra vez.

— Malini — rosnou ele. Vomitou outra vez. — *Malini.*

Ela se sentou na cama dele e pousou as mãos sobre o colo.

Ele ergueu o olhar, e viu o rosto calmo da irmã, a luz dos seus olhos. *Traidora*, pensou ele. *Vagabunda. Monstro.*

Ele tentou se levantar do chão, mas tudo que conseguiu fazer foi agarrar a barra do sári dela. As mãos dele estavam úmidas de suor. O coração dele não parava de bater cada vez mais rápido, e ele não conseguia respirar com toda a pressão do seu próprio sangue.

Malini soltou um ruído, pensativa, e se abaixou.

— Me diga — pediu ela, colocando uma das mãos sobre a dele. Ele não conseguia sentir os dedos dela. Sua pele formigava, ficando mais pesada. — Está doendo?

Ele abriu a boca. Não conseguiu falar nada, só soltar um chiado. Sentiu algo escorrer pelo queixo.

Ela assentiu, como se ele tivesse dado a resposta.

A visão dele estava começando a escurecer. Chandra não conseguia respirar. E a náusea atormentada no estômago estava ficando pior, revirando-o do avesso. Ele estava sendo destroçado por dentro. Eviscerado.

O chão embaixo dele era feito de cinzas, e o que vivia nas cinzas o consumia por dentro, quente e frio e amargo, repuxando-o pelos ossos.

Ao redor dele estavam noivas sem rosto, os sáris vermelho-sangue roçando o seu corpo, que se contorcia. As labaredas pulavam das roupas delas para a pele de Chandra, e elas riam e sibilavam o nome dele, observando-o por baixo de coroas de brasas derretidas e poeira estelar.

Ele estava ardendo e ardendo, a pele derretendo do corpo, o fogo formando bolhas nos órgãos e na carne macia. Chandra não conseguiria fugir dele. O fogo era ele, e ele era o fogo, e no vazio que se estendeu diante dele, só havia mais labaredas.

Sim, doía. *Doía*, e ele teria pagado qualquer preço para acabar com aquilo. Qualquer preço.

— Que bom — disse Malini, muito distante, a voz dela soando como um eco. — Fico feliz em saber.

# MALINI

Ela esperou até ter certeza de que ele não iria sobreviver. O aperto da mão dele se afrouxara. Ele estava deitado com o rosto afogado no próprio vômito e na bile, a respiração pouco mais do que um chiado, úmido de sangue.

Ela encarou a parede oposta, manchada com um pouco de vinho. Ela se sentiu curiosamente vazia, tão leve quanto o ar. A sensação voltaria depois, ela sabia disso. Como a maré que sempre retornava à costa.

Ela ficou em pé e saiu da cela.

Os guardas estavam no final do corredor. Ela pedira que ficassem longe para que pudesse falar com Chandra em particular.

— Ele está descansando — informou ela quando passou por eles na saída. — Garantam que ele não seja perturbado.

— Imperatriz — disse o soldado, fazendo uma mesura.

Ela foi embora.

Malini foi para a ala das mulheres no mahal. Lata estava esperando por ela, sua expressão tensa e determinada.

— Estou feliz que esteja aqui — disse Lata, que era o mais próximo que ela chegaria de perguntar a Malini, na presença de estranhos, onde ela estivera.

Malini não tinha interesse nenhum em responder à pergunta não dita.

— A esposa de Chandra — disse ela, em vez disso. — Você está com ela?

— Foi muita sorte que as criadas da rainha Varsha a trouxessem diretamente para mim — respondeu Lata, sem mudar a inflexão do tom. — Se ela fosse encontrada pelos soldados errados...

— Me leve até ela — pediu Malini.

Rainha Varsha. A filha do alto-príncipe — uma coisinha magra de olhos arregalados, com o cabelo feito nuvens selvagens ao redor do rosto, penteado a óleo em uma trança — estava acuada no canto de um quarto com duas mulheres que nitidamente a serviam. Todas as três choravam. Ela ergueu o olhar e, quando viu Malini ali, se encolheu.

De repente, Malini sentiu náuseas. Ela tirou o sabre da cintura e o deixou de lado. Por fim, entrou no quarto.

— Por favor! — começou Varsha, caindo de joelhos, levando as duas mulheres consigo. Ela estava chorando. Grandes lágrimas rolavam por seu rosto. — Eu não fiz nada de errado, imperatriz. Eu sou uma filha leal. Obedeci ao meu pai e me casei como ele mandou. Isso por acaso é um crime?

— Você acha que vou machucar você? — perguntou Malini.

Aquilo provocou outra onda de choro.

— Por favor, não me machuque — implorou Varsha. — Por favor, me poupe.

— Eu fiz uma grande gentileza a você — pontuou Malini. — Duvido muito que meu irmão tenha sido um marido digno ou útil.

— Não, imperatriz — confirmou Varsha, aos prantos. — Ele não foi um bom marido mesmo.

Um barulho ressoou no corredor. Malini se virou. Lata abriu as portas, e dois soldados entraram. Um deles tremia visivelmente, o rosto úmido de suor.

— Imperatriz — disse ele. — O imperador... seu irmão... ele...

— Ele bebeu veneno — anunciou o outro guarda. — Ele devia tê-lo consigo. Imperatriz, nós oferecemos as nossas mais sinceras desculpas. Qualquer punição que precisemos enfrentar, nós enfrentaremos. — Ele se prostrou ao chão. O outro soldado o acompanhou. — Ele... ele está morto.

Atrás dela, Varsha parou de chorar de repente.

— Morto — repetiu Malini.

Ela encarou os soldados. Morto. A palavra ressoou por ela como se fosse o canto de uma concha.

— Tem certeza disso? — perguntou ela.

— Sim, imperatriz.

— Morreu pela própria mão?

— Tinha um frasco no quarto. E vinho. Imperatriz, por favor... *por favor*, seja clemente conosco.

— Vocês não são responsáveis por isso. Acalmem-se — disse Malini. — Chamem um médico para que confirmem a morte. Também chamem um sacerdote. Posso confiar que farão isso?

— Sim, imperatriz — disse um, às pressas, e o outro repetiu.

— Então levantem-se do chão — ordenou ela. — E *vão*.

Eles se apressaram para ficar em pé e saíram tão rápido quanto entraram. Ruídos abafados ecoaram atrás de Malini. Um arfar surpreso.

Ela levou uma das mãos sobre os olhos, sentindo o corpo inteiro começar a tremer, tomado de emoção. Por fim, o alívio a atingiu, profundo e intenso. Ele estava morto. Ele estava morto. Ele estava morto. Uma parte dela acreditara que tinha imaginado tudo; *sonhado* com aquilo, mesmo que tenha sido ela a assustá-lo e provocá-lo com a possibilidade do seu fim lento e doloroso. Mesmo que tenha sido ela a deixar o veneno de oleandro e acônito, um veneno que o queimaria por dentro, e dissera que era apenas essência de jasmim. Uma morte suave, como adormecer.

Ela queria gargalhar.

Malini não riu. Não se deixou gritar de alegria, tampouco — com aquela leveza que sentia no peito, a beleza selvagem que continha ali.

Jasmim. Até parece. Que tolo Chandra fora em acreditar que ela o deixaria ir assim tão fácil, ou rápido.

Ela sentiu uma mão pousar no seu braço. Então abaixou a própria mão do rosto e viu que Lata a tocava e observava tudo. Havia preocupação no olhar dela, mas também reconhecimento.

— O que posso fazer, imperatriz? Como posso suavizar o seu fardo? — perguntou Lata.

— Informe aos meus generais — ordenou Malini. — E lide com... isso. — Ela gesticulou para a viúva do irmão, e as mulheres ao redor dela. Malini não conseguia mais aguentar tanto choro. — Eu preciso ficar sozinha.

— Lógico — murmurou Lata.

Malini saiu do quarto. Seu corpo parecia leve e pesado ao mesmo tempo. Ela não voltou a pegar seu sabre. Em vez disso, afastou-se da ala das mulheres, passando pelos corredores grandiosos do seu mahal. Ela caminhou sob os tetos incrustrados de pedras preciosas; sob colunas carregadas de esmeraldas e pérolas, e por flores embelezadas a ouro, raios de sol de luz líquida.

Os soldados, como ela suspeitara, não foram sutis quando correram para informá-la da morte de Chandra. Não foram sutis, tampouco, procurando um médico e um sacerdote. A notícia do fim de Chandra já se espalhava por todo o mahal. Os poucos criados que ela encontrou abaixaram os olhos quando Malini passou ou fizeram mesuras. Os guerreiros que ela viu — *seus* guerreiros — abaixaram a cabeça e tocaram o peito na altura do coração em um gesto de respeito. O imperador estava morto. Ela vencera a guerra.

Malini não precisou de armas. A sua própria história a protegia.

Caminhou até a sala do trono. Os guardas fizeram uma mesura e abriram as portas.

— Imperatriz — disseram.

Ela atravessou as portas. Ouviu se fecharem atrás dela.

Por fim, sozinha, ela olhou para a sala onde deveria ter queimado, a sala onde suas irmãs de coração morreram. Um fogo ainda ardia ali. Sombras e luz dançavam pelas paredes. O aroma de jasmins adentrou a sala, doce, misturado ao cheiro de cinzas.

Ela fechou os olhos e permitiu-se sentir todas as coisas: seu medo do fogo, seu luto, sua raiva, seu alívio, o peso sangrento e cruel da sua própria alegria.

Ela sorriu; abriu um sorriso tão iluminado e feroz que era como se seu corpo inteiro fosse iluminado por ele. Ela conseguira. Finalmente, ela conseguira.

Malini vencera.

# PRIYA

A comemoração que aconteceu depois da batalha de Harsinghar foi quase frenética. Os enormes jardins do mahal foram tomados por mesas de frutas e vinho, tandoor e arroz colorido. Sima e Priya logo se separaram no meio da multidão e, por um momento demorado, Priya ficou sozinha, imaginando o que as cozinhas precisaram fazer para tornar possível uma celebração como aquela, em meio ao fato de que seu lar e sua cidade estavam sendo tomados, e depois o imperador fora capturado e morrera por suicídio.

Lata apareceu diante delas brevemente, uma figura soturna forjando um caminho através do barulho e da festa.

Ela relaxou ao ver Priya. Um pouco da tensão que carregava nos ombros cedendo, as linhas de expressão na testa se abrandando, antes de retomar seu ar severo. Ela parou ao lado de Priya.

— Vou avisar à imperatriz que você está bem e segura. Ela temia por você.

— Ela está...?

— Praticamente intocada — completou Lata. — Triunfante. Aliviada. Assim como todos nós. — A expressão dela se suavizou. — As outras mulheres da imperatriz estão nos antigos aposentos da rainha agora, se quiser ir até lá. Elas ficariam felizes em ver você. Sima também.

— Depois — conseguiu dizer Priya. — Obrigada.

Lata assentiu, os olhos estranhamente gentis, e então desapareceu de novo em meio ao caos da multidão.

Malini agora seria uma imperatriz de verdade: teria Parijat sob seu controle. O imperador Chandra estava morto. Em outra época, em uma vida que Priya não iria viver, ela estaria eufórica naquele instante. Significava que Malini teria seu trono. Significava que Ahiranya finalmente teria liberdade de Parijatdvipa.

Em outra época, ela teria deixado Malini para trás e voltado para casa, para ajudar a reconstruir Ahiranya como algo novo e inteiro, pedaço por pedaço. Até que um dia, talvez, Ahiranya estivesse segura e prosperando, os campos livres da decomposição, o conselho do templo grande e confiável o bastante para que Bhumika finalmente pudesse dormir tranquila à noite. E então, talvez, Priya fosse embora outra vez. Talvez ela viesse até Harsinghar, para ver a cidade em uma época de paz. Ver Malini em uma época de paz. E talvez...

Quantos sonhos bobos. Esperanças mais bobas ainda. Nada daquilo estava em seu futuro.

Havia apenas a yaksha. A dor que Priya sentia no peito.

O seu propósito.

— Você aí — disse um nobre, gaguejando. — Você deveria estar aqui?

— Sim — respondeu Priya, o tom monótono.

Ele a encarou — seu salwar kameez simples, suas botas, o tecido cheio de nós do chunni, amassado, mas ainda atado ao redor da cintura. Ela evidentemente não era nem dançarina nem cortesã, e sua expressão se transformou em uma carranca de dúvida. Ele esticou o braço, uma das mãos grande tentando agarrá-la, e Priya deliberadamente deu um passo para trás. Ele abriu a boca.

— Olhe aqui...

— A mulher ahiranyi tem permissão para ficar aqui — interveio Ashutosh, em um tom cortante. — Deixe-a em paz. — Ele ficou parado enquanto o outro estranho nobre pedia desculpas e saía emburrado. — Meus homens estão procurando por você — avisou o baixo-príncipe de repente. — Estão falando de uma revanche.

Então ele gesticulou para o outro lado do salão e virou as costas para ela.

Priya andou na direção para onde ele apontara. Viu Romesh e os outros, flores e trepadeiras ainda subindo pela armadura, com jarras de vinho espalhadas ao seu redor. Estavam gritando e rindo, e as mulheres de Raziya estavam com eles. Uma delas arregaçava a manga.

— Se uma coisinha como Sima ganhou de vocês — dizia ela —, então o que acham que podem fazer comigo?

— Ah, fala à beça — zombou um dos homens de Ashutosh. — O que vai apostar para sustentar esse orgulho todo, hein?

— Quer mesmo apostar contra uma arqueira? — Ela flexionou o braço propositalmente, e um dos homens aplaudiu como se ela tivesse acabado de oferecer um beijo. — Não vou apostar vinho nenhum, meu bem. Vou apostar dinheiro de verdade.

— Quero aulas de arco e flecha — disse o homem. — Se eu ganhar, é isso que quero de você.

— Seria melhor deixar essa aqui ensinar a você — sugeriu a mulher dwarali, apontando para Sima, que estava sentada com uma jarra no colo, o rosto corado de alegria e álcool. — Ela tem toda a paciência do mundo, não é, Sima?

— Eu não sou tão ruim — argumentou Sima. — Mas vai precisar ganhar de mim na queda de braço também, se quiser que eu dê aulas. Nada mais justo. E, sinceramente, não vejo como isso pode acontecer.

Mais gritos bem-humorados. Quando Priya foi até lá, sentindo-se entorpecida por dentro, Romesh ergueu o olhar.

— Anciã Priya — cumprimentou ele, sorrindo. Seu rosto enrugado estava... feliz. — Venha, junte-se a nós. Beba um pouco.

— Estou com o seu favorito, milady — comentou Sahar, levantando uma jarra no ar. — Podemos dividir.

Priya sentiu uma pontada de luto atingi-la como se fosse um raio. Ela pensou em se sentar ali com todos eles, bebendo aquele vinho e rindo. Pensou em ser abraçada por toda aquela confiança nova. Aquela *amizade*. Ela pensou em quanto tinham atravessado juntos, e no futuro que parecia brilhante agora, como se algo bom pudesse ser recuperado entre o sangue, a morte e o sacrifício e todos os outros horrores que viram.

Ela iria arruinar tudo aquilo. Ela precisava arruinar tudo.

— Eu adoraria — disse ela, com um tom falso de leveza. — Mas preciso falar a sós com minha conselheira primeiro. — Ela agarrou Sima pelo braço, sorrindo. — Venha, preciso contar uma coisa para você.

— Acho que Romesh agora gosta de você de verdade — comentou Sima. — Ele ainda não oferece uma bebida para mim sem alguma barganha, sabe?

Ela olhou em volta do salão, sorrindo.

— Porra, que alívio, não é, Pri? Finalmente isso tudo acabou. Podemos ir falar com a sua imperatriz. Dizer a ela do que precisamos. Podemos voltar para casa, e aí, com sorte...

— Você lembra — interrompeu Priya, de repente criando coragem — como eu disse a você que eu não queria que passasse pelas águas perpétuas?

Ela observou os nobres todos rindo, em júbilo; a forma como as lamparinas tingiam as treliças de mármore e arenito do palácio com um tom de dourado, líquido e estranho. Ela observou enquanto o sorriso de Sima desaparecia e era substituído por inquietação.

— Eu me lembro — disse Sima, a voz baixa.

— As águas fizeram uma coisa comigo. Elas exigiram um preço. E eu...

A voz de Priya falhou. O coração dela doía tanto que ela não sabia se as suas costelas conseguiriam contê-lo.

— Vou precisar sair da festa por um instante — contou Priya a Sima. — Eu quero que você fale com Lata, se conseguir encontrá-la. Ou lady Raziya. Ou lorde Khalil. Escolha quem preferir. Diga a eles que estou planejando trair o império. Diga a eles... diga a eles que vou matar Malini. Diga que você foi avisar assim que percebeu, e que eles precisam me impedir.

— Q-quê? — Sima arregalou os olhos, a expressão horrorizada.

— Você me ouviu — insistiu Priya, devastada.

— Eu não vou deixar você fazer isso — protestou Sima, depois de um instante de silêncio. — Não... não é isso que você quer. Eu sei que não é. Você precisa *explicar*, Pri, não só falar uma coisa dessas... como se você não fosse você mesma.

*Mas eu não sou*, pensou Priya, miserável. *Eu não sou.*

— Uma coisa entrou em contato comigo quando usei meus dons na batalha — confessou Priya. — Uma yaksha falou comigo de novo. Disse que... se eu quiser que todas as pessoas que eu amo continuem vivas, preciso fazer o que foi pedido. Preciso fazer isso. Eu estou com medo, Sima, mas não tenho escolha. — A voz dela falhou. Forçou para que continuasse baixa, para não chamar atenção. — Eu só preciso da sua ajuda para controlar o que vai acontecer depois.

— Tudo bem — respondeu Sima, piscando rapidamente, como se estivesse tentando conter uma onda de pânico. — Tudo bem. E depois? Nós vamos embora?

— Não — respondeu Priya. — Você vai ficar. Você precisa ficar para avisar a eles. Então precisa convencer todo mundo a proteger você, porque seja lá o que está em Ahiranya agora... é perigoso, Sima, e não nos ama. Não ama ninguém.

— Os parijatdvipanos vão me destroçar.

— Não vão — discordou Priya, sem saber se Sima acreditava nisso ou se ela só *queria* acreditar. — Você é inteligente. Vai sobreviver. E você vai ter me traído. Talvez... talvez isso sirva de alguma coisa.

— N-não seja idiota. — Sima tropeçou nas próprias palavras, parecendo estar à beira de lágrimas, toda a alegria de antes transformada em horror.

— Por favor — insistiu Priya, baixinho. — Eu não... não consigo salvar a mim mesma. Ou você. Isso é tudo que eu posso fazer. Preciso fazer isso pela nossa família. Por Bhumika, Padma, Rukh e... todo mundo. A yaksha vai matar todos eles se eu não fizer isso. Preciso fazer isso por amor.

O amor e o amor. Como se fossem dois pontos opostos que ela estivesse tentando alcançar, se esticando ao máximo até o ponto de sumir. O amor que tinha por Malini e o amor que tinha pelo seu lar. O amor do futuro e o amor do sacrifício.

— Tem alguma coisa errada em Ahiranya — disse Priya, enquanto os dançarinos rodopiavam ao redor delas, enquanto o sarangi preenchia o ar perfumado por incenso. — Eu consigo sentir. E mais do que isso... não. Não é importante. Eu já falei demais.

Ela olhou pela multidão, para os homens de Ashutosh e as mulheres de Raziya, que pareciam estar brincando de um jogo de dados. Sahar jogou a cabeça para trás, gargalhando, e Romesh balançou a cabeça, mas ainda sorria. Sorria como se a guerra tivesse finalmente acabado, e nada além de dias melhores os aguardasse.

— Há pessoas aqui que conhecem você — tranquilizou-a Priya. — Que gostam de você. Eles vão proteger você, se você deixar.

— Priya, você não pode — disse Sima, desamparada. — Você ama...

— Não importa — conseguiu dizer Priya, forçando as palavras a saírem. — E eu amo você também, Sima. Eu sinto muito.

Sima emitiu um ruído engasgado.

— Não chore — ralhou Priya, séria, pressionando o braço com mais força contra o de Sima. — Por favor, não chore.

— Tudo bem — disse Sima. — Tudo bem. Não vou chorar. Vou confiar em você. Sei lá por qual motivo. — Mais um instante. — Eu também te amo. Ah, Pri...

O peito de Priya parecia apertado. Lá dentro, algo estava em chamas.

— Me dê meia hora — pediu ela. — E então vá contar o que eu falei.

Não havia sinal da imperatriz Malini na comemoração. Aquilo não incomodou ninguém. Aparentemente, imperadores do passado muitas vezes chegavam atrasados para suas próprias celebrações e saíam rapidamente. Isso permitia que seus homens se esbaldassem sem sentir vergonha e sem ter um público imperial presente.

Tudo isso ajudava Priya. Malini não estaria rodeada por pessoas olhando.

Ela sabia onde Malini estaria.

Caminhou e caminhou, e, de alguma forma, ninguém a impediu. Os corredores do mahal eram lindos. Seda cobria as paredes. O teto era incrustrado de joias, assim como as colunas. O vento passava pelas cortinas iridescentes nas janelas e fazia tudo dançar, flutuando como pássaros que descansavam. A lua brilhava. Era uma noite maravilhosa.

Na lateral do seu corpo, a adaga de espinhos queimava.

Ela conseguia sentir o zumbido das árvores no jardim.

Sentia o jasmim pendurado no pescoço de Malini. Parecia cantar para ela.

Havia guardas, é lógico, nas portas do pátio imperial. Cinco deles mais pareciam sacerdotes. Priya não precisou se aproximar deles. As sementes que ela costurara nas roupas floresceram, e trepadeiras se esparramaram pelo chão. Em silêncio, ela apertou os caules no pescoço deles até ficarem inconscientes. Foi algo gentil, considerando a tarefa. Tinha quase certeza de que iriam acordar novamente.

Então ela entrou.

Malini estava sozinha no pátio. No alto, em uma plataforma, estava o trono: uma almofada gigantesca prateada, com o encosto de marfim entalhado exibindo flores delicadas, cintilando em dourado pela luz. Por enquanto, estava vazio. Ao lado dela havia um buraco com fogo, que bruxuleava e queimava de maneira estranha, as chamas ali dentro esmorecendo. Logo, seriam apenas brasas hesitantes. Malini se virou. A luz do fogo brilhou sobre seu rosto, que estava distante e impassível. Então ela percebeu que era Priya diante de si, e sua expressão se encheu de ternura, calorosa para além das chamas.

— Priya — disse ela. — Acabou.

Priya caminhou em frente. Sentiu o mármore frio sob os pés. O rosto iluminado de Malini diante dela. Sua amada.

— Eu preciso cortar o jasmim do seu pescoço — anunciou Priya. — Preciso tirar isso de você. Sinto muito, Malini.

# MALINI

Malini nunca vira aquele olhar no rosto de Priya antes.

Ela parecia arrasada. Um pouco fora de si. Suas roupas estavam sujas de terra. Seu rosto estava erguido, o dourado do fogo das mães cintilando em seus olhos.

— Eu confiei em você, Malini — disse Priya. — Confiei em você tantas vezes. Eu sinto muito. Vou precisar que confie em mim agora também.

Malini deu um passo na direção dela, e então parou.

Ela conhecia aquele olhar. Conhecia, porque ela mesma o usara antes. Era como... olhar para o próprio passado. Olhar em um espelho sombrio, que mostrava o reflexo, não do seu rosto, e sim dos seus próprios medos.

Priya parecia um animal feroz encurralado, desesperado para escapar. Algum instinto profundo fez com que Malini ficasse imóvel.

— Priya — chamou ela, a voz gentil. — Se é isso que precisa de mim, então é seu.

Lentamente, ela ergueu a corrente acima da blusa. Deixou o jasmim em cima do tecido, para que ficasse visível para Priya.

— Pode pegar — disse ela.

Priya andou até ela. Nas suas mãos estava uma lâmina — uma coisa estranha, estreita e afiada, que mais parecia um espinho do que uma faca. Porém, era tão cortante quanto aço, e decepou o jasmim com presteza do colar que o segurava. Malini sentiu frio, a leveza daquela ausência em seu pescoço.

— Não era disso que ela estava falando — sussurrou Priya. A voz e os olhos pareciam vazios, uma emoção que Malini não conseguia decifrar.

— Não estou entendendo — retrucou Malini.

— Ela disse que precisava ter de volta. — Priya engoliu em seco, encontrando os olhos dela. — A yaksha.

Malini deu um passo para trás, por reflexo.

Uma guerra no horizonte. Uma guerra, e Priya diante dela, confessando um segredo espinhoso. Uma yaksha. Ela estivera falando com uma yaksha.

— Vai me pedir para confiar em você, agora que falou nos yaksha? — perguntou Malini, rígida. — Agora que você diz que *falou* com um deles?

Priya a encarou.

— Não — respondeu ela. — Não. Apesar de você ter me pedido muito mais confiança do que isso. Você me pediu para confiar que você cumpriria seus votos com Ahiranya. Pediu para eu arriscar minha vida, minha magia, tudo que eu sou...

— Você deu tudo isso de bom grado.

— Ainda assim, você *pediu*. Eu não vou fazer o mesmo com você. Porque eu, eu... — Priya fechou os olhos, e oscilou sobre os pés. — Meu poder tem um preço. E se eu soubesse qual era... Malini, eu não teria aceitado. Agora eu preciso fazer isso. Pela minha família. Por Ahiranya. Não posso trair nenhum deles.

Malini tentou andar para a frente, contornar Priya para seguir até a porta. Que tolice. O mármore rachou com um som como o de um trovão. Algo a amarrou pelos pés, segurando-a no lugar perto do vão com o fogo, seu olhar fixo no rosto cansado e torturado de Priya.

— *Priya* — chamou ela, e de repente estava respirando ofegante, tremendo por inteiro. — Priya, não ouse me trair. Não. Não.

*Por favor*, foi o que ela não disse. *Por favor, você não.* Você, não.

Priya estava sem fôlego, parecendo se esforçar muito para não chorar. Era uma coisa terrível. Aquilo deixou Malini furiosa.

— Eu dei meu coração a você. Preciso pegá-lo de volta — disse Priya.

— Preciso esvaziá-lo como eu fiz com todo o resto. Como eu fiz com o resto de mim.

— Seja lá o que tenha me dado, não vive dentro dessa flor insípida — arfou Malini, furiosa ao perceber que estava chorando, furiosa ao notar o sal em seu rosto, a maneira como seu coração batia enquanto ela tentava andar para trás, para trás, relutando contra o aperto mágico com o qual Priya a prendia, enquanto Priya a rodeava, o fogo das mães bruxuleando pálido nas lamparinas e no buraco.

— Não diga isso — rebateu Priya. — Isso, não.

Só que era tarde demais.

— Seu coração vive dentro de mim — vociferou Malini, com ódio. — Vive dentro de mim, e você não pode pegar de volta.

Priya estremeceu. A faca se mexeu na mão dela, como se ficasse ainda mais afiada por vontade própria.

— Eu te amo — conseguiu dizer Priya. — Amo mesmo. Eu não quero fazer isso.

— Isso não deixa nada melhor — arfou Malini. — Acha mesmo que antes não fui machucada pelas pessoas que me amam, dizendo que não tinham escolha?

— Eu sei que sim — rebateu Priya. — Eu sei que sim.

— Você não sabe como eu te amo? — perguntou Malini. Não eram palavras doces. Ela as lançou como se fosse um chicote. — Você não sabe que deixo todo o restante do mundo distante, que eu não posso arcar com o amor, e ainda assim, eu estou perdidamente apaixonada por você? Não entende isso?

Priya deu um passo à frente e a segurou. Era quase um abraço; quase como se ela estivesse sendo envolvida com ternura, e era uma coisa tão cruel que Malini não conseguiu aguentar. Ela se afastou para trás, e o aperto de Priya ficou mais forte.

Malini rosnou — um som que ela jamais deixara escapar antes — e se debateu, se revirando. Priya se recusou a soltá-la, e as duas tropeçaram, caindo. As duas atingiram o mármore, a frieza dissonante nas costas e no crânio de Malini. Priya estava em cima dela, feroz, ofegante, os olhos inundados de lágrimas. Ela era tão linda, e tudo que Malini queria fazer era jogá-la longe, livrar-se dela. Malini se sacudiu, empurrando Priya com os punhos e as unhas. Porém, Priya era uma força inerte. Ela falava com a voz perto demais, familiar demais, simplesmente *demais*.

— Se você ficar parada, eu...

— Não — rebateu Malini, arranhando o braço de Priya, puxando-a pela trança. Segurando aquele cabelo macio nas mãos, desejando que pudesse arrancar tudo. — Não, não. Não vou facilitar nada para você, Priya, sua tonta, sua tonta, como você ousa...

A lâmina de espinhos acertou o mármore ao lado dela, e Malini rolou para o outro, agarrando-se na beirada do buraco com fogo.

— Não — soltou ela, outra vez, implorando. — Priya, não, por favor.

— Eu preciso — gritou Priya, a voz selvagem. — Malini, eu *preciso*.

Havia lenha ali do lado, pronta para ser atirada nas chamas. Malini agarrou um pedaço — quase sem ver, quase sem pensar através da névoa que era o misto de raiva e medo — e a atirou no fogo. Então, ela a ergueu e se virou.

Ela atirou o fogo na direção de Priya, observando as chamas fazerem um arco da lâmina, e se apegarem e se prenderem à pele de Priya.

Priya soltou um ruído. Agarrou o próprio pescoço enquanto a luz brilhava no salão, o chão tremendo, e todas aquelas flores estranhas explodiam e morriam. Malini cerrou os dentes e segurou o fogo com firmeza. Que ela queimasse. Que ela queimasse, então. Tudo que Priya precisava fazer era fugir, e então estaria acabado. Tudo que Priya precisava fazer era parar de tentar matar Malini.

Então Priya se inclinou para a frente, mais para perto do fogo, e disse:

— Malini.

E ali... ah. Muito gentilmente. Deslizando fácil pela carne, cortando o músculo, um aperto contra os ossos.

Priya a acertara.

*Ela errou o coração*, pensou Malini, parecendo distante do corpo. *Espero que ela tenha errado meu coração.*

A tocha improvisada caiu das suas mãos inertes.

— Eu não tive escolha — repetiu Priya.

— Teve, sim — conseguiu dizer Malini. Ela estava com medo de se mexer. A dor finalmente parecia se fazer presente: percorrendo-a por inteiro, formigando por todo o sangue. — Você... tinha escolha.

O corpo dela caiu. Priya a segurou, abaixando-a com gentileza. Tudo fingimento, aquela gentileza, uma zombaria.

— Você não vai morrer — soluçou Priya, lágrimas dolorosas escorrendo pelas bochechas. — Você não vai morrer. Eu não cortei seu coração. Não cortei. Eu só, eu só...

As palavras dela se dissolveram. Um silêncio perfurante se estabeleceu, enquanto Malini sangrava, e Priya esfregava o próprio rosto para secar as lágrimas.

— Precisa ser o bastante — sussurrou Priya. — Eu ter perdido você. Que nosso laço tenha se rompido. Precisa servir.

Priya levou a própria mão ao coração.

— Precisa ser o bastante — repetiu ela.

E talvez fosse.

O fogo se remexia, selvagem. E as flores se desabrochavam na pele de Priya. Folhas nascendo do seu cabelo. A seiva nublando seus olhos.

*Priya*, pensou Malini. Priya nem sequer era humana.

Era terrível que Malini ainda a amasse mesmo assim.

— Eu nunca vou perdoar você — disse Malini, engasgando e cuspindo sangue e sal. — Eu nunca... eu nunca...

Uma mão coberta de folhas brancas tocou o rosto dela, limpando o sangue.

— Então viva — respondeu Priya. — Me odeie, mas *fique viva*.

Fez-se um barulho terrível. As treliças, carregadas de flores, rachavam. Partindo-se ao meio.

Malini sentiu lábios contra o cabelo dela, apenas um leve roçar. A ferida em seu peito pareceu pulsar em resposta. Quente, dolorosa e viva. Sua visão ficou borrada quando ela foi abaixada até o chão. Porém, ela viu Priya se afastar. Viu os tagetes que floresciam no chão atrás dela. Uma trilha de ouro.

Ela viu a sombra de Priya sumir pela treliça quebrada, um vazio na noite.

# ASHOK

Ashok voltou sozinho para o mahal.

Por bem ou por mal, Bhumika se fora. E logo Ashok — fosse o que ele fosse naquele momento, um fantasma, um eco, um tecido cujas fibras já se desfaziam em poeira — também iria embora. Ele conseguia sentir-se esvaindo. Do pouco que lembrava, parecia com a sensação de morrer.

Havia uma consciência antiga agitando-se por baixo da dele. Ele era apenas um barco navegando em suas águas. Seguia em frente lentamente, sobre pernas que pareciam estranhas, levando-o adiante nos corredores do mahal. O verde, as flores e até mesmo o solo revirava-se com ele, observando seu caminhar.

Ninguém estava no quarto observando a bebê de Bhumika dormir, mas Ashok conseguia sentir as flores nas bacias de água, as trepadeiras com seus braços entremeados nas janelas de treliças, e ele sabia que os yaksha estavam de olho nela. E agora, nele. Porém, não fizeram nada quando ele se inclinou para a frente e afastou o cabelo fino de Padma do rosto. Os olhos dela estavam fechados com força, as bochechas manchadas de sal. Ela tinha chorado até adormecer.

Muito distante, ele sentiu uma emoção intensa. Doía como um dente podre.

Ele a pegou no colo, e ela não se mexeu. Ashok a levou do quarto sem que ninguém o impedisse.

Talvez os outros estivessem curiosos. Talvez eles se perguntassem o que ele faria com a filha de sua irmã — sua sobrinha, de certa maneira, mesmo que não tivessem nenhum elo de sangue. Talvez pensassem que ele a destruiria, assim como ele quase destruíra Rukh.

Ele se lembrou da yaksha que usava o rosto de Sanjana. Lembrou-se do jeito como inclinara a cabeça. Acho que vou *ficar ansiosa para ver o que vai fazer*.

Padma estava leve em seus braços.

Ele pensou, de um jeito distante, que ela era meio pequena para a idade, assim como Priya tinha sido. Não havia também um pingo de sangue compartilhado entre Priya e Padma, mas Padma tinha a mesma testa franzida, o mesmo jeito de fechar os punhos, a mesma fúria contida escrita em sua carne. Um dia, ela seria formidável ou perigosa, se vivesse tempo o bastante para crescer e descobrir quem era.

Bhumika iria querer que ela vivesse.

E quanto a Ashok?

Ele não vivera tempo o bastante para conhecer Padma ou para amá-la, para segurá-la em seus braços e querer que o mundo inteiro fosse dela.

Então, ele se apegou a outro fiapo de memória: o corpo pequeno de Priya, o peso dela em seus braços, o amor e o medo que se assomavam dentro dele enquanto a segurara ali. Ele continuou andando.

A enfermaria estava quase vazia. Apenas um corpo estava encurvado em uma maca, os cobertores espalhados. Ashok encontrou uma espinha curvada, despontada por folhas. Então o corpo se retesou e virou, e Rukh ergueu o rosto para Ashok.

— Sente-se — disse Ashok.

Rukh não tentou fugir ou pegar uma arma. Ele apenas se sentou na cama como foi ordenado, os punhos cerrados.

— Não estou aqui para machucar você — informou Ashok. Não soava ou parecia uma mentira, mas o menino não se acalmou.

Ashok lembrava vagamente de que, da última vez, ele dissera a Rukh que iria ajudá-lo, e então acabou o machucando. Então talvez essa fosse uma reação razoável. Talvez ele estivesse certo em ser cauteloso.

Ashok deu um passo adiante. O olhar de Rukh desviou do rosto de Ashok e viu Padma nos braços dele, e então voltou para cima. Ashok estendeu Padma.

— Leve-a — disse ele.

— P-para onde? — começou Rukh. Depois, pigarreou e continuou: — Cadê a anciã Bhumika?

Ashok balançou a cabeça.

— Leve-a — repetiu.

— A anciã Bhumika — repetiu o menino. — Ela... ela não iria... deixar. A bebê.

*Você não sabe de nada,* pensou Ashok, feroz. Bhumika não deixara todos eles no Hirana quando eram crianças, escolhendo ser uma nobre em vez de uma filha do templo? Ela não escolhera se casar com o regente e conceber sua filha, em vez de lutar com garras e dentes por um mundo melhor, como ele fizera?

Bhumika olhara para ele, enquanto se ajoelhava entre as árvores, e dissera que estava sendo egoísta. Dissera que ela estava se libertando.

— Você é a única pessoa que essa criança ainda tem — justificou Ashok. — Fique com ela, ou os yaksha ficarão. Fique com ela, ou *nós* vamos ficar com ela.

As mãos de Rukh tremiam em seu colo. Ashok o encarou, firme, até que finalmente o garoto abriu os dedos, e então estendeu os braços. Ele pegou Padma, que parecia maior nos braços pequenos dele. Mais humana. Era peso o bastante para manter o garoto no lugar, já que estava magro e ferido.

— Agora ela é minha — disse Rukh, hesitando, como se testasse aquelas palavras.

— Sim — concordou Ashok. — É sua.

— Eu... — Outra hesitação. — Não sei o que isso significa.

— Significa que é você que tem que mantê-la viva — explicou Ashok. — É você que vai protegê-la. É você que vai dar comida e roupas para ela. Você vai se certificar de que não tenhamos nenhum motivo para machucá-la. Ou não faça nada disso. Mas agora a vida dela está nas suas mãos. — Uma pausa. Ashok observou enquanto suas palavras eram absorvidas. — Da próxima vez que eu encontrar você ou ela, não estarei assim — acrescentou Ashok. Era um aviso. — Eu não vou ser... tão bondoso.

Os braços do menino se fecharam mais ao redor da criança. Padma se remexeu, emitindo um ruído de reclamação.

*Você não é bondoso agora,* cada centímetro do corpo de Rukh parecia gritar. *Você me assusta.*

Rukh precisaria aprender a esconder aquelas fraquezas se ele quisesse sobreviver. Os yaksha não aceitariam fraqueza — *ele* não aceitaria. Porém, o garoto iria aprender, ou não iria, e logo nada disso seria uma preocupação para Ashok. Ele conseguia sentir-se esvaindo. As águas o arrastavam para longe.

Ele se lembrou de... Meena, havia tanto tempo. A sombra dela, fios de tinta nas águas perpétuas...

Ele se lembrou de Priya. Priya. Ele teria gostado de dizer adeus a ela, porém, o que mais poderia ser dito agora? Apenas o luto e a mágoa os prendiam, e não havia como deixá-la de uma maneira feliz. Ele sabia o que ela enfrentaria agora.

Priya, nos braços dele. Priya, que só podia contar com ele. E agora, diante dele, Rukh, uma criança tola segurando uma criança ainda menor, tentando compreender a crueldade que fora infligida sobre os dois. Tentando sobreviver.

Existia uma satisfação cruel em saber que nada era o fim e que todos os lutos do mundo vinham e voltavam, girando como uma terrível roda. Ele pensara, certa vez, que conseguiria criar um mundo melhor. Ele pensara que poderia trazer de volta todas as coisas boas e alegres que Ahiranya tinha perdido.

Que, em vez disso, ele conseguira trazer de volta isto — sua própria infância, de um jeito distorcido, como se vista através da água — parecia... adequado. Parecia adequado.

Ele deixou o menino sem dizer mais nenhuma palavra. Já que Padma não estava mais nos braços dele, Ashok deixou que pendessem na lateral do corpo. Sua força ia se esvaindo. Não eram mais os seus braços, afinal, e a pele não se encaixava mais sobre seus ossos.

Sanjana esperava por ele. Estava sentada sob um feixe de luz do sol que entrava através do teto rachado, metade nas sombras, metade na luz.

— Você traiu a si mesmo — afirmou ela.

Ela parecia estranhamente eufórica. Sob a luz, a parte visível do rosto formava um sorriso. Veios elegantes de madeira emolduravam a boca, o queixo e a curva da bochecha, movendo-se de forma líquida enquanto ela falava.

— Você se virou contra si mesmo — continuou ela. — Se virou contra *nós*. Encheu de segredos o jarro vazio de uma filha do templo e então cortou as raízes dela. Ela vai murchar e morrer, e é tudo culpa sua. Vai implorar por misericórdia?

— Você já sabe de tudo — respondeu Ashok, pesaroso. Suas pernas pareciam lenha. Ele mal conseguia se mexer. — De que adianta implorar por compaixão daqueles que não a conhecem?

— O que ela sabe?

Ashok não disse nada.

— Um mortal só consegue se lembrar de certas coisas, suponho — disse Sanjana. — Esqueça isso. Seja lá o que ela sabe, a guerra que vamos enfrentar só tem um desfecho. O que fez com a filha dela?

— Já não é mais filha dela.

— Nós tiramos aquela criança da nossa filha do templo — concordou Sanjana. — Mas nós dissemos à nossa anciã do templo que precisava obedecer ou a filha morreria, e ela desobedeceu. Por direito, nós deveríamos matar a criança.

— Da forma que Bhumika está agora... a morte não lhe traria mágoa alguma. Então o que conseguiriam com isso?

— Equilíbrio.

— A criança vai crescer — retrucou Ashok, com uma calma que não era dele. — A criança vai ficar forte. Ela vai aprender a esvaziar todas as suas fraquezas. E ela vai sobreviver às águas perpétuas três vezes, e vai nos servir como a mãe dela deveria ter feito. Isso é o verdadeiro equilíbrio.

— Você não se lembra de quem é — disse Sanjana, se levantando. — Mas... é curioso, muito curioso, meu coração, como os mesmos instintos guiam você, como sempre fizeram.

Ele não conseguia responder. Estava sem fôlego. Desfazendo-se, esvaecendo. Ele perdera os pulmões.

Sanjana atravessou a distância entre eles.

— Você sempre os adorou — adicionou ela, com imensa ternura. Tocou o queixo dele com o polegar, e, sob o toque, ele sentiu a pele murchar e mudar. Da carne aos ossos, do osso à madeira, e então sobre madeira, uma maciez de polpa de líquen começou a crescer, umedecendo os nós dos dedos dela. O sorriso dela ficou mais gentil. — Você criou os primeiros filhos do templo. Você os esvaziou com tanto carinho. E, quando eles morreram por nós, você ficou de luto. Prendeu-se aos ecos deles nas raízes, como se pudesse guardar todos eles...

— Pare — implorou ele. — Pare, yaksha, por favor.

— Shhh — fez ela, acariciando o rosto dele, como se ele fosse um animal ou uma criança que deveria ser domesticado. Sob o toque da yaksha, a pele dele se rasgou e se refez, uma dor imensa que o apagou.

Ele não conseguia se desvencilhar dela, apenas emitir ruídos doloridos, enquanto o inevitável acontecia. As memórias se desdobravam dentro dele. A forma de Ashok desaparecia, como a poeira que era. Morto, morto, morto.

— Eu já disse que existe uma fraqueza mortal grande demais em você. Mortal demais, sem o bastante do que você *é* de verdade.

— Sacrifício — conseguiu dizer ele. Ele sentia como se os dentes não coubessem mais na boca. — Era... inevitável. Para ser... mortal.

— Acho que isso já durou tempo demais — comentou Sanjana. — Antes que Mani Ara volte... Ah, meu querido. Você precisa se lembrar de quem é agora. Acho que precisa.

— Eu sou — disse ele para ela, mesmo que não quisesse.

Ele estava esquecendo e lembrando, tudo de uma vez. E então não conseguiu falar mais nada quando as ondas o inundaram, quando a maré chegou e o afogou.

E ele era...

Ele era.

Ele estava... ajoelhado no chão. Estava mais alto, com ossos longos, um corpo mais comprido, dedos graciosos e uma cortina de folhas que descia do crânio quando ele ergueu a cabeça para encontrar as mãos dela, que, por sua vez, esticavam-se na direção dele. Ele conhecia aquelas mãos. Sob o véu de carne que ela vestia, ele conhecia aquelas mãos.

— Arahli — disse ela, emoldurando o rosto dele. Um nome pela metade, para a metade que era. — Arahli Ara. Você se lembra de quem é?

Arahli abriu os olhos.

— Eu lembro — respondeu ele.

# MALINI

Havia o fogo, e então não havia mais nada.

Priya se fora.

A lâmina de espinhos ainda estava fincada na lateral do seu corpo. Ela ainda sangrava, e o líquido vermelho escorria entre os dedos enquanto ela tocava e procurava no próprio peito.

*Eu não vou morrer.* Sua própria voz, dentro da sua cabeça, parecia alguma coisa distante. Sem braços, sem pernas e sem pulmões, não conseguia sentir a dor que a percorria, e não podia tremer. Era calma, e isso fez com que Malini se acalmasse, mesmo enquanto o sangue continuava a jorrar, quente entre os dedos. *Consegui o meu trono. Eu não vou morrer.*

Ainda não.

Ela sabia que não deveria retirar a lâmina. Sabia que precisava buscar ajuda. Um médico e remédios. Algo para estancar o fluxo sanguíneo e impedir a infecção de ganhar força.

A memória do gosto do jasmim na língua acordou dentro dela, provocando náuseas. A imagem de Priya abaixada em cima dela, um hematoma florescendo no pescoço, o rosto tristonho, se misturou àquilo.

*Eu não tive escolha*, dissera Priya.

Sempre havia uma escolha.

Malini tentou se mexer. Tentou engatinhar.

Horas ou segundos se passaram.

Passos.

Eram um ritmo firme contra o chão. Um pulsar de coração lento. Um, outro.

E então ali estava o sacerdote outra vez. Kartik. Seus pés estavam descalços, o olhar límpido, desprovido de medo ou preocupação. Ele olhou para ela como se contemplasse imperatrizes sangrando todos os dias, e nada naquela figura ou em sua situação o impressionasse ou o preocupasse.

— Está morrendo, representante de Divyanshi — declarou ele, sério. Ele se ajoelhou diante dela, no mármore frio, esguichado de sangue e rompido de flores. Era quase uma mesura, a forma como ele se ajoelhava: a cabeça abaixada graciosa, um joelho sustentando o corpo. — Os yaksha tentaram levar o que lhes era devido.

As memórias surgiram. O seu templo. O seu domínio. A forma como ele falara do anônimo. Profecias e certezas — o preço do poder, e a necessidade inquestionável da fé.

— Você sabia. — Ela se forçou a dizer.

— O anônimo concede visões — disse ele. — Se juntá-las com cuidado, costurando-as com o conhecimento que recebemos das mães, é possível ter uma imagem do que enfrentaremos adiante e se preparar. Basta ter coragem, e basta ter fé. — Ele ergueu a cabeça, encontrando os olhos dela. — Assim como todos, a senhorita é apenas uma única luz que dança aos caprichos de forças cósmicas — continuou Kartik, impiedoso. — Os yaksha sempre iriam voltar. Sua vida sempre seria sacrificada. Sempre esteve caminhando em direção à pira. E aqui estamos. O fogo a espera, imperatriz.

Ele afastou os cabelos dela da testa.

— Deve escolher queimar antes de morrer — disse ele. — Decida. Eu vou me certificar de que seja feito. Vou me certificar de que não sinta dor nenhuma.

Ela fechou os olhos, e um soluço escapou dos lábios.

Se em toda sua vida é dito que seu maior valor está no seu sacrifício, um dia, talvez seja inevitável acreditar. Talvez aquele finalmente fosse o dia em que Malini acreditaria. Ela lutara por tanto tempo e com tanto afinco para ter poder, e mesmo agora — mesmo quando ela obtivera sucesso — aquilo fora tirado dela.

— Sim — ela conseguiu dizer. — Por... por Parijatdvipa. Se eu preciso morrer... — Outra respiração estrangulada, úmida de sangue. Lágrimas escorriam por seu rosto. — Eu irei morrer pelo bem maior. Eu irei morrer pelo meu povo.

— Que bom — respondeu ele, gentil. — Que bom. Você será lembrada com amor e reverência por esse gesto, imperatriz. Eu prometo.

— Ajude-me a levantar — implorou ela.

Ele ajudou.

— Aqui — disse ele, a voz gentil. — Eu a guiarei até o fogo. Chamarei meus homens...

A voz dele foi interrompida abruptamente por um gorgolejo úmido. Ele arregalou os olhos.

Ela sentiu o calor contra o próprio rosto. Molhado. O próprio peito de Malini nem sequer pulsava mais. Fora tão, tão fácil tirar a adaga de espinho do próprio corpo e a enfiar no pescoço de Kartik.

— Eu nunca fui uma mulher de fé — disse ela. — E você se esqueceu de uma verdade sobre mim, filho sem-rosto: eu nunca tive medo de matar sacerdotes.

Ele ainda a encarava em choque, com os olhos vidrados, enquanto ela enfiava a adaga de espinhos mais fundo e terminava de cortar seu pescoço.

Então, ela o deixou cair, e derrubou a adaga ao lado dele.

Fora a fé dele e a fé dos seus sacerdotes — fé no sangue e no propósito de Malini — que a ajudara a alcançar o poder, com garras e dentes.

Ela não esperara que a sensação do poder fosse essa: seu corpo curvado sobre a ferida aberta, o sári manchado de sangue. Porém, dessa vez, ela sentiu raiva o bastante para engatinhar até as portas do pátio. Para fincar--se com as unhas na parede até se levantar.

*Eu vou sobreviver.* Ela pressionou a palma da mão contra a ferida. Ardia de forma nada natural. Fosse lá o que tinha sido feito com ela — o que Priya fizera com ela — ela se curaria.

Então, ela fechou os olhos e se forçou a gritar.

— Socorro! Socorro! Ai, socorro! *Assassinato!*

Passos ressoaram. Correndo, correndo, e logo lorde Khalil estava diante dela, o rosto sério enquanto ele a segurava. Ela viu Prakash se aproximar junto de Narayan e um punhado de guerreiros, nobres e sacerdotes que olharam para o pátio ensanguentado e os corpos inconscientes dos guardas na porta, horrorizados.

— Ele tentou me proteger — disse ela, cerrando os dentes, forçando as palavras através da dor e das lágrimas. — O sacerdote... Kartik... ele tentou me salvar... me salvar da...

— Da ahiranyi — completou um homem, baixinho, e as palavras ondularam para longe dele, repassadas de uma boca para a outra.

A ahiranyi. A ahiranyi. A bruxa ahiranyi.

— Alguém vá buscar um médico — ordenou Khalil. — Agora, homens! Vão!

Mais correria, e logo ela estava sendo levada. Doía. Doía.

O trabalho dela estava quase acabado. Quase.

— Ele me disse que já que precisava morrer, depois de tudo que fez para proteger o império da maldade de Chandra, então eu preciso viver para o bem de Parijatdvipa — disse Malini. Ela se permitiu chorar. As lágrimas agora não eram um sinal de fraqueza, e sim de coragem. Lágrimas nobres. — Os yaksha estão voltando, e eu preciso viver.

— Acalme-se, imperatriz — tranquilizou-a Khalil, andando mais rápido. A túnica dele estava úmida de sangue. — Um médico! *Rápido!*

*Eu fui uma tola*, pensou Malini, amarga, enquanto sua visão começava a borrar e seu corpo ficava entorpecido, *de algum dia ter pensado que eu poderia ter tudo isso, e ter Priya também.*

# MALINI

Ela acordou com dor. O que não era surpresa nenhuma. A surpresa, de fato, foi acordar.

A luz entrava no cômodo, suavizada pelas cortinas de seda que haviam sido puxadas sobre as treliças. Rao estava escondido nas sombras, mas, ah, que alívio era vê-lo ali: sentado ao lado dela, quando quase todas as outras pessoas em quem ela confiava se foram.

O coração dela parecia um peso morto: Priya, Priya, Priya. Não foi um uivo de dor, e sim um luto sufocado que a atravessou, latejando em compasso com a ferida.

Kartik dissera que aquilo a mataria. Porém, ela vira com a ponta da lâmina de espinhos precisamente quais eram as limitações do conhecimento de Kartik.

Ela se sentou.

— Malini — disse Rao, pesaroso. Então ele se corrigiu: — Imperatriz, vou chamar o médico.

Os olhos de Rao estavam estranhos, quase insondáveis. Por um instante, enquanto ele se inclinava sobre ela, ela o encarou e não viu nenhuma pupila, nenhum branco, apenas um fogo ardente...

Mas ele piscou, e seus olhos voltaram a pertencer a ele.

Um truque da luz. Um truque do seu coração em luto.

— Rao — sussurrou ela. — Me diga. Quanto tempo fiquei dormindo?

Ele arfou.

— Semanas — disse ele, pesaroso. — Semanas e mais semanas. Os seus generais estão comandando a cidade. Lady Raziya, lady Deepa e Lata... todas elas falam em seu nome. Você acordou algumas vezes, mas imagino que não se lembre disso.

— Não — disse ela. — Não lembro.

Ela olhou para ele, examinando seu rosto cansado e marcado. A forma como sua mandíbula tremia.

— Me conte — pediu ela. — Você tem algo para me contar.

Ele inclinou a cabeça.

— Malini, eu sinto muito. Seu irmão está morto.

— Eu sei — disse ela, sentindo o corpo entorpecido. — Eu sei.

— Não estou falando de Chandra — disse Rao. — Não foi só o Chandra. Eu... — Ele engoliu em seco, abaixando a cabeça. — Eu sinto muito.

Malini o encarou sem compreender.

— Não — disse ela.

— Meus pêsames.

— Não. *Não.*

Ela não queria aceitar aquilo. Não queria nem sequer contemplar a possibilidade. Ah, pelas mães, ela ainda tinha algum espaço para mais luto dentro de si?

Os olhos de Rao estavam vermelhos, e a voz dele saía rouca. Ela nunca vira o rosto dele dessa forma antes. Acabado apesar de ser jovem, e carregando um luto tão palpável que a fez querer encolher todo o corpo, se contrair para dentro de si como se ela pudesse se proteger da dor daquele olhar, da dor que parecia escoar através do seu sangue e ossos.

— Foi... fogo — gaguejou ele. — Na batalha. Ele fez... o fogo das mães. O fogo verdadeiro. Ele escolheu isso.

Rao ainda falava com ela, mas ela não conseguia ouvir. Ruídos. Ela só ouvia ruídos. Então virou o rosto.

— O sacerdote — falou ela, a voz fraca.

— Os sacerdotes vão querer falar com você em algum momento — disse ele. — Estão exigindo que declare guerra contra Ahiranya.

É óbvio que estavam. Malini não pensou que seria muito difícil dar a eles o que queriam. Aparentemente, Ahiranya também queria uma guerra contra eles.

— Me deixe sozinha — pediu ela. Ele ficou em silêncio. — Por favor, Rao.

Ela voltaria a ser ela mesma na manhã seguinte. Vestiria todas as suas mentiras como armadura.

Com a ponta dos dedos, ele tocou os dela. Era o toque mais leve e gentil, e logo depois partiu.

O peito dela ainda tinha uma atadura. Doía se mexer. Ainda assim, ela pressionou as mãos contra os olhos e a boca, e então chorou.

Ela nunca chorara dessa forma, com soluços guturais surgindo do fundo da garganta, sem nada doce ou elegante no gesto, nada que a tornasse digna de pena. Ela uivava como uma fera. Ela queria destruir todo o quarto. Destruir toda a pele. O império era dela, Parijatdvipa era dela, como uma pérola em suas mãos. Ela era a imperatriz de Parijatdvipa. E não era o suficiente. Nunca seria o suficiente.

Ela lavaria o seu coração até o luto se esvair. Ela o endureceria até que virasse apenas pedra. E no dia seguinte, e todos os dias depois...

Uma guerra de verdade a aguardava.

Malini tinha toda a intenção de ir a seu encontro.

# RAO

Os homens que estiveram na fortaleza com ele — os homens que viram Aditya morrer — já contavam suas histórias.

Contavam a todos que ganharam a fortaleza por causa do sacrifício de Aditya. O fogo furioso percorreu os corredores, diziam os homens. Queimou o alto-príncipe, todos os seus homens e todos aqueles que eram leais a ele até a morte, e eles uivaram de agonia, limpado todo o forte labiríntico, e apenas os seguidores leais do príncipe Aditya sobraram.

Rao não tinha escolha a não ser acreditar. Ele não conseguia se lembrar de nada que acontecera. Apenas mãos segurando seus braços, levando-o adiante. Apenas o gosto de sal na própria pele enquanto ele chorava. Apenas o silêncio que restou depois, no lugar em que seu coração costumava ficar.

Os homens diziam que o príncipe Aditya recebera o chamado das mães. As chamas o dominaram com as mãos das próprias mães — firmes, amáveis e implacáveis. O príncipe Aditya não sentira dor alguma. As mães o elevaram, como nenhum homem fora elevado antes.

Ele nomeara a própria irmã como imperatriz. Assim como Rao a nomeara imperatriz. O príncipe Aditya morrera por ela, assim como um sacerdote em Harsinghar morrera por ela, protegendo-a dos cruéis yaksha que voltaram — talvez até mesmo tivessem morrido no mesmo instante, duas mortes sagradas protegendo a imperatriz Malini do mal.

Nada disso era mentira. Mas nada disso tampouco era verdade.

Rao fora levado metade do caminho até Harsinghar, jogado em uma carruagem, e não fora útil a ninguém. O braço decepado do yaksha sacudia na caixa ao lado dele, um lembrete constante do que ele perdera.

E então, de alguma maneira, ele encontrara a força para se sentar. A força para beber até ficar em um estupor. E então, a força para cavalgar no próprio cavalo, a cabeça latejando, o corpo tomado pela tristeza.

Um dia depois, Mahesh o contara como — e quando — Chandra morrera. Assim que Rao compreendera que Malini tinha conseguido seu trono antes que ele e Aditya tivessem conseguido cercar o forte labiríntico, antes que Aditya se voltasse para as chamas de bom grado, certo do próprio destino, do seu destino inevitável...

Bem, Rao bebeu muito mais depois disso. O resto da jornada fora como uma lacuna. Um buraco onde vivia o luto e mais nada.

Ele nem sequer sonhava mais.

Alori. Prem. Aditya.

Ele pensou em Prem, rindo para ele com um jarro de vinho. O xale em um nó no pescoço. *Lembra de quando éramos garotos? Das brincadeiras que fazíamos?*

Aditya, encarando-o com os olhos tranquilos. Pronto para deixá-lo para trás.

Alori, com uma coroa de estrelas de madeira queimando enquanto o cabelo dela era incendiado, e ela gritava, gritava...

No restante do mahal, os soldados que voltaram com eles sem dúvida espalhavam a história do que Aditya fizera, e do que ele os fizera jurar em troca disso. Dentro de dias, essa história se espalharia por toda a cidade.

Talvez erguessem uma estátua de ouro para Aditya, assim como fizeram para a irmã de Rao. Talvez todos aqueles que Rao amou se tornariam apenas efígies para as quais ele olharia quando quisesse se lembrar do que ele perdera.

Assim que ele deixou Malini no quarto, encontrou um canto para ficar sozinho. Era uma varanda que dava para o pátio de treino onde ele e Aditya lutaram na infância. Ele se inclinou sobre a beirada e pressionou a testa contra o mármore gelado.

— Rao.

Era a voz suave de Lata. Mas é lógico.

Ele ergueu a cabeça, e viu que o rosto dela estava tomado de compaixão.

— Rao, eu sinto muito.

— Não sinta — disse ele, por reflexo.

— Você estava com o príncipe quando ele morreu — comentou ela, os olhos ainda cheios de tristeza.

Ele assentiu uma única vez, em silêncio.

— O que você viu quando ele queimou? — perguntou Lata. — Me perdoe, Mas eu preciso perguntar.

— Precisa mesmo?

Lata o encarou.

— É só a curiosidade de uma sábia, Lata? — insistiu ele. — Ou alguma outra coisa?

Ele sabia que ela estivera cuidando de Malini. Ela parecia cansada.

— O que mais seria? — perguntou ela.

— Então é a curiosidade de uma sábia — disse ele, amargo. — Me diga. O que os sábios dirão sobre a morte de Aditya? Eles vão dizer agora que minha irmã não deveria ter queimado na pira? Que deveria ter sido *eu*? — Ele virou as costas para ela, odiando como estava se sentindo, mas não podia desfazer o que fora feito. — Nada disso significou qualquer coisa. Nada.

— Você não está falando sério.

— Estou, sim. Muito sério.

O ar se agitava ao redor dela. Ele engoliu o bolo em sua garganta.

— O que você quer de mim de verdade, Lata?

Uma pausa. Lata se aproximou mais, ficando ao lado dele na varanda, as mãos sob a luz do sol e o resto do corpo nas sombras.

— A mulher ahiranyi. Priya. Ela deixou alguém para trás. Eu... eu não acredito que ela vá ficar segura com mais ninguém.

— Sima — lembrou-se ele. — Está falando de Sima. Ela simplesmente a *deixou*?

Lata assentiu, em silêncio.

— Você vai protegê-la, Rao? Você gostava dela, eu acho.

— O bastante — disse ele, exalando. — O bastante. — Ele apertou a mão no parapeito da varanda. — Eu não quero me importar com mais ninguém, Lata. Acho que não fui feito para isso. Eu não consigo.

Lata permaneceu em silêncio.

— Tudo bem — cedeu ele, por fim. — Eu vou protegê-la.

Lata assentiu.

— Obrigada — disse ela.

Ele encarou o horizonte por mais um instante. Pensou na noite em que ele e Aditya beberam vinho demais, e Aditya descobrira sua vocação em um monastério do anônimo. Ele se lembrou do quanto Aditya ria enquanto os dois cambaleavam bêbados pelos jardins, juntos, dando nomes às estrelas para cada uma das mães das chamas, fazendo charadas um com o outro e recitando poesias.

*O que é uma estrela*, pensou Rao, lembrando-se da voz de Aditya, arrastada e contente, *se não um fogo distante, atravessando os mundos para tocar em você?*

# Epílogo

# PRIYA

*Malini,*

*Teria sido melhor se eu tivesse te deixado com respostas? Escrito para você uma última carta, deixado o pergaminho dobrado na sua mala ou na sua cama, no lugar em que dormi ao seu lado?*

*Seria um conforto saber que eu queria te amar para sempre? Que eu seria sua para sempre, pelo resto da minha vida? Que escolhi machucar você em vez de deixar você e todos os outros que amo morrerem?*

*Talvez não. Talvez as coisas sejam melhores assim.*

*Me odeie, Malini. Me odeie, mas continue viva. Eu posso amar o bastante por nós duas.*

Ela caminhou sozinha. Era como atravessar um mundo.

Teria sido mais fácil se ela se sentisse mais como um animal do que um ser humano. Se ela não se sentisse tanto como ela mesma — como um fracasso de coração partido — enquanto ela andava até os pés arderem, dormindo sob um céu noturno escuro e acordando cheia de picadas de mosquitos. Porém, ela ainda era Priya. Ainda era uma ex-criada. Ainda era uma filha do templo.

Ela não sabia se Malini estava viva ou morta, mas sabia que flores desabrochavam por onde ela caminhava. Sabia que a decomposição cantava para ela, cantarolando sobre chegadas inevitáveis, sobre nascimentos e sobre a vida voltando onde a vida fora perdida.

Ela sabia que às vezes a seiva se acumulava na sua pele em vez do suor. Ela sabia que se esvaziara em nome dos yaksha, e que a primeira e mais antiga entre eles a nomeara como sua amada. Sua sacerdotisa.

— Mani Ara — sussurrou ela na noite. — Vai me mostrar o seu rosto?

A terra ondulou ao redor dela e depois ficou imóvel.

Ainda não, então. Ainda não.

Ela comia quando se lembrava de comer. Ela andava quando se lembrava de andar. No sangam, ela tentava alcançar alguém ou alguma coisa e não encontrava nada. Apenas ecos, ondulando e nunca a alcançando. Nada de guardiões das máscaras, e nada de Bhumika.

Priya nunca se sentira tão só.

Ela conseguiu chegar na fronteira de Ahiranya. Sentiu que a chamava, e parou no limite de todo aquele verde. O sangam marulhava sob seus pés. O verde a chamava, observando. As árvores se dobravam para ela quando viam que ela se aproximava.

Na base do Hirana, ela viu que alguém esperava por ela.

Não era Bhumika. Não era Rukh. Não era Billu ou Khalida, mal-humorada. Não era Kritika, de postura ereta, ou Ganam, de braços cruzados.

Era um estranho.

Era mais alto do que qualquer outro homem, e tinha cabelos selvagens, cheios de folhas prateadas, douradas e verdes. O vento soprou pelo cabelo e o fez se erguer, gracioso, tirando-o do seu rosto.

O rosto.

— Ashok — sussurrou ela.

Ele a encarou com uma expressão solene que não era exatamente a do irmão. Era como se o rosto do irmão tivesse sido entalhado lindamente de um toco de madeira, como uma máscara.

— Priya — disse ele. — Irmã, bem-vinda de volta ao lar.

# AGRADECIMENTOS

*A espada de oleandro* foi um livro difícil de escrever, e eu nunca teria conseguido terminá-lo sem a ajuda, os conselhos e a bondade de um exército de pessoas, incluindo minha agente maravilhosa, Laura Crockett, e toda a equipe da Triada US. Obrigada às equipes da Orbit dos Estados Unidos e do Reino Unido, especialmente minha editora incrível, Priyanka Krishnan, e também Hillary Sames, Ellen Wright, Angela Man, Jenni Hill, Nazia Khatun, Anna Jackson, Tim Holman, Bryn A. McDonald, Amy J. Schneider, Casey Davoren e Lauren Panepinto. Obrigada a Micah Epstein, pela arte de capa incrivelmente linda. E obrigada à equipe da Hachette Audio e à minha narradora do audiolivro em língua inglesa, Shiromi Arserio.

Com certeza eu me esqueci de alguém, e para essa pessoa: obrigada. Sinto muito. Eu compro chocolates para pedir desculpas. Só me avise qual tipo você prefere.

Tenho muita sorte de ter tantos amigos incríveis. Obrigada a todos (vocês sabem quem são, espero) e por estarem comigo quando precisei. Especialmente meus amigos do bunker, e os amigos de Londres. Muito amor e gratidão a minha família, que foram muito legais comigo durante todo o processo de rascunho do livro, mesmo quando ele praticamente me transformou em um gremlin. Um agradecimento especial à minha mãe. E, como sempre, obrigada, Carly. Você é a melhor parte de mim.

Obrigada a meus leitores por me acompanharem no segundo livro desta série. Fico muito feliz por estarem aqui. Espero não ter traumatizado ninguém.

Por fim, obrigada à Asami, que foi sempre uma verdadeira gata de escritora, e ficou sentada comigo todas as noites enquanto eu trabalhava neste livro. Espero que você esteja aconchegada e segura na grande caminha de gatos lá no céu.

# LISTA DE PERSONAGENS

**Ahiranyi**
Amina — Escriba.
Anil — Aldeão.
Ashok — Rebelde contra o governo parijatdvipano e filho do templo, falecido.
Bhumika — Anciã do templo, governante de Ahiranya.
Billu — Cozinheiro na residência das anciãs do templo.
Bojal — Ancião do templo, falecido.
Chandni — Anciã do templo, falecida.
Dhiren — Aldeã que sofre com a decomposição.
Ganam — Guardião das máscaras, nascido-uma-vez, e ex-rebelde contra o governo parijatdvipano.
Jeevan — Comandante da guarda das anciãs de Ahiranya.
Karan — Soldado ahiranyi.
Khalida — Criada de lady Bhumika.
Kritika — Guardiã das máscaras, ex-rebelde contra o governo parijatdvipano.
Mani Ara — Yaksha.
Nandi — Filho do templo, falecido.
Nitin — Soldado ahiranyi.
Padma — Filha de Bhumika.
Priya — Anciã do templo, governante de Ahiranya.
Rukh — Jovem criado na residência das anciãs do templo, que sofre com a decomposição.
Sanjana — Filha do templo, falecida.

Sendhil — Ancião do templo, falecido.
Sima — Amiga e conselheira de Priya.

**Aloranos**
Alori — Princesa de Alor, dama de companhia da princesa Malini, falecida.
Rao — Príncipe de Alor.
Viraj — Rei de Alor.
Yogesh — Administrador oficial militar.

**Dwarali**
Khalil — Lorde de Lal Qila.
Manvi — Arqueira, guarda de lady Raziya.
Raziya — Senhora nobre e esposa de lorde Khalil.
Sahar — Arqueira, guarda de lady Raziya.

**Parijati**
Aditya — Ex-príncipe herdeiro de Parijatdvipa e sacerdote do anônimo.
Chandra — Imperador de Parijatdvipa.
Deepa — Filha de lorde Mahesh.
Divyanshi — Primeira mãe das chamas e fundadora de Parijatdvipa, falecida.
Hemanth — Alto-sacerdote das mães das chamas.
Kartik — Sacerdote das mães das chamas e filho sem-rosto.
Lata — Sábia.
Mahesh — Lorde nobre, leal ao príncipe Aditya.
Malini — Imperatriz de Parijatdvipa.
Mitul — Sacerdote das mães das chamas.
Narina — Dama de companhia nobre da princesa Malini, falecida.
Sikander — Antigo imperador de Parijatdvipa, falecido.
Sushant — Lorde nobre e conselheiro do imperador Chandra.
Vikram — Regente de Ahiranya, falecido.

**Saketanos**
Alto-príncipe — Governante de Saketa.
Ashutosh — Baixo-príncipe de Saketa.
Kunal — Filho do alto-príncipe e herdeiro real de Saketa.
Narayan — Lorde nobre.

Prem — Baixo-príncipe de Saketa, falecido.

Romesh — Súdito do baixo-príncipe Ashutosh que sofre com a decomposição.

Varsha — Filha do alto-príncipe e esposa do imperador Chandra.

**Srugani**
Prakash — Lorde nobre.

Rohit — Lorde nobre.

Este livro foi composto na tipografia
Adobe Garamoond Pro, em corpo 10/16, e
impresso em papel off-white no Sistema Cameron
da Divisão Gráfica da Distribuidora Record.